库科茨基医生的病案

［俄罗斯］柳德米拉·乌利茨卡娅 著
陈方 译

北京出版集团公司
北京十月文艺出版社

（据俄罗斯 ЭКСМО – Пресс 出版社 2001 年版译出）

真理在死亡一边

——西蒙娜·威尔①

① 西蒙娜·威尔(1909—1943),法国思想家,左翼激进分子,社会活动家。

总　序

俄国是一个文学的国度，更是一个长篇小说的国度，从普希金的《大尉的女儿》、莱蒙托夫的《当代英雄》和果戈理的《死魂灵》起，到屠格涅夫的《贵族之家》和《父与子》、陀思妥耶夫斯基的《罪与罚》和《卡拉马佐夫兄弟》、托尔斯泰的《战争与和平》《安娜·卡列尼娜》和《复活》，长篇小说始终是十九世纪俄国现实主义文学的主要构成和最高成就；在二十世纪，肖洛霍夫的《静静的顿河》、帕斯捷尔纳克的《日瓦戈医生》、布尔加科夫的《大师与玛格丽特》、格罗斯曼的《生活与命运》和索尔仁尼琴的《红轮》等长篇小说名作又相继面世，延续着俄国史诗性文学叙事的辉煌传统。进入二十一世纪以来，俄语作家在长篇小说领域的笔耕又有哪些新的收获呢？这套“俄罗斯当代长篇小说丛书”或许能让汉语读者对俄国长篇小说近十几年的发展现状有一个窥斑见豹的了解。

本套丛书共收入五部长篇，即佩列文的《“百事”一代》(Generation “П”, 1999)、乌利茨卡娅的《库科茨基医生的病案》（Казус Кукоцкого, 2001)、维克多·叶罗菲耶夫的《我的父亲》(2004)、索罗金的《碲钉国》（Теллурия, 2013）和瓦尔拉莫夫的《臆想之狼》(Мысленный волк, 2014)。从五部作品的发表年代看，最早的《“百事”一代》面世于一九九九年，而最后一部小说《臆想之狼》为二〇一四年的新作，时间跨度为十六年，将这五部小说串联起来读，能在一定程度上揣摩出当代俄国长篇小说的发展轨迹和创作现状。

这五部长篇的作者都是俄国当今文坛最有影响的作家。从五位作者的出生年代看，最年长的乌利茨卡娅生于一九四三年，最年轻的瓦尔拉莫夫生于一九六三年，五位作家虽分别为四〇后、五〇后、六〇后，但相距不超过二十岁，是广义上的同一代作家，他们的一个共同之处，即均在苏联解体前后登上文坛并在近二十年间最终确立了“健在的经典作家”之身份。

柳德米拉·乌利茨卡娅（Людмила Улицкая, 1943 年生）毕业于莫斯科大学生物系，曾在苏联科学院遗传学研究所工作，后去剧院做编剧，一九九二年以中篇小说《索涅奇卡》成名。《库科茨基医生的病案》被视为乌利茨卡娅最成功的长篇之一，小说以一位医生的家庭生活来折射二十世纪上半期的苏联社会，作者让时代的变迁和家庭的变故相互交织，把女性的叙事角度和细腻的心理描写融为一体，从而给出一份苏联时期知识分子家庭生活的文学记事。乌利茨卡娅因为这部小说获二〇〇一年“俄语布克奖”，是该奖创建十年后的首位女性获奖者。二〇〇五年，根据这部小说改编的电视连续剧受到广泛欢迎。据统计，这部小说已被译成近三十种外语。

维克多·叶罗菲耶夫（Виктор Ерофеев，1947 年生）的父亲当过苏联驻法国的外交官，作家少时生活在巴黎，后在莫斯科大学语文系和苏联科学院世界文学研究所学习，一九七九年因参与编辑地下文学辑刊《大都会》被苏联作协开除。苏联解体前后，他的文章《追悼苏联文学》引起激烈争论，他的长篇《俄罗斯美女》（1990）也曾蜚声文坛。《我的父亲》以斯大林身边一位高官与斯大林的关系和他对斯大林的看法为主线，以独特的角度和方式揭示了以作者为代表的一代人的心灵历史。小说中的“高官”就是作者的父亲，但这又是一部地道的虚构小说，作者说其中只有“心理的真实”。

弗拉基米尔·索罗金（Владимир Сорокин，1955 年生）早年毕业于莫斯科石油天然气学院，成为化学工程师，但后在《接班人》杂志社工作，凭爱好成为画家，为出版社做过图书装帧，二十世纪七十年代开始写诗，八十年代加入地下文学运动，一九八五年在法国句法出版社出版第一部长篇《队列》，在苏联解体后的一九九二年，《队列》在俄国境内的《电影艺术》杂志发表，引起广泛关注，作家从此被视为俄国后现代文学的主要代表之一。他后来陆续推出的重要作品还有《玛丽娜的第十三次爱情》（1995）、《蓝色油脂》（1999）、《冰三部曲》（2009）、《暴风雪》（2010）等。二〇一三年面世的《碲钉国》是一部具有后现代色彩的反乌托邦小说或曰新乌托邦小说，小说以二十一世纪中期的欧洲为描写对象，描写人们为获得用特殊金属碲制成的钉子而展开的激烈争夺。在欧洲“新的中世纪”，在阿尔泰山区形成的新的“碲钉共和国”，人人趋之若鹜的“碲钉”成为一个核心意象，它既象征着人类文明的结晶，人们幸福和智慧的源泉，同时也指称黄金和财富，是人们内心深处的崇拜和欲望的客体，它有可能还暗指专制的权力、强加的异质文化和入侵的他人思想。正是这一形象的多重内涵和不确定所指，赋予了这部小说以广阔的阐释空间。二〇一四年，这部小说获得俄国当下最重要的图书奖“大书奖”。

维克多·佩列文（Виктор Пелевин，1962 年生）与索罗金一同被视为俄国当代后现代文学最重要的两位代表作家，他及其作品自二十世纪九十年代起备受追捧，据说连平常只读电话簿的人也纷纷捧读他的小说。他一九八五年毕业于莫斯科动力学院，一九八九年进入高尔基文学院，后在《科学与宗教》杂志社工作，在该杂志发表第一个短篇，一九九一年出版第一个短篇集《蓝灯》，此后的长篇《奥蒙·拉》（1992）、《昆虫生活》（1993）、《恰巴耶夫与虚空》（1996）等均引起广泛反响，一九九九年出版的长篇《“百事”一代》更是一时洛阳纸贵，据统计至今已在全球累计售出三百五十万册。二〇一一年，这部小说被改编成同名电影。这部小说以准作家塔塔尔斯基在苏联解体前后的生活经历为线索，再现了二十世纪七十年代喝着百事可乐长大的一代苏联人在社会剧烈转型时期的心路历程。在这部小说后佩列文“封笔”数年，后又发表《转折时期的辩证法》（2003）、《V帝国》（2006）、《t》（2009）、《蝙蝠侠阿波罗》（2013）和《玛士撒拉之灯》（2016）等长篇。佩列文的创作被称为“佩列文现象”，自二十世纪九十年代以来的写作者乃至阅读者甚至被称为“佩列文一代”，但佩列文为人低调，从不抛头露面，以至于有俄国读者怀疑是否真的存在这位作家，他们猜测这可能是某个热衷电脑创作实验的写作班子所采用的笔名。

阿列克谢·瓦尔拉莫夫（Алексей Варламов，1963年生）一九八五年毕业于莫斯科大学，在以普里什文的创作为题完成博士论文后不久，他成为莫斯科大学语文系教授，讲授二十世纪初的俄国文学。他一九八七年起开始发表文学作品，一九九五年以中篇《生》成名，近些年来，他勤奋写作，一口气为青年近卫军出版社著名的“杰出人物传记丛书”写作了七部传记，即《普里什文传》《格林传》《阿·托尔斯泰传》《格里高利·拉斯普京传》《布尔加科夫传》《普拉东诺夫传》和《舒克申传》。瓦尔拉莫夫自称，他的近作《臆想之狼》是他关于一九一四至一九一八年间俄国文化生活的文学想象，是“讲述白银时代的个人尝试”。在作家看来，关于第一次世界大战和十月革命，人们从社会历史、政治军事等方面的思考已经太多，却很少有人从思想文化、个人心理等方面进行描述。斯拉夫人有这样一句古老的祷告词：“愿我躲开臆想之狼。”作家用“臆想之狼”这一意象来概括当时俄国人的精神状态和集体无意识，即一种强烈的焦虑、莫名的冲动和破坏的激情，但在作家笔下，被这一情绪所浸润、所笼罩的那个时代，却又是一个“混乱的时期，丰富的时期，饱满的时期，饶有兴味的时期”。

将这五部长篇作为一个整体来阅读，我们大致能够归纳出新世纪俄国长篇小说体现出的几个新特征：

首先，从创作方法的角度看，当代俄国长篇小说似乎出现了现实主义传统与后现代主义时尚相互交织的局面。在上述五位作家中，维克多·叶罗菲耶夫、索罗金和佩列文均被视为俄国后现代主义文学运动的标志性人物，而乌利茨卡娅、瓦尔拉莫夫的创作却被认为是相对“传统”的。俄国后现代文学发端于二十世纪五六十年代，在苏联解体前后达到其鼎盛期，但近些年来，它作为一个整体的影响似在逐渐缩小；与之形成对照的便是，俄国现实主义的文学传统却似在强势回归。这两种文学倾向和潮流相向而行，其结果便是二者的相互渗透，具体而言，后现代作家似乎越来越注重情节叙事，最典型的例子就是索罗金的创作，《碲钉国》虽然并不好读，但与他之前的小说相比已然十分“传统”了；而在乌利茨卡娅和瓦尔拉莫夫的小说中，我们也不难发现一些现代派文学、后现代文学影响的痕迹。于是，在当代俄国的长篇小说创作领域，一方面是后现代主义文学在巨浪拍岸后留下的余波，即它对传统长篇小说叙事模式的冲击和解构，另一方面则是现实主义文学传统在泰然自若的同时对包括后现代文学在内的新潮文学因素的积极吸收和借鉴。

其次，从体裁属性的角度看，当代俄国长篇小说似乎呈现出了某种交叉性和合成性。在这五部长篇中，《我的父亲》和《臆想之狼》似乎都在有意模糊虚构和非虚构两种文体之间的界限，《碲钉国》把乌托邦小说、社会讽刺小说、科学幻想小说的特征融为一体，《“百事”一代》的体裁属性更为模糊，其研究者给它戴上了众多帽子，如“广告话语小说”“宗教神话小说”“商场暗战小说”“社会寓言小说”等，这些定义是小说题材意义上的，也是体裁意义上的。与长篇小说自身的体裁属性的多元化形成有趣呼应的是，这几位作家的社会角色也是多重的，除佩列文外的四位作家都是当下俄国十分活跃的文化活动家：身为高尔基文学院院长的瓦尔拉莫夫主办文学杂志，经常举办国际性的文学论坛；

乌利茨卡娅创办基金会，积极介入俄国的政治生活；维克多·叶罗菲耶夫是著名的电视节目主持人；索罗金不时在国内外举办个人画展。而编写影视和话剧剧本，撰写评论和杂文，接受媒体的采访，在国内外高校讲课等，都是他们热衷并擅长的活动。这些长篇小说作者似乎也和他们的作品一样，在尝试最大限度地拓展其存在的空间和影响的范围。

最后，从作品内容的角度看，当代俄国长篇小说似乎表现出了某种非情节化、非英雄化的趋向。这五部长篇，无论是地道的后现代小说还是相对传统的小说，都不再具有饶有兴味、贯穿始终的清晰线索，情节也并非始终围绕主人公展开，即便有主人公，他们也与俄国传统长篇中的主角不同，似乎不再是作者倾注情感着力塑造的对象，而遭遇到某种扁平化处理。长篇小说主人公的“非英雄化”，既是现代派文学和后现代文学潮流对于传统长篇小说创作范式的冲击和解构之结果，但在一定程度上恐怕也是生活自身的多元化、碎片化和非逻辑化等现实现象在文学中的显现和反映。但悖论的是，即便在这些情节淡化、人物扁平化的当代俄国长篇小说中，我们仍能感觉到俄国文学的某些传统特质之渗透，比如对民族历史充满反思的追溯，对社会现实不无悲悯的关注，对人及其生活既温情又超然的观照，对文学及其力量既坚定又疑虑的信仰。

值得一提的是，这五部小说的作者均与中国有着各种各样的关联。除这五部长篇外，他们还有其他作品被译成汉语，如佩列文的《恰巴耶夫与虚空》和《黄色箭头》、维克多·叶罗菲耶夫的《俄罗斯美女》、乌利茨卡娅的《索涅奇卡》《美狄亚和她的孩子们》和《你忠实的舒里克》、瓦尔拉莫夫的《生》、索罗金的《暴风雪》等；乌利茨卡娅、瓦尔拉莫夫多次访华，佩列文据说也曾悄悄旅行西藏等地。更为重要的是，在佩列文和索罗金这两位最重要的后现代作家的小说中，所谓“中国题材”均占有一定分量，索罗金在《暴风雪》中写到作为“向导”的“中国医生”，在《碲钉国》中也写到“莫斯科的中国人”，而对东方宗教极感兴趣的佩列文，其长篇《恰巴耶夫和虚空》更被称为俄国文学中的第一部“禅宗佛教小说”。

在一片“作者已死”“小说已死”的哀叹声中，当代俄国的长篇小说作家们仍在积极写作，当代俄国的长篇小说仍在不断面世并产生影响；二十一世纪俄国长篇小说的样式和风格与普希金和托尔斯泰相比已显出越来越大的差异，但它们无疑仍是十九世纪中后期形成的俄国长篇小说创作传统的延续和发展。

刘文飞

二〇一七年七月六日

于京西近山居

译　序

有很多学者指出，当代俄罗斯文学具有阴性化的趋势。虽然在俄罗斯围绕是否存在女性文学以及是否要对文学进行性别区分等问题始终存在热烈的，但毫无结果的争论，不可否认的是，女性作家及其创作已是当今俄罗斯文化中不可或缺的重要组成部分。柳·乌利茨卡娅是俄罗斯文坛最有影响力的女性作家之一，尽管她二十世纪九十年代初才进入文坛，但是，她创作成果丰硕，频繁获得各种文学奖项，拥有巨大的读者群，这使得她成为我们谈起当代俄罗斯文学和女性作家创作时，不可绕开的一个话题。

乌利茨卡娅于一九四三年出生于莫斯科一个“热衷于写作”的犹太知识分子家庭，她的曾祖母是一位诗人，爷爷出版过音乐方面的专著，而父母均为自然科学工作者。童年时代，作家享有充分的读书自由，也正是良好的家庭影响和广泛而庞杂的阅读兴趣培养了她最初的文学感觉，如作家自己所述，帕斯捷尔纳克、纳博科夫、普拉东诺夫等作家对她的童年和青年时代均产生过重要的影响。乌利茨卡娅在青年时代从事的是与文学毫无关系的自然科学，她大学就读于莫斯科大学生物系，后来又在莫斯科普通遗传学院获得遗传生物学副博士学位。七十年代末，她的一些朋友被克格勃盯梢，她也因此受到牵连，被开除了公职。从此，作家开始了一种与从前完全不同的生活道路，而她自己则戏称是“克格勃让她走上了文学创作道路”。从一九七九年到一九八二年期间，退出生物学圈子的乌利茨卡娅在犹太室内音乐剧院做文学编剧，在此之后，整个八十年代她都在从事各种各样的与文学相关的工作，她创作儿童剧本、童话故事，为广播电台写作，给木偶剧院写脚本，等等。在这一时期，作家完成了两部童话作品集——《一百个纽扣》和《玩具的秘密》，只是这些作品在当时并未给作家带来多少知名度。

二十世纪八十年代末九十年代初，乌利茨卡娅的创作以短篇小说为主，九十年代中期，她开始涉足中篇和长篇小说创作，这些作品为作家带来了轰轰烈烈的声望。一九九三年，她发表中篇《索涅奇卡》（Сонечка），这是作家真正意义上的成名之作，也是其作品中激起反响最大的一篇。小说写的是一个其貌不扬的犹太女子索涅奇卡的一生，她将自己的一切都奉献给了家庭和丈夫的事业，容忍了画家丈夫晚年的背叛，并为他能够在花甲之年重新找到创作灵感——一个情人而感到欣慰。索涅奇卡的形象引起了读者久久的思考，虽然她相貌丑陋，但是她那种处乱不惊、与世无争的平和性格博得了很多人的喜爱，人们似乎在索涅奇卡的形象中看到了当代俄罗斯文学中久违的传统女性形象。一九九六年，乌利茨卡娅的长篇小说《美狄亚和她的孩子们》在《新世界》杂志发表后，立刻得到了评论界的众多好评，一九九六年，小说获得法国的美狄契外国文学奖，一九九七年又获得俄语布克奖提名。小说诞生在俄罗斯文学界充满了末日情绪的九十年代中期，但是，它并没有沾染上任何绝望色彩，反而用自己和缓的情节和平稳的叙述语调，为人们带来了很多平静和安详的感觉。有评论说："在近十年间，西方首次承认俄罗斯文学已经具有了这样一种权利，即步出受社会和历史制约的'末世论'传统，用情感和思想的语言与世界沟通。"①在《美狄亚和她的孩子们》中，我们可以看到作家营造了一片不受任何政治、思想、社会局势所左右的真空地带，她在慌乱而动荡的当代俄罗斯，通过对和谐与永恒的追求，创造了一个独一无二的世界。

---

① 吉敏娜、沃罗宁娜：《20世纪的美狄亚：争论、传统、神话》，载 http：//www. spbumag. nw. ru 网页。

九十年代末开始，乌利茨卡娅出版的作品大多为中、长篇小说，如《欢乐的葬礼》(1998)、获得俄语布克奖的《库科茨基医生的病案》，获大书奖的《翻译官达尼埃尔·施泰因》（2006）和《雅科夫的梯子》(2015)，在中国获得外国文学年度最佳小说奖的《您忠实的舒里克》（2003）等。除了描写俄国犹太人在美国生活的《欢乐的葬礼》和具有使徒行传色彩的《翻译官达尼埃尔·施泰因》，作家的主要作品基本都是围绕家庭展开的。一方面，这样的内容非常贴近人们的日常，容易引起共鸣和同感，另一方面，很多问题都可以纳入这一框架进行叙述。乌利茨卡娅通过家庭折射二十世纪历史、个人命运、道德、爱情、代际关系，在家庭主题内纳入了她想表达的一切，包括哲学、世界观和美学思考。这些作品与《美狄亚和她的孩子们》有异曲同工之妙，但关注点略有不同，比如在《您忠实的舒里克》中作家讲述的是一个在女人世界里长大的男孩舒里克的故事，从表面上看，小说写的是舒里克的成长历程，以及他同一个又一个女性的交往，但实际上，作为一名女性作家，乌利茨卡娅在书中真正关心的却是家庭范畴内的女性问题——她们的命运安排、她们在生活中爱的缺乏以及对爱情的渴望、女性的孤独，等等。而《雅科夫的梯子》则通过两个并进的线索展开了二十世纪背景下一代知识分子家庭的悲剧命运以及七十年代苏联社会激变背景下的新一代人的生活，两代人代表的是一个家族在近百年来的发展历史。

《库科茨基医生的病案》是二〇〇一年俄语布克奖获奖作品，乌利茨卡娅也成为该奖项在俄罗斯设立以来首位获奖的女作家。俄国评论者称该作品是一部“家庭史诗”，是一部“迟到了将近二十年之久的、智慧得不可思议的小说”，迄今为止，它已被翻译成将近二十种语言，引起了俄罗斯和西方文学评论者的密切关注，成为当代俄罗斯文学风貌的微缩体现。

较之于前几部作品，作家在《库科茨基医生的病案》中扩大了视野，虽然还是围绕家庭进行叙事，但小说的情节发展跨越了几乎整个二十世纪的维度。我们可以看到卫国战争，战争初期苏军的撤退，苏联时期国家对遗传学以及遗传学者的压制，在生育政策方面的种种不合理现象，斯大林的去世以及在莫斯科规模壮大的葬礼场面，六十年代苏联年轻人的生活，爵士乐在彼得堡和首都的兴起……乌利茨卡娅在小说中还原了很多俄罗斯人在生活中曾经亲历，并且永生难忘的场面。事实上，正是国家的整体命运造就了每一个俄罗斯人的个体命运，对于作品中的人物也不例外，他们的个人生活就是俄罗斯二十世纪生活的一个侧影。

小说围绕其中心人物，妇产科医生库科茨基，记录了两代人、两个大家庭的命运变迁。作家曾说过：“作为学生物的，我对人的身体生理感兴趣；作为一个作家，我研究人的一些较深层次问题——人的心理、人生经历和人与人之间的相互关系。”在这部小说中，库科茨基和戈尔德伯格的专业为乌利茨卡娅提供了充分展示自己专业特长的机会，她以自己丰富的医学和生理学知识，在小说中增添了很多令人回味的细节描写，如人在母体中的形成，精子和卵子的相遇，此外还有许多借助拉丁文勾勒出来的性爱画面，冷冰冰的科学术语在作家笔下散发出温暖而又诗意的味道。此外，小说第二部分的非现实主义描写，也是作品中引起评论界争议较多的地方，主要描写的是叶莲娜病中的幻觉，然而作家却在这种非现实的场景中表达了她对宗教、死亡、爱情等永恒问题的深入思索。

小说的名字中的“病案”（казус）一词在俄语中有“令人费解之事”“复杂病案”之意，这个词也构成了小说中所有主题的核心。首先，“病案”是就二十世纪俄罗斯知识分子命运而言的。小说男主人公库科茨基是一名在自己的专业领域取得了巨大成就的人，除了精湛的医术，他还有超自然的“内视力”和直觉来帮他解决科学理性无法做出判断的问题。虽然他一生没有自己的孩子，但有很多新生命经过他的双手来到世间，他也给很多已经丧失希望的夫妇创造了享受天伦之乐的机会。“二战”刚一结束，他就为国家制定了促进人口增长的规划，但是由于官僚主义和一些人的愚昧无知，这个规划久久没有实行；他积极推行人工流产的合法化，被妻子和家里的女佣称为“杀人犯”，他也因此和她们失去了相互理解的可能；他和统领科学院的伪学者做无果的斗争。面对荒诞的苏维埃现实，他用酒精麻醉自己。而库科茨基的好朋友，被他称之为“聪明的脑袋长在了傻瓜身上”的戈尔德伯格却是一个永远的乐天派，他和库科茨基一样正直善良，尊重科学和良知，对国家的命运怀着一颗永恒的赤子之心，永远保持旺盛的斗志和清醒的智慧，也一样遭受了不公平的待遇——流放、监禁、被排挤、被陷害……他们俩的命运就是苏联知识分子在二十世纪命运的集中体现。小说中两位好友在争论时说过这样一段话：“哪些品质给个体的生存提供更大的机会？智慧？天赋？诚实？自尊感？坚强的精神？不，所有这些品质都妨碍生存。拥有这些品质的人或者抛弃了祖国，或者被有计划地消灭了。而哪些品质有助于生存呢？谨慎。封闭。虚伪。道德上的随机应变。没有自尊感……”这或许并不仅仅是两位主人公共同面对的难题和病案，也是所有人在社会生存中难以进行的抉择。究竟是放弃良知来求生，还是继续保持道德上的纯洁来迎接灾难，两位主人公都给出了对这份病案的解答。

“病案”的另一重含义是就家庭而言的。或许幸福的家庭、完满的爱情是作家笔下每一个人物的追求，然而，即便在虚构的空间中，这种追求也常常无果而终。作者并没有制造幻觉，而是非常现实地刻画了家庭生活的真实景象。在乌利茨卡娅笔下，理想的家庭是那种夫妻间拥有灵与肉结合之爱情的组合，而完满的爱情则是精神和肉体的完美契合。作家借虚构的列夫·托尔斯泰形象充分表达了对灵与肉之爱的看法。较之于追求纯精神世界、戒绝欲望的经典作家，乌利茨卡娅认为两个身体的结合是无罪的、高尚的、幸福的。理想的性爱是肉体和精神高度和谐之结合，二者缺一不可。库科茨基和叶莲娜最初十年的婚姻生活幸福得毫无瑕疵，可以称得上是完美婚姻，但这仅仅是他们漫长生命中的短暂一瞬。他们对人工流产的不同意见，对家里冒出来的养女的不同看法使他们无法填平横亘在二人之间的鸿沟，那是误解、是相互的伤害、是极度的自尊造成的无法弥补的隔阂。叶莲娜生病后，他们更无法进行正常的交流，妻子活在一个自己的世界里，一个库科茨基所无法理解的世界里。他们的“家庭生活只保留了一个大概的形式，保留了旧日家庭幸福的空壳”。

库科茨基的女儿塔尼娅经历了曲折的生活道路后找到了灵与肉结合的爱情和精神同道：“塔尼娅和他的世界观完全吻合，无论是思维过程还是感情变化都吻合。”与谢尔盖的结合改变了塔尼娅的世界，她感受到了完满的幸福，“在这个夏天之前，她从来没有感受到这种非人类的愉悦，那是任何一种生物，从蚯蚓到河马，都能感受到的激越”。关于塔尼娅和谢尔盖相爱的段落或许是整部小说中最饱含激情的部分，有那么一瞬间甚至让人以为他们的幸福会弥补父辈感情生活的苍白。然而，无论是灵与肉结合的理想境界，还是由这种爱情构成的理想家庭，在乌利茨卡娅的作品中都是短暂而又易碎的，塔尼娅最后客死他乡，和谢尔盖的家庭生活也戛然而止。在作家笔下，比起维护家庭幸福，破坏它更加容易，比起相爱，人与人之间的相互理解和宽容更难，幸福往往短暂，而不幸却悠久漫长。更为悖论的是，那种靠责任与利益，或曰靠理性维系的家庭，比如托玛的家庭，比靠情感维系的家庭持续的时间更为长久。尽管如此，乌利茨卡娅依然把传统文化所推崇的家庭幸福当作她的一种追求，虽然这或许是任何一个清醒的作家都能认识到的难以实现的理想。

最后，小说的“病案”还是就两代人世界观的差异而言的。不难看出，巴维尔·库科茨基和塔尼娅是小说中最为重要的人物，各占据了小说前后两部分最为主要的篇幅，他们是二十世纪同龄人和四十年代生人的代表，同时也代表着不同的世界观和人生观。成长在医学工作者家庭的塔尼娅，从小就形成了反对他人意志暴力、向往自由的个性。在医学院做实验员、解剖婴儿尸体的经历，让她彻底放弃了对科学的热爱，她认为那里充满了对世界的物质层面的解读和对生命的不尊重；老院士甘索斯基对塔尼娅的猥亵，让她轻易地把童贞献给了一个路遇的男孩，同时也坚定了离开虚伪的科学殿堂的决心。塔尼娅放弃了学业、放弃了每个人都要重复的那种循规蹈矩的生活，“她培养起了一整套否定世界的理论，否定愚蠢、荒诞、可恶的世界，她坚定地拒绝按照这个世界的那些法则生活”。之后的塔尼娅，过起了波西米亚人的生活，她随遇而安，享受着自由，以自己的方式感知起了眼前的世界。

塔尼娅对自由的体验是全方位的，这不仅表现在她放弃学业和工作，做起了富有创造性的手工艺品上，也表现在她解放自己的身体，让身体充分享受自由上。她和不同的人同居，甚至同时和戈尔德伯格家的两兄弟同居，以至于不知道自己的孩子究竟是谁的。塔尼娅对性的态度，似乎也是她对抗秩序和体制的一种方式，是对苏联社会那种回避性、把性看作不道德的虚伪态度的反击。塔尼娅成长于二十世纪四五十年代（与作者乌利茨卡娅几乎是同龄者！），她和她那些流浪艺术家和音乐家是饱受斯大林独裁政治制度和意识形态压抑的一代人，聚拢这一代人的“不是社会出身，也不是民族属性，不是职业，也不是教育水平，而是某种不可捕捉的东西，它部分地与对苏维埃政权的不悦有关，但是并不会局限于此。为了成为我们的人，应该能体验到一种隐约的不安心情，要对所有命令和许可不满，对整个现存的世界感到不满，从字母表到天气，直到把一切都创造得如此糟糕的上帝”。性爱是塔尼娅宣泄不满、追求自由的方式，也是反抗制度的方式。“她小的时候，大人的世界和小孩的世界、好人的世界和坏人的世界的这种分化是非常自然的。现在，她面前展示着另外一种划分——听话人的世界和不听话人的世界。”她努力做的是一个“不听话的人”，也就是体制外的人，这一点与她父亲——库科茨基医生有着天壤之别。父亲能够去宽容对待她的生活方式和世界观，然而在内心深处却无法理解。

有的时候，艺术家只负责提出问题，但并不负责对其进行解答。乌利茨卡娅在《库科茨基医生的病案》中给出的一个个含义颇丰的“病案”，其实并不仅仅属于库科茨基，也属于我们每一个沉浮于生活和命运之旋涡的人。我们和作家一样，未必能给主人公们找出“药方”，也是因为生活本就充满了各种矛盾和悖论，根本无解。然而，透过作家精彩的艺术世界和对生活、人、情感和家庭的深刻观察，我们对这些问题会有更多的思索，这也是阅读一本好的作品后，我们的收获之一。

陈　方

目录

第一部

1

从十七世纪末开始，巴维尔·阿列克谢耶维奇·库科茨基的所有父系先辈都是医生。一六八九年彼得大帝给乌得勒支市①的解剖学教授留伊什写了一封信，提到了库科茨基家族中的第一个医生——阿甫杰伊·费奥多罗维奇。此前一年，彼得大帝化名彼得·米哈依洛夫，听过留伊什教授的解剖学讲座。年轻的国君请求教授本着“自愿”原则接受助理药剂师阿甫杰伊·库科茨基的儿子前去学习。库科茨基这个姓氏本身来自哪里，确实不得而知，但是，据家族传说，先辈阿甫杰伊来自库库伊地区，彼得大帝时期那里曾经建起过一个德国村庄。

从那时起，库科茨基这个姓氏时而会出现在一些嘉奖名单上，时而会出现在俄罗斯根据一七一四年法令制定的学生名单上。出

① 位于荷兰，乌得勒支省的省会。

身低等的人在这些新型学校毕业后，他们所从事的职业会为他们开辟出一条通往贵族阶层的道路。进入官阶表后，库科茨基家族因功绩显赫变成了有尊严、有地位的优秀古老贵族。约翰·爱拉兹姆斯教授的听课者名单上也有库科茨基家族的一员，教授来自斯特拉斯堡，除了其他一些医学课程之外，这位西方教授还是第一个在俄罗斯讲授女性艺术的人。

从童年时代起，巴维尔·阿列克谢耶维奇就对所有生物构造暗自感到好奇。晚饭前通常有一段长短不定的空闲时间，他有时偷偷地钻进父亲的书房，从镶着厚玻璃拉门的瑞典书橱的中间一层，战战兢兢地拿出当时最著名的珍藏版普拉特纳三卷本医学百科全书，他捧着书坐在地板上，躲在荷兰炉子的突起部分和书柜之间的一个舒适角落里。在书的每一卷末尾都有一些人体插图，图上是一个蓄着小胡子、面颊粉红的男子，还有一个仪表端庄，但怀孕已久的女子，为了让人看清楚子宫里的胎儿，她敞开了衣服。不管你怎么看，这个人体对所有人来说只不过就是个裸体女人，可就是因为它，巴维尔才不敢让家人看到他的研究，他害怕自己被当成一个坏孩子。

就像小女孩不知疲倦地给洋娃娃换衣服一样，巴维尔也整小时整小时地组装拆卸硬纸板做的人体模型和模型上的单个器官。他从纸人身上依次揭下皮肤和粉红色的肌肉，取出肝脏，在富有弹性的主气管上翻出肺叶，直到涂成暗黄色的，显得毫无生气的骨骼露出来。死亡似乎一直隐藏在人体的最深处，只不过它的表面蒙上了一层活生生的血肉——关于这一点，巴维尔·阿列克谢耶维奇是很久以后才开始思考的。

有一天，父亲阿列克谢·加甫利洛维奇在炉子和书橱中间撞见了他。巴维尔以为会遭到训斥，但个子巨大的父亲看了他一眼，只是哼了一声，然后答应给儿子看一个好东西。

几天后，父亲真的给了他一个好东西——列奥纳多·达·芬奇的著作《解剖学》，A 卷，十八页，有二百四十五幅图画，是萨巴什尼科夫兄弟①十九世纪末在都灵出版的。这本书的华丽前所未有，只印刷了三百册，每本都编了号，上面还有出版者的赠书签名。阿列克谢·加甫利洛维奇给萨巴什尼科夫的某位家人做过手术……

父亲把书放到十岁儿子的手里，给他出了个主意：

"给，看看吧……达·芬奇是当时顶尖的解剖家。画解剖标本没人能超过他。"

父亲还说了些什么，可是巴维尔已经听不见了——书在他面前展开，就像一道灿烂的光线照亮了他的双眼。精致的图画让被描绘对象变得更加完美，无论是手和脚，还是达·芬奇私下里称

---

① 米哈伊尔（1871—1943）和谢尔盖（1873—1909）兄弟，俄国出版家，主要出版自然科学著作和历史文献图书。

作“鱼儿”的鱼状三头肌，全都完美得不可思议。

“这里，在下面，有自然历史、动物学和比较解剖学。”阿列克谢·加甫利洛维奇让儿子留意书架的下层，“这些书你也可以来这儿读一读。”

巴维尔在父亲的书房里度过了童年和少年时代最幸福的时光，他对那些能够保证骨头进行旋前、旋后多级运动的奇妙关节赞叹不已。血液循环系统的进化图，蚯蚓含有肌肉纤维的普通血管，人类四心室的心脏——这个永动机对于那些留级生来说永远是个谜，所有这一切让巴维尔激动得热泪盈眶。就连世界本身，对这个小男孩来说，也是一台巨大的永动机，它有自己的工作寿命，这寿命被贮存进了一个从生到死、从死到生的周期运动。

父亲送给儿子一个可以放大五十倍的小型医学显微镜，于是，整整一年间，只要不能平放在载物玻片上的东西，男孩就不再感兴趣了。在无法进入显微镜视野的那个世界里，他只留意那些和镜片中观察到的奇妙图景相吻合的东西，比如桌布上的花纹吸引他的目光，是因为它使巴维尔想起了横纹肌肉组织的构造……

“你知道吗，艾娃，”阿列克谢·加甫利洛维奇对妻子说，“我担心小巴维尔不会当医生，他的脑袋非常灵活……他该去研究科学……”

阿列克谢·加甫利洛维奇本人干了一辈子苦差事，他有教学和临床两份工作。他主管野战外科学教研室，同时也一直没停止过做手术。在俄日和俄德这两次战争之间的短暂空隙，他全神贯注地工作，创建了野战外科学的现代学派，同时还力争让军事部关注一个对他来说显而易见的事实——未来的战争会改变自己的性质，刚刚开始的这个世纪将是一个具有新规模、新武器、新型军事医学的战争世纪。阿列克谢·加甫利洛维奇认为，应该对野战医院体系进行全面重审，应该把快速撤退伤员，创建专业化中心军医院作为主要任务。

德国人发起的战争开始了，比阿列克谢·加甫利洛维奇预期的还要早。用当时的说法，他奔赴军事行动的舞台。他当上了他在和平时期辛苦主持创建的委员会主任，然而现在他却分身乏术，因为有大批的伤员涌来，而他设想的专业化军医院也成了纸上谈兵，因为战前他没来得及把官僚主义的壁垒打通。

他和军事部长发生了激烈冲突，之后，他放弃了自己的委员会，留下了一些流动军医院。他设在普尔曼式火车车厢里的移动手术室，穿过加利西亚和乌克兰，和缺乏行动能力的军队一道撤退。一九一七年初，一颗炮弹落入了外科手术车厢，阿列克谢·加甫利洛维奇和自己的病人、护士一起牺牲了。

巴维尔就在那一年考入了莫斯科大学医学系。可是第二年他就被开除了，因为他的父亲恰巧是沙皇军队的上校。又过了一年，父亲的老友、妇产科教研室主任卡林采夫教授替巴维尔说情，让他重返大学。卡林采夫把他安排在身边，用自己的胸膛护住了他。

巴维尔的学习热情，就像赌徒赌博，酒鬼喝酒。他在学业上的全神贯注让他得了怪人的名声。和娇宠任性的妈妈不同，他对物质上的损失几乎毫不在意。父亲死后，似乎也没什么东西好损失了。

一九二〇年初，库科茨基家变得紧凑了——他们的房子里又搬进来三家，但是，从前的书房给寡妇和儿子留下了。在新政权下苟延残喘的大学教授们什么忙都帮不上，因为他们也被挤得够呛，再说革命的恐慌还未消散，布尔什维克们已经宣称，这些腐朽透顶的知识分子们从前一直为之奋斗的人类生活，现在一钱不值。

艾娃·卡兹米洛夫娜是巴维尔的母亲，她勤俭节约，对家什恋恋不舍。她把他们家的所有华沙家具、餐具和衣服都塞进了书房。父亲令人肃然起敬的书房过去一直宽敞明亮，现在却变成了一间仓库。无论巴维尔怎么求她清理多余的东西，母亲只是边流眼泪边摇头，她说这是她从前生活剩下的全部了。尽管如此，还是不得不变卖一些东西，她慢慢开始在旧货市场上变卖东西——数不清有多少箱鞋子、毛领和餐巾，她在每一件小东西上挥洒自己诀别的泪水。

母亲和儿子的关系不知道为什么变得冷淡而又疏远，又过了一年，母亲嫁给了一个猥琐的年轻人，他叫菲利普·伊万诺维奇·列夫申，是一个铁路小官吏，于是，巴维尔离开了家，然而他为自己保留了使用父亲图书的权利。

但是，他很少回到母亲的家。他上学，在医院工作，经常值班，碰到哪儿就住在哪儿，经常住在被服间，管理员老太太总是放他进去，老太太不只记得巴维尔的父亲，还记得他的爷爷。

母亲又生孩子的时候，他已经二十一岁了。已经成年的老大暴露了母亲的年龄，这让容光焕发的艾娃·卡兹米洛夫娜感到难堪。她暗示巴维尔，说他在家里不受欢迎。他和母亲的关系从这时起就中断了。

过了一段时间，医学系和莫斯科大学分离，重新进行了安排。卡林采夫教授去世了，另一个人顶替他的位置，他是一个党内选拔出来的干部，没有任何学术名声。尽管看起来奇怪，但是他仍然厚待巴维尔，把他留在了临床医学教研室。在医学界，库科茨基家族的姓氏和皮罗戈夫①或包特金②的姓氏一样有名。

巴维尔的第一项科研工作是关于某种血管破裂的研究，这种破裂会导致孕期第五个月自动流产。这种破裂关系到最纤细的毛细血管，巴维尔对此格外感兴趣，他那时有一种想法，想对非中

---

① 皮罗戈夫（1810—1881），俄国解剖学家，外科学家，教育家，社会活动家，外科解剖学派的创始人。

② 包特金（1832—1889），俄国内科学家，俄国内科临床学学科的奠基人之一。

心领域的血液流通及神经系统施加影响，他认为比起更高层次的部位，这些更好控制。巴维尔就像所有的临床医生一样，领病人去住院处，每周两次在门诊部出诊。

就在那一年，他在门诊部出诊，在给一个怀孕中期习惯性流产的妇女做检查时，他发现，他用肉眼看见了她胃部已经转移了的肿瘤—— 一处在肝脏，另一处不太明显，在纵膈膜。他没有违反检查病人的程序，不过给她开了一张外科转诊单。之后，他在诊室里坐了半天，没让下一个病人进来，他想弄清楚，他究竟是怎么了，这幅完全成熟的癌瘤彩色示意图是从哪里冒出来的。

从这一天起，巴维尔·阿列克谢耶维奇·库科茨基身上出现了这种奇怪但却有用的天赋。他私下里称之为“内视力”，最初几年，他小心翼翼地打探，想知道他的同事中间是不是有人也有类似的特点，但他最终什么迹象也没找到。

他的“内视力”逐年强化，具有高度的分辨率。某些时候，他甚至能看见细胞组织，它们仿佛染上了欧利希①苏木精的颜色。恶性变化是浓重的紫色，积极增生的区域若隐若现地闪着细密的暗红色……他能看见刚刚受孕几天的胚胎，胚胎就像闪闪发光的浅蓝色云朵。

---

① 欧利希（1854—1915），德国医师，细菌学家，生化学家，免疫学及化学疗法的创始人之一。

有时连着好几天甚至好几周，他会失去“内视力”。巴维尔·阿列克谢耶维奇继续工作，检查病人，做手术。他没有失去职业信心，但是内心里会产生一丝不安。这位年轻的医生，毫无疑问，是一个唯物主义者，他忍受不了神秘论。他母亲从前时常参加上流社会的招魂聚会，有时沉湎于催眠术的神秘把戏，这些爱好总是招来他和父亲两人的嘲笑。

巴维尔·阿列克谢耶维奇把自己的天赋看成身外之物。他没有因为这种现象的神秘属性备受煎熬，而是把它当成工作中一种有用的额外帮助。渐渐地，事情水落石出了，他的天赋具有禁欲主义和厌女倾向。甚至一顿过于丰足的早餐都会让他的内视力弱化，因此巴维尔·阿列克谢耶维奇养成了不吃早饭的习惯，第一餐是午饭，如果下午坐诊，第一餐就是晚饭。如果和女性有过身体上的接触，那么，被观察的病人在短时间内不管怎样都不会透明了。

他是一个优秀的诊断医师，事实上，他的医学实践并不需要这种旁门左道的支持，但是，科研工作仿佛在请求帮助：血管的隐秘命运保留着一些即将得到揭示的秘密……结果是个人生活和科学生活发生了冲突，他和他虚幻的爱恋对象，一个双手冰冷而又准确的外科护士分了手，之后，他委婉地躲掉了各种恋爱关系，他有些害怕女性的挑衅，习惯了矜持克制。这种克制对他来说并不难受，心甘情愿。有时，他会喜欢某个护士或某个年轻的女医生，而且他也很清楚她们中的每个人都会呼之即来，但是，“内视力”对他来说更加珍贵。

他不得不保护自己心甘情愿的童贞——他独身一人，以当时那个年代极为贫寒的标准来看，他还算有钱，在自己的领域内名声响亮，他可能算不上帅气，但是男子气概十足，而且非常有魅力。所有这些理由，哪怕只有其中一个，就足以让每个女人对他发起进攻，只要发觉他的眼神表现出了一些兴趣，她们的进攻就会格外猛烈，让巴维尔·阿列克谢耶维奇几乎无法脱身。

他的一些女同事认为他有难以启齿的男性缺陷，并且把这个和他的职业联系了起来—— 一个男人，由于工作需要，每天都用灵敏的手指在女人最隐秘的幽暗之处摸索，他怎么可能对女人感兴趣呢。

2

库科茨基家族的男人们除了爱好医学，还有一个与众不同的祖传特点，他们就像获取战利品一样为自己找老婆。太爷娶了一个被俘虏的土耳其人，爷爷娶的是契尔克斯人，父亲娶的是波兰人。据家族传说，所有这些女人，无一例外，都是性情乖张的美女。但是，外族血统的掺入并没有改变男人们祖传下来的模样，他们依然是大块头，高颧骨，早早就谢顶。阿甫杰伊·费多罗维奇有一幅肖像版画，是一个明显受过德国风格训练的无名画家画的，直到今天还由巴维尔·阿列克谢耶维奇的后代保留着，这幅画证实了家族血统的力量，这种血统在经年累月之中保留了家族的特征。

巴维尔·阿列克谢耶维奇·库科茨基也像军人一样结了婚——匆忙而又出人意料，虽然他的妻子既不是俘虏，也不是人质。他第一次见到她是在一九四二年十一月，在西伯利亚的B市，他主管的医院撤退到了这座小城，他看见她躺在手术台上，状态非常糟糕，巴维尔·阿列克谢耶维奇没看见她的脸什么样，但他十分清楚，这个女人的生命已经不是他所能左右的了。她是用急救车送来的，可是送晚了，太晚了。

午夜时分，巴维尔·阿列克谢耶维奇的助手瓦莲京娜·伊万诺夫娜把他叫走了。她是个优秀的外科医生，她知道他完全信任她，但这次情况有些特殊。原因是什么，她自己也说不清楚。她派人去巴维尔·阿列克谢耶维奇的住所，叫醒他，请他过去。他进手术室的时候，已经消过毒，为手术做好了准备，瓦莲京娜·伊万诺夫娜正在用手术刀切割已处理过的皮肤表面。

他站在瓦莲京娜·伊万诺夫娜背后。他的特殊视力自动显现了，他看见的已经不是瓦莲京娜·伊万诺夫娜正在操作的那块区域，而是完完整整的女性身体，少有的挺拔而又轻盈的脊椎，窄小的胸廓，纤细的肋骨，比常人高一些的横膈膜，缓慢收缩的心脏，一团淡绿色的与肌肉一起同步跳动着的火焰照亮了心脏。

他看见了，无论谁都不能理解这一点，他对谁也无法解释清楚这种奇怪的感觉，他看见了一个十分亲近的身体。甚至连右肺上方的阴影，小时候得过肺结核的痕迹，对他来说都显得亲切而又熟悉，那阴影就像你每晚睡觉时，床头壁纸上那块早已熟悉的斑点一样。

注视这个内部结构如此优美的年轻女性的面孔，有些令人窘迫，但他还是忍不住往一直盖到下颌的白被单上方扫了一眼。他看见了修长的褐色眉毛，眉脚浓密，还有窄小的鼻孔。他看到病人石灰般苍白的脸色。但是，仔细观看她的脸庞而产生的窘迫感十分强烈，他只好垂下眼睛，目光所至的地方，他看到了应该长着波浪形的珠母色肠道的那个地方。阑尾涨破了，脓液流入了肠道。腹膜炎。这也是瓦莲京娜·伊万诺夫娜做出的判断。

那微弱的粉黄色火焰只有他一个人看得到，火焰散发着某种罕见的花香，摸上去有些温暖，它微微照亮了这位女性，事实上，火焰似乎是她身体的一部分。

他还看见，髋关节由于肋骨凸起不足而非常脆弱……事实上，接近半脱位状态。还有如此狭窄的骨盆，分娩时有可能会出现难产或者耻骨断裂。但是子宫是成熟的，生产过的。这说明她经历过生产。脓水已经渗入了卵巢的两翼以及黑暗不安的子宫。心脏微弱跳动，但速度平静，而子宫在发散恐惧。巴维尔·阿列克谢耶维奇早就知道，每一种器官都有自己独特的感受。但是，这能宣之于众吗？

“是啊，你不能再生小孩了……”他还想不到，眼前这个濒临死亡的女性不能再为谁生小孩了。他甩了甩头，赶走了这些透明的画面。瓦莲京娜·伊万诺夫娜抚平肠壁，摸到了阑尾，里面全是脓水。

“彻底清洗。全部切除。”

脓水抽不出来。该死的职业，巴维尔·阿列克谢耶维奇从瓦莲京娜·伊万诺夫娜手里拿过器械时这样想道。

巴维尔·阿列克谢耶维奇知道，军医院院长加尼切夫手上有几瓶美国产的盘尼西林。那是个小偷，唯利是图，可是巴维尔·阿列克谢耶维奇必须用药。院长会给吗？

3

在叶莲娜半死不活的头几天，巴维尔·阿列克谢耶维奇去病房看过她，病房是用屏风隔开的，十分简陋，他亲自给她注射本来指定给伤兵用的盘尼西林，他一共下手偷了两次。叶莲娜没有恢复知觉。她待的那个地方有一些会说话的半人半植物，还有某个她在其中几乎扮演主角的场景。她被关怀备至地安置在一块巨大的白色布单上，她感到自己也成了这块布单的一部分，有一双轻盈的双手在做着些什么，似乎是在她身上缝线，至少，她感觉到了最细微的针头的刺痛感，然而这种刺痛感又非常怡人。

除了这些关怀备至的缝线的人，还有一些令人讨厌的人，好像是德国人，甚至可能是一些穿着盖世太保制服的人，他们不光想让她死，甚至还想做一些比死亡更恶劣的事。与此同时，某种东西提醒叶莲娜，说这一切有些虚幻，半真半假，很快会有人来为她揭示货真价实的真理。总之，她猜测到，此刻发生在她身上的一切关乎她的生死，但是，在这件事的背后有某种更加重要的东西，它和即将揭示开的最终真理有关，并且，这个真理比生命本身还重要。

有一天，她听到了一番对话。一个男低音对某人说他要抗生素。一个老年女性的声音拒绝了。在叶莲娜的想象中，抗生素是一个大玻璃箱，里面装着叮当作响的彩色小管子，小管子和高山风景有种神秘的关系，一切都发生在这风景之中。

之后，无论是风景，还是彩色的小管子，还是那些不切实际的物品顷刻间全都消失了，她感到有人在拍打她的手腕。她睁开眼睛。光线如此强烈刺眼，她眯起了眼睛。一个脸孔似曾相识的人朝她笑了一下：

“还不错，叶莲娜·格奥尔吉耶夫娜。”

巴维尔·阿列克谢耶维奇震惊了：这恰好是部分大于整体的那种情况——她的眼睛比脸上其他部分还要大。

“我在那儿看见的是您吗?”她问巴维尔·阿列克谢耶维奇。

她的声音细微，完全像纸一样脆弱。

“很可能是。”

“那塔涅奇卡[1]在哪儿?”她问道，但是回答已经听不清了，她又在一些彩色的斑点和会说话的植物之间漂游起来。

“塔涅奇卡，塔涅奇卡，塔涅奇卡。”叫声响起来了，叶莲娜平静了下来，看来一切正常。

过了一段时间她彻底清醒了。疼痛，手术，病房，一切都恢复了原状。细心的医生救了她的命。

瓦西莉萨·加甫利洛夫娜来了，她有一只眼睛长了白翳，头上扎着一条低到眉毛的深色围巾，她送来了红莓果汁和黑乎乎的饼干。她带叶莲娜的女儿来过两次。

一开始医生一天来两次，后来，就像对所有病人那样，只在早晨查房的时候来。屏风挪走了。现在，叶莲娜和其他病人一样开始下床，她能走到走廊尽头的洗脸池那儿。

巴维尔·阿列克谢耶维奇让她在外科住了三个月。

那时，叶莲娜在郊区一幢腐烂的小木屋里租了一个角落，用印花帘子隔开。女房东看上去也腐烂了，她极其爱吵架。在叶莲娜之前，她已经赶走了四个租房子的人。这个西伯利亚小城战前

---

① 塔涅奇卡是塔尼娅的爱称。

差不多有五万居民，现在被撤退的人挤得满满的。城里有一座军工厂，叶莲娜在厂里的设计处工作，这里有一所带临床医院的医科大学，还有两家剧院。如果不算在近郊为囚犯盖的简易住房，在苏维埃政权期间，城里一所能住人的房子都没建。人们就像罐头里的鲱鱼，挤满了每一个缝隙，每一个巢穴。

出院前那天晚上，医生带着司机，乘公家小汽车去了叶莲娜的住所。女房东被开来的汽车吓坏了，躲到了储藏室里。应声开门的是瓦西莉萨·加甫利洛夫娜。巴维尔·阿列克谢耶维奇打了声招呼，然后就被泔水和垃圾的臭味噎住了。他没脱皮袄，走了三步，撩开帘子往她们贫寒的窝里扫了一眼。塔尼娅坐在大床的一角，抱着一只小白猫，她看着巴维尔·阿列克谢维奇，有些胆怯，又有些好奇。

“快点儿收拾东西，瓦西莉萨·加甫利洛夫娜，我们搬到另一个地方去。”说完这番话他自己都感到很意外。

在这个重病号奇迹般地起死回生后，根本不能把她留在这种泔水池里。

过了十五分钟，家当装进了一个大箱子和包袱里，塔尼娅穿戴整齐，三个女性，包括那只小猫，一起坐在了汽车后座上。

巴维尔·阿列克谢耶维奇把她们带到了自己家。医院占了一栋老楼，巴维尔·阿列克谢耶维奇的房子在另一个院子，在后接出来的那栋楼里。这里以前是下房和仆人的厨房，现在搭起来一个大炉灶给病人做饭，人们把房子打了隔断，给巴维尔·阿列克谢耶维奇划出两间有单独入口的屋子。他让这一家人住在其中的一间。这就是他未来的家人。

第一天晚上，瓦西莉萨独自一人和塔尼娅待在家里，叶莲娜第二天才能出院，瓦西莉萨像往常一样做完祈祷，陪已经熟睡的小姑娘躺在一张诊疗睡椅上，在所有人当中，她第一个猜到这一切将如何收场……啊，叶莲娜，叶莲娜，丈夫还活着呢。

第二天瓦西莉萨就证实了自己的怀疑，叶莲娜穿过院子，走进楼里之后先去找的是巴维尔·阿列克谢耶维奇。她虚弱，透明，笑得有些慌乱，不知所措，甚至还有些内疚。但是，在那一天，无论瓦西莉萨的怀疑抑或指责都是毫无根据的，那些根据过了几天之后才出现。值得惊讶的是，这个对男人没有一点儿经验的老姑娘，竟然在爱情刚开始萌动的时候就敏锐地捕捉到了它。

整个二月一直是令人难耐的严寒。巴维尔·阿列克谢耶维奇的屋子里暖气非常充足，几个月以来，这几个女性第一次暖和了过来。可能，就是这种女人们曾经非常怀念的干劈柴的热度温暖了叶莲娜的感觉，至少，对巴维尔·阿列克谢耶维奇的爱的热度，是她从未体会过的。她和安东·伊万诺维奇的婚姻，从体会爱情和体会自身的新高度来说，现在看起来残缺不全，不那么真切。她把关于丈夫的那些细碎模糊的念头从头脑中赶走，总有一天她得对自己做一番诚实而忧伤的坦白，但是她不断拖延着这一时刻的到来。现在情况变得更加复杂，几乎半年左右没有安东的信了，她自己也一个月没给他写信，因为无论真话还是假话，她现在都无法对丈夫说出口。

早上五点半钟，巴维尔·阿列克谢耶维奇会从医院的厨房送来一桶热水，就像在其他年代你能喝到一大浴盆香槟酒一样，这简直奢侈得不可思议。他在门后一直等到叶莲娜洗完。之后他自己洗，然后再给瓦西莉萨·加甫利洛夫娜和塔尼娅提一桶，他往她们烧得几乎一刻不停的炉子里添柴火。他们两人没上班之前，瓦西莉萨待在另一个房间，她假装还在睡觉。叶莲娜知道，瓦西莉萨是一个爱起早的人，她总是半夜就开始嘟嘟囔囔地祈祷了。

叶莲娜猜想，瓦西莉萨不出来，是因为不愿意当一个不成体统行为的目击者。她笑了。每天早上，她都感到自己特别幸福，特别自由。她知道，在去工厂的路上，一切会悄然暗淡，而到了白天快结束的时候，清晨的幸福感觉已荡然无存，负罪感和愧疚感晚上更加强烈，直到深夜巴维尔·阿列克谢耶维奇紧紧抱住她的时候，这种感觉才会消失。

巴维尔·阿列克谢耶维奇已经四十三岁了。叶莲娜二十八岁。她是巴维尔生活中第一个，也是唯一一个没有驱走他那种天赋的女人。她在他房间第一次过夜时，他在破晓前的黑暗中醒来，散落在他肩头的辫子让他感到发痒，他对自己说：“够了！我宁愿以后没有其他医生看到得多！我不想放她走。”

他的天赋虽然从前是厌恶女色的，但让人奇怪的是，叶莲娜却是一个例外。至少巴维尔·阿列克谢耶维奇仍像从前一样，能看见那些彩色的闪动以及身体里隐藏着的生命。

“它大概也喜欢她。”巴维尔·阿列克谢耶维奇得出了答案。

叶莲娜的丈夫，安东·伊万诺维奇·弗洛托夫的死讯传来时，恰好是她第一次在巴维尔·阿列克谢耶维奇房间里过夜后的一个半月。阵亡通知书是早晨送到的，叶莲娜已经去工厂上班了。瓦西莉萨哭了一天，她并不喜欢安东，现在她特别责怪自己没喜欢过他。

晚上，她把通知书放在叶莲娜面前。叶莲娜惊呆了，把那张颜色发黄的、皱皱巴巴的纸片久久地攥在手里。

“我的上帝！现在该怎么活啊！”叶莲娜指了指用笔直的文书数字写出来的死亡日期，“你看到是哪一天了吗？”

就是叶莲娜在巴维尔·阿列克谢耶维奇房间第一次留宿的那天。

巴维尔·阿列克谢耶维奇的宽肩膀上面披着合身的外科大褂，结实的颈口绕着一圈带子，在此之前，这个肩膀完全遮住了整个世界，遮住了阵亡的安东。安东长着一双冰冷的眼睛，瘦削的脸上有一张棱角分明的嘴巴，他的脸上完全没有斯拉夫人那种柔和的线条。

从这一刻起，叶莲娜对巴维尔·阿列克谢耶维奇的爱情之中总是掺杂着一种无法更正的罪恶感，因为安东恰好就是在叶莲娜背叛他的那一天死去的。

瓦西莉萨在这个数字中看到了另外的东西，四十天已经过去了。[①]

“我不再祈祷了，你也别再守寡了。”瓦西莉萨哭着说。

过了几天，瓦西莉萨请假了，这是她又一次神秘地暂时离开，她与其说是请求准假，不如说是通知。和瓦西莉萨一起生活多年的叶莲娜非常了解她的这个特点——突然消失一个或两三个星期，然后又同样突然地回来。可这一次叶莲娜却不能放她走，因为设计处，也就是她用自己轻盈的手给改良坦克绘制改良传动箱运行图的地方，不给任何人放假。除此之外，战时法令并未考虑到游山玩水的需求，而且也找不到人来照顾塔尼娅。

4

巴维尔·阿列克谢耶维奇在很多方面都具有洞察力，虽然全身心沉浸于专业和医疗事业，但他能够非常清醒地评价他身旁所

---

① 俄罗斯人常在人死后的第四十天举行纪念仪式。

有人的生活。他显然使用过他是大医院教授和医生的特权，但是，他手下的医护人员过着贫寒的生活，即便在产科也存在食品短缺，寒冷，柴火、药品和包扎材料不足等情况，这一切躲不过他的眼睛。虽然他在战前也看到了相似的情况，但是现在，他不知为什么突然觉得战后一切都会改观，会变得更好，更规范。

他的工作是帮助人类从血流如注的缝隙中、从腹内虚无的黑暗中降生，这一刻钟似乎发生了火光闪电，他和这闪电的接触是如此频繁，以至于变成了日常活动。他的职业本身，他对这出自然戏剧的职业参与，这一切都体现在了他的外表和内心，体现在了他的所有判断上。他不仅知道人是脆弱的，同时也知道人有超常的忍耐力，这种忍耐力远远超出了其他有生命的机体所能承受的范围。多年的经验显示，人的适应能力大大超过动物。有趣的是，医学家和动物学家是否尝试过共同研究这个问题呢？

“我完全确信，没有一只狗能承受人所能承受的东西。”他暗自笑了。

巴维尔·阿列克谢耶维奇拥有一种对于一个学者来说最重要的特质——善于正确提出问题。他密切关注当代生物学和胚胎学领域的研究状况，不知疲倦地惊叹于一个永不止息的，甚至有些微不足道的规律，这种规律在一个人还孕育于母亲腹中的时候，就决定了他未来的生命，依照这个规律，每一个被观察到的现象，其发生的时间都极其精确——不是精确到哪个星期或是哪一天，而是精确到每一小时，每一分钟。这种时间机制如此精确，使得正好在第七天的时候，每一个受精的胚胎，作为同类细胞的球状聚合，分裂成两叶，内部和外部各一叶，之后，它们开始发生神奇的变化——它们下垂，松弛，翻转，组成一个个节或泡，一部分表面渗入了内部，而这一切又以前所未有的精确度不断重复，上百万次、上百万次地不断重复……这出看不见的戏剧是根据谁的命令上演的，这命令又是怎样发出的？

不知名的智慧包含在两种物质之中，一个是单一细胞，它由一个行动缓慢、非常容易流走的卵细胞构成，这个卵细胞周围环绕着滤泡细胞的光晕，另一个是精子，长鼻子，长着纺锤状头颅和蠢蠢欲动的螺旋状尾巴，卵子和精子这两种物质不可避免地构成了人的生命，半米长，嗷嗷哭喊，三公斤重，完全没有思想，而他仍然会服从于那个神秘的法则，成长为天才、败类、美女、罪犯或是圣人。

巴维尔·阿列克谢耶维奇知识渊博，实质上掌握了那个时代有关这个学科的一切知识，因此他能比其他人更容易想象出来，每一个小卡佳和每一个小瓦列里是从什么样的宇宙混沌中突然钻出来的。

父亲的图书中有很多医学史方面的书籍，巴维尔·阿列克谢耶维奇永远喜欢这些美好古代的踪迹。他高兴，他惊奇，有时还会嘲笑一番那些早已故去的同行，比如古埃及的术士，世界上第一个解剖学家，还有做放血疗法、剖腹产手术和切除鸡眼的中世纪巧匠。

还是在青年时代，他就记住了一个巴比伦术士和一个别洛斯医生的通信内容，在信里，术士对自己的学生说，提什拉星进入西帕拉星座已经有三十年了，从那时起出生的男孩子个头更大，更富有进攻性，他们的小手里仿佛握着一支矛。

“这并不奇怪，”医生回应道，“最近十年战争不断，这些斗士般的男孩长大了，他们不能变成农夫。应当说，护卫女神拉玛苏改写了命运图谱。”

巴维尔·阿列克谢耶维奇那时翻阅了德语参考书，他弄清楚了改写一代代人命运的这个拉玛苏究竟是谁。原来，她就是胎盘女神。每个器官都有对应的神灵，你能感觉到，天、地、人在宇宙中相互关联，这一切令人啧啧称奇，然后在新时代这些东西都没有了。事实上，令人感兴趣的是，如果抛开这些动人的迷信，在一代人身上还有没有某种共同的面孔，共同的性格？难道只有社会因素决定一代人的性格吗？或许，事实上也有星星的影响，饮食的影响，水成分的影响……要知道，巴维尔·阿列克谢耶维奇本人的老师卡林采夫教授，就曾经讲过世纪之初的“低血压”儿童。他把他们描述成一些萎靡不振、睡意蒙眬的孩子，眼睛下面长着软绵绵的眼袋，嘴巴半张半开，手臂像天使一样软弱无力……当然了，他们长得可能不像现在的人——拳头紧紧攥起，脚趾弯曲，肌肉紧张。现代人是高血压。还有拳击运动员的姿势——攥起的拳头保护着脑袋。他们是恐惧之子。他们可能更加善于生存。只不过，他们害怕什么呢？在等待谁的击打呢？对这样的孩子，巴比伦的学者别洛斯、拉玛苏女神的术士又会说些什么呢？

有关恐惧之子的念头把巴维尔·阿列克谢耶维奇带入了另一个领域。他思考一些亲人的命运，他发现，几乎他们每个人都受到过恐惧的伤害。大多数人隐瞒了某种出身或出生方面的可耻事实，或者，他们无力隐瞒，只能一边过日子，一边不断等待有人会因为那些莫须有的罪行来惩罚他们。巴维尔·阿列克谢耶维奇的助手瓦莲京娜·伊万诺夫娜出身于一个大富商家庭，另一个同事的血管中，就像黑死病一样，悄悄流淌着一半德国血液，医院记录员的哥哥一九一八年移民了，刚刚出现在他生活之中的叶莲娜，承认她父母死在集中营，而她自己，奇迹般地逃脱了这种命运，因为祖母在叶莲娜父母被迁到阿尔泰之前领养了她。甚至就连瓦西莉萨·加甫利洛夫娜这个不起眼的妇女，也可能有过令人费解的秘密。每个人都有可为之沉默的东西，每个人都在等待被揭发。

随着战争爆发，这种飘忽不定、近乎神秘的恐惧稍微减轻了一些，它被另外一种更加现实的恐惧代替了，那是为奔赴前线的男人们的生死而感到的恐惧。他们葬身于宿敌德国人手下，这些在前线战斗并牺牲的男人保卫的不仅是自己的祖国，在某种程度上，他们还保卫了自己的家庭免受战前那种恐惧。警惕的国家机构仿佛淡忘了那些富有的外婆们、教育程度极高的外公们和国外的亲戚们。寄到家里的死亡通知书让所有人在痛苦中变得平等。失去父母，饥寒交迫，这些让烈士和死刑犯的孩子变得地位平等。现在，所有人的未来都和胜利联系在一起，他们的理想超不出胜利的范围。巴维尔·阿列克谢耶维奇和叶莲娜在悄声细语和劈柴燃烧的噼啪声中萌生了爱情，这爱情几乎沉静无声，充盈了他们的心灵，对未来的思考躲不过去，可他们两人谁都不去想，他们还不感到害怕。

5

巴维尔·阿列克谢耶维奇结婚后马上领养了塔尼娅，就像瓦西莉萨·加甫利洛夫娜说的那样，把她放在了心坎儿上。在这个“亲生”的小女孩身上似乎聚集了所有由他接生的新生儿的优点，有成千上万个，他们是在他的帮助下降临到这个世上的。巴维尔·阿列克谢耶维奇拽拉婴儿，切断脐带，使婴儿免遭窒息、头颅损伤和其他常在分娩时发生的伤害。

但是，别人的孩子只能停留片刻。他在他们身上耗费了巨大的力气，辛苦工作，然而，他们过后却消失了，巴维尔·阿列克谢耶维奇几乎从未见到过他们，这些男孩和女孩会笑了，开始琢磨自己的小手指头，开心地认出亲人的面孔、奶头和带响的玩具。

还是在新生儿生命的最初时分，巴维尔·阿列克谢耶维奇就能看出他显现出来的气质——是意志顽强还是性格消极，是倔强还是懒惰。但是，一般来说，更加细微的个性在最初是显现不出来的，那时，婴儿们经历了分娩的巨大消耗，进入了一种全新的生存，他们还在休息。关于别人的婴儿他懂得很多，但是，他对自己家里的小孩子却一无所知。新的发现是令人惊讶的。

塔尼娅刚满两岁，从年纪上看，巴维尔·阿列克谢耶维奇可以当她的爷爷。他在她身上所体验到的心醉神往的感觉，让他对一切新事物油然生出一种老年人的感动，而这样的感动只有小孩才有，成年人通常体会不到。有时，他会看见她手腕上的褶皱，腰上的小坑，有时会发现，她深色的头发并不是均匀的深褐色，在发根，脖子和耳朵后面，头发的颜色更浅，更软，就像是另外一种头发。

新的词语，新的动作，两岁小人儿在智力上的成长，这一切在此时引起了巴维尔·阿列克谢耶维奇爱心十足的兴趣。他从来都不允许自己有那样的念头，觉得另一个女人可以给他再生一个他自己的孩子，可能会是个男孩，他继承的不是别人的褐色头发，而是他巴维尔·阿列克谢耶维奇的浅色头发和独有的谢顶倾向，继承他奇怪的手形，宽阔的手掌和指甲处突然变尖的下粗上细的手指，可能，这个男孩最终还会效仿他的职业。

不，不，即使叶莲娜还能生育，他也不能完全相信，他会让自己对塔尼娅的爱遭受考验和比较。他也对叶莲娜说过，我不能想象有另外一个孩子，我们的女儿是真正的尤物。

很难说，这两者究竟什么是因什么是果，是因为父母在孩子身上倾注了无穷无尽、不求回报的爱，才有了性格良好的孩子，还是相反，因为有个好孩子，才唤起了父母心灵中所有最美好的东西。非此即彼，塔尼娅在关爱中成长，他们三个人在一起的时候尤为幸福。瓦西莉萨虽然也是家庭的一员，但是，在家庭的几何三角形中，她是一个辅助成分，只为他们的存在赋予一种附加的稳定性。

有时，塔尼娅比大人起得早，她溜到父母的房间里，像一条彩色小鱼儿一样在他们中间钻来钻去，她用睡意蒙眬的声音请求“抱抱和亲亲”。她很早就开始说话，一下子就能说对，这个“亲亲”对于她来说，就是成年人的游戏，一个善于嘲笑自己、善于嘲笑小孩子的成年人玩的游戏。

“这儿，这儿，还有这儿。”她用手指头点着自己的额头，脸蛋，下巴，得到父母的亲吻后，就好像得到了一种理所当然的重视一样，她带着一种可笑的严肃表情，在巴维尔·阿列克谢耶维奇扎人的腮帮上寻找一个可以亲的地方。

这种亲吻仪式在塔尼娅上学时变成了临走前的吻别。瞬间的接触似乎是非常微不足道的，然而，它就像一颗颗小钉子，把每天的生活牢牢钉在了一起。

总体来说，巴维尔·阿列克谢耶维奇在与人交往方面是一个非常矜持的人，和妻子也不例外，无论做手势还是用词，他严格遵守着自己容许的界限，但是，和塔尼娅在一起时，他却成了模仿孩子说话的老头。“甜甜的小樱桃”“爸爸的小麻雀”“黑眼睛的小松鼠”“大耳朵的小苹果”，他把最俗气的植物和动物名称一股脑儿用到塔尼娅身上。塔涅奇卡非常喜欢这些，她也有一些给父亲的外号，如“我最好的狗狗”“河马·河马耶维奇”“小胡子鲇鱼”。

巴维尔·阿列克谢耶维奇极其宠爱塔尼娅。叶莲娜不得不时常地给他的热情降降温。有时，他走进玩具商店，把寒酸的货架一扫而空。但是，这种疯狂的宠爱似乎并没有危害到塔尼娅，她不吝啬，也没有那种不懂深浅的孩子身上常常表现出来的霸道。

巴维尔·阿列克谢耶维奇觉得，每一种布料对于孩子的皮肤来说都太粗糙了，他觉得，鞋子磨脚，围巾扎脖子。他将目光转向妻子，惊讶得几乎心痛，她是多么柔弱、温柔，他想把两个人都裹在细麻纱布里，裹在羽毛里，毛皮里……巴维尔·阿列克谢耶维奇禁欲者的癖性，作为一名严肃而冷酷的外科医生所遵循的全部原则，叶莲娜机械性地吃最少、最差东西的习惯（她做得如此轻松自然，谁都发现不了），瓦西莉萨的小气，她对孩子的严厉，这一切与巴维尔·阿列克谢耶维奇的强烈愿望形成了对比，他不想让女儿和妻子受到穿堂风、无礼行为以及周边生活中所有缺陷的侵扰，想把她们与世隔绝起来，这是多么荒唐的念头啊！

临近一九四四年九月，巴维尔·阿列克谢耶维奇的医院迁回了莫斯科。叶莲娜曾指望回到她位于三溪胡同的房子里，但是已经有两家内务部的小办事员住了进去，于是，年轻的家庭只好住到巴维尔·阿列克谢耶维奇的办公室，战前他一直在这里，过着孤单而又简朴的生活。那是一间非常宽敞的半地下室，但是潮湿，不适合孩子住。塔尼娅就像故意怕别人白白担心她的身体似的，经常感冒，长时间地咳嗽。

巴维尔·阿列克谢耶维奇和叶莲娜·格奥尔吉耶夫娜的家庭生活是这样幸福，就连塔尼娅的病都在夫妻间传送着某种亲密的音符。很长一段时间以来，巴维尔·阿列克谢耶维奇下班一回家就不无担心地问："她咳嗽了吗？"

瓦西莉萨耸耸瘦骨嶙峋的肩膀，好像在说，小孩咳嗽，这算不了什么……

"这个硬心肠的老太婆。"巴维尔·阿列克谢耶维奇暗自惊讶，他一边脱下沾满了户外寒意的大号外衣，一边不让溜到走廊里来的塔尼娅靠近这股凉气。

6

巴维尔·阿列克谢耶维奇和他死去的父亲一样，毫无疑问，具备成为一名国家级人士的品质。虽然父亲在沙皇时期的军衔给巴维尔·阿列克谢耶维奇的职业生涯投上了一道长长的阴影，但是“一战”似乎又修复了他生平中的这一瑕疵。他父亲是军人，同时也是医生，而且还牺牲在德国的土地上。现在，国家又在和那些德国人的儿子们战斗。巴维尔·阿列克谢耶维奇令人怀疑的出身后来得到了谅解。他从疏散地回到莫斯科后不久，被召到了部里，他们建议他制定一个和平时期保健制度的规划，主要是与他专业有关的产科和儿科方面的规划。战争即将结束，虽然这个委员会还没建好，但是随着时间的推移，他有可能主管这个委员会。有一些统计数字送到了巴维尔·阿列克谢耶维奇的手里，那些数据统计得毫无章法，有一部分是捏造的，残缺不全，但是，它们在某种程度上暴露了可怕的人口状况。问题并不仅仅在于大规模男性人口的损失无法弥补，还有与此相关的出生率的下降。儿童死亡率非常高，尤其是新生儿的。还有一个官方并未进行统计，然而每个执业医生都非常清楚的情况——大量育龄妇女因为非法流产而死亡。一九三六年官方就开始禁止合法的医学流产，几乎和实行斯大林宪法同时。

这个禁令是巴维尔·阿列克谢耶维奇工作中的痛点，几乎一半紧急手术都和地下流产失败有关。避孕用具基本没有。地下堕胎会招致刑事诉讼，医生要检查每一个用救护车运来的妇女，以确定“地下堕胎的事实”。巴维尔·阿列克谢耶维奇避免了一些类似的含糊告密，只有一次，他在既往病例上写了揭发性的“非法流产”的诊断，因为那个女病人当时已经死了。如果妇女的命被救了，这种医学结论既会让受害者，也会让实施这个古老疗法的人坐到被告席上，有数十万妇女就是因为这一条才进的集中营。

巴维尔·阿列克谢耶维奇当前需要制定的广阔规划，除了纯医学的方方面面，还要考虑到社会问题。

他的规划很像当年递交给最高人物看的文件，文件是由国家精英撰写的，他们中间既有浪漫主义者，也有狂人，从库尔布斯基公爵①到恰达耶夫②这类最有趣的人。他的亲生父亲，阿列克谢·加甫利洛维奇·库科茨基，也是这些“探照灯”中的一个。

巴维尔·阿列克谢耶维奇预见到，战后家庭制度本身将遭受严重震荡，他预料会出现大批单身母亲，他把这看作是不可避免的，甚至是对公众有利的社会现象。他认为必须给单身母亲设立各种优惠，但是与此同时，第一步就该撤销自一九三六年七月开始执行的人工流产禁令。

随着工作进展，他的规划愈加充实起来，变成了一个真正的乌托邦，透过它不切实际的结构，一些严肃的、非常现实的想法

---

① 库尔布斯基（1528—1583），俄国大贵族，作家，曾三次上书沙皇伊凡四世，就国家的发展道路展开争论。

② 恰达耶夫（1794—1856），俄国宗教哲学家，其名著《哲学书简》曾在俄国引起激烈的思想论争。

闪现了出来，它们远远超越了自己的时代。比如，他设想为父母建立监护服务机构，对青年人进行启蒙，建立儿童孤儿疗养院连锁机构，在这些地方，对儿童身体和心理健康的培养必须以科学为依据。这和在三十年代仍然被禁止的儿童学两相呼应，甚至有点车尔尼雪夫斯基的理论意味。他也没有忘记遗传医学顾问委员会，他打算把组织工作交给自己青年时代的朋友，遗传学专家伊里亚·戈尔德伯格。

当时的卫生部长是一位年纪不小的女性，一个经验丰富的女官吏，彻头彻尾的党员，除此之外，她还是唯一的女性政府官员。她早就有了“老马”的绰号，这一方面和她姓名的发音有关，另一方面是因为她有一个罕见的本领，她可以孜孜不倦、分毫不差地按照指定方向前进。她甚至喜欢“老马”这个外号，在很小的圈子里，她经常放任自己开怀喝上几杯，于是她就唠叨开了：

“是啊，是啊，俄罗斯女人就是长着卵蛋的公马，她什么都干得了！”

毫无疑问，她是这个国家的重要女性，是女性平等的象征，她还是三八妇女节的化身，如果不算罗莎·卢森堡①、克拉拉·

---

① 罗莎·卢森堡（1871—1919），德国和波兰工人运动以及国际工人运动活动家。

蔡特金[1]、卓娅·科斯莫杰米扬斯卡娅[2]和永葆青春的柳鲍芙·奥尔洛娃[3]的话。尤为特别的是，她们所有人，包括老马自己，都没有孩子……

最初，保健改革规划仅仅还在设想之中的时候，老马非常支持，但是随着巴维尔·阿列克谢耶维奇的工作规模越来越大，她仿佛变冷淡了。事实上，她是吓坏了。规划看起来过于急进，需要大量的财力，而最主要的是，要承担风险。在很多方面都比较迟钝的老马，对领导们的情绪却非同一般地敏感，她把那些情绪理解为国家的兴趣。此时此刻，她嗅到国家的关注点绝不在产科学和遗传学领域，甚至也不在妇科和儿科，而是在其他更高领域。

比如，奥帕林院士[4]已经解释过，无生命物质是怎样通过放电来变成有生命物质的，在马克思和恩格斯学说的帮助下，这种放电形式将被赶入由意识形态上忠诚可靠的蛋白分子构成的原始液体。另一个院士李森科[5]几乎让自然服从于他的随心所欲，自然已经坚定地答应他，要分毫不差地对所有软硬兼施做出反应。

---

① 克拉拉·蔡特金（1857—1933），德国和国际共产主义运动女活动家。

② 卓娅·科斯莫杰米扬斯卡娅（1923—1941），化名“丹娘”，卫国战争时的苏联女游击队员。

③ 柳鲍芙·奥尔洛娃（1902—1975），苏联演员，苏联人民艺术家。

④ 奥帕林（1894—1980），苏联生物化学家，苏联科学院院士。

⑤ 李森科（1898—1976），苏联生物学家，农学家，曾任苏联农业科学院院长，其在农业生物学方面的许多观点被认为是科学史上的骗局。

还有一个院士，世界知名女性勒柏辛斯卡娅①，没用五分钟就战胜了衰老，而死亡——没用十分钟。原子同意变得平静和缓，河流已经做好服从命令的准备，而不是流向它们该流的地方。即使不解除那个招致灾祸的命令，包括医学在内的苏联科学也会繁荣昌盛，而全人类的伟大领袖把残疾的左手藏进怀里，充满智慧地露出微笑，他用精力充沛的右手从一个白皮肤女孩手中接过不朽的花束，之后经过调查，这个女孩原来是一个犹太人……

而这个谢顶的妇科医生让部长感到厌烦，他每周都去部里，没完没了地问：她把规划递到上面了吗？没有，没有，还没有！现在她根本不能去上边。万一他们不这样理解呢？此外，一般说来，想法都是反过来执行的，不是自下而上，而是自上而下。上面暂时顾不上保健改革，而且也不应该由她来提醒。老马尽其所能地进行阻拦，没有一个决议能不经党中央讨论就通过，她敏感的心更愿意延缓一段时间。巴维尔·阿列克谢耶维奇锲而不舍。一年多来，他和部长谈话没有任何结果，最终，他干了一件在官僚和军人看起来不道德的事。他给党中央写了一封正式信函，直接写给主管社会问题的政治局委员 H.。越过了卫生部长的头顶……这封信一开头就是“在……的领导下”，这种咒语式的开头

① 勒柏辛斯卡娅（1871—1963），俄国革命活动家，苏联生物学家，苏联医学科学院院士。

完全符合当时人人采纳的规范，但信的内容是用无可指摘的旧语体写成的，有清楚的证据，有直接和间接意义上致命的统计数字。

这一次，巴维尔·阿列克谢耶维奇限定了问题的范围，他递交的不是整个规划，而只是规划的局部，他提出放开人工流产，认为这个问题更加紧迫。

几个月过去了，巴维尔·阿列克谢耶维奇已经不再指望任何回音，早上九点开碰头会的时候，从老广场打来了电话。巴维尔·阿列克谢耶维奇面有不满地道了歉，走出住院医师室。来找他的人违反了规定，一般在碰头会上是不叫他听电话的。但是，这是请他去中央参加接见，而且马上就得去。

十分钟后，单位的车驶出了医院。脸色阴沉的巴维尔·阿列克谢耶维奇坐在司机旁边。这次召见出人意料，用词充满不祥之兆。他尤其不喜欢如此紧急。他在出发前只做了两件最最必须做的事情，先喝了一杯稀释的酒精，然后拿上了早已为这件事准备好的皮包。去老广场的路上他已经有了悔意，没回家和家人告别真是不应该……

在六号通道的入口他被拦住了，让他把皮包留下。皮包里有一个浅解剖瓶，瓶盖用火漆封住了。这个瓶子在即将进行的谈话中被赋予了决定性的作用。在长时间的解释和口角之后，他们允许皮包和其持有者一道接受接见。有人领着巴维尔·阿列克谢耶维奇·阿列克谢耶维奇在铺着地毯的走廊里走了很长时间。这次令人感到不快的游览散发着某种夜半噩梦的味道。巴维尔·阿列克谢耶维奇又一次后悔没顺便回一趟家。两个显然是狱监的人，一个在左，一个在右，在门前停下了：

“您这边走。”

他进去了。女秘书穿得色彩绚烂，有雷诺阿的画风，珍珠粉的面孔闪闪发亮，她请他等一等。他在一张端正的木沙发上坐下来，两腿叉得很开，他把父亲的老皮包放在两腿之间，当时，父亲常常拎着这个皮包去早已被埋葬的那个政府给部长们做报告……巴维尔·阿列克谢耶维奇已经做好了要等很长时间的准备，但是，两分钟后他就被叫了进去。此时，酒精已经抵达了他神经系统的每一个末梢，散发出安然的温暖和平静。这是一间狭长的办公室，里面的摆设略显愚笨，一个小矮个坐在一张巨大的写字台后面，他脸部浮肿，就像是用干肥皂雕出来的，春风吹拂下微微摇晃的众多五一节画像上，有一幅画的就是这张脸。

“他见鬼的肾脏不中用了，尤其是左肾。”巴维尔·阿列克谢耶维奇不自觉地发现。

“我们对您的信件做了了解。”党的领导像皇帝一样义正词严地说。

他的声调，还有在他脸上几乎难以察觉的厌恶之情，让人明白事情失败了。

“那就更没有什么可顾惜的了。”巴维尔·阿列克谢耶维奇想，他慢慢地打开了皮包的扣襻。领导不吭声了，冷冰冰地停顿了一下。巴维尔·阿列克谢耶维奇轻轻掏出水汽蒙蒙的瓶子，用手掌在玻璃上擦了擦，把它放到了桌子上。领导惊恐地往椅子上一靠，用肿胀的手指指着标本，非常不友好地问：

“您把什么东西带到这里来了？”

这是一个切除下来的子宫，女性身体中最强壮有力、结构最复杂的肌肉。它是沿着边缘切下来的，敞开着，颜色像煮熟的黄褐色甜菜饲料，它在高浓度的福尔马林中还没有完全变色。子宫的内部有一个发了芽的洋葱头。一个是被无色线状物紧紧缠绕的胚胎，一个是半透明的凶猛的囊——它更像某种海洋生物，而不是一个适合做汤或者拌凉菜用的普通洋葱头，这二者之间的可怕斗争已经结束了。

“请您注意。这是一个受孕的子宫，里面是发了芽的洋葱。把洋葱置入子宫颈，它就会发芽。根系穿过胚胎，之后和胚胎一起被取出。如果成功的话，不说您也明白。不成功的就送到我的手术桌上，或是直接送到瓦岗口公墓。后一种情况更多。”

“您开什么玩笑……”党的活动家急忙打断了他。

“这种洋葱我还可以给您带来一公斤。”巴维尔·阿列克谢耶维奇礼貌地回答面色苍白的活动家，“官方统计和实际情况完全不符，这一点我不能对您隐瞒。”

领导绷紧了脸：

“您哪来的权利，您怎么敢……”

“我敢，我敢。如果我救活了哪个非法堕胎的妇女，就必须在她的病历上写上‘自然流产’，因为，如果我不这样做，我就会把她送进监狱，或者把她也有好几个小孩的女邻居送进监狱，本来我们就有一半孩子没父亲了。这个洋葱，请您相信，是中止妊娠的最巧妙的办法，但不是唯一的办法。金属针，导尿管，剪刀，宫内注射，鬼知道还有什么，碘酒、苏打、肥皂水……”

“别说了，巴维尔·阿列克谢耶维奇。”面色苍白的官员恳求他，他想起战前他妻子也做过类似的事情，“够了。您想让我做什么？”

“需要下达允许流产的命令。”

“您疯了！您难道不明白吗，有国家利益，民族利益。我们在战争中失去了上百万男人。急需补充人口。您说的这些简直是小孩的疯话。”官员激动了，态度诚恳。

“瓶子没有白白拿来。”巴维尔·阿列克谢耶维奇想。

谈话似乎倾斜到了对他有利的方向。他正确地开始了谈话，也应该正确地结束它。

“我们损失了上百万男性，而现在正在损失成千上万的女性。正当的医学流产不会危害生命。”巴维尔·阿列克谢耶维奇皱起了眉头，“您看，福利待遇的提高自然会保障出生率的上升……”巴维尔·阿列克谢耶维奇的目光和他的目光相遇了。“人们留下了多少孤儿。顺便说一句，孤儿院也是由国家来供养的……应该允许流产。我们的良心将……”

领导撇了撇嘴，深深的皱纹蔓延到了下巴上，他说：

“把这个拿走。您应该跟他们说。”他伸手往上指了指。

“那我把标本给您留下吧。或许会用得上？”

办公室的主人摇摆着双手说：

“您疯了！马上拿走！”

“据不完全的、远不完全的统计，一年两万，光是在俄联邦……”巴维尔·阿列克谢耶维奇紧皱眉头，“您要为她们负责。”

“您管得太多了。”党的官吏吼了起来，他变得根本不像自己五一节上的画像了。

“因为您什么都不想管。”巴维尔·阿列克谢耶维奇斩钉截铁地说。

两人就此告辞。标本留在了高官的桌子上，摆在一个墨水瓶旁边，装饰墨水瓶的是一个用生铁做的无产阶级作家的脑袋。

对巴维尔·阿列克谢耶维奇来说，战争刚结束的那段时间十分顺利，战时冰封起来的教研室又重新获得了充分的生存权利，巴维尔·阿列克谢耶维奇的两个优等生回来了，战争初期他们改过行，有几年时间脱离了产科和妇科。医院里的职位增加了两倍。

暂时没有给科研工作投入资金，但是，巴维尔·阿列克谢耶维奇即使在最艰难的时期也进行了科学观察，积攒了一些想法，只等合适的时机了。比如，他考虑过治疗女性不孕症的方法，他深入研究了女性肿瘤学，摸索到了妊娠和妊娠期肿瘤恶化过程的关系。他头脑中曾闪现过一种想法，就是用抑制荷尔蒙源增长的方法来治疗癌症。内视力的天赋没有给出问题的答案，但是，它能帮助他清晰地观察机体生命的一些总体画面。与此相反，社会生活的画面，国家的画面，在巴维尔·阿列克谢耶维奇眼中完全是模糊的。在战后最初几年，他和很多人一样，觉得从前的、战争爆发前的那些迷惑自然会烟消云散，生活将会安排得井井有条。他制订的计划会保障光明未来尽早到来，至少，在他保持权威地位的那个领域会是这样。

尽管他觉得他十分成功地拜访了高层领导，事情却纹丝不动，委员会一直没运行，他顽强地、有理有据地踏破了戒心越来越强的老马的门槛，他向她证明，更新现有保健制度的时间到了。老马赞许地听他讲完，有关他那次“征程”的传闻她早已经听说了，然而没人给她直接下达命令，因此她对巴维尔·阿列克谢耶维奇格外小心。她甚至认为最好的办法就是安抚他。正是经由她的提议，一九四七年，巴维尔·阿列克谢耶维奇被授予了医学科学院通讯院士的称号，那段时间，他还在一栋刚刚给医学名人们建好的大楼里分得了一套住宅。这似乎是以奖励国家未来成果的名义提前预支的。预支得非常好，三居室的住宅，厨房里有一个七平方米的储藏室。瓦西莉萨比所有人都高兴。她这辈子头一回有了单独的房间。一看见储藏室她就哭了：

“就是它，我的小单间，上帝保佑，让我死在这儿吧！”

不管叶莲娜怎么劝瓦西莉萨，她就是不愿意搬到大房间和塔涅奇卡一起住。以那个时代的标准来看，他们富得超出了一切尺度。巴维尔·阿列克谢耶维奇的慷慨也没有尺度，这种慷慨让家里一分闲钱都不剩。一个月两次，在发工资的日子里，吃完开饭时间较晚的午饭，巴维尔·阿列克谢耶维奇就会宣告：

“莲诺奇卡[①]，名单！”

叶莲娜便拿来一份邮寄补助的名单。巴维尔·阿列克谢耶维奇从战前就开始帮助他的表外甥女，还有一个没有血缘关系的阿姨，一个老外科护士，他从前是和她一起开始工作的，他还帮助大学时代的朋友伊里亚·戈尔德伯格，他从一九三二年开始，不是关在集中营就是流放地，有时还待在一些闭塞的外省之地。

其实，结婚以前巴维尔·阿列克谢耶维奇没有任何名单，想起来了，就寄了，而现在，他年轻的妻子制定了这份名单，除了

---

① 莲诺奇卡、莲娜均为叶莲娜的小名。

丈夫的那些名字，她还补充了自己的一些远房亲戚，一个沦落在塔什干的中学女友，还有瓦西莉萨认识的几个老太太，巴维尔·阿列克谢耶维奇甚至对自己数目颇大的工资开始心怀尊敬。因为人名的范围比较大，每月都有所改动，巴维尔·阿列克谢耶维奇会看看名单，有时还问上一句：

“穆霞是谁?”听完解释后，他点点头。

之后叶莲娜宣布总数，瓦西莉萨随之快步走进巴维尔·阿列克谢耶维奇的书房，兴高采烈地把那个旧皮包拿出来，那还是阿列克谢·加甫利洛维奇用过的，皮包四角镶的银片就是证明。巴维尔·阿列克谢耶维奇打开包，数出一些纸币。早上，瓦西莉萨把每份钱用报纸包好，而所有的报纸包不知为什么又要包在一块旧毛巾里，然后，她一只手抓着自己的钱包，另一只手抓着叶莲娜的袖子，朝邮局走去，到了那里，她在窗口旁边才最终把钱交给叶莲娜，由叶莲娜把钱寄出去。

瓦西莉萨双唇嚅动。叶莲娜以为她在数钱。而瓦西莉萨其实是在默念她最喜欢的祈祷文。她自己的话不多，她习惯用一段段赞美诗和祈祷词来和她的上帝交流。但是，当她非常想补充点儿自己的话时，她就恳求圣母：小鸽子，亲爱的，请这样做，这样做，让我能好好地……

瓦西莉萨的世界很简单：天上有上帝、圣母、天使和所有圣人，女修道院长在中间，之后是巴维尔·阿列克谢耶维奇，然后

“吐的时候很疼，对吗？”

“对，对，”塔涅奇卡高兴地说，“吐的时候疼。”

“原来是这么回事，”巴维尔·阿列克谢耶维奇开心地想，“老头的耳朵是最能明察秋毫的。眼睛不行，手指也不行。”

无论怎样竭尽全力，这一次他什么都没看见。他面前并没有展开往常那个熟悉画面——人体的内部，各种器官的神秘景象，河流的转弯，雾蒙蒙的窦、腔，迷宫般的肠管。

他并没有停止自己惘然若失的目光，他看了看伊萨克·维尼阿米诺维奇——腹腔里是一片癌瘤的紫红色。病灶在幽门处，沿着胸纵隔膜有转移迹象。巴维尔·阿列克谢耶维奇闭上了眼睛。

塔尼娅拍了片子。发现了某些病症。验血结果证实了一切。老儿科医生的建议非常老派。他给小孩开的处方是在瑞士疗养，当然，是在合乎情理的地域范围内，也就是莫斯科郊外的瑞士。每天散步数小时，在空气新鲜的户外睡觉，这使瓦西莉萨感到可怕，她这个在乡下长大的普通人，从不相信新鲜空气会有什么用。当然还要注意饮食，要吃鱼肝油。简而言之，这一切就是托马斯·曼①的《魔山》，虽然伊萨克·维尼阿米诺维奇听都没听说过

① 托马斯·曼（1875—1955），德国作家，1929 年获得诺贝尔奖，代表作有《魔山》《浮士德博士》等。

这部小说。此外，不能服用任何类似新型对氨基水杨酸[1]之类的药，干吗要损害肝脏，加重肾脏的负担呢？

巴维尔·阿列克谢耶维奇不断地点头，之后，他略显唐突地问老儿科医生想不想去检查一下胃部。

“我的同行，到我这个年纪，所有过程都放慢了，我很可能会死于肺炎或心力衰竭。”

“他无所不知。他是对的。”巴维尔·阿列克谢耶维奇默默附和了老医生的话。

他们在兹维尼格罗德附近租了一幢过冬的大别墅，那是一个飞黄腾达的将军的房子，他因为偷了很多东西被判了一点小罪，体面地流放到了加拿大，在大使馆当武官。同年秋天，科学院分别墅，院里建议巴维尔·阿列克谢耶维奇递交申请。他不知何故拒绝了。他自己也说不清楚，但是，他的本能告诉他，给他的太多了，之后会不会剥掉三层皮？别墅的事情他甚至没告诉叶莲娜。

塔尼娅和瓦西莉萨住进了租来的别墅。无论巴维尔·阿列克谢耶维奇怎样劝说叶莲娜彻底放弃她那份毫无意义的工作，在别墅里待着，她都断然拒绝了。她既不想放弃工作，也不想整整一周把巴维尔·阿列克谢耶维奇一个人丢在城里不管。

---

① 对氨基水杨酸，一种治疗肺病的药。

别墅非常大，两层楼，里面摆放着仿哥特式餐柜，还有几个摆满瓷器和各种无聊小物件的柜子。楼上和楼下的两个客厅里分别立着一架钢琴，四周是一堆硬邦邦的扶手椅和靠背各种各样的板凳。楼上那台黑色钢琴是演出用的，楼下是一台小型钢琴，镶着青铜边的红木音板已经有了裂纹。钢琴已经禁不起调音了，但这是在巴维尔·阿列克谢耶维奇和更夫把它搬到卧房后才知道的。一切为了塔尼娅。他们从兹维尼格罗德请了一个老师，她每周来家里三次。

几个星期之后，每到星期天晚上，巴维尔·阿列克谢耶维奇和叶莲娜把房子烧得暖暖的，坐在雕花德国扶手椅子上，这两把椅子就像这幢房子里的其他物件一样，散发着偷盗的气味。塔尼娅羞怯地给父母弹奏这个星期学会的几首小曲子……

就这样，两年过去了。比起夏天，冬天在塔尼娅的记忆中更为清晰。也许这是因为俄罗斯的冬天比夏天要长两倍。长大后，塔尼娅记忆中的童年是白色的时光，而不是疾病的时光。清晨，白色瓷杯里的香甜羊奶，窗外的雪堆，松树枝头喜气洋洋的积雪——底部厚实，波浪起伏，顶部则小巧、圆润，还有白色琴键的象牙色反光，塔尼娅总是在早餐之后，趁瓦西莉萨去洗碗的时候练琴。之后，瓦西莉萨给她一把小木铲，让她去把过道扫干净。塔尼娅用小铲清雪，直到瓦西莉萨派给她另外一个任务——喂鸟。

园子很大，巴维尔·阿列克谢耶维奇做了四个食槽，塔尼娅一连好几个小时观察红腹灰雀和黄脸颊云雀如何在小木桌上和倾斜的遮阳棚下吃东西。有时，她和瓦西莉萨一人拿一个桶，一个大的，一个小的，两人一起去五百多米远的泉眼提好喝的泉水。近一些的那个泉眼在别墅大菜园的尽头，有时，雪会把它盖住，水就流不出来。每天她们都去村子里买羊奶，去见一个认识的老太太，还有她的山羊、小狗和门厅里的黑色小狗崽。

塔尼娅总是很忙碌。她并不清楚正事和游戏之间的区别。在她的生活中，没有任何暴力的东西。就连从前忍受不了的鱼肝油，现在她也开始喜欢了，因为瓦西莉萨用涂抹了鱼肝油的面包去喂那些黑色的小狗崽，小狗一拥而上，就像看见了稀罕的美味。

在幸福的别墅生活中，她错过了小学第一年。一年级的课程塔尼娅是在家里学的。她识字识得不错，掌握了运算。写字是最困难的。塔尼娅恨自己不能像字帖里写得那样漂亮。她已经彻底康复。然而可以证明这一点的伊萨克·维尼阿米诺维奇却已不在人世了。

从秋天起，塔尼娅搬回了莫斯科的家，她开始上学，直接上二年级。家人认真仔细地把她打扮了一番。他们给她做了一件褐色的立领制服，衬领和袖口是白色的，套袖是黑色的，还做了两条黑色的罩裙和一条肩上带花边的白色礼服罩裙。

“就像小天使一样。”瓦西莉萨虔诚地感叹道。

瓦西莉萨像小孩子一样对塔尼娅充满敬意，因为她自己从未上过学，这身制服不是用旧衣服改的，而是用一整块新毛料裁成的，仿佛就是成绩优异的标志。她还暗自想：“多漂亮，穿上它，死了也值得……”她说的并不是什么不吉利话……

他们还买了一摞崭新的蓝色练习本，松软的粉红色吸墨纸，香喷喷的木质文具盒里装着珍贵的内容——新铅笔、橡皮、笔尖……他们甚至还在一家不对外的鞋帽铺里给塔尼娅定做了一双皮鞋，家里还没谁享用过这种待遇。

塔尼娅向往上学已经很久了，因为家里人许诺，说她在那里一定会交上很多朋友，而在兹维尼格罗德，在她患肺结核病的幸福童年，她可没有什么朋友。

九月一号，叶莲娜把女儿带到学校。找到老师后，她就把塔尼娅留在了教室，塔尼娅背着分量很重的书包，手握一束娇艳欲滴的菊花，孤孤单单，不知所措。塔尼娅准备交往的那些女孩子看起来实在太多了。她们叽叽喳喳的，这还可以让人忍受。最令人厌烦的是，她们总是用手去碰塔尼娅，有人揪她的辫子，有人抓她罩裙的带子，还有一个女孩竟然捏住了她白净的小鼻子……

班级和塔尼娅从前想象的一模一样。老师让她坐到一个梳着盘辫的胖女孩旁边。课上到一半的时候，同桌撞了她的胳膊肘一下，塔尼娅在练习本第一页上戳了一个大黑点。塔尼娅呆住了。

以前在兹维尼格罗德，她在自己孤单的练习本上写字的时候，也遇到过这样的事情，但是，现在她害怕了。她还没来得及从震惊中缓过神来，同桌又弯腰到课桌下面，狠狠地掐了她的腿一下。现在塔尼娅明白了，撞她的胳膊肘也是故意的，她哭了起来。老师走到她跟前，问怎么回事。

“我可以回家吗?”塔尼娅低声说。

“第四节课下课后你可以回家。”老师生硬地回答。

塔尼娅第一次在生活中遭遇了他人的意志，遭遇了最微弱的暴力。在这一时刻之前，周围人的意愿和她自己的意愿幸福地保持一致，她从未想过，事情会是别的样子。看来，服从他人意志就是成年人的生活。从这时起，仿佛就变成了这个样子：如果想和从前一样幸福，你就应该相信，你自己想要做的，就是大人们想要你做的，她当然没这样想过，多半是这个念头自己占据了她的脑海并控制了她。

她在自己的课桌后呆呆地一直坐到第四节课结束，连课间休息都没出去。她盼望着交朋友的那些女孩子，看来是一群凶恶的猴子，她们在她周围跳来跳去，揪她的辫子，用手指戳她并且令人恼火地嘻嘻笑。塔尼娅竭力想弄清楚，她们为什么不喜欢她，她怎么都想不到，她们只是用这种方式来表达对她的好奇。她想象不到，几个月以后，就是这些女孩，为了能和她编成一组在班级值日，或是仅仅因为要和她一起在走廊走路，就会无所顾忌地相互争吵，甚至动手打架。

塔尼娅，正如大家所见，有一种罕见的，然而又难以定义的品质：无论她做什么，打蝴蝶结，包本子皮，洗完手后以她自己独有的手势大幅度地抬手抖掉水珠，笑的时候皱起鼻子——她的每一个动作马上会引人注目，富有魅力，而她自己则变成了模仿的榜样。就连她在思考时用牙齿咬住毛茸茸辫梢的样子，也让所有梳辫子的人争相效仿。

尽管女孩们喜欢上了她，塔尼娅还是一直不喜欢学校。在数十个争取她的注意力和友谊的女孩之间，她却感到比在兹维尼格罗德更加孤独。比她感到更加孤独的是托玛·波洛苏辛娜，她嘴唇边的一圈脱皮后来变成了粉红色，她是一位坐在最后一排的二分学生。谁都不想和这个缩头缩脑的驼背女孩坐在一起。

托玛不属于喜欢塔尼娅的女孩之列，她俩之间的距离有星际那么远……

8

叶莲娜为自己选择了一份微不足道的职业，非常微不足道。但是，她从未后悔过自己的选择。她喜欢这份工作中的一切：带辅助照明的专用桌子，绘图台，她用来绘图的各种各样的纸张：像冰一样半透明的描图纸，疏松的绘图纸，光滑的瓦蓝色晒图纸。

墨水的味道和铅笔的沙沙声也让人喜欢。有些小工序不值一提，但不能不做，而且同样需要技巧，比如削铅笔这样的事情也让人心生欢喜。

所有这些最基本的东西她在上学的时候就懂了。之后，干了一两年后，她喜欢上了绘图员这份神奇的工作中更加本质的、让人非常心平气和的方面，那就是每一个物体都展示出三个投影，这对于完整地绘制它已经足够了，留不下任何秘密，没有任何看不见的地方。一切都是本来面目。

有时，叶莲娜觉得，和所有物体一样，每个现象都可以用三个投影画出来——正面图、侧面图和俯视图。不仅仅能画出坦克马达的零件，还能画出风、腹部的疼痛和每一个说出的词语。

她的老师就是她的第一个丈夫安东·伊万诺维奇·弗洛托夫，一个伟大的绘图师，甚至可以说，他是一个艺术大师。他们是在一个昏暗的小地方认识的，那时叶莲娜是绘图学习班的学生，而他是老师。他看起来岁数不小了，一本正经，干巴巴的，虽然他才二十九岁。她刚满十七岁，刚从莫斯科郊外的一个农业公社脱身跑出来，她在那个神奇的，绝对与众不同的地方度过了童年。那是个托尔斯泰式的公社，领导者是叶莲娜的亲生父亲，格奥尔吉·伊万诺维奇·米亚柯津。

女孩就是在这种特别的、完全独一无二的环境中长大的，她学的是托尔斯泰儿童读物中的知识，从小时候起就给奶牛挤奶，不是随随便便做个样子，而是当真在田里和公共厨房干活，她默默地听人们吃饭时讨论维韦尔南达①和卡尔·马克思，听悦耳的民间歌曲和民粹派歌曲，在莫斯科，身处这个陌生而又危险的世界，她感到自己非常孤单。外祖母叶甫盖尼娅·费德罗夫娜是叶莲娜唯一不躲避的人。

把叶莲娜和未来的丈夫安东·伊万诺维奇结合在一起的多半不是爱情，而是一种潜藏的、非理性的负罪感，她觉得自己“孤单”，和一群纯洁、快乐而又友好的人交往时“不合群”。他们俩都感觉到了自己在社会交往方面的缺陷，但是，他们并没有用政治积极性的面具来掩饰自己，也没有捶胸顿足地咒骂自己不成功的父母。他们属于另一类人，他们心境平和，希望溜到生活的外围，躲到灌木丛中、石头下，躲到一个隐蔽的、不为人知的地方。

安东·伊万诺维奇的家族中多是建筑师和建设者，他们家的一部分人移民了，另一部分人被消灭了，他得到的全部遗产就是他绘图员的工作。他因为革命爆发没来得及完成德国工程师的课程，那是他们家的男孩子们上的课。他是最优秀的绘图员，在一个大工厂的设计处工作，同时还在工厂下属的工农速成学校教课。

小心谨慎的安东·伊万诺维奇在接近叶莲娜之前仔细观察了

① 维韦尔南达（1863—1902），印度人道主义思想家、宗教改革者和社会活动家。

她一年，之后又和她每逢周日约会了一年，认识第三年才和她结婚，没有热烈的爱情，但是就像他做所有事情那样，他的婚姻态度认真，经过了深思熟虑。

叶莲娜的父母没来参加婚礼，父亲忙着播种，也没让母亲去。格奥尔吉·伊万诺维奇邀请女儿和女婿搬到他们阿尔泰去生活。虽然公社和政府总是有各种各样的摩擦，但事情进展得还不错。公社社员们根本想不到，一两年后，他们所有人都会被捕，不是关进监狱就是集中营，流放到那个用铁镐都刨不动土的地方。

安东和叶莲娜在外祖母的房子里过日子，安静而又和睦。工资只够过非常简朴的生活，但是，叶莲娜也不知道日子可以过成其他样子。至少，在公社经历了童年后，莫斯科的生活对她来说轻松自在而又无拘无束。不过话说回来，她觉得最有意思的事情还是绘图。

领导表扬叶莲娜，说她是个勤奋又有天赋的姑娘。她的档案里写着她来自公社（哪儿都没写明是托尔斯泰式的公社，由于大家的不了解，这看起来不错），单位还让叶莲娜去工农速成学校进修，但是，她根本不想去。她心满意足地坐在绘图台后面，就连安东·伊万诺维奇也对她的工作热情感到惊讶。

有一天，她做了一个梦，梦见安东·伊万诺维奇对她说了一句家常话，而她不是像平常那样从正面看到这句话，而是从侧面。这句话像鱼鳃一样狭窄，有轻微的波浪形起伏，像锐角三角形一样向上伸展。遗憾的是，睡醒后，她一直都没想起来那句话说的是什么。但是，这个梦本身保留了下来，没有消散。在这之后，她一直猜测每句话都有自己的几何形状，只不过要想看见它，就得用上全部的力气。

她觉得在词语里有某种绘图式的东西。一切存在的东西里都有“绘图性”，只是不能把这些说出来。

她尝试过和安东·伊万诺维奇谈论这件事，但是，安东摇了摇头说：

“叶莲娜，你可真有想象力。”

但是，这些梦偶尔会重复出现。它们完全没有意义，没有什么可以讲出来听的，但是，做完这些梦后，会留下新事物之感，令人模模糊糊地感到愉快。

现在，过了这么多年，安东·伊万诺维奇也已经不在人世，就连他的照片叶莲娜也藏得远远的，怕正在长大的女儿偶然知道巴维尔·阿列克谢耶维奇不是她的亲生父亲，而是继父。每次，叶莲娜一坐到自己工作的位置，打开旧式德国绘图仪，她就会为死去的安东·伊万诺维奇叹气。叶莲娜永远忘不掉面对他的罪恶感。那些绘图梦仍会偶然浮现，不知何故，为了哪般。

巴维尔·阿列克谢耶维奇不喜欢叶莲娜的工作，干吗要在设计处那么腻烦地待着呢？他难以理解。叶莲娜为自己辩护说：

“这是一份好工作。我在行。”

“有什么好的?”巴维尔·阿列克谢耶维奇非常真诚地感到惊讶。

“我没法给你解释。它很漂亮。”

“看起来是这样,”巴维尔·阿列克谢耶维奇狡猾地附和道,“就是太简单了。”他在招惹叶莲娜。

“哎呀,巴沙①,你在说什么呢!”叶莲娜气恼了,“一点都不简单。有时甚至还非常复杂。”

巴维尔·阿列克谢耶维奇捕捉着这一刻,叶莲娜平常温柔的表情开始发生变化。她轻轻摇着头,额角旁边,一绺总是从发髻中垂下来的蓬松卷发晃动着,嘴角现出一些皱纹。

“我是说,图纸里的一切都是机械的,没有什么奥秘。”他在她面前竖起了食指,“在人的一根手指里包含的奥秘,比你们全部图纸里的奥秘还要多。”

她把他的手指抓在手里。

“可能,只有你的手指才包含着某种奥秘,别人的手指里却没有。也许,绘图里包含的不是奥秘,而是真理。最必不可少的真理。就算不是全部的,也是部分的真理。十分之一或是千分之一。反正我知道,每一种物品都包含着另外的内容,不是绘图式的内

① 巴沙是巴维尔的小名。

容……我说不明白。”她放下了他的手。

“在你之前已经有人说过了。”巴维尔·阿列克谢耶维奇笑了，“是柏拉图说过。他称之为‘范型’。是事物的理念。它神圣的内容。我们地球上的所有物品都是根据这个神圣的模型铸造出来的。”

“哎，这不是我能听懂的。太理性了。”叶莲娜摆摆手。但是，她没有忘记巴维尔·阿列克谢耶维奇说的话。这就是哲学。在公社里也有人说过类似的话，但是，那时她太小，理解不了这样的谈话，经常听着听着就睡着了。

巴维尔·阿列克谢耶维奇温柔地看着她，不乏骄傲，他有一个多么好的妻子啊，安静，少言，只在最必要的时候才说话，但要是强迫她说，她的见解智慧又精辟，有很深的理解力。

有时，叶莲娜想对丈夫说，她想象中的世界是可以绘制出来的，她想说说那些她时常做的梦，在梦里她能给世上的一切事物画出图来：词语，疾病，甚至是音乐……但是，不可能，不可能，不可能将这一切描述出来。

两个洞悉秘密的人生活在一起。一个能透视有生命物体，一个能透视有所不同非物质世界。但是，两个人都向对方隐瞒了这一点，这并不是不信任，而是一种纯洁的想法以及一种出于保护目的的禁忌，可能，在一切神秘知识里，不管这种知识是以何种方式获得的，都有这种禁忌。

9

巴维尔·阿列克谢耶维奇感兴趣的科学问题，无论是预防早期流产，解决不孕症问题，切除子宫的外科新方法，还是胎位不正常时的剖腹产，总是和一些具体的医学任务有关。

“资产阶级科学”这个词经常出现在报纸上，引起他厌恶的嘲笑。他为之奉献了许多生命岁月的科学领域，在他看来，和“阶级”这种词汇毫无关系。

就“诚实”这个词的普遍意义而言，巴维尔·阿列克谢耶维奇是一个诚实得无可指摘的人，他的整个职业生涯都是在苏联时期度过的，早已习惯在论文和学术著作中使用某种程式化的语言，使用一种形式固定的公式化开头，比如“在斯大林时代的科学界……”，或是“由于党、政府以及斯大林同志本人不懈的关怀”，他善于在这些“废话”的框架内说出自己的真实想法。这对于他来说，就是当时的礼数形式，就像过去说“阁下”，和文章的内容毫无干系。

一九四九年初，反世界主义斗争开始了，看了报纸上发表的第一篇文章后，巴维尔·阿列克谢耶维奇仿佛醒了过来。这是对清醒理智的又一轮进攻，全苏列宁农业科学院上一年度例会抨击了基因学和遗传学，现在他觉得，那根本不是什么不幸的偶发事件。巴维尔·阿列克谢耶维奇是院士和研究所所长，他所处的职位要求他表白忠诚。得公开表态，哪怕是口头支持这个新集团。高层领导锲而不舍地暗示，说他该表态了。他们还意味深长地提到了他那份被束之高阁了好几年的规划。

对于巴维尔·阿列克谢耶维奇来说，做类似发言简直不可思议，这将意味着丧失自尊，玷污日常的、最资产阶级的端正品行。

虽然巴维尔·阿列克谢耶维奇的思想较为自由，但他接受的仍然是德国式的传统教育，就连他的所有思考方式也和德国人一模一样。历史上已经形成这样一种局面，在俄罗斯，人文科学受法国影响，而科学和技术领域，从彼得时代起就由德国人占据头把交椅。从拉丁语对普遍主义思想的阐释来看，它本身非常吸引巴维尔·阿列克谢耶维奇，因此，在“世界主义”这个词中①，他没看出任何世界性的罪恶。

在召开科学院大会的头一天晚上，春天的最后一个星期日，他去马拉霍夫卡找他的朋友伊里亚·约瑟福维奇·戈尔德伯格出主意，后者是遗传学家、医生，这个最不适合出主意的人很难找得到。

① 苏联当时开展的反世界主义运动将所谓的资产阶级世界主义和无产阶级国际主义对立起来，最终形成了对知识界的一场迫害。当时所用的“世界主义”概念来源于拉丁语。

戈尔德伯格是个犹太族的堂吉诃德，他总是还没等到审判就坐了牢，而且完全不是因为他该判的罪名，在此之前，他已经服刑两次，以那个年代的标准来看，他的刑期完全是微不足道的，他还要服第三次刑。在三次刑期之间的空隙，他还交了几次不同寻常的好运，因为他偶然地没有在相应时间出现在相应地点，灾难绕过了他。

第一次坐牢是在一九三二年，因为三年前的一九二九年，他在一个家庭式讨论会上发了言，那个讨论会是早已不存在的自由哲学家协会的遗迹。发言主题与基因学完全无关。戈尔德伯格喜欢翻阅西方国家杂志，他不知是从《自然》还是《科学》中弄到一篇阿尔伯特·爱因斯坦写的关于时空关系的文章。他十分喜欢这篇文章中数学般的严谨，在此之前，用数学来阐释哲学概念的文章他还从未遇见过，所以戈尔德伯格便做了一个关于那篇文章的报告。

事情是无足轻重的，判了他三年。可是，如果那时深入调查一下他那些年研究的人类群体遗传学，那又会判他多少年呢？

出狱后，他在生物医学研究所工作了一段时间，在那里发表了几篇群体基因和基因漂变方面的文章。不过，他那令人难以忍受的性格这一回又帮他躲开了一件非常不愉快的事。在研究所解散前不久，他和一个研究带头人大吵了一架，毫无疑问，是因为非常原则性的学术问题。他们吵得动起了手。事件的旁观者说，简直想不出比这场肉搏战更可笑的景象了。在激烈的学术争论中，伊里亚·约瑟福维奇打掉了论敌的一颗牙，而被欺凌与被侮辱的对方把他告上了法庭。结果戈尔德伯格因日常流氓行为被判了一年刑。

两周后，研究所的所长，著名的基因学家列维特被捕了，几个学术带头人，其中包括那个掉了一颗牙的学术论敌也被捕了。戈尔德伯格的论敌和列维特一九三七年遭到枪决，而戈尔德伯格——这简直是苏维埃生活中的荒诞谬论！—— 一年后出狱了。苏维埃政权垂青的是流氓。

还有一次不可避免的逮捕，但伊里亚·约瑟福维奇再次幸运地躲开了。出狱后他去了中亚，在那儿干起了一份对他来说全新的工作——棉花基因学和育种学。虽然对科学的蒙昧进攻已经广泛展开，基因实验室被解散，很多人坐了牢，但是他们还不知道，他们之中有很多人将被枪决，但棉花有些特别，因为它是军工原料。伊里亚去的那个实验室是半机密的，不知道是因为疏忽还是没想到，或者是因为行政部门的脑筋迟钝，没人理他。在这段不长的时间，不过对于他来说相对平静的时间里，伊里亚娶了他的实验员，漂亮的瓦莉娅·波普柯娃，一九三九年，他俩生了一对同卵双胞胎，这简直是上苍捉弄人的微笑！因为这是基因学者们的传统研究课题，伊里亚给自己的孩子起了两个意味深长的名字——维达里和根纳基。

他们一家人在秘密实验室的禁区内生活了几年，直到战争爆发。戈尔德伯格二十年代初和巴维尔·阿列克谢耶维奇一起在医学系毕业，但是，和朋友不同的是，他从来没从事过实践医学，生性热情的他战争一爆发就报名参加了技能改造班，去了军医院，当了临床化验室的主任。就这样，他作为一名军医经历了一次又一次战争，没受过伤，却得了红星奖章，他是因为在德国军队占领的镇上撤退伤员车得到这枚不寻常的奖章的。最滑稽，同时也最具戈尔德伯格特色的是，他和军医院院长吵了一架，所以搬运化验器材的时候走在了最后，当时他并不知道镇子已经被占领了，而他运出来的唯一伤员是一个上校参谋，本应该为他派来汽车，但是道路已经被拦截了，车没到。

戈尔德伯格运完东西后，看见了一队德国坦克，他只好等到天黑后再开走那辆装着器材和上校的敞篷卡车，他一路无阻地离开了镇子，根本没表现出他特有的那种张扬的英雄气概，而是相反，他非常冷静，完全不像他平时那么狂热奔放……

战争就要结束的时候，他给军事委员会写了一封怒不可遏的信，通报了战后趁火打劫和大批强暴德国妇女的现象，说苏联士兵，甚至是那些有“解放战士”崇高称号的军官做出了不检点行为……军医院的院长得知这个天真幼稚、满怀正直怒火的作者写了这么一封信，他通过一个熟识的上尉，从大量邮件中把那封已经寄出去的信找了出来，拿到手之后，他立刻把信毁掉了，之后，他让戈尔德伯格紧急复员，并且命令他爱上哪儿就上哪儿，越远越好。诚实的戈尔德伯格并不知道自己那位高尚领导要的手腕，他还给军事委员会写信询问过，要求他们对已遭没收的信件做出回答。

然而，戈尔德伯格并不打算躲进深山老林。他去了莫斯科，把家人从费尔干纳[①]迁出来后，他开始寻找和专业相符的工作。过了一段时间他发现，那门如此吸引他的学科几乎不存在了。他漂泊了一段时间，什么都没干，之后在一个伟大女人的羽翼下安定了下来，那个人叫马格丽特·伊万诺夫娜·鲁朵米诺，她把失业的基因学家安排到外文图书馆当高级图书编目员，戈尔德伯格摆弄了差不多三年的目录和卡片，用上了德语、英语、波兰语、立陶宛语和拉丁语，他是在德国的新教派学校学习的拉丁语，在那里毕了业。这个学校奇迹般地在莫斯科存在到二十年代初。

伊里亚·约瑟福维奇的工作地点在拉辛街，离克里姆林宫只有五分钟的路。他在图书馆的核心部门工作，这是个连审查机构也碰不着的地方，在某种程度上改变了他的学术方向。他反复阅读了数吨重的历史书籍，他感兴趣的是现象级的天才及其继承关系。但是，定义或描述天才本身并不容易，基因学是一门严谨的科学，它采用的是质的现象，而不是量的现象。在优秀、杰出和

① 费尔干纳，乌兹别克的一座城市。

天才之间该如何划定界限呢？戈尔德伯格对证了所有时期、所有民族的百科全书，并且作为开端，他制定了一个可靠的天才名单，那是根据他们在百科全书里的出现频率制定的。他用一种巧妙的统计学方法证明了这种挑选的正确性。接下来，他对自己筛选出来的每一百年中的一百人进行研究。他那张网铺得很大，涵盖了雅典的黄金时代，意大利的文艺复兴时期，还有俄罗斯文学的贵族时期。

他研究的下一步是寻找某种和天才有关的标志性特征。他完全相信有这样一些标志的存在，问题只在于怎样找到它们。他发现了诸如远视加右肩上有痣这样的现象，或者是左撇子加糖尿病……他贪婪地翻阅伟人的生平，精心地找出其中描写天才以及他们的父母和孩子们曾经得过什么疾病的段落，还有那些描写身体特征、缺陷和毛病的段落。

他早在十年前就能写完这本极其荒诞的书，如果不是他自己野蛮地冲到全苏列宁农业科学院的会议上，对斯大林的宠儿特罗菲姆·杰尼索维奇①不可理喻地大吼大叫的话。他的检举发言中有一半是在前线才说的脏话，在此之前和之后，他从来都没骂过这些话，喊完之后，他马上就被押送到了卡纳特奇科夫别墅……就在那里，他暂时放下他自己的天才研究，写了一份检举报告，

---

① 即前文提到的李森科。

其中不乏公开的论据、明确清楚的论证和对李森科院士极为不敬的批评语句，这份报告交到了中央委员会科学部，还有一份交给了斯大林同志本人。

他又一次走运了，人们用急救车送他去的那个科室，科主任是一个老心理医生，姓舒博尼科夫，他对这个无理取闹的英雄很感兴趣，怀有好感，给他下了一个救命的“精神分裂症”诊断，让他以三等残疾的身份出了院。

自从伊里亚·约瑟福维奇给上述地址寄去了长达三页的杰作后，已经好几个月过去了，他重新开始研究他的那些天才，研究他们的遗传疾病，同时等待回信。也许他等待的是逮捕。巴维尔·阿列克谢耶维奇就是在这样的时间点去找这样一位朋友，对此时此刻进行商讨。

戈尔德伯格和家里人住在一栋巴洛克式的二层木头楼里。以前这是一个工厂的宿舍，后来工厂关闭，工人们迁走了，楼里的房子一套套地卖了。戈尔德伯格从前线回来后买了其中的一套。实际上，这是巴维尔·阿列克谢耶维奇买的。伊里亚·约瑟福维奇对所有人在金钱方面都慎重得让人不可思议，他只把自己这位朋友当作了例外，允许他从事慈善救助，因为巴维尔·阿列克谢耶维奇和别人不同，他这位老兄本应该明白，帮助他就相当于帮助全人类，因为戈尔德伯格为他自己的科学研究赋予了巨大意义。

他深信，科学的使命就是挽救世界。

他们偶尔心平气和地谈话的时候，巴维尔·阿列克谢耶维奇嘲笑戈尔德伯格，说他是一个从唯物主义转变过来的大唯心主义者。但事实上，他们之间的确少有心平气和的时候。伊里亚·约瑟福维奇根本忍受不了反对意见，他总是怀着极大的热情捍卫自己那些最荒诞的想法，能迅速超过得体的学术争论的界限。他甚至能让颇有忍耐力的巴维尔·阿列克谢耶维奇控制不了自己，所以，他们的见面常常以争吵、喊叫和摔门而去告终。伊里亚·约瑟福维奇指责巴维尔·阿列克谢耶维奇会耍手腕，后者竭力证明，说他挽救的不是世界，而是几十个、在好的情况下是几百个大肚子女人和她们的孩子，在他看来，这样的事情值得去做。

对于伊里亚·约瑟福维奇来说这完全不够，他的思想高度已经到了令人叹为观止的地步，他预言，通过基因的合理排列，世界将完全改变。二十年后，人们可以像使用砖块一样使用基因，用它们建设新世界，植物和动物身上的有益特征将增长很多倍，人本身也可以重新建构，可以为人类植入这样或那样的基因，并且让它们具有一些新品质。

“什么品质?”巴维尔·阿列克谢耶维奇不露声色地问道。

“无论什么品质都行!”伊里亚·约瑟福维奇挥舞双手，脑袋上所剩无几的头发来回飞舞着，“我们会从染色体组分离出一些负责天才品质的基因，然后可以创造出无数数学家、音乐家和艺术家，他们的数量就连文艺复兴时期都没有过！”

“等等，但是这个恰巧就叫作优生学。”巴维尔·阿列克谢耶维奇打断了他，“天才不应该太多。否则他们会被关进监狱，遭到枪决。”

“巴沙，我们现在正在经受一个饱受折磨的时代。这肯定会过去的，就像西班牙内战时期会过去一样。未来是我们的，是学者的。没有别的力量能挽救世界。”他瘦长的手臂在空中挥舞，凸出来的灰色眼睛闪着病态的光芒。微微发黄的鹰钩鼻，布满皱纹的脖子，大喉结，瘦骨嶙峋的驼背体形——好一个挽救世界的人！

巴维尔·阿列克谢耶维奇摇头，皱眉，尽量不出声。这是个疯子，圣洁的疯子，他的心大着呢。

这一次谈话不需要太长时间。伊里亚脸色灰暗。第一瓶伏特加酒过后，他陷入了自言自语：

“我们在浪费时间。我们在丧失领先地位！最近几年美国已经出版了几部极为重要的著作。阿尔弗雷德·斯特蒂文特[①]正在解释新基因的产生！科利佐夫在哪儿？切特维利科夫在哪儿？扎瓦多夫斯基！瓦维洛夫！天才的列夫·费里？[②]你难道不明白这是破

① 阿尔弗雷德·斯特蒂文特（1891—1970），美国遗传学家，染色体遗传理论的创始人之一。

② 以上几位均为俄罗斯生物学家、遗传学家。

坏？整个班子都和李森科在一起，这是破坏。这是一个反世界主义的班子，这正中帝国主义下怀，巴沙！他们想用这种伎俩毁掉苏联科学……科学应该为人类服务，而在帝国主义者手下，它将为赤裸裸的财富积累服务，为黄金崇拜服务……”

他的声音开头还震耳欲聋，后来减弱了，好像是干枯了，泪花涌上了眼镜后面那布满血丝的明亮双眸。

巴维尔·阿列克谢耶维奇因为这种愚蠢的热情而感到非常窘迫，他转动着空酒杯，到最后也没插上嘴。终于，趁着伊里亚·约瑟福维奇沉默了片刻，他一边在口袋里摸索着手绢，一边小声地说：

“伊柳沙①，我觉得你和平时一样有些夸大其词。他们对世界主义不感兴趣。我觉得一切要简单些，我们的‘主人’只不过想把犹太人的脑袋搞糊涂。”

瓦莉娅不时将她一头卷发的脑袋探进丈夫那牢房一样的狭窄办公室，办公室里正在进行友好商谈。瓦莉娅从前是个窈窕淑女，后来变成了胖大妈，现在她又瘦得非常厉害了，她不时低声恳求道：“伊柳沙，孩子们……”或是：“伊柳沙，邻居们……”或者直接说：“求你了，小点声……”他们又喝了一瓶，然后，和平时一样临分手时吵了起来。伊里亚·约瑟福维奇像高山一样站在

---

① 伊柳沙是伊里亚的小名。

世界正义一边，他从科学角度出发，准备为此抛头颅洒热血。而巴维尔·阿列克谢耶维奇对这种正义一点都不相信，他感兴趣的是琐事——怀孕的刷盘子女工，西塞罗①在元老院提到过的那些可恶手术。伊里亚·约瑟福维奇恰好也谈到了这件事情。巴维尔·阿列克谢耶维奇兴奋了起来，他总是很看重朋友那永不衰竭的博学。

“那西塞罗说什么了？”

“他说，”伊里亚·约瑟福维奇大声喊道，“应该绞死这些女人，因为她们偷国家的士兵！绞死一千次都不为过！”

巴维尔·阿列克谢耶维奇的脸一下变得苍白，他站起来，披上大衣，恶狠狠地对自己唯一的朋友说：

“你有一颗聪明的脑袋，伊里亚，只不过很遗憾，它长到了傻瓜的身上。你是不是以为女人生孩子就是为了让混蛋们把她们送到绞肉机里去？”

他摔门而去。见他的鬼吧，这个傻瓜！但是，他记住了西塞罗，虽然他那时已经醉得相当厉害了。

第二天，一些人带着搜查令找到了戈尔德伯格，他们把他逮捕了。他那份指控李森科的报告还是到了指定的地方。

---

① 西塞罗（前106—前43），古罗马政治活动家、演说家、作家。

巴维尔·阿列克谢耶维奇过了一个星期之后才得知这次逮捕，瓦莉娅犹豫了很长时间之后，最终决定给他打了个电话。

而在马拉霍夫卡的最后一个晚上，醉了酒的巴维尔·阿列克谢耶维奇花了很长时间才找到车站，他半夜以后才到家，勉强记得发生的事情。第二天早晨他觉得很难受，稀释了半杯酒精，喝下去缓解酒后头疼。他心里轻松多了，一种并非他特有的无忧无虑感像太阳一般升了起来，只不过太阳并不了解那些残酷而又愚昧的报刊文章，也不了解文章的作者和读者。

叶莲娜因为醉酒的丈夫半夜才回来，打乱了日常作息时间，她半宿没睡，她站在过道里，把一双旧皮鞋套进细毡靴里，她正准备去上班。巴维尔·阿列克谢耶维奇穿着一身从打仗时就开始穿的军用贴身内衣，来到走廊，他张开手大声说：

“我的小姑娘！我们去马厩吧！去找小马驹！”

叶莲娜以为丈夫还醉着，有些不知所措。她从来都没看见过他如此肆无忌惮，何况还是在早晨。

“巴沙，你怎么了？”

已经穿戴整齐的塔尼娅高兴地尖叫起来：

“爸爸，乌拉！”

然后她一下吊在了他的胳膊上。巴维尔·阿列克谢耶维奇抓住塔尼娅说：

“我们今天逃课!”他冲女儿挤挤眼睛，“给单位打个电话，莲诺奇卡，告诉他们你不去了。生病了。扣钱吧。随便怎样!”

发生了某种不同寻常的新鲜事。他总是如此靠得住，以至于从来没人怀疑过他一以贯之，显而易见的正确性，服从他让人感到开心和愉快……叶莲娜不知所措地笑着，小声地反对道：

“什么马厩……什么马驹……要算旷工的……”但是，她已经把手伸向了电话，要给同事打电话，说她今天不去上班了。

巴维尔·阿列克谢耶维奇从她身上脱下灰色的山羊皮大衣，解释说：

“咱们现在去畜马研究所。普罗库京早就叫我去看马了。走吧，走吧！塔涅奇卡，穿上滑雪服!”

“爸爸，真的吗?”塔尼娅将信将疑。

瓦西莉萨听到走廊里的一阵忙乱后，从厨房的小窗子探出头来。

“加甫利洛夫娜！鸡蛋！女王鸡蛋!”巴维尔·阿列克谢耶维奇愉快地大声吩咐道，瓦西莉萨十分疑惑地去做鸡蛋了。女王鸡蛋是乡下人的做法，就着煎洋葱和土豆一起吃，巴维尔·阿列克谢耶维奇只在星期天吃这种蛋，平时和以前一样，不吃早饭。

“我也要一个女王鸡蛋!”塔尼娅对意外事件十分开心，也随声附和道。

大家坐下来，像在礼拜天那样吃了顿早饭，虽然这是星期一。

巴维尔·阿列克谢耶维奇又喝了一小杯伏特加，叶莲娜疑惑不解地看着他，早上就喝酒，类似的事情以前可从来没有过。

在这次清晨的意外事件中，她仿佛看到了某种不安的东西，她一分钟都没多想，凭着直觉问道：

“巴沙，你今天不是在科学院开会吗？你应该……”

“不是应该！”巴维尔·阿列克谢耶维奇吼了起来，“我没有义务为任何人做任何事！让他们所有人都……去他妈的！”

从他的厚嘴唇边应声而出的这句骂人话，猛烈而又分量十足，就像他身上的一切。衬衫上那包在锡制纽扣上的麻布，已经洗破了，露出了褪色的金属，前胸上的灰白的毛发从敞开的领口钻了出来，公牛一样粗壮的脖子上，青筋暴露。

叶莲娜搂住了他的脖子：

“小点儿声，亲爱的……”

他平息了下来，把她揽进怀里。

“对不起。”

他们穿好了暖和的衣服，拿着为塔尼娅准备的雪橇，已经站在了门口，巴维尔·阿列克谢耶维奇嘱咐瓦西莉萨·加甫利洛夫娜说：

“会有人打电话来的，告诉他们，主人喝多了。”

瓦西莉萨疑惑不解地用一只眼睛看着主人。

“你就这么说，喝多了。”

她还是没搞明白，但是，准确地完成了任务。

这次即兴发挥是非常高明的。巴维尔·阿列克谢耶维奇不是那天声称有病的唯一一个人，但他是唯一一个平安无事的人。他两个星期没去医院，而科学院则有四个月都没去了，直到他背负起了“无节制的酒鬼”的名声。

从前，他只在为论文答辩举办的宴会上喝酒，在家庭纪念日和悼念仪式上喝酒，现在，他开始因为另一种理由喝酒：每一次让他做保证或是签字、公开发言，使他感情极度激动的时候，他都要喝酒。他一丝不苟地开怀畅饮，叶莲娜猜到他突然开始喝酒的真实原因后，亲自打电话到主席团，用十分温柔的声音通知他们说，巴维尔·阿列克谢耶维奇不能去，因为他和往常一样，又发作了，你们不是明白吗。

于是，巴维尔·阿列克谢耶维奇在那些特别令人生厌的日子待在家里，早上喝一杯伏特加酒，和塔尼娅一起玩，教瓦西莉萨包饺子或者就是在屋子里走来走去，他经常会看到他妻子叶莲娜自己给自己写的一些小纸条。那些小纸条让人感动，开头总是千篇一律：别忘了，之后是——买苹果，把被单送到洗衣店，修理包……好笑的是，这样的纸条有很多，然而上面写的都是同样的东西——苹果，洗衣店，修理……

他知道，叶莲娜并不是一个好主妇，她这是在努力不忘记任何事，做完所有的事，这让巴维尔·阿列克谢耶维奇深受感动。

妻子的优点让他赞赏，而缺点也让他感动。这就叫作婚姻。他们的婚姻是幸福的，无论晚上还是白天，他们能充分地互相理解，因为从本质上，从成长环境上来说，他们都是不擅长言语，性格内向的人，他们两人都不需要做那种健谈的人不厌其烦去做的口头证明。

巴维尔·阿列克谢耶维奇的狂饮最开始具有外交性质，但现在已经完全不是假装的了。叶莲娜也担心她年纪不轻的丈夫的身体，不过却从未尝试过制止他。和往常一样，统领她的不是理智，而是女人的敏感。她对酗酒的本质、对俄罗斯人喝酒的特点一无所知，喝酒的时候，找不到出路的心会找到轻松的、力所能及的安慰：没有谎言，没有羞愧。

在那些狂饮的日子里，叶莲娜有时也请假和巴维尔·阿列克谢耶维奇一起去别墅。有一次，这样的短假期恰好赶在秋天，有两次是在冬天。在她的生命中，没有比这些狂饮的假日更美妙的时光了，那时，巴维尔·阿列克谢耶维奇抛却身上数也数不清的操心事，只属于她一个人。他们俩都错过了第一次青春的激情，错过了不需要耗费脑筋就可以发现的深度，那种深度表面深不可测，其实一切都终结在其中。巴维尔·阿列克谢耶维奇想忘掉这些，有时喝上几毫克包在蛋白质膜里的神秘物质，他也能够忘掉。当手已经没力气伸向一杯水的时候，心变得冷漠，一切都是枉然，一切都是枉然。有一条无法逾越的界限，两个人不能同时跨过它。

只有一种药物能帮助人摆脱这个，那就是不断地努力。

叶莲娜在第三次狂饮之前就已经知道，巴维尔·阿列克谢耶维奇随后的清醒期对她来说就是考验期。她对那个早晨既害怕又盼望，到了那时，巴维尔·阿列克谢耶维奇喝下第一杯放松心情的酒后，会对她说：

“我的心肝，收拾收拾，我们到别墅去。”

与此同时，科学院已不再纠缠他了。酒鬼的名声是一种独特的宽恕。在我们国家，没有哪种恶习能像酗酒这样可以得到如此地宽容。所有人都喝酒，沙皇、高僧、院士，甚至那些学术上鹦鹉学舌的人也喝。

10

五月中旬，天气提前热了起来，所有人都因此变得有些无精打采。离学校课程结束还有几天时间，但是所有的课都讲完了，无论期末的还是全年的分数都已经打完了。大家已经知道谁是优等生，谁是留级生。学生和老师们无聊而又懒散地熬时间，他们感到非常烦闷。

加林娜·伊万诺夫娜是学校的老教师，她穿着一件新连衣裙走进教室，她像一匹衰弱的老马，臀部已经下垂。她的连衣裙是夏天穿的，驼色，显得有点脏，裙子上镶着断断续续的黑边，黑边有的地方断了，有的地方又接上了，鼓出一个个小包。

加林娜·伊万诺夫娜带这个班已经四年了，但凡她会的她都教给了孩子们，书写、算术和图画，在这几年间，女孩子们也同样熟悉了她那两条冬天穿的毛裙子，一条灰色的和一条深红色的，还有一条秋天穿的礼服套裙，粘满了灰色猫毛。

从第一堂课起，这些马上要上五年级的学生就热烈讨论女老师的新衣服——腰身有些平常，没有扣环，袖子是和服式的。大多数女孩都十岁左右，这是最小平均年龄，因为有些女孩已经丰满起来，身体的隐蔽部位已经长出了卷曲的毛发，而另一些女孩还是瘦小的、没有发育的小孩，指甲被咬得乱七八糟，膝盖上满是摔坏的伤口。不过，新裙子同时吸引了这两种孩子的注意力。

裙子也同样吸引了加林娜·伊万诺夫娜自己的注意力。她做这条裙子不仅仅因为旧的那条穿坏了，还因为正好今天下课后，学校要为她从教四十年举办一个茶话会。大课间休息时，加林娜·伊万诺夫娜还去了一趟更衣室，在镜子里照照自己，整理整理领子。功勋教师的称号她已经有了，现在在内心深处，她希望能得到一个真正的奖赏，一枚奖章，甚至是一枚勋章。

最后一节课，也就是第四节课，她指定学生做课外阅读。一开始女孩们按顺序朗读，但是所有人都一样读得不好。不是结巴就是像爆豆一样读得飞快，没有起伏，让人不可能听懂。加林娜·伊万诺夫娜已经懒得批评她们了，最后她拿起书来，自己朗读了起来。相对于她又高又胖的身体，她的嗓音显得有些高，有点鼻音，但是非常有表现力。读到卡什坦卡在寒冷的大街上冻得痛苦不堪时，尤为真挚感人，富有同情心。

离下课只有几分钟时间了，最不耐烦的孩子们已经开始悄悄地收拾起书包。太阳竭尽全力地透过窗子散发热量，穿着毛裙子的女孩子们全都出汗了，衣服粘到了湿乎乎的腋下。

“在这样的大热天里，一条挨冻的狗是引不起任何同情的。”塔尼娅想道，就在这时，她听到了一声轻轻的啜泣，接着又有一声，之后是被袖子捂住的哭声。

加林娜·伊万诺夫娜停止了朗读。全班都回过头看那个最远的角落，对一切都漠不关心的托玛·波洛苏辛娜四年来一直麻木不仁地坐在那边的最后一排。是她为迷路受冻的卡什坦卡的悲惨命运流下了眼泪。

课桌发出声响，女孩们离开了座位。

“还没下课。”加林娜·伊万诺夫娜提醒道，憔悴的嘴角露出了职业微笑，她问托玛，“你怎么了，托玛，为什么这么伤心？在家里没读完吧？接下去一切都会变好的。”她安慰着这个小姑娘。

“不会的，不会的。”托玛抽泣着说，一边从黏糊糊的课桌上抬起头，一边用罩裙擦着鼻子。

她是最不起眼的一个，个头最矮，长得又不好看，就像麻雀或车前草一样无足轻重。

铃声终于响了。加林娜·伊万诺夫娜果断地合上了书。所有人的瞌睡就好像是被一只手给拂走了一样，窗外令人难受的炽热顷刻间变成了好天气，变成了妙天气，所有人都因为急切而躁动不安，所有人都急不可耐地想出去，都想在画线的柏油路上跳跃，独自、两人一块或是一大群人同时跳绳，想随便跳跳，不用左顾右盼地跳，想跳起来，跺脚，就像小马驹或是小山羊那样，想翻跟头，互相推来挤去，不假思索地快跑。

托玛还在抽泣，塔尼娅走到她跟前的时候，她正在收拾她脏乎乎的课本。为什么要走过去，塔尼娅自己也不知道。

“你怎么了?”塔尼娅问。

塔尼娅不是麻雀，也不是车前草，她是某种罕见的东西，类似皇后百合或是硕大而透明的蜻蜓。她们两个人都非常清楚谁是谁。

但是这一天，托玛身边发生了一件可怕的大事，而塔尼娅身边没有过，也不可能有这样的事情，这使她们平等了，甚至这还可能让托玛高于整个世界，因为她这个从来不谈自己，同时引不起任何人兴趣的女孩说：

“我妈妈要死了，我不敢回家……”

“我送你。”塔尼娅毫无惧色，自告奋勇地说。

如果这是在昨天，塔尼娅送她回家会让托玛感到骄傲，感到开心，但是今天，一切对她来说都无所谓了。

她们穿过女孩子们叫声喧天、闪烁着灿烂绿色的校园，匆匆钻过两个通道，在一个地方翻过栅栏，最后在通往“小棚子”的入口前停了下来。托玛的妈妈就是这样称呼她们的住处的，那是战前分给她丈夫的住房，丈夫于一九四四年牺牲。这里从前是一个车库，在大门上掏了一个小门。托姆卡[①]在门口磨蹭。塔尼娅却毅然决然地把门推开了。

第一次打击是嗅觉上的。酸性液体、尿、煤油的味道扑面而来，而且这些都是发臭的、腐烂的，极其强烈的气味。房间有两根绳子，上面挂着潮湿的内衣。屋子最里面有一扇窗，横着朝向砖墙，窗户下有一张宽大的家用床，上面通常睡着全家人，母亲，托玛，两个弟弟，就像在俄罗斯的炉子上。

一开始塔尼娅以为床是空的，但是当眼睛习惯了半明半暗的光线，就能看出枕头上有一个包着厚头巾的小脑瓜。床旁边放着一个装满了暗红色内衣的脸盆。两个女孩走到床前，那里是可怕的味道最集中的地方。

“妈，妈妈。”托玛唤道。

从头巾下面传出了一声呻吟。

---

① 托姆卡是托玛的小名。

“要不，你吃点东西或者喝点水?”托玛带着哭腔问道。

但是，接下来没有任何回答，甚至没有呻吟声。

托玛把散发着强烈味道的被子推到了一边，只见那女人躺在一条红色的床单上。塔尼娅没能马上明白那就是血。脸盆里紫红色的内衣也是染上了血的，但是已在空气中变黑了。

“应该叫急救车。”塔尼娅果断地说。

“她不让叫急救车。”托玛喃喃地说。

“这可是血啊，她在流血啊。”塔尼娅惊讶地说。

“是啊，是在流血。她一下子就倒下了，”托玛觉得塔尼娅听不明白她的意思，又解释说，“她领一些色狼到这儿来，然后她就倒下了。彻底倒下了。”

托玛抽泣着。塔尼娅皱起了眉头，轰鸣声，咯吱声，有东西坍塌了。墙壁在摇晃，墙面移位了，散发着恶臭的深渊迸裂了。整个生活都坍塌了，塔尼娅知道，从这一刻起，从前的她已经不复存在。

“对了，我去叫我爸爸。”

“她也说了，你爸爸是不会到我们这里来的。”

“等着，我很快就回来。”

塔尼娅用五分钟跑回了家。妈妈不在家，是瓦西莉萨开的门：

“你怎么像傻了一样?”

塔尼娅没吭声，冲到电话前给巴维尔·阿列克谢耶维奇打电话。半天没人接，之后有人说他正在做手术。

“到底发生什么事了?”瓦西莉萨·加甫利洛夫娜追问道。

“哎呀，反正你不懂。”塔尼娅摆了摆手。

她觉得，她不应该让任何人知道这件可怕的事，因为不管告诉谁，那个人的生活都会倒塌，崩溃，就像她自己的生活一样。应该保守这个秘密。

“我很快就回来。”说话间她已经走到了门口，她随身带上门，飞身奔下楼梯。

塔尼娅模糊地记得，她没等到无轨电车，于是便跑去坐地铁，坐到了文化公园地铁站，之后她又沿着长长的皮罗戈夫大街奔跑。仿佛，她的奔跑没有尽头，没有终点。在父亲医院的入口处，她被叫住了。

“我去找爸爸。找巴维尔·阿列克谢耶维奇。”

她马上就被放进去了。她跑着上了二楼，推开玻璃门，见父亲迎面向她走来，他身穿白大褂，戴着圆帽子。他身边拥着一大群医生和大学生，他走在所有人前面，最高大，最魁伟，一张暗红色的脸，长长的眉毛夹杂着灰色的绒毛。他看见了塔尼娅。空气仿佛在他们面前闪开了一条道路：

“出什么事了?”

“托玛·波洛苏辛娜的妈妈要死了。她起不来了！”塔尼娅机关枪似的说。

“怎么回事？谁让你进来的？”他吼了起来，“下去！到接待室去待着。到那儿等我！”

塔尼娅忍着眼泪冲到了楼下。

尽管巴维尔·阿列克谢耶维奇十分勇敢，但他还是感到害怕了。只要有一次告密就足够，然后一生都会在地狱度过。

三分钟后，巴维尔·阿列克谢耶维奇下楼来到了接待室。塔尼娅用力奔向他：

“爸爸！”

他又一次用眼神制止了她：

“别着急，告诉我，你们那里出什么事了？”

“托玛·波洛苏辛娜，爸，快点，她妈妈快死了。”

“谁的妈妈？是谁？”巴维尔·阿列克谢耶维奇冰冷地问道。

“我们看院子的，丽莎阿姨。她们住在车库里，在我们家后面。她起不来了，就是这么回事。爸爸，她们家太可怕了……爸，好多血……”

他摘下眼镜，擦了擦鼻梁。在塔尼娅的嘴里竟然说出了“起不来了”这个词。

“原来是这样，你马上回家去。”

“什么?”

“怎么来的就怎么回去。”

塔尼娅简直不敢相信自己了。父亲好像换了一个人。他从来没用这么强硬的口气和她说过话。

她佝偻着背走到了外面。

半个小时之后，巴维尔·阿列克谢耶维奇走进了波洛苏辛娜家的车库。和他一起来的还有他的助手维佳。他们坐的那辆救护车的司机没有下车。

巴维尔·阿列克谢耶维奇一眼就看清了这里发生的状况。这就是那种女人，他主要的女患者，十分不幸。她们是军人的寡妇或单身母亲，多半是酗酒的，可能还行为不端。他摸了摸瘦小的看院子女人那宽大而冰冷的手，用手指扒开了她的眼睑。已经没什么挽救措施了。床边站着三个孩子，两个小男孩，一个女孩，他们瞪大眼睛看着他。

“谁是托玛?”巴维尔·阿列克谢耶维奇问。

“我是托玛。”

巴维尔·阿列克谢耶维奇认真地看了看她。一开始他以为她是个七岁小孩，现在，仔细看过之后，才明白她就是塔尼娅的同班同学。

“托玛，你现在把弟弟们带走，去十二号。就是那栋灰楼，你认识路吗?”

她点点头，但是仍然在原地没动。

“去吧，去吧。瓦西莉萨·加甫利洛夫娜会给你们开门的。你告诉她，是巴维尔·阿列克谢耶维奇让你们去的。你让她把桌子摆上。我马上就回去。”

“您送妈妈去医院吗?”

他用自己强壮的身体挡着床和那个已经死去的不幸妇女。

“去吧，去吧。我们会做该做的事情。”

孩子们走了。

“我看，咱们已经卷到这件事里面来了，应该把她送到太平间去。”助手半探询地说。

“不行，维佳。我们不能送她到我们医院的太平间。我现在让瓦西莉萨·加甫利洛夫娜来。让她叫急救车和警察。我们没来过这里。”巴维尔·阿列克谢耶维奇皱了一下眉头，“你知道，要是活人我就把她带走了。”

维佳非常了解这些。实际上，所有的医生都知道，这和刑法章程贴得有多近。

看院子女人丽莎的死让整个受过洗礼的世界都泛起了波澜，从诺沃斯洛勃茨基大街的奇数楼房一侧，一直到萨维洛夫火车站，她的死引起了强烈的感情风暴，让很多人一辈子都相互敌视。瓦西莉萨·加甫利洛夫娜叫来急救车和警察之后，死者佝偻的尸体就被送到了法医太平间做鉴定，丑闻基本在住房和医学这两个层面开始扩散。

有两个不可小视的人物在竞争那间“小棚子”，第一个就是房管主任科斯吉科夫本人，他早就盼望着能把自己的妹妹安排到从前的车库里去住，妹妹和她女儿住在他家已经两年多了，一直等着她工作的工厂分房子，但是不知为什么毫无指望。看院子女人去世当天，科斯吉科夫抓住这一时机，办理了手续，他让妹妹干死去的丽莎的工作，他认为，现在这个房子不会从他们这里脱手了。第二个竞争者是房管处的电工科斯佳·希奇金，他和身边的三个孩子住在九平方米大的屋子，已经到了无法忍受的地步，尤其是第四个孩子马上就要出生了。还有一个人也觊觎这间房子，他也不是外人，是片警库连诺伊，他在宿舍里住的是最大的房间，但是他正准备结婚，并已进入战备状态。其他住在简易住房的小人物们也不反对改善，但是他们连机会都没有。

医学方面的事情更加严肃一些。鉴定证明，看院子的丽莎死于流血，是由于子宫壁穿孔引起的，引发不幸的地下医学力量从这个意外出现的窟窿中，用一件不明工具拽出了一半肠子。

刑法给这种不成功的手术判三到十年，视所做流产的技术等级而定。医生在导致病人死亡的情况下要坐十年牢，比业余的多两倍。这就是全部的公正性之所在。

整个街区都知道两个女人的名字，舒拉·祖多娃奶奶和摩尔达维亚女人朵拉·戈格尔，她们俩一直在干流产这种招上帝厌恶的事情。前者做得简单些，便宜些。她灌水，插导尿管。一般来说有用。有时在特别健壮的或是没生过孩子的人身上不起作用。如果那样的话，祖多娃干脆动手，钱也不收了。

朵拉是位医学工作者，一切都按照科学方法进行，没有失败的时候。她是战后从基什尼奥夫搬到莫斯科来的。她是个眼睛炯炯有神的黑发美女，邻居们疑心重重却不善于观察，他们把朵拉当成了犹太人。朵拉心思灵活，很有本事。别看已经有了一个孩子，她还是成功地嫁给了一个少校，她还是个机灵的主妇，在莫斯科，到了一个新地方，虽然是凭票供应的时代，她总是能迅速搞清楚什么东西在什么地方卖。她还在一所医院当上了护士，虽然她的护士文凭是冒牌的，甚至不是用俄文印刷的。她在家里给人做真正的流产，甚至还用麻药，但是钱也收得很多。到她这里来的都是稍微有钱一些的，丽莎未必有钱来她这里做手术。所以整个院子里的人都毫不犹豫地说，是祖多娃把整个事情搞糟了。

第二天，调查员到院子里来了。他们在“小棚子”进行了搜查，但是既没找到工具，也没找到药品。

“去找傻瓜吧，他们会随随便便给你们留下证据的。”院子里的人笑话他们说。

调查员是一个脖子细长的年轻小伙子，他在讯问邻居时，一直红着脸。所有人都不吭声。但是告密者永远会挺身而出。与祖多娃一墙之隔的近邻娜斯佳·格拉勃丽雅就没忍住不说，因为她是一个天生为真理而战的斗士。

“不知道的我不说。我没亲眼看见丽莎在那里，但是祖多娃给别人做，而且非常管用。”她直接冲着调查员的耳朵说。

“那您自己去过吗?”调查员好奇地问道。

“上帝保佑，我早就不需要这个了。”格拉勃丽雅辩解道。

“那您是怎么知道的呢?”

格拉勃丽娅马上就把他领到胶合板的隔墙旁边，用手指甲敲了敲，应声就听到了回答：

“你干什么，娜斯佳?”

“没事。”格拉勃丽娅激动地回答，然后，她小声地冲着调查员的耳朵嘀咕道：“什么都能听到，就连最小的声音都能听到。无论喘气还是动弹，都躲不开邻居。”

调查员在笔记本上做完记录就走了，他现在已经至少掌握了一种说法。

调查、争吵和敌对的气氛如此浓烈，以至于巴维尔·阿列克谢耶维奇和平的家里也受了传染。这一切始于丽莎被送走的那天晚上。波洛苏辛娜家的孩子被安置在塔尼娅的房间里睡觉，而塔尼娅去父母的卧室睡。

晚饭很晚才吃，只有大人们坐在桌旁，巴维尔·阿列克谢耶维奇，叶莲娜，还有瓦西莉萨·加甫利洛夫娜，她虽然不愿意，然而遇到一些特殊场合她也偶尔和他们一起吃饭，比如节日或是其他什么事件，就像今天。她更愿意在自己的房间里吃饭，那里安静，还能做祈祷。

吃完饭后，巴维尔·阿列克谢耶维奇把盘子推到一边，对叶莲娜说：

“为什么这么多年以来我一直在为获得许可耗费时间，现在你理解了吧？”

“什么许可？”沉浸在自己思考中的叶莲娜问了一句。波洛苏辛娜家的孩子让她不得安宁。

“允许流产。”

瓦西莉萨差点儿失手摔掉了茶杯，世界倒塌了。她尊敬的巴维尔·阿列克谢耶维奇原来站在罪犯和杀人凶手一边，还为她们奔忙，为她们不知羞耻的自由而奔忙。他也是个凶手，但是这让人无法想象。怎么会这样呢？

巴维尔·阿列克谢耶维奇又重申了一遍，于是便解释了起来，因为这是他爱谈的话题。

瓦西莉萨紧闭自己发黑的双唇，一声不吭。她不再喝茶了，茶杯推到了一边，但是，她没回到自己的小屋去。她连眼皮也不抬一下，沉默地坐在那里。

“可怕，可怕。”叶莲娜将头埋在手里。

“什么可怕?”巴维尔·阿列克谢耶维奇颤抖了。

“一切都可怕。丽莎死了很可怕。你说的也很可怕。不，我不能，我永远都不能同意这件事。竟然允许杀害孩子。这是比杀害成年人还恶劣的罪行。他们那么无助，那么幼小，怎么能让这个合法呢?”

“当然了，你又来了，托尔斯泰主义，素食主义，戒酒。”

她出人意料地因为托尔斯泰主义而气恼了起来：

“这和素食主义有什么关系？托尔斯泰说的并不是这个。在那儿，在塔尼娅的房间里，就有三个这样的人在睡觉。如果允许流产，他们也会被杀死。丽莎并不是特别需要他们。”

“你怎么回事儿，难道智力不健全吗，莲娜？他们有可能不来到这个世界上。那样的话，现在就不会有这三个不幸的孤儿，他们注定要遭受贫穷、饥饿和监牢。”

十年来，他们第一次严肃地争吵了起来。

“巴沙，你在说什么?”叶莲娜惊叹道，“你怎么能说这样的话？就算我智力不健全，但是问题不在于智力健不健全。她们杀死自己的孩子。怎么可以允许这样的事?”

“那又怎么能不允许？她们也自杀！这该怎么办呢?”他指着墙壁说，“这些瘦小可怜的孩子在睡觉，他们的妈妈没能及时做手术摆脱他们。你说该拿他们怎么办?”

“不知道。我只知道不能杀害他们。”丈夫的话第一次遭到她的反驳，而他本人则引起了她的反抗和颤抖。

“你要为那些女人着想!”巴维尔·阿列克谢耶维奇呵斥了一声。

“为什么要为她们着想？她们是罪犯，杀害了自己的孩子。”叶莲娜抿紧了嘴唇。

巴维尔·阿列克谢耶维奇的脸变得僵硬了，叶莲娜一下明白了，为什么他的下属那样害怕他。她从来没见过他现在的样子。

“你没有发言权。你没有这个器官。你不是女人。既然你不能怀孕，你就不能评头论足。”他阴沉地说。

全部的家庭幸福，那种轻盈自在的幸福，他们的出众和亲近，无尽的信任，所有这一切顷刻间坍塌了。但是他似乎没觉得。瓦西莉萨用自己唯一的一只眼睛死盯着巴维尔·阿列克谢耶维奇。

叶莲娜站起身。她颤抖着手把茶杯放到水池里面。杯子是旧的，有一道长长的横纹裂缝。碰到水池底后，杯子碎了。叶莲娜没管那些碎片，走出了厨房。瓦西莉萨耷拉着脑袋，一下子钻进了自己的储藏室。

巴维尔·阿列克谢耶维奇本想跟着妻子走，但是又停住了。不，就让这残酷一些吧。为什么她会捡回一只流浪的猫，而对不幸的丽莎却没有一点同情心呢？裁判找到了，让她想一想吧。

叶莲娜想了一整夜。边哭边想，然后又哭。她旁边，在通常属于丈夫的地方，现在躺着塔涅奇卡。巴维尔·阿列克谢耶维奇去了他自己的书房。

瓦西莉萨·加甫利洛夫娜也没睡。她什么都没想。她在做祈祷，也在哭泣。现在巴维尔·阿列克谢耶维奇变成了一个恶人。

巴维尔·阿列克谢耶维奇醒了几次，一些模糊而又灰暗的梦让他不安。他辗转反侧，把滑溜的被单从皮沙发上蹭了下来。

清晨开始得非常早。瓦西莉萨一听见巴维尔·阿列克谢耶维奇把茶炊放到炉子上，就马上从小屋里走了出来。她对他宣布，说她要离开他们。这已经不是第一次了。她以前也这样过，不知为什么生了气的瓦西莉萨请求结账。通常，在心里攒下一些不满后，她会消失几天，但是很快就会回来。

巴维尔·阿列克谢耶维奇还没有从昨天的状态中脱离出来，他嘟哝了一句：

“您爱去哪儿就去哪儿吧。”

他觉得自己非常不舒服，甚至打开橱柜搜寻了一番。没有酒瓶。他不想派瓦西莉萨去买酒，时间也太早了。他倒了一杯茶，去了书房。叶莲娜一直没从卧室里出来。瓦西莉萨在收拾东西。塔尼娅的房间里，丽莎的孩子们在哗啦哗啦地摆弄着别人家的玩具，等着吃早餐。托玛不停地提醒他们要小点声。

叶莲娜进厨房给吵吵嚷嚷的全体孩子们熬早餐吃的稀粥时，

瓦西莉萨·加甫利洛夫娜身穿新毛衣，头戴新头巾出现在炉子旁边，脸上是一副受了欺负然而又很庄严的表情：

“叶莲娜，我要离开你们。”

“你这是在对我做什么啊？”叶莲娜惊叹道，“你怎么能扔下我不管呢？”

两人站着，互相对视，她们都又高又瘦，表情严肃。一个是老太太，样子看起来比实际还要老一些，另一个不到四十岁，也上了年纪了，然而看起来还像二十八岁。

“你随便，我是不想再和他住在一起了。我要走。”老太太斩钉截铁地说。

“那我怎么办呢？”叶莲娜哀求起来。

“他是你丈夫。”瓦西莉萨眉头紧锁地说道。

“丈夫……他已经腻烦了。”叶莲娜能说出来的只有这一句。

叶莲娜从未想过没有瓦西莉萨的生活是什么样的，尤其是在这种措手不及的情况下，家里还有别人家的孤儿。叶莲娜劝瓦西莉萨·加甫利洛夫娜推迟行期，哪怕把波洛苏辛娜家的孩子安排好了再走也行。

“好吧。”瓦西莉萨阴沉地说，“安葬完丽莎我再走。叶莲娜，你给自己再找一个仆人吧。我不想再和他住在一起了。”

人们做完了鉴定，科学地验证了本来就很清楚的事实，葬礼第六天才举行。一些亲人从四面八方赶来，几乎清一色都是女的，母亲，两个姐妹，几个远近程度不一的老太太，从小姑子到干亲家都有。唯一一个斜眼的男人自称是小叔子。和托玛去过一次“小棚子”的塔尼娅对这些人感到奇怪，她悄悄让托玛告诉她，谁是谁的什么人。

波洛苏辛娜家的亲戚都来自特维尔，但是，他们分别来自母亲家的村子和父亲家的村子。托玛的亲生父亲在战时牺牲了，两个小弟弟不是他的孩子，不知道是谁的，只不过姓了死者的姓，而父亲那边的亲戚并没有埋怨丽莎。

说亲戚们相互仇视并不为过。这些人喧哗吵闹，一边流眼泪，一边异口同声地抱怨战前的某次牲口灾害和失窃，回忆某架神秘的八套马车和一块头巾。这一切听起来像是外语。塔尼娅觉得，他们好像在玩一种故意瓜分什么东西的成年人游戏，但是又好像分得非常认真。

叶莲娜想带塔尼娅一块去参加安魂弥撒和葬礼，但是巴维尔·阿列克谢耶维奇不让。叶莲娜认为，塔尼娅为了托玛也应该去，在这样的时刻，哪怕是在旁边一起站着也好。这次的分歧更加剧了他们沉默的争吵。他坚持己见，大声地让叶莲娜把塔尼娅留在家里：

“她是一个敏感的孩子！你为什么要让她参与这些事？简直是

不明事理！我知道，是瓦西莉萨让的！可是塔涅奇卡去那儿干什么呢？”

“你凭什么以为你就有发言权？”温和的、没有报复心的她，给了巴维尔·阿列克谢耶维奇致命一击。连她自己都不知道这一切是怎么说出来的。“你又不是塔尼娅的父亲。”

这是一次低级复仇直接命中目标。这是一个非常罕见的情况，决斗双方都输了，没有一个人活下来。

即便这样，塔尼娅还是没去参加葬礼，她发烧了，得卧床休息。

葬礼过后第二天，丽莎的姐姐纽拉走了，带走了两个外甥。经协商，托玛应该由丽莎的妹妹菲尼娅带走。但是她有什么事情没处理好，她得去换婚礼花冠，托玛把所有事都讲给塔尼娅听了，塔尼娅想象有一个披红戴绿的乡村合唱团和一群高大的姑娘，他们正在互相交换矢车菊和洋干菊编成的花环。塔尼娅没能明白菲尼娅的困难和婚礼花冠有什么关系。但是，菲尼娅没过多久就来了，她是一个大个儿黑发女人，和死去的浅色头发的小个子丽莎相比，她们的相似之处就是少见的丑陋。

她跟瓦西莉萨和叶莲娜一起在厨房坐了很久，流了不少眼泪，然后又不知因为什么事笑了起来，她一连喝了两杯茶。她们达成了协议，她暂时把托玛留在这儿，留在城里，等到婚礼花冠的事情弄好之后，她再把托玛带走。她们谈话的时候，托玛一直弓着腰站在走廊里，她抱着冬天穿的大衣和上学背的书包，等待决定。

所有人各自散去时已经很晚了，托玛溜到了瓦西莉萨·加甫利洛夫娜的储藏室，和仆人在一起的时候，她感到更自在一些，不像和包括塔尼娅在内的这家其他成员在一起时那样。托玛看着瓦西莉萨的那只好眼睛，拽着她的衣角说：

“瓦夏[1]阿姨，我会擦地。还会烧炉子……我不想去菲尼娅那儿住，她自己的孩子还有一大堆。”

瓦西莉萨把她的头贴在自己身边，说：

“你这个小傻瓜。我们没有炉子。我们也不自己擦地板，有人来擦，擦得很干净。但是你别担心，家里的事儿够所有人干的。”

葬礼的忙乱过后，叶莲娜不知道为什么忘记了瓦西莉萨说的要走的话。她和丈夫的争吵在这些天变得更加牢不可破，就好像蒙上了一层壳。他们几乎不说话，要说也只说家里必须说的事情。波洛苏辛娜家的孩子在他们身边出现的第一个晚上，那还是在争吵之前，叶莲娜给丈夫在书房的沙发床上铺好了被子，让塔尼娅去她的卧室，那时，这并不表明争吵，而是生活的需

---

① 瓦夏、瓦辛卡都是瓦西莉萨的小名。

要，因为没地方安排三个孩子，就这样一直过了一周，直到丽莎的葬礼。

如果没有这种需要，巴维尔·阿列克谢耶维奇说不定会找到一些能够消解委屈的话和做法，妻子在满足于丈夫的爱后，会在他宽阔的、汗毛茂密的胸前哭上一阵，一切就会像平常一样烟消云散了。

葬礼后第二天早晨，叶莲娜看见瓦西莉萨·加甫利洛夫娜坐在厨房，她围着圣诞节礼物，一条崭新的丝绸围巾，穿着新皮鞋。她笔直地坐在椅子上，身旁立着一只编织箱子和一个装满衣服和枕头的大包袱。

叶莲娜坐到她旁边，哭了起来。瓦西莉萨垂下她那只能看得见的眼睛，嘴唇撮在一起，双手交叉贴在胸前，就好像马上要用圣餐一样。她一声不吭。

“你到底要去哪儿啊，瓦辛卡?”叶莲娜没想到瓦西莉萨会如此坚决。

“从哪儿来的就去哪儿。”瓦西莉萨冷冷地说，“上帝保佑你，叶莲娜。”

瓦西莉萨目视前方，她一只眼睛是白的，另一只是蓝的。这眼神令人不太愉快。

“难道她一点都不喜欢我们吗?”叶莲娜感到惊讶。她从包里掏出她所有的钱，默默地给了瓦西莉萨。

瓦西莉萨鞠了个躬，拿起自己的行李走了。如此简单平常，仿佛她并未和叶莲娜一起生活了二十年。她消失了，没和塔尼娅告别，没和巴维尔·阿列克谢耶维奇告别。她头也不回地走了。

11

瓦西莉萨非常清楚地知道，她是从哪里来的，又要到哪里去——从泥土里来，再到泥土里去。用今天的话来说，她有一种出差人的意识，这个人应该在完成肩负的任务之后，再回到他平时工作的地方。

她是一个意外降临的晚生女儿，她在尘世间的生活从一出生起，就应了她母亲说的话：她在我们家是不幸的，她没有天赋。

她的哥哥和姐姐都活到了一定年纪，没像她家另外六七个孩子那样，童年时就消融在土地里，瓦西莉萨的母亲已经不记得死了多少孩子，他们被埋在乡村公墓里，早与父母各分东西，离开了。姐姐杜霞在莫斯科当女佣，哥哥谢尔盖倒插门去了邻近的一个州。

瓦西莉萨还很小的时候，发生了她的第一次不幸。她父母院子里只有一只公鸡，模样难看，少皮没毛，公鸡跳起来啄了瓦西莉萨的眼睛，那时她才两岁。小女孩尖叫了一声，但是谁也没在意。后来眼睛上生出来一些白翳，不到七岁的时候，一只眼睛就蒙上了一层浅白色的膜。

瓦西莉萨的父母一年比一年穷，疾病缠身，瓦西莉萨十岁的时候，父亲去世了。守寡的母亲飘荡了一年，搬到了大儿子那里，儿子在科泽尔斯克附近有一个好营生。儿子家的人认为多了两张吃饭的嘴，让母女俩住在澡堂里，不让她们上桌吃饭。瓦西莉萨和母亲在菜园子里干活，几乎只吃菜园里的东西，谢尔盖逢年过节才送面包过来，那也还是在喝了酒以后心情不错的时候。

离那儿四十俄里左右的地方有一所叫奥普金纳的修道院，之前已经快要倒闭了，后来又兴旺了起来。当时，宗教事务在某种程度上已经变成了一种走俏的生意，尤其对那些客店和小饭馆的主人来说，特别划算，修道院附属的一些宾馆就更不用说了，人们从俄全国各地赶来，成千上万各个阶层的人步行来到这里。有一条这样的路正好穿过瓦西莉萨哥哥住的那个村子。哥哥并不属于那种善于利用住房的有利地势谋求利益的机灵人，而是相反，他常常因为贫穷的香客而恼火，他们有的请求留宿，有的要饭吃，还有的一心想偷走没放好的东西。步行大军的主要部分是赤贫和半赤贫的人，僧侣和半僧侣，哥哥憎恨所有这些人，认为他们是败类，是无所事事的人。谢尔盖自己从来没去过那个有名的地方，他一年只去三次教堂，在所有的教会规程中，他只严格地遵守一条——逢大节不工作。

瓦西莉萨害怕哥哥，哥哥从来不和妹妹说话，瓦西莉萨从母亲那儿得知，谢尔盖年轻时喜欢唱歌跳舞，相貌英俊，可是他喜欢的一个女孩拒绝他之后，他的性情就变了。母亲同情他，但是他自己谁都不同情，无论是他并不可爱的老婆，还是自己的孩子们，更不用说斜了一只眼睛的瓦西莉萨了。入冬后，母亲得了一场感冒去世了。瓦西莉萨留在了大家庭里，在那儿，她只是一个碍手碍脚的人。

母亲去世后不久，一个女邻居过节时带瓦西莉萨去了奥普金纳修道院。瓦西莉萨去的路上就把脚磨破了，勉强把修道院漫长的祈祷仪式坚持了下来，她既没得到欢乐，也没感到轻松。但是在回来的路上，她身上发生了一件神奇的事情，描述它是不可能的，因为它如此简单，如此微不足道，就像瓦西莉萨本人一样。同伴们决定休息一下，瓦西莉萨在离路边十米的地方躺下来，在一片稠密的榛树林里睡着了。她睡了没多久就被人喊醒了，大家叫她继续赶路。她睡着的时候，昏暗阴沉的天气变亮了，当她睁开眼睛，恰好乌云散去，一道阳光，像树干一样粗大而又厚重的阳光，在乌云中间穿了一个洞，径直落在瓦西莉萨眼前的空地上，在地上照出了一个圆圈……当然，这就是全部的奇迹了。她知道，这个圆圈就是耶稣基督，他是活着的，他是爱她的。而且，瓦西莉萨完全相信，她是用两只眼睛看见这一神奇的显容的，这幅画面如此鲜明，和她在生活中见到的所有东西都不一样。

她小声地哭了一路，善良的女邻居以为她磨破了脚。她摘下了头巾，让瓦西莉萨把脚包起来。瓦西莉萨没有违拗，包上了脚，一路走得一瘸一拐，草鞋因为头巾变小了，更加挤脚。

瓦西莉萨在哥哥那里勉强过完了冬天、夏天，哥哥把她打发到了莫斯科，让她去姐姐杜霞家。杜霞想给她安排点事情做。她找人求情，小尼基塔大街上的一个内衣作坊愿意收她作学徒，作坊主是一个富有同情心的女人，德国人，叫丽泽洛塔·米哈依洛夫娜·克罗茨格。女主人一看见瓦西莉萨的白翳就明白，独眼姑娘不能成为中用的工人，即便有两只好眼睛，工作二十年后的妇女视力都会衰减。但是她没马上回绝，而是让瓦西莉萨先学习学习。虽然瓦西莉萨只有十四岁，可是她的手指已经因为乡下生活变粗糙了，她拿不住细针细线。于是，她被派去熨衣服，但是，这也绝不是一件简单的活儿。其他姑娘用蒸汽熨斗烫出的褶皱几乎就像苔草叶子一样又平又薄，几乎能割破手指，而瓦西莉萨熨出来的褶总是不平，不得不重新蘸湿，晾干……善良的女主人发现这个新来的姑娘即便用尽全力也没有做手工活的天分，于是便让瓦西莉萨去打扫车间。

瓦西莉萨自己看不出来哪里脏，所有地方都得用手指给她看，一旦看见需要打扫的地方后，她擦得不仅仅是干净，简直到了要让人摔跤的地步……她自己连那些最简单的事情都不知道，不知道应该把扫帚蘸湿，不知道在打扫地板之前应该先洒水。她又从哪里知道呢，她一辈子都住在泥地上。告诉她这些以后，她往地板上洒水洒得如此之多，以至于之后不能用扫帚扫，而是得用抹布把水收拾起来。所以，她在这方面也是毫无天分的。

丽泽洛塔·米哈依洛夫娜·克罗茨格没法再让瓦西莉萨待在作坊里，但是她又不忍心赶她走，所以决定去和她中学同学叶甫盖尼娅·费德罗夫娜·涅恰耶娃商量商量。她把瓦西莉萨带到叶甫盖尼娅·费德罗夫娜住的三塘胡同。瓦西莉萨脸上那种无助的温柔使这两个老朋友不得不去关心她。

瓦西莉萨个头很高，双腿修长，腰身纤细，这衬得她的胳膊有些短，而双手则又大又粗糙，她经常双手交叉握在胸前。她的脸是狭长的，向前伸着，眼神哀伤而又严厉，鼻子纤细修长，和脸比起来显得有点长，她皮肤暗红，非常光滑，甚至像瓷器一般光滑……总而言之，这不是一张乡下人的脸，而是一副拜占庭的容颜。

“她的外表真独特，”趁女孩在厨房吃饭，丽泽洛塔对叶甫盖尼娅说，“完全不是俄国式的。有趣的外表。可惜啊，可怜的孩子，丢了一只眼睛……你想想，叶甫盖尼娅，看能让她干点什么，她是个非常勤奋的姑娘，可是完全不适合干我们这一行。当女佣，我想，也不合适……”

喝咖啡的时候，两个老朋友商量好，要请她们的第三位同班同学阿涅奇卡·塔塔里诺娃帮帮忙，她中学毕业后没多久就失去了未婚夫，去了一所修道院，她已经在某省一个小型女子修道院当了好几年院长……

瓦西莉萨留在叶甫盖尼娅·费德罗夫娜家里没走，一周后，恰好有一个搭顺路车的机会，有一家熟人要去拜访女修道院长。叶甫盖尼娅求他们把瓦西莉萨带上。她身上揣着一封给修道院长阿纳托利娅，从前的阿涅奇卡的信，信是两个中学时代的好朋友写的。在信里她们请求院长介入这个贫苦孤儿的命运。“介入”这种形式已经在重复第三次了，但令人惊讶的是，每一次请求者都有所斩获。

她们是坐火车去的，给瓦西莉萨也买了一张昂贵的软卧车厢车票，她坐在天鹅绒的座椅上，一半的路途都在抚摩它，让手指享受那种触碰所产生的不同寻常的柔软感觉。之后送来了茶，让她也喝，但是拿杯子的时候她没拿好，杯子从杯座中掉了出来。热茶烫伤了她的腿，不过比起她所经受的恐惧，烫伤的疼痛根本算不了什么，因为杯子打碎了……那两个善良的旅伴在安慰她，但是瓦西莉萨好像难过得呆住了，就好像她不是打碎了一只杯子，而是杀死了一个活物。

傍晚时分，她们抵达某省，这是一个漫天白雪的美丽古城，她们在车站广场的一个宾馆里过夜，可怜的瓦西莉萨看见这不同寻常的富丽堂皇，再次惊呆了。她和另一个女孩被安排在一起，那个女孩的模样不完全像是贵族，但是也不同寻常，瓦西莉萨睡在被单如此洁白的床上，她甚至担心自己会弄脏那里的枕头……这种奢华没有让瓦西莉萨感到高兴，而是使她害怕。

第二天一大早，她们收拾好行装，乘坐两辆大雪橇出发了。无论雪橇还是马匹都非常讲究，完全不像她哥哥村子里的那些。比起火车，乘坐雪橇让人更加习惯，更感到亲切。修道院在约二十俄里远的地方，那是冬季里最好的天气，稍微有点冷，春天般的阳光，晃眼睛，鼻子感到疼……那是奉献节的前夕。

马在平整的路上撒欢奔跑，就好像太阳也让它们感到高兴似的。烫伤的膝盖疼得很厉害，但是瓦西莉萨十分慌乱，以至于疼痛好像与她分离了。

在道路拐弯的地方，修道院呈现在了眼前，它位于一座山上，就好像盘子里的蜜粥，全部笼罩在闪闪发光的白雪之中，修道院本身是白色的，有金色的圆顶，在蔚蓝色天空的衬托下，中间透亮的钟楼巧妙地显现了出来……看到这意外的美丽景色，瓦西莉萨一下子就不再发呆了。眼泪从她两只眼睛中同时流了下来。左眼看倒是看不见，但是会流眼泪。

雪橇在紧闭的大门前停了下来。看门人跑了出来，挥挥手，露出了笑容，修道院已经在等她们了。

“在里面，在里面给你们都准备好了……院长从昨天起就开始等你们了。”

其他人住进了修道院的一个小旅社，但是亲近的人，这一家，还有其他几个亲戚，院长让她们住在自己并不宽敞的家中，就在修道院旁边。

一个大约七岁的女孩刚从雪橇上跳下来就要喝汤。看门人拍了拍她的毛帽子说：

“去吧，去吧，小姑娘，去饭堂，院长让人在饭堂里给你们留了汤和面包……”

但就在这时，一个个头不高的干瘦女人走到了台阶上，她戴着黑色天鹅绒僧帽，穿着肥大的呢子外衣。所有人立刻不吭声了，就连那个好动的、被宠坏了的女孩也不吭声了。瓦西莉萨看出来了，这就是修道院院长。

带瓦西莉萨来的这一家人沿着狭窄清洁的小路一个挨一个站成了一排，队伍伸向台阶。瓦西莉萨是这个队伍中的最后一个。女修道院长和这些远方的亲戚打着招呼，她感到那个衣着寒酸的斜眼女孩发出了一种近乎生理上的恐惧和颤抖，女孩粗糙发红的双手交叉在胸前。

修道院长以为她们随身带来了一位新女仆，她招呼女孩走近一些。女孩那只视力尚好的亮眼睛吓得闭上了，另外一只闪着失明的光亮，女修道院长从手上摘下黑色的毛皮手套，递给了瓦西莉萨。瓦西莉萨没拿住，手套掉在了雪地上。站在旁边那个七岁女孩把头埋在毛皮领子里笑了起来。

就这样，在阅读推荐信之前，修道院长就全心地同意接纳瓦西莉萨了。

十四岁时，瓦西莉萨开始了自己的修道院生活，头两年当工人，之后成了一名见习修女。她总是有一些杂事要干，厨房、牛栏、农活等等。修道院也试过让她做一些其他工作，但是，对于唱诗班的职务，她没有好嗓子，对于绣金线的工作，她没有女性那种特别的天赋。和从前一样，她认为自己是一个微不足道、不值一提的人，她连饭都不配吃。恰好是这些想法感动了修道院长，瓦西莉萨在修道院生活的第三个年头，院长让这个在其他成员看来不具备任何长处的见习修女来到了自己身边。

修道院长开始教瓦西莉萨认字，先用俄语认，然后用教会斯拉夫语。瓦西莉萨学得极其艰难。阿纳托利娅院长知道自己这辈子一直缺乏耐心，她一边教着这个可爱的，但完全没有学习天赋的女孩，一边磨炼着自己的克制力。在修道院长的房间里，瓦西莉萨每天上课一小时，早间祈祷之后马上开始。她把天蓝色的练习本放在桌子边上，忠诚而又惶恐地看着阿纳托利娅院长。修道院长喜欢脑力活动，虽然她自己认为这是有罪的游戏，她从年轻时起就掌握了好几门语言，对人类品质具有如此奥妙的多样性感到惊讶。瓦西莉萨，毋庸置疑，如果不说她愚蠢，那么她可谓迟钝到了顶点。修道院长从前简直想象不出来，在记住一个单词正确的书写和发音之前，一个人能把同样的错误重复这么多遍。

“瓦西莉萨，‘德涅斯’是什么意思?”阿纳托利娅的课通常以这个问题开始。

瓦西莉萨朝天花板翻着自己唯一的一只眼睛，第五十次不自信地回答着同样的话：

“白天?”

修道院长摇摇头。

“昨天?”学生惊慌地满脸通红。

“‘德涅斯’就是现在、此刻、如今的意思，圣母此刻生下了圣子……”老师数不清重复了多少遍，用简短的祷告克制着激动。

瓦西莉萨快乐地点着头，但是第二天，她又在低矮的白色天花板上痛苦地寻找问题的答案，“德涅斯”是什么意思?

修道院长发现瓦西莉萨头脑迟钝笨拙，她有时甚至觉得她在和智力不健全的人打交道。到现在为止，她已经在修道院生活了二十来年，她知道，任何一种不健全，智力、生理、道德的，都是一种非常普遍的现象，而健康的人多半是一种例外，是全世界共同疾病那令人悲哀的规律之中的一个例外。

在新来的这个被监护人身上，除了智力迟钝，她还看出了瓦西莉萨坚不可摧的无知和她对最荒蛮迷信的热爱，她觉得在瓦西莉萨罕见的执拗中，埋藏着一种特别坚定的目的性，就像一株植物，它让自己的根向下长，而叶子向上长，让它摆脱这个习惯是不可能的。但是，瓦西莉萨所有这些令人懊恼的特点都被她罕见的美德遮盖了，她身上的这些美德是修道院长发现的。在这个智力不发达的姑娘心里，流淌着永不枯竭的感激的泉水，所有人为她做的好事，她都记得非常清楚，而委屈她的事情，她表现得气度高尚，全部忘记。尽管很奇怪，但是她把对她的欺负和各种各样的辱骂都当作应得的。

修道院长早就知道，在修道院内部隐藏着一些暴力和罪孽，表面上看不见，然而有可能发生。这是修道院特有的一些罪孽，整天只关心养家糊口的世俗之人对此并不了解。在修道院的墙内，人与人之间的关系有更加重大的意义，有更加尖锐的形式。同情、反感、忌妒、羡慕、憎恨，就像一切被严格束缚的行为一样，都在忍受着煎熬。

修道院长非常清楚，人们在嘲笑瓦西莉萨，欺负她，任意支使她，但是，从这个傻乎乎的见习修女的嘴里，却从来没听到过一句抱怨的话，她反而一刻不停地说着感谢的话。阿纳托利娅院长用自己富有经验的目光，深入了瓦西莉萨那不用费脑筋就能看透的内心深处，她惊讶地发现，这个斜眼姑娘天生丽质，富有才华，身上还被慷慨地赋予了罕见的善于感谢的天分。“一个恭谦的心灵”，修道院长得出了这样的结论，她让瓦西莉萨做了自己的侍从……

如今，瓦西莉萨睡在门厅里，紧挨着修道院长的房门，她睡在一个窄小的长条板凳上，一开始，她夜里每隔十分钟就要醒一次，就像一个喂奶的母亲，老是觉得孩子哭起来了。醒来后，她奔向修道院长紧闭的房门，一路碰翻垃圾桶或者垒起来的柴火堆，院长房间里的瓷炉子是从门厅里添柴的……她经常吵醒修道院长，院长从年轻时起睡觉就特别轻，而且不太规律。院长多次告诫瓦西莉萨，如果醒来时脑子还不安生，那么先要念三次“圣母”，然后再起来。但瓦西莉萨总是跑到门旁了才从她自己那乡下人的梦中醒来，她先是被自己弄出来的响声吓住了，然后才想起院长的训导。

虽然脑筋非常迟钝，手臂畸形，瓦西莉萨还是学会了用花花绿绿的鸡毛掸子打扫灰尘，能把窗子擦得像钻石一样闪闪发光，甚至还学会了泡“贵族茶”。

瓦西莉萨在修道院生活的第四个年头，老司祭去世了，他是忏悔神父，在修道院里生活了很多年。新来了一个名叫瓦尔索诺菲的修士司祭。从年纪上说，他很年轻，刚过三十岁，但是样子看起来老成，他长着一双暗淡的拜占庭式眼睛，眼睑布满皱纹，皮肤皲裂，嘴唇干燥。他受过相当好的教育，从年轻时起就做了修道士，教会的主教就是从这些人当中成长起来的。

瓦尔索诺菲神父在省立教会学校教授教会和弥撒史，时常到修道院来一下，如果碰上了难教的课，他有时会隔一周才来。修道院长对他非常殷勤周到，甚至毕恭毕敬，而通常显得很内向寡言的神父，也经常和院长一起喝茶聊天。他们的出身和所受的教育有天壤之别，阿纳托利娅是有教养的贵族女性，瓦尔索诺菲神父却是铁路工人和农家女子的孩子，但他们两人却走得很近。阿纳托利娅高度评价新司祭，说在修道院的圈子里，不是总能遇到这种对修道院大门外的生活也感兴趣的人。

阿纳托利娅院长自己也保留了一些世俗的习惯，如阅读世俗书籍，她的女友们甚至还给她寄来了一些文学杂志，在教会圈子里，她是公认的激进分子，因为她一直对莫斯科的菲拉列特①赞赏有加，支持将圣经翻译成俄语，也就是说，按照一些教会上层人士的看法，她并不完全赞同接受新教。年轻的修士瓦尔索诺菲神父当时持另外一种更加严厉的观点，他不允许别人对新教派表达任何一丝好感，对天主教也毫不妥协，他毫无保留地阅读所有新神学著作，他尤为反感那些著作中符拉基米尔·索洛维约夫②的论述，认为他是自己的大敌。

瓦西莉萨在桌旁服侍，一成不变地见证他们的谈话。收拾走茶具之后，她在门旁的长椅上坐下来，因为听了一席智慧的谈话

---

① 菲拉列特（1782—1867），1826 年起为莫斯科都主教，曾经参加制定 1861 年废除农奴制的宣言。

② 符拉基米尔·索洛维约夫（1853—1900），俄国宗教哲学家。

而发呆，她想不出来，上帝为什么会把她带到这样一个令人羡慕的、能吃饱肚子的圣洁之地。她清晰地记得，从童年时代起她就开始干一些力不胜任的活儿，记得手臂和肩膀隐隐作痛，她经常感到肚子疼，在没来修道院之前，很多年来一直伴随她的不是饥饿就是寒冷，只有在一瞬即逝的七八月份才有片刻停息。

在战前的最后一个夏天，瓦尔索诺菲司祭离开了她们三个月，他到圣地朝圣去了。在巴勒斯坦期间，他得知战争开始了，于是便乘坐最后一班轮船回到了祖国。他回来时满怀关于圣地的深刻印象，尤其强烈的是格尼萨列特湖，他绕湖走了一周，在每一个圣地做祈祷，那些圣地是从古代保存下来的，基本上只剩下了一些地理称谓。

瓦西莉萨坐在门旁，她被惊呆了。她亲眼见到的这个人目睹过加利利湖，还看见过迦百农的犹太教堂废墟，上帝自己就曾经去过那座教堂，那些遥不可及的书本上的东西变得有血有肉，有了味道。其实，修士的身上也散发着那种味道，他衣服中散发出那种不经常洗澡的身体和神香混杂在一起的味道，潮气的味道，褥子的味道，牙疼折磨他的时候，他经常咬褥子。瓦西莉萨悄悄地从他出门穿的长大衣上拽下一根发霉的线，刮过他旅行时穿的鞋子鞋底，把它们包进一张银纸里，像圣物一样保存着。就连对自己，她也开始怀着某种尊敬，就像对待一个目睹过圣地的人。

就这样，瓦西莉萨如同一只中了魔法的老鼠一样坐在门旁边，在接下来的两年里，她了解了俄国历史的进程，知道军事行动失败了，皇帝被迫退位。就是在这里，在长凳上，她还知道教堂正在进行准备工作，有可能进行主教选举，知道革命已经结束了。

一九一七年夏天，瓦尔索诺菲被召到了莫斯科。但是，他没有忘记修道院，常常写信来。一九一八年初，他托人给女修道院长捎来一封长信，信里描述了莫斯科和彼得堡秋天发生的事件，写到了主教选举，写他自己和选举出来的主教吉洪在尼古拉·沃罗比约夫教堂一起主持祈祷。他还匆匆提到前一天晚上进行的主教按手宣誓仪式。修道院长和瓦西莉萨一起分享了最后一条消息。

“使徒比主教大吗?”瓦西莉萨一边问，一边对自己的穷追不舍感到惊呆。

“使徒比主教大，孩子。”修道院长疲惫地回答道，她又一次觉得奇怪，瓦西莉萨提的都是些什么样的幼稚问题啊!

过了几个月，修道院长收到新主教寄来的一个大邮包，里面除了信，还有一些有关革命变革的总结文章，印在一张破纸上，字体非常奇怪。虽然她用拴着黑链的眼镜仔细地研究了一番，但还是无法弄明白苏维埃言论中自相矛盾的废话。在用硕大的书写体字母写成的信中，除了其他内容，她还读道：“残酷的驱逐开始了。我们应该成为这个事件的见证者。你们为此感到高兴吧!”

第二天早上，她亲自前往某城，去找大主教问个明白。从他那里，她得知了最新的消息：教会和国家分离了，彼得格勒一片混乱，彼得·斯基佩特罗夫司祭和都主教符拉基米尔遇害了。

“他们要关闭所有修道院。”大主教一边在门口祝福修道院长，一边小声说。

院长惊呆了，她并不十分相信，但是回去后，她开始缩减事务，让修道院为不确定的，但无疑不容乐观的变故做好准备，她现在已经料到了那些变故是什么。然而，她无法预料即将来临的灾难的规模。有些事情她已经完成了，她按照福音书的教导，把日用储备分发给了农民，非常秘密，非常慎重，只留下了最必不可少的东西；她下令在供桌下的祭坛里挖一个密室，把装在铁皮箱子里的圣物放入其中；珍贵的修道院档案则由她通过邮差交给了教区博物馆。她已经接受了关闭修道院的想法，但是，她没想到古老的教会也要遭到关闭。

她把见习修女和修女召集到一起，宣布了消息，好让她们在最严重的驱逐开始之前想一想，她们是否要离开修道院。四个见习修女回到了父母家中。但是，所有修女都决定留下来。修道院长告诉她们，时代发生了变化，很多人必须为自己的罪孽和亲人的罪孽而感到痛苦，她还说，大多数人还得走自己的尘世之路，生活在尘世中，她们仍然要彼此以姐妹相待，做基督的忠诚信徒。

更多的事情阿纳托利娅院长没来得及做完。修道院关闭的前几天，她被带走了，关进了某省的监狱。瓦西莉萨请求和她一起去，当权人很人道地答应了。修道院长为更坏的结果做好了准备，但是，最终只判了她三年流放，她被流放到沃罗格达省。一周之后，瓦西莉萨表现出了令人意外的勇敢，她去了一趟修道院，把修道院长剩下的东西收拾了起来，有两个加尔德涅尔茶杯[①]，一把酒精咖啡壶，已经缝了又缝的几条床单，绣着名字缩写字母的枕巾，那还是很早以前在丽泽洛塔·米哈依洛夫娜·克罗茨格的车间里绣的。带着这些东西，她俩上路了。

非常奇怪的是，旅行居然令人十分愉快，她们坐在一个不错的车厢里，同行的还有另外四个神职人员，其中有两个是不知道在新政权下犯了什么罪行的乡村神父，一个教区图书馆长，还有那个不久前告诉院长修道院很快就要关闭的大主教。押送他们的只有一个红军战士，一个农村孩子，还没完全沾染上革命气概。对待这些罪犯，他内心的尊敬还未铲除干净，那是高级职位应该得到的尊敬……

瓦西莉萨和修道院长的三年刑期最终变成了十一年。对老修道院长来说，十一个严酷的年头让人感到痛苦又英勇，对瓦西莉萨来说，这些年却有如神赐。现在，在她熟悉的乡村环境中，她变成了对这种生活很不适应的女院长的养育者、保护人和护卫天

---

① 加尔德涅尔，英国商人，十八世纪在俄国经商，他的工厂生产的高级瓷器被称为“加尔德涅尔瓷器”。

使。她们换过三次住处，每次都越来越接近北边，最后她们被驱逐到卡尔戈波尔镇，一个迷人的乡村小镇，阿纳托利娅院长七十八岁时在那儿去世了。

去世前几天，阿纳托利娅院长和瓦西莉萨说了几句道别的话，她让瓦西莉萨在葬礼后不要留在这里，让她去莫斯科，去三塘胡同找叶甫盖尼娅·费德罗夫娜·涅恰耶娃。她为瓦西莉萨祝福，让她什么都别怕。瓦西莉萨照导师的话把所有事都安顿好了，下葬，等到四十天，然后离开。她带了一个红色的天鹅绒钱包，里面装着两枚沙皇金币，那是院长的遗产，她还带上了那张包着巴勒斯坦圣物的银纸。

十二月底，她到了三塘胡同。叶甫盖尼娅·费德罗夫娜接纳了她。在房管所里，一些仍然记得老建筑师涅恰耶夫①的人们还开了会。其中一个记性好的人，为了两枚金币，把独眼残疾人瓦西莉萨登记到了住户手册上。从这时起，瓦西莉萨就在叶甫盖尼娅·费德罗夫娜家生活，和叶莲娜一起，之后，又多了一个安东·伊万诺维奇。她就像她已经习惯的那样，从早到晚地工作，不让自己有一丝念头、一点时间，甚至没有一点休闲，她先是服侍叶甫盖尼娅·费德罗夫娜，之后是叶莲娜，塔尼娅，服侍所有她认为是自己恩人的人。

---

① 涅恰耶夫是涅恰耶娃的丈夫。

她只有一个怪癖，一年两次，其中一次通常是在春天复活节之后，她撇下所有事情，消失一周，有时候十天。她从不提前打招呼，一句话都不解释。

“我们的瓦西莉萨想要自由了。”巴维尔·阿列克谢耶维奇笑着说。

这确实是她唯一的奢侈，当她的心灵需要时，她就会出门一趟，去那座木头建造的城市卡尔戈波尔，去安娜·塔塔里诺娃的墓地，到处收拾收拾，给墓碑刷上颜色，和她唯一的亲人说说话。其他所有人都是表亲。

12

学校的课程结束了，提前到来的热天气也同样结束了。下起了冷雨。人们开始收拾东西去别墅。瓦西莉萨不顾叶莲娜的劝说，走了，叶莲娜感到自己不知所措，没有瓦西莉萨，生活整个变了样，更不要说搬到别墅去住了。通常所有的准备工作都是由瓦西莉萨不声不响地提前做好，现在叶莲娜无论如何都想不出来，应该随身带多少面条和煤油，多少糖和盐，所有这些东西都放在哪里，怎么包装。

托玛竭尽全力想成为一个对所有人都有用的人，想努力做事，特别是为塔尼娅做。以前，塔尼娅在她眼里就是一个最高等的人，而现在，当她们每一天都在一起度过时，她感到了塔尼娅对她的好感，她随时都会为塔尼娅祈祷。

巴维尔·阿列克谢耶维奇和家里所有人一起搬到了别墅，但是那年夏天他几乎没在那儿住过，只是每逢周六才去。一开始，他觉得和妻子那场很有教育意义的争吵还算不了什么，可现在却完全变成了一种内心的不和。巴维尔·阿列克谢耶维奇说她不是完整女性的那些话，像一把刺刀一样扎在叶莲娜的心里。障碍似乎是不可逾越的，叶莲娜现在在封闭露台里的小沙发上睡觉。巴维尔·阿列克谢耶维奇来的时候就待在楼上的书房里，他们的卧室没有人住。他也受到了难以名状的侮辱，叶莲娜似乎用那番话剥夺了他的父亲身份。

两个人都饱受痛苦，都想做一番解释，但是又没什么认错的理由，每个人都觉得自己没错，觉得自己遭到了不公正的欺负。他们彼此之间并不习惯进行解释，他们甚至不善于，也不想去讨论生活中那些隐秘的方面。他俩越来越疏远了。

一到星期天巴维尔·阿列克谢耶维奇就起得很早，他叫两个女孩起床，带她们去小河边。她们在那里玩水，一直玩到中午，巴维尔·阿列克谢耶维奇教她们游泳。之后他们回家吃午饭。托玛尽量不用勺子碰响盘子，尽量用叉子吃饭，并且不狼吞虎咽。

尽管内心不和，家庭汽车仍然沿着一条平坦的道路在行驶。巴维尔·阿列克谢耶维奇把数目不小的钱带回家，叶莲娜宣读名单，寄钱，寄邮包，但是，瓦西莉萨不在家，这个像节日一样隆重的仪式似乎失去了意义。两个偶然发生的事件，家庭争吵和托玛的到来，不知怎的纠缠到了一起，叶莲娜观察着这个个头还不到塔尼娅肩膀高的鼠头鼠脑的女孩，心里怀着深深的不悦。

夏天即将结束的时候，瓦西莉萨回来了，一副若无其事的样子。看见她走在露台这边的小路上，叶莲娜哭了。瓦西莉萨也哭了。她晒得非常黑，比平时更瘦了。她丝毫没为自己开脱，叶莲娜也什么没问。两个人都很高兴。第二天，托玛的姨妈寄来一封信，她请求“至少让外甥女再待到圣诞节”。叶莲娜读信，而瓦西莉萨和着节拍点着她干巴巴的脑袋。两个人都没说话。之后，瓦西莉萨煮了咖啡，这是她在吃东西方面的唯一癖好，她四处游荡的时候，最想念的似乎就是咖啡……瓦西莉萨倒了一大杯褐色的液体饮料，首先开了口，这样的谈话有很久没有进行了：

“看来，得解决托玛的问题，她不是小狗也不是小猫。她的菲尼娅姨妈不想领她走。要不就送到孤儿院去，要不就留下她。”

“我正在想这事呢。”叶莲娜阴沉着脸。她对这个女孩无论怎样都无法感到贴心，但是她已经知道她的心不起任何作用，这个孩子已经黏上这个家了，而且她也无处可去。

“而我觉得，应该留下她。她长得实在太难看了。”这就是瓦西莉萨·加甫利洛夫娜那令人不可思议的逻辑。

“瓦夏，你说什么?”叶莲娜惊讶道，“因为她长得难看就得留下她?”

“要不然谁会要她呢，叶莲娜？她没模没样，上学上得勉勉强强。而她在我们这里有饭吃，有鞋穿，有衣服穿。塔尼娅就能剩下不少东西。而上帝会照看她的，和我们没关系。”

“看来，得收养她。”叶莲娜如遭灭顶之灾一样点了点头。

“你去和他说说。”自打回来以后，瓦西莉萨从来没说过巴维尔·阿列克谢耶维奇的名字，只用“他”来代替。

奇怪的是，巴维尔·阿列克谢耶维奇已经有了现成的决定。显然，他在此之前就已经想好了，要办理监护手续。

“是啊，我自己怎么没想到。”叶莲娜高兴起来，她无论如何都想象不出来她会是一个丑女孩的妈妈。瓦西莉萨·加甫利洛夫娜也很高兴，她并没有深究监护和领养在法律上的细微区别。

塔尼娅也高兴，托玛在她生活中占据了一个特殊的位置，就像一个会说话的小狗，得去关心它。托玛不在的时候，她什么东西也不吃，她随时准备把所有好东西送给托玛，但是塔尼娅有时也会厌倦托玛沉默无语而又小心翼翼的存在，她会一个人溜出去玩一会儿，或者去邻居家做客。托玛并不生气，但是却像尾巴一样跟在塔尼娅身后，怕她从自己的视野中消失。

离开别墅之前，巴维尔·阿列克谢耶维奇亲自对托玛说，在她长大成人、完成学业之前，请她就住在他们家里。

“好吧，那我就住一段时间。”小姑娘矜持地接受了建议。

在内心深处，她失望到了极点。她想让巴维尔·阿列克谢耶维奇成为她真正的父亲，就像他是塔尼娅的父亲那样。

九月到来之前，他们回到了莫斯科。现在家里已经彻底接纳了托莫奇卡[1]，一切和往常一样。只是叶莲娜·格奥尔吉耶夫娜和巴维尔·阿列克谢耶维奇的家庭幸福消失了，枯萎了。巴维尔·阿列克谢耶维奇曾经笨拙地尝试重建夫妻关系，但都以失败告终。尤其是最后一次，他正处于纵酒狂饮期，半夜他走进了卧室，列诺奇卡正在做着她那孤独而又富有教诲含义的梦，巴维尔·阿列克谢耶维奇既没察觉出她的反抗，也没察觉出她的厌恶，完成了一次没有快乐而言的“强暴”，只是到了早晨，清醒过来之后，他才对自己夜间的所作所为感到了恐惧。

他试图请求原谅，她点了点头，然后头也不抬地说了一句话，语调非常平缓：

“这没什么可说的。我只是请你以后别再有这样的举动了。”

他看见了富有弹性的一绺头发，它总是从发髻以及垂在额头和耳畔的刘海中钻出来，他看见了颧骨和鼻尖，他因为羞愧和渴望而无地自容，在这一刻，他会毫不犹豫地献出他曾经拥有过的最好的东西，献出自己不知名的天赋，只要能找回那种单纯而轻盈的幸福，不久以前，他还能满怀这种幸福的感觉，把食指放在

---

① 托莫奇卡是托玛的小名。

叶莲娜柔软发髻下的小坑里，能从脖颈向下抚摸，顺着背部平坦浅槽中的狭长脊椎，直到稍微有些突出的骶骨，——Ossacrum①，骶骨……为什么这是骶骨？——再往下，分开紧紧合上的Musculus glutaeus maximus②，绕过长着柔软褶皱的花蕾，进入Preineum③神秘的褶皱，拨开有些绵软的Labium majus④，胆怯的Labium minor⑤，在Vestibulum vaginae⑥中沉醉，触碰绸缎一样湿润的黏膜。他了解所有这些构造、形态和组织。他用手指尖爱抚Corpus clitoridis⑦椭圆形的核，插入，空白，心跳……深些，再深些。穿过毛发的疏林，在它下面可以感觉到Mons pubis⑧的曲线，再越过修正过的、缝了两道的伤疤。他当时不知道，他是在为自己出力。向上到达小巧的、凹陷的肚脐，穿过伸向两侧、在乳头那里变尖了的乳房，最后停留在锁骨之间的小坑，他这样停下来，让Clavicula，锁骨的两个花括号，在手掌下分开……

他整张脸都皱了起来，他呻吟着，一切都没有了，一切都消失了。他默默地走出卧室，进了书房，从窗帘后面拿出一瓶还没

---

① 拉丁文，意为骶骨。以下外文均为拉丁文。
② 臀大肌。
③ 会阴。
④ 大阴唇。
⑤ 小阴唇。
⑥ 阴道前庭。
⑦ 阴蒂。
⑧ 阴阜。

开封的酒，启开了……一饮而尽。他笑了一下，这是十年前切除的那个有病的化脓子宫在对他进行报复。混蛋。

不知道这些在生气和发火时说出来的蠢话，是怎样在脑袋里冒出来的。何苦要对她说“你不是女人”呢？她才是女性温柔的极致，她就是完美本身。失去了。一切都失去了。他又喝了半杯，他知道，他此刻是睡不着的。他从桌子最下面的抽屉里拿出自己喜爱的文件夹，上面写着“规划”。他打开文件夹。他读完了第一页，在这一页上，斯大林的名字被提到了两次。这又一次让他感到了痉挛。

“直到老年我还活在幸福的错觉之中，以为自己是一个体面的人，我怎么能做这样的事呢？”巴维尔·阿列克谢耶维奇给自己提了一个残酷的问题。他撕下手稿的第一页，对折了两下，然后又把对折起来的纸撕了两下。他将整齐的碎片扔到了纸篓里。他翻看着手稿，一直看到最后一页，领袖的名字没再提起过。他打了一个哈欠，甩了甩头，但是没能甩开心里令人厌恶的咯吱咯吱的噪音，他知道，除了睡觉就再也没什么事情好干了。

巴维尔·阿列克谢耶维奇没有再去打扰过自己的妻子。同样，他再也不想重新探讨可悲的新局面了。

那天夜里的情景完全超出了叶莲娜对自己丈夫的想象，事实上，她的丈夫并没有多大的改变，可她的怨恨如此之深，以至于连她自己都拿自己没办法。丈夫的气话似乎杀死了她心中所有的渴望，毒害了那片需要温柔触碰、需要爱抚的土壤，更无须说夫妻之间的亲近了。

这种怨恨没有随着时间增多，但也没有减少，它渗透到了深处，叶莲娜伴随它一起生活，就好像岁月伴随着胎记或肿瘤一起生活那样。

就连叶莲娜的外表也渐渐发生了变化，她消瘦了，脸变尖了。她的动作缓慢又平稳，回头时很轻，头微微低着，像猫一样蜷缩在扶手椅和沙发床上，身体能轻易和每一个家具的尖角相适应，这是她与生俱来独有的身姿，一直让巴维尔·阿列克谢耶维奇十分心醉，所有这一切在她身上已不复存在了。

以前与她脸型非常相配的衣服，圆领子、打褶的袖子和稚气的领口，能衬托出她略微有些松弛，但是却很修长的脖颈，此时已经不再时髦了，她高兴地把自己印有碎花、花环和花束的浅色连衣裙改成了小裙子，给两个孩子穿，又买了一套夏装和一套冬装，把自己打扮成了一个中学老师。

巴维尔·阿列克谢耶维奇和妻子坐在一起吃星期天的全家午餐，瓦西莉萨做的寡淡饭菜，他发现，明显地散发出了某种新的味道，叶莲娜身上不再有从前的花香，而是散发着寡妇、灰尘和素油的味道，就像瓦西莉萨身上的味儿一样，但是，瓦西莉萨的味道中还掺杂了既不是汗水，也不是油迹斑斑的旧衣服的味儿。他把目光从妻子身上移开，看着塔尼娅，对她微笑。多么好的女孩，长得和妈妈一模一样，和莲诺奇卡一模一样，从前的莲诺奇卡。

他们婚姻中的幸福时光结束了。现在只剩下了和所有人一样的婚姻，可能比起很多人的还要好一些。要知道很多人勉强活着，日复一日，年复一年，不知道何为欢乐，也不知道何为幸福，只是凭着一种机械的习惯。

他们两人都明白，他们永远、永远也不会再走进那汪他们曾经畅游了十年的幸福的水域了……

叶莲娜的目光偶尔会撞上那个羸弱的女孩，她的动作像一个啮齿动物，善良而又驯顺，可怜到了极点，她是家庭灾难的间接罪人，比起叶莲娜经历过的所有不幸——父母、外婆、丈夫的去世，这种灾难更加苦楚，超过致命的疼痛，甚至超过战争。和这个女孩一起生活是不可能的，然而也不可能摆脱她，把她送到亲戚家去，交给孤儿院。而瓦西莉萨小声嘟哝着，好像在对着墙说话：

“你以为简单？什么事都不简单，你现在努努力吧……哎呀呀……这是不能用祈祷来求得宽恕的。”

她指的是叶莲娜的什么罪孽？瓦西莉萨·加甫利洛夫娜的想法独特，不同寻常，但是在这种想法背后，甚至可能会有某种粗浅的，然而千真万确的东西。

13

叶莲娜的第一个笔记本

我的生活本身是如此微不足道，我自己也如此微不足道，以至于我从未想过要记录什么，如果不是我的记忆力变得越来越差的话。我需要外部的东西来巩固记忆，一些能够引发回忆，起到说明和解释作用的气味、声音、物品……哪怕是这个笔记本，在我的记忆力完全消失的时候，让我能看一看它，想起一些事情。如此奇怪，你成熟了，变得聪明了，然而从前的事件获得了完全不同的含义，无论是久远的事情，上帝的小手腕，还是自己的个人生活，你都想去挖掘，就像考古学家刨开深深的地层一样，我想弄明白，在我身上和我的生活中，究竟发生了什么事情。生活想把我引向何方，它暗示着什么？我不能，也无法理解。而最可怕的是，我的脑子开始变得像一只古旧的瓷茶杯，浑身布满了裂纹。思考会突然中断，消失，你得长时间地寻找它的踪迹。不知为什么它就消失了。有时，一个人的形象会脱离他的名字，过一种独自的生活。亲人，熟人，多年的熟人，而他们的名字不见了，哪怕是淌眼泪都想不起来。有时相反，你想出了一个名字，可是却不记得这是谁。

我经常给自己写一些字条，别忘了这个，别忘了那个。纸条丢了，而就在不久前找到了一张，我简直吓坏了，是我亲手写的，但是，天哪，我是怎么拼写的啊！有的地方落下一个字母，有的地方音节颠倒了。

在内心深处，我怀疑这是某种可怕疾病的开始。亲笔写下这句话之后，我对此彻底相信了。我感到如此可怕。在我们家族里，谁也没得过这种病。虽然外婆，她是大姐，好像在老年时进入了幼儿状态。可怕，如果是那样，所有活过的日子就变得毫无意义了。如果一个人忘记了有关生活的一切，父母、孩子、爱情、所有的快乐、所有的损失，那么他活着还有什么意义呢？前些日子我想起了叶甫盖尼娅外婆。可是却想不起她的父称。彻底忘了。我是那么失望。而第二天，名字自己就浮现出来了，叶甫盖尼娅·费德罗夫娜。

应该把一切都记录下来。为了自己。或许，也为了塔涅奇卡。她现在正处于一种疏远期。她埋头学习，想成为一名生物学家，对父亲不同寻常地亲近。是啊，他们两个总是相互爱戴。只是，他不能像我一样感觉到她。要知道，当她头疼或者肚子疼的时候，我完全准确地知道那是怎么疼的……塔涅奇卡仿佛对我的生活不感兴趣，她更愿意贴近父亲，这没有特别的意义。我相信，她还会需要我。她还应该知道我所知道的一切。因为重要的不仅仅是那些大的、意义显著的事件。令人奇怪的是，那些小的、微不足道的事件仿佛因为距离的遥远而显得非常重要。尤其是那些梦……我经常会做一些梦，它们如此鲜明，现在，早期的回忆和童年的梦仿佛交织到了一起，我总是不能自信地回答，哪一幅画面是真实的，哪一幅是梦中的。应该让塔涅奇卡了解我的一切琐事，在这些事还没从我残破的记忆中完全消失之前。比如，我仿佛记得，我最初是怎样开始学会走路的，我独自一人在一个非常大的房间里，后背紧靠着绿色的天鹅绒沙发。它摸起来让人感到痒痒。前面和侧面是白色的咖啡炉，荷兰式炉子，我想摸摸它。它平滑，让人喜欢。我浑身用力。非常可怕。走路时无人可扶让我感到害怕，可是，我觉得我可以跑起来。眯起眼睛，挣脱沙发，我跑。几乎是在飞。我用手扶着瓷砖。我没想到它是热的。我叫喊。一个面目发黑长着胡子的高个女人不知道从哪里冒了出来，她抓住了我的手……这是在哪里？多半是在莫斯科，在外婆家里。妈妈说，我很早就学会了走路，还没到一岁。这么大的孩子能记住什么东西吗？或者这依旧是个梦？没谁可问……

我的父亲格奥尔吉·伊万诺维奇是一个出色的人，他富于幻想，天生就能把自己的想法强加给别人，他是一个不够格的哲学家，从年轻时起就是一个狂热的革命者，就连恐怖分子都认识，但是一九〇五年事件之后，他变成了一个托尔斯泰主义者。从那时起他信仰的已经是另外一种理想了，土地劳作变成了他的宗教。从那往后，他就没在城市生活过，他在各个地方组织起了托尔斯泰式的农村公社，它们一个接一个倒闭，除了最后一个，特罗帕列夫公社。

父亲年轻时非常英俊。高鼻梁，眼睛又黑又亮。可能是希腊和高加索血统混合后的结果。妈妈相反，当姑娘时的照片上不是十分漂亮，圆乎乎的脸，眼睛不大，鼻子像个土豆。而年纪稍微成熟一些后，我那时也已经开始懂事了，妈妈变好看了。她瘦了很多，脸变得有棱角一些了，她的面孔更能让人记住。父亲是一个热情无限的人。爱争论，爱生气，暴躁，然而善良得不同寻常。更准确地说，不是善良，而是大公无私。他是一个名副其实的未来的人，正如我所理解的那样。他的本性中有一些和巴·阿共同的东西。他从不关心自己的利益，似乎，他连什么是利益都不明白。他随时可以贡献出一切。但是，除了书籍，他什么都没有，然而他还把自己的书房变成了公共图书馆。他有藏书签，一个螺旋形的东西，上面写着“格奥尔吉·米亚科津的公共书籍”。

他热情而疯狂地笃信非暴力，就像他做所有事情那样。现在我不能冷静地评价他，他在社会生活中支持非暴力，在家庭生活中，他却是一个可怕的暴君。但是，他生就拥有授意自己想法的罕见本领，他非常有感染力，他和托尔斯泰一样，有很多学生和追随者。我想，妈妈其实是他罕见的迷人个性的牺牲品。她跟着他四处走，万事相信他。他已经改变了自己的信念，而她还来不及跟上他。但是，她的一切都是表面上的，重要的是，她对爸爸的爱无边无际，为他放弃了自己当城市音乐教师的简朴生活，来到了农村。然而在农村她不是教音乐，而是给十来个人熬粥，洗衣服，给奶牛挤奶。所有事情她都力不胜任，然而她为了爸爸付出了努力，除此之外，她还想成为爸爸最优秀的学生。所有事情都听他的。除了一件事——去莫斯科父母家生孩子。她还把很小的孩子们留在了那里，直到他们长大一些。我是最小的一个，老三。父亲为此生她的气。因为所有托尔斯泰主义者都是在田间把孩子带大的。但是，这是唯一一件妈妈没有屈服于爸爸的事情。我四岁前一直由外婆带，之后，因为父亲的坚持，我被领走了。

从集体化时期起，政府对公社发起了可怕的进攻，虽然公社看起来就是那种最理想的农庄，就是布尔什维克想在全国建立的那种农庄。父亲在公社管理方面富有经验，推进集体化的第一年里，还有人建议他去做领导，组织集体农庄。但是他拒绝了。

“我们的公社是自愿的，这也是它存在的基础，而你们却建议以暴力原则组织农庄，这不符合我的观点。”他如此对党的领导解释。

一开始没人动他们，但是，很清楚，这不会持续太长时间。经过考虑和讨论，决定再找一个建公社的地方，离中心远一些，特罗帕列夫村离首都实在太近了。他们一九三〇年开始找，到了一九三二年，他们不仅找到了地方，还在阿尔泰山脚下建好了第一批原木房屋。就在离开之前，妈妈恳求把我留在莫斯科。我那时十五岁，外婆收养了我。我变成了涅恰耶娃。可能就是外婆的这个姓氏使我免遭逮捕。

在阿尔泰，索罗纳克恰村的生活是非常可怕的。从那时起，他们中的任何一个人我都没见过。哥哥谢尔盖本该应征入伍，但是他因为意识形态原因拒绝了，他不想碰武器。法庭对他进行审判，处以枪决。他和父亲一样，从不屈服。而瓦夏是一个性格软弱温和的男孩，他当了牧童。他是我们之中唯一一个真心热爱田地，也热爱农活，不是抽象地，理论想象上地热爱，而是真心地。牲口听他的话。公牛米什卡跟在他身后，就像是一只小狗崽儿。瓦夏在鄂毕河里淹死了，那是他收到征兵通知书之后的第五天。第二天他本该去城里的征兵站。一九三四年。没过多久父母被捕了。判了十年刑，剥夺了通信权。外婆试图找过他们，还在战前就一直去各个监狱排队。但是，她没得到任何回答。她心底里认定是父亲毁掉了所有人。总之，所有托尔斯泰主义者如同绝迹了一般。我去过马罗谢伊卡，以前那里有一个素食餐厅。但是，一切都认不出来了。他们的出版社不在了，餐厅也不在了。

但是我想说的是另外的事情。我还记得一幅幼年时的画面。我坐在一张大桌子旁边，在我面前放着一些装着玛林果的大盆。每一枚果子都差不多有鸡蛋那么大。我从果子中间拽下粗壮的白色叶茎，放在一个大碗里，我把果子扔到桶里，就像扔没用的垃圾一样。而正是那些白色的不好吃的中心部分才有价值。

玛林果的味道非常浓郁，仿佛整个空气都淡淡地染上了它红蓝色的光泽。有一个艰难而又认真的念头在我脑海里辗转，我想，也许对于另外一个人来说，最重要的东西就是垃圾和废料。这是梦吗？

有很多诸如此类的想法。我拿着一个装碎菜叶的小盆喂小兔子。第一只兔子最强壮，它一下儿扑过来，而有几只小兔子没那么走运，它们没法儿挤到饲料跟前。我必须挑出这些弱小的，把它们分到另外一个笼子里。否则那些强壮的兔子会把它们踩死。这似乎不是梦。或许，又是梦？很难想象在我们贫穷的公社里，人们能让自己做出如此温柔的举动。生活非常严酷……

这些五颜六色的琐事让人感到有些困惑，它们似乎让回忆的画面变得更加柔和。我从四岁起就开始在特罗帕列夫生活，它位于离莫斯科不远的郊区，是一个不大的村子，只有十八个人，或许有二十个人，有十来个孩子，大家年龄各异。但是，我们有自己的学校。我们用列夫·托尔斯泰的识字课本学习识字。我们最早读到的那些书，毫无疑问，也是托尔斯泰写的。写李子树枝的故事告诉我们撒谎不好。写专门给爷爷用的木头盘子故事告诉我们应该善待父母。食物总是很少，但是都平均分配。也有过食物充裕的时候，但我们仍然不好意思多拿。

我从很小的时候起就记得《儿童基督教义》。我是很晚才读到那四部真正的福音书的。是在外婆家……公社里的成年人不是爱戴列夫·尼古拉耶维奇[1]，而是崇拜他。而我小小年纪就对他感到非常腻烦。说起来很可笑，他的小说我是在战后才读的，童年和青年时代，我被他的一些文章和论著塞得过了量，那时，无论《哥萨克》还是《安娜·卡列尼娜》，甚至《战争与和平》我都没碰过。

但我说的不是这个。是另外的事情。从幼年起，记忆偶尔就会从当前的世界中消失。我想很多人都有过类似体验，但转述起来非常复杂，在我们贫乏的语言中，无论是用词语还是用概念都不足以去描述这种体验，所以，谁也没有试图去和别人分享这种体验。很多次我发现，一个孩子在玩耍的时候会突然发呆，眼神变得空旷，雾气蒙蒙，而过了一会儿，他（她）又重新开起小卡车，打扮起洋娃娃。他（她）消失到了某个地方。我相信，所有人都熟悉这种因为时间消失而产生的呆滞感。难道这本来是可以描述的吗，更何况我根本不是作家？但是不知道为什么，我觉得试着把这些东西说出来很重要。可能，就是因为我变得一点都不相信自己的记忆，它有时会使我陷入窘境。

我在生活中体验到的最可怕的事情，同时也是最不可描述的事情，就是状态的转换。我说的是介于平常生活和其他各种不同状态之间的状态，我很熟悉它，然而它就像死亡一样无法阐明。

---

① 列夫·尼古拉耶维奇是托尔斯泰的名字和父称。

关于死亡，一个还从未死过的人能说些什么呢？但是我觉得，每一次我从日常生活中消失的时候，我几乎要死了。我如此热爱自己的绘图工作，恰好就是因为其中有一个可以用来建构一切的精确法则。有从一个投影过渡到另外一个投影的关键方法。而生活中的每一次转换你都不知道它是根据什么原则发生的，因此十分可怕。

仁慈的上帝啊，那是一些什么样的游历啊，各种各样……顺便说来，最可怕的事情，最可怕的转换我是在外祖父死后马上体验到的。为了方便理解，我还应该讲一讲我的家。

所有人，无论是妈妈还是外婆，都害怕我的外公。我也害怕，这是完全可以理解的。总体说来，我是一个胆小的女孩。他去世的时候，我大概七岁。那是一九二二年。外公是一个建筑承包人，曾经非常富有，但是在革命前他就失去了全部家当。我对我家的历史，尤其这一段历史知道得很少。外婆的讲述留下了只言片语，她说外公建的火车站大厅塌了，死了几个人，他自己也遭了殃，一条腿截了肢。之后的法庭审判让外公破了产。外公经历了这次审判后再也没康复过来。他通常坐在一张很深的扶手椅上，背朝半圆的窗户，他的脸逆光看起来晦暗阴沉，尤其有太阳的时候。外婆和外公住在三塘胡同，在沃罗茨基的房子里。那栋楼好像是外公一九一一年建的。他们住的是顶楼的一套房子。电梯从来没工作过。得用很长时间才能沿着宽阔的楼梯走上楼。外公根本不出门。他总是身体不好，呼吸沙哑，抽味道很冲的烟叶，他在房间里拄着两根拐棍走路，从来不用双拐。只把它们立在沙发旁边。

那些年里，我指的是公社时期，我们养了一些奶牛，然后沿着卡卢加大道把牛奶从特罗帕列夫运到市立第一医院。有一辆大车和一匹公社的马。妈妈有时候带着我，我们送完牛奶后，从卡卢加城门去马罗谢伊卡的素食餐厅吃饭。我记得加糖精的胡萝卜茶和豆饼……出版社和托尔斯泰的村社在那座房子里。父亲和那里的领导们关系不太好。尽管奇怪，但我现在也能进行一番评价，托尔斯泰主义者们总是在争吵、辩论，相互证明着什么。父亲是一个狂热的辩论者。他与岳父，也就是我的外公，为某些政治问题处于深深的敌对状态。而父亲因为外婆叶甫盖尼娅·费德罗夫娜信东正教而有些瞧不起她，然而没和她彻底吵翻，父亲总是教导外婆要有正确的信仰，要遵守托尔斯泰的教诲……他和托尔斯泰一样，不承认神迹和所有的神秘主义，对他来说，最重要的就是道德含义。基督就是道德理想。此刻我面对这些似乎可以面带微笑，因为我眼前总是出现我们的瓦西莉萨，她没有一丁点儿道德概念，她只是说，这是按照上帝的吩咐，这不是按照上帝的吩咐，从来不去想什么是善，什么是恶，仅凭她那颗无知的心去判断。而爸爸对一切事情都有自己的理论。

妈妈去探望自己父母时总是偷偷的。至少，我不知为什么就懂了不能对父亲说我们去了三塘胡同。这似乎是我和妈妈共同的秘密。就如同不能说那几勺酸奶渣一样，那是妈妈从卖的货里留下来给她父母的礼物。奶制品不是用来吃的。只有病人和小孩才能分得一些牛奶。

外婆总是在紧挨着大门的厨房里接待我们。外公向来待在最里面的房间里不出来，我没弄清楚外婆是如何遮掩我们的到访的。外公把对我父亲的厌恶转嫁到了妈妈头上，如果他听说妈妈到过三塘胡同，他会非常生气。外公非常非常严厉，没有耐心。勉强忍受得了孙子们。

妈妈给我讲过，说外公死的过程很漫长，很痛苦，临终前破口大骂，诅咒每一个人，咒骂上帝。大人没让我去参加葬礼，天气非常冷。过了一段时间，至少一个半月过去了，忌日的时候，妈妈带我去外婆家，把我留下了，因为我生了风疹。我生病时，睡在外公以前住过的那个房间。我睡在他的沙发床上，床放得有些奇怪，横在房间里。可能，在他生命的最后几个月，他已经不能起床了，得把床放在别人可以从两侧走到他跟前的位置。他非常重，外婆一个人换床单很费劲。

我病了三天，非常厉害，之后只觉得正在愈合的痘瘢发痒。外婆给了我一种止痒药，我记得我吃了药后睡个不停，把白天和晚上睡颠倒了。有一天晚上，我听到一阵敲击声，好像是从邻居家传来的。我在梦中感到惊讶。他们怎么回事，晚上钉钉子吗？声音越来越大，越来越大。每一次敲击直接打在我鼻梁上。这是因为我在睡觉，我对自己解释。应该醒过来。但是，无论怎样都醒不过来。之后，敲击声似乎融会到一起，就好像一辆看不见的扎针机在强大的压力下穿透了我的额骨。针咬得越来越深，震动是令人难以忍受的，好像把我整个吸入了一个旋转的黑天鹅绒深渊。这不是梦，这是某种另外的东西。它持续了很长时间，我明白了两点，一个是我身上发生的事情比生病还厉害，这不是身体上的痛苦，而是某种另外的东西。另外一个是，那种黑色的旋转是从我额头的最中心开始的，形成了一个漏斗，把我带出了时间。我不知为何开始感到恶心，特别难受，但是，假如我能吐出来，那么，吐出来的就会是我自己……疼痛从四面八方包围了我，它比我还大，比我出现得还早。我只不过是无尽水流中的一颗沙粒，所发生的这一切，我想，恰好就是叫“永恒”的东西。

所有这些都是现在才做出的解释。那时我还是个孩子，挑不出合适的话来形容。但是，直到现在，每当我回想起这件事，我心里就会泛起一阵令人哆嗦的恶心。

但是，过了一会儿，扎针机关上了。我躺在外公的沙发床上，然而，贴着条形壁纸、有半圆形可爱窗户的房间没有了。这是一个不熟悉的地方，和哪儿都不像。一幢低矮的房子，昏暗的红灯照亮了它，光线极暗，天花板和墙壁都消失在了昏暗之中。可能，这根本不是房间，而是一个拥挤的空间，头顶笼罩着可恶的天空。那里有很多令人不愉快的东西，但是我不想为了回忆起一些细节而强迫我的记忆，即使是现在，过了这么多年之后，只要一想到那个地方，我就会觉得非常难受，哪怕是现在。

很多半人半幽灵填满了我周围的空间。我外公也在他们中间。那些人毫无目的地来回走动，让人心烦意乱，他们小声地相互吵骂，没注意到我。我丝毫不想让他们看见我。尤其不想让外公看见。他就像活着的时候那样瘸着腿，但是他旁边没有拐棍。

无力和忧伤的状态如此沉重，如此和生活不同，我猜测这就是死亡。我刚想到这个，就看见我自己在我们特罗帕列夫的家的后院，那是一个晴朗的夏日，光影交错。一株不久前被飓风刮倒的大杨树横躺在路中间，我在树干上走，迈过折断的树枝，不停从潮湿的树干上滑下来，我闻到一股强烈的枯叶味道。所有东西都轻微弹动，无论是我轻飘飘的身体下面的树干，还是一丛丛干枯的树叶。梦是相反的，从此处到彼处。

我现在所处的这个地方，无论真正的光亮还是阴影都荡然无存。在特罗帕列夫的家的后面有一株倒下的树，鞋底在丝绒般的树干上打滑，那里有阴影，光斑，有数不清的各种色彩。而这里一切都是褐色的，摇摇晃晃，但一切都很真实。那里是不真实的。这里完全没有投影。黑暗没有投影。只在有光亮的时候才有投影。

我仿佛瘫痪了一样躺在那里，连嘴唇都动不了，我想象外婆教我的那样画个十字，可我认定我抬不起胳膊来。但是胳膊轻松地抬了起来，我画了个十字，说出了“我们在天上的父”。

有一个人走到我跟前，目不转睛地看着我，他头戴一顶黏土做的帽子，像戴着一个寻常的砂土瓦罐。在黏土面具眼眶的孔隙中，一双明亮的蓝眼睛看着我。这对眼睛是这里唯一有颜色的东西。那个人得意地笑了。

我的祈祷悬浮在我头上，我能摸到它。它并不微弱。它不起作用。它在这里被替换了。这个阴暗的地方如此远离上帝的世界，在如此不可思议的荒蛮之地，光线根本无法抵达，我猜想，黑暗中的祈祷如同陆地上的鱼，是死的……

我听到有人在嗡嗡地谈话，他们说的那些东西令人厌倦，内容陈腐，没有任何意义。那不过是无精打采的气愤，无精打采的无谓争论。我还听到外公的声音：我命令，你命令，我没命令……这个命令是一种物体……

戴黏土面具的那个人在我面前俯下身子，说起话来。我不记得他说了些什么。但是，我记得他说的是让人深感意外的老百姓粗话，不规范的话，他行为放肆，还嘲笑我。他的话，就像他脸上的褐色黏土，也是一个面具。

他可以用其他的词语，他骗我。“骗子！”我想。我刚刚默念出这个词，他就消失了。我仿佛只用自己的一个念头就揭穿了他。

阴影一直到处摇晃，这一切无休无止地延续，直到我看到这个房间一堵墙也没有，只是一个用浓重黑暗搭起来的近似封闭空间的地方，而这个窄小黑暗的地方其实巨大没有尽头，装满了所有东西，然而，里面又空无一物，除了它自己。这是一个陷阱，而且没有出口。我感到害怕。不是为自己，而是为外公，我喊了起来：

“外公!”

他仿佛往我这边看了看，但是他或许没认出我来，或许不想认出来，他一直念念有词，用无神的褐色眼睛看着我说：我命令，他命令……

突然，一切离开原地，开始消失。就像云彩的投影沿着田野流动，这个黑暗的空间也开始移动，开始，我看见一部分贴着条纹壁纸的墙壁，之后，看见了外公房间的全貌，它笼罩在破晓前的昏暗之中。

我没有醒来，我其实并没有睡着。平日里沉重而又令人不悦的清晨的昏暗，现在看起来是鲜活的珍珠色，它似乎要为我们做出承诺，因为就连我们这个世界上夜晚的黑暗，都是我们尘世的光亮。而我所看见的地方没有光亮，忧郁，让人感到不舒适。这就是死亡的投影……当黑暗的最边缘游离房间，跑到北边的某个地方，我听见了一个清晰鲜明的声音，毫无疑问，是男人的声音，他说：

“这是一个中间世界。”

而这是什么，我直到现在还不知道。有一点我几乎相信了，这一切展示在我面前，是因为在丛丛阴影中，我面色灰暗的瘸腿外公闪现了一下。

之后，我长大了，既读过福音书，也读过使徒保罗的行传，我总是回想起这个事件，回想起这次彼岸的相见，我想，使徒是否知道不是我们所有人都会改变，有一些人根本不进行任何改变，永远都保持着瘸腿，保持着灰暗的表情以及隐藏在这些东西背后的罪孽。我无论怎样都不会去谴责外公，在我们家里，谁又能去评价谁呢？但是，妈妈不知怎么说走了嘴，她说调查外公火车站大厅倒塌的案子时，他的罪行没有证据，但是，他被控告使用了劣质材料，所以才导致招惹灾祸的大厅倒塌，工人死亡……偷窃或贿赂是俄罗斯司空见惯的事。那么，永远都是这样吗，难道没有任何宽恕？为什么使徒只答应解除那些无罪之人的罪孽？不，我不懂。

失去记忆该怎么办？如果我忘了呢？现在，我会忘记如此之多的事情，可能，我自己的罪孽也会忘记。那么，悔过和宽恕的意义又何在？如果没有罪行，那么宽恕也无从谈起。

有一部分生活如同被水冲走了一样。这样的空白就像你刚刚梦醒，你梦到和一个无可比拟的聪明人进行了一场谈话，白天的时候，什么都想不起来，什么都还原不回去，所有重要的场景都留在了梦里。你突然觉得，某件珍贵的物品放在一间门被堵死的房间里，你却进不去，这种感觉十分可怕。不过有时能够回到旧梦之中，回到那个谈话者身边，从中断的地方继续之前的谈话。他做出了回答，就像光芒照亮万物。而你醒来后，又是一片平坦的地方。

在我背叛的地方，就形成了这样一片不毛之地。我还记得这个，但是仅仅把它当作一个事实。很久以来，我既感觉不到懊悔，也感觉不到羞愧。看来，我自己原谅了自己。要知道我的背叛并不艰难，没有任何痛苦，没有动摇，甚至没经过思考。我说的是死去的安东。战争年代有这样一首诗非常流行，是康斯坦丁·西蒙诺夫写的《等着我吧》……诗的结尾写道："只有你和我才知道，在战火中，你用自己的等待挽救了我……"而我没有等待，并且以此毁了他。

我对巴·阿甚至不是一见钟情，我仿佛在前世就爱着他，只不过见到他时重新回忆起了旧爱。我把安东忘了，就好像他不过是我的一个邻居，或是同班同学，或者是同事。甚至不是同龄人。而我和他，不多不少，正好一起生活了五年。他是我独生女的父亲。是你的父亲，塔涅奇卡。在你身上，我既看不出安东的样子，也看不出他家族的样子。你的确像巴·阿。无论是额头、嘴巴，还是手臂。至于手势、面部表情、模样和习惯就更不用说了。但是，我没法告诉你巴·阿不是你的亲生父亲。所以，结果就是，我首先背叛了安东，之后又掠夺了他，让他失去女儿。你能原谅我吗？

总之，我相信，和我相比，巴·阿对塔尼娅意味着更多的东西。因为对于我来说，他的意义比我自己更大。就连现在，当我们之间的一切都如此无望地遭到了破坏，还是应该公正地承认，我还没遇到过比他更高尚、更聪明、更善良的人。没有一个天上的神灵能够告诉我，这么多年以来，为什么这个最优秀的人一直在为人间才有的最大的恶服务？他身上是怎样容纳这一切的？我的心预感到了一切，提前知道了一切，那还是在撤退的时候，当时，他把罗马什金家的小猫拿走了。开始，我甚至不相信他把它们淹死了。现在我相信了。因为他也能用一句话抹杀全部的爱情，毁掉我们整整十年幸福的光阴。他也把我毁掉了。这是残酷吗？我不理解。但是，我恰好不想回忆这件事。对于我，现在重要的是把那些从我身边溜走的东西回想起来，巴·阿在我生活中出现之前，这些东西一直具有十分重大的意义。那是我的梦和早期的回忆。

我在梦里所见到的一切，人们对我讲述和展示的一切，远比我能写在纸上的要丰富，要可观。我有很好的空间想象能力，在某种意义上讲，这是一种职业能力。可能，我对空间格外敏感，因此才落入了它神秘的偏巷，落入了那种类似中间世界的地方。从另一方面说，无论什么东西都不能像我可爱的绘图工作那样，给我以安慰，在绘图工作中，每一个构造都是严格的，完全透明的。

我所做的梦，和日常的、白天的世界有某种联系，但是这种联系的特性我不打算描述。有一种毋庸置疑的转换逻辑。只是它全部停留在那一边，不能置身于现实世界中。我非常清楚，我去彼岸那些奇怪地方的所有游历，虽然是不合理的，但是在那里停留的感觉几乎和我们身边的所有事情一样现实，我就在这里用圆珠笔写字，在塔尼娅用过的、因为学年结束而扔掉的一本没写多少字的笔记本里。和这里的楼房、街道、树木、杯子一样现实。

但是有一次，在那个门窗都砌死的房间里，在那个没有门的房间里，却有了一把能够打开一切的钥匙。总的说来，在我的梦中，有很多东西都和门窗相关。那扇最早的，可能是最主要的门我很久以前就看见了，但不是在童年时代，而是在少年时代。我无法准确地说出是在什么时候，因为这种景象总是伴随着一种感觉，像是和某个似曾相识的东西重又见了面。似乎可以先记住些什么东西，然后才带着这种记忆降生于世。

这扇门在悬崖上，但是从前，我看到的悬崖是一块夺目明亮的石灰岩，阳光如此饱满地照耀着它，使它粗糙表面的所有细节，一切凸凹，小型贝类动物那早已逝去的勤劳文明的物化记忆，就像在月光下一样，清晰可见。

之后，我仿佛重新调整了目光，有人在拧某个螺丝钉，轻柔的波浪拂过表面，我看见了一扇凿在岩石上的门，上面画着浮雕图案。这幅图非常清晰，但它并没有形成一幅清晰可辨的图像。平稳的线条相互交织纠结在一起，一条压着一条，相互交叉，直到最终，我的眼睛在我身体里面发生了变化，那时我才恍然大悟——我认出了一张高大的床，上面躺着一个从容不迫的人，那个人从高高的床头往下滑，纤细的双手平和地交叉放着，四周，低垂着一些犹太人额头突出的脑袋，而在这一切之上，是被圣母抱在手上的圣子那孤独的身影。

门马上就要开了，就连阴影都仿佛沿着岩石门洞的缝隙消失了，有人建议我走进门去。但是我吓着了，那扇门似乎也感觉到了我的恐惧，重新又变成了白色岩石上的浮雕，浮雕在我的注视下越来越平滑，在彻底消失之前，变成了一块石头的白色肌体。

我没做好要进去的准备。但是这个过程当中，没有任何一去不返的、彻底错过的东西。只不过是我没准备好。暂时没准备好。

仿佛有人对我说，让我走开。就让你的恐惧在生活体验中消失吧。当你的疼痛、忧伤、理解的渴望超出恐惧时，你再重新回到这里。

我在门口听到了类似的话。说得很温柔。顺便说说，人们几乎总是温柔地与我交谈。

关于门还有些话要说。它使人们从一个空间来到了另一个空间。而且，没有墙壁，没有与这两个房间之间的障碍相似的其他任何东西。没有。只有门。甚至连门都不是，而是一个门洞。但是，在这个门洞里能看得见的一切都呈现出另外的样子，无论空气、水，还是在那里居住的人。迫不及待地想要进去，但是，门洞的空间充满敌意，不让进。它的敌意如此之大，以至于连尝试一下都不值得。我走开了。我当时就恍然大悟，应该试一试，尝试一下……我回过头去。门洞已经不见了。一个空间都没有了。只有消失了的可能性在空气中荡出一片涟漪。

我还记得外婆是怎么死的。就像遵守教规的人通常能做到的那样，她预先就知道了自己去世的日子。瓦西莉萨在外婆去世之前不知道去了哪里，她突然非要走不可，你知道，她总是这样。但是，在外婆去世的前一天晚上，她回来了。在此之前，外婆已经一个星期没起床了，什么都没吃，只喝了一点水，至少，她以前从来都没这样病过。在她的一生中，谁都没从她嘴里听到过抱怨。她沉默不语，只是摇头——不要。什么东西都不要。瓦西莉萨坐在外婆身边，念着类似祈祷的东西。现在我觉得，这是在用教规来解决心灵的难题。也可能，是其他的什么东西。外婆早就过了八十岁，样子看起来很古老，就像希腊的木乃伊。尽管非常瘦削，她仍然很漂亮。最后几天里，她没睁开过眼睛。但是，她的面孔并不是没有知觉的。相反，那是一张聚精会神的面孔，一件重要而又富有责任感的事情吸引住了它。

在她去世的前一天晚上，年轻的女邻居来家里借酒杯，她正忙着过生日。我打开柜子，给她拿了几个不配套的酒杯，其中有一个杯子很漂亮，很古老，上面印着金字。女邻居仔细地端详起来，惊叹着。她说话的声音非常大，她因为这只漂亮的玻璃杯而发出的赞叹是非常不合时宜的，因为，濒死的外婆就躺在这个房间里。

“真了不起，他们以前可真有本事！现在谁都做不出这样的东西来了！你瞧啊！”

就在这时，还紧闭着眼睛的外婆突然说了一句话，意识清醒，甚至严厉，她的声音很清晰，相当响亮：

“姑娘，你打扰我了。”

她两个星期没说话，而最后三天，在我们看来，她失去了知觉……我不知道，我们打扰她什么了，我们把她正在做的一件非常重要的事情给打断了。

又过了一昼夜，太阳落山的时候，我们所有人，安东·伊万诺维奇、瓦西莉萨还有我正在餐桌吃饭，突然，经过一个星期的昏迷之后，响起了她清晰而又洪亮的声音：

“门！门！”

瓦西莉萨沿着狭长的走廊，趿拉着快要从脚后跟上掉下来的鞋子，奔向大门，她是去开门的。门锁啪地响了一声，门大敞四开。立即，一股气流从打开的气窗吹向大门，轻微、冰冷的穿堂风匆匆地拍打了瓦西莉萨一下。

我回头看了一眼外婆。她呼出了一口气，然后就再也没有吸进去。穿堂风好像在来回地盘旋。大门自己关上了，打开的气窗突然剧烈地抖动起来。光影在外婆的脸和摇摇晃晃的玻璃窗之间摇曳。这金黄色的光束非常密实，它在干净的玻璃窗上闪耀着，传来了气窗的砰砰声和玻璃轻微的颤抖声。

安东·伊万诺维奇凝视着气窗，摇了摇头。瓦西莉萨在一瞬间意识到了一切，画了个十字。我走到外婆身边，我还不能完全相信一切已经结束了。

最安静的死亡。这就是那种基督信徒式的死亡，平静，安详，体面。但是，那时我还不知道有这种说法。瓦西莉萨知道。

外婆的脸变得庄重而幸福。透过微微发蓝的稀疏的灰白头发，粉白色的头皮隐约可见，额头和鼻子变硬了，变冷了，就像一块好看的瓷器，皱纹舒展开来。亮闪闪的浓眉在靠近鼻梁的地方是毛茸茸的。就在这一刻，我清楚地知道，我长得非常像她……白猫莫佳起来了，它从外婆卧床不起时就趴在她脚边，它走到床边，跳到地板上。

安东爬上去看气窗是怎么回事儿。他还不知道外婆已经死了。

“穿堂风把玻璃打碎了。”他一边往下抠一块干泥子，一边惊讶地说，“后门的台阶上有一块打碎的大玻璃，可以切下来给气窗用。幸好是很规则的四边形，否则别的玻璃未必镶得进去。”

窗户的上半部的确是半圆形的，一个个的小窗格是不对称的，几乎每一块玻璃都是斜的。现代派房子，是外公在最辉煌的时候建的。

窗和门……窗和门……就连小孩都懂得它们之间的区别，门是界限。门外就是另一个地方，另一个空间。你一走进去，自身就会改变。不可能不改变。而窗户，只是暂时把它的知识借给你用一下。你看了一眼，然后就忘了。但是，这已经和我的那些梦有关了。

外婆去世的那天，瓦西莉萨显身手的时候来了。跟死亡有关的一切她都知道。就像人们应该知道的那样。擦洗，穿衣服，哭丧。穿什么衣服，做哪些祈祷，该吃什么，不该吃什么。我完全听她的，毫不犹豫。不光是我，安东也是。瓦西莉萨把所有事情都当作她应该做的，她下命令，我们听她的指挥。

晚上，外婆在拉开的饭桌上自如地伸直了，她的双手平和地交叉摆在胸前，用一只旧袜子捆着，叠了四层的手绢像一个皮套一样托住了她的下巴，眼睑上放着一些破旧的五戈比硬币，瓦西莉萨不知道是从哪儿弄来的，不是随身带着的吧？

头上燃着长明灯，瓦西莉萨在圣像前缓慢地用教会斯拉夫语祈祷着。我坐在桌子旁边的板凳上和外婆告别。我那时二十四岁。无论是我的兄弟还是父母都已经死了，但是，父母的去世我是过了很多年之后才知道的，在那些年里，我们还不知道，“剥夺十年通信权”意味着什么。

这是我目睹的第一次死亡。我现在无法说清我那时是否很害怕。面对这个不可思议的事件，我充满了深深的敬意，我竭力想弄清楚所发生的事情，那是一个不受理智和感情所支配的深渊，它把生者和死者分开，我尤其想弄清楚那一瞬间，活着的、身体温暖的外婆变成一个奇怪的、不中用的物体，应该尽快把那件物体从眼前搬走，离得远一些，藏到土里去。瓦西莉萨做所有这些事的时候庄严而又不慌不忙，使人感到安慰，那是因为，如果没有她那些令人不解的举动，想搬走这个冰冷的物体是不可能的。白色衬衫，白尸布，崭新的皮拖鞋，瓦西莉萨挑剔地左看右看，仿佛外婆真的需要这双带粗布衬里的新鞋一样，鞋上还有几个穿鞋带用的洞，四周镶着金属边，以便外婆在阴间轻盈的道路上行走。

安东·伊万诺维奇要求别把棺材放在教堂里，而是请一个神父到家里来。一切事情都有人监视，我们很害怕。瓦西莉萨紧闭嘴唇，点了点头，在葬礼前一天，晚上很晚的时候，她带来一个小老头，我们可以信任他，让他送走自己的恩人。安东·伊万诺维奇本人连夜去了自己亲戚家，他不想知道这一切，他在工厂有一份好工作，还有一份本已稍带瑕疵的家史。

那个来到家里的小老头，会让人联想到普普通通的乞丐。但是，当他从背包里掏出法衣和长巾，戴上司祭的十字架后，他变得像一个神父了。在瓦西莉萨擦干净的写字台上，他极其恭敬地铺上了一块绣花布。这是包着几块圣骨的圣餐布，他就在这上面完成了圣餐仪式。这是我生命中第一个圣餐仪式。那时家人从来不带我们去教堂，这是父亲开出的条件，只有这样，他才允许孩子们住在外婆那里。外婆把三四岁的我们送还给父母时，他们让我们接受的是那种变异的托尔斯泰式基督教，完全拒绝宗教的各种礼仪仪式，既不承认教堂，也不承认圣母、圣像和圣人……这一次，我非常想领一次圣餐，但是，我不能把这个想法说出来。之后，神父做完了安魂弥撒。秘密的仪式结束后，半夜，小老头神不知鬼不觉地消失了。之后，我再未见过他。

葬礼之后的夜里，我醒了，走进了厨房。我不知道去那里是为了什么。可能，想喝点水。厨房里，外婆坐在自己平时坐的老地方，穿着她出门穿的那身蓝裙子，缝着花边的领口浆过了。她跟前有一只放在杯座里的杯子。她在喝茶。一切看起来如此平常，我甚至怀疑，我是不是在梦里梦见的她死了。

“喝茶吗?”她问。我点了点头。水壶很烫。冲茶用的茶壶里装着新鲜的茶叶，味道不同寻常。我给自己倒了茶，在外婆身边坐下了。

“就是说，你没死?”我问道。

她笑了一下，露出了整齐洁白的牙齿。她装上了新牙，我想道，但是怕她不好意思，我什么都没说。

"死了？没有死亡，莲诺奇卡。没有死亡。关于这个你很快就会知道的。"

我把茶喝完了。我们没说话，感觉非常好。

"去睡觉吧。"她说，于是我走了，什么都没问。

我在床上躺下了，躺在安东身边，他在梦里嘟囔了一句。

我一下就睡着了。这是怎么回事？梦？非梦？非此非彼。似乎是第三种状态。我不知道它的名字。那第三种状态，无论是梦境，还是不眠，都一样遥远。

现在，过了这么多年，我猜测，除了这几句简短的对话，外婆还说了些什么，但是，剩下的话在记忆中没有保存下来。只是我一辈子都非常清楚地知道，当你处在梦中的时候，所有平日的生活都变成了梦……现实与梦境，就像一块布料的正面和反面。那么拿第三种状态怎么办呢？这就像在绘图中一幅俯视的图景？

经年累月，我有了越来越多的经验，我学会了几乎一点不差地区分两种不同的状态。在白天的日常生活中，物品完全丧失了神秘性和真正的内容。虽然贵重的茶杯会打碎，当喜爱的东西坏了，有时会感到非常可惜，我们家因为贫穷，也因为家庭传统，习惯粘补茶杯和坏了的东西，织补，给大衣还有一些锅打补丁，但是东西如果真的不能用了就扔掉。

物品在梦境中不完全是真实的，茶杯不总是能装水，好像没有人教它做过这件事，总的说来，一些物品不是原本就有的，它们只是在有用的时候才出现，只要没有用处了，它们马上就会烟消云散。在你想起它们之前，它们都是抽象的。在这只杯子上有什么图案？于是图案马上就会出现。物品不会自动坏掉，也不会变旧，它们失去了独立的存在。这就是我所能想到的。

但是，第三种状态完全是另一回事。只有凭着物品的行为，才比较容易辨别真正的梦境和我称之为第三种状态的东西。比如，外婆叶甫盖尼娅·费德罗夫娜拿在手里的杯子，完全不是一只杯子。它是一个个体，就像外婆一样。有可能，它有一个我所不知道的名字。它很大，尺寸有些特别，因为它和一个罕见的大杯座的尺寸一样大，这两样东西都是定做的。杯座似乎是俄罗斯独有的东西，无论在哪里都不像在莫斯科那样喝茶，但是，这个杯座特别有俄罗斯味道，是用厚实的银子做的，样子像一个树墩，银子模仿树皮，而杯座的手柄做成了一把斧头，它插在一根向上弯曲的树枝上，树枝上紧紧粘满了小树叶和叶柄，它们或者被厨房生活的变故磨没了，或者是制造这个杯座的法贝热工厂的工人们的随心所欲。

商人的物品，惹人厌烦的东西，属于礼品一类，显眼，贵重，甚至在抛光的地方还刻着一行字：赠给亲爱的瓦西里·季莫菲耶维奇。

外婆脸上闪过一丝微笑，她用外公的杯子喝着香喷喷的暗金色茶水，但是赠言已经没有了。它能上哪儿去呢，同事们写的那几句押韵押得不太妙的话“我不想喝茶！有人喝茶就马林果，有人就蜂蜜，瓦夏叔叔就面包！”如果仔细看，杯座似乎比原来那个还漂亮，而且直到现在居然还完好无损。在那里，在第三种状态中，它看起来似乎更加漂亮，而且，它至少和自己平常的样子不同，就好像某种馥郁的异国茶水和浅黄色的普通淡茶水有区别一样，那种淡茶叶甫盖尼娅·费德罗夫娜外婆喝了一辈子，就连在父亲富裕的家里生活时喝的也是那种淡茶。她不喜欢浓茶。

所有物品都有差不多类似的事情发生，它们不是在梦境中，不是在回忆中，而是在这第三种状态中来到你面前。它们如果不是模样雅致，那么一定达到了一种可知的完美境界。似乎有一个看不见的大师对它们进行了加工，为了还以它们的优点和原本的品质。至少，我可以非常自信地这样谈论外婆从前那条好看的裙子。早上我醒来，回到了寻常生活中来，我做的第一件事就是看外婆的衣柜，把那条连衣裙拿到亮处。在肩膀处，裙子已经有些褪色了，而皱巴巴的领子已经在好几个地方打了补丁。我发誓，夜里那条裙子是新的，而领子是神气地立着的。

是的，厨房里的茶壶尚有余温。

第二次外婆叫我喝茶是在一九四一年的春天。塔涅奇卡，你那时两个月大。你是一个弱小的、爱哭喊的小孩，把我和瓦西莉萨两个人忙得疲惫不堪。那天晚上，瓦西莉萨和你一起睡了，为了让我睡个好觉。我因为茶的味道醒来了，就是那种茶，我一下子就想了起来。我走进厨房。外婆坐在桌子旁。茶壶是热的，银杯座放在她面前，但是她没在喝茶，也没让我喝。她穿得很奇怪，戴着一顶贝雷帽，上面还蒙着一条乡下人戴的大围巾，穿着一件补着整齐大补丁的大衣，而在大衣扣襻那里却缝着新布。我刚一进去，外婆就站起来了，她手里拿着一个大袋子。她把它翻过来，摇了摇头说：

“不行，这个太大了。”

于是，大袋子自己变小了。袋子的这种变化没有引起我的任何惊讶，若想让一切变成该变的样子，只要一句话就够了。外婆开始往这个变小了的袋子里装餐具，挑剔地审视着每一件东西。三个勺子，三个杯子，三个盘子。小锅、平底锅和给小孩煮粥用的长把锅。之后，又把盐和米装了进去。

她的面孔严肃而又忧郁。之后，她端起杯座，从里面拿出杯子，把茶水倒进了水池。新泡的茶，香味浓郁。后来她解开大衣，从领子上摘下镶着祖母绿宝石的箭形金胸针，放在杯座里，把它们也一起放在了袋子里。她仿佛想对我说点儿什么。但是，她什么都没说出来，只是给我指了指那个塞得满满的袋子。

我给瓦西莉萨讲了这件事。瓦西莉萨画了个十字，频频点头，她说：

“哎呀，叶莲娜，我们会被带走的。会被带走的。”

但是，我们没被带走。三个月后，工厂开始撤退的时候，我想起了这件事。还想起了袋子，想起了胸针。瓦西莉萨的所有东西都已经收拾好了。她知道什么是最最需要的东西。只是我不明白，为什么外婆认为必须出现在我面前，而不是瓦西莉萨面前呢？瓦西莉萨的领悟力比我强许多，经验也比我多，虽然瓦西莉萨那时从来都没给我讲过她自己那神秘英勇、令人不可置信的生活。

安东相信不会让他上前线。他是设计师，几乎所有的设计师都得到了保护。但是，因为混乱和无知，就单单让他入了伍，而那些没他懂得多的人，却留在了工厂里。可能，这和他不合群的性格有关。他和谁都不交往，谁都不信任。必须承认，你们之间没有一点共同之处。

我们没来得及好好告别，因为工厂里是一片可怕的惊慌。还是在六月底就传闻工厂要撤退，必须得把一部分眼前的工作存入档案，整个部门都摆满了各种纸张和绘图纸，而工作人员已经少了一半，一切都底朝天，混乱得让人感到毫无希望。除此之外，你还在生病，塔涅奇卡，瓦西莉萨一天两次把你抱到门口。我出来给你喂奶，而奶水很少，我焦急，我担心奶水会彻底没有了。

就这样，在孩子生病的忙乱中，我和安东分别了，集合地点不知道为什么设在了梅特纳亚街，他不让我去送他，瓦西莉萨去了。等他走了之后我才清楚地知道发生了什么事情。

你哭了一整夜之后沉入梦乡，我倒在一旁。那时天气很热。我们的房子就在屋檐底下，夏天在里面待着简直让人无法忍受。而那里原本就很热，另外我又梦见了炎热。

大地，又不像是大地，而是某种完全不熟悉的东西。发红的干燥土壤布满石块，灰尘飞舞。生长着一些奇怪的植物，样子像仙人掌，但是高大如树。上面的刺似乎是用蓝色的铁做的，非常尖锐，而且还是活动的。树用这些刺呼吸，它们有时伸出来，有时又缩回去，就像猫睡觉时的爪子。在前方，在这些扎人的树中间，安东·伊万诺维奇在艰难地前行，头也不回。他穿着军装，但是，这身军装是裹着绑腿的老式驼鹿皮裤子，短短的制服，安东·伊万诺维奇本人则又高又瘦，像个小男孩。如果你们身上有什么共同之处的话，那就是体形。腰身狭窄，脖子和下巴向上伸。是的，看来就是这些。以前从未想到过这一点。

就这样，他正要离开，我急忙去追他，并感到奇怪他为什么不停下来等等我呢。而且那些仙人掌，虽然原地不动，就像植物原本的样子，但是，无论我怎样努力离它们远一些，它们都能用自己的爪子抓住我……我们之间的距离越来越大，虽然我走得快，而他走得慢。然而，不能喊叫，我不知道为什么，但我只是知道，无论怎样都不能喊，这是被禁止的。他越走越远，在最后那一刻，我所看见的他已经不是步兵而是骑兵了。他非常灵巧地在树与树之间跳跃，直到彻底消失。那时，仙人掌似乎允许我回去了，收起了自己的铁爪，变得越来越小，和常见的仙人掌大小差不多，就像养在窗台上的那些芦荟，大地不再是红色的了，小草是普普通通的，只不过非常轻盈柔软……

有时候，瓦西莉萨很会解梦。而这一次，她什么都没说，只有一句话：

“每个人都在走他注定要走的路……”

但是，这一次，不用她解梦我也知道。当然，首先想起的是他在战斗中牺牲了。为什么会有黑色的制服，仙人掌，刺……为什么不能喊呢？最重要的问题包含其中。最令人吃惊的是，最后一切都水落石出了。我完全相信，展示在我眼前的东西既不偶然，也不多余。

但是，令人不解的事情非常多。就是这样，所有人再清楚不过了，生活合理地、不可扭转地分为过去、现在和将来三部分，我们所有的感觉和所有的思维都已经对此感到非常适应。就连我们的语言及语法也遵循着这样的划分。但是与此同时，令人十分惊讶的是，当前的每一瞬间都是一个统一体，可当两个人站在一起，即便在同一个房间里，他们中的任何一个人都有不同的过去和未来，在其中一个人离开房间之后，他们的过去和未来还是不同的，而在这一致的瞬间里，他们的现在却是共同的。这样的瞬间十分罕见。它们能让人深深铭记。当你回想起它们，它们仿佛就会重新浮现，但是，这里有的是某种新的语法，某种在我们的语言中不存在的语法，解释起来是如此之难。我无法解释……

我看见了很多我既不明白也无法解释的东西。比如，还是在西伯利亚的时候，我做完那个手术后住在医院里，我甚至不知道我是否活着，我的意识在某个地方漂游，在某个潮湿的地方，但不是在水里。然后有人把我从那里拉出来，于是我就躺在了刷成白色的铁床上，巴·阿也出现了。一切立刻变得明显了，我刚刚在其中游泳的那一汪水就是过去，而这个额头滚圆、眼睛分得很开的秃顶男人，我一直都认识。既是在过去，也是在将来。但是，他本身却属于现在。就连此刻，当我想起这些，我比任何时候都能更加强烈地感受到位于此刻的自己。因为在巴·阿的身上，有一种善于身处现在时的特殊力量。

但是，现在我们正在经受怎样的不协调啊！许多东西不知不觉地溜走了，根本没留下痕迹，溜走了，就像从来都没存在过，而另外一些东西则在缓慢、清晰、意味深长地移动，就像人们坚持不懈地让一个坏学生把一切都一字不差地背诵下来一样。我最近时常感到害怕，我可能会把最重要的事情忘掉。现在我正在写着一些混乱的话语，我十分清楚地知道，无论怎样我都会忘记的，而重要的是，我将要写下来的，只是我所见所感的那一切的影子。

可以归入那个最重要的，但无论如何都不属于现在的范畴的，还有我的感受，抑或是我的梦境？或者是我假定地称之为第三种状态的东西？大水。我这样称呼它，必须用某些词汇来表示这种状态或事件，它们几乎无法区分。巴·阿毕竟还没出现，那是在他之前的事。总的说来，在他出现之前，我去过很多地方，其中就包括大水。但是，那时的我和现在还有些不同，那时的我很模糊，很瘦小，像个小孩，像个还没长大的人。似乎，眼睛还看不见东西。因为，当时的生活没有在记忆中留下任何图像。那里没有任何坚硬、突兀、有棱角的东西，只有潮湿的东西，糊在身上的，流淌着的东西。我感到我自己与其说是坚硬的躯体，还不如说是一团湿物。但是，不是四处蔓延的潮湿，而是一块集中的潮湿，就像浓汤里没化开的一团面粉，或是岸边泡沫中的水母。我在这种眼盲之中得到的印象是非常丰富的，但是它们全部都铺散在我界限还不完全分明的世界里，我躯体的表面，而我的本身则藏在中间，埋得很深。这些印象接近食物给人留下的印象，好吃的，不好吃的，软和的，粗糙的，浓的，黏的，有时是甜的，还有如此辛辣的，辣得直哆嗦、直发冷，还有不太甜的，特别甜的，甜得让你无法放手，它似乎把我整个人都吸吮了进去，带我到某个地方。有各种各样的运动，类似游泳，但是更加混乱，很费劲儿，在这种运动中，还有各种各样的水流在交汇，它们拍溅着，一会儿很轻柔，一会儿又很热烈，就像是按摩。它们在抚摩我、触碰我，让我感到痒痒，温柔地吸进去，再吐出来。

最重要的是满足感。饥饿，口渴，液体相互触碰和运动的需要。可能，这就是原始的性满足，但是，它和另一个特定的生物体无关。这是一个充满爱抚的、肥沃的环境。它是由我和他人之间的浇灌、溢出和局部的融会构成的。

一种幸福的状态。但是，有的时候，一条条由疼痛构成的又长又罕见的线卷入到这种幸福之中，它们又激发了新的运动，而新的运动促成了新的幸福。大概就是这样。

然而，在这之后，某种新的、可怕的东西来临了。如果说没有绝对的、不见天日的昏暗，那么我们也许可以说，降临的是昏暗。它大于任何一种意识，像水和空气一样能穿透一切，像自然力一样无法遏制。我颤抖的躯体中那个小小的我，由于恐惧的痛苦一直蜷缩在那里。

这不是人类的痛苦，人类的痛苦是有界限的，有开端和结束，会增长或减弱。我所体验到的痛苦不具有长度。它是绝对的，就像是几何图形的点。它整个儿地瞄向了我。童年，当我走进已故外公的住所时，曾体验过某种类似的感觉。

我体会到了一种特殊的恶心感。但是，翻腾的不是胃，不是胃里装的东西，从身体吐出来的就是我自身，它找不到出口，一阵阵痉挛使我颤抖。我那个独立、神秘、珍贵的内核，得到我的液体躯体那层外壳的保护，抵御着外界的水流、寒冷、温暖、酸涩和纠缠不休的甜蜜，我颤抖得越来越厉害，而躯体，以及它所有那些凝胶状的血管，那些敏感而柔软的、吸收浓稠的微酸液体的食道，还有那些各种各样像手指一样的突起物，它们善于分泌那些能在我肉体中重新生成的液体，这个构造复杂的身体渴望缩小，渴望离开，渴望躲开潮湿的恐惧，这种恐惧就像海洋一样遮盖着所有躯体的表面。身体仿佛知道，恐惧正在渗透全身，而不仅仅是在表面蔓延。

这两个愿望相对而行，内部饱含着恐惧的内核向外冲，而努力躲避外部恐惧的肉体则竭力要进入到内部，在那完全难以忍受的时刻，我的整个人都蜷缩了，睡着了，几乎停止了存在。

虽然痉挛和抽搐把我撕成了碎片，然而在这地狱般的疼痛中，仍有一丝快感。

轻微的震动，起初勉强才能感觉得到，而且它仅仅是微弱的衬托，现在变强了，变成了卷起来的贝壳的形状，开始吮吸，黑暗似乎也因此达到了自己的极限，又提高了一个刻度。那一刻，我的身体没忍受住，内部有什么东西猛力一冲，移动了，于是，我也翻了个里朝外，我马上想到，整个世界都和我一起翻了个个儿。

这很痛苦，但是让人放心。我已经参与了这种翻转，几乎就像一个产妇，身体和心理上都在帮助那个过程，无论有没有她的参与，那个过程都会发生……只是会久一些，会艰难一些。

我，就像一个产妇，为更好地生产而竭尽全力，我把自己所有抻长了的器官都隐藏起来，它们以前在水里自由地漂浮，我向外挤压着自己最隐秘的东西。我觉得，我做得不错。我的力气快要用完了，恐惧几乎退到了一旁，现在，产生了新的、我从前全然不知的一种感觉，我得快一些。在这种新的，还没完全成功的表现中，已经有钟表在嘀嗒作响了，新的一维，即时间，已经亮出了它隐在的边际。我竭尽全力地抓紧时间，于是某张看不见的薄膜破裂了，发出一阵巨大的响声。我翻了一个个儿。我冲到了外面。

幸福就是非疼痛的状态。在我感受到疼痛之前，我想象不出何为幸福。无论恐惧还是疼痛，它们各种各样的表现形式都不再存在。整个世界变成了另外的样子，但是我也变成了另外一个人。只有一少部分的我没有改变，但是这一部分非常小，勉强能支撑住自己，它全部处在融化的边缘，处在消失的边缘。

出现了一个巨大的新现象，原来习惯于在其不确定的中心周围打转的躯体，现在完全置身于内部了，而我隐秘的内脏却露在了外面，它感到了一阵微弱的电流，感到了重新形成的表皮的轻微运动。也许，我的躯体习惯了从内部世界提取所需的一切来进行建设和运动，这些东西暂时还没完全进入内部。至少，一个大的孔洞留在了表面，自动张开着。不是潮湿，也不是水，而是空气，充满了我内在的躯体，躯体有些鼓起来了，之后再次沉睡。

呼吸开始了。每一种可以想象的幸福都和疼痛一样，有一道上行的阶梯，但是，我甚至还没来得及仔细想想这个新念头，这时，我的新表皮上有某个东西裂开了，为新的孔洞裂开了，于是，我看见了亮光。是我的那个我成熟了？还是在世间发生了什么从未发生过的事情？我不知道。光亮形成了。眼睛也形成了。我合上了眼睛，因为，幸福的顶端就是疼痛。

我在为谁写这本“疯人笔记”？目的是什么？如果我自己都不完全相信自己，谁又会相信我呢？你会把所有这些都读完吗？会有人读这个吗？干吗要读呢？也许，根本就不需要写。我似乎是给自己写的，塔涅奇卡，但是，我时常会忘记，我想到什么就写什么，只是为了别让那些东西都消失得无影无踪。

昨天我下班回家，瓦西莉萨对我说，有人给你打过电话。五分钟后，我已经不记得她对我说的那个名字了。我又问了一遍。瓦西莉萨又告诉了我一次。然而今天早上，我又不记得了。不但如此，我还觉得，昨天我和某个女友通了电话，但是，我想不起来是谁了。某种奇怪的心不在焉，注意力的完全丧失。我尽量不让他人发现。我觉得，这种不幸的感觉在工作中出现得最少。工作时，我什么都不忘，什么都不会弄错。只是我无论怎样都记不住一个新来的女制图员的名字。我只好写一个小纸条放在铅笔筒里——瓦列里娅。说实话，我一下就记住了。现在，我终于想起来了，昨天是谁打的电话，是瓦莉娅，伊里亚·戈尔德伯格的妻子。她是用街头的投币电话打的，听不清楚，我没弄明白。她让巴·阿参加什么活动。而我忘了告诉他。

我觉得，巴·阿看出了我有些不对劲。有时，我会发现他用一种医学的眼光看我。扫院子的丽莎死了已经半年多了，从那一天起，我们的关系彻底破裂了。他好几次试图和我解释，我看得出，他因为我们不和而感到非常痛苦，但是，我拿自己一点办法都没有。他那次对我说的话，仍然横亘在我们中间，我不知道，我以后能不能把这些忘记。“你不是一个女人，你没有这个器官。”这是事实。但是，这话为什么如此伤人呢？

家里变得非常不好。所有人的感觉都不好。只有我们的小养女感觉非常好。她把砂糖撒在涂满黄油的白面包上。她一天能吃掉一整个面包。她的脸上带着忘我的幸福表情。但与此同时，她却在斜眼看人，满怀歉意，偷偷摸摸地。她胖了。塔涅奇卡在学习上带着她。归根结底，这简直叫人无法理解，就是因为她，我失去了巴·阿。

塔涅奇卡，我为什么要给你写这些？你才十二岁啊！但是，你会长大，会爱上某个人，那时，你就会原谅我所有这些蠢话了。

他的酒喝得很多。他身上总是散发出一股伏特加的味道，有时是刚刚喝过的味道，有时是残存的酒气。他非常阴沉，但是，我相信，问题并不在我一个人身上。

旧历新年的时候，只认旧历的瓦西莉萨摆了一桌，烤了模样难看的卷心菜馅饼，那馅饼像脚面那么厚，她还做了一份土豆香肠沙拉，用猪蹄熬了肉冻。家里一整天都飘着她煮东西的味道。她没完没了的斋月暂时结束了。晚上，巴·阿走出房门来到餐桌边，把一张报纸放到我面前。一篇文章被画上了线，是写医生凶人犯的①。我看了看那份名单，其中一半都是他的朋友。多数是犹太人。他倒了一杯伏特加，吃起了馅饼。之后，他朝塔涅奇卡挤了挤眼睛，摸了摸托玛的头，托玛整个人都容光焕发了。巴·阿进了书房……我非常想和他说说话，但是不可能。

我躺下睡觉，睡着之前我在请求，请你们告诉我，究竟发生了什么事，我们大家往后会怎么样。但是，没人对我做出任何解释。

14

从新的一年，即一九五三年一月三十号起，巴维尔·阿列克谢耶维奇又进入了一次例行的纵酒狂饮状态。但是这一次，既没有令人感到愉快的旷工，也没有别墅。他脸色阴沉，少言寡语，不接电话。每周去医院不超过三次，两点之前就回家。他总是和

① 可能指1936年的犹太医生案。高尔基死后，有人怀疑他是被主治医生害死的，随后便展开了一场针对犹太医生的迫害。

塔涅奇卡一起打发在家的时间，可塔涅奇卡现在经常和托玛在一块儿。

他们两个人，无论是巴维尔·阿列克谢耶维奇还是塔尼娅，都不好意思让托玛一个人待着，不好意思让她受委屈，只有早上很早的时候，塔尼娅才溜到父亲的书房里待上几分钟，说说悄悄话，嬉笑几声，冲着他的一只耳朵小声地嘀咕那些傻乎乎的儿时外号。

还有两个孩子经常在家里出现，那是伊里亚·约瑟福维奇·戈尔德伯格的两个儿子，根纳基和维达里，他们身体瘦削，不太匀称，头发凌乱不堪，脸上长着茂盛的粉刺，他们几乎每天都来吃午饭。是叶莲娜让他们来的，她知道他们家生活艰难，戈尔德伯格从一九四九年起就开始坐牢，瓦莉娅在一个犹太医生的实验室里工作，后来医生被捕了，瓦莉娅当天被裁了员。失业后，她生病了，现在心脏病接连不断地发作，只有在她给丈夫送东西的时候才停止。她自己也时常感到惊讶，她为什么变得如此多病。

虽然从瓦西莉萨骨节突出、充满爱心的双手中流走了上百次汇款、上百件邮包，但是，她对这种午饭时的来访并不满意。她认为，用作施舍的应该是面包和小钱，而不是老爷才吃的肉丸子。叶莲娜猜到了瓦西莉萨不满的原因，但是她没吭声。

全国各地，愤怒的公民们在举行会议，而在保健系统，这些活动举办得尤其富有灵感。所有多多少少有些知名度的人都得进行表态，并且得对犯罪分子进行痛斥。巴维尔·阿列克谢耶维奇突然觉得，所有医生都遭到了可耻的控告。他自己丝毫不怀疑医生们的无辜。巴维尔·阿列克谢耶维奇感到了最强烈的抑郁，并且一生中第一次想到了自杀。蒙森①那部写罗马史的书，裱着红色的封面，非常厚，经常放在他的案头，它内容详尽，仿佛在自言自语。在巴维尔·阿列克谢耶维奇深爱的后罗马世界里，自杀不算罪孽，而是因为无路可走迈出的勇敢一步，是为了保持荣誉和尊严。巴维尔·阿列克谢耶维奇曾经想过在自己身上实践这个诱人的想法。

和妻子的疏远无论怎样都无法弥补，而且多半是加深了，这让他感到苦恼。让心爱的女儿做一个能够推心置腹的人，她还显得太小。最为亲近的朋友几乎每个人都被抓起来了，基因学家伊里亚·戈尔德伯格，解剖学家雅科夫·沙皮罗，眼科学家彼佳·克里沃舍因……可能，只有一个例外，他就是萨沙·马克拉科夫，大学里的老同学，他早就不干实践医学这一行，去当官了，而且，他十分令人意外地变成了一个热情迫害犹太人的人。

但是，最大的意外巴维尔·阿列克谢耶维奇是在自己家里遇到的，瓦西莉萨·加甫利洛夫娜，这个最真诚、最坚定地仇恨苏

---

① 蒙森（1817—1903）：德国历史学家，主要著作为《罗马史》。

维埃政权的人，平生头一回咬住了钩，她认为存在许多秘密的敌人、狡诈的医生和犹太骗子，这个想法在她中世纪般的心灵里激起了反响。犹太人发起了革命，杀死了沙皇，摧毁了教堂，这幅总的画面形成了。这些人把耶稣钉上了十字架，你在他们身上还能指望什么呢？

瓦西莉萨感到害怕，大呼小叫，做祈祷。她从外面带回来一些非常有趣的故事，那是她在商店排队时听来的，故事的对象都是那些医生，说他们用死人的血让病人受传染，让新生儿失明，把癌细胞接种到那些呆头呆脑的俄罗斯血统的病人身上。有大批目击者和受害者。人们拒绝在犹太医生那里看病，开始了害怕受到毒害和损伤的大规模心理变态……缩减人员，清洗，规范行为……揭发地下反革命集团的丽迪亚·提莫舒克获得了列宁勋章。

这些月份中，瓦西莉萨被迫成了巴维尔·阿列克谢耶维奇唯一的交谈者，更确切地说，成了他唯一的听众。叶莲娜去上班了，孩子们上学去了。经历了早间食品抢购之后，瓦西莉萨回到家里，在厨房看见了巴维尔·阿列克谢耶维奇，他端着煮好的咖啡，正在等她。他表现得极为不敏感，对瓦西莉萨明显的漠不关心以及全然没有维持谈话的能力的模样，他完全视而不见。在她从带补丁的篮子里往外掏东西的当儿，巴维尔·阿列克谢耶维奇已经端起一杯茶或是什么更有劲儿的东西喝上了，一边喝着，一边开始了他那不慌不忙的讲座。

其实，这种讲座是给另外一类听众听的，是给更加有知识，人数更多的听众听的，但是，却没有这样的听众，总不能给学生们讲述自己的历史研究，这次研究的可不是医学问题，而是反犹太主义的历史及其宗教和经济根源。蒙森变成了第一份资料，之后，巴维尔·阿列克谢耶维奇又搜寻了优素福·弗拉维①的著作以及真正的古罗马作者的书籍，读了奥古斯丁②的书，还有一些教会圣者的书……他集中精力研究中世纪……让他惊讶的是，几乎所有的基督教文明都患有反犹太主义疾病。

瓦西莉萨脸色阴沉地用小刀刮胡萝卜皮，挑拣小米和燕麦，切着卷心菜。不能说她根本没听巴维尔·阿列克谢耶维奇说话，但是，他那精彩的讲座对于她来说就像是对牛弹琴。她只得出了一个大致的想法，那就是，巴维尔·阿列克谢耶维奇不相信犹太人的阴险恶毒，甚至相反，他还谴责那些攻击犹太人的人。巴维尔·阿列克谢耶维奇还激昂地道出了一些拉丁语或德语引文，这使瓦西莉萨陷入了更深的不安。莫非他本人就是犹太人？还是在不久以前，她还像信任上帝那样信任巴维尔·阿列克谢耶维奇，但是，在那个不幸的发现之后，在他自己亲口承认，说他全力促

---

① 优素福·弗拉维（37—100）：古犹太历史学家，著有《犹太战争》《犹太古代史》等书。

② 奥古斯丁（前354—前430）：基督教神学家，宗教活动家，西方教父学主要代表，著有《论上帝之城》《忏悔录》等书。

使国家把杀害婴儿合法化之后，她已经不知道该怎样对待他了。他不知分发了多少钱，帮助了多少人，甚至连他们的名字都不知道，可是他又把婴儿从肚子里切下来，杀害幼小的婴儿……他难道不就是反基督吗？黑与白之间的所有色调，更不用说红色和绿色了，瓦西莉萨似乎都分辨不出来，因此，她紧紧地抿着嘴唇煎洋葱，保持着百分之百不赞同的沉默。

有时候，在两个小时的独白过程中，喝完一瓶伏特加后，巴维尔·阿列克谢耶维奇发现，他亲手煮的咖啡瓦西莉萨连碰都没碰一下。

“亲爱的瓦西莉萨，您怎么没喝咖啡呀？您不是怕有毒吧？”他开玩笑道。

“那可说不准。”瓦西莉萨嘟哝了一句。

巴维尔·阿列克谢耶维奇刚要笑，但是又把自己的笑声压了回去。他的心情，就像很多酒鬼的心情一样，一刹那间就会变坏。对生活的厌恶猛然席卷了他的全身。他脸色阴沉下来，低声说了一句：

“伟大的人民，见他的鬼去吧……”

瓦西莉萨画了个十字，默念了几句自我保护的祈祷。现在，她对巴维尔·阿列克谢耶维奇产生了怀疑。

15

三月五号，斯大林时代结束了，但是，大家很长时间都没有想到这一点。清晨，收音机里广播了领袖的死讯。在这之前，他已经死了好几天了，但是，如今应该带领苏维埃轮船前进的那些人惊慌失措，他们决定先向世人通告领袖生病了。人已经不在了，但有关健康状况的那些虚假公报还在宣布病情已经恶化。他们还引用了一些医学语言和数字，对于平常人来说，这些信息本身说明不了什么，但是，“尿检正常”这样的话意味着，已经升了天的人也能解开裤子的前开门，用大拇指和食指掏出生殖器并且排出某些尿液来。即便是质量最好的液体，但它仍旧是尿！这是对个人崇拜的第一次，然而也是最致命的一次打击。新的领导者们也需要时间来适应一个想法，那就是，就连最不朽的人最终也会死去。

全国人民反响强烈，有些人哭号，昏厥，因为休克性心肌梗死而倒下。另外一些人轻松地叹了口气，暗自高兴，在心底里欢呼。但是，就连已故领袖的秘密医生——公开的医生他早就没有了——也变得不知所措，没有他可怎么生活呀？

巴维尔·阿列克谢耶维奇家里产生了一连串可能的反应。在亲生母亲的葬礼上因为一本正经的冷漠而使所有人感到惊讶的托玛，这一次因为悲伤哭得完全背过气去。整整两天她都在大声哭泣，只是在睡觉和吃饭的时候才停止片刻。她的那份面包，简直就像圣经里说的一模一样，也被沉默的泪水打湿了。

塔尼娅感到了强烈的不安和尴尬，在内心深处，她没找到任何能与托玛喷涌而出的热烈感情相比拟的东西。她为自己的冷漠感到羞愧，于是尽可能借用了托玛的悲痛。那个孩子哭得如此甜蜜、如此忘我，让塔尼娅因为心疼她，借花献佛，也成功地掉下了几小滴眼泪。

巴维尔·阿列克谢耶维奇感到无比轻松，形势将会发生变化，立刻就会发生变化。在他看来，那场荒唐的医生案件如今该结束了。他预计到会有松动，甚至从写字台里掏出了已经压扁了的公文夹，那上面写着粗大的蓝字：规划。

然而，对政权早就恨之入骨的瓦西莉萨，在宣布斯大林死讯那天幸灾乐祸，第二天却突然变得脸色灰暗，发起呆来，她一边不停地摇晃裹着黑头巾的脑袋，一边反复说：

“现在会发生什么事儿呢？”

巴维尔·阿列克谢耶维奇看出了她的慌乱，笑着说：

“我们会靠上帝的帮助活下去的！”

叶莲娜听见巴维尔·阿列克谢耶维奇说的话以后，笑了。她觉得非常好笑，不信神的巴维尔·阿列克谢耶维奇竟对瓦西莉萨提起了上帝的帮助。

“等事态稍稍平静一些，我再试着找找自己的亲人。”叶莲娜打定了主意。

她父母的命运从一九三八年起就笼罩着一层穿不透的迷雾。剥夺通信权的十年早已结束，但是，她早在一九四九年就寄出的那封查询信得到的答复却是她没有权利查询，因为她和父母甚至连亲属关系都没有。外婆因形势所迫收养了她，使她免遭肃反的迫害，然而现在，她却没法查询消失在阿尔泰山的亲生父母亲命运的权利，她失去了调查权。

“现在会更糟，会更糟的。”瓦西莉萨嘟囔道。

叶莲娜十分安静，就像往常一样，她只是摇了摇头：

“不会更糟了，不会的。”

在全民哀悼的日子里学习和工作是一种亵渎行为。职工们被召集到单位开群众大会。高级领导，级别稍微低一些的和那些完全不起眼的领导，甚至那些普通苏联人都在进行一些断断续续的悲伤发言，内容参差不齐，他们淌眼泪、发唁电，写的是那个最崇高的地址——莫斯科，克里姆林宫……之后，他们脸色阴沉地在一起喝茶，抽烟，直到迷糊起来，然后重新说着同样的话，拙劣而真诚，然后再哭，只不过不是在讲台上，而是在吸烟室里……一些特别善于思考的人则羞愧地将视线移开，他们心里没有同情，而泪囊里没有眼泪。

孩子们被召集到了学校，但是没上课，取而代之的是某种繁重的、神经紧张的无所事事。大家朗诵一些关于斯大林的诗歌，听黑色喇叭播放贝多芬音乐……塔尼娅清晰地记住了这些有气无力、慢慢腾腾的时刻，它们充满了令人窒息的感觉，学校里常见的那种无聊变成了地狱般的忧伤。在缠绕着冬青树花环和人造花的石膏胸像旁边，哭得筋疲力尽的女少先队员们站成了仪仗队队形，她们也像是石膏做的，就和那位死去的领袖一样。瘦小的索尼雅·卡皮托诺娃，在不久前的叠罗汉体操表演中站在最高一层，她站在最下面一层女同学摇摇晃晃的肩膀上，从人梯最上层喊了一句："感谢斯大林同志给了我们幸福的童年！"此时，她昏倒在胸像旁边，鬓角磕在了敦实的底座上。

威武雄壮的体育老师，几乎是唯一的男老师，把她抱到了医务室，高年级女生们难以掩饰她们的忌妒。女老师们跑去叫来了急救车，一群因为突发事件而激动不已的女孩子们在医务室门口挤来挤去，而塔尼娅站在厕所的更衣室窗前，看着窗外的雪雾，又一次对自己的硬心肠感到了忧伤。

大家已经知道了，全民告别明天十二点开始，在工会大楼的圆柱大厅。女校长说要组织大家一起去，但不是第一天就去。女孩子们担心是在骗她们，也许不会带她们去的。托玛十分坚决地要提前看到一切，要自己去，为了提前排上队，一大早就去。不知道为什么，她认定学校只让高年级学生和优等生去。

托玛学习很差，虽然和塔尼娅在一起有了起色，但是，她就连日常的理解力都没有。

托玛在厕所里找到了塔尼娅，伸长脖子，贴着她耳朵小声说：

“娜杰日塔·伊万诺夫娜说，明天大家都去圆柱大厅告别。棺材在那儿，谁想去看就去。我们去吗？”

“不会放我们进去的。”塔尼娅摇了摇头，“爸爸肯定不让去。”

“那我们不告诉他。就假装去学校，不说出来……”

塔尼娅犹豫了起来，这是一个诱人的建议。她非常想去看看死去的斯大林。除此之外，她还想起来，人们没让她参加托玛妈妈的葬礼。另一方面，她还没学会骗家里人。

两个女孩一道从学校走出来。在快到家的最后一个转弯处，托玛停下了，就像一只倔强的小山羊一样，她坚定地宣布：

“好吧，你随便，我现在就去圆柱大厅，去把一切打听清楚……”

托玛独自做出了决定，这在她们差不多整整一年的共同生活中还是第一次。通常，她在所有方面都服从塔尼娅。塔尼娅犹豫地在原地跺了跺脚，然后，她们就各走各的了。塔尼娅拐弯回家了，像平常那样，走向诺沃斯洛勃茨基大街，而托玛沿着卡里亚耶夫大街向前，朝市中心走去。

只有瓦西莉萨一个人在家，她也没问托玛去哪里了。托玛快六点才回来。她的缺席没人发现。睡觉前，两个女孩子说了很长时间悄悄话。由于自己的参观，托玛知道了大多数莫斯科人还不知道的事情：市中心被包围了，卡车和军人把所有通道都拦住了，从晚上起，人们就开始准备去圆柱大厅了。

塔尼娅睡得不好，没完没了地做梦，她总想从梦中醒来，但是她又做不到。在梦里，一种沉重的责任感占据了她，一个模糊的念头若隐若现，那就是，如果她醒过来，那么她将逃避掉一个重要的任务……这个任务是把某种重要的东西带到某处。这个重要的东西具体是什么，她已经不记得了，但是东西不大，拳头般大小，完全难以辨认，而且还看不见。可怜的塔尼娅一整夜都在爬一些空荡荡的楼梯，寻找过道和电梯。她得找到一个地址，但是，不光看不见门牌号，就连有可能写着这些门牌号的门都看不见。另外，她还非常着急，因为梦境强加给她的那些条件，就是她必须把东西送到地方。但是，所有迎面碰上的人，不是害怕她，就是使她讨厌，谁也不想和她说话。

托玛很早就叫醒了塔尼娅。她总是像农民一样容易醒来。两个女孩钻进厨房。瓦西莉萨还没从储藏室里出来。也就是说，还没到六点半。

这是一次密谋、逃跑和旷课，除此之外，还是一次游览。塔尼娅做了一些夹肉面包，包在一张妈妈画图用过的蓝图纸里，她们总是用这些纸包东西。去较远的地方玩时，父亲一般都带一个暖壶，但是塔尼娅不知道它放在哪儿。托玛把茶水烧开了，她们一人喝了一杯昨天晚上泡剩下的茶。塔尼娅侧耳倾听，储藏室里面还有嘟囔声，但是得快一些了。瓦西莉萨七点之前会结束自己的例行公事。

“你来写一个字条。”塔尼娅一边递给托玛一小块纸，一边带着一种隐含的命令口吻对她说道。

“写什么呢?”托玛问。

“写咱们今天得早点儿去学校。”

“你自己写吧，你写得好一些。”托玛苦苦哀求道。

“如果我写，他们马上就能猜到我在撒谎。”塔尼娅往托玛手里塞了一支铅笔，“你写吧，你写。”

她们穿好了毛皮大衣。托玛穿的是一件新的，不久前专门给她买的。塔尼娅是一件旧的，接了一截儿颜色不同的羊剪绒。托玛把脚伸进带套鞋的棉靴子里。塔尼娅系好镶着卷边的高鞠皮鞋。骄傲的红皮鞋，它们是在不对外的鞋店里定做的。谁也没有这样的鞋子。巴维尔·阿列克谢耶维奇看见了新置的鞋子后，不太满意，因为样子不漂亮。但是在那一天，所有的琐事都是有意义的，甚至包括这双虚荣的皮鞋。

五分钟以后，她们下楼了，提前把夹肉面包放在毛皮大衣的口袋里，又把两个书包藏在暖气后面，她们去了诺沃斯洛勃茨基地铁站。但是，她们只坐到了白俄罗斯站。去市中心的换乘站关闭了，她们从地铁站出来的时候发现，高尔基大街被拦了起来。她们看见无数面红黑相间的旗子，让能干的托玛感到惊讶的是，人们到底什么时候缝制了这么多面旗子。之后，她们步行返回诺沃斯洛勃茨基路，又沿着卡里亚耶夫路去了契诃夫路。

越接近普希金广场，人就越多，虽然没有车辆行驶，人们直接走在车行道上，在普希金广场旁边还是堵塞了，一些卡车和一圈军人把到高尔基大街的路口挡住了。托玛很了解这个城市，她拽着塔尼娅向左边的某个地方走，她们来到了普希金大街，走在沉默不语的熙熙攘攘的人群中间。

在习惯于排队的城市里，无论什么时候，都没人见过这么长的队伍。它暂时还保持着队伍的轮廓和特征，人们移动着，慢慢向前走，晃动着，争吵着，散发着臭味，似乎还在执行着自己的任务，即按顺序，公平地分给每个人一块他们所渴望的东西，此刻，分给他们的是一份景观，每一个排队的人都会在自己生命结束之前不断地讲述这件事情……但是，这个队伍有一个独特之处，它让队伍在整个苏联生活中都变得独一无二、无与伦比了。人们来到这里是出于自愿，而不是因为抢购一份面包、一块肥皂、一升柴油或是一普特小麦这样的生活急需品……他们从夜里开始排队，只是为了尽公民义务，鞠躬，集体哀悼，表达自己的痛苦……还有一种本能的、深藏的动物性的东西，类似地震的预感或远方森林火灾的味道把人们从家里赶了出来，聚拢成拥挤的一群。有些人像小塔尼娅一样，无法在内心深处感受这难以抗拒的召唤，他们留在了家里……但是，忠厚的托玛，一个属于大院子、筒子楼的人，一个多半是受盲从法则所影响的人，还是把塔尼娅带去了。

谁都没有组织过这次葬礼行军，虽然平时的所有游行都是有组织的。有一部分警察由于开进来的军队陷入了瘫痪，还有一部分因为城市领导者们各种各样相互排斥的指挥而变得不知所措了，他们无论怎样都无法应付这安静的队伍，人们缓慢地走着，一个挨一个，头也不回。

两个小女孩在人群中被挤来挤去，经过了不久前还在其中看过《天鹅湖》的剧院，而此刻，简直无法想象世界上还存在着像芭蕾舞这样迷人而又愚蠢的东西。她们钻到了斯托列什尼科夫路的街角，在拐角的一个小花店旁边被堵住了。这家半地下室花店的橱窗非常低，墙上一根粗排水管挡住了深入地下半米长的橱窗玻璃。一扇少见的铁网遮住了窗户下面的直角窗洞。缓慢而又滞重的行进似乎有些停下来了，之后突然从后面，从普希金广场，像奇异的涨潮浪一样，传来了一种声音——介乎于轰鸣和号叫之间，介乎于拖着长音的呻吟和被压抑的叫喊……

这个声音越来越近，越来越强，变成了某种和人群完全分离的东西，像风或是像雨。牵着手的两个小姑娘，互相抓得更紧了。本来要停下来的人群又挪动了，把她们径直挤到了挡着橱窗的排水管跟前。但是，走在她们前面的一个穿狐皮大衣的女人歪斜着躺倒了，她发疯似的号叫了起来。排水管似乎把她切断了。她在水管上挂了一秒钟，从后面挤过来的人把她身体的下半部踩进了窗洞，她整个身体带着重重的声响掉到了下面……当她摔下去的时候，就像她肩膀上披着的那只狐狸皮一样，她已经死掉了。

人流把两个女孩从水管旁边挤走了，之后又将她们裹挟到了马路对面，径直朝着紧密排列的卡车中的一辆去了。她们看见刚才人流把那个女人挤到排水管上了，她们知道，如果她们被挤到车帮上，那就彻底死定了。

“弯腰！”托玛大喊了一声。向下，这是唯一能做的动作。她们径直被挤到了汽车下面。在车轮中间，在七零八落的靴子中间，她们躺倒在地上——左右两边密密麻麻的大腿和衣襟把光线都挡住了。透不过气来，非常可怕。托玛哭了起来。

“别哭。”塔尼娅说。

托玛把苍白的脸转向塔尼娅：

“斯大林真可怜……”

“你这个傻瓜。”塔尼娅说，嗓音像大人一样疲惫。

她一丁点儿都不可怜斯大林。她心里觉得非常不舒服，就像做了一件蠢事一样。可能，是因为她们逃学了。她撒谎了，这让人感到多么羞耻、不快……尤其是对爸爸撒谎……家里人可能已经知道了她们没去上学，瓦西莉萨等着她们吃午饭，而且她还会为她们的不归感到奇怪。

她们在卡车下面躺了很长时间。四周散发出一阵阵公共厕所、机油和汽油的味道。在某个时刻，由鞋子、破烂的裤子和大衣衣襟组成的森林抖动了一下，移动了，似乎变得稀疏了。

“我们试试看能不能出去。”塔尼娅把托玛从卡车底下拽了出来。

这时，出现了一丝光亮，她们从自己的掩蔽所里爬到了外面。她们在卡车下躺着的时候，疏忽了在人群中是很容易走失的。她们彼此牵着的手抓得不那么紧，手和手松开了，她们立刻被挤散了……她们绝望地大叫，但是，还能听见彼此的声音，她们就像河流中的两片木板一样，已经漂了起来，漂向了难以预知的什么地方……

她们彼此走失之后，很害怕，但这种平常的感觉很快变成了惊恐失措。托玛被挤得转过了身，被人流推到了一幢房子的墙壁前面，房子的一楼是毛皮寄卖商店的橱窗，橱窗已经被一些木板堵住了。面朝大街的双层正门也用木板从里向外地钉死了。下面，在托玛齐胸口高的地方，木头门的一部分被凿开了，木板倒了。托玛被挤到这些木板旁边的时候，她用肩膀顶住了其中的一块，木板倒了，托玛于是栽到两扇门之间那个阴暗的空隙里，她就像跌进了一个柜子里。她蹲下了，平静了下来。

托玛不记得她是坐了几分钟还是几个小时，她蜷起身子，透过木板之间宽阔的缝隙，仔细盯着缓缓交错而过的一双双脚，还有一双双踩脏了的鞋子……她突然看见了她熟悉的那只红皮鞋。她一跃而起。她扒开木板，抓住了毛茸茸的卷边上的那条腿，用尽全力喊道：

“塔尼娅！塔涅奇卡！”

塔尼娅以为一只狗咬住了她的腿。

“这里怎么会有狗呢？”她脑袋里刚刚闪过这个念头，托玛的声音就传到了她耳边：

“塔涅奇卡！到这儿来，到下面来！”

托玛没松开塔尼娅的腿，她把她瘦弱的身体全部抵在那扇脱落的木板上，木板听话地移开了，塔尼娅蹲下来，挤进了两扇门之间的狭窄的缝隙里。这个向下的、贴近地面的动作，在那天害死了许多人，然而却救了这两个小姑娘。

她们猛地扑向对方，就像两个分离的恋人，她们抱在一起，一动不动。就在这一刻，她们成了姐妹。从前的一切都保存了下来，塔尼娅无可非议的优越感和宽容的保护，托玛低声下气的尊敬，小心翼翼的感激，内心里巴结讨好的依赖感，但是她们由于环境所迫而形成的姐妹关系，在此之前令人怀疑的甚至是假装的关系，现在却变得真实了。在离拥挤的人群、离死亡本身十厘米远的地方，她们在大门里长达几个小时地拥抱，她们终生记得这一刻，从那时起，死亡对于她们两个人来说，就是一个拥挤的、黑暗的、散发着臭味的地方，在那里，不幸的囚徒们挤在一起，一个压一个，根本分辨不出来哪里是脸，哪里是四肢，哪里是人本身……

突然，托玛大喊了起来：

“塔尼娅，我们的书包还在楼道的暖气后面放着呢！”

“夹肉面包，还有夹肉面包！”塔尼娅想了起来，她从口袋里掏出已经压得不成样子的夹肉面包。

她们大声笑了起来，也不知道为什么要笑。那多半是因为她们受尽折磨的幼小心灵需要这样做……

与此同时，瓦西莉萨·加甫利洛夫娜却沿着纵横交错、漆黑一片的院子疾走，恳求似的哭号着：

“塔尼娅！托玛！回家吧！”

叶莲娜·格奥尔吉耶夫娜站在走廊里，守着挂在墙上的电话，她用僵硬的手指拨着黑色的拨号盘，到处都占线，警察局，停尸房，急救站……巴维尔·阿列克谢耶维奇三点多钟就去找这两个女孩，现在连他自己也不见了。他往自己的大衣口袋里塞了一只装满稀释酒精的军用水壶。在通往市中心的各条马路上徘徊，到处撞上军队和警察的阻挡，他想不通，葬礼的组织者居然在首都中心把穿插着许多街道、胡同、穿堂院甚至还有一条地铁线的霍登广场给封闭了起来。他在被封锁的人群中，找不到哪怕能渗出一丝水流的地方，更不用说找到两个孩子。他毫不怀疑，她们两个是从家里偷偷溜出去参加葬礼了。

他站在卡里亚耶夫街和武器街交叉的地方，靠在了牛奶商店的墙上。在水壶底，他记得，还有一点儿酒，他把这最后一小口倒了出来，把空水壶塞回口袋，就在这时，他觉得有人在拽他的袖子。一个长着一双诡计多端的圆眼睛的小男孩，正仰视他的眼睛：

“叔叔，想不想让我带你去?”

“去哪儿?”巴维尔·阿列克谢耶维奇一下子没能明白。

“我知道一个通道。”小男孩往马车街那边做了一个不太明确的手势。

巴维尔·阿列克谢耶维奇摆了摆手，走到一边去了。心情无比阴沉。在白俄罗斯火车站，他看见了一大串急救车……它们卡在了卡车的封锁之中。

“大屠杀，大屠杀。”巴维尔·阿列克谢耶维奇突然自言自语道。但是，他还不知道，此刻他是多么正确。

16

送到老广场高层党领导办公室的那份神奇标本的命运，巴维尔·阿列克谢耶维奇最终也没能得知。那个小心翼翼的官员和这个疯狂的医生以及他令人触目惊心的标本打过交道后，虽然印象极其深刻，但是，他最终还是没向政治局上报内容如此微妙的问题。

包在纸里的玻璃瓶在一个大柜子的最底层放了好几年，后来，在一年一度的五一节前，人们发动了热火朝天的例行大扫除，一个保洁女工把玻璃瓶扔到了地下室的垃圾箱里。

奇怪的是，那张肥皂脸其实很敏感，领袖去世几个月后，允许人工流产的规划得到了审阅和讨论。建国后的三十五年里，新政权杀害了成千上万的公民，现在它终于允许妇女们决定那些无名生命的命运了，并没有人渴望这些生命，但是它们却在腹内生了根。几个近乎神圣的名字签署了之后，最高层的阀门打开了，他们向各个医疗机构分发了相应的通报信，告知允许人工中止妊娠。

那个党内的前高层领导，最后一次泰然自若地进行了自我升华，高度无人能及。他很快就去世了，死之前，他始终认为自己是人类的慈善家，而巴维尔·阿列克谢耶维奇本人最终也没能知道，他带到老广场去的那个幸灾乐祸的玻璃瓶究竟起了什么作用。

男欢女爱的不幸牺牲品的命运，始终让巴维尔·阿列克谢耶维奇感到不安，他像从前一样，在所有保护妇女儿童权利的学术研讨会上发言。他并不认为他已经取得了胜利，在他看来，产院和儿童机构的状况十分危急。他重拾他的主要规划，绝望地去说服国家领导者们，想让他们重新审查保健部门的资助原则，他慷慨激昂地发言，谈到了保护居住环境问题，谈到了导致未来一代人健康恶化的诸多因素。那时，生态学这个词还没人使用。

五十年代中期，学术兴趣把巴维尔·阿列克谢耶维奇带到了一个意想不到的领域。在研究女性不孕症的时候，巴维尔·阿列克谢耶维奇发现，在一个月的周期内包含了一些他从前并不清楚的阶段。他专注地观察那些在多年不孕后生了孩子的女性。他把她们的孩子叫作亚伯拉罕①之子，而对那些在多年的无子女婚姻之后初次怀孕生孩子的女人，他则要进行细致的观察和询问。

与此同时，他阅读了著名的奇热夫斯基②的成果，开始研究宇宙自然周期和生物节律。从胚胎学的研究中得知，胚胎的细胞分裂运行得确实像钟表一样准确。人在一昼夜期间的活跃时间不同，女性身体中的一些过程有快慢之分，将二者进行对比后，他在理论上进行了论述，并且得出了一个结论，那就是有一定比例的女性在夜间不能怀孕。

在他的推断中有很多直觉的、在现代科学水平上经不起推敲的东西，然而它们依据的却是一个猜想，即卵子恰好是在人体异常短暂的活跃期内生成的。

一九五三年末，一对夫妇找巴维尔·阿列克谢耶维奇看病，

---

① 亚伯拉罕，基督教《圣经》故事中犹太人的始祖。

② 奇热夫斯基（1897—1964），俄罗斯生物学家，他阐明了太阳活动周期与生物圈许多现象间的关系。

他们模样漂亮，虽然已经不太年轻了。这对夫妇是卡拉巴赫地区[1]的阿塞拜疆人。男的是画家，他来自一个有名的地毯商人家庭，脸色黝黑，头发灰白，身材细长。妻子就像是他小一号的复制品，同样身材细长，脸上也同是波斯人模样。粉红色的丝绸裙，迷人的绿头巾，古老的暗色银子做的装饰品。

他们的化验结果完全正常。两个身体健康的人，结婚二十年了，甚至连一个小姑娘都没生过。这是妻子的痛苦和耻辱。

巴维尔·阿列克谢耶维奇盯着他们看，时间长得简直到了不礼貌的地步，他一直在认真地倾听，他内心那位神秘的顾问固执己见。

“你在正午的时候和妻子睡觉，”巴维尔·阿列克谢耶维奇声音严厉地说，“一年以后你们再来。”

这对夫妇又来了，不是一年之后，而是一年半之后。他们还带来了美妙的肚子，紧绷绷的，高耸着，里面有一个漂亮的小姑娘，是巴维尔·阿列克谢耶维奇亲自给她接生的，之后，过了两年左右，他又接生了一个男孩。

阿塞拜疆、亚美尼亚、中亚——第一批病人都是从这些地区来的。之后，又来了一些俄罗斯人。他们之中大概有一半人不抱希望，看到这样的人之后，巴维尔·阿列克谢耶维奇总是说，他

---

① 卡拉巴赫地区，位于高加索，在阿塞拜疆境内。

帮不上任何忙。有几对夫妇，他建议他们去东部地区过上几年，去新西伯利亚，甚至是去哈巴罗夫斯克，这是他有关自然节律和时区的一些想法的继续和发展。如今，他办公室的桌子上铺满了一些谁都看不懂的图表，它们更像算命的扑克牌，而不是分析表格。

亚伯拉罕之子一直在出世。每出生一个孩子，巴维尔·阿列克谢耶维奇都要在内心深处对自己说，如今是我生下了你。中午时分的孩子，日出时分的孩子，日落时分的孩子……昂贵的礼物塞满了他讲究规矩的家。贵重的地毯、中国花瓶和法国青铜器……他从来都不收费，但是也不拒绝病人带来的东西。自古以来，医师和神父都以实物形式为自己提供的服务收取报酬。他的病人们一般都是些经济状况良好的人，对于完整的幸福而言，他们缺少的就是一个孩子。穷人们或者很少有没孩子的，或者不去看医生。

医学书籍，无论是西方最现代的还是古典的，他都不感兴趣，他在历史和外语图书馆里度过了很多时光，读一些中世纪的论文，古希腊罗马的罕见资料，翻译过来的古代术士写的书。他在这些巫术一样意义隐讳的句子中寻找着什么。受孕的秘密，这就是让他着迷的东西。这是他唯一的兴趣。

而他自己的妻子，却在一天之内的所有时间都把卧室的门严严实实地关起来，不放他进去。他早已不再尝试去恢复他们中断已久的夫妻关系了。遭受了令人刻骨铭心的侮辱之后，叶莲娜似乎不再觉得自己是一个女人。而她刚过四十岁，她的美貌随着岁月的增长变得更加富有表现力。似乎一个更加严谨、更加富有经验的画家把她的面孔重新描绘了一番。嘴唇和脸颊上那种当妈妈的人才有的微微肿胀不见了。眼里现出了新表情——紧张的注意力，不是表面的紧张，而是内心深处的。有时候巴维尔·阿列克谢耶维奇觉得，即使是在回答他偶尔提出的问题时，叶莲娜都在想着其他什么事情。

尽管如此，这对夫妇的关系还不能算作糟糕，他们就像以前一样，相互猜测着对方的愿望，有时还会研究彼此的想法，只不过，他们尽量不让目光相遇。她看他的脖子，而他看她的鼻梁。

17

塔尼娅让父母感到欣慰。巴维尔·阿列克谢耶维奇喜爱女儿，娇宠她，以此来表达对妻子深藏的爱恋。叶莲娜感觉到了这一点，非常感激他，但是，是以一种非常奇怪的方式，她非常用心、非常努力地与托玛交往，以此作为对他的回报。大家遵守着某种情感的平衡，而瓦西莉萨保持着总体上的严格公正，她给每个盘子放上等量的食物。这早就已经没有意义了，食品非常丰富，除了瓦西莉萨，所有人都忘记了食品配给、供应券和凭票供应商店这些东西。

塔尼娅出落成了一个漂亮的姑娘，非常活泼，她善于学习各种事物，音乐、绘画、科学……

学校里的学习已经接近九年级的尾声，该是选择职业的时候了，但是塔尼娅一直左右摇摆不定。托玛在家里出现之前，她准备上音乐学校，但是，托玛刚在她们家住下来，塔尼娅就放弃了音乐，这使巴维尔·阿列克谢耶维奇十分伤心。仔细看着女儿苗条的脊背，看着毛衣下面纤细的肩胛骨在专门为她买的新乐器面前晃动，没有什么能比这一时刻更让他在家里感到愉快了。巴维尔·阿列克谢耶维奇一直想猜出来，塔尼娅为什么斩钉截铁地拒绝去音乐学校，但是，塔尼娅不说话，后来，她搂着他的脖子，对着他的耳朵小声嘀咕，说了些大耳朵小象之类的话，哈哈笑着，尖声尖气地打岔，却没有一句明白话。

过了很长时间之后，巴维尔·阿列克谢耶维奇和叶莲娜两人都明白了塔尼娅是怎么回事。她显然觉得她的音乐成绩会让托玛感到难受，从出生起，除了喇叭里传来的音乐，托玛什么都没听过。

父亲的藏书越来越吸引塔尼娅。巴维尔·阿列克谢耶维奇每天都要工作很长时间，在医院里耽搁到很晚，回到家里，和沉默的瓦西莉萨或是矜持的叶莲娜一起迅速吃完晚饭后，他会越来越经常地在自己的书房里看到塔尼娅，她在两块方格毛毯、几个沙发靠枕搭成的小窝里躺着，怀抱小猫，手捧着一本书。在塔尼娅旁边，托玛十分别扭地坐在椅子一角，还像十二岁时那么小，只是变胖了。她用保加利亚的双十字针法，一只枕头接一只枕头地绣花，她在绣花框里绣一朵肥硕的丁香花，或是一只装满夸张水果的篮子。早已淡忘的，并且似乎已经消除了的饥饿，在她身上唤起了对绣花的爱好，这对穷人来说可是一种奢侈的享受。

两个女孩都非常依恋对方，在这种依恋之中也存在着一种相互的惊讶。塔尼娅无论怎样都不明白，在一块硬布上穿针引线有什么乐趣，托玛也同样想不清楚，怎么可能坐上半天埋头读一本那么无聊的书。

巴维尔·阿列克谢耶维奇观察着这两个如此不同的女孩，一个是招人喜爱的塔涅奇卡，另一个是不太可爱的托莫奇卡，这个长相平平、怕见生人的孩子，由于特殊情况来到了他们家里。巴维尔·阿列克谢耶维奇完全以科学眼光观察世上的所有现象，他在这件事上也发现了伟大的自然界规律，这些自然规律可能还没有被确切地表述出来，然而却是客观存在的。

正如人类胚胎从受孕那一刻起，就按照每一分钟、每一小时的进程完成所有的发展阶段，巴维尔·阿列克谢耶维奇推断，在一个已经出生的婴儿身上，更加复杂的心理物理学功能，同样是在严格规定的时期，按照严格限定的顺序形成的。咀嚼反应不可能先于吮吸反应。然而，无论前者还是后者，都是受到外部刺激后发生的。触碰到奶头或者某个偶然的东西，哪怕是被单的一角或是自己的手指，都会激发生命最初几天中的吮吸功能，而因为出牙而变得肿胀的牙床上遇到的一块坚硬的食物，则会激发半岁大孩子的咀嚼功能。

一边观察着自己家里两个长大了的姑娘，巴维尔·阿列克谢耶维奇一边想，更高级的神经系统活动也是以同样方式获得刺激的。在一定年龄段里被激发起来的一些需求，如果没有从外部、从周围得到肯定的支持，那么它们就会变弱，可能还会消失。所以，需求总是先于必然而出现的。

"有人会指控说，这是拉马克[①]主义。"巴维尔·阿列克谢耶维奇暗自冷笑了一下。

"絮语也许诞生在嘴唇之前，没树的地方也有枯叶在飘零……"[②] 早就有人写过这两句诗了，诗歌的作者也已经在集中营里死去了，而这两句诗却最终也没能传到巴维尔·阿列克谢耶维奇的耳中。但是，没有另外一个人，能对这个诗意而又天才的观察有如此明了的理解，就像是把一个重要的思想从认知语言翻译成了抒情语言。

---

① 拉马克（1744—1829），法国博物学家，最早提出生物进化的完整学说，后被称为拉马克主义，即认为动植物种在不断演变，并且由于外界环境的影响以及所有器官内在的向完善发展的趋向，而使其机体复杂化。

② 引自曼德施塔姆的《八行诗》（1934）。

婴儿想坐起来，他对躺着感到厌倦，他翻来覆去，躁动不安。伸给他一只手指，他会抓住手指，做他渴望做的然而还不熟悉的事情。他坐了起来。他已经长大到可以走路了，这时，你们就必须给他一个迈出自己第一步的机会。否则，他就会像一个在动物中间长大的孩子，永远都学不会用双脚走路，而是像动物那样用四肢爬行。

给孩子一段音乐吧，如果他心里产生了跳舞的需要；给他一支铅笔吧，如果他想画画；给他一本书吧，如果他成熟得足以通过书籍来得到信息。如果新的能力、新的需要在内部成熟了，而时机却被错过了，世界未能呼应这些需要，这该是多么悲惨的事情啊！这时，就会出现障碍，就会出现完全的封闭。

比如托莫奇卡。母亲把裹在襁褓里的她放在床上，直到两岁，因为那个可怜的女人要去上班，没人看孩子，在受到灯火管制、疏散一空的莫斯科，连一个托儿所都没有。把托莫奇卡放到地上的时候，她已经不想走路了。她坐在角落里，在一大堆衣服上面玩耍，玩那些衣服。她在学校里，七岁的时候才见到第一本书。一切都迟了，一切都被阻碍了。可怜的女孩。

但是，托玛根本没觉得自己不幸。相反，她完全相信，她抓住了一张幸运之签。她在库科茨基家里住了一年之后，因为菲尼娅姨妈的请求，夏天去了一趟乡下，在母亲生前不止一次到菲尼娅家过夏的托玛，这一次却全身心地憎恨起了乡下生活。贫穷和肮脏使她感到可怕，最主要的是日常生活的艰难，她每天都不能像和塔尼娅住在别墅时那样歇着，而是得从早到晚地忙活，一会儿喂猪，一会儿照看菲尼娅三个月大的女儿，一会儿在冷水里洗脏衣服……她一声不吭地、不情愿地做着所有的事情，从未拒绝过菲尼娅。她两次坐公共汽车去很远的村子，去看弟弟。她觉得他们很可怕，他们完全变成了乡下人，穿着破衣服，光着脚，肮脏不堪，像老庄稼汉那样打架骂人。他们在托玛心里既没唤起同情，也没唤起怜悯。爱就更无从谈起了。

返回城里之前，托玛就已下定决心，这辈子再也不到姨妈这儿来了，她会尽一切可能，只求能永远留在库科茨基家。

托玛根本没想过，新家里的人是否喜欢她。她在家里有自己的地方，一个多半让人认为是宠物待着的地方。这一点并不让人感到委屈，在有些人家里，全部的家庭秩序都是围绕着早上要溜的狗，或者是只执着地吃一种鱼的猫来进行的。

在和塔尼娅共住的房间里，托玛有自己的床，在饭桌旁，她也有自己的位置，在塔尼娅和叶莲娜·格奥尔吉耶夫娜中间，她还有很多其他的、从前母亲活着的时候她从来都没有过的东西，比如她自己的梳子和牙刷，浴室里的毛巾，还有她以前听都没听说过的睡衣。无论出了什么事情，家人从不审问她。非常奇怪的是，家人更常审问塔尼娅，因为淘气，因为放学回来晚了，因为塔尼娅经常犯的邋遢的毛病。托玛总是替塔尼娅打掩护。有时候给她擦浴室里溅出来的水渍，或者清洗留在桌子上的茶杯，有时候，她们在学校里耽搁了，她就把迟到的原因往自己身上揽。

“瓦夏阿姨，我被留下来重新写作业，塔尼娅等我来着。”

瓦西莉萨再次给两个孩子热饭，但是已经不唠叨了。她甚至从来不多责怪托玛一句，虽然她眼睛非常尖，一下就能看穿她们编造的这些小小的谎言。

关于学习没什么可说的。塔尼娅几乎就是一个优等生。她唯一缺少的就是那种每门功课都必得五分的虚荣心。在自己家的时候，托玛就是一个坚定不移的三分学生。有些令人尴尬的是，家里人不满意塔尼娅的五分，然而若是托玛偶然得了五分，大家都兴高采烈。家里所有人都得保持礼貌，还得经常记住，平等绝对是一种理论上的东西，甚至在教育这样的实用领域，它都不可能被当成一个严肃的原则。平等的想法有些让叶莲娜感到不安，这让她敏感地想起托尔斯泰式的童年。瓦西莉萨却根本不管这些。

“塔涅奇卡要特殊对待，而托莫奇卡完全是另外一回事儿。”

因此，她直接对托玛说：

“让我来给你吹吹风，告诉你怎么腌白菜，怎么炸油饼，怎么做所有这些事，要不然等我死了，你什么都不会干。”

瓦西莉萨并不担心塔尼娅不会做这些事情，但是，她显然把托玛当成了自己的接班人，她自己耐心而又略带骄傲地履行着的这份并不明确的家庭职责以后就由托玛来继续下去了。然而，只有对托玛，瓦西莉萨才能突然谈起她自己最重要的、隐藏最深的那一段生活，谈起她自己封存在储藏室里的、巴维尔·阿列克谢耶维奇早就禁止说的那些东西。在塔尼娅很小的时候，巴维尔·阿列克谢耶维奇就不让瓦西莉萨跟孩子说一切跟上帝有关的事情。因此，瓦西莉萨把两个最基本的祈祷教给了托玛，而不是塔尼娅，她要托玛在碰到任何难题的时候都去求助圣母。

“数学上的难题也可以吗？”当瓦西莉萨告诉托玛，说圣母就是她的靠山和保护人，圣母关心所有的孤儿，这时，托莫奇卡突然没心眼地问道。

“那神圣女王塔玛拉又是什么人呢？”托玛提起了瓦西莉萨从前跟她说过的保护人，即女王塔玛拉，托玛以她的名义受了洗。

瓦西莉萨生气了，含含糊糊，然而非常确定地解释道：

“你怎么就是不明白呢，这是两回事儿。”

在库科茨基家里，托玛的一举一动和养女的做派分毫不差。她对生活中落在自己头上的运气看得很高，她害怕失去它，努力地让自己在家里的存在令人感到愉快而有用。尽管在她的举止中总是有一丝讨好，但是，她把巴维尔·阿列克谢耶维奇视若神灵，真心真意地赞赏塔涅奇卡，这些已经完全可以补偿她的讨好，只是不知道为什么，她在内心深处有些害怕叶莲娜·格奥尔吉耶夫娜。

她和瓦西莉萨的相处要更加复杂一些。一方面，瓦西莉萨也和她一样没有贵族血统，另一方面，瓦西莉萨能把托玛看透，就连她透过拴绳儿的眼镜露出的目光都令人不太愉快，就好像她知道托玛的某个秘密以及某件最令人不快的事。尽管如此，在老仆人和小养女之间有一种特别的亲近，瓦西莉萨甚至非常错误地想把托玛变成自己的接班人，不光是在锅碗瓢盆这方面，而且还在信仰方面。但是，这恰巧没能成功。如果说一开始，顺从的托玛学会了最初级的祈祷，迷迷糊糊地听完了瓦西莉萨乱七八糟的传道，那么，十五岁的时候，她就开始从瓦西莉萨身边溜走了，她可能已经明白，她并不需要瓦西莉萨的那些地下财宝，于是，她完全围着塔尼娅转，而塔尼娅则沉浸在父亲的书籍中，塔尼娅也常领她去看电影，看戏，听音乐会，这些活动并不是随随便便的，并不是为了丰富文化知识，还有一些男孩子也参加了这些活动，这使托玛感到非常不安。

她在塔尼娅身边扮演了一个不太高明的角色，但是她自己也并不需要单独的男伴，对于她来说，和那些小伙子在一起，无论去哪里，那种气氛就足以让她感到满意了。就像她曾经享用了数不清的夹着黄油和白糖的面包，享用了牙刷和睡衣，她现在也同样高兴男孩子给她们买票，领她们去小吃部，请她们喝汽水、吃馅饼。

无论和塔尼娅去哪里，托玛都是一个搭配着卖的商品，小伙子们压根没想当着托玛的面掩饰这一点，但是，她并不因此感到伤心。在他们那些人中间，她谁都不需要，但是他们却共同证明了托玛在同伴中地位不错，既然她去过大剧院，去过小剧院，还去过艺术剧院，除此之外，还有人请她吃免费点心。

小伙子们喜欢塔尼娅率真的快乐、平易近人的美貌和那一头鬈发，在他们之中，最忠诚的要算戈尔德伯格兄弟两人，一九五三年那个可怕的冬天，他们去巴维尔·阿列克谢维奇家里吃加餐，从那时起他们就迷恋上了塔尼娅。实际上，加餐从那时起就从未停止过。男孩们的母亲在伊里亚·约瑟福维奇出狱后不久就去世了，而这位老遗传学家虽然英勇地熬过了最后一次逮捕，从未在一张说假话的纸上签过自己名字，却被四十岁妻子的去世彻底击败了。

他的身体垮了，瘦得和在集中营里一样。要不是因为工作，他根本活不下来，他不知分寸地埋头苦干。他在所有文摘性的杂志中做摘要，他的文章也在那里发表过，他一直在写那部关于天才的天才著作。戈尔德伯格的家庭生活也垮了，钟点女工不断地更换，一个偷东西，一个喝酒。第三个是一个有文化的犹太女人，每周来三次，戈尔德伯格怀疑她是克格勃的密探。总而言之，在瓦丽娅去世之后，戈尔德伯格家喜爱的肉饼煎土豆，要么是肉饼做不出来，要么是被下了怀疑的毒药，这种怀疑的毒药对生命没有危险，却不利于消化。

又一次，已经数不清是第几次了，瓦西莉萨表现出了强烈的洞察力，她第一个发现塔尼娅在两兄弟间引发了激烈的竞争，而且还应该弄明白，这两个男孩子为什么不光每个星期日都来，平时也来个一两次。

戈尔德伯格兄弟长得非常像，几乎分不出来，但是，塔尼娅显然更喜欢他们当中那个学医的。每周日晚上，他们有时会从午饭一直待到晚饭，维达里是热情的医学院学生，他绘声绘色地讲述在医学院学习的复杂性和乐趣，讲述解剖学的乐趣和生理学的秘密……另一个兄弟根纳基，身体要更出众一些，他只满足于静静地观察这种生动的谈话，他一声不吭，偶尔会回答一些托玛向他提出的含含糊糊的问题，托玛相信，根纳基毫无疑问和她更合适。

九年级结束了，家里决定趁学校最后一个暑假带两个女孩去雅尔塔的疗养院度假。巴维尔·阿列克谢耶维奇一开始打算和家里人一块去，但是在最后一刻，一个体面的出差任务意外地妨碍了他，他要去瑞士开一个探讨不孕症问题的学术会议。巴维尔·阿列克谢耶维奇暗自笑了笑，正是瑞士这样一个最富有的国家才会对不孕症感兴趣，不是中国，不是亚洲，不是非洲……巴维尔·阿列克谢耶维奇同意去苏黎世，建议瓦西莉萨代替他去雅尔塔。瓦西莉萨抵挡了很长时间，甚至还因此和叶莲娜稍微吵了几句，最终她还是答应了，只不过是有条件的，她要先离开三天去办点私事。于是，她就走了。

由于她的紧急离开，所有人都没赶上疗养期的第一天，因为瓦西莉萨没在指定的日子赶回来。但是，充满赞美的感叹音符补偿了这次迟到，在黑海之滨度过的剩下的二十三天里，她不停地发出了这种赞叹。

四个去疗养的女性都是生平第一次看到大海。每个人的大海都和别人不同。瓦西莉萨验证了伟大上帝的强大和智慧。比起大海，群山给她带来了更为强烈的印象，但是，它们二者都使得瓦西莉萨在如此壮丽景观的缔造者面前感到激动。不爱哭的、干巴巴的她，现在经常用一块皱巴巴的手绢擦拭着莫名其妙的眼泪，因为不用做饭、洗衣服和收拾屋子了，她通常的活动就是兴高采烈地坐在面向群山的露台上，脑袋一动也不动，目光凝滞，仿佛在这些山的后面还有其他山，只有她一个人能看见的山。有时候，她会痴迷地发出低语，早就知道她所有祈祷仪式的叶莲娜能分辨出一些赞美诗片段，那些赞美诗中，瓦西莉萨只牢牢地记得第五十首，而其他的都是一些只言片语，但是，她善于把它们组合成一段充满灵感的表白……我升到天空，你在那里，我下到地狱，你也在那里，我抓住晚霞的翅膀，去到大海的尽头，你又住在这里……从婴孩和乳儿的口中，你赢得了赞美，上帝……慷慨仁慈的上帝，恒久忍耐，满怀慈爱的他说了一句话，唤起了狂风……

疗养院的饭菜非常丰盛，这让瓦西莉萨感到有些受了侮辱，所以稍感适应之后，她就拒绝去吃早饭和午饭，只是吃晚饭的时候才和大伙儿一块去，她坐在为她们单独留出来的桌子旁边享用着服务。女服务员给她端上吃的，问她为什么又没来吃午饭，问她用不用再给她上点别的。在感到愉快的同时，她还有些不安，因为凭着自己不太聪明然而还算敏锐的头脑，她坚信，如果有人十分富有，那么，就会有人十分贫困。尽管疗养生活十分奢侈，她信奉基督的心仍然感到了轻微的羞愧。最终，她对叶莲娜坦白道，如果在天堂里就是这样，那么她不得不请求去另外一个地方，因为这让她感到不好意思。

托玛却没有感到不好意思。她和塔尼娅像小狗一样为了太阳和大海而兴高采烈，她们什么都不想，玩水、游泳、晒太阳。不经意间人们发现，塔尼娅非常招人喜爱，所有年轻和不太年轻的男人，从市场上的小贩到隔壁疗养院休养的年轻大厨，人人都喜欢她。一家人有时会顺路到市场上买些稀罕食品，比如家制奶酪，还有高加索又黏又甜的丘奇赫拉①，或者是一束无名绿草。

晚上，女孩子们去跳舞，舞厅就在餐厅里，或者在海边。塔

① 丘奇赫拉，格鲁吉亚、阿塞拜疆等地的一种食品，用葡萄汁、胡桃和面粉等制成。

尼娅跳舞，托玛坐在墙边的一张椅子上，或者，如果没有椅子的话，就和两三个不受欢迎的姑娘站在一起。托玛去舞厅完全是因为塔尼娅，凭自己的意愿，她无论如何都不会去忍受这种令人羞愧的无聊游戏。她感到有些不解的是，聪明的塔尼娅究竟能在快速狐步舞或者慢步探戈中发现什么乐趣呢。

晚上十一点，叶莲娜·格奥尔吉耶夫娜去漆黑的舞场找她们，带她们回去睡觉。有时，塔尼娅还来得及和某个机灵的男舞伴约好见面，半夜，她爬出窗户溜走。她们一家分得了两个双人房间，女孩子们住的是没有露台的那间。

信任他人的叶莲娜对女儿的这种小伎俩似乎没有准备，因此她从来没在塔尼娅午夜冒险的时候当场抓住她。那些初吻没给塔尼娅留下任何印象，它们散发着一种特别难闻的、令人难忘的施普尔牌剃须香皂的味道，还有皮鞋油和军事行动的味道。塔尼娅会忍不住笑起来，于是那些本来就对她的美丽感到腼腆的年轻男子气恼地退缩了。总而言之，在南方旅行中，塔尼娅没获得任何浪漫的奇遇。她感觉不错，在生活中从来没这样好过。

但是，托玛却在克里米亚得到了自己持续终生的深爱。在这里，在去尼基塔植物园游览的时候，神赐降临在她身上，她爱上了植物，就像姑娘们爱上王子一样。这发生在她们克里米亚之行的最后时刻，还有两天她们就要走了。总的来看，那是一次不太顺利的游览，汽车坏在了半路，修了很长时间，之后天又变了，虽然没下雨，但是，正午的太阳却暗淡了下来，南部海岸华丽的光泽也变得模糊了。

在进植物园之前，她们等了讲解员半天，看她们迟到了，那位讲解员跑去办自己的私事了。她们站在一块发黑的铜牌旁边，铜牌上刻着：“植物园建于一八一二年某月某日，创建者斯蒂芬毕业于圣彼得堡医学院……”没有人告诉她们，这位克里斯蒂安·克里斯蒂安诺维奇·斯蒂芬并不是外人，而是尼基塔·阿甫杰耶维奇·库科茨基最亲近的朋友，他是巴维尔·阿列克谢耶维奇的直系先辈，这桩国家事业的创建要追溯至一八〇八年他们第一次结伴在高加索旅行，尼基塔·阿甫杰耶维奇多次在克里米亚探望他的朋友，他们一起在克里米亚腹地愉快地游览了多日，在塔夫里达省植物志的七千种叶子标本中，有不少是库科茨基亲手采集的……

讲解员终于来了，他身材肥胖，穿着乌克兰绣花衬衫，戴着金边眼镜，从远处看像是神态温和时候的尼基塔·赫鲁晓夫，他沿着阴凉的林荫道领她们往前走。四周很凉爽，很神秘。讲解员讲了克里米亚丰富的植物，讲了只有这里才生长的罕见而又独特的植物，还讲了一些和植物有关的古代神话。

托玛是一个城市女孩，她痛恨乡村，可以说，她是由于个人原因才敌视乡村的。童年时代在农村待过几个月后，她在那里没发现任何自然风光，一切都平平常常，贫穷得令人感到屈辱。在她的体验中，森林、田野、池塘都是和繁重的工作联系在一起的，比如她被派到林子里采摘浆果去卖，在田里帮忙收割，去池塘洗衣服。在克里米亚，在植物园里，自然风光是大公无私的，不需要她做任何力气活。甚至连大海，连那不需要任何人一桶桶从山脚下提上来的咸涩的水，也只为游泳和潜水的乐趣而存在。

托玛偷偷抚摸着灌木丛的针叶，它们闪闪发光，毛茸茸的，像一张古旧的纸一样干燥，状似松针，这样的灌木丛保护着植物园的条条小径。托玛的手指充盈着从前未曾感受过的快乐。婴儿时期，她没得到过足够的抚摸，童年时期，她不知道什么是爱抚，现在，在所有必不可少的物质条件都有了保障之后，她仍然像从前一样缺乏爱抚。如果没有这种爱抚，所有动物都会感到痛苦，都会生病，变得体弱。可能，她矮小的身材就是因为缺乏爱抚而很难长高，就像缺乏某种看不见的、特殊的维生素一样。

模样酷似赫鲁晓夫的讲解员有一副奇妙的嗓音，他所说的东西堪比真正的神话。

“这是金合欢，”他指着一株开着甜美黄色小花的树说道，“它是最高尚的树木之一。埃及女神哈特霍尔是一头伟大的金牛，她生下了太阳和星星，根据古埃及人的信仰，她还能化作一株合欢树，这是一棵生死树。金合欢是前亚细亚众多伟大生育女神中的一个，就连反对膜拜偶像的古犹太人都被金合欢迷住了，他们称它为西提姆树，并且在古代用这种树造出了保存经书的方舟。”

在以上所说的全部词语里，托玛只明白一个词——牛。其他词语她一个都不明白，但是她却感觉非常棒。仿佛，每一棵树，每一丛灌木丛，甚至最纤小的花朵，都有外语名称，都有其历史和地理，最神奇的是，它们都有为何来到这个世界上的神话。而她，塔玛拉·波洛苏辛娜，却没有诸如此类的东西，就连和松树或矢车菊比起来，她都是微不足道的……

她还产生了一种感觉——托玛的脑海里没有成型的想法，只有一些点缀着想法的感觉——她感觉到了自己和植物之间的相互同情，还感觉到了少许的平等。

“可能在这些植物中间，有一种植物和我是一模一样的。如果我看见它，我马上就能把它认出来。”托玛一边在路上触摸着杜鹃和黄杨，一边想着。

无论是在思想上，还是在感觉上，塔尼娅和托玛几乎从未一致过，如果一旦一致了，则绝对是因为托玛善于附和塔尼娅的心情。这一次，她们想的是同一件事，如果我是一株植物，那么会是哪一种呢？

口袋里的钱，塔尼娅总是大手大脚地马上就花光了，而托玛则会攒下来一点儿，在植物园出口处的售货亭里，她用这些钱买了两套明信片，上面有当地和地中海的各种植物，她还买了一本很枯燥的《克里米亚植物志》。

无论是叶莲娜·格奥尔吉耶夫娜，还是巴维尔·阿列克谢耶维奇都考虑过为托玛选择一份合适工作的问题，只有瓦西莉萨一个人认为，托玛应该确定无疑地踏着她的脚印走，这个问题在这一天得到了解决。

前面还有十年级，有整整一年可以用来详细地确定一切，准备考试。塔尼娅的目标是生物系，这让巴维尔·阿列克谢耶维奇十分惊讶，他只为女儿设想了医学这一条道路，没有其他。但是，塔尼娅嘟嘟囔囔地说了一些关于高级神经活动、意识研究之类的话，因为那时第一批美国科幻书籍已经翻译出版了，塔尼娅从戈尔德伯格家的两个热心男孩那儿读了不少这方面的书。生物学工作非常浪漫，比日复一日、墨守成规的医生工作要浪漫得多。至于托玛，巴维尔·阿列克谢耶维奇把她带到了季米里亚泽夫①学院。在那里，人们满怀巴维尔·阿列克谢耶维奇理应得到的尊重接待了他们，让他们参观了玉米和黄豆试验田，还有实验室。给托玛留下深刻印象的是人工气候实验室，还有种着南方植物的暖房，而其他东西则让人想起无聊的集体农庄生活，想起播种、对集体农庄的咒骂和无聊的乡村生活。在回家的路上，她对巴维尔·阿列克谢耶维奇说，她不太喜欢季米里亚泽夫学院，她想去的是可以整天面对南方植物的地方。巴维尔·阿列克谢耶维奇试图给养女讲清楚，完成学业后，她可以在植物园或是在药材研究

---

① 季米里亚泽夫（1843—1920），俄国植物生理学派的创始人。

所工作，还可以在别的地方。但是托玛一声不吭，如果即使这样也能去植物园工作的话，她不明白为什么还要完成学业。她想要的就是去欣赏漂亮的植物，伺候它们，有时候用手碰碰它们，闻闻它们的味道。事实上，她已经在窗台摆上了一大排大小不一的陶土花盆，种下了柠檬和橘子的种子。

18

就这样，一年以后，塔尼娅参加了大学入学考试，面对激烈的竞争，她克服了自己身上不知道从哪里冒出来的考试胆怯症，而托玛则只递交了一个上莫斯科市执委所属的绿化工作者学习班的申请，这样她半年以后就可以拿到一张白皮证书，获得一份职业。

塔尼娅没通过白天班的考试，差一分，但她分配到了夜校[①]。为了在九月一号前拿到证明，她现在必须找一份和专业相关的工作。塔尼娅入学的时候，巴维尔·阿列克谢耶维奇并不觉得给一个和他级别相当的主要人物打电话能帮上忙，可是现在，他拿起了话筒，给自己的老同事甘索夫斯基教授打了一个电话。甘索夫

① 俄罗斯大学分白天班和夜校，后者为已经工作的人提供学习机会，若想上夜校，必须提供工作证明。

斯基是医生、学者、儿童脑损伤医院的院长、脑发育研究实验室的主任。巴维尔·阿列克谢耶维奇让他接受塔尼娅，生物系的夜校学生做实验员工作，这个请求是非常微不足道的。甘索夫斯基教授嗯了一声，说哪怕明天就来也行。

过了几天之后，巴维尔·阿列克谢耶维奇带着自己的宝贝来了。塔尼娅从小就知道乌斯基桥边的这栋楼，有时她被带来照X光，有时来看儿科心脏病专家的门诊……但是，这一次，她是穿过黑门上挂满号码牌的走廊，从后院走进破破烂烂的大门的。这完全是另外一种感觉。她是去应聘工作的。

甘索夫斯基教授几乎一年四季都住在别墅，他不是每天都来上班，但是，他在这一天和巴维尔·阿列克谢耶维奇以及他的女儿约定了见面，还有另外一个原因，他的一个主要助手，玛尔莲娜·谢尔盖耶夫娜·科内舍娃，准备好了博士论文手稿要让他审阅，她提交上来的应该是厚厚的一摞手稿。

老教授甘索夫斯基和自己那些女助手的关系是多姿多彩的。他已经七十多岁了，他的秃顶一半闪耀着欢快的指甲花的颜色，一半闪耀着金属牌匾的颜色，然而，从一只耳朵一直梳到另外一只耳朵的最边上的头发，却是深栗色的。他有一副天然的黑眉毛，他的全体女同人经常就这一问题进行讨论，说他是否染过眉毛，是用什么染的……虽然他有一种和性别不符的造作，但是，他非常有男子气，而染发，无论是为了战斗，还是为了婚礼，与其说会引起他的嘲笑，不如说会引起他的恼火。他个子不高，胸膛宽阔，面颊上长着几个大块的痣，他的模样就像一个年迈的拳击手，当然是贬义的。他在自己的女性实验室里占据着统治地位，所有女助手，除了女清洁工玛丽娅·福科夫娜，卫生员拉伊斯卡和两个女研究生（一个是奥塞梯人，另一个是土库曼人，她们倾向于把这位领导的冷淡看作是种族歧视），都领教过他那双有力的、不成比例的长胳臂，必须得承认，不满意的人还没有过。甘索夫斯基生平中所有这些引人入胜的细节巴维尔·阿列克谢耶维奇并不知道。要想知道谣言，总归得对它们有一定的好奇心。巴维尔·阿列克谢耶维奇甚至不知道，甘索夫斯基的第一个妻子在实验室里工作了一辈子，第二个妻子更年轻一些，她在这里研究生毕业，当了一家医院里的住院医师，还有一个没进入妻子级别的是丰满漂亮的实验员济娜，已经不年轻了，甘索夫斯基一生都在帮她抚养儿子，还有加莉娅·雷姆尼科娃，个头又矮又粗，长着一个木偶似的小脑袋，她给他当了两年私人实验员，之后，她身陷巨大的、很难自圆其说的丑闻，于是便离开了，还有一些琐事，基本上只有这出年头已久的戏剧的参加者才感兴趣。但是，巴维尔·阿列克谢耶维奇了解甘索夫斯基在大脑胚胎发育方面的优秀成果，因此，他认为，对于塔尼娅来说，他是一个合适的老师。

塔尼娅被带进了办公室。这里立着一些书橱，里面装满了许多外表华贵的书籍，还有两座不知道是谁的半身铜像，几个装着大脑标本的大玻璃瓶，标本像凝固的螺旋形物体，和儿童香皂的颜色一样。在窗户之间的墙上，挂着黑红相间的表格，还有彩色的风景照片，在那上面，河流是一微米细的血管，河岸是横竖交错的肌肉纤维，群山重叠，沟谷深陷，在显微镜的目镜下面，所有这些表面上看起来具有地理形态的物体运动，不知被放大了多少倍。

“我把您，塔吉扬娜·巴甫洛夫娜①，交给我的学生玛尔莲娜·谢尔盖耶夫娜。她将让您学会最必需的组织解剖工作。她是制作标本方面的行家。我们就从这份工作开始，之后我们再看看。”

他站起身来，他的腿其实很短，个子比塔尼娅矮半头，但是，他的行动却迅速而又果断，就像一个网球。他挥了挥手，让大家跟着他走。

实验室位于老楼，占了两层楼，楼层之间的墙面上开着窗户，有的窗户紧贴着地板，有的窗户挨着天花板，就好像把原来的两层楼分隔成了三层。两个受人尊重的院士领着一个体形苗条的鬈发女孩，这里仿真动物饲养场的气味，某种化学的、煮熬过的、滚烫的、令人厌恶的、吸引人的气味让她的心几乎停止了跳动。也许，注定献身剧院，第一次走入幕后的女演员，也会有同样的

---

① 塔吉扬娜·巴甫洛夫娜是塔尼娅的大名和父称。

感受。

在玻璃窗后，走廊在缠绕成蛇形的消防水龙头旁边转了最后一个弯，他们走进了最神圣的地方，那里仿佛是用玻璃水晶做的，透明而又漂亮。大理石台面的旧实验桌完全可以用来当墓碑，宽阔的柜子上镶着可以移动的厚玻璃，还有一些透明的小盒子，里面摆放着闪闪发光的工具，还有放着化学器皿和无菌内脏的多层格架。漂亮的玻璃试管、球形瓶和曲颈瓶。

在几张普通的写字台上放着一些切片机，它们被固定在矮墩墩的生铁支架上，上面还有载物小台面和一些神奇的三角形刀片，它们的切割表面磨得像剃须刀那么锋利。显微镜上各种各样的青铜零件和螺丝都闪耀着光芒，扬着自己的尖角。在一个底部逐渐变宽的圆形透明玻璃罩下面，扭秤在闪闪发光……还有很多很多不认识的东西吸引着塔尼娅着了魔似的目光。

一个高个子女人站在实验台旁边，她的额发已有些花白，眼睛细长，模样并不漂亮，鼻尖和上嘴唇之间的距离显得过短。她的脸上显露出挑剔、干净、细心以及某种对于塔尼娅来说特别有吸引力的东西，或许是自信，或许是无可指摘。她的大褂闪耀着高山顶端的洁白，双手洗得干干净净，像一名外科大夫，她正在用手指完成某种细微的动作。

她回头看了他们一眼，之后又埋头精工细做，她道歉说，还需要几分钟才能做完。

“老式德国仪器。”巴维尔·阿列克谢耶维奇惊讶地说。

“是啊，所有东西都是战前的。是从德国运出来的。但是，我们还没学会制造更好的仪器。耶拿的光学镜片，您知道，索林根[1]的钢……”甘索夫斯基得意地笑了一声，“是我自己运出来的。我们这里的仪器是洪堡大学的。”

但是，塔尼娅没听见他们在说什么，因为她的眼睛没办法从玛尔莲娜·谢尔盖耶夫娜身上移开了，玛尔莲娜·谢尔盖耶夫娜正用一些极小的、形状非常优美的刀和纤细的镊子轻触着一个放在玻璃台上的粉色圆囊。旁边，在大理石桌子上，摆放着一整排玻璃片，上面是一些粉色圆囊，桌子上还有一个模样可憎的牙医托盘。

“玛尔莲娜·谢尔盖耶夫娜，我给您领来的是我们尊敬的库科茨基医生的女儿。一个年轻的生物学家。”教授嘿嘿笑了，令人非常反感，“让她到您这里学本领。您和这个姑娘聊一聊，我先带巴维尔·阿列克谢耶维奇看看实验室。”

他们出去了，塔尼娅留下了。

玛尔莲娜·谢尔盖耶夫娜冲她点了点头。

“走近一点儿，看我怎么做。”

塔尼娅看见了。一位女学者，她在未来几年里将成为塔尼娅的偶像，她用指甲剪切割粉色的圆囊——刚刚出生的老鼠的小脑

---

① 耶拿和索林根均为德国城市。

袋，她用镊子抚平切割的边缘，揭下了纤薄的、像小孩手指甲那么厚的一层头盖骨，她异常小心，怕损坏柔软的白色物质，那是大自然创造的最复杂的东西——脑组织。

玛尔莲娜·谢尔盖耶夫娜把那一层头盖骨从主体上切割下来之后，用镊子轻轻钳住它，揭了起来，露出了两个狭长的半圆形，还有两个伸向前方的嗅叶。在这个分成两半的圆球上，看到一丝划痕、一个切口。大脑闪耀着珠母色。在狭长的大脑和后面的那一半相交的地方，玛尔莲娜·谢尔盖耶夫娜用纤细的镊子夹住它，把这颗闪闪发光的珍珠用一把专门的小铲子铲了起来，就在大脑被放进小铲子的那一瞬间，塔尼娅看见了最细微、肉眼勉强能看见的血管组织。刚才，大脑还位于自己天然的子座里，就像在一个小碗里，像一个建筑物，而现在，它像一滴沉重的水珠，从镀铬的小铲子里滑落到装满透明液体的玻璃称瓶中，在称瓶中有好几颗同样的小球，它们已经有些收缩了。

“做这个需要高度的注意力，需要小心细致。”玛尔莲娜·谢尔盖耶夫娜说，“当然，也可以从侧面进行细微的切割，可我们感兴趣的不是表层，而是更加深层的大脑构造。”

她一边说话，一边从托盘里拿起一块纱布，里面有几只刚出生的小老鼠在动来动去，还夹杂着一些已经被切掉了头的身体，它们的脑袋成了高尚而残忍的科学之神的牺牲品。这是一种不同寻常、令人感到恐怖的搭配，一边是一息尚存的活物在茫然扭动，它们还有体温，还对人充满信任，旁边却是那些没有脑袋的尸体，用玛尔莲娜·谢尔盖耶夫娜的话说，就是被切割了头部的老鼠，因为这些，一阵恶心从胃部升到了喉咙。塔尼娅咽下了一口唾沫。

“这些小老鼠都是我的。”女学者一边语调温柔地说着，一边用两只手指拿起一只老鼠，摸了摸它狭窄的脊背，她用另外几把放在托盘右边的更大一些的刀，准确而整齐地割下了老鼠的脑袋。她把轻微颤抖的身体扔到了托盘里，而脑袋则被她充满爱心地摆在了玻璃台上。之后，她仔细地看了看塔尼娅，用一种奇怪的骄傲语气问道：

“怎么样，你能行吗？”

“我能行。”塔尼娅毫不犹豫地回答道。她根本不确定，她是不是真的做得到。

必须做，她对自己说，并英勇地压制住了恶心的感觉，她左手拿起粉红色的、令人作呕的软东西，一只刚出生的、摸起来感觉非常温暖的小老鼠，右手拿起冰冷的、形状非常适合手的剪刀，用那被启蒙了的、迫切向往科学的理智，压制住不懂事的、不朽的心灵，她的大拇指用力压了压剪刀上部的那个圆圈。咯吱一声，一个小脑袋掉在了玻璃台上。

“好样的。”一个女性的温柔声音赞许地说道。

牺牲品被接受了，塔尼娅经受住了考验，成了一名年轻的献身者。

19

一年又一年，巴维尔·阿列克谢耶维奇在阅读古代历史学家的过程中找到了越来越多的意义。

“这是唯一能让我迁就当今报纸的东西。”他用坚硬的、边缘染有碘酒颜色的手指甲敲着《十二个罗马皇帝》一书的皮封面。他待在两个女孩的房间里，等着瓦西莉萨打扫完他的书房，这是每月一次的清扫活动。塔尼娅惊讶地扬起纤细的眉毛，她毛茸茸的眉头是家族共有的，她说：

“我看不出这有什么联系，爸爸。”

“怎么对你说呢？恺撒作为一个统帅，远比斯大林更天才，奥古斯都比他聪明一百倍，尼禄更加残忍，卡里古拉更善于发明一切卑鄙龌龊的东西。一切东西，无论是最血腥的还是最崇高的东西，都变成了历史的财富。”

塔尼娅在枕头上略微欠起身子来说：

“但是，一切都是毫无意义的，所有的牺牲都是没价值的，想想这些让人感到有些郁闷。”

巴维尔·阿列克谢耶维奇笑了一声，摸了摸表面粗糙的硬书皮说：

“什么牺牲？不存在任何牺牲。只有自我辩解的本能，为所作所为进行辩解，这些行为有时愚蠢，有时无谓，多数情况下凶残而又自私自利。经过一千年，塔涅奇卡，也可能经过五百年，一个像我一样的老妇科医生——什么进步都取代不了我们的职业——将会阅读古老的二十世纪俄罗斯历史，那里会有两页是写斯大林的，有两段写赫鲁晓夫。还有几件趣闻……”

塔尼娅笑着说：

“不是这样的，爸爸。人们会知道阿赫玛托娃、茨维塔耶娃和帕斯捷尔纳克，而人们提到斯大林和赫鲁晓夫，只是因为诗人们受过这两个人的迫害。”

“只有共产主义实现的时候才会这样。”托玛充满向往地插了一句，她正在小心地擦拭一株生病的蓬莱蕉。

巴维尔·阿列克谢耶维奇情绪不错，他便放任自己，开了一个玩笑：

“不，托玛，只能是实现共产主义之后。”

“等一会儿我得问问塔尼娅，她说的是什么意思。”托玛打定了主意。共产主义之后是什么，没人对她说过这个。虽然，最终没什么区别，反正我们已经不在了……她现在有一桩烦心事，叶子的根部长出了一些白色的斑点，上面的蜡层似乎有些变软了。她用温柔的指尖抚摸着叶子的表面，确实变软了。在珍贵的丝兰上面，似乎也出现了这样的斑点。

“难道是病毒?”她忧心忡忡，把共产主义永远地抛在了脑后。她已经是莫斯科城市绿化队一名相当有经验的职工了，已经和植物的病毒发作打过两次交道，一次在大剧院旁边的花园里，一次是在给他们提供秧苗的暖棚里，但那是公家的植物。那两次病毒都没能治好，病毒把万寿菊和紫罗兰都给毁了。而这里的花是自己的，是她喜欢的，托玛把左手的大拇指放在嘴里，开始集中精力地啃指甲的最顶部……她咬下来极小极小的一块，然后开始观察自己的热带植物——到了五十年代末，在她的努力下，库科茨基家的住宅完全变了样，每个空间都摆满了种着常绿植物的瓶瓶罐罐。

开始，娇艳的绿色让叶莲娜的眼睛感到愉悦，后来，托玛在一些铁皮罐头盒和旧锅里种上了花草，于是叶莲娜便开始了势单力薄的斗争。叶莲娜买了各种花盆，但是，废弃的罐头盒还是越来越多。窗台上摆得密密麻麻的，闪烁着光泽的植物大军又转移到了餐桌和写字台上，被放到了地板上。塔尼娅从前的婴儿室，早就像一个鲜花商店的外间了。

这大批的植物很少让塔尼娅感到不安，她几乎不在家里出现。她很早就跑去上班，去摆弄自己的那些老鼠和兔子，动手术，做标本，下班之后再去学校上课，十一点半回家，脚都站不稳了。学习之外的空闲时间，她也经常去某个地方，或者是去串门，或者是去玩。托玛渐渐地不去参加塔尼娅的夜生活了。塔尼娅结识了一些新朋友，戈尔德伯格家的男孩们把位置让给了另外一些在家里从未出现过的年轻人，他们更加有趣。

叶莲娜一般六点多一点下班，现在是她，而不是塔尼娅，看见托玛手拿儿童喷壶在哗啦啦地浇花。托玛的工作日结束得早，四点半的时候她已经在家了。瓦西莉萨唠唠叨叨的，给每个人单独做饭吃。

巴维尔·阿列克谢耶维奇像一个热火朝天的车间工人那样拼命干活，两班倒。除了研究所和医院，他又开始在医生进修班教课，这让所有人都感到很惊讶，也很生气。他一周三次给外省的产科医生、老助产士作讲座，直到深夜，这完全不是一个院士应该做的事情，况且那些人即使受过医学教育，现在就连他们自己都已经不记得那是怎么回事儿了。然而，巴维尔·阿列克谢耶维奇却恰恰蔑视他那些院士职责。他像一个中学生一样经常逃课，逃避主席团的会议，躲着领导们。他身上除了酒鬼的名声，又多了个怪人的称号。

部里的领导早就换了，接替老马位置的，开始是一个有兽医文凭的老克格勃，之后是一个著名的外科医生，一个毫不留情的钻营者和窃贼。巴维尔·阿列克谢耶维奇毫无遗憾地告别了自己改革卫生保健制度的伟大规划，他没再参与其中了，然而，那份他自己也早已忘记的报告却放在新卫生部长的保险柜里，后者不时地瞥上一眼，规划并非毫无益处。

巴维尔·阿列克谢耶维奇和领导们的关系虽然非常冷淡，但他的医学影响却依然广泛，不同寻常。所有那些来自广阔国家各个地区的外省女人，在他那里学习了老式孕产妇保健方法，新的保胎手段，治疗发炎和产后并发症的手段。他给中级医学人员编写了几本教科书，因为他认为这一级别遭到了不该有的忽视，他还写了一本关于不孕问题的专著。

但主要工作还是女病人——女患者挺着自己出了毛病、生了故障、忐忑不安的肚子来到他那里。不同层次的接待，每周例行的咨询，熟人的请求，私人的咨询。虽然克里姆林宫医院早就成立了，但是国家高层人士的妻子和女儿们还是去找他，有人要生孩子，有人要动手术。

医院有一个科室被委婉地叫作诊断室，负责刮宫术，有一部分流产是医学需要……这几乎是城里唯一能做无痛手术的地方，在其他的地方，人们严厉地惩罚罪孽，虽然即便做出打掉不合时宜孩子的决定就已经让人不由自主感到疼痛了。这个科室有四个外科大夫和四个专业护士，他们的十六只手一刻不停地刮着，刮着。局部麻醉药是很简单的，小范围麻醉，奴弗卡因①，二十五分钟的操作，把一块冰放在麻醉过的小腹上，然后是下一个病人。

巴维尔·阿列克谢耶维奇很少去这个科室。他认为，在道德意义上来说，妇科手术中最让人感到沉重的就是人工中止妊娠，

---

① 奴弗卡因，一种起局部麻醉作用的药。

无论是对妇女而言，还是对医生而言。但是，人与动物之间的实质界限难道不就是在这里吗？这难道不就是超越生理规则限定的可能性和权利吗？人们可以不按照自然规律的意志来生产后代，而是根据自己的个人意愿。人类选择和自由的权利，难道不就是在这里最终实现的吗？

瓦西莉萨代表的是极端对立的立场。她最初爱戴巴维尔·阿列克谢耶维奇，现在变成了讨厌他，而巴维尔·阿列克谢耶维奇对她的态度却变得更加认真了。在这位医生看来，她的道德观念毫无道理、缺乏人道，但是很独特。令人感到忧郁的是，她自己面对人工流产问题时产生的蒙昧无知的恐惧影响了叶莲娜，她把教会基督徒式的偏执传染给了她。瓦西莉萨的没文化和她的观点完全般配。但是叶莲娜呢？怎样对她解释，他不是为摩洛①服务，而是为结构可憎的世界中的不幸人们服务。除此之外，他事实上从来都没亲自做过人工中断妊娠的手术。可能，在这一医学活动中，理论上只有一个东西使他感兴趣，那就是如何利用在这种情况下成为废弃物的最珍贵的生理产物。但是，研究这个问题的是血液学家，整个一个实验室，由他一个学生来负责。不过，还有一个让巴维尔·阿列克谢耶维奇感兴趣的项目，他甚至建议他的

① 摩洛，《圣经》神话中的火神，人们为了求他降恩，须烧死婴儿作为献祭。

一个同事思考流产后荷尔蒙减少的问题，这也是一个完全没得到过研究的过程——女性的身体怎样适应人工中断妊娠，荷尔蒙方面会产生哪些影响，怎样帮助身体走出这个状态，少受损失。

理性的职业活动，家里人坚如石墙的不接受态度——当然，这里说的是妻子，而不是没头脑的瓦西莉萨，这两者之间的不协调促使他去思考，他就像为自己辩解一样，经常写一些与此相关的想法，写一些字条，把一些医学事例和最抽象的想象结合起来，这是家庭式的医学哲学。他并不想把这些零散的想法形成某种精美清晰的东西。伊里亚·约瑟福维奇·戈尔德伯格就经常制造一些字迹细密的纸页，每次都向这个朋友通告自己最宏大的想法，他完全打消了巴维尔·阿列克谢耶维奇创建无所不包的概念以及对世界产生影响的规划的愿望。

戈尔德伯格在每一个学术想法发生转变的时候都像烈火干柴般熊熊燃烧，与他不同的是，巴维尔·阿列克谢耶维奇几十年来一直在研究同一个项目，用戴着胶皮手套的左手拨开那两扇可怜的小门，放进去一面手柄弯曲的小镜子，之后仔细地注视着没有尽头的世界之洞。一切生命都是从那里出来的，这是真正的永恒之门，所有那些在他面前信任地叉开双腿的女孩、阿姨、大婶和女士，从来没想到过这一点。

无论是不朽、永恒，还是自由，一切都和这个洞有关系，一切都归入其中，包括巴维尔·阿列克谢耶维奇从来都无法读完的马克思，包括弗洛伊德和他天才而又不切实际的理论，还有他自己，一个老医生，亲手接生了成百上千个湿漉漉的、哭号着的生命。

伊里亚·约瑟福维奇早已从监狱获释，后来才知道这其实是他的倒数第二次服刑，他钟爱的学科再次兴旺发达，这给了他鼓舞，现在他对分子遗传学非常感兴趣，他高谈阔论，说到讨厌的英国佬在脱氧核糖核酸中发现的生命密码时，他把沃森和克里克[1]都称为讨厌的英国佬，他愤愤不平，说他们超过了我们这些苏联人，这时，把下巴撑在交叉着的宽大手掌里的巴维尔·阿列克谢耶维奇，突然打断了他：

“你，伊柳沙[2]，是个学者，是个热情高涨的高人，而我只不过是一个阴道方面的专家，我不太明白，你为什么这样大动肝火。英国佬发现了你的螺旋图，这是很清楚的事情。他们有足够的财政资助。而我在医院里的瑞士仪器，你说是哪一年的？一九〇四年的。你的呢，你说说，实验室里的离心机是哪年生产的？”

“的确是这么回事，巴沙。我们要是有他们那么多钱，我们能让所有人找不到东南西北。我们的年轻人是最有天分的，具有很

---

① 沃森（1928— ），美国生物化学家；克里克（1916— ），英国生物物理学家，他们于1953年提出沃森—克里克假说，制成脱氧核糖核酸双螺旋的结构模，后于1962年共同获得诺贝尔奖。

② 伊柳沙是伊里亚的小名。

大的潜力!”他的忧虑刹那间笼罩上了一层温暖的光影，“你知道吗，维达里的脑袋瓜非常好使。非常好使！遗憾的是他迷上了什么生物物理。勃鲁姆迷住了他……所以你明白吗，巴维尔，我们要是有他们那么多钱就好了……”

“他们的钱是哪儿来的，伊里亚?”巴维尔·阿列克谢耶维奇有些挑衅似的问戈尔德伯格，后者马上就开始反击了：

“殖民地，巴沙，英国殖民地，帝国主义和可怕的剥削。你就跟一个小孩似的，巴维尔，真奇怪。”

巴维尔·阿列克谢耶维奇点着头说：

“小孩，小孩。你自己才是个小孩，伊柳沙。老年风疹发作。我给你开点儿 Spiritus vini① 吧，一天三次，每次一百五十克。八年的集中营之后，你的舌头怎么还能绕得出帝——国——主——义这个可怕的词?”

巴维尔·阿列克谢耶维奇往杯子里精确地倒了一百五十克酒，之后又在厚墩墩的面包片上放了一大块腌猪肉，瓦西莉萨就喜欢这样吃面包，放多多的东西。这一次他们是在巴维尔·阿列克谢耶维奇的书房里喝酒。如今，戈尔德伯格较为频繁地来库科茨基家，去马拉霍夫卡的路不近，有时候他在实验室里待到很晚，就在莫斯科的朋友们家里过夜。

---

① 拉丁语，意为酒精。

戈尔德伯格跳了起来，撞翻了椅子，他碰到了电灯，还差点儿把桌上的盘子掀翻了。

“因为像你这样的人……因为像我这样的人……”受到刺激的戈尔德伯格大声嚷嚷着，“我父亲在瑞士银行有账户，他是木材商人！他在莫伊卡有房子，在鲁比扬卡有房子[①]！在雅尔塔有别墅！在社会意义上来说，我是一具尸体。我不能对他们说，他们在破坏列宁的原则。谁会听我的？我在这个国家面前是终生有罪的。”

“好吧，你是有罪的。那我在国家面前又有什么罪呢？”巴维尔·阿列克谢耶维奇问道，虽然他极其清楚他最好的朋友会对他提出什么样的控诉。

“还会有什么？你的父亲有将军军衔！因为他就注定……”

巴维尔·阿列克谢耶维奇打了个哈欠，他摇了摇头，让叶莲娜拿来折叠床和被单。她所有的东西都是已经准备好的。她喜欢伊里亚·约瑟福维奇，也可怜他。

伊里亚·约瑟福维奇在折叠床上打着呼噜，他被疲劳和酒精击倒了，而巴维尔·阿列克谢耶维奇却因为这曲从鼻子里发出的三音节音乐而久久无法入睡，他进行着清醒的夜间思考。在同一个人身上，崇高的道德和十足的愚昧无知竟然共存！一个高明的

---

① 莫伊卡在彼得堡，鲁比扬卡在莫斯科。

犹太骑手！这是什么，某种特殊的犹太病症——俄罗斯爱国主义综合征？类似牛皮癣之类的病。

巴维尔·阿列克谢耶维奇想起了他不久前的一个女病人，一个年轻的犹太女人，她生的第二个孩子有病。是一种遗传病症。戈尔德伯格说过，在一些高频率近亲通婚的古老民族身上，会积累一些隐性基因。他还说什么要通过异族通婚来改善人类。他还胡言乱语，甚至说要建立一个新的人类种族。而事实上，如果仔细观察，所有人都有病。所有身边的人都有病。现在的助手，高尔什科夫，他得的是仇恨丈母娘的病。当他说起丈母娘的时候，连嗓音都会发生变化。而关于她又有什么好说的呢？一个喜欢争吵的老太太，心脏病人，还有糖尿病。护士薇拉·安东诺夫娜对细菌着魔了，她把自己的内衣放到高压灭菌器里烘烤……而莲诺奇卡呢？她的那些梦……她神情恍惚，如果你问她什么，她都是好像刚刚才醒过来，脸上满是惊恐和紧张。托玛和她的花盆嘀嘀咕咕，瓦西莉萨在点着炉盘之前冲着炉子画十字……一个大疯人院。只有塔涅奇卡一个是有正常反应的健康人。可是，最近她的脸色不太好。苍白。眼睛下面有黑眼圈。或者是疲劳过度，或者是……要不然拍个片子？

“星期天和她聊一聊。”巴维尔·阿列克谢耶维奇拿定了主意。

星期天的早晨通常是属于他们的，是完全单独的。瓦西莉萨头一天就去了城外的什么地方朝圣。从前不去教堂的叶莲娜最近也开始去做礼拜，就好像是在和巴维尔·阿列克谢耶维奇对着干。当然，她去的是另外一个地方，没和瓦西莉萨一起。她在普列契斯坚卡街的一个莫斯科的老教堂里找到了一个当过建筑师的神父，叶莲娜和他一起探讨自己绘图式的梦境。而托玛去植物园朝拜那些杜鹃和夹竹桃。

星期天的早晨是塔尼娅和巴维尔·阿列克谢耶维奇两人单独享有的。他们两人一块儿吃早饭，花两个小时来讨论世界上的所有事情，无论是工作上的事，还是文学和政治。巴维尔·阿列克谢耶维奇在夜里一丝不苟地听自己古老的捷列福肯牌电子管收音机，听所有穿过轰鸣的干扰传过来的敌方的声音，而塔尼娅读了第一份地下出版物，一些知名诗人写的不知名的诗，还有一些新人，新出炉的诗人。有的时候，她还塞给父亲一些她特别喜欢的作品。对于他们来说，重要的是给对方讲述所有的事情。政治在某种程度上让他们感兴趣，但是血管和毛细血管让两个人都感到更有意思一些。

塔尼娅像过家家一样就掌握了组织学实验员的技能，这是一份细致而又需要耐心的工作，其中的所有内容她都喜欢。她熬制染色剂，按照古老的、几乎是中世纪的方子来熬制苏木精。几个小时的蒸发，沉淀，过滤，蒸馏。她给巴维尔·阿列克谢耶维奇讲过自己的成果，而他哈哈大笑，什么都没变，一切照旧。在他的大学时代，他们也研究过用这些方法染色的标本。欧利希苏木精、库利奇茨基液体……

塔尼娅喜欢制作标本的整个过程。老鼠的大脑平稳地滑落到使其固定的液体中，之后用沉甸甸的切割刀去切那没有光泽的、石蜡般的一小块物体，那里面均匀地包含着浸透了石蜡的大脑，而且这个过程服从于精确的法则。一微米厚的一条条切片留在了刀上，塔尼娅用一把小刷子把它们扫到载物玻璃上，粘上，使它们固定，然后用她自己三天前制作好的苏木精给它们染上颜色……只有甘索夫斯基的私人实验员，老太太维克尔斯的标本做得比塔尼娅好。但是，维克尔斯五十年来没干过其他事情。除此之外，卡罗林娜·伊万诺夫娜·维克尔斯没能独立掌握任何方法，而塔尼娅总是带着享受和冒险的心情着手每一件新事物。

塔尼娅详细地给父亲讲了她和玛尔莲娜·谢尔盖耶夫娜一起学会做的一个精细而复杂的手术。她们从一只熏了乙醚的老鼠腹中取出了一个已受孕的双角子宫，在已经掏空的腹腔两侧把右边和左边的角拉直，穿过平滑的外皮刺穿它，她们试图探到最顶端，那是由两个半球和小脑构成的一个分叉点，在深处，有一根神秘的腺。如果能成功刺穿，那么就可以用人工手段引起脑髓管栓塞，同样，还可能引起实验脑积水，也就是说大脑中出现水分……当然，如果手术做得好，老鼠不会流产，也不会吃掉自己有缺陷的后代，而是按时生产。所有这些手工操作的小计策最终应该使人们理解产生这种疾病的原因，最终使人避免患上这种严重的，幸而还较为罕见的疾病。

塔尼娅享受着工作带给她的新感觉，手眼协调一致，不需要任何指令，不需要任何上级的监视，做自己的事情，独立而又自主，而所做的事紧密配合着你的双手，仿佛在为你所进行的创造感到高兴……从塔尼娅兴奋的呼吸，从她专门讲述细节的热情上，巴维尔·阿列克谢耶维奇在她身上看出了一种和他同类的品质——干练。

巴维尔·阿列克谢耶维奇真诚而专心地听着，他也非常熟悉这种对待科学的热情，塔尼娅刚刚上完生物系二年级，但是已经参与到了巴维尔·阿列克谢耶维奇十分熟悉的科学游戏当中。

“她没去学医，毕竟是件遗憾的事情。她有一双好手，然而却一辈子给老鼠开膛。”这个老医生想道。

那几个月，他在自己崇高的夜间写作时写道：“高谈阔论者的恶势力降临了，前所未有。滋生了大量的人，他们的职业完全是信口胡言，空无一物。整个民族明显地分成了说话的和做事的这两大类。所有机构和专门职位都是可怕的传染病。塔尼娅属于能干事的人，这真让人高兴。事业、职业，这是唯一的支撑点。其他的一切都是摇摆不定的。”

实验室研究的是大脑的构造和发展。形态学家和组织学家在极其简陋的显微镜目镜中观察着大脑纤细的枝状毛细血管，跟踪观察大脑中代替受损或有缺陷传导束而出现的新传导束的神秘生长过程。他们经常使用往血液循环系统注射墨水的实验方法。血液渐渐地和墨水混杂在一起，在之后制成的实验标本上可以观察到清晰的枝状血管，其中充满了一粒粒暗灰色的小珠子，墨水在显微镜下看起来就是这个样子。如果在活着的生物身上注入墨水，那么这个方法尤为有效。它的心脏还在跳动，它还没来得及搞清楚，没有生命的墨水会取代有生命的血液，心脏由于缺氧而渐渐变得无力，跳动缓慢，停下来。但是，更多的是在死去的动物身上做注射。做起来更简单一些，但是墨水不能很好地融入血管。用于这个程序的一些必备工具有些差别，在这件微不足道的事情上，塔尼娅的命运将要发生一次彻底的转折。

一个星期天，塔涅奇卡骄傲地向父亲宣布，她被任命为外科科室的负责人，现在由她来掌管装着实验室全部工具的柜子钥匙。现在，需要下楼到位于半地下的手术室中的人，都得找塔尼娅要小镊子、夹子、解剖刀和小锯子，要那些可怕而又漂亮的切割工具和锯断骨组织的工具。那里，在下面的手术室，除了老鼠，还给猫、狗、兔子动手术……但是，塔尼娅的基本工作是准备最精细的组织学标本，这个工作她做得非常得心应手。

一九六〇年春天，塔尼娅以优异的成绩通过了学期期末考试，学校建议她转到日班学习。她拒绝了，甚至都没和家里人商量。虽然夜校的学习的确非常艰难，但是她不准备丢下实验室不管。

在蒸馏瓶、老鼠和标本中，在和玛尔莲娜·谢尔盖耶夫娜的密切交往中，才有她真正的生活。甘索夫斯基本人仔细地观察着她。维克尔斯老太太要退休了，他考虑过是不是让塔尼娅接替她的位置。玛尔莲娜·谢尔盖耶夫娜猜到了上司的意图，把塔尼娅当成实验员一样重视，并且为了以防万一，她告诉上司塔尼娅准备转到日班学习。一个不大的，然而十分经典的阴谋在肥沃的土壤上扎根了。塔尼娅照例对此一无所知。

在夏季的几个月里，实验室下属的儿童医院一般都会缩减人员，只留下最尖端的病理学和抚养室，那里的孩子身体健康，是在产院里被他们的妈妈抛弃的。三岁之前，他们留在这里，由研究正常儿童发育的儿科医生和内科医生来照管，之后，他们被分配到各个孤儿院。在夏天的这几个月里，当医院几乎半关门的时候，研究生和科研人员有机会专注于论文中属于实验部分那一章的工作。实验室的生活变得紧张起来，外科每天都有人严格按照时间表规定工作。塔尼娅的工作也增加了，她负责消毒和发放工具。

她生活中最重大的那个事件显得非常不美观，然而又很寻常。模样好看，因为脊髓炎跛了一只脚的实验员拉娅，手里紧紧抓着托盘，那上面盖着一块多次消毒后变黄了的纱布，她让塔尼娅发给她一套注射墨水用的工具。

“给什么注射?”塔尼娅认真地问道。

“人的胎儿。”拉娅回答。

塔尼娅打开放着贵重金属器材的玻璃柜子，哗啦啦地弄响了钥匙，她从打破了的无菌罐里拿出钳子、解剖刀、固定剂，用夹子扒拉着，挨个数了数这些古老的金属工具，她公事公办地问道：

“活的还是死的?”

“死的。”模样好看的拉娅一边平静地回答，一边在工具收支本上签下了自己的名字，之后，她一瘸一拐地沿着修建得非常陡峭的楼梯下到半地下室去了。

她已经咚咚咚地走到了下面，用手在墙上摸索着开关，这时，塔尼娅才明白她究竟问了一个什么样的问题。明白了之后，她把手术室的钥匙放在原地，脱下白大褂，把它挂在衣架上，走出了实验室。她再没有回到那里。她也没再回到大学。她和科学之间的罗曼史在这一刻结束了，永远地结束了。

20

她沉默了一个礼拜。早上，她像往常一样离开家里，随意步行去哪个地方，有时去市中心，有时去玛丽娜树林，有时去季米里亚泽夫学院。她从出生起就从未有过这样的空闲时间。夏天来得晚，虽然已经是六月末了，公园里还是一片清新的嫩绿，椴树推迟了自己的花期，尤为迷人的是那些偏僻的小巷和穿堂院，破旧的木屋子让人感到亲切并且充满家庭的温馨，塔尼娅闲逛得疲倦了，之后就买点面包和软奶酪，再买一瓶没有冰镇的汽水，在某个僻静而舒服的地方坐下，在干柴棚旁边，在废弃铁路线旁边的斜坡上，在公园的长椅上……

她的状态十分奇怪，是自相矛盾的。似乎，她根本什么都没想，只是走着，看着两旁，但是她的内心还在思考，翻来覆去，这样或者那样，甚至不是一个清晰的思想，而是一个深深震动了塔尼娅的事件。她，塔尼娅·库科茨卡娅，问拉娅·帕申科娃胎儿是不是活的，也就是问，小孩子是不是活的，如果他是活的，那么她就要发给拉娅一些最必需的工具，让她往血管里注射墨水，在注射过程中杀死一个还活着的孩子。不是杀死一只老鼠，一只猫，也不是一只兔子，而是一个有名有姓有出生日期的生命。难道每个人都离凶杀如此之近，或者这只是在她一个人身上发生的某种特殊事件？从早到晚，在城里胡乱走一气之后，她回到家里，吃完晚饭，躺下睡觉，很快就入睡了，但是不多一会儿，她醒了，忍受着失眠的煎熬。有一天半夜，因为受不了失眠带来的空虚，她穿好衣服，悄悄地溜到了大街上。她走过附近熟悉的院落，这些地方现在变成了巨大的舞美道具。月亮出来了，它迅速穿过天空，在布登监狱上方落下了。之后，起风了，天空变亮了，被聘来代替丽莎·波洛苏辛娜的扫院子女人，已经开始用扫帚扫院子了，扬起大团大团的尘土。

早上六点半不到，塔尼娅回到家里，躺下睡着了。托玛叫她起床的时候，她嘟囔着说，今天她哪儿都不去。之后，叶莲娜俯身问她：

“塔纽莎，怎么了？不是生病了吧？”

塔尼娅把被子扯到头上，清晰地回答道：

“我没病。我要睡觉。你别管我。”

叶莲娜感到惊讶，这算什么回答？塔尼娅从来都没说过这样没礼貌的话。

塔尼娅在午饭前醒来了。家里一个人都没有，就连瓦西莉萨也不知去了什么地方。塔尼娅高兴她跟别人什么都不用解释，于是又出门去了，毫无目的、毫无想法地闲逛。帕里赫街，萨莫杰卡街，市民街……木头房子，残留的村镇生活……

她看来已经准备好要和父亲谈谈所有这一切，并且想听听他，这个最重要、最智慧、最有学问的人会说些什么。但是父亲不在家，他紧急出差去了，塔尼娅生气了，准备对他说一句长长的挖苦话：当需要你的时候，你不是在做手术，就是在做咨询，不是在布拉格，就是在华沙。

可以和维达里·戈尔德伯格谈一谈，但是他现在正在科斯特罗马州的一个集体农庄里……和妈妈、托玛或是瓦西莉萨谈，无异于去找小猫出主意。

塔尼娅回家的时候，托玛已经倒下睡了，母亲不知道为什么不在家，而瓦西莉萨坐在厨房里挑燕麦。

“要吃东西吗?”瓦西莉萨问。塔尼娅不想吃东西。她给自己倒了一杯茶，在瓦西莉萨对面坐下来，提了一个令她手足无措的问题：

“瓦夏，你认为从什么时候起心灵开始和孩子贴近，是刚一怀孕的时候还是分娩的时候?”

瓦西莉萨朝她瞪着自己那只像纽扣一样的好眼睛，毫不犹豫地回答道：

“当然是刚怀孕的时候。还会是其他时候吗?”

“这是教会的理论，还是你自己想出来的?”

瓦西莉萨诚实地皱起了眉头。她有一种执着的误解，她所想的就是教会的理论，但是这一次，她突然犹豫起来了，第二个问题显然比第一个还要复杂。

“你就别难为我了，去问父亲，他知道得多。”她突然非常恼火。

“他回来后我会问的。”塔尼娅走了，把脏杯子留在了桌子上。

瓦西莉萨闭上眼睛，陷入了沉思。这可不是毫无来由的，她为什么突然要知道这些呢?要不，跟叶莲娜说说?可是，在瓦西莉萨看来，叶莲娜自己在这方面也不十分令人信服。

21

巴维尔·阿列克谢耶维奇带着满满一箱子礼物从波兰回来了。按照自己的习惯，他总是走进最先遇到的商店，在那里买齐所有的东西，包括箱子。很偶然地，这次的商店是一家专门店，是给新婚夫妇开的，因此他买的所有东西都是白色的，镶着花边，是最平庸的那种。瓦西莉萨和托玛对着漂亮的礼物大声赞叹，而塔尼娅和母亲只是会意地相互笑了笑……父亲的想法落空了。但是，白色的鞋子叶莲娜和塔尼娅两个人穿着都合适……在塔尼娅非常盼望的星期天到来之前，又过去了三天。在此之前，在毫无意义的游荡中，她培养起了一整套否定世界的理论，否定愚蠢、荒诞、可恶的世界，她坚定地拒绝按照这个世界的那些法则生活。

吃早饭的时候，她给父亲讲了最主要的变故。非常简洁准确。父亲并不需要反复解释，他马上就明白了最实质的东西。

“你明白我要和你谈什么吗？”她讲完了自己的故事。

他沉默不语地坐着，塔尼娅也没说话，她等着他的回答。而父亲却回忆了三岁和五岁时的她，他把塔尼娅所有童年时代傻乎乎的外号都安放在这个长着一副不幸面孔的成年女青年身上，大眼睛的小松鼠、小樱桃、小猫咪……难道她在这里也会遭遇危机吗？

“你想谈的是职业，对吗?”他问女儿。

“确实如此。”她点了点头。

“你看，职业，这是一个视角。专家能够非常清楚地看到生活的一个区域，然而却看不到和他职业无关的其他东西。”

“爸，我读过关于党卫军医生的书。他们在人身上做实验，好像是看低温或者某种化学物质对人的影响。他们在被判枪毙的俘虏身上做实验。就是说，杀掉他们。”

“是啊，是啊，我知道。非常可怕。后来在纽伦堡法庭上判决了他们。你是对的。原则上，这种冲突是存在的。”他揉了揉突然因为这次谈话而感到疲倦的眼睛，“只是你别忘了，在某种意义上来说，对所有人的判决都是事先签署好了的，无论是对医生的判决，还是对患者的判决。”

塔尼娅扬起了眉毛。

“你想说的是，每个人都是注定要死的？如果考虑到这一点，那么结果会更糟糕，会更可憎。什么事情都毫无意义。在我们病理学部现在躺着一个婴儿，身体瘦小，而脑袋的直径却有九十厘米。一层薄薄的皮肤裹着一个水囊。无论什么老鼠都救不了他！就是说，最好杀了他，用他做实验。”

“嗨，这根本不值得考虑，一堆蠢话。”巴维尔·阿列克谢耶维奇耸了耸肩膀。塔尼娅头脑里装的都是家族偏见，他气恼地想，但是他觉得，应该结束谈话了。“在我们的职业中，专家就是能承担起责任的人，他在他所拥有的一些可能性中选择一个最可以接受的可能性，有的时候，这是一个事关生存或者死亡的选择。医学有自己的道德标准，找希波克拉底①的书读一读吧，他谈过这些问题。有一个现成的结论，在我所从事的工作中，如果需要在一个婴儿的生命和一个母亲的生命之间做选择，那么，人们通常选择妇女的生命。这种事发生得并不少。至于你的经历，这个完全是一个抽象的问题，你瞬间觉得你可能成了一个杀人犯。”

塔尼娅打断了父亲。

“爸，并不是我觉得。我在这两年里都做了些什么？把老鼠弄死。给整整一座山那么多的老鼠切掉了脑袋。这看来十分简单。嚓嚓……而结果是……某种障碍被摧毁了。”

“不，不，不。这个去找妈妈说。关于这些障碍我什么都不知道，也不想知道。有一种确定的价值等级，而人的生命在这个等级的最高处。如果为了挽救一个人的生命，为了掌握医治手段，哪怕是医治一种病的，因此需要在实验室里毁掉十万只，甚至随便多少只动物，这没有问题。”

“爸，你不明白，我说的是另外的东西。随它们去吧，那些老鼠。我说的是自己。我自己到底发生了什么事情？”塔尼娅在自己身前摊开了两只充满惊讶的瘦小手臂。

---

① 希波克拉底（约前406—前370），古希腊医师。

“我并不觉得这是什么悲剧。这是思维的职业进程，它一下子中断了。这样的事情很常见。”

“什么中断啊！难道你不明白吗？为了得到结果，我切啊，割啊，一篓一篓的尸体。为了了解到什么，为了治好什么病，而在半道上，我身上却发生了这样的事情，它使我失去了某些基本的概念，混淆了人的生命和老鼠生命之间的差别……我再也不想做一个给老鼠动刀子的好姑娘了！”塔尼娅几乎是在大喊着说话了，而巴维尔·阿列克谢耶维奇的脸色越来越阴沉，皱纹因此在光溜溜的额头上聚集起来，几乎蔓延到了后脑勺。

“对不起，孩子。那你想成为什么样的人呢？”

塔尼娅的眼泪已经涌了出来。巴维尔·阿列克谢耶维奇受不了这个。

“我想做一个不给任何东西动刀子的坏姑娘！”

“你和伊里亚·约瑟福维奇谈谈。他是个哲学家。他会给你论证，一切都是物质。无论是我和你，还是老鼠，还是果蝇，都一样。我对哲学不感兴趣。我研究的是实用问题，如胎位不正，脐带缠绕……我拒绝去解决那些具有世界意义的问题。我们国家已经有一半人在专门研究这些问题了，这是不需要担负责任的课题。而每一个从事着某种有理智事业的人，都在担负着责任。大多数人根本就不想做任何事情。”

“我不想要这样的责任！”塔尼娅的脸上已经流下了气恼的泪

水。她企盼来自父亲的同情和理解，但是她没找到任何类似的感觉。巴维尔·阿列克谢耶维奇用一种陌生的、不赞许的眼光看着她。

“那就应该去弹钢琴，或者去种仙人掌。或者，如果你愿意的话，就去绘图。而不是从事科学工作。”

“诸如此类的事我也再不想做了。算了，我放弃了。”塔尼娅把茶杯从桌子上收起来，放到水池里，她动作缓慢，一点都不自信。

巴维尔·阿列克谢耶维奇看着她绷紧的后背，带着一种曾经有过的难受的感觉。是啊，他让女儿受委屈了，受委屈了，老傻瓜！就像对莲诺奇卡一样。受了伤害的塔尼娅也用一模一样的缓慢而不自信的动作收拾桌上的茶杯。

他抓住她瘦弱的肩膀，拥抱了她。

“塔尼娅！不该让实验成为悲剧。”

苗条的年轻女子，她长得很像自己的母亲，在巴维尔·阿列克谢耶维奇的心紧缩着的时候，她朝他转过自己满是泪水的懊恼面孔，低声说：

“就连你也和所有人一样，你什么都不明白。”

她走出厨房，重重地摔了一下门，让巴维尔·阿列克谢耶维奇陷入了深深的伤心和不解之中，他说了什么没有道理的话吗？

他是怎么让自己心爱的女儿受委屈的？

巴维尔·阿列克谢耶维奇坐下了，坐在大桌子后自己的主人位置上，他把理得干干净净的头埋在手里。他陷入了沉思。有很多阻止人们相互接近的原因，羞怯，害怕干涉别人，冷漠，最终还有生理上的厌恶。但是还有很多相反的潮流，能吸引诱惑对方，使人达到完全的最为可能的亲近。这个界限在哪里？它有多少实现的可能？画出一个假想的魔力圈，或大或小，每个人都生活在一个现成的笼子里，每个人都以不同的方式对待这个抽象的空间。有的人极其珍视自己想象出来的空间，有人对其感到疲惫不堪，还有人希望把自己挑中的、喜爱的人放入自己的私人空间，并把那些擅自往里挤的人赶出去。

在巴维尔·阿列克谢耶维奇熟识的众多人当中，大多数人根本忍受不了任何形式的与世隔绝，更害怕与自己独处，他们打算和随便什么人喝茶、聊天，做各种工作，只要不孤独就行。即便有不舒服、病痛和痛苦，但只求能公开露面，只求能和人们在一起。他们还想出来一条谚语：和人在一起，死也不可怕。但是善于思考和创造的人们，那些还有些价值的人们，总是把自己用一个隔离带、隔离区包围起来。这是一个什么样的悖论啊！最沉重的伤害恰好是因此才发生的，连最亲近的人都会以不同的方式划分自己内部和外部的个性空间。一个人一定要让他妻子一天问他五次：你今天为什么脸色苍白？你今天感觉如何？而另一个人，则会把一个过于关注的目光当成是对其自由的蓄意侵犯。

“我们家多么奇怪呀，罕见地奇怪。”巴维尔·阿列克谢耶维奇想，“这可能是因为，我们之中只叶莲娜和塔尼娅这两个人有真正的血缘联系……所有其他人都是由于命运的摆布才走到一起的。一股不明不白的风把面目阴沉的瓦西莉萨吹到了家中，还有毫无用处、总是快乐开心的托玛……忧郁的叶莲娜，不知道为什么造反的塔涅奇卡……每个人都在自己的笼子里，不可理喻，特立独行，每个人都有自己不太费解的秘密。”

本来，巴维尔·阿列克谢耶维奇今天计划要干一件事情，他想翻翻美国杂志，给一篇已经放了两周的论文写评语。但是，他的心情被破坏了，他不想去读某个人的儿子那毫无章法的论文。他打开橱柜的门，一瓶酒在原地放着，他抠掉了酒瓶上的金属瓶盖。“而这一切的罪魁祸首就是我，一个老傻瓜。我让所有人都受了委屈，叶莲娜、塔尼娅、瓦西莉萨。”

22

塔尼娅飞身离开家，差不多奔跑着去了萨维洛夫斯基车站，之后往左跑，往右跑，穿过曲曲弯弯的胡同和穿堂院，她到米纳耶夫市场后才站下脚来。破烂不堪的木头柜台还没来得及烧掉，市场的垃圾堆成了山，有腐烂的蔬菜，也有碎玻璃。太阳用尽了下山前的最后一点气力照耀着。眼泪和气恼都烟消云散了。塔尼娅在一个草棚的墙边上坐了下来。旁边有三个七岁左右的男孩在玩扑克。其中一个长着兔唇，另一个孩子的右臂截了肢，还有一个多多少少算是正常的，但是长着一脸硕大的粉刺。他们啪啪地摔扑克，不停地骂人。光是看看他们那边都有点令人感到尴尬。而另一边坐着两个喝醉了酒的人。这两个人非常肮脏，然而又非常兴高采烈，对于夏季来说，他们的衣着过于暖和了——穿着运动裤，脚上还套着鞋面开了口的棉皮鞋。性别难以辨认。他们面前放着一个空酒瓶。他们感觉很舒服。一块黑乎乎的面包和软奶酪放在硬纸板上，心满意足的感觉就像一缕玫瑰色的雾气，在他们的脑袋上方袅袅升起。他们看着塔尼娅，相互交流着什么。塔尼娅朝他们走过去时，其中一个招呼了她一声，从毛线包里拽出一瓶没打开的廉价葡萄酒，使了个眼色。

因为脏而褪了颜色的毛线滑雪帽一直扣到额头上，因此看不见头发，只有仔细看了那个身材矮小些的人满是胡子的面颊，塔尼娅才辨认出他是一个男的。

“过来，我给你倒点儿。”一个声音提议塔尼娅。

现在明白了，另一个人是女的。她的脸上长了麻子，眼睛下面有一块陈旧的青斑。

塔尼娅走近些。女的用黑手使劲擦了擦杯子，几乎倒了满满一杯酒。塔尼娅接过杯子一饮而尽。女的满意地笑了起来。

“你看，就是，他还说你不会喝，而我说谁都不会拒绝的！”

塔尼娅感到自己变成了一次实验的牺牲品，她高兴地笑了笑，作为回答。她觉得葡萄酒非常好喝，酒一下子就蔓延开来，从她一周前走出实验室大门的那一刻起，她第一次感到了轻松。

“谢谢，酒非常好。”塔尼娅道了谢，递回了杯子。

女酒徒猛地哆嗦了一下，说：

“你别喝酒，孩子。”

听她的口音，她不是莫斯科人。

“我本来是不喝酒的。”塔尼娅回应道，但是，看起来非常善良的那名男子却莫名其妙地发起火来。

“我们可知道你是怎么不喝酒的。你看，灌下一整杯酒都没被噎着。”

“你可别理他，他是个傻子。”女的又使了个眼色，但是，她的同伴更加恼火了，他慢腾腾地伸出一只发青的大手，想把它攥成一个拳头，但是没有成功，肿胀的手指头合不到一块儿，四散地耷拉着，他把手伸到女的鼻子下面。

她带着一种令人意想不到的卖弄神情，打了他的手一下。

“哎呀，吓人！”

“等着吧，我要教训你的！”他吓唬她说。

“真叫人没办法。”女的顺从地让了步，往脏杯子里迅速地倒了一杯酒，递给了男的。

“这样还差不多。”他用骨节突出的手接过杯子，喝了。之后，他若有所思地把空杯子慢慢地放到没人吃的食物旁边，冲塔尼娅说，“你这么坐着干吗？去再买一瓶来。”

塔尼娅顺从地站起来问：

“买哪种？”

“哪种？”他学着塔尼娅的语调说，“还能买上等香槟酒吗?!钱够买什么，就买什么。你知道去哪儿吗？去小木屋，所有商店都关门了。”

开始，塔尼娅买了一瓶古尔德扎尼牌无糖葡萄酒，但是看来买得不对，男的不满地摊了摊手。但是，他们还是把它给喝完了。之后，几乎就在关门之前，她又去买了两瓶波尔图葡萄酒，它们看来正对胃口。在古尔德扎尼和波尔图之间的空隙里，一个警察来过，把所有人都赶走了，于是，他们在不远处找了一个地方，在一个舒适的、长满了牛蒡草的不为人知的院子角落里待下了，在三座连楼房都称不上的岌岌可危的建筑物中间。

寂静降临了。那两个人并没有特别关注塔尼娅。除了在发出感叹的时候，男的一直在断断续续地说着几个连不成句的词：

“夏天好。暖和。”

汗水从毛线帽下面流了出来，亮晶晶地流在他们脏乎乎的脸上，就如同在洗蒸汽浴时那样，夏天一直延续着。这不是懒惰，不是无所事事，而是休养生息。

在自己差不多整整二十年的生活中，塔尼娅从来都没到过如此幸福的地方，这里没有工作，没有烦恼，没有责任和匆忙。这一对醉酒的人拥有如此富裕的自由，就连塔尼娅来一起享用也足够了。

大妈脱下鞋，把脏乎乎的光脚丫从残缺不全的鞋里伸了出来。她叉开腿，双脚踏在暖融融的草地上。舒服。之后，她往旁边走了两步，退下了裤子。露出了一个令人意想不到的白屁股。男的充满愉悦地对此事件进行了点评：

“吃饱了，这条母狗。”

他自己也想出了招儿。他站起来，解开身上好几条运动裤的皮筋，拽出瘦小的衬衣，于是，地上的牛蒡草便因为一道健壮的水流而颤动了起来。

塔尼娅觉得舒服，甚至随着酒精的程度，觉得越来越舒服了，直到她在那儿睡着了，睡在接受了灌溉的牛蒡草的阴影里。

她醒来的时候，天已经黑了，她是因为一阵突然涌上来的恶心而醒的。她没能马上明白自己这是在哪里。她动了动。她跪起身来。她大吐了一场。她用一片粗糙的牛蒡草叶子擦了擦嘴。那两个人已经不在了。该离开这里了。她动了一下，心里又涌上来一阵恶心。这一次她吐得很厉害，肠胃似乎也吐得散了架。吐完了，她穿过阴暗的院落，只有窗口里透出微弱的亮光。她走过了一个接一个院子。不远处，有轨电车轰隆轰隆地响了起来，她朝着电车那令人习以为常的音乐走了过去。街道是很熟悉的。齐赫文斯基大街。离家非常近。

她又感到了舒服，就好像她身上发生了什么美好的事情。啊！那些流浪汉，那些可爱的、毫无牵挂的自由的人。

多么简单而美妙的生活啊！我让自己做的事情却是——咯嚓！咯嚓！我再也不想干了！不去管什么怀了孕的老鼠，什么脑积水，再不去管什么增生的毛细血管了！

塔尼娅身上生发出了一种宁静的安详，一种天堂般心满意足的、喜悦的瞬间，这样的瞬间曾在那对醉鬼流浪者的头上袅袅升起。

23

叶莲娜·格奥尔吉耶夫娜坐在教堂后面一张窄小的木头长椅上，她正在等那个熟识的神父。礼拜已经结束。来的人都散去了。清洁工把水桶弄得叮叮咣咣响。这不大的金属声响与教堂里回声隆隆的寂静非常般配……饭堂里，神父们、教堂执事和合唱指挥正在用餐，煎洋葱的味道传到了叶莲娜的鼻子里。教堂里的照明和剧院里的一模一样，粗大的太阳光柱从相当高的窗户里射进来，切开了昏暗，沐浴着这些明亮光束的圣像，上面的金属装饰片跃动着洁净的光芒，铜制烛台上燃着蜡烛，而在光线照不到的地方，只有神秘的光闪，点点光斑，还有未燃尽的烛光左右摇摆，叶莲娜的心里安详而又平和。她就是为了这样的时刻才来这儿的，现在看来，她的不安是无谓的，难题是无关紧要的，而盼望已久的谈话是令人尴尬而虚假的。也许，她请求和符拉基米尔神父见面是多余的？也许，什么都不该对别人说。又怎么说呢？是啊，平和的心态已经支离破碎。可是，就连她自己也清清楚楚，破碎的不是平和的心态，而是她的意识，那些包含着知识、回忆和生活技能的珍贵碎片也四散而去了……她也许应该去找精神医生、心理医生，而不是神父，如果在破碎意识的裂痕中没有渗透进某种更陌生、更准确、更彼岸的东西的话，声音和面孔，一切都不是此地的，都是不安的，但是有的时候又难以言说地美好……美好？欺骗？这些又该怎么说呢？

神父已经向她走来，边走边用花格手绢擦着埋在胡须中的嘴唇。

“好了，我亲爱的，我衷心为您效劳，”他用非常世俗的口吻说道，就像在很久以前那样，当时，他还在莫斯科规划委工作，而叶莲娜常常给他绘图。“有什么问题吗？”

以如此爽快、公事公办的方式就能解决的问题，叶莲娜没有。

“女儿有麻烦……”叶莲娜勉强说了出来。

她并未打算和他谈塔尼娅，但是塔尼娅的问题具体、容易理解，所以叶莲娜就说了她的事。背叛的感觉占据了叶莲娜的心，因为塔尼娅并没有委托她随便和谁讨论自己的事，但是，没办法了，她继续说道：

“她是一个非常有天分的女孩，从前学习不错，而现在突然不去上班了，什么都不干，从早到晚闲逛，一句话也不说。”

“她多大了，二十岁?”符拉基米尔神父难过地揉了揉难看的大鼻子，眉毛在鼻梁处连在了一起，那道眉毛下的眼睛，看起来充满了同情，“我的孩子也一样……柯利亚大学不上了，纳托奇卡离开了丈夫……我们脱离教会养大了自己的孩子，瞧，这些最悲惨的后果。”

叶莲娜·格奥尔吉耶夫娜开始感到难以忍受的无聊，但是马上就走又不可能，于是他们又谈了二十来分钟，说无神论教育的害处，说从小就应该带孩子去教堂，说阅读福音书的好处，说祈祷和其他好的、正确的东西。这与瓦西莉萨说的那些更加不连贯的话非常相似。

三点多的时候，叶莲娜出来了。太阳还在照着，还是这个夏天，但是她觉得这个地方根本不熟悉，她感到了强烈的恐惧，那是当孩子在火车站的人群中走丢了的时候，妈妈所感觉到的那种恐惧……她站住了，等了一会儿，没准儿这种感觉很快就会过去，她有时会这样，但只是一瞬间，就像突发的眩晕一样。现在，这种不省人事的状态延长了，应该去适应它。

这是城市，叶莲娜对自己说。我在莫斯科。我是坐地铁到这里来的……或者是坐的无轨电车……应该问问附近有哪个地铁站……我家旁边有地铁。站名叫什么，不记得了。彩花玻璃门……我有家。家里有电话……号码……不记得……应该问刚才和我说过话的人。但是她想不起来，她刚才和谁说过话。

一个高个女人，穿着浅色套装，灰白的头发上披着一条蓝灰色条纹绸巾，她站在教堂的台阶上，试图在镜子一般空茫的世界中找到哪怕一个凹凸不平的地方，而这个世界刚才还饱含着各种各样色彩斑斓的细节，其中的每一个都有叫法，都有名字。她沿一条胡同走了下去。她走了很久，循着一些陌生的、令人心旷神怡的然而根本辨认不出来的地方走着。她尽量不过马路，她感到非常害怕。她累了，坐在一个街心花园的长椅上。想问问坐在身旁的那位女人几点钟了，但是没能问出来，话说得不连贯，发不出声音。之后，有一个熟人碰了碰她的肩膀。

“叶莲娜·格奥尔吉耶夫娜，您怎么了？”

是一个体贴入微的女人声音。这是谁，叶莲娜之后再也没想起来过。这个天使把她送回了家，帮她用钥匙开了门。不知道为什么已经是深夜了。白天都溜到哪里去了，根本不知道。叶莲娜在厨房自己的椅子上坐下了，她坐了很久很久，直到进入梦乡。家里还睡着两个人，巴维尔·阿列克谢耶维奇睡在自己的书房里，托玛睡在儿童间。巴维尔·阿列克谢耶维奇的沙发床旁边立着一个空水瓶。托玛睡着了，连在泥土里弄脏了的手都没洗，也没关灯。瓦西莉萨那天晚上没回家。塔尼娅也一样没回家。但是，叶莲娜对此一无所知。

第二部

1

沙子被一股气流掀起来，唰唰作响，它匆匆击打着一些干枯脆弱的植物，直奔透明的树干而去。地平线的所有方向都蒙着一层烟雾，在天空中没有任何天体的迹象。在一些若隐若现的矮丘周围，有一些小旋涡旋转着，散开去又聚起来。沙子慢慢地从一个地方移到另一个地方，流动着，就像一摊固体的水，但是，这块贫瘠土壤的风貌几乎没有改变过。

在一个平缓的山坡上，躺着一个被沙子埋了半截儿的女人。她眼睛紧闭，但是手指却摸索着沙子，她抓起一把，然后又一股股地让沙子流下来。

“可能，我已经睁不开眼睛了。”女人想。她停顿片刻，睁开了眼睛。黄昏将至时那柔和的光亮让人感到舒服。她又躺了一会儿，用胳膊肘撑着，微微欠起了身体。之后，她坐了起来。沙子从她的衣服上滑落下来，让她感到痒酥酥的。她看了看自己白色配绿色碎花的衬衫袖子。

“一件新衬衣，巴基斯坦的。是别人送的，我没买过这样的。”她自顾自地说，并且感觉到，像乡下人那样系在下巴上的圆点白头巾的结儿，让她感到不舒服。她笑了笑，把头巾解了下来。她坐下，蜷起两个膝盖，它们几乎要够着下巴颏了，多好啊，多轻松啊。

她将双手伸到衣襟下面，摸到了自己极其粗糙的双腿。用手掌抚了一下小腿，掉下来一些沙子。女人掀起衣襟，惊讶地看到了自己的双腿，腿上遍布粗糙的裂纹。裂纹旁的皮肤打起了粉红色的、干巴巴的卷。她在上面拍了拍，它们掉落了下来，就像油彩从旧人体模型上掉下来一模一样。她开始心满意足地刮着干结的油彩，从那下面落下了肮脏的石膏灰，而里面露出了崭新而娇嫩的皮肤。尤为可怕的是大脚趾，那上面长出了一层黄灰色的硬皮，从它里面，像木耳一样，新长出来的指甲横七竖八地立着。

“呸，真难看。”她有些厌恶地揉搓着这些像石灰一般突起来的皮肤，皮肤意外地、很容易地变成了一片一片的，掉在了沙地上，刹那间就与沙子混在了一起。脚趾摇身一变，粉红细嫩，就像是婴儿的脚趾。系着象牙形纽扣的橄榄色帆布鞋是从哪里冒出来的，这么面熟……哎呀，毫无疑问，是外婆在托尔克辛[①]买的，

① 苏联时期外汇商店的简称。

她给她买了双鞋子，给妈妈买了件蓝毛衣，是用一条金项链和一个戒指换的。

双手也裹着干巴巴、脏乎乎的一层硬壳，她擦了擦手，伸开纤长的手指，关节没有变粗，没有凸起的青色血管，就像是刚摘下手套。

“多好啊，”她想，“我现在就像一个新人。”

她丝毫也没感到惊讶。她站起来，感觉自己长高了。残余的旧皮肤就像一层沙子一样落在脚边。她又用手摸了摸脸和头发，一切都是自己的，然而一切都变了。沙子在脚下唰唰响，鞋后跟直往沙子里陷。天气不冷也不热。光线没增强，也没减弱，因为黄昏刚刚降临，似乎，这里的任何东西都不会改变。

“我完全是一个人。”这个意识一闪而过。她马上就感觉到了脚边有一阵轻微的运动——一只灰色的猫，背上长着弯弯曲曲的深色条纹，它碰到了她的光脚丫。它是永远陪伴她的无数个穆尔卡[①]之中的一个。她弯下腰，摸了摸它弓起的脊背。小猫机灵地喵了一声。突然，一切都变了，她身边的空气中原来有人。空气中有一股暖流，流溢着某种特性，她无法正确地叫出它的名字，这是一股活的空气，而且，这股空气对我并不是无所谓的。看来，还是有好感的。

---

① 穆尔卡在俄国是最常见的猫的名字之一。

她吸一口气，嗅到了某种熟悉的宜人味道，但不是食物的味道。不知道对此种味道的记忆是怎样闯入脑海的。

她登上小山丘的顶端，看见了很多这样平缓的沙坡。

“真是单调。”她向前走去，没借助任何方向标，事实上，这个地方也没有方向标，她走向目光所及的地方，没有明确的方向。小猫在旁边走着，爪子轻轻地陷入干燥的沙子之中。

走得很舒服。很轻松。她是年轻的，轻盈灵巧。一切都十分规范，虽然与她为之准备了如此之久的东西不十分相像。周遭的一切并不符合她此刻已经遗忘了的期待，既和教堂老太太们粗陋的想象不一样，也和各种神秘主义者以及通灵者的复杂理论不一样，但是却和幼年时的一些预感不谋而合。她肉体上的各种不适，肿胀滞重的关节，下移弯曲的脊椎，牙齿的脱落，听力和视力的衰弱，肠胃不振，所有和这些相关的感觉都消失了，她享受着自己轻盈的步伐，开阔的视野，还有身体和她周遭世界的美妙和谐。

“他们在那儿怎么样了？”她想道，但是，“那儿”十分空旷，渺无人烟。“那就算了。”她同意了某个人的话，那个人不想让她看见任何图景。而且“他们”的面孔也一片模糊。

她手里攥着什么。她看了看，是一条黑色镶花边的三角头巾，沿着缝的边叠起来的，很硬，就像新的一样。她抖开头巾，图案很熟悉，既像铃铛，又像花朵，是由一些弯弯曲曲的藤蔓串联起来的铃铛。似乎，一堵看不见的墙坍塌了，回忆从某处破土而出，女人笑了，终于找到了。这就是外婆去世的时候她找了很久的那条三角巾。外婆要戴着这条三角巾下葬，而她却把头巾藏得如此之远，谁都找不到。就这么葬下了，用一小块白头巾包住了头。她把三角头巾披在头上，用熟悉的动作，在脖子后面打了个结。

她走了很久，无论周围的风景，还是时间，都没有发生任何变化，但是她并未感到疲倦，只是突然觉得烦闷了。她发现，小猫不见了。这时，她看见了一些不知从哪儿冒出来的人，他们坐在一小堆篝火旁边。那透明的蓝白色火焰几乎看不见，但是，在火焰四周的气流却在醒目地颤动。

她走近了，一个又高又瘦的男子站起身来，他面朝着她，谢顶的头闪闪发光，他特意冲她一个人愉快地微笑着，他的外表是典型的犹太人。

“这就是新女性，”他礼貌地说道，“到这儿来，来！我们在等你呢。”

火堆旁的人们动了动，给她腾出一块地方。她走得更近一些，坐在沙地上。犹太人站在她旁边，朝她微笑着，就像是看见了一个老熟人。她则感到了一些尴尬，因为她想不起来以前在哪里见过这个犹太人。他把手放在她的头上，轻声说：

“现在多好啊，多好啊……新女性……”

她明白了，新女性，这就是她现在的名字。而他是犹杰伊[1]。坐在那儿的人大概有十来个，有男有女。有些人的面孔也很熟悉，但很久以来，她已习惯把这种早已知道然而却想不起来是什么的感觉从心里驱赶走。回想，刨出记忆的根，将它和现实的内容连在一起，这一切努力都是毫无结果的，她习惯地甩了甩手。“他们也想不起来了。”新女性想，她发现一个结实的、胡子剃得光溜溜的人非常专注地看着她，他像一个东方人那样坐在稍远的地方。还有两只狗以及这个女人从未见过的某种奇怪动物。

“你坐吧，坐吧，休息休息。”犹杰伊劝她说。在篝火旁边，正在进行着什么她从前并不知道的事情。他们多半像是在烤火，这是在黄昏中，在微弱火堆的亮光下。一个高大而虚胖的女人，从头到脚都裹着粗绒袍子，她动了动，侧对着火，一个面目阴沉的老头伸出了双手，把手掌翻了过来。一个戴着遮脸黑僧帽的老太太蜷缩在火堆前。除了热气，从火堆那儿还散发着一种别样的光芒，令人赏心悦目。一只狗四脚朝天地躺着，露出了长着稀疏白毛的肚皮。它看家狗似的脸上写满了幸福。另一只是长毛牧羊犬，它蹲在那里，两只爪子交叉放在身前，和人一模一样。

人们坐了一会儿，沉默不语。之后，犹杰伊把手伸到篝火上方，做了一个动作，就好像捏了捏手里的什么东西，火于是熄灭

---

① 犹杰伊在俄语中意为犹太人。

了。在刚刚烧过火的地方，新女性发现，那里既没有灰烬，也没有黑炭，而只有一堆轻飘飘的银色尘土，它们立即就和沙子混在了一起。

人们站起来，把沙子从衣服上抖下来。犹杰伊走在前面，其他人跟在他的身后，一人一排或是两人并列，排成了一个笔直的队伍。而新女性仍然坐在沙地上，从后面看着他们，他们的行动方向完全是未知的，然而，他们却不约而同地表现出一种奇怪的全神贯注和明确的目的性。瘸脚人在最后面摇摇晃晃地走着，拄着一根拐杖。拐杖和脚都往沙子里陷，虽然他走在最后面，但是并没有落下。

他们已经走得相当远了，这时新女性明白过来，她并不想一个人留下来，于是她轻松地赶上了队伍，超过了瘸脚人，超过了戴僧帽的老太太，超过了穿着一身奇怪制服的军人，那制服就好像是从别人身上扒下来的，她还超过了一个奇怪的家伙，这个家伙与其说是个动物，不如说是一个人，但肯定不是一只猴子，新女性赶上来，和光头走在一起。

“这样就好。”他说道。

2

新女性后来发现，在这里，时间的流逝并不是按照日夜交替、四季转换的规律，而是完全以火堆旁的休息方式和事情的发生顺序来进行，一开始，新女性觉得那些事情一个比一个奇怪。但是，并没有任何人要求她对所发生的事进行表态，渐渐地，无论怎样，她都不再认为这些形形色色、奇异怪诞的事情和她有关了，她只是观察着，时而也参与进去。她并不总能搞清楚所发生事情的实质，但是，她用不着做任何违背意愿的事。有的时候，会产生导致某种紧张情绪的场景，但是，总体的行进节奏是这样的，当她想到要是能休息一会儿也不错的时候，他们就会停下来休息。

她早就已经明白了，在这些地方，疲倦并不是来自穿过平缓沙丘这种运动本身，行动是非常缓慢的，然而并不绵软无力，疲倦是因为缺少一种特别的热量，而热量是从微弱的火堆散发出来的。

地形是单调的，渐渐地产生了一种印象，那就是，表面上的目标专一只不过在掩饰一种周而复始的运动。

这里的坐标系有些不对劲，在某个瞬间，新女性意识到了这一点，她高兴起来，就像平常一样，当她此刻的意识中交织进了一条来自于从前的思绪时，她总是感到高兴，那种思绪常常挺立在不远处，但是，好像被锁住了，与其说它是现实，不如说它是一个信仰的对象，就像这里的干枯植物，就像随手可及的细沙，有的时候沙子会落到眼睛里，久久地刺激着眼膜。

有一天，犹杰伊在她旁边坐下了，把手放在她肩上。正如她所观察到的那样，总的说来，他常去触碰同行者们，碰头，碰肩膀，有时候碰额头。

“想问我问题吗?”

“想……这里是另外一种坐标系吗?”

他惊讶地看了看她，说：

“完全是另外一种。”

“就是说……不是三维的?”

“这里是多维的，每个人都有自己的坐标系。”他咧着薄薄的嘴唇笑了，风吹动了他那所剩无几的灰白色头发，那些头发稀稀拉拉地长在耳朵上方和后脑勺上，长在秃头顶的下方。

“这是不是说，我们中的每个人都处于一个单独的空间，只属于自己的空间，有自己的坐标?”

“不是每个人。我知道你或者他的位置，”犹杰伊指了指那位光头，“然而你们暂时还到不了我的坐标里，但是这并非绝对如此。这里根本没有什么是绝对的。一切都非常善变并且变化得非常快。”

“啊哈，看来，时间是存在的。”

“那你是怎么想的? 时间当然存在，而且这里有不止一个时间，各种各样的时间、火热的时间、冰冷的时间、历史时间、超历史时间、个人时间、抽象时间、重点时间、反向时间，还有很多其他形式的时间……”他站起来说，“和你聊天很愉快……”

他走开了。新女性坐着，用身体吸收光线，她又充满了力量。这微弱的火堆滋养了所有人……这是个空旷的地方，如此贫瘠而穷困，比最开始看上去要有趣得多。行走本身也变得有趣多了。犹杰伊关于时间所说的那些话神秘莫测，但是仍然产生了一种她似曾了解这些内容的感觉，但是又忘记了。这个想法让她感到如此不快，几乎引起了一阵灼痛的感觉。

新女性回头看了看，细密的沙子，沉默的人群，无聊至极的风景……“我还知道许多其他事情——其他的地方，其他的人，但是，一切都忘了，我什么都回想不起来。也许，我就是从那个一切均发生在其中的时间里跑出来的。”她合上了眼睛，因为，她如今唯一能做的事情，就是享受温暖，就是在细密的沙地上不停地走。

有一些步行者自我封闭，不善交际，他们让新女性想起了精神病医院里的病人。他们只是无精打采地执行着犹杰伊为数不多的指令，他就像对孩子那样对他们，温柔而又坚决。他们中的大多数人都熟悉彼此的面孔，但是，他们之间的交流很少，而且很不情愿。但是，也有一些人相互有好感，他们在火堆旁小声地彼此交谈。

有的时候，会增添一些新面孔，而有的人则不见了。他们通常走得悄无声息。只有一个女人在众目睽睽下离开了，她脸色苍白，罗圈腿弯得很厉害，身背两个大包和一个口袋。在一个似乎是清晨的时分，所有人都上路了，篝火已经被熄灭了，她走到犹杰伊面前，从身上摘下布口袋，把自己那两个塞得满满的包放在犹杰伊脚边，弯下腰，吻了吻他的手。

他抽回手，友好而又随便地拍了拍她的肩，收起笑容，小声说：

“好，走吧，走吧……有人等你等急了……聪明人，走吧，什么都别怕。”

那些愿意抬起头来的人看见，两股喜庆的绿色水流悬在她上方，传来了类似音乐的声音——这声音既像是神秘的无线电台的短促信号，又像是音乐家用一种无人知晓的乐器弹奏的练习曲，介于这两者之间。女人消失了，在她的位置上，她丢下的包漫不经心地放在地上，运动消失后留下的一股平缓的旋涡在空气中越来越小。看门狗兴奋地叫了起来，扑向还在微微颤动的地方，扬起长着浅色毛发的头，充满疑问地汪汪叫。另一只个头大，浑身是毛，它长吁一口气，用一只前爪遮住了眼睛。

过了一会儿，所有人都走在一条方向不明的路线上，而裹挟着细沙的风，淹没了那堆谁也不需要的行李。

很快，在下一次休息的时候，新来了一个长头发的年轻小伙子。在会面那一刻之前，他孤身一人在一片贫瘠的白色平原上游荡了很久，红色的牛仔靴深陷在沙子里。他随身带着一只奇形怪状的箱子，他似乎是一个热衷于花花绿绿荒唐事的人，脸上的表情冷漠又有些好奇，他在想，是什么风把他吹到这里来了。记忆丧失得一干二净。至少在三个方面，他不知道自己是怎么回事。他在哪里，为什么带着这莫名其妙的重物，大箱子的形状如此不规则，以至于他无论怎样都不能把它立起来。第三，也是令人不快的一点，一阵阵昏暗的龙卷风扑面而来他不知道这是怎么回事。这精神饱满的风吹乱了他的头发，钻进了他的衣服，风时而滚烫，时而冰冷，纠缠不休，令人感到厌烦，而且还问他要什么东西，恳求他，发出哀号。除了这些他能够意识到的明确印象之外，还有一种感觉，似乎他遭受到了一种巨大损失。损失远远大于他现在拥有的一切，这么说吧，现有的一切，比起他所失去的，根本不值一提。可是，他究竟失去了什么，他并不知道。

他走得厌烦了，躺到沙地上，甩了甩头，从头发里掉出一些白色的沙子。他把箱子放到头底下。沙子在牙齿间吱吱响，在衣服底下硌人。从右边的不知什么地方，又突然出现了一阵昏暗的龙卷风，在远处抖动了一下，向他扑过来。长头发的人感到了疲惫的愤怒，自言自语地说：

“离我远一点！”

龙卷风打了个哆嗦，停下了。于是长发人猜到，龙卷风对他的心情非常敏感，他还猜到，可以用内心的力量把风赶走。看来，这是最近一段时间以来第一个令人愉快的印象。他用手掌拂去吹落在箱子上的沙子，闭上了眼睛。他与其说是睡着了，不如说是进入了某种浑然不知的状态。在他还清醒的时候，他给自己下了一个命令，不想再到这里来了，也不应该再到这里来了。有时候，这种自我支配是管用的。他有过体会。

但是，当他醒来的时候，什么都没变，只是脖子由于头枕着那个奇怪东西的硬角而肿了起来。他揉了揉脖子，又躺了一会儿，当他彻底睁开眼睛时，见他四周已坐着一群沉默的人，他觉得他们无精打采，面目模糊。其中的一个面目稍微清晰一些，秃顶，高个子，背对他站着，俯身面对一堆干枯的树枝。他在枯树上方伸出一只手，于是，纤细的火苗便腾空而起。火是自己燃起来的，没用火柴和打火机。这让小伙子稍稍感到了轻松，他已经去过这样的地方，在那里，水、火和风会嘲笑小生命的自负，那些小生命以为，他们用一种叫作因果联系的脆弱约束驯服了一切。

这个玩火的犹太人是这里的重要人物，长发人猜想到。

犹杰伊走到他跟前，敲了敲黑箱子，马上就显露出了他的学识渊博。

“在这里你未必需要这个东西。”

“总不能扔了啊。”长发人耸了耸肩膀。

“当然了。”

“里面装的是什么呀?”长发人第一次想到了这个问题，“里面装的什么呀，我为什么要拖着它?”

“打开看看。”犹杰伊出主意说。

长发人惊讶地盯着谈话人，自己以前怎么就没想到呢？但是，就是没想到……在某种程度上，这也让人感到安慰，它使人想起一种简单的梦境，就连猫都做过这样的梦。你想动，想跑，想逃命，甚至就是想端起一杯水，而身体却不听你的话，一块肌肉都动不了。

箱子上了两道锁，长发人没能一下想出来，该怎么开锁。就在他琢磨这两个稀奇古怪的卡锁的当儿，双手不由自主地按了一下背面的把手，箱子便开了。这不是一个箱子，而是一个难以置信的美丽物品的外盒。只看了一眼，长发人就屏住了呼吸。这是一把金属的吹奏乐器，是黄色的贵重金属做的，不是暖融融的金子，也不是冰冷的银子，而是一种柔软而闪光的金属。在椭圆形的商标上，用细长的字母刻着 SELMER 一词，长发人一下就看懂了这些小字。他小声地读出了这个词，他的嘴里也因此有了一股甜味。之后，他用手指碰了碰木头吹嘴，木头仿佛是磨砂的，柔和的，就像少女的皮肤。乐器的弧度具有如此强烈的女性特征，长发人甚至感到难为情了，就好像无意中看到了一个裸体的女人。

“多美的……”他卡壳了，搜寻着词语，玩具、机器、东西？他放弃了不恰当的词语，用结束性的语气重复了一遍，“多美啊！”

想用它干点儿什么，但是不知道干什么。他扯下自己方格毛衬衫的衣襟，温柔地呼出一口热气，用红绿相间的衣料擦了擦那曲线优美的金色表面。

现在，他和所有人一起走了起来，对于有些人来说，转圈运动毫无意义，单调重复，但对于他来说却是有意义的。他拿着一个装在黑套子里的绝妙物品，这个套子约略地临摹了那件物品平滑而轻盈的线条，使它免遭所有可能发生的危险，尤其是死皮赖脸的黑色龙卷风的危险，风远远地跟在他身后，一直在等待一个能够进攻他的时机，带着贪婪的哀号和讨厌的纠缠，向他发起进攻。似乎，龙卷风对这个黑色套盒有些好奇，因为它也一心一意地想碰到套盒。长发人的脸色阴沉了，默念了一声滚，龙卷风于是惊恐地溜到了一边。休息的时候，长发人从牛仔裤后面的口袋里掏出一块格子衣料，坐在那里的时候，他一直在温柔地擦拭着那把金属小号。

有时候，他能捕捉到那个干瘦的高个子女人投向自己的目光，她蓬松的头发上戴着一条黑色三角巾。他朝那女人微笑，通常他朝可爱的女人们都是这样微笑的，他的眼神善于允诺完满的幸福、至死不渝的爱，无论你想要什么他都能给你。在他看来，高个子女人的脸尽管很俊俏，却充满了过多的忧虑。

3

他们又登上了一座山丘。犹杰伊停下了，久久地望着自己脚下，之后，他坐下来，开始扒沙子。在那里，在沙子里，平躺着一个人形玩偶，那是一个灰色的模型，做得非常粗糙，个别地方已经坏了。从裂开的胸口里钻出一根深蓝色的塑料线。犹杰伊用一根手指压压他的胸口，摸了摸脖子，把手指放在被勉勉强强标示出来的眼窝上，往模型的脸上扔了一小撮沙子。其他人也扔了一小撮沙，然后一声不吭地挤成了一堆。

“或许，还是试一试？”光头问犹杰伊。

“白费劲。拽不出来。”犹杰伊反对他说。

“应该试一试。我们人多，可能能行。”光头坚持着自己的意见。“您怎么看，院长？”他满怀希望地问一个身体瘦削的老太太。院长遗憾地摇了摇头，并没有掀起僧帽。

“依我看，它还没长大。”

新女性很想再看一眼这个人形玩偶，但是，沙子已经把它凹凸不平的身体盖住了。

“那你怎么看？”犹杰伊出乎意料地问新女性。

“我会把它刨出来。”她说的时候，想起来她自己就曾经这样躺在冰冷山丘的顶端。

“然后你要收留它？”他笑了，但是，他的笑并不气恼，而是非常友好。

“你怎么不知道害臊啊，”光头指责他说，“你的玩笑一如往常，很愚蠢。”

"喏，算了算了，你把自己的电筒点亮，去看看吧。"犹杰伊坐下了，几乎就像狗一样麻利地刨起了干燥的沙子，"但是你得记住，如果模型挖不出来，就算在你头上。"

光头冷漠地看了看旁边，喃喃地说：

"那团藻是干什么用的？不管怎样，我们肯定能挖出来，手多。"

院长双手抱胸，几乎要哭了。新女性坐到犹杰伊旁边，刨起了脚边的地。光头扒开了模型脑袋边上的沙子。

模型的两条腿很快就从沙子里露了出来，布满了皱纹，起皮的油彩打成了卷，和不久以前新女性身上的一模一样。

她刮了刮那层油彩，下面露出一层平滑的材料，是潮湿的，黏土做成的，根本不像新女性不久前在自己那层旧壳下发现的那种崭新的粉红色皮肤。光头在模型脑袋上方卖力地忙活着，剥下了一些破破烂烂的碎片，既不像皮肤，也不像纸。

"让我来给它稍稍暖和暖和。"犹杰伊轻轻地推开了光头。

"说来也对。"光头点了点头，"战士，给我们弄点干树枝来。"

一个身着制服的人点头答应，之后拿着几根干树枝回来了，把它们搭成圆井形。犹杰伊走过去，伸出手，稍稍弯起手臂，薄薄的双唇动了动，于是，树枝燃起了浅蓝色的火苗。人们刨出了玩偶。它非常粗糙，脸部雕得模糊不清，手脚粗笨。性别标示得很清晰，整个轮廓都是男性的，宽肩膀，而手臂、脚后跟和生殖器都不成比例地大。雕像看不出有一丝复活的迹象。

“团藻。”光头谁都没正眼看，对着空气说。

犹杰伊焦虑地摸摸模型的脖子，碰了碰它的肚子，皱起了眉头。

“材料未经仔细加工。死定了。我们谁都救不活他。”

光头沉默了一会儿，想了想，为了不让新女性听到，就小声地说：

“你这个小心翼翼的犹太人，影响我做自己的事。我不管怎么说也是个医生，为了挽救一个病人，我得尽我所能。”

犹杰伊笑了，用拳头急促地捅了一下光头的肚子。

“傻瓜！我对你说过，医生们都是堕落的术士。你一辈子从事的都是世俗医学，难道在这儿也想干这个？”

“你才是傻瓜。”光头毫无恶意，然而非常粗鲁地顶撞道。“你们，你们这些有信仰的人没有职业责任感。你们把所有问题都一股脑推到你们可怜的上帝肩上。归根结底，团藻只不过是一个能量练习。”

“好吧，好吧，我不反对。”犹杰伊微笑着附和道，新女性猜想，他们是非常亲近的朋友，他们之间的关系，和所有在场的人之间的关系都不一样。

新女性的面部皮肤感觉到，一直很微弱的风变大了，沙子轻轻地拍打着脸颊和额头，落入头发。风不仅仅夹带沙子，还吹来了一些纤细的草茎，还有一团团多刺的叶子、易断的植物纤维和干苔藓。火在燃烧，微微贴向地面，但是并没有熄灭的打算。

人形玩偶平躺在地上，在火焰旁边，所有的人都站成一圈，在等待着什么。光头从口袋里掏出一团难看的粗线，把它递给了站在身边的战士。线团绕了一圈，回到了光头跟前。每个人都用双手抓着那根线。新女性右边站着院长，左边是瘸脚人。风吹得更猛烈了，方向无法辨别，它从四面八方吹来，携来越来越多的植物垃圾。所有的人都一动不动地站着，干草茎、蜘蛛网和飞过来的不明植物的种子，粘满了他们的头发和衣服，紧紧地挂在他们中间那根线上，过了一段时间，他们站在了由所有这些植物垃圾围成的圆栅栏里，只有栅栏上方是敞开的，而他们脚边，在颤抖的火堆旁边，粗陋的模型一动不动地躺着。犹杰伊把双手举过头顶，伸向圆形光亮的最中间，光亮变得细长了，形成了一个类似古代茅舍似的东西。新女性感到，她的呼吸与所有人的呼吸合不上拍，她憋了一口气，赶上了共同的节奏。而赶上节奏后，她发现，除了共同的呼吸，他们还有共同的心跳和共同的意志，那共同的意志指向这块毫无感觉的劈柴，劈柴似乎在抗拒，至少，它在阻挠他们的共同努力，很明显，它在阻挠他们可以称之为工作的努力。院长站在旁边，身上传出了非常强烈的心跳，瘸脚人则用更快的节奏来表明自己的存在。两个最有力的马达是光头和犹杰伊的。

风越来越大，连站着都很困难，但是这根看起来很纤细的线却是靠得住的，通过它也传来了能量给养。它微微亮了起来，发出那种和火堆一样的暗淡蓝光，新女性感到，他们的圆球脱离地面，悬在半空中。平躺在地上的模型抖了抖身子，抽搐了一下，在地上轻松地站了起来。

“看，成功了，”她听见光头满意的声音，“现在我们只要为他呼吸就行了。”

他们竭尽全力开始呼吸，圆球因为这有力的气息甚至在轻轻地一张一合了，就好像是在喘气一样，虽然风把他们吹到了一个不确定的方向，但是新女性有一种孩子般幸福的感觉，她觉得自己所有事情都做得不错，做得对，值得表扬。

在他们下方的丑八怪又表现出了一个复活的迹象——它深深地吸了一口气，胸口抬高了，生殖器明显地挺立起来。模型开始喘气了，风一下减弱了，圆球开始下降，他们很快就接触到了地面。他们空中茅舍的植物墙壁倒下了，所有人都还抓着线，站成圆形，站在复活的丑八怪周围，它的胳膊动了一下，用手指摸了摸胸口，好像是在挠痒痒，它摸了摸自己现在变得清晰了的光脑袋，咳嗽了一声。

“怎么样？有反应吗？”犹杰伊问。

“肺部呼吸，抓取反射，勃起。”光头回答。

“不太充分，但是比没有好。”犹杰伊含混地说。

犹杰伊和光头把模型拖得离火近一些，它似乎开始变软了，现在，它看起来更像一个睡得很沉的人，而不是一个裁缝用的木头模型。

新女性感到她要没劲了，便坐到了地上。她回头看看，发现所有人的表情都疲惫不堪，半睡半醒。犹杰伊从火柴盒里取出一些粉末燃料，扔进火堆，火苗因此蹿起了蓝色，更加强烈地发散着自己有滋养作用的火光……

4

空气是各种各样的，有的时候轻盈，干燥，善解人意，就像新女性对它定义的那样，有时候变得滞重，呜呜呜叫，似乎饱含着昏暗的湿气。那时，所有人都移动得慢了，会更加迅速地感到疲倦。就连一刻都没离开过他们这个队伍的风也发生了变化，一会儿吹脸，一会儿调皮地溜到后面，一会儿又吹人的后脑勺。光线一直没变，这更加让人产生一种疲惫不堪的单调感。

“你对这里的风景还没感到厌烦吗？”犹杰伊小声地问光头。新女性停下来的时候尽力靠近这两个男人，在靠近他们的时候，她觉得自信安全，她没转过头，虽然她听见了他们小声的对话。

“你能告诉我点更开心的事吗？”光头无精打采地回应道。

“离开主要路线来一次小游览。你不反对吧？”

“啊，这对我来说可是个新鲜事！看来，有路线？我原来就觉得，我们在这里绕着圈原地踏步是出于某些崇高的想法。”光头哼了一声。他早就厌倦了单调昏暗的光线，不明不暗在假惺惺地许诺，要么是十足的黑暗会降临，要么是太阳会升起……“风景倒是还可以忍受，除了沙漠还是沙漠……要是有太阳就好了……”

“那我们走吧。”犹杰伊环顾了在火堆旁边的队伍，用眼睛搜寻着新女性。她就站在旁边。“我们把新女性也带上。”

新女性感谢地笑了。

“那其他人呢?”光头精神一振，他受到一种高尚愿望的促使，渴望公正，至少是渴望平等。

犹杰伊笑了。

“这没什么必要，我们又不是在工会发疗养证。你得相信，带其他人去是毫无意义的。”

光头耸了耸肩。

“你随便吧。”

“走，我们去转转。”他用一种温柔的命令口吻邀请新女性，她抖了抖衣服，站了起来。

他们三人一起在唰唰响的沙地上漫步。这里的距离是随心所欲的，不确定的，只能靠疲劳感和发生的事件来测量。光头，随后是新女性，在地平线上发现了一个叮咚作响的光柱，也许是它自己靠近的，也许是他们快速地赶上了它，可以说，从这时起，他们的旅行开始了……

光柱闪闪发亮，饱含着金属的光泽。他们现在已经站在它的底部，那底部慢慢地变成了一堵用透明的亮金属做成的圆形墙壁。

“瞧。”犹杰伊说，他在空中做了一个含糊的手势，于是，在墙壁的表面出现了一个直角的凹陷，它的四周一瞬间长出了一圈装饰边框，还形成了一扇门。他用指尖压了一下。

“我知道，我知道这是怎么回事，我已经在哪儿见过了。”新女性暗自高兴了起来。

在门后那个地方有一个光柱，光线强烈，几乎和水一样平整。他们进去了。当然，门消失了，就好像在他们身后融化了。

里面是阳光明媚的白天。接近中午时分。初夏。高大的南方树木长成了一排，这些树不是随随便便，而是按照一种理性的秩序种下的。新女性明白了，就连这些树的相互位置也是一个简单的公式，你猜出来之后，就会懂得包含在其中的信息，这些树为自己保存这个信息，但对于别人来说，这个信息也是有含义的。它也包含在绿色之中——从黄色中勉强分离出来的淡绿色，还有浓重的、像赞美诗一样庄严的绿色。新生绿草的绿色，淡银色的柳绿，沼泽浮萍夺目而危险的颜色，斑斑点点的芦苇绿色，冷漠的伊斯兰教的绿色，甚至是只能在日杂和建材商店里见到的那种工作绿，所有这些绿色都传达着信息。

新女性因为快乐而眯起了眼睛。

“她的眼睛现在多幸福啊。”光头想，有的时候，他会发现别人身上某个器官的感受……现在，他自己的眼睛也欣喜万分，还把这种喜悦传导给了整个身体。

蹲在两株柳杉之间的一个年轻女人看见犹杰伊后，站了起来，走近他，他们热烈地亲吻起来。

“所有人，他差不多认识所有人。”光头惊讶地说。他和新女性站得稍远，没打扰他们的见面。

“……景观建筑，这就是我向往的专业，最后一个年级我没来得及上完，还剩下两门功课没考试，没拿到文凭。而在这里，你瞧，我学会了所有的东西。”那个年轻女人抚摸着柳杉，而柳杉摩挲着她的手掌，就像一只小乖猫，“这对树一直在吵架，无论怎样都不能相互适应。我一直在给它们调解。”

她的脸庞是迷人的，虽然有些粗糙，深陷的鼻梁，翘鼻子，大嘴，灰色的眼睛非常大，有两层黑边，一层在虹膜周围，另一层是浓密的黑睫毛，眼睛上方是一副男人一样的浓眉毛。

“马上，马上就给你们看。”她已经在对光头和新女性说话了，“我叫卡佳。”

新女性发现，卡佳身穿一件男式无袖汗衫，拳击手出场时穿的那种，这件汗衫被她硕大而年轻的乳房撑得鼓鼓的。绕成好几圈的珊瑚项链把脖子全都遮住了……光头看见的则是艳丽的项链遮住的东西，那是一道从锁骨的小坑一直向下的手术刀口。

“我和大树相处得最好，我们说的是同一种语言，”卡佳指指两棵扭向两旁的树，“而这两株柳杉是我的宝贝。你们可能记得，有这么一种傻乎乎的游戏，叫花朵邮局。黄水仙表示变心，红玫瑰表示热烈的爱情，勿忘我表示忠贞不渝。”她笑了笑，露出一个挤一个的歪歪扭扭的牙齿。“这么说吧，最可笑的是，一切多多少少就是这个样子，必须根据这个原则种花，以免破坏了它们的含义。这个花园是给无名孩子们种的。”

光头和新女性交换了一下目光，哪些无名孩子？

犹杰伊从一旁走来，在很近的地方嘟囔道：

“不用提醒也能猜出来，你们的孩子也在那儿。”

柳杉林荫道通向下面，一直通到水边。看不见水，但是有水的味道，动物们在几十公里以外就能闻见的那种强烈的水味，它们奔向可以饮水的地方。

湖面不太大，是圆形的，似乎还有些凸出。蓝色的湖水荡漾，波光粼粼。

“看得费劲吗？”卡佳猜到了，“最开始的时候我也觉得难受，直到眼睛适应了才好些。好像应该顺带着看，而不是老盯着看。怎么样，走近一些看看？”她的最后一个问题是问犹杰伊的。

他点了点头。卡佳登上一座轻盈的小桥，那是湖上的一座拱形桥，她趴下了，把手垂到水里。她双手摇了摇，小声地说了些什么，站起来，手里抓着一个玻璃做的东西，就像是第一次现世的。它是弯曲的。卡佳把这个融合了光、水和蓝色的物体放到光头手里。光头紧紧合上手掌，接过来，低声说：

“婴儿。”

新女性没看见有什么婴儿。

犹杰伊坐在桥上，就像在会议上发言一样庄严地说：

“他生下来的时候十分健康，是健康漂亮的父母生的，一周后，他因为新生儿感染死了。小男孩哭过，受过罪。他的父亲离开家，离开石头城里最好的房子，唯一的一所木头房子，整整一周躺在大地上，不吃不喝，一直在祈祷上帝，求他保住孩子的生命。但是这一次，上帝没理睬自己的宠儿，因为不应该和别人的妻子通奸，哪怕她的乳房像两只小羊羔，哪怕她的头发像从加拉拉山上下来的羊群……如此等等……上帝让这个美人的丈夫死了，因为他想再掌控一个女人，虽然他早已妻妾成群。是吧？”

“不，我不知道。”光头摇了摇头。

“嗨，算了吧。这个婴儿死了，可以说，是像你们这些没受洗的人一样死的。之后，这对夫妇又生了一个孩子。那个活下来了。他叫所罗门。”

光头笑了。

“你从哪知道的？你不是从生下来就没读过《圣经》吗？”

“我读过。只不过那时候我什么都没读懂。但是你知道吗，我是一个犹太人。而犹太人随随便便就能读懂《圣经》。它融化在我们的血液之中，而我们也融化在它之中。哪怕我们并不喜欢这样。哪怕你们也不喜欢这样……因此，在一个紧要关头，有人递给我一本《圣经》，我那时似乎就已经跟它合为一体。尽管世人再没见过这么愚蠢、自私自利、一文不值的人了。”犹杰伊微笑着俯在闪闪发光的圆球前。现在，轮到他对光头悄声细语了。

“我的朋友，你在说什么啊？他是那个在耶路撒冷建起第一教堂的所罗门王的哥哥吗？他已经两千七百岁了？”

“可是他没有时间，他只有状态。”被人们遗忘了的卡佳说。

“好吧，就算是这样。那其他人呢？其他人是谁？”光头把闪闪发光的球放到卡佳手里。她走到小桥中间，跪下，像猫那样弓起身子，把那个神奇的东西放到了婴儿花园里。然后她挥了挥手，请大家都走到桥上去。

湖水是满满的，简直因为那些透明的、发着蓝光的球而沸腾。新女性想起了她童年时代保存圣诞树玩具的长纸箱，其中每一件东西都单独用纸包着，最可爱的就是那些圆球。

“是啊，当然了，一切正确。”新女性心情激动。究竟什么是正确的，她也无法说清楚。

“这里是没生下来的孩子，流产的。有时候他们会长到足月，重新复活。”卡佳一本正经地解释道，“这个，看来就已经足月了。”她伸出手，想捞出某种显然不想被捞出来的东西。

“你我不是已经深入探讨过哲学了吗……”犹杰伊刚开始说，就被光头打断了。

“不，不。我对历史更感兴趣。”

“算了吧。你记得莱布尼茨的单子①吗？非常接近，应该承认。圣奥古斯丁也做过猜想。好吧，关于希伯来神秘哲学的那些信徒我就不说了，应该给他们应有的评价，他们的方法尽管令人无法忍受，但他们还是有很多新发现。他突然哼了一声。“关于孩子的眼泪，你们的费奥多尔·米哈伊洛维奇②说什么了？他认为上帝身上缺少人道主义。”

而新女性的眼睛无法离开卡佳，后者捞出来一个球，有橙子大小，完全透明，她对球吹了口气，放在手掌上，然后停住不动了。球微微摇晃，轻轻抖动，开始了一种不太自信的向上运动，但是，就好像害怕什么似的，又贴在了手掌上。

“它害怕了，小东西。”卡佳面带幸福的微笑说。“它们现在非常害怕……它们去工作。有的去完成丰功伟业，有的去干下流事……但是这个，这个球非常好。”

“那有不好的吗？”新女性惊讶地问。

---

① 莱布尼茨是十七世纪德国哲学家，单子是他提出的一个哲学术语，指的是最简单的、不可分的统一体。

② 可能指陀斯妥耶夫斯基。

卡佳吸了口气说："它们什么样的都有。有受惊吓的，受伤的。它们忍受的惊恐越多，它们作的恶就越多。"

这话听起来很坚定，尤其是，新女性又一次觉得，她自己对此也有所了解。

"抱着它。"犹杰伊对光头说。

光头觉得他自己也非常想抱抱这个小东西。他用手掌遮住紧紧贴在卡佳手上的球。卡佳转过手掌，让球正好平稳地落在光头手里。根据重量、体温、不安的躁动，以及信任的感觉来判断，这是一个孩子。而且，毫无疑问，是个男孩。

"哎，祈祷吧。"犹杰伊说。

"这我可不擅长，这是你们，是你们这些犹太人擅长的。我对此一无所知。"光头笑了，但是，不是冲着犹杰伊，而是冲着裹在球里的将成为一个小孩子的物体笑了。

"对于你来说，他可不是外人。对我也不是……你要是不想祈祷就算了。那你就祝愿他成为一个好医生吧。"

"这个可以。"光头轻松地答应了，"就让他当医生吧。"

球轻轻地脱离了手掌，就好像是水里的一个气泡一样往上飘，直到碰上了一个看不见的障碍物，它在障碍物旁边慢下来，顶住它，使劲地穿过去，之后就消失了，在身后留下了薄膜破裂的声音，它打破了两个不同环境之间的界限，并把这份记忆揣在内心，带走了。

5

光头现在很棘手，模型勉勉强强能动，偶尔还有些呆滞，边走路边打瞌睡，于是，光头就背着他，像扛一只口袋那样，他把他扛在肩上还是很费劲的。犹杰伊几次要提供帮助，但是，光头却摇着自己一样剃着平头的脑袋，气喘吁吁地说：

“我觉得，你自己的那份体重就够你受的了。”

他继续背着。中间休息的次数变频繁了，这显然是因为模型。光浴之后，模型充满了活力，有些时候还自己走。有一天，新女性恰好在休息的时候和它挨着，她仔细看过后，发现模型的嘴没切好，只是刻出了一道嘴唇，耳朵也雕画得潦潦草草，还没发育好的眉毛勉强能看清楚，眉毛下面是跟瞎子差不多的眼睛。犹杰伊捕捉到了她的目光，就好像给她出主意一样，说道：

“看来，我们似乎也没法子让他的模样变得体面一点。不得不请求上面的帮助了。”

旁边站着的光头（这时新女性明白了，犹杰伊根本不是在跟她说话，而是在跟光头说话），在模型面前跪下来，碰了碰它的脚后跟，把两根粗壮的手指贴在它脖子上，试图抬起它紧紧贴在眼睛上的眼皮，但是没抬起来。

“是啊，是这样的。”光头不露声色地承认了，“得给我一个钩子。”于是犹杰伊在空中比画了一个奔放的符号。

他们又开始走了，就像平时一样，围成一个单调的圈，在单调的沙地上，像平时一样，长时间地走，一直朝着那个看起来目标不明确的方向，只不过，空气变得凉爽了，山丘变得更陡了，沙子开始发硬，随后完全成了褐色的泥地，在那上面，个别地方能看见一些绿色植物，天知道是什么，类似蒿草，但是，就连这种干巴巴的绿色也让同行的人感到开心。山丘变成了山麓。

当天气完全冷下来的时候，在接下来的一个小山丘后面现出了一个像大草棚一样的建筑。所有人都因为意外而停下了脚步。他们已经如此之久没见过人类的住宅，就连一座大理石的宫殿也不会让他们产生比这更强烈的印象了。

犹杰伊满怀信心地走在最前面，光头早就落在后面了，因为多半路途他都扛着越来越沉的模型。甚至连瘸脚人也超过了他。

走到近处，草棚原来更像一个古代建筑。入口非常高，分成两扇，就像大门一样，上部有一个构架。他们进去后，又一次感到惊讶，宽敞的大厅让人想起公共寝室、中学生睡觉的地方或是条件非常好的营房，没有通铺，有几十张床，床头靠墙，铺着雪白的东西，既不像粗布床单，也不像细布被褥。左侧墙边立着一个巨大的炉子，炉上镶着蓝白相间的瓷砖，显然是荷兰制造的，在整个房间的中间摆放着一张木头桌子，而左侧墙上有两扇不大的门，一扇门上贴着 OO 的标志，另一扇门上则画着一个正在喷水的淋浴喷头。

新女性惊讶地辨认着那些尽人皆知的标志，现在她才明白，这段时间她一直没洗脸，没去洗手间，甚至都没去小便。这怎么可能呢，她怎么可能忘了做这些最迫切的事情呢？她突然感到膀胱很胀，就推开了洗手间的门。那里有一个白色的马桶，一个洗脸池，一条毛巾挂在铁钩子上。此外，屋里还散发着一股肥皂的味道。

“我忘记了多少事啊。”她感到害怕，坐在了马桶上。熟悉的过程进行得十分顺利，就连还没开封的卫生纸也提供了自己的服务。她冲了水，走到洗脸池前，用眼睛搜寻着镜子，却发现没有镜子。镜子是应该有的。拧开老式的铜质水龙头，水流出来了。她用力量很大的水流冲击着双手，水流很急，显得很沉重，她如此清晰地感觉到了水，这让新女性的眼睛涌出了泪水。

“这么长时间了，我怎么一直没想起来自己作为人需要不时蹲便盆的本性呢，我还忘记了水，它是多么重要啊，可是看起来，没有它也行？因为我简直想都没想起来过。”

她接了满满一捧水。水甚至是沉甸甸的。她把脸浸到了水里——幸福啊。洗了一遍，又一遍，再一遍。现在要是能冲个澡该有多好啊。

新女性走出洗手间。光头已经把模型放在一张床上，模型的手轻轻地动了动。其他人站在桌旁，带着明显的不知所措的神情。

犹杰伊对他们说了些什么，她没有马上听清楚。

“……过夜。我们很久都没睡觉了，今天我们就在这里睡。”

新女性环顾四周，现在她想去淋浴室。但是，淋浴室不见了。不但如此，洗手间也没了。在刚刚还有两扇矮门的地方，现在什么都没有了。一堵空墙。她不解地坐在离她最近的一张床上。

“应该问问。我一定要问问。”她还没来得及仔细想完这奇怪的变故，犹杰伊走到她面前，冲着她耳朵说：

“一会儿我再解释。这只不过是领导的疏忽，因为这里既不应该有淋浴，也不应该有洗手间。一个小失误。”他咧着自己薄薄的嘴唇笑了。

为什么他的脸这样面熟？可能是因为他们已经一起走了很久，她觉得她要睡着了。她刚躺到白色的硬床上，一切就消失了。多好啊，这就是她所想到的最后的东西。

在她待着的地方，有一些会说话的半人半植物，还有一个引人入胜的故事情节，她在其中扮演的几乎就是一号女主角。她被放到一块巨大的白布上，她自己都觉得她成了这块布的一部分，有一双轻盈的手在做着什么，好像是在她身上缝线，至少，她觉出了一些细针带给她的刺痛感，然而，这种刺痛多半是令人愉快的。她在梦中猜到，她身上所发生的一切，对于她是生死攸关的，但是在此背后，有某种更加重要的东西，它和一种最终真理的揭示有关系，而这种真理比生命本身还重要。

她睁开眼睛。她的背、脚、手、后脑勺感觉到了一种坚硬的白色东西。身体很舒服，很快活，无论是藏在肌肉深处的肱骨，还是碰到床单的赤裸的脚后跟，都感到快活，除此之外，心脏也感到快活，还有肺部，而最快活的一点是略高于胃部的地方。甚至比在火堆旁边更舒服。但是，她不想睁眼睛。那几个熟悉的男人嗓音不紧不慢地进行着早已开始的对话。对话在记忆消失的那个边界之外进行。

“我根本没准备好。”一个人说。这是光头。

“我什么都不知道。而且，一直在发生着某种难以预言的事情。”

“这里根本没有可预言的事情。总是即兴演出。”犹杰伊回答，“我们把模型扛到这儿来的时候，我还不知道要训练所有人。现在，所有人都达到了一个新的水准。每个人都达到了自己的水准。”

“你确信你该走吗?”

“是的，我在这里已经把所有事做完了。”

“现在就走?”光头伤心地说。

“再等一会儿。”玻璃叮咚作响，就像碰杯的声音。

“算了，好吧。现在，在最后时刻，请把关于伊里亚·约瑟福维奇的一切都告诉我。”光头请求道。

犹杰伊笑了：

“大夫，你可是一个聪明人，你早就下过诊断，聪明的脑袋长到了傻瓜身上。”

“我对职位等级从来没兴趣，你知道，这不是我的过错。你为什么知道的如此之多？我说这些，不忌妒也不羡慕。”

“我对此有所了解。你看，在诚实的迷惘中积蓄着巨大的力量。转折能给出令人眼花缭乱的效果。所以我消失了。但是，爆炸本身是病态的，虽然几乎是瞬间的。而你总是离真实的事物更近一些。他们那里是怎样的，真理是具体的吗？”两个人都笑了起来。“你的路是缓慢的。但是，它是可靠的。那你认为，成为圣人容易吗？”

光头哼了一声。

“这里谁是圣人呢？”

“什么谁是圣人？”犹杰伊非常严肃地回答道，“你，还有我啊，还有其他所有人。”

“你说什么？我，一个没有信仰的人，还有这个模型，还有那个丑八怪似的胖子，我们都是圣人吗？我不明白。”

“你太着急了。别着急。你记得吗，伊里亚·约瑟福维奇是个工作狂，他总是觉得，时间差不多了，再努把力，就会得到诺贝尔拯救人类奖。而如今，你看，我哪儿都不急着去。你渐渐就会明白，这是一份神奇的事业，我什么都读过。我什么都知道。我知道必须知道的东西，知道够用的东西。就像透过一层毛玻璃。

我无法深入理解，因为太着急了。”

又有什么东西叮咚响了起来。“他们一定是在喝酒。”新女性猜到了，她满怀无法解释的激动和一些不自在的感觉，聆听着他们的谈话。她甚至想发出声音，暴露自己的存在，但是她发不出来。身体似乎短路了，手指动不了，声音也发不出来。

“是啊。”光头叹气道，“我没什么可急的。尤其是现在，她在这里的时候，一切都是模糊的。”

“并且无法预言？”对话者不无挖苦地回应道。

“是的，看来……这奇怪的医学……你知道吗，方法上非常像我们的……就连针都缝得差不多，双排外科针……甚至连针，我都觉得是圆的。”

“那你是怎么想的？斯帕索库科茨基①的洗手法，贝姆的环锯法，别赫捷列夫②的输液法……所有的方法都来自那里。”

“神奇的是，他们分别处理骨组织，血管，神经……我不确定所有的都仔细看过了。”

“你可以确定，不是所有的都看了。不是所有的都一起看了。算了，到时候了。最后一个，然后我们就走。你送我。”

他们显然碰杯了。

---

① 斯帕索库科茨基（1870—1943），俄罗斯外科学派创始人。

② 别赫捷列夫（1857—1927），俄罗斯医学家、神经学家和病理学家。

“那这些人怎么办？就这么留在这儿？”光头不安地说。

“大夫，大夫。”犹杰伊笑了，“他们会休息。手术后的梦。”

新女性甚至高兴了起来，可以不睁开眼睛，还能再睡一会儿。她迅速地进入了纯净透明的梦乡，其中有空气的飘荡，不是平常的飘荡，而是音乐一般的，轻盈的闪亮和音乐合上了拍子。这种景观，就像食品和水一样，能解除人的饥饿和干渴。

6

道路在山丘之间蜿蜒向下。他们快步走着下坡路，感觉到了一种内心的向往，它吸引人们走得越来越远，这种向往是这样强烈，得用一些力气才能停下来，就好像在想象中的道路尽头，有一个轻佻的路边美女在唱着引诱人的歌曲。

他们也没有停下。吹来了一阵熟悉的微风，但是，它送来的不是扎人的、令人厌恶的沙子，而是一股股香气，其中，显然能分辨出有点令人恶心的肉桂、危险的扁桃和老图书馆那令人陶醉的香气，旧的皮封面、干燥的纸张和甜蜜的胶水。

犹杰伊走在稍稍靠前的地方，步伐像一个山民，弯着腿，用脚掌的外侧着地。光头在后面，肩膀耷拉着，手臂松弛地攥成了无力的拳头，就像一个年迈的拳师。他们两个人都觉得，这是一个完全不同的地方，并且，这种暂时无法确定的不同越来越强烈。

同时，他们明白，他们正向东方行进，而在他们和另外一些人曾经旅行过的那个地方，是感觉不到任何方向的。然而在这里，东方很快就用自己泛白的、闪着亮光的天际宣告了自己的存在。

道路不知怎样自己就变得急促起来，变成了越来越深的凹地。这个地方渐渐有了曾经住过人的特征，虽然他们一个人都没遇到。道路两旁有一些巨大的落叶树，像是椴树，但是，叶子非常小。间距精确的两排树给人一种舒适的印象。一开始，凹地退去了，道路在侧面分出一个小叉，像是一条非常舒服的小径。树干上钉着一块木板，上面画着一个褪了色的蓝色箭头。他们转向了右边。

道路快速地将他们带到一幢台阶很高的木头房子前面。台阶是不久前整修过的，是用还没来得及变暗的白色木头做成的，而房子本身已经非常破旧了。道路两旁长着一些低矮弯曲的草，就在早晨不太清晰的光线下都能看见，这些草亮闪闪的，是春天的草，不久前才刚刚长出来的。“茂密的嫩草!”光头想，“在兹韦尼哥罗德的林中空地上，在菜园最里面的泉水旁边，长的就是和这一模一样的草。”他弯下腰，伸平手掌抚摸了一下小草，他笑了，眼睛没有骗他，是一模一样的感觉。

“我想，我们到了。”犹杰伊说，他们踏上了台阶。他俩在条纹擦脚垫上擦干了脚。他们进入了宽敞的前厅，那里坐着两个模样憨厚的男子，像是看门的，一个戴着一顶旧的护耳帽，另一个戴着鸭舌帽。在两个看门人前面，站着一个穿着厚厚僧侣法衣的老头，手里拿着一根印着一些模糊文字的纸带，小声地给看门人讲解着什么。

“什么都不行。你身上固有的东西是可以的，而身外之物却不行。”一个看门人反复唠叨着。

“这不是身外之物。这是获得准许的祈祷。”僧侣坚持道。

“去你的吧，得重复多少遍啊！”戴护耳帽的那个人生气了，“老头，你看！”

一个看门人打开一个立在那里的又破又脏的柜子，开始从里往外一件接一件地掏东西，装在塑料包里的洗漱用品，假腿，一沓不知哪个国家、哪个年代的钱币，一枚形状像一颗歪歪扭扭的心脏的奖章，最后，开始一本接一本地往外掏书。这些书都是福音书，有古老的、被上百年来的阅读损坏了的旧书，也有三种语言对照的、供旅馆客人读的新书。

“你看，所有的身外之物……人们拖啊，拽啊……所以，你明白嘛？把自己的文件拿来，走过去。”

僧侣把纸带放在黑色福音书的上面，郁郁寡欢地走过了通道。

犹杰伊和光头走近那两个凶恶的看门人。

戴鸭舌帽的嘟囔了几句关于通行证的话。犹杰伊摊开了双手。

“伙伴们，你们怎么回事？通行证早就不用了……”

“你们不用了，而我们还要用。领导问我们要。这里什么人都来。”

光头温柔地看着他们，显然，他们是同乡，是外省的农民，而有一个人的脸看着面熟。光头仔细地看着他，认出来了，是库罗耶多夫，狗娘养的。他在医院当门房，干了很多年。一个爱吵嘴的家伙，是退休的克格勃保安。

“算了吧，走吧，伊里亚。你怎么了，库罗耶多夫，干吗盯着看?”光头坚决地穿过了两个男人看守的门。

库罗耶多夫不知所措地看了看光头，之后啊地大喊一声，欣喜地挥动着双手。

“老爹！你也来了！你也来了!”

“傻——瓜!”光头扯开嗓门喊道，于是带弹簧的门在他们身后很响地关上了。

在门后，什么房间都没有。一个巨大的半圆形剧场，在它深处有一个圆形舞台若隐若现。两个旅行者站在外侧边缘，在倾斜的通道旁边，那里没有往下通到舞台的台阶。开始，光头觉得，这里什么人都没有，但是之后，他辨别出了一群观众，他们全都单个坐着，稀稀拉拉的，相隔很远。

“看来，我们得下去。”犹杰伊不十分自信地说了一句，于是，他们下到了非常深的地方，当犹杰伊叫住光头的时候，他们几乎到了半圆形剧场一半的地方。“我觉得，差不多了。”

他们拐入侧面的通道，发现那里立着一些笨重的石头礅，而不是一开始以为的密密麻麻的长凳，石头礅相互离得很远。

“你坐在这儿吧。”犹杰伊提议。

光头坐下了。

“怎么样，看得见吗?”光头在舞台中央看见一个凸起的东西，而在它之上有一个巨大的磨砂圆球，它放在一面独立的矮墙上。

“是的，我看到了一个玻璃球。”

“那你试试坐到那儿去。”犹杰伊请求他说，光头换到了前一排，坐在了石头墩上。还是看得见，但是，就好像是透过别人的眼镜，一切都雾蒙蒙的，失去了清晰度。

“在这里看不清楚了。”光头眨了眨眼睛。

犹杰伊满意地点点头，建议他站到高几排的地方去。但是，在那里只能看见一片白雾。

“你看，大夫，我没说错，这就是你的地方。”他让光头坐在原来的地方，“这也是大夫开的处方。”

“你这些小把戏是愚蠢的。”光头气冲冲地说，“你好好讲一讲，这里要演什么戏?”

犹杰伊没有坐下，他站在旁边，把手放在光头的肩上。

“这就是你真正的地方。如今的地方。”

“可是那些坐得低一些的人看得更清楚吗?”光头好奇地问。

“他们看得不是更清楚，而是更多。如一种独特的调节作用。

你所看到的取决于你的位置，而位置又取决于你自身。但是，这不应该让你感到伤心。他们比你学得多。”这听起来很让人感到安慰。

“学什么?”光头简短地问。

“就是这个——成为你自己。”他看了看天空。即使在这里，在剧场深处都能看见天空的东方泛着亮光。

“你有时说的一些事情庸俗得令人难以忍受。”光头皱着眉头，“你最好给我讲讲，怎么才能不成为自己。”

“所有人都需要重生。重新生出自己……哎，够了。你自己会弄明白的。”他痛苦地叹了口气，“你看，现在我们两人要分手了。”

“永远吗?”

“我不知道。但是我不这么认为。”

“听着，”光头打断了那种友好而又浪漫的语气，“那我该怎么办呢，和所有这些……嗯，和模型、瘸脚人、胖女人……我可是不太能想象出来，我能为他们做什么。”

“你知道吗，你提出了一个正确的问题。我想，你能应付得了他们。对最高理性抱以希望吧。它不会骗你的。”犹杰伊嘿嘿地笑着说，这得意的一笑突然刺痛了光头。

“你在笑吗，伊里亚?”

“伊里亚余下的那一部分却在哭，大夫。因为，你看来和我一样，相信过最高理性，对吗？那你就遵从它吧。”

光头想说点什么反对的话，但是就在这时，传来了一阵声音，开始的时候不是非常响，但是令人感到不安。这是到达了最深处的道路发出的声音，光头感觉到了腹腔中的洞，好像响声进入到了那里，之后又出来了，穿透了他整个身体。在这个响声里还有一个声音，它在含含糊糊地宣布：

“请您准备好！请您准备好！”

但是就在那时，他明白了，不是他需要准备，而是另外一个人。这时，传来一阵响声，像小号的声音。

犹杰伊弯下腰，笨拙地亲吻了光头一下，之后开始往下跑，跑到舞台跟前，现在明白了，这个小号般的声音就是在叫他。之后他突然停下，跑了回来，急匆匆地挨个口袋搜寻。他边走边拽出来一个既像小盒子，又像大圆甲虫似的东西，把它塞到光头的手里说：

“差点儿忘了。这是打火机。它能粘在手掌上。好好待着！一切都会好的！会非常好！”

然后，他向下跑去，轻轻地跳跃着，非常快，他那一缕缕稀少的头发在脑后飞舞，过了一小会儿以后，他出现在木板台旁边，还有两个肤色较浅、模模糊糊、看不清轮廓的人，往他伸出的双手上堆了一大摞书和纸，还有一些口袋和袋子，那是出差的人会随身携带的那种旅行重物。

球分成了两个半圆球。犹杰伊带着自己的包袱迈了进去，球合拢了，发出清脆的金属门闩声。

有穿透力的小号声，像扩大了很多倍的少先队警报信号，一直在扩大音量，正好到响起门闩声的那一瞬间才停止。这时，声音停滞了，传出了微弱的电流般的沙沙声，圆球的底座微弱地发出了亮光。光线越来越亮，整个圆球都充盈着淡蓝色的冷光，虽然非常清晰，但是那光线并没有照亮舞台，这强烈的照明仿佛集中到了圆球内部。

“它会燃尽……完了。”光头感到害怕了。

沙沙声停止了，圆球内部的光被关掉了，圆球变成了磨砂的，半透明的，好像是冷却了……之后，球打开了。

犹杰伊从圆球里走了出来。他的手和从前一样伸向前方，上面好像还放着一摞书。但是，什么书都没有。似乎，也根本未曾有过什么书。

“燃尽了。一切都燃尽了。”光头猜想到他心爱的傻瓜朋友手里捧着的是什么，他所有的思想、计划、书籍、报告，还有他所有的愚蠢成就，监狱里的著作，以及所有那些常常会演变成周围人痛苦的崇高行为。

犹杰伊抬起了右手手掌，所以光头非常清晰地看见了一张亮晶晶的、闪烁着金属光泽的薄板。在薄板上写着一个词，虽然距离很远，但是光头还是认了出来。

意图，这个词在薄板上闪闪发亮。

“我的上帝啊，”光头说道，“那已经备好的地狱呢？难道我们的意图能宣告我们无罪吗？”

舞台摇晃了，无论是在冷却的圆球，还是闪亮的天际，这一切都闪到了一旁，就像一片云影。他们又绕成一圈走在灰茫茫的沙漠上，双脚直往沙子里陷，微风送来沙子，吹向人的脸庞。走在最前面的是光头，而瘸脚人走在末尾，他已经不再一瘸一拐的了。

7

在板棚里住了一夜后，所有人都发生了一些变化。模型的变化比所有人都更明显。他现在已经不那么笨拙了，浑身变得和谐一些了，获得了某些细节特征，就连耳壳也因为简单的线条而生动了起来，而从前目光呆滞的眼睛，现在看起来已经不像失明的了。

“可能，午夜的造访者们尤为充分地在他身上花费了力气。”光头暗自想道，“他们的整形外科不错，让你挑不出什么。他们给瘸脚人的脚做了手术，只是不知道是装了假肢还是肢体移植。他们好像做了新的骨组织，用它构成了腓骨和胫骨，之后又激活了神经和肌肉组织，胖女人变得更胖了。院长变得晶莹剔透，手臂闪闪发光。看来，每个人都变了，除了新女性。”

他从远处偷偷地看着她坐在一个小丘上，脱下鞋子，倒出里面的沙子，之后用自己娇媚的双手（左手的中指和无名指之间有一道浅浅的疤痕，小时候被鱼钩扎的），抚摸着窄小修长的脚掌（她总是害羞自己的脚长得太大），抖落沙子。之后，摘下黑色的三角头巾，披散开浓密的栗色头发，头发分成了富有弹性的三股，有时候，头发由于常年习惯了编得紧紧的辫子，散开后就会这样，新女性抖着沙子。

模型虽然有了改善，可仍让光头感到不安，但是与此同时，光头又生着自己的气。结果就是这样，是他的朋友把他们都交给了他。但是实质上，他自己又是谁呢？和他们一样，去向不明，目的不明，不知所措，孤独前行。

光头还是在模型第一次发病前就注意到了他的奇怪举止，模型开始表现出某种不合乎他本性的躁动不安，时而四处张望，时而蹲着，用马马虎虎雕刻出来的手抱住脑袋。某一瞬间，模型会停下，侧耳倾听，一阵微弱可怕的声音从一个庞大的地方朝他飘来，扑面而来，就像是纤细而凶恶的针头。

针刺非常短促，它扎进模型的额头，模型大叫一声倒下了。像是癫痫病发作，光头迅速地把一把银勺子——从哪儿来的？——塞到他嘴里，把他的脑袋放在自己膝盖上，害怕他硬石头般的脑袋磕在地上。什么药都没有，现在哪怕有五片鲁米纳也好。

从这第一次发作开始，模型的生活发生了变化，变得可怕，变得更加明白事理。他现在总是两种状态必居其一——“发作前”或“发作后”。但是他知道，还有第三种，即“发作”，这就是让人感到恐怖的事。在发作之后就是“发作后”状态。他站起来，空荡荡，轻飘飘，就像一只口袋，彻底忘记了刚刚遭遇的事件。通常，他在这一时刻能看见光头在身边。如果他不在，模型就追赶其他人，他们有时会走到很远的地方。他感到了强烈的饥饿，走近光头，后者一句话都没说，把一小块方饼干塞到他手里。模型吃完香喷喷的饼干，过了几分钟后就忘记了饥饿。他又走着，走着，突然想起，有一天，就是这样走着的时候，他听见了一阵微弱而恐怖的声音。他不安地倾听着，很快，这声音实实在在地出现了——“发作前”状态开始了。这些凶恶的针头从看不见的远处朝他飞来，也许是蜜蜂，也许是子弹，越来越多了，仿佛，它们之中的每一个都瞄准了身体上特别柔和并且虚弱的部位——眼睛、喉咙、肚子、腹股沟……每一个被瞄准的点都仿佛变成了一个独立的部分，并且这一部分感受到了令人烦闷的等待，感受到了一直在增长的恐慌，每个器官的具体感受变多了，以宇宙速度增长，变得非常大，因此，模型的恐惧远远超出了他自己的尺度，为了把这无限扩展的恐慌置于自己体内，他变得极其硕大，比自己本身大出很多，比人类能够想象出来的最大东西还要大很多。所有这一切都在不停地延续，延续，延续……他无望地想在这一刹那间缩紧，变成一粒很小的、最小的、最不起眼的沙子。

他试图缩起来并且消失，但是，他反而变得越来越大，变成了一个开放的靶子，所有的箭头都朝他飞来。这种疯狂的扩大和身体的膨胀越厉害，想缩成一粒沙子、想消失的愿望就越强烈，于是他遭受了打击。先是一下，在头上，令人头晕目眩，痛及全身。打击是尖利的，像一把黑色的马刀砍的。之后又是一下，又一下。它们一次接一次砍来，砍削着变得越来越小的身体边缘，它们像闪电一样，击打着已经焦黑然而还在颤抖的树干一般僵硬的身体。

而光头，一边竭力不让模型抽搐的下颌发抖，一边捧住了他晃动的头。有时候长发人会帮光头的忙。他用自己褐色的靴子压住摇摇晃晃的乐器盒，他一分钟都没和这个盒子分开过，然后用两只手抱住模型像粗木枕一样的身体，减轻了那个疯子遭受的打击。

之后，模型站了起来，空荡荡，轻飘飘，就像一只口袋，这一切重复了一次又一次。光头看他头颅的内部，他看见，两个不大的半球被一层深色的闪光膜包裹着，这种膜究竟是什么很难说，也许是在坚硬的脑壳下面的 Dura mater①，也许直接在软组织上，

① 英语，硬脑膜。

是 Arachnoidea① 或者是 Pia mater②，每次发作之后，这层膜都会盖上一层新的褶皱网，所以这层膜的小网格没有了，消失了，和粉红色的血管一起，长出了一些淡灰色的健康脑组织。

“常见的情形，”光头想，“我们那里也有精神分裂症的电击疗法。”

他抚摸着这个平静的低能儿的头，后者像小孩一样把头在他手下面扭来扭去，让每一个地方都能碰到医生的手。

旅行者们坐在篝火旁的时候，院长通体透明，光头有一次发现，院长曾有一阵摘下了自己的僧帽，她闪闪发亮的脸让他感到震惊，因为那张脸罕见地不对称，无论是眼睛还是眉毛都不在它们原本该在的地方，只有可怜的没有了睫毛的眼皮还耷拉在那里，而在额头上，一道被烫成眼睛形状的伤疤正在流血。她飞速地戴上了僧帽，只有那串黑色的毛线念珠，在黑色衣服的映衬下勾勒出了透明双手的轮廓。

没人发现她离开了，有一天，在火堆旁边，在通常的休息之后，她的一件衣服还在，那是一件和黑色长衣叠在一起的白衬衫，一件圣衣，一顶东正教传统的修女帽，还有一个红色的天鹅绒钱包。光头把它打开了，里面放着一根已经完全腐烂的毛线和一小

---

① 拉丁语，蛛网膜。

② 英语，软膜。

撮灰，它们卷在一张锡箔纸里。她的衣服散发着一股肉桂味，这是光头从小就不能忍受的，还有苦扁桃和乳香的味儿。

院长优雅地消失了，谁都没惊动，然而一张重新出现的面孔让所有人都感到不安。开始，这个中等身材和中等年纪的公民发现自己在火堆旁边时，他以为他在做梦。因为，除了睡觉和不睡觉这两种状态，他不会有任何其他的状态，所以，在他看来，这些坐在火堆旁边的忧郁的、有些呆滞的人，都是令人怀疑的。就连径直在他脚边燃烧的火堆，本身也非常奇怪——颜色浅得过分，没有热度。

“一切都像道具似的。”穿夹克的这个人想，“毫无疑问，这是梦，一个非常有趣的梦。”

他开始努力地注视这个非常奇怪的梦，以便在醒来的时候别忘了，还要把这个梦告诉妻子娜佳。她的梦总是异乎寻常地愚蠢，她不是梦见把他的夹克送去清洗，就是梦见她煮的汤要逃跑。穿夹克的人自己很少做梦，而这种富有创造力的、有火堆的梦，这一生还没做过。他试着数数坐在火堆边有多少人，但是没数成。也许是他们稍稍移动了，也许是他们的人数变了。他更专注地看着他们的时候，觉得他们不十分真实，有些虚弱。其中只有一个人与众不同，他是高个子，很结实，头剃得光光的，在他高高的额头上闪着火堆的亮光，因为，他的半个脑袋都是秃的。额头像列宁，于是，他选择光头做自己的谈话者，因为光头是最体面的人。

“应该问问他。”他卡住了。他突然害怕了，怕这不是梦。如果这不是梦，那么就应该先问问，这是什么地方，他是怎么跑到这儿来的……问这种话，别人会认定你是疯子。而且，他怎么都想不起来，在他来这里之前发生了什么事情，显然那是在郊外，在一个陌生的地方，甚至不是在中部。

他又一次凝视着那些人的面孔，根本不认识，而且还很奇怪。身边是一个长得像罪犯的笨蛋，他像石头一样木讷，远一点的地方，长发人盘腿坐着，造作地挺直了脊背，紧紧抱着萨克斯的盒套。他儿子没离家出走之前，也经常拖着这样一个盒套。一只小癞皮狗和一个胖大婶是最普通的，在他的左边——他甚至振奋了起来，同时也稍微平静了一些——趴着一个非常漂亮的女人，她直接趴在光秃秃的地上，用手掌撑着下巴，她长着一副俄罗斯人的姣好面孔。

“这个女人合我的口味，”他高兴地想到，“她像我的娜佳年轻的时候。”其他人淹没在昏暗之中，火光一会儿照亮了某人的手，一会儿照亮了某人的脊背。

“应该集中思路，搞清楚这段空白是怎么形成的。”他下定了决心。这个情形令人不愉快，但是，他并不觉得恐惧。他把自己的思路转向家里，转向他活得更踏实的地方。那么，他记得什么呢？妻子娜佳早饭给他吃了炸土豆和两个肉饼。他非常清晰地想起了那两个肉饼，一个贴一个放在盘子里。香肠夹面包。茶。那是星期二。课程表编排得非常方便，星期三是一周里最后四个小时的讲课，然后直到星期一都没事。

“从我当上教授那时候起，课程表总是方便的。”他想道。“是的，还有社会职务，党委会，大学校长办公室，顺便说一句，不能忘了，正好这周……”他走神了。“就这样，后来呢，我吃了早饭，出门去遛卡什坦。它在远处发现了一只面目可憎的灰色大猛犬，是旁边门洞里的……之后我上楼，换衣服。”

此时他注意到，他身上穿的是一件深灰色的正式西服，胸口上有横条的那件，而根本不是有蓝色竖条的那件。他看了看自己的鞋尖，黑色的，出门穿的。而早上的时候他穿的是一双罗马尼亚带孔旧皮鞋。

“这样一来，得进行逻辑推理。”他命令自己，“早上出家门的时候，我带着皮包。前两节课是讲座，我今天给五年级讲当代认识论问题，后两节课是科学无神论原理，是给一年级全体学生讲的。皮包没在身边。我是否讲过课，这我记得不太清楚了。我现在穿的是另一件衣服。由此可见，从我出门到现在，这段时间发生了一件我此刻不记得的事情。它发生在早上八点二十五到……”他想看看表，但是，表没有了。“时间是晚上。但是，让人无法置信的是，从我想象中的早上到现在，只过去了十个小时。从我不再留意时间的时候起，随便多少时间都有可能溜走。

因为，记忆脱节了。比如说，是一阵脑神经痉挛。如何控制接下来要发生的事情呢？可能会是第四局的医院，然后是疗养院或类似的地方，但是娜佳不可能放我一个人走！生病的人需要……不，这不像她。奇怪，奇怪。”

教授客气地问长发人：

“请问，现在几点了？”

长发人目不转睛地看了看他，教授觉得他的回答充满蔑视：

“还是那个点儿。”

“典型的嬉皮士。”教授马上就对他做出了评价，他转过了头。光头看起来比所有人都体面，这毫无疑问，教授起身要去他那儿。起来后，他感到空间有些不对劲，也许是地平线太近了，也许是天空太低了。

“多拥挤的地方啊，鬼知道是什么风把我吹到这儿来了。”教授恼火地想。而光头充满尊敬地起身朝他走来。“他看上去和马雅可夫斯基长得挺像。”教授喜欢马雅可夫斯基，常常在生活中和自己的讲座上引用他的诗句。

光头走到和他并排，突然把手搭到教授的肩膀上，教授对这个熟悉的手势感到了惊讶。光头先开口了：

“教授，我请您不要担心。并且，暂时不要提问。您现在所处的局面是极端无序的，您不得不在这里度过一段时间。之后，一切都会给您解释清楚的。”

教授矜持地点了点头。他开始猜测他身上究竟发生了什么事。当然了，只有无所不能的机构才敢这么做。催眠，换地方，对一个人恣意妄为……当然，这不是一九三七年，但是，有一股强大的势力，教授没听说过。他仔细地看了看光头。那这个光头是谁呢？

光头穿着一件白色的棉布衬衫，领口有一个纽扣。他穿的是士兵服，一件军人穿的长衫，军用内衣，光线不是很亮，但有什么泛出了微光？

教授对自己的观察力感到高兴。

8

只有现在，犹杰伊不在身边的时候，光头才开始明白，他肩上担负着多少各种各样的责任。开始的时候他觉得，最主要的麻烦是模型及其不停的发作。但是，他渐渐明白，在这群灰色的人群中，没有统筹者，每个人物都有自己的独特内容。与其说是内容，不如说是按照一个神奇的原则构成的任务。到那儿去吧，却不知道那是什么地方，带点东西来吧，却不知道那是什么东西。仿佛，他们所有人都束缚于某个任务，就像苦役犯被束缚在矿井中一样，无法从这里脱身，直到完成那个任务。但是，形成了一种印象，只不过不是所有人都能猜得出来，猜出这出戏的导演期望从他们身上得到什么。就连光头自己都不特别清楚他为什么待在这里。

事实上，他在尽可能地继续着自己在研究所、临床医院、住院部里做了一辈子的事情，某种既不是医生，也不是教师的作用。辅助的……助产的……

他第一次在这里看见新女性的时候，感到她是如此亲切，其面庞和身体上充满了所有那些珍贵的特征，手势如此熟悉，他没能马上明白，她和他之间其实隔着一道不可穿透、不可逾越的界限。她没认出他。他的第一个最强烈的愿望，就是抓住她的手，抚摸她的头发和脸庞。但是，犹杰伊那时就提醒他说：

“小心。我们正在和严重的记忆丧失症打交道。让她先适应适应。之后你再过去。”

“这能康复吗？”光头一边问，一边压制着自己想马上抱住她的渴望，想把手指从脖颈伸到后脑勺，推一下她的发卡，把她那栗色的长发放下来。这是他命中注定的唯一女性，他为重新开始一切做好了准备，他要走到她那里，就像一个男人第一次走近他喜欢上的陌生女性。

“能康复。能部分康复。你也看见了，有人关心你，让你认出她来，但是，她认不出你。我觉得，”他委婉地总结道，“在这里，总的来说，最好不要抗拒，而是接受。这么说吧，要迎面而上。”

从那时起，光头尽量不让新女性走出自己的视野，每一次，当她的眼睛里显现出疑问或不安时，他都在旁边。不过，她的存在并没有给他构成任何难题，只是心里面磨破的地方，就像旧伤口一样，在隐隐作痛。

难题在其他人身上。比如，有两个女人，总是成双成对，她们因为个头的巨大差异而显得有些可笑，一个几乎是侏儒，烫着鬈发的脑袋非常大，手和脚很短；另一个女人极高，双腿细长，驼背，长长的脖子上顶着蛇一样的小脑袋，近看，她们根本不是一对朋友，而是对方的俘虏。矮子的左脚和右脚之间绑着一条类似自行车链条的铁链。她绕着脚踝把铁链缠了一个八字形。在链条交叉的地方，光头看见一个不知道是玻璃还是金属做的小球。

她们走路的时候，每走一步都让对方遭受痛苦，而坐下来休息的时候，她们不是趁机歇口气，一动不动地待着，而是快速地往自己这边拽那个小球，每一个动作都让铁链更深地陷入伤口。

“她们在分什么东西，分不掉。”光头有时猜想。

他很快发现，他可以给她们片刻休息时间，让她们停止相互折磨，当他把自己稍稍外翻的大手放在她们头上时，她们就安静了。她们的伤口眼看着就不流血了，变干了，愈合了。

犹杰伊走了之后，光头最初所感到的那种不知所措很快就消失了。那个跟随了他一生，他时而称之为内视力、时而称之为本能的助手，现在不是在他看病人或是做手术的时候才苏醒，而是每个时刻，只要光头感到不自信和不知所措的时候都会出现。

在一次休息之后，光头在火上伸出手，关上了紧紧贴在手掌上的打火机，火光因此熄灭了，不再产生温度，只有残余的火还在温暖着光头的手掌，那时，他明显地感到应该往哪个方向走。从前展示给他内部图景的那个东西，现在提醒他应该往那边走。于是，他们按照自己通常的秩序走了起来，一个跟一个地，一个人或两个人一排，长发人带着自己的套盒，胖女人带着她巨大的肚子，侏儒和细高挑戴着镣铐。光头本以为会走很长的居民楼。走近后，他们发现，那根本不是楼，而是一片不大的树林，没有叶子的粗壮枝条紧紧地搭在一起。像是一个苗圃。一些奇怪的矮树。树干和枝条几乎一样粗，灰褐色的，没有一点要长叶子的迹象。从不远的地方看，枝条似乎在微微晃动。那是一种令人厌恶的晃动。

“我们走近一些。”光头说完，所有人都像小孩一样，听话地往前走。枝条确实在动。上面遍布着很多奇怪的动物，它们有一只大老鼠那么大，动物的皮肤很衰老，一根毛都没有，又肥又大，长满皱纹，和树干一样，是褐色的。它们贪婪地、热情地咬住木头，一边还发出像机器一样的隆隆声。

光头抓起一个生物的后脖颈，把它从树干上拽了下来。它不满意地翻腾起来——把我放下，把我放下。他舒展开这个肥硕的，油乎乎的小野兽，同伴们发现这模样可憎的动物是一个人。细小的手脚都萎缩了，脑袋是胚胎发育期的，勉强有轮廓的一道缝似的眼睛紧闭着，鼻子还没发育成熟，嘴巴伸向前方，露出像啮齿动物一样又白又亮的牙齿。嘴边的肌肉自动收缩，颌骨继续做着啃啮的动作。

光头摸了摸这个长得像人似的啮齿动物，把它放到了那根他刚刚摘下来的树枝上。

“上帝啊，这是什么?”新女性惊恐地问道。

“充满渴望的生灵，它想得到满足。”光头讥讽地回答，然而他马上就醒悟过来，我在做什么？为什么我又在挑逗她？多么没有理智的衰老啊。

有一道墙裂开了缝，也许是一道帷幕破了，一大块从前知道的东西浮现到她的记忆中，父母、外婆，三塘街的家，特罗帕列沃的公社……列夫·托尔斯泰和外婆给的第一本非托尔斯泰式的福音书。她一下子因为他那嘲讽的语气而喘不上气来，她还听出了福音书中的话，显然，他有意地歪曲了。“渴求和向往真理的人是高尚的，因为他们能得到满足。”

“不，不，我根本没在嘲讽，请原谅，这就是我的风格。我只是想说，这是它们的真理……所有的激情最终都会熄灭，不是吗?”他继续说道，而新女性的心因为他的话而痛苦地跳动，“只不过不是所有人都来得及在指定期限内平静下来。”

他弯腰拾起地上一动不动的动物，它刚刚从树干上掉下来。现在，它已经不是啮齿人了，而更像是一条人蛆。它没在动了，牙齿不见了，嘴巴的尺寸变得和头不成比例，而脸庞好像和小孩的一模一样。

“好了。他满足了。现在，它更像一个五月大的婴儿胚胎。”

教授越过新女性的肩膀瞥了一眼。他脑海里浮现出一个可怕的念头，他声音沙哑地问：

“它死了?”

“您说的是什么话啊！死亡根本不存在，教授。而这个，我想，更接近于开端，而不是结尾。”光头神秘地回答道。

这时，教授突然大叫了起来：

“我憎恨猜想！我要的是清晰而明确的答案，这里到底是怎么回事。如果您觉得必须得向我展示所有这些所谓的奇迹，那么，您就能明明白白地告诉我，您的寓言寓意何在。”

“什么寓言!”光头真诚地笑了起来，“我们连字都还不认识呢!”

“您听着，我要起诉！我有很庞大的关系，在最严肃的机构里也有!”教授尖着嗓子说，光头好像因为他的大喊大叫而沮丧了起来，他开始说服教授道：

“请您宽宏大量，原谅我们吧，我根本没想冒犯您或者其他什么人。我们会和您讨论这一切的，但不是现在。再稍微等等。现在不行。不符合规定。”

教授平静了下来，不符合规定，这是可以理解的，这听起来让人感到信服。此外，光头听到他说自己有关系的时候改变了腔调，这也是让人感到愉快的。

漂亮女人站在身边，眼泪顺着她的两腮滑落。教授能看见光头把目光移向了那个女人。她轻声地说：

“可怜的人们，可怜的人们……”

然后，她突然问光头：“那大树痛苦吗？”

光头看了她一眼，非常小声地回答，但是教授听得一清二楚。

“还说什么痛苦！当然痛苦。”说完，他朝所有人挥了挥手，说可以朝指定的方向前进了。

9

传来了一阵绵长低缓的哀鸣，好像是腹腔内的低吼。光头用目光搜寻着模型，但后者正在挪动着自己迟缓的双脚。哀鸣来自坐在地上的胖女人。光头专业地从后面抓住她，帮助她更舒服地倒下。胖女人躺下了，她蜷起双腿，试着抱住自己巨大的肚子。一小摊水在她的脊背下面蔓延开来。

“不是在生产吧？”光头惊讶地想道，“奇怪，这里也可以生孩子。话说回来，又为什么不能呢。”

那个胖大婶穿的是一件带大花瓣的法兰绒褂子，因为她来回扭动身体，有几个纽扣已经绷开了，光头用灵巧的手指把剩下的扣子解开。他掀开衣襟，掀到耷拉到两侧的软弱无力的大乳房上，他一下感到呼吸窘迫。开始，他以为女人的身体缠着很多股粗绳子，粉色的和紫红色的绳子，上面长着很多很大的海洋软体动物，每个都有茶盘那么大。他碰了碰其中的一个贝壳，这不是单独的一个东西，而是某种附着寄生物。所有这些绳子和贝壳像生了根似的黏在她的肚子上。在这张生物网上，甚至有某种丑陋而又迷人的艺术性。

在自己多年的医学实践中，光头从未见过类似的东西。手头没有工具，只有一把银勺子，那是在模型发病的时候，他塞到模型两颌之间的那把勺子。两手空空。

他开始给她检查，哪怕是表面地检查一下，他试着移开一个贝壳，摸摸肚子做个诊断。第一次触诊的时候，他觉得他碰到了胎儿的小手。鼓得非常高，就在膈膜下面。

“胎位不正，臀部在前。”他觉得不太痛快，因为预见到了额外的难题，必须把婴儿转过来，他想继续用手诊断一下，但是，发生了一件神奇的事情，他刚刚摸到的小拳头穿过紧绷着的腹壁，钻到了外面。胖女人发出一阵哀号。

“忍一忍，忍一忍，亲爱的。”他安慰产妇说。

“这是什么？子宫壁、腹壁压肌和皮层穿孔？难以想象！皮肤组织要泡得多软，才能被胎儿的手顶破?”他又压了压肚子，肚子又硬又平。

内视力马上就开始起作用了，呈现出这样一幅画面：女人的整个腹腔塞满了孩子，就像鱼肚子里的鱼子。他手握的那个小拳头，是一个发育完好的九个月的胎儿的手，手指上平滑的指甲证明了这一点，这是他成熟的标志。

他用两个手指扩开露出小手的那个洞。产妇呻吟了起来。

“你忍一忍，忍一忍，你会生出一个小巨人的。”他打起精神，机械地鼓励着女人。

开口很容易地张开了，光头把婴儿的小手握在自己手里，把手差不多伸到了有胳膊肘深的地方，他企图把小孩的头转过来。小孩轻松地掉转了过来，但不是后脑勺朝外，而是脸朝外。大夫把他塞回去，把他的小手送到后脑勺下面。

女人呻吟着，但是已经不叫了，光头不知不觉地说了一些常说的安慰话。

“干得不错，可爱的妈妈。这是头胎？第二个？看来，你有经验。深呼吸，再深一些。慢一点，别这么急促。数到十。”

一切都进行得很迅速，简直就是了不起，小男孩生出来了。一个正常、活泼、浑身都是浓厚油脂的婴儿躺在医生的手上，没有肚脐。小孩出生的时候可以没有胳膊，没有腿，但是可不能没有肚脐啊！肚脐陷进去的地方很深，很干净，完全愈合了。

光头虽然惊讶，但还是做了在这一时刻该做的事——清理鼻子和口腔，让孩子头朝下，往湿乎乎的小屁股上打了一下。爆发了一阵音调不高、受了委屈的哭声，哇——哇——光头很久都没听过新生命这种痛苦的哭声了。可怜的音乐是刚刚张开的肺部唱出来的沙哑歌曲，尝试着从喉管里发出第一个声响的实验者，婴儿自己也被这歌曲吓着了，它因为害怕新声音而啼哭起来。

但是，这里的一切都是另外一种样子，与常规、习惯和期望相违背。婴儿轻轻离开了医生的手掌，就像气泡挣脱水下植物向上升起一样，他一边唱着还只有两个音符的歌曲，一边平稳地飘浮到一米高的地方，消失了，在身后留下了类似橡皮球涨破的声音和湍急的空气旋涡的声音。

光头刚刚目送走婴儿，就又一次听到了产妇的哀号声，他在产妇旁边跪下来，在彩虹一般的寄生物织成的网中间，张开了两个口，一个里面伸着一只小脚丫，另一个里面露出一个灰色的小脑瓜。刚才取出婴儿的那个地方，现在愈合成了一个皱巴巴的肚脐，所以，也没有必要缝合了。光头试图摸一摸，看脑袋和手是一个孩子还是两个孩子身上的。

产妇喊了起来。光头一边试着把小脚丫塞回去，一边压女人的肚子，以便让婴儿的脑袋能更容易地露出来。贝壳状的寄生物影响了开口的扩大，光头就拿那把银勺子移开寄生物，然后用左手的手指扩大通道。第二个男孩也没有肚脐，但是，现在光头想的是，怎么才能不把这个孩子失手放到天上去。但是，发生了一模一样的事情。小孩哭喊起来，晃动着小手，虽然这次光头抓得很紧，还用另一只手盖在上面，婴儿还是从他手里挣脱了，像一个肥皂泡一样，发出同样的吧嗒吧嗒声飞走了，又留下了一个快速消散的旋涡。

第三个孩子让光头忙活了更长的时间，这个孩子脚朝前，无法把他掉转过来，除此之外，他还紧紧地握住拳头，抓住了一段长在产妇肚子里的绳子。但是这一次，当这个白净的、没长头发的小女孩的脊背离开他潮湿的手掌飞向天空时，他已经不再感到惊讶了。

那对双胞胎的问题在于他们处于同一个胎盘泡里，无论怎样都到不了开口的地方，所以，光头必须咬断的不是脐带，就像野兽和没有旁人帮助的产妇那样，而是缠绕在肚子上的有弹性的蓝色绳子，肚子虽然瘦了，但是仍然非常硕大。

还有一个孩子让光头感到惊讶的是，他是以最自然的方式生出来的，从产道里，但是，他也没有肚脐，这让光头感到难过。这是第六个。第七个在他之后马上就出生了，也是最古老的方式，但是他严重地不足月份，他从医生手里飞走了，很不情愿，光头甚至有些后悔没有试着去抓住他。严格说来，最后两个是非同卵双胞胎，但是，一个比另一个晚生了至少七个星期。从来没有过这种事。不过，在双胞胎中，在腹内发育阶段，经常有一个妨碍另一个生长的情况。但是，没有时间讨论这个，因为从肚子里露出了另一个患儿的小手，他渴望着跑到外面来。

无数次的生产终于结束了，产妇问她的孩子在哪里。光头认真地看了她一眼，她就是光头最主要的病人，为了她，光头和医学官僚们做斗争，和同事、朋友，甚至自己的家庭做斗争。产妇被力所不及的劳动、饥饿、生产、孤独、责任感和贫困所折磨。光头尽力对她解释，她的孩子们，应该这样去想，他们在天上。她痛苦地哭了。

“那我是不是一个孩子都没有了，一个都没了?”

她躺着，而光头跪在她面前。乱糟糟的寄生物和绳子松垮了，它们在她布满抓痕的大腿周围晃来荡去。光头拽了拽其中的一个贝壳，贝壳落在他手里。那些刚才还平滑，像蛆虫一样活生生的绳子在他手中变成了碎块，这团乱糟糟的网从她的身体上飞走了，就像是干燥的皮肤碎屑一样。一层像蛇蜕下来的皮一样的皮肤在女人大腿上脱落了。人类的尊严又回到她的身体上。她那蒙着一层惊恐的黑眼圈的眼睛，也充满感激地看着大夫。在刚刚生完孩子的女人身上，光头特别熟悉这种疲惫不堪、与世隔绝的目光。

“你能走了吗?”光头问。

“我要留在这儿。”她回答。

于是，光头把残留的可怕寄生物埋在沙子里，从地上拾起一些干枯的植物，点起一堆火。

"孩子，休息吧，休息吧。一切都会好的。"

她动了动，用胳膊撑着，欠起身子说：

"多好啊。"

光头回头看看——人们在等他。在全部旅行期间，他第一次在离开的时候没有把火熄灭。

他们按照通常的秩序往远处走了，一个人一排，两个人一排，光头边走边回头，他总是能看见远处蓝幽幽的火苗。之后，他听见自己身后有吧嗒吧嗒的响亮声音，他最后一次回过头，已经什么都看不见了，除了沙丘和他自己被沙子迅速掩盖的足迹……

10

在一段时间内，教授表现出了明显的顺从，没有用问题来纠缠光头。他试图和新女性聊一聊，但是，后者坦诚而又善意地看着他，一个问题都不能清楚地回答。他长时间地考虑自己怎么才能巧妙地和光头谈谈，既不让自己失去尊严，又能得到哪怕一点点明白话。这奇怪的旅行拖了很长时间，但是与此同时，教授感觉到，想搞清楚所有事情的愿望也淡泊了，他内心里不再胡乱揣测了。除此之外，一种无动于衷占据了他的心，火堆对他起了双重作用，既让他平静，也让他的头脑变得迟钝。

有一天在火堆旁，教授坐到了光头旁边，非常有分寸地问道：

“说真的，请告诉我，您有没有可能让我和我的家庭以及我的妻子取得联系？我肯定，她现在非常担心。”

“原则上是有的。那您究竟想通知她什么呢？”

“喏，首先，说我安然无恙。您看，我们结婚差不多四十二年了，事实上，从来都没分开过。要是我因为什么事不能回到自己的地方，”教授意味深长地停顿了一下，为的是让光头完整地明白他这个教授的婉转口气，“她能不能被派到我这里来看看？”

光头用粗手指挠挠耳朵根说：

“嗯……请问您的妻子是有信仰的人吗？”

教授愤慨地说：

“哪能呢！我们毫无疑问是无神论者。我是哲学家，是马克思主义者，马克思列宁主义美学课的教师。我妻子也是党员。”

“明白，明白。”光头打断了他，“那家里有没有信教的？”

“当然没有。丈母娘是没文化的农村妇女，但是她已经死了，去了天国，一九五一年。”

“是啊，这恰好没什么意义。”光头仿佛在安慰他似的。

“对不起，什么没有意义？”

“说她死了。总之，可以转告妻子。只是，您知道吗，我会建议您把要转达的话说得简短一点儿，比如一切正常。勿念。可是您怎么邀请她来这儿呢？连您自己还搞不清楚您自己身在何处呢。”

“狡猾的骗子。他在拐弯抹角地告诉我这个地方是秘密的。”教授生气了，但是他的情形如此不妙，他既不能提出要求，也不能坚持自己的想法。就连和这个光头发生冲突也是危险的，显然，他不是大官，但他应该能再进一步。而现在这样，就连抱怨都没处可抱怨。因此，教授只是又重复了一遍：

“是啊，我的确自己都搞不清楚这是什么地方，我早就想在您这儿打听消息。”

光头一下笑了，他说：

“就连我自己都不清楚。”

“那好吧，或许您大概知道我在这里的期限是多少，知道我什么时候能回家？”

教授感到，光头仿佛非常同情地叹了一口气。

“期限嘛？我无可奉告。而家里呢，恐怕，您再也回不去了。”

教授愤怒得喘不上气来，但是他忍住了，几乎是冷冰冰地说：

“这是根据哪条法规？”

这时，光头站起来，在火堆上伸出手。火马上熄灭了，仿佛钻进了他的手心。

“我们还会回到这个话题的。现在暂时就此打住，您的妻子会收到说您一切正常的口信，教授。”在光头说出教授的职称时，教授仿佛在其中感到了一种挖苦之意。

11

新女性在结构复杂、有好几层高的楼里踱步，那里有许多长走廊，沿墙边还有花坛。很多门都朝走廊开，每扇门上都有一个符号，有的是数字，有的是字母，就像通常在梦里那样，符号非常清晰。作为一个在梦境方面颇有经验的人，新女性马上就猜到，它们属于那些只有在梦里才存在的符号，它们在梦境结束的时候就不会再有了。有一个众所周知的简单公式，有一些东西、事件和印象会根据这个公式丝毫不变地转化为另外一种状态，另外一些东西则奇怪地发生变化，而还有一些东西则粉碎了。新女性甚至没用心去记门上的这个符号，因为它属于会粉碎的那一类符号。她走过一扇扇门，一眼就看明白了，不是那个符号。她所需要的那个符号和一个中年妇女有关。

她已经疾步走过好几公里走廊，她感到，她所需要的符号马上就会出现。符号确实出现了，于是，她打开了门。房间明亮，简陋，像沃罗格德或是阿尔汗格尔斯克那种偏远地区的廉价旅馆。在角落里有一个洗脸池，在蒙着红白格漆布的桌子上有一个电茶炊。床铺得很蓬松，像在家里一样，上面有一些鼓鼓囊囊的枕头。窗台上摆着花。在窗户旁边，在维也纳式样的椅子上，坐着一个胖乎乎的老太太，她的鼻梁被眼镜磨得发亮，手里拿着一本已经翻旧了的书。在第二张椅子上有一只三色猫，它非常胖，勉强才能挤进椅子里。房间里是近午的早晨。老太太在等她，她们要么是关系非常亲近的熟人，要么是远亲。

“我们喝点儿茶?”老太太问。

“放果酱吗?”新女性笑着问。

“怎么会不放呢？我熬了很多，有醋栗的，香草莓的，还有野浆果的。”老太太说完就快步钻到厨房里去了，在那里，有很多一升装的瓶瓶罐罐，它们的侧面闪闪发光，瓶口绑着纸片。

“那草莓的呢?”

“怎么会没有呢？我自己采的，在不远的林中空地里。”她从下面的架子上拿出一个密封的罐子，打开盖子，装了满满一小碗浓稠的、香喷喷的果酱。

新女性看了看果酱说：

“您没煮过头吧，玛丽亚·瓦西里耶夫娜？太浓了吧?”

老太太懊恼地挥了挥手说：

“是有些煮过头了。不过煮过头总比没煮熟好。存放的时间更长一些。”

“是这样。”新女性赞同地说。

老太太打开茶炊，又跑过去拿茶杯，她说：

“茶炊很快，我喜欢它。”

老太太把两个茶杯放到桌子上，新女性让她再拿一个过来。

“再拿一个干什么？”老太太惊讶地问。

“给您的娜佳用。”新女性解释说。

“哎呀，”老太太不安了起来，“我还以为是我们去她那儿，原来，是她到我们这儿来。”

“那有什么区别？重要的是能见面。”

“对，对。瞧，她现在很伤心。”老太太微微点着头说。

“那您就这么告诉她，说米沙问候她，还转告她说一切都正常。”

老太太一直在点头，新女性继续说：

“您自己怎么样，玛丽亚·瓦西里耶夫娜？”

“我还能怎么样，挺好，这不正在看书吗？在那儿，我没有文化，可是在这儿却开了窍。”

“您在读什么？”

“你看，”老太太把那本翻旧了的书推到新女性面前，法捷耶夫的《青年近卫军》，“娜佳对它赞不绝口。这是本好书。但是真心疼书里那些孩子们。只不过，那些是真事儿还是瞎编的？”

“有过类似的事。”新女性把书打开，“赠给亲爱的塔涅奇卡，纪念你的入队日。瓦利亚·列门和米沙·列门。一九一五年五月一日。”

回忆直接刺痛了心脏，于是，她醒了过来。

火堆勉强燃烧着。一切都和平时一样。风平静了下来。人们在休息。她一个人坐在稍远一点的地方，她旁边有两只狗，一只是浅色的，尾巴卷了个圈，还有一只大牧羊犬。

看门狗是最平常的，另一只则让人感到怀疑，它作为一只狗的本质特征不知被什么东西破坏了。它身上有一种不同寻常的全神贯注，不仅仅是面对自己的人类同伴（不能说是主人），对其他人也是这样。除此之外，它会点头摇头，作为对提问的回答，是的，不是……这是任何一只狗都绝对不会的。

养狗的是一个三十五岁左右的可爱男人，他有军人姿态，脸长得并不好看。一道淡红色的伤疤横穿过额头，似乎是多年戴军帽留下的痕迹。他出现在新女性身后，两只狗都把脸扭向他。

“您最好换到背风的地方坐……起风了。”他对新女性提出了建议。

“怎么坐?”她又问了一遍。

“别让风对着脸吹。”他把手递给新女性，两只狗站起来，好像是在给新女性让路。

“您和狗在这儿，多好啊。”新女性摸了摸牧羊犬光滑的毛。牧羊犬笑了。“小时候在乡下住的时候，我也养过狗……可是在城里我只养猫。”

男人高兴地说：

“聪明，非常聪明。我在家里也只养小猫。要知道，我是专业养狗的。和狗在一起有二十年了。我驯好了一百多只狗。我相信，不能在家里养狗。”他的嘴唇抽搐了一下，迸出一句苦楚的话，“根本就不能。”

“什么根本不能？”新女性有些惊讶地问。

养狗的又热情迅速地说了起来。看来，一个没说出口的想法已经酝酿很长时间了。

“您明白吗，俄国有一句谚语，说像猫和狗在一起那样生活，这句话其实有深刻的含义。猫和狗是两个完全相对的类型，因为它们对人的态度不一样。猫在人身上需要什么呢？温暖和食物。这是真的。它根本不需要人本身。让我说，猫瞧不起人。它比人聪明。人以为是他在养猫，而事实上，是猫在养人。无法强迫猫做任何事。它根本不屑于完成你的请求。我可是懂得驯兽的，我知道猫无论怎样都不肯屈服。它有尊严。它需要人为它服务。您知道，我，比如说，甚至喜欢它们的这种独立性。猫从来都不巴结人。比如说，它蹭您的腿，您会以为它在和您亲近。不，这是它在活动自己的肌肉，在您的腿上挠痒痒。它是给自己，而不是给女主人带来乐趣。是您，是您在为猫服务，而不是它在为您服务。而和狗在一起就是另外一码事了。”他把长着两只畸形手指的手放在狗的脑袋上，“这条快乐汉会说明问题的。”

狗用期待的目光看着养狗人，说明什么？

“狗在家里，就像一个有缺陷的孩子。它总是需要你。需要你，需要你的注意，你的关心。你甚至要领狗到外面，请原谅，大小便，因为一只教育好的狗，宁可死掉也不愿在屋里排泄。”他看了看快乐汉，那条狗忧郁地点了点头，“谁，除了人，谁能为了一种观念去死呢？只有狗！”

新女性惊讶了，因为她从来都没想过这些。

“真的，真的。这么说吧，侦察狗搜地雷，在那次战争中，一些狗倒在了坦克底下！其实，我并不想说它们是有意识地去为了祖国，为了斯大林而死的。狗是因为自己的观念去死的，这个观念就是为主人服务。”养狗人辩论似的问快乐汉，“你来说是不是？”

狗像人一样叹了口气，点了点头。

突然，养狗人不再慷慨激昂了，他陷入了沉思，沉默了一会儿，之后，眼皮都没抬起来，继续说：

“我现在的工作就是养狗。这些狗全都是我的。我在穆罗姆市里的苗圃养大它们，驯它们，而它们之后各去各的地方，有的去边境，有的去阿富汗。快乐汉就去过阿富汗。我已送走了二十四只狗。”

“那您往哪儿送？”新女性小声地问。

“哪儿，哪儿……去边境，去彼岸。”

“就是这么回事。”新女性想，“也就是说，在这里总归还是有人知道我们正在往哪里走。是去彼岸。”

12

他们一直走，走在单调而又空旷，悲哀而又起伏不平的空间里，直到抵达尽头。沙漠没有了。他们在一个笼罩着灰色雾障的大深谷边上停下了。在远方的某处，彼岸在闪烁，但是这也可能是视觉欺骗，这个参差不齐的地带既像靠近地面的浓云，又像远处的山峰，还像更近一些的森林，它摇摇晃晃，朦朦胧胧，慢慢变暗了。

“应该休息了。”光头说着，在一堆干枯的树叶上伸出了自己能燃起火焰的手。和平时一样，火堆是微小的，像小孩玩的玩具，但是它带来的温暖和光亮却远远超过了寒酸的柴火堆所能发出的热。

战士自己给自己指派了任务，拿来一些干枯的植物枝茎，那是他在路上拾的，战士盯着火焰，小声问光头：

“它要柴火干什么？你的火堆本来就燃烧得非常好了。”

“是啊，我自己也是不久前才发现这一点的。”光头点了点头，在一个空地上伸出了手。又燃起了一堆火。自动地，没用任何燃料。“你看，最近我们所有人都变聪明了。”

“甚至聪明过了头。”战士阴沉地回应着。

光头从口袋里掏出来一把四方形的饼干，上面满是点状符号，就像古代文字，光头给每人发了一块饼干。

“吃吧。应该提提精神。”

新女性早就不惊讶了。饼干的味道令人难以下咽，一股草味，它让人想起在饥饿的战争年代妈妈用干羊角芹和一小把面粉做的饼。吃饼让人感到高兴。

“我们在这里休息一会儿，之后，我们要赶到那边去。”

人们坐着，用疲惫的身体吸收着具有穿透力的热气。

光头招呼长发人过来，后者不情愿地跟在他后面。他们两人一起，在最近的一个山丘顶上挖开了土。过了一阵，他们拿来一堆泛黄的白色破衣服，就好像刚从高压灭菌器里掏出来的一样。他们把衣服扔到地上，在那一堆衣服里，四处露出了很多纱布。

“戴上手套，穿上桦皮靴。”光头指挥着。

人们开始不情愿地收拾这些奇怪的衣物。手套的手腕处系着长长的绷带，粗麻布袜子缠在膝盖下面。那些东西与其说是不像样子的，不如说是不方便的，尤为艰难的是把绷带绑在右手上。新女性帮长发人缠绷带。

教授刚要钻到人群中去给自己选一双差不多的靴子，突然又把衣物扔到地上，大喊着：

“这是侮辱！您要负责的！您要为这种侮辱负责！我哪儿都不去！我受够了。”

光头走近他，和他靠得紧紧的，说道：

“别再歇斯底里了。这里有孩子、女人、动物，最后……您要是不愿意，可以留在这儿。”

教授控制了自己的情绪，缓和了语气。

“您听着！请您告诉我，为什么我得待在这里？这里发生了什么事？这是个什么地方？”

“你会在彼岸得到这个问题的答案。”光头简短地回答，“但是，如果您仍坚持的话，您可以留在这里。”

教授扭过头，驼着背离开了火堆。他很轻松地把当官的无耻声调转换成了低声下气的服从语调。

光头把两只桦皮靴系在一起，帮长发人紧了紧背后的套盒。

两堆火都燃尽了。从深谷下面飘来一股冷气，根本弄不明白，光头准备怎样让所有人都越过去。他走到最边上。在他宽阔的肩膀后面，其他人像羊群一样挤成一堆。

“我们从桥上走。到边上来。”

人们小心翼翼地挪动了脚步。伸长脖子看，什么桥都没有。

“往下，往下看。”人们这才在深谷的灰色雾障里看见一些金属架，它们是从看不见的深处伸到上面来的。

光头抬脚跳到了下面，整个架子摇晃了起来，像小船一样。他向后仰的脸模糊地闪耀着。他挥舞着手。想到自己夹在必须然而又不可能这两者之间，每个站在岸边的人都打了个哆嗦。

“模型!”光头喊了一声，后者听话地走到了最边上。他套着粗布袋子的双脚出汗了，好像僵硬了。似乎，没有这样一种能够让他跟随光头而起的力量。但是这样的力量的确是存在的，在很远的地方传来了一个几乎用耳朵难以听清的声音，它昭示着黑色箭头那令人难以忍受的飞翔。模型没有跳，他摆出一副注定要死的样子大头朝下地栽下去，就像一个自杀者那样，消失在雾障之中。

架子又一次摇晃起来。新女性同时感到，她脚下的沙地晃动了，流走了。在挤成一小堆的不知所措的人群后面，沙土开始下沉，融化，它们背后的沙土塌方了。塌方在扩大、增长，一整条沙子的尼亚加拉瀑布，在他们背后哗啦啦作响。

接下来扎入深渊的是长发人。之后是戴着脚镣的那一对，先跳下去的是细高挑，紧跟其后，侏儒发出一声尖叫也栽了下去。从前的瘸脚人高傲地走到边上蹲下，滑到下面去了，就像人们滑到游泳池或是浴池里那样。战士。狗。还有一个穿运动服的妇女。拿包的人。可怕的动物。蒙着双眼的小女孩。新女性是最后跳下去的人之一。

谁都没像石头那样直线坠落，所有人都缓缓地下降。也许是气流有力地向上升起，也许是重力作用在这里减弱了。下面刮着大风。他们彼此离得很远。有的人落在了巨大的过渡平台上，有另外一些人，比如长发人，没那么走运。他站在细管子交叉的地方，而离他最近的垂直管子在相当远的地方，手够不着。他轻轻摇晃身体调整平衡。他的套盒妨碍了他。

模型比所有人都倒霉。他躺着，紧紧抓住一根和他胸口一样高的宽轨道，他勾起来的脚掌顶着摇摇晃晃的垂直管子，而他笨重的身体整个儿被压扁了。

架子由于他们的降落频率不均地摇晃，现在晃得慢了，但是，在这一时刻，传来了沙哑的号叫声，在沙地中的孤独感强于一切，教授也飞身冲下了灰色的深谷。桥架剧烈地摇晃了一下，模型的脚从靠不住的垂直管子上滑落了，他依靠双手吊在了半空中。

风一会儿减弱，一会儿又从深谷中疯狂地直冲云霄。架子抖动着，快慢不均地摇晃着，它像有生命的东西一样，回应着每一次触碰。雾开始慢慢消散，人们可以看清狡猾的钢铁迷宫，其建造者要么是疯狂的特罗利①，要么是一个不理智的艺术家。新女性带着一种专业人士的兴趣看着这个架子，她可能不会去绘制这个建筑的图样，她在其中看见了奇怪的裂口和转角，好像是里朝外，并且正面被人随随便便地弄成了乱七八糟的样子。

“虚拟空间，”她想道，“在大自然中不可能有这种东西。如

① 特罗利，斯堪的纳维亚民间传说中的神人，多半是巨人，通常与人为敌。

果它是虚拟的，那么这是不是就意味着人不可能坠落下去？那么，跌落也将是虚拟的，但是我可不是虚拟的。”

光头表现出了马戏团演员一样的麻利，他从一根管子跳到另一根管子，变换着高度。他悄悄走近每一个人，轻轻地碰碰他们的手、头和肩膀。他说着什么，解释着，询问着。他温柔而令人信服。光头说：

“应该动一动。我们要到彼岸去。别着急，慢就慢一点。哪怕一厘米一厘米地走。你们之中谁都不会走丢。我们大家一起往那儿走。只是别害怕。害怕会妨碍运动。”

他的话是高度现实的，那些被架子接住的人，开始的时候摆出一种可笑姿势，此刻也微微地动了起来。

模型试图提起脚，把自己笨重的身子平放到轨道上，他正用僵硬的手指抓着轨道，但是，他的劲儿不够，因为紧张而感到疲劳的双手变弯曲了，胸口往下滑，他就靠紧绷的手掌吊在空中。因为他石头一般的身躯的重量，手指慢慢地从轨道上滑下来，而他则冷漠地等待着手指掠过钢轨从他侧面滑落的那一刹那。

在他混浊的意识中，就像没发起来的面团一样，翻腾着一个沉重的念头：我要掉下去了，摔得粉身碎骨，一切都会结束，弓箭、子弹、黄蜂再也不会往脑袋和肚子上扎了。

最后一刻钟的时候，他找了找光头，显然他不在，只有长发人和他怀里抱着的黑色物体在晃来晃去。模型松开手指，飞到下面去了。不像石头，不像小鸟，而是像一张被肮脏的风卷走的皱报纸。

虽然落下去的时候很轻很慢，但是，打击却是令人头晕目眩的。他碎成了一块一块的，躺在了干涸的石子河床上，在旧船、风干的贝壳和两只配不成对的旅游鞋中间。在他摔得七零八落的身体周围，聚集着一群比松鼠大比兔子小的不太结实的动物，也许就是在梦里梦见的那些。之后，在睡醒的时候，它们在身后留下的不是一些可见的影子，而是灵魂的踪迹——温暖，温柔，血缘的亲近。

他们聚到了一起，就像沙漠或苔原带的居民聚集在坠毁的飞机旁边。有一些感情细腻的哭了，另外一些摇头、难过。之后，他们中有一个说：

“得叫一个大夫。”

众人反驳他：

“用不着大夫，这是尸体。”

“不，不，这不是尸体。”另外一些人说。

而有一个年轻的声音慷慨激昂地大喊着：

“是尸体又怎么样！尸体也能变活！”

仿佛一次嘈杂的会议开始了。

之后，推出了个头最大、年纪最老的一位，他坐在轮椅上。他是那么老朽，头上有些地方已经秃了。他把轮椅推到模型身边，前轮甚至不小心轧到了模型摔碎的手指。他喘了口气，宣布说：

“尸体。零状态。”

众人激动不安，开始窃窃私语，七嘴八舌。

“不能为他做点什么吗？”

“什么也做不了。”医生微微摇头，“只能献血。”

大家都不作声了。之后，一个浓眉大眼的说：

“我们人多。我们一起献。”

长鼻子的插嘴说：

“那血液替代品呢？不是有血液替代品吗？”

但是，医生看都没往那边看就说：

“六升新鲜血液，无论怎样都不能少。否则咱们就不能让他站起来。”

“我们献，我们献。”大家七嘴八舌地说。

坐在轮椅上的医生仿佛生气似的说：

“你们怎么献？我们每个人身上只有六毫升血，不能献超过一半的血。你们知道，我献了五毫升，腿就变成这样了，再也没能康复过来。”

人们又躁动不安起来，松鼠、兔子们嘟囔起来：

“如果让他活过来，他会是一个人。漂亮、聪明。他们会有孩子，他会建设，会画画。就让他活过来吧。”

“好吧。”医生同意了，“但是，我必须提醒你们一点，你们面前是一个罪犯的身体残片。他是一个杀人犯，非常凶狠残忍。也很愚蠢。”

所有人都害怕了，一声不吭。之后，一个长着黑人那种快活鬈发的人小声说：

“那就更应该救了。还用说吗？应该给他机会。”

“我不和你争。”医生笑了，“我只是想提醒你们，根据大台阶法则，在牺牲自己鲜血的同时，你们会变矮，会失去一部分活动能力，而他会长高，获得一些你们牺牲给他的品质。”

“是的，是的，我们知道。我们愿意这样。同意，同意。”

他们围住了摔碎的模型，不知道从哪里冒出来一床白被单，神秘的医学开始起作用了。

新女性落入其中的那部分迷宫，是一个个面积不大的小平台，它们混乱不堪，彼此远离，要使劲一跳才能过得去，与此同时，平台下面有一些垂直的管子，从那里攀着它们下去是不可能的。新女性非常成功地往前挪了挪，一直挪到了一块平台上，但是，只能从那儿掉头回来，因为只有非常优秀的运动员才能跳到另一块平台上。

她不知所措地坐下了。往下看让人感到害怕。她抬头往上看。上面是一连串平行的平台，它们的支撑物似乎离得非常近，她决定休息一会儿之后试着换个路线。确实，形成了一种印象，似乎上面这条路稍稍伸向了侧面。但是，好像没有另外一个出口。她惊讶于自己轻盈而又听话的身体，她抱住了一根粗糙不平的金属杆，她全身都紧贴着杆子，爬到了上面。粗麻布袜子和手套让她碰不到冰凉的金属。但是，最令人奇怪的是，这件事看来非常好玩，她整个身体都高兴起来。高兴什么呢？可能，是高兴它这么容易地学会了缩成弹簧，射出去，在飞行时团起身子，并且在降落时稍稍放松。后面的每一次跳跃都越来越轻松，越来越自由，她已经把拘束和危险的感觉忘得一干二净。

可能，运动的美妙就包含在此之中，她一边往上面的平台上荡，一边猜想。这里光线更亮，对岸在这里看着不那么模糊了。

教授顺着一根光滑的斜杆滑到了一个倾斜的石礅上，他坐在了上面。两根生锈的铁轨悬在空中，靠左一些，有两米远，但是他并没有下定决心往那儿跳。他脸色阴沉地坐着，试图紧张地思考他是中了什么魔才落入这种荒谬神奇的境地的。风从下面的某个地方吹来，石礅摇晃了，一切都蒙上了一层可憎的、潮湿的、令人窒息的冷气。

“也许，这仍旧是一场梦？”教授已经不知道多少次有了这个救命的念头。他用指尖抚了抚自己的脸和头，用舌头碰碰牙床，假牙不见了！他早怎么没发现呢？精致的假牙是在第四局的口腔实验室做的，它能到哪去呢？

他处于一种奇怪的、难受的状态，他穿着自己最好的西服，戴着先进奖章，但是一本证件都没有，连假牙都丢了。或许是谁把它从嘴里掏走了？可怕，可怕。

“难道我真的死了？”他敏捷的思维一直努力避开这个字眼，从他的起跳开始，这个字就紧紧咬住他不放。

昏暗的雾中，教授的左边，一个熟悉的秃顶闪了一下。

“您听着！可敬的人！”教授大喊一声，光头马上移到了他这边。

“现在应该鼓足劲儿，别着急。”光头刚要用自己通常那种安抚的语气说话，但是教授一把抓住他白衬衫的袖子，大叫着说：

“你还是告诉我吧，我怎么了，已经死了吗？”

光头久久地凝望着蜷缩起来的教授，说了教授最不想听到的那句话：

“是的，教授。我不能再对您隐瞒了，您已经死了。”

教授打了个冷战，感到肺部有一种灼热的、在心脏病发作时出现的那种熟悉的空旷。手脚冰凉。这些感觉显然都是明显的生命标志，并且这让他平静了下来，他笑了起来，把手放在心脏附近，说道：

“您在开玩笑吧。类似的通报可能真会把我弄死！”

“没有一点玩笑。但是，如果另外一种措辞能让您更舒服一点，您可以认为，您的尘世生活结束了。”

“那么，我是在地狱里？”教授在石礅上坐不安稳了，“您得明白，这些玩意儿我根本不信！”

“就连我，实话说，也不相信有什么地狱。但是，您不得不妥协于事物的现存状态。而现在非常重要的是到达彼岸。”

光头往生锈的铁轨那边迈了两大步，轻轻地用脚推了铁轨一下，铁轨慢慢地移到了和石礅并排的地方。之后，光头走到了一边。

教授惊愕得一句话都说不出来，原来，光头迈着穿桦皮靴的宽脚掌直接悬在半空中走路。他坚定而稳健地迈着脚步，白色的雾仿佛在他脚下微微地起了波浪，而他自己摇晃着，就像一个走在松松垮垮的钢丝绳上的马戏演员。也许，那儿真的有一条绳索。

教授战战兢兢地踏上了摇摆不定的铁轨。

而长发人一直在摇啊晃啊，他无处可去，到最近的平台也有十来米远，在他站立其上的那些管子的运动中，有一种复杂的节奏画面，但是，长发人无论怎样都捕捉不到它，虽然他的音乐听觉非常敏感。不知道为什么，他发现，只要他一明白数字公式，他就能够控制运动。他用脚掌、胫骨和髋骨，用三十二节脊柱和颅骨的共振腔仔细地听着。捕捉到了什么。几乎是多节奏的……叠加……是五分之三拍……肯定是。身体回应了，调整就绪。他赶上了节奏，赶上后，他觉得他脚下的秋千在某种程度上是可以控制的。轴心旁边的振幅增大了。但是这个运动是和最近的空地平行的，无论怎样都让他接近不了。除此之外，第二种节奏在干扰，它越来越清晰了。赶上了，八分之七拍！马上又出现了第二个运动轴心。

他头晕得厉害，差点失手把套盒丢了。他一把给抓住了。他把套盒紧贴在胸口。他摸了摸。麻布手套影响他充分地接触套盒，他想把手套摘下来。他一边在不安的断轨上悠荡着，一边试着解开左手上的带子。带子上的结打得很结实，缠绕在一起，他用牙去咬。他突然感到了一个意外的帮助，径直来自于空气。就是这样。在他周围又吹起了熟悉的龙卷风，但是，现在在风中能感觉到手指、嘴唇，甚至还有女人披散下来的头发，头发在风中缠绕着。这股旋风原来是一个女人。

打的结松了，解开了。长发人垂下左手，甩下手套，他感到，右手上打的结也松了。

“快点啊，打开，打开。”生机勃勃的风像唱歌似的说。风暖洋洋的，甚至是热的，它亲热地凑过来，抚摸着，亲吻着，催促着。

运动自动恢复了，确定了方向，一点点地让他靠近平台。长发人按了一下把手，锁啪的一声打开了，龙卷风神奇地把东西从套盒里掏出来，塞到长发人手里。

“演奏吧。”

在他的手里是一件乐器。乐器是用来……用它可以……对于他来说，这是最重要的，但是，不知道怎么回事，右手自己就放到了该放的地方，手指挨个儿摆开，认出了音键。左手在搜寻着。但是，接下来，却是深奥而折磨人的迷惑不解。

几根滚烫的手指在他的脖子和下巴上划过，碰了碰嘴唇。

“请你演奏啊。还可以回去。”

一个木头吹嘴贴在他嘴上。

而秋千把他荡来荡去，其节奏穿过了他的身体，固执地让他一起参与进来。全身心地参与。他用鼻子吸了一口气，把膈膜提升到极限，肺部充满了空气。

龙卷风停住了，一动不动。长发人用嘴唇夹住木头吹嘴，这预示着放松，同时也是吹嘴最细腻的部分。下嘴唇贴在木头柄上，舌头碰到了塑料片。这一切就像是他自己的身体和器官所不可缺少的那部分，它和这个器官已经分离很久。他的内心无法控制，他要用自己、用自己的呼吸吹响这个用金属和木头做的奇妙造物，它属于他，就像肺部、喉咙和嘴唇属于他一样。他呼出一口气，小心翼翼地，生怕吓跑了这个刚刚出现的奇迹。发出的声音是音乐，是理性的语言，同时还是活生生的话语。因为这个声音，骨头中间甜蜜地酸痛起来，就好像骨髓也高兴地做出了回应。

可怜的人，脑袋，两只耳朵！锤骨，砧骨，镫骨，系带，旋转三圈的耳蜗，充满了淋巴液的中耳，里面长着老化皮肤鳞片的耳咽管，十根弯弯曲曲的手指和肺部粗糙的呼吸泵。哪里会有什么音乐！一片暗影。只有诸如此类飘荡在黑暗之中的模糊声响。

最敏感的人在擦拭顺着下眼睑流下的眼泪。这是对音乐的思念，是来自音乐的痛苦。

上帝啊，对我们现身吧！他出现了。他站在我们尘世音乐不可逾越的那堵墙后面。

教授听见了，他流下了眼泪。最后的希望破灭了，他确实死了，因为在尘世中没有这样的事。他总是为自己的出色听力感到骄傲，他在吉他伴奏下用虔诚的嗓音唱歌，还能弹奏和弦，虽然不是专家，可是就连弱智儿子也遗传了他的音乐天赋。但是现在，这是另外一种音乐。它清晰而响亮地讲述着美丽的茫然以及美丽的必要性，它本身也是一种美丽，是无可争议的，不是派送来的，是无忧无虑的，对任何事情都毫无用处，就像小鸟的羽毛，肥皂泡或者是用天鹅绒布编的三色堇花。这音乐还在诉说，那些话让教授为虚度的岁月感到极端羞耻。不，不是这样，这是另外一个人说的。教授为自己感到极端羞耻，从出生到死亡，从头到脚，从早到晚。

任何一种运动、攀登和固定身体的动作都停止了……所有人都不作声，呆住了。就连在深谷最底下，围着摔扁的模型正在忙活的小动物们也抬起头，瞪大眼睛，侧耳倾听了起来。

而长发人几乎不存在了。他全部融化到了音乐之中，他自己也是音乐，他的身体只剩下了一个晶体，他用它来感知那种完美的神奇事物，他身上只剩下了正在充分享受音乐的那一个点，在这种感受面前，所有尘世的明亮欢乐都无法成为完美幸福的典范，它不过是下流的欺骗，就像一个散发着胶皮味儿的充气女人。

他并没发现温柔的旋风是怎么把他吹到上面的，把他吹到一个光滑的建筑下面，之后，更高了，那么高，周围除了白色的雾，什么都没有。音乐的声音一直在变大，充满了整个世界，音乐自身也变成了整个世界，在它的边缘所残留下的那一点变得越来越小，直到完全消失。同时，长发人用自己的整个身体靠在了一张结实的膜上，他用了些力气才穿破它，走到了外面，身后留下了薄膜破裂的声音。

13

岸上是早晨。它就像没有稀释过的酒精那样浓烈，就像刚下出来的鸡蛋那样赤裸，就像字母表那样无可指摘。在新女性的身后，深谷青烟缭绕，她感到深谷就像是不同种类物质之间的粗糙接缝。除此之外，深谷现在已经不能让人产生一丝一毫的兴趣了。在她眼前展开的世界，与所有她在自己生活中看到的美好事物都很相仿。她现在记得自己全部的过去，从幼年，从烤暖了小手的炉子到学校练习本的最后一页，那里面用七扭八歪的痛苦字母写满了最后的几十页。

两盏探照灯的亮光，复活了以往美好清晨的每一个细节，现在，它照亮了这个瞬间。我在哪里？我是谁？为什么？由于这些无法解答的问题而产生的痛苦，在一瞬间消失了。这就是她，叶莲娜·格奥尔吉耶夫娜·库科茨卡娅，但她是崭新的，是的，是一个新女性，她现在想把曾经忘却的东西，以及从来都不知道，但是又仿佛回忆起来的东西，都收拾到一起。

她在青草地上迈了几步，光脚丫踏在草地上的感觉是如此丰富，她都惊讶了。她感觉到了每一棵小草，感觉到了草茎的相互位置，甚至感觉到了错落有致的狭窄叶片。失明的脚掌仿佛恢复了视力。视力、听觉、嗅觉也发生了类似的变化。叶莲娜在两株灌木丛中间的土包上坐下了。有一株树正要开花，那是茉莉花，味道平常而浓郁，另一株是不熟悉的，叶子光滑，镶着浅色的花边。它的味道微酸，冰冷，是野生的。从地上升起很多种味道——潮湿的腐烂地表，踩扁的草茎，草莓叶，苦矢车菊，甚至还有刚来过这里的人的味道。她一刹那间就明白了是谁的味道。

“野兽一般的嗅觉，就是这样的。”叶莲娜想。对于这样寂静的清晨而言，声音是过于丰富了。草叶大声地簌簌响，在簌簌声中能听出它们的特点，干硬的草发出的声音不流畅，柔软的草则流畅自如。灌木的叶子相互蹭来蹭去，发出天鹅绒般的声响，还能听见花蕾开放时细小的嗞嗞声。灰雀借助翅膀和尾巴从树上轻盈飞起，发出了三和弦的声音，空气被飞翔的翅膀划开，在小鸟身后留下了婉转的哨声。与此同时，叶莲娜看见了从前未曾见过的东西，飞翔的小鸟尾巴几乎垂直立了起来，而尾巴尖则向下，像火柴棒一样的深灰色爪子紧紧贴在灰色的腹部。它滑翔到下面，之后好像改变了主意一样，把尾巴转过去，放下翅膀尖，向上飞走了。无论是几何学，还是飞行动力学，在学校也该学一学呀。“我以前怎么就从未发现呢？”叶莲娜吃惊地想。

她坐在土包上，呼吸着、看着、听着。她在习惯新的土地和自己本身，她自己也是新的。她不急于去任何地方。很快，她就觉得她已经厌倦了不同寻常的声音和味道的力量，在草地上舒展身体躺下来，闭上了眼睛。

在这么舒服的时候睡觉是愚蠢的，但是，也许会做一个梦。她在赤裸的地上睡着了，甚至没发现自己也是赤裸的。

光头，就像一艘轮船的船长一样，最后一个上了岸。根本不清楚什么东西去了哪里，或许是深谷驶离了岸边，或许是土地自己偏离到了未知的方向。似乎是风沿着岸边把架子拖走了，所有由他帮助走过来的人都扔掉了油漆斑驳的折叠梯，不知消失到了什么地方，折叠梯是架在最后一块平台和悬崖之间的。最后一个上岸的是大牧羊犬，它的爪子在铁横梁上打着滑。迎接狗的是整整一队矮小的、躲在蚕茧里的动物，它们像人，又有点像鸟。它们把狗平放在手上，拖到一棵半面烧黑的树跟前。光头站着的那块平台摇晃着飘离岸边。他差点失手掉下折叠梯。一股看不见的力量拉着他循着气流的方向向前，之后摇晃了，转个弯，把他的平台移到了悬崖旁边。

光头踏上了土地。首先他发现了自己的脚掌骨，一共二十九块，就像在 X 光下面似的。或者是二十八块？它们透过皮肤闪着亮光，并不惹人讨厌。光头发现，有一个令人不快的变形，在Os metatarsi①和大脚趾之间的关节增生了。他对他通常称为内视力的东西说：

“看来，得谢谢你没有丢下我。”

这个地方是美好的，这只不过是因为太阳当顶，正是正午时分，光头高兴他又一次来到了一个拥有东西南北四个方向，并且最终有了上下之分的地方。他回过头，发现深谷消失了，模糊了，就仿佛从来都没存在过。光头微笑了，晃了晃头，不疼，需要……

他所来到的这个世界让人充分感到信任，但是它要求人们放弃从前的思考习惯，他因为自己很久以前就有当学生的本领，所以对此做好了准备。周围的一切都是碧绿的，平和而温馨。风吹来了火堆和某种食物的味道。他往东方走，是风呼唤他去那里的。

烧了一半的树留在了身后，他直到最终也没能看见，躺在地

① 拉丁文，跖骨。

上的狗被蒙上了一床大被子，被子上面还描画了一些线条和图形。

“一切正常？画得正确吗?”最小的一个迫不及待地问。

“依我看，没错。至少从表面上看没错。”个头最大的人回答他说，“会有一个好女人。很漂亮。”

“她会快乐吗?”小不点儿好奇地问。

“有可能会……所有品质都会发生转化，比如忠贞，服务的本领，胸襟开阔。在现在这种情况下，是天生的快乐。”

“那为什么不能马上放她走呢?”小不点儿简直用一大堆问题淹没了大个子，但是后者非常耐心地说：

“你在说什么啊，怎么可以呢？正好相反，她需要在这里多待一待。为了皮肤内层更饱满一些，如果马上放走她，你想想她会梦见什么？这太可怕了！动物本能将会怎样横冲直撞……这可是Canis lupus familiaris①，不管你怎么说，这是猛兽。你应该知道，没养好的会变成什么，嗯?”岁数大的期待着回答。小不点儿不知所措地说：

“我们没学过这些，我刚到第三级。”

“算了，算了。没学过，以后会学的。你从实践中就已经可以知道，有各种各样的两面派，变态，从散兵游勇到有指挥的，明白了?”他心满意足地讲解着。

---

① 拉丁文，狼疮。

“唔!”小不点儿感到了惊讶，“可是要让皮肤内层饱满，这可是多么重的工作啊!”

“那你以前认为我们的工作轻松?”年长的掀开了被子边。在被子下面躺着一个大个子女人，翘鼻子，宽额头。“如果我们好好工作，这将是一个非常可爱的女人，一个可靠的朋友，忠贞的妻子。嗨，来吧。”他叫小不点儿过去，他把自己尖尖的爪子放在宽额头上，开始轻轻地做起按摩动作。

14

小路蜿蜒着，时而爬上山头，时而落下，巴维尔·阿列克谢耶维奇惊讶地发现，这里的景物建设得很有计划，一层一层的，就像在剧院里，而远处的一棵树看得很清楚，就像小路两旁的草一样。在每一个转弯的地方都能看见此处景色的许多细节，河床仿佛抬高了，河水显得凝重而缓慢。一条粉红色的大鱼待在水里，看着巴维尔·阿列克谢耶维奇，用一种不像是鱼的目光，目光中充满了善意和好奇。

在又一个拐弯的地方，露出了一片低矮葱郁的花园。花园里有一张白色的长板条椅。一个高个子女人从椅子上站起来，拄着一根漆成条纹的拐杖，迎面朝他走去。这不是别人，就是瓦西莉萨。她的眼睛蒙着白色的绷带，就像是那些玩捉迷藏游戏的孩子。

但是，在她的脸上还有一点儿奇怪的东西。当她走近一些的时候，他看见在纱布上面，在额头的最中间，长着一只碧蓝的眼睛，非常不是地方，不像人的眼睛那么大，而更像牛眼睛，周围是小女孩似的浓密睫毛。

“巴维尔·阿列克谢耶维奇，我等您可等着急了。我等啊等啊，您就是不来。”瓦西莉萨开心地说。他们已经走成并排了，他拥抱了她，对她说：

“你好，瓦西莉萨，亲爱的。”

“上帝保佑，我们见面了。”她鼻音很重地说。

巴维尔·阿列克谢耶维奇点点头。泪囊有两个，所以，那只眼睛不是右眼，不是左眼，它非常对称地镶在了额头中间。“以前的眼睛被摘掉了，放了一只新的?”他想着，但是，事实上，他把这句话说出来了。瓦西莉萨笑了。巴维尔·阿列克谢耶维奇发现，他以前从来没听到过她的笑声。

“不是摘掉了，是动了手术。这两只是小的。我听说，只有您能解开绷带。我告诉您之后，您才给我解开。那些狡猾的人，并没跟我说应该告诉您什么。我就在长椅上坐着，一直在想该跟您说什么。”

“是吗?”他好奇地问，“说什么?”

“请您原谅，巴维尔·阿列克谢耶维奇。”她老实地说，巴维尔·阿列克谢耶维奇感到了难以言表的惊讶，简直是在幼儿园里，让她坐在凳子上，惩罚她，叫她赔礼道歉。

“全都是蠢事。毫无意义。”他一摆手说。

“您这是怎么了？我以前把您当成了坏人。请原谅我。现在请您给我摘下绷带吧。劳驾。”

他们回到长椅跟前。瓦西莉萨用拐杖摸索着走。巴维尔·阿列克谢耶维奇搀扶着她。真奇怪，这只漂亮的牛眼难道什么都看不见吗？

绷带缠得还比较有水平，纱布的质量是优等的，显然，是外国的。他摘下绷带，从一只眼睛上揭开保护罩。在它下面还有一层纱布垫。他小心地撕开它。所有的缝线都在里面。眼睛是肿的，眼睑稍微有些粘连。

“喂，睁开眼睛，瓦西莉萨。”

她拖延了一会儿，之后睁开了眼睛。“另一只呢？”他问。她用手掌遮住了他要打开的另一只眼睛。她用一只眼睛看了看巴维尔·阿列克谢耶维奇，说：

“您一点儿都没变，巴维尔·阿列克谢耶维奇。”

“另一只呢？”他问。

“不，另一只眼睛我等等再说。我这样更习惯一些。那您这是原谅我了，对吗？”

“傻瓜，我根本也没生过你的气啊。”

她又笑了。她的笑容像小女孩似的，很腼腆。他坚决地把瓦西莉萨裹着小牛图案手绢的头转过来，拆开了另一只眼睛上的绷带。她像小孩一样哎哟哟地叫了起来。之后，用手捂住嘴，哀求地说：

“好吧，你现在走吧。上帝保佑我们还能见面。事情很多……”

他从椅子上站起来，叹了口气，还是问了那个他一开始就想问的问题：

“听着，瓦西莉萨，你刚才为什么拄着拐杖走路？你的第三只眼睛看不见吗？”

“它没用。什么都看不见。”

“一点儿都看不见？”

“不完全这样。刚才我看见你在远处，看见你真实的样子。”

“什么样？”

“说不出来，样子像你。”

他摆了摆手，走了。

15

小路现在伸向山顶。当他到山顶的时候，从上面看见了一条狭长蜿蜒的小河。在河岸边的沙滩上，燃着一堆在阳光下几乎看不见的篝火，火的上方悬着一个熏得黑乎乎的锅。在火旁边，背朝着光头，坐着一个驼背老头，他闪闪发光的秃脑壳上残留着不多的灰白头发。光头走过去和他打招呼。

“茶烧好了。鱼也烤好了。”老头笑笑，炭火堆的一块平整石头上有一条鱼，老头用拐棍碰了碰鱼，“烤好了。”

“在这儿的小河里抓的?”光头问，一边坐下，接过包在树叶里面的滚烫的鱼。

“是渔民送来的。我从年轻时候起就不干这事儿了，不打猎，不钓鱼。我，坦白地说，也拒绝吃活物。由于道德原因。”

烤鱼很好吃，虽然刺多。它看起来像是一条大鲈花鱼，又像是一条脊鳍上长刺的虾虎鱼。之后，老头把茶从小锅里倒进两个铝杯子，从帆布包里拿出一个小布包，打开了。里面有一块蜂蜜。

老头的脸是熟悉的，但是和哪个名字都联系不起来。他话很多——讲孩子，孙子，回忆小时候的瓦涅奇卡，说他自杀过，而且完全是枉然的。他还骂了某个名叫尼古拉·米哈依洛维奇的人，为他的愚蠢感到难过，老头说：

“我从前以为，愚蠢不是罪孽，而是不幸。现在，我改变了想法。愚蠢就是大的罪孽，因为它本身包含着自负，也就是骄傲。”

老头撮着嘴唇吸了一口混浊的，但是非常好喝的茶，之后把杯子放在平整的石头上，叹了口气说：

“当然，人们这种可耻的议论，这种充满赞扬的议论，甚至是这种我们在青年时代就热切盼望的众人之爱，却无论如何无法为我正名。我是在写完《塞瓦斯托波尔故事》[1] 之后遇上这些东西的，这种爱弄昏了我的头，给了我自负的食粮。它就是我变愚蠢的原因，它超过了造物主赐予我的其他一切禀赋。但是，愚蠢，愚蠢却是我自己与生俱来的。”

“就是啊，我怎么一下子没想到呢？瞧这张熟悉的面孔，额头上长着苏格拉底式的皱纹，浓密的眉毛，小眼睛，像鱼钩一样的俄国人的宽鼻子，举世闻名的大胡子。”

光头不无狡猾地对那老头连声说道：

“您是对的，是对的。我的妻子就是一个托尔斯泰主义者，她一辈子都在引用您的话，而我总是嘲笑她，讽刺她。列诺奇卡，我说，你的天才有点儿愚蠢。她总是生气。”

老头皱起了眉头，用又大又光滑的手指撸了撸胡子说：

“您就是这么说的？因为很少有人明白这些。”

老头咳嗽了一声，拿起了小包。

“我们稍微走几步，我给您看看我的书房。您知道吗？我现在对自然科学感兴趣，我在做理论研究。”

光头遗憾地站了起来。他习惯的那个声音已经在叫他去岸边了，但是光头明白，他已经得罪了老头，如果再拒绝就太不礼

---

[1] 列夫·托尔斯泰的作品。

貌了。

房子隐藏在一株大树后面。它不大，有三扇窗户，几乎完全被丁香花丛挡住了。

“花序已经掉了，再过五天左右就会开花。”光头留意到。门前有一个三级的台阶。树荫下面有一只水桶。老头打开门，这是一间相当大的屋子，墙壁四周是书架。桌子上有一个显微镜。另一张桌子在墙边，好像是做实验用的，那里摆着化学器皿和一些试剂。奇怪。

“您坐这儿，坐在扶手椅上，您会舒服一些，请吧。我早就想和一个学者，和一个当代的学者聊一聊。贵族教育，您不说您也知道……我年轻时没学过自然科学。我请您注意，歌德就接受过优秀的教育。他懂得矿物学，发明了色彩理论，深入到了自然科学之中。我们接受的基本上是家庭教育，在某种程度上，我们还没成熟。”

也许老头在装疯卖傻，也许在讽刺他光头。不知道。之后，老头拿出眼镜盒，从里面掏出拴着黑绳的夹鼻眼镜，夹在鼻梁上，严厉地说道，声音里面甚至带着一种痛苦。

“五十年来，我一直在思索这些问题。这里的居民们是高尚的人，胸襟极其坦荡，但是我无法和他们探讨。除此之外，他们很难明白我们尘世间的悲剧，甚至不可能搞明白，因为他们虽然是完全没有肉体的，但是，他们的肉体和我们尘世间的不一样，无论是组织结构，还是化学成分，都不一样。非常精巧的肉体。对于我来说，您就是一个期待已久的对话者，我已经很多年都没有过这样的对话者了。”

老人说着，同时把卷成筒的纸抚平，用手把翘起来的那一面弄平，把一摞纸的上边用两本厚重的书压上，在下边放上了一块大理石镇纸，老人说道：

“我的发现和爱有关。这么说吧，是在爱的细胞层面，即化学层面上。有些想法，巴维尔·阿列克谢耶维奇，我想对您说一说。”

这个尘世的名字光头已经很久都没听见过了，让他感到惊讶的，远不是这个眼神有些慌乱的伟大老人那庄重的话语，而是自己名字的发音，这个名字又还给了他，中断的联系又恢复了。

“爱情，以我现在的理解，应该看作是一种自然现象，就像是重力，或者是德米特里·伊万诺维奇·门捷列夫发明的化学元素定律，或者是谁的定律……忘了那个意大利人姓什么了。根据那个定律，在不同试管里的液体处于同一个水平面上。”

“他在学校里没学过。雅斯纳亚·波里亚纳[1]的教育原来就是这样的。”巴维尔·阿列克谢耶维奇暗自开心地想，“似乎，中学

---

[1] 雅斯纳亚·波里亚纳，托翁的庄园。

六年级课本给他留下了深刻的印象。”

“Haec ego fingebam①,”列夫·尼古拉耶维奇高声地说，“是可以允许人类拥有肉体之爱的！我和我们所谓的基督教曾经一起感到了迷惑。所有人都在受难，因为对爱的荒谬理解，因为对爱进行了肉体的、低贱的、思辨的、哲理的、高尚的等等的划分，因为对自己无辜的、上帝所赐予的身体而产生的羞愧，这样的身体与另外一个身体的结合是无罪的、高尚的、幸福的！”

“列夫·尼古拉耶维奇，这是毫无疑问的。”巴维尔·阿列克谢耶维奇小声地插了一句，他扭过头看着用红色和蓝色铅笔画的图。那里有一个画得十分粗糙的卵子和精子。

“这种爱是宇宙的基础，无论是希腊人、印度人还是中国人，都理解这一点。而我们俄罗斯人却什么都不懂。只有瓦西里·瓦西里耶维奇，那个本质上并不可爱的人有所醒悟。我们的教育，时代的病症，都源自于古代那些憎恨生活的僧侣们的巨大谎言，所有这一切都导致我们不明白什么是爱。不理解生活之爱的人，就无法理解对上帝的爱。”

他沉默了一会儿，有些垂头丧气了。

“爱存在于细胞层面上，这就是我发现的实质。爱包含了一切法则——能量守恒法则，物质不灭法则。还有化学、物理和数学。

① 因此，我想象。

化学亲和力决定爱情，所以分子相互吸引。如果要说的话，就连激情也是一样的。金属在有氧的情况下，非常渴望被氧化。还请你注意一个最重要的东西，这种化学爱情能达到忘却自我的程度！相互献身后，每个人都不再是他自己，金属被氧化了，而氧气已经不再是一种气体。也就是说，因为爱情，人们献出了自己最本质的东西。那自然力呢？它就像水流奔向大地一样，填满每一个小坑，消融在地球的每一个裂缝里，就像波涛亲吻海岸一样！在作用最强烈的时候，爱情就意味着拒绝自己，拒绝自我，因为有一个爱的对象。”老头皱起了嘴唇，“巴维尔·阿列克谢耶维奇，我不接受我所写下的一切东西。迷惑。全都是迷惑。你看，我坐在这里，阅读，思考。您知道吗，我还流泪。我说了多少蠢话，多少人的生活因此变得一团糟，而真话却没说过，我没找到。关于最重要事情的最重要的话，我没有写出来。我那时一点都不明白什么是爱。”

“对不起，列夫·尼古拉耶维奇！写那个年轻农民的，写他从房顶上掉下来摔死的那个故事，难道那不是说爱情的吗？那是我在整个一生中读过的最好的爱情故事。”巴维尔·阿列克谢耶维奇反驳道。

列夫·尼古拉耶维奇突然振作了起来，他问：

“等等，哪个小说？我不记得了。”

“名叫《阿廖沙·戈尔肖克》。”

“对，对。我写过这个。”列夫·尼古拉耶维奇若有所思地说，“可能您是对的。我可能是写过一个小说。”

“那《哥萨克》呢？那《哈吉·穆拉特》呢？不，不，我无论怎样都不能同意您说的话，列夫·尼古拉耶维奇。难道词语本身不是自然力吗？在其中难道没进行您所提到的那个过程吗？如果我们的语言是自然力，哪怕不是最高的，那么，请您同意，它也是高度组织过的，那么结论就是，您，列夫·尼古拉耶维奇，是一个爱的大师，丝毫不差。”

老头站起来，他个子不高，腿是弯的，但是肩膀很宽，很威严。他走到书架旁，那里放着他死后的第一版作品集，书上包着破破烂烂的纸书皮。列夫·尼古拉耶维奇找那个小说，一本接一本地把书拿下来。之后，翻开了他要找的那一页。巴维尔·阿列克谢耶维奇越过老头的肩膀，柔情满怀地看着那些发黄的纸页，叶莲娜还是在三塘胡同住的时候就保存着和这一模一样的一套书。

“那就是说，您认为这个小说不错？”

“是杰作。”巴维尔·阿列克谢耶维奇简短地回答。

“我要马上重读一遍。我把它忘得一干二净。可能，我确实写过一些有道理的东西。”他透过夹鼻眼镜看着发黄的纸页，喃喃地说。

太阳已经快落山了。巴维尔·阿列克谢耶维奇站起来告别，他答应还会再来，如果有机会的话。列夫·尼古拉耶维奇邀请他再来谈自然科学，似乎，他现在已经对巴维尔·阿列克谢耶维奇的想法不感兴趣了。他想快点重读一遍自己的那篇旧作。就像所有的老头一样，他个人的想法比其他任何人的都重要。

老头和巴维尔·阿列克谢耶维奇一起走出门，来到台阶上，甚至还和他亲吻道别。巴维尔·阿列克谢耶维奇急着要去那个不久前还是彼岸的地方。

16

她确实做了一个梦。一个非常简单的梦——水。水在脚踝四周溅起了水花，之后，升高了一些。开始，水是慢慢升高的，之后，水开始在侧面和上面哗啦啦响，它已经不是停在水池底部，而是流动着。水不断增多，浇在头上，灌满了鼻子和嘴巴，呼吸变得困难。受不了了。

“我马上就要淹死了。”当头浸入水中的那一刹那，她明白了。她憋住一口气，之后慢慢地从鼻孔呼出残留的暖和气流，她看见它们变成一串气泡漂到了上面。“一切都如此美好地结束，在这个时候沉入水中是多么愚蠢啊。”

当无法再憋气的时候，她张开嘴，吸进去一口水。也许水不完全是水，也许她不完全是自己，只是，什么可怕的事情都没发生，她没呛水，虽然开始的时候，她在嗓子眼里和胸膛里感到一股冰凉的水流。

她潜入水中游了起来。水穿透了身体，这是如此自然，就好像它是空气一样。一团团漂动的水草和一群群五颜六色的小鱼围住了她。在头的上方，水是淡白色的，像北方天空的颜色，下面则是浓郁的蓝色，蓝得发黑，根本看不见水底。然而，若仔细地看，能分辨出星星在微弱地闪着亮光。较为暖和的水流和凉爽的水流混在一起，出现了一种滑爽的运动，就像是风。

她的身体很听话，但是她想不起来是什么时候学会的游泳。好像她以前并不会游泳。她在头上合拢双手，手指尖交叉，快速地往上游，浮出了水面。这时，她醒了。

呼了一口气，鼻孔和嘴里流出一些水。在膝盖四周缠绕着一根根滑腻腻的水草。头发在滴水。她用双手拧头发，就像拧衣服那样，她离开草丛，来到有太阳的地方。在阳光下，头发干得很快，但是，鬓角和额头上的头发马上就变弯了，这是她不喜欢的。她抻直一缕缕头发，让它们从指缝中间穿过，就像是穿过一把粗齿木梳。

“叶莲娜。”她听见有人叫自己的名字，回过头。在她面前站着她的丈夫巴维尔，不老也不年轻，而是和他们相识的时候一模一样，四十三岁。

“巴申卡，你终于来了。”她把脸埋在那个最让她感到亲切的地方——两根锁骨的结合处。

他感到她潮湿而瘦小的身体和自己身体上的缺口精确地吻合在一起，感到自己从出生起就一直没长好的伤口正在愈合，他曾经痛苦过，受尽了忧郁和不满的折磨，他甚至不知道，他们栖息在什么样的巢穴里。

而叶莲娜的全部身体都埋在了他怀里，她只想这样，只想永远地停留在他怀里，把自己残缺不全的记忆，把苍白的、对任何事情都感到迷惑的我交给他，这个我时常迷失在梦的残片中，时常丢失自己模糊的界限。

他像丈夫那样进入她，填满了那个不通往任何地方的深穴，她也进入了，填满了那个空心的囊，就连他自己也对无意中发现的这个秘密一无所知。

"我的心肝。"他透过她耳畔湿漉漉的发卷低语着，紧紧地把她搂在怀里。

在肌肤相亲的地方，她因为幸福而融化了。达到了不可能达到的境界，这就是让相爱的人们一次又一次沉浸于云雨之中的那种东西，经年累月，人们有意地努力要远离肉体的牵绊，但是，人类可怜的交欢总是以不可避免的高潮而结束，在肉体的亲近中，不可能比这走得更远了。因为极限就是由自己的身体决定的。

而他们之间所发生的一切是前所未有的。但是，在人的理智中还剩下了身体的感觉，自己身体和别人身体的感觉，在尘世生活中称之为相互渗透的东西，在这里扩大到了一望无际的地方。在这个重新建立起来的完整世界中，在共同步入另一个世界的轨道的时候，一个新视角展开了，同时还展开了看见多种事物并且进行多种思考的能力。所有这些画面、思绪和感觉，现在对于他们来说，都在一个缩影里，从前叶莲娜害怕消失，害怕迷失在不明坐标系之间的空间中，害怕失去她有一天的的确确丢失过的那个轴心，现在，这些惊恐只能引起她的微微一笑。

在内视力最后一次闪现的时候，能够看见两个弯弯曲曲的卵巢在它们原本的位置上，一九四三年摘除的子宫也在原来的位置上，而横贯腹部的缝合疤痕却没有了踪影。

但是他们，一个男人和一个女人，却在想，这绝不意味着过去的已经不再是过去。这意味着一切都应该重生，思想和感觉，躯体和心灵。还有那些很小的、几乎还没有成为任何人的透明的身体雏形，它们因为粗糙而血腥的沉重生活局面而中断了自己的尘世旅行。

他们依偎着，自在而幸福，心连着心，手牵着手，头挨着头，仿佛，他们之间还有第三个人。女人首先认出了他。男人过了一会儿才认出来。

“难道这是你吗?”他问。

“是我。”她马上就回答了。

“亲爱的上帝，我是多么愚蠢啊。”男人呻吟着说。

“没什么可怕的。”那个他从青年时代起就非常熟悉的声音安慰他说。

没有什么可怕的。

第三部

1

叶莲娜醒了，她在自己的床上，在自己的房间里；但是，她却处于一种奇怪的、非自己的状态中。大脑空空如也，嗡嗡作响，当她从枕头上欠起身体，所有东西通通翻倒在一旁。克服了难受的感觉之后，她把脚放到地板上，尝试着集中思绪。她清楚地记得，她做的最后一件事就是走出了位于奥贝坚胡同的教堂，她曾经站在教堂门口的台阶上。之后便是一片空白。于是她反过来想，教堂门口的台阶，她在那上面站过，在此之前是和神父的沉重谈话，再往前，晚上——给塔尼娅讲道理。塔尼娅挑战似的向她通报了一件蠢事，让人感到意外，她说她不去上班了，准备退学。

在此之前，前一天晚上，塔尼娅和父亲吵嘴了，这是瓦西莉萨报告的。瓦西莉萨还报告说，她从巴维尔·阿列克谢耶维奇的书房里又拿出了三个空酒瓶。家里的一切都偏离了正轨，所以连大脑也崩溃了。

叶莲娜又一次尝试着站起来，但是仍然轻飘飘的。她让瓦西莉萨叫医生来。

小区的医生是一个手忙脚乱、模样愚蠢的中年妇女，她是晚上来的。量了血压，正常。然而她还是下了一个推测性的诊断：高血压。她开了一张病假条，还答应再派一个神经科医生过来。什么药都没让吃。她担心了。对于她来说，被叫到这个医学家庭里来简直就是一种不折不扣的惩罚。瓦西莉萨尽其所能地照顾了叶莲娜一整天，端来了柠檬茶，一直想让她吃东西，可叶莲娜没胃口。

晚上很晚的时候，巴维尔·阿列克谢耶维奇回来了。他惊慌不安。他走进叶莲娜的卧室，坐在床上，他身上有伏特加的味道，他说：

“发生什么事了？”

“没什么特别的。头晕。”她并不想说自己记忆空白。而且，这说起来很可怕。

他把坚硬的大拇指贴在叶莲娜的手腕上。他听了听，脉搏正常有力。没有间歇。

“你累了。生病了。可能就是需要休息。给你申请一个去科学院疗养所的疗养证？”巴维尔·阿列克谢耶维奇问道。

“不要，巴沙。你看，塔尼娅出问题了。我现在怎么能把她一个人扔下呢？”

“要是以前，他肯定会说两张疗养证。”叶莲娜默默地想，“八年了，我们从来没一起去过任何地方。”

他们谈了谈塔尼娅。巴维尔·阿列克谢耶维奇认为她是会改变主意的。

“青年时代的危机。我想应该给她机会，让她自己拿定主意。”

叶莲娜无精打采地表示同意。事实上她希望丈夫能迅速而明智地做些什么，让塔尼娅的所有不愉快都消失，让一切都恢复到规范正常的位置。但是巴维尔·阿列克谢耶维奇只是问了问，要不要叫一个好的神经科医生过来看看，叶莲娜拒绝了。明天医院里会有人来的。

“没提议两个人一块儿去疗养真是不应该。”巴维尔·阿列克谢耶维奇一边往屋外走，一边责备自己。

他俩什么事都想不到一块儿去。

关于塔尼娅生活中的剧烈转折，每个人都有自己的看法。令人非常奇怪的是，最严厉的审判员居然是托玛。两个女孩在一个房间住了八年。现在托玛明白了，不是以小孩子的不言不语、灵敏脆弱的感情，而是以成年人的理智明白了，在她妈妈死的那天，她抽到了一个多么幸运的签。

她得到的完全是资产阶级的价值观，最初，这种价值观表现为干净的床单和盘子里的上等食物，之后是更细腻的东西，是知识分子的生活习惯，善意和矜持、纯洁，不仅仅是表面的，同时也是内心的纯洁，即所谓的正派，还有能在家里缓和所有局面的幽默感，托玛熟悉的其他人在那些情形中早就吵嘴、大喊大叫甚至动手了。现在，塔尼娅背叛了所有这些外在的和内心的价值观，她用自己的新行为宣布，我才看不起你们的生活方式呢！

这种看不起既让托玛惊讶，同时也让她气愤。她已经牢固掌握了和家人相处的手段，虽然担心言辞无礼，说出自己的意见会让塔尼娅失去对她的好感，托玛有些犹豫不决，但是她还是尽其所能说出了自己的想法。与人的生活方式、言行举止相关的复杂问题，在托玛苍白的语言中，听起来大概就是这样的：

“父母为了你做了那么多，而你不知道感谢，对所有这些不理不睬，还退了学！”

最后一句话对于托玛来说是非常敏感的一点，因为她已经在绿化委员会工作了两年，在抚爱国产雏菊和荷兰郁金香的时候，她内心受到了触动，平生第一次产生了学习的愿望。她从来都没对任何人说过这些，但是，她心里已经掂量过了，她是不是要去上公共技校，或是到更高一层的地方——林业大学去上学。

关于塔尼娅的奇怪转变，瓦西莉萨的说法更加简单，小姑娘玩疯了。

叶莲娜实质上更倾向于瓦西莉萨的观点，但说法更缓和一些而已。改变女儿行为的原因，叶莲娜认为，不是塔尼娅自己，也不是她的精神生活，而是某些外在事件，一些新出现的、叶莲娜不认识的坏人影响了她。

巴维尔·阿列克谢耶维奇认为，塔尼娅正在经历迟来的青年期危机。可能，他比所有人都更接近于事情的真相。塔尼娅那样激动地讲述怎样用墨水注射死胎，在他看来，这个微不足道的情景根本不会成为崩溃的原因，他尝试着分析这种崩溃的过程，但是，这让他越发感到不可理喻。他觉得在更深层的地方另有真正的原因。除此之外，甘索夫斯基教授的电话也让他十分尴尬，甘索夫斯基先是滔滔不绝地讲了半天巴维尔·阿列克谢耶维奇绝无仅有的学术名声，然后借用一个概括性的代词“我们”暗示说，他把自己也列入为数不多的勤恳负责的研究者之列，最后，他高度评价了塔尼娅，建议她收回辞职报告，好好休息一下，哪怕休息两个月都行，到九月再丢掉那些不明智的随心所欲，开始工作，不是做玛尔莲娜·谢尔盖耶夫娜的实验员，而是当他本人的私人实验员。他请巴维尔·阿列克谢耶维奇转告塔尼娅，说要在下个星期二接见她，十二点以后。

挂上听筒，对这次谈话稍加琢磨，巴维尔·阿列克谢耶维奇想到，塔尼娅和玛尔莲娜·谢尔盖耶夫娜可能发生了什么工作矛盾，塔尼娅从上班的第一天起，就过于急切地把她当成了自己的模仿对象。

费了不少劲儿才抓住塔尼娅，现在她的作息时间和全家人都不吻合，父亲下班回家的时候，她不在家，她凌晨才回来，然后一直睡到中午。巴维尔·阿列克谢耶维奇向她转达了他和甘索夫斯基电话交谈的内容。塔尼娅只是耸了耸肩说：

“去干什么？反正我也不会再回去了。”

“塔尼娅，这毫无疑问是你的权利。但是你别忘了，我为你求过情，亲自带你去过实验室。你别让我太难堪。归根结底，还是要遵守人与人之间通常的礼节。”他更加心平气和地说。

塔尼娅一跃而起。

“我讨厌你们所有的这些礼节！”

他搂过她的头，摸了摸，说道：

“小丫头，你想改变世界吗？已经有过……”

“爸，你什么都不懂！”她对着他的胸口大喊了一声。

接着，她就跑了，留下了伤心的巴维尔·阿列克谢耶维奇一个人。二十岁的女孩，可是行为却像一个毛头小孩。

2

这个夏天来得很迟，在夏天快要结束的八月却一下子热了起来。塔尼娅已经过了两个月奇怪的夜间生活，对此越来越熟悉了。一个人孤独散步的地理范围也越来越大了。她走遍了莫斯科的老胡同，尤其喜欢莫斯科河南岸，喜欢那里低矮的商人住的小楼，喜欢那里的栅栏和一排排意外出现在眼前的古树，它们还在捍卫着早已拆掉的贵族庄园。她经常在牧首池塘畔散步，研究那些令人头晕目眩的杂乱的穿堂院。她喜欢去三塘胡同，去沃罗茨基的房子，那是她外祖父以前建的，她喜欢从舍赫捷利①家的左侧绕过去，喜欢临近清晨的时候在大牧首胡同旁边自己喜爱的那条长椅上打个盹儿，然后，在池塘边结束自己的远足。

她夜间偶然结识的那些人完全不像白天的人，不像在光明的时间里挤满街道的那些芸芸众生。神情忧郁、正在醒酒的酒鬼们，不走运的妓女们，一个从家里跑出来的十二岁小男孩，一对流浪的情侣，他们怀着无家可归的爱情把宽窗台、没上锁的阁楼变成了自己的家。有一天，在一个通向楼顶的楼梯的最上部，她踩到了一个正在睡觉的人，她害怕了，不是死人吧。

夜间的人们按照不同的出现时间还可以分成几类。在一点以前碰到的都是正要回家的体面情侣。这些人其实并不是夜间人，他们只是稍微耽搁了一会儿的白天人。一点之后，行人都变成了单个的，多数是酒鬼。他们并不危险，虽然有的时候会对你紧追不舍。他们会索要一些东西——香烟、火柴，打电话用的两戈比硬币，或者是提议你和他喝酒、做爱……她有时也和这些孤独的酒鬼——最危险的人聊天。塔尼娅觉得，最危险的人

① 舍赫捷利（1859—1926），俄罗斯建筑师，建筑中的现代派代表。

出现在三点到四点半。至少，最令人不快的相遇都是在这个时间发生的。

她就像吐一个李子核那样，吐掉了自己从前的所有知识，教科书上的和书本上的知识。现在她感兴趣的是另外一种经验，它给人一种方式意外、动作灵巧的优越感。她在两个偏远的胡同里发现了一个新的穿堂院，正面和后面都有一扇两面开的大门，她非常高兴。她知道莫斯科最后一个户外水龙头，供水局的领导已经把它给忘了，目前水龙头还在从前的鬼屋地区继续出水，她还发现了一套半地下室的房子，晚上有一些长得像罪犯的人聚集在那里。那是小偷们的老窝吗?

她夜晚的里程也是充满思考的。不久以前，生活对于她来说还是一条攀向山峰的坦途，是循序渐进的进步，其目的是学术成就和应得的成绩，甚至是有可能获得的荣耀。而现在，她看到的不是英勇的图画，而是陷阱，科学变成了一尊平庸乏味的神像。她小的时候，大人的世界和小孩的世界、好人的世界和坏人的世界这种分化是非常自然的。现在，她面前展示着另外一种划分——服从的世界和不服从的世界。这里说的也许不是孩子，而是成年人，聪明的、受过教育的、有天分的成年人。塔尼娅坚决而高兴地进入了后一个范畴。看来，让她搞不清楚的只有父亲，他不属于任何范畴。他似乎是对社会有益人，也就是说，是服从的人，但是，他总是自行其是，无法把其他人的意见强加给他，也不能让他服从。

有一天，在中基斯洛夫斯基胡同的长椅上，塔尼娅遇到了一个表情严厉的老头，他坐得笔直，没靠在歪歪扭扭的椅背上，他像大树一样的手拄在老爷派头的木头拐杖上，拐杖头已经被磨得亮光闪闪的。塔尼娅坐在那张椅子的最外边。路灯微弱的光斜斜地照在老头硕大的脑袋上，他看也没看她，就用沙哑的声音说道：

“塔尼娅，我觉得该送午饭来了。”

“您是怎么认识我的?”她很惊讶，并没有马上想到这是偶然的巧合。

“我再说一遍，该吃午饭了。”

“您住在哪儿啊?”塔尼娅问。

老头似乎有些犹豫不安了起来，之后，不太确信地回答：

“我住在……这儿。”

“这儿是哪儿?”塔尼娅又问了一遍，她已经猜到老头失去了记忆。

“波尔塔瓦州加吉亚奇市。”他骄傲地回答。

“那您叫什么名字?”

“该端来午饭了。”他在椅子上坐不安稳了，他想拄着拐棍从椅子上站起来，“该吃饭了。”

他又慢慢坐下，最终也没能把自己沉重的身体从椅子上抬起来。

天快亮了。塔尼娅帮他从这张木头床一样的椅子上站起来，对他说：

“我们走吧。确实该吃午饭了。塔尼娅等您吃饭呢。”

她把他带到了警察局，让那儿的人给他找那个没按时给他饭吃的狡诈的塔尼娅。已经到了警察局，塔尼娅把高个子老爷爷交到一个小警官的手里时，她才发现，拐棍上用白油漆写着佩恰特尼科夫胡同，七幢二号，亚历山大·伊万诺维奇·列普科。

“亚历山大·伊万诺维奇，再见。”塔尼娅和他道了别，她后悔没早一点发现拐棍上的字。

“这是自由的倒数第二个阶段。”她以前是不会想到这些的。

她从警察局出来的时候，天已经亮了。夜晚的人们藏起来了，而白天的人们还没从自己的洞穴中钻出来。塔尼娅心情非常好，她决定睡醒后一点左右去实验室，那时候实验员们会凑到标本配置室里一起喝茶，她决定在路上买一个蛋糕和一些糖果，以这种方式来庆祝自己的解放。

茶没喝成。六个实验员里有三个在休假，一个生病了，而剩下的两个恰好是最不招人喜欢的——中年的塔霞·库哈利科娃和贼头贼脑的加利亚·阿弗丘什金娜。她们每人吃了两块蛋糕，剩下的放进了冰箱。实验室里几乎一个人都没有——有人去休假，有人在开学术会议，还有人去图书馆了。玛尔莲娜·谢尔盖耶夫娜出门了。

塔尼娅走进自己从前的房间，想起了父亲带她来的第一天，她没感到任何遗憾和伤感。一切都在老地方，显微镜、切片机、扭秤，一排装着酒精和二甲苯的玻璃瓶，瓶口封着磨砂盖。从前认为是科学圣殿的东西，现在看着寒酸而又肮脏。在大学的分子楼里，电子显微镜早就用上了，那里有现代的设备，而这里却像科学历史博物馆十九世纪分馆。再也不想要这些东西了。浓重的实验室的气味——酒精、福尔马林，混杂着仿真动物饲养室和氯仿的味道，只有这些气味还和从前一样令人激动。

塔尼娅拽出了写字台的抽屉，收拾自己的个人物品，长长的木头烟嘴、香粉盒、摘抄的曼德施塔姆的诗以及不知道为什么放在那里的字帖，她把所有东西都放进包里，然后去甘索夫斯基的办公室。她敲了敲镶着毛玻璃的古老的门。她进去了。甘索夫斯基晒得黝黑，头发刚刚染成褐色，他穿着白大褂，坐在一张巨大的写字台后面，正在读一本杂志。

“请进，请进。”

在客人能坐的唯一一把椅子上，小山似的堆满了书。他给塔尼娅指了指拿书用的折叠木梯。书柜直到天花板那么高，站在地板上够不着。折起来的梯子像一把高椅子。

“请坐。”

塔尼娅爬到梯子上面的小踏板上，这非常不舒服。双腿够不着地，她把脚放到了下面的台阶上。橙红色的短裙，非常短，这是令人尴尬的最新时髦样式，裙子几乎卷到了短裤那里，塔尼娅感觉到老院士那锐利的男人目光在她赤裸的大腿上滑过。之后甘索夫斯基摘下了金边眼镜，仔细地架起两腿，非常同情地看了看塔尼娅说：

“怎么，塔吉扬娜·巴甫洛夫娜，我听说你打算离开这里。”

“我已经离开了，爱德蒙德·阿里吉达索维奇。”塔尼娅是唯一能够正确说出他名字和父称的实验员，这个名字很奇特，是波兰人和立陶宛人的结合，还有人说是波兰人和犹太人的结合。

“你太仓促了吧，塔吉扬娜·巴甫洛夫娜？”

他站起来，于是塔尼娅在梯子高处的姿势就更加可笑了。教授站在和她并排的地方，她好像被挤到了角落里，挤到了书柜和堆满了书的椅子中间。塔尼娅伸直腿，生怕碰到甘索夫斯基的肋骨。

“你这么出色地打开了局面。说实话，我已经决定让你到我这儿来，给你一个课题。对于一个很早就开始了学术生涯的人来说，这非常重要。明年，你就能发表第一篇学术论文。”

塔尼娅没太听明白他在说什么，因为冰冷的白大褂一直在碰触她赤裸的腿，甘索夫斯基的手也在口袋里令人不快地动来动去，这能透过白大褂看出来，这一切转移了塔尼娅的注意力。

“你已经掌握了实验脑积水的方法，”他继续说道，“玛尔莲娜·谢尔盖耶夫娜对我说，说她可以把工作的任何一个步骤交给你。我不知道，不知道你为什么要走。”

现在，他用一只手抓住梯子的侧面，另一只手，偶然地，然而非常坚定地放在了她的腰上。塔尼娅装出没发现的样子，如同受过教育的人不应该去发现谈话者举止中的毛病一样。

“你还有三年的学习时间，在这段时间里你不仅可以完成学年作业和论文，你还来得及准备好一半的学位论文。”

他看着她的眼睛，他的脸孔十分正经，甚至是严厉的。他把手从她的腰上拿下来，伸进了大褂的两个纽扣中间，手在腰以下的部位来回扭动着。塔尼娅用眼角注视着他的一举一动。

“有生长素这样一种东西。”他把一只有力的手放到她紧紧合拢的双膝上，突然就伸到了塔尼娅的两腿中间。塔尼娅几乎要晕过去了。并不是因为他的手坚定而准确地直接伸到了她的内裤下面，也不是因为他指甲修剪得很短的手指肚碰到了那个地方，那里除了香皂，生来就没有被任何无关的东西碰到过，她要晕倒，是因为她面对的是一张严厉的、一本正经的脸，他威严的声音用多重含义的生长素来催眠塔尼娅，而这种生长素和平行发生的事件没有任何关系。

“这种助长的荷尔蒙能非常有效地刺激毛细血管的生长，比如说，注入五毫升就能让毛细血管增长百分之百或百分之一百二十。”

他解开了大褂最下面的那颗纽扣，塔尼娅已经完全僵硬了，连脑袋都动弹不得，她用余光看见，在甘索夫斯基长满了老年斑的宽大手心里，握着一个暗红色的圆头，那圆头的中央有一道竖直的细缝。他已经站在她张开的两腿之间，他用一只手打开入口，另一只手则抵住塔尼娅的腰，把她往自己这边按。呆若木鸡的塔尼娅在这一刻惊醒了，这时的甘索夫斯基已经不再说生长素了，而是在用同样威严正经的语气命令道：

“膝盖张开些，肩膀往后靠！”

塔尼娅双手推开他的身体。

“好好坐着！”他咆哮着，但是她已经从梯子上跳下来，冲到门口，拉着圆圆的，和甘索夫斯基那个粉色的圆头一模一样的门把手。门没打开。

“混蛋，锁上了门。”塔尼娅想，她竭尽全力猛击了一下门上的玻璃。玻璃哗啦一声掉下来了，但是门没打开。

“傻瓜，”他平静地说，“拧一下把手。”

他掩上大褂，那大褂后面露出了赤裸的胸口，在浅色裤子敞开的前开门里，院士的那个圆头若隐若现。

塔尼娅像香槟酒的瓶塞一样飞出了研究所，远远地离开了科学的圣殿，那里只有下流、肮脏、破败。

亚乌扎河是令人感到安慰的，尤其当你不去留意岸边那些厂房的时候，这些工厂差不多从彼得大帝时期就从河里抽水，之后再排出一些脏水。陶器工人、皮革工人、手工厂的厂主……而小河却仍然干净，朝气蓬勃。

塔尼娅登上架在河上的拱桥，凝视着河面，碧绿的河水在忧郁地流淌。

割破的手很痛。血止住了，虽然绷带已经被浸透了。在药店里碰上了一个可亲的阿姨。她一句话都没说，用消毒棉花块和纱布很细致地给塔尼娅包扎上了。中指和无名指贴上了橡皮膏。最严重的划伤恰好是在两指中间，就在妈妈手上被鱼钩扎过的那个地方，不可笑吗？

塔尼娅没有钱，提包落在了甘索夫斯基的办公室里，挂在堆满了医学书籍的椅子背上，那些书塔尼娅永远都不会读了。告诉父亲，让他去甘索夫斯基那儿把包拿回来，这可不错。还要对父亲说：他想欺负我，但是我跑了。还要问问他，对于他如此看重的体面和笑谈，他是怎么想的？可是，什么都不能对他说，因为，他虽然是一个有教养的人，在刀子和叉子、你好和再见这方面尤其如此，但如果对他说了这件事，他会把甘索夫斯基给杀了。不，不会杀的。会揍他一顿。会掀起狂风暴雨。她想象父亲会把甘索夫斯基挤到办公室的角落里，挤到塔尼娅坐过的那把梯子旁，在他那颗染过发的脑袋瓜上使劲来上几拳。

"可怜的丽莎①!"她说出了声，最后看了一眼亚乌扎河的水面。"我们是不会跳河的。"

女朋友显然有很多，但是最贴心的同班同学毕业后马上就嫁人了，很快生了小孩，现在在别墅带孩子。塔尼娅不知道别墅的地址。两个最可爱的女同学溜到高加索去度假了。在这种情形下，托玛根本就不在考虑之列。而且她也不是塔尼娅的朋友。和塔尼娅身边转来转去的小伙子们讨论这次历险既无趣，也不可能。除此之外，虽然这件事非常下流，但是它不知道为什么又生生地让人感到不安。是的，那个圆头给人留下了印象。

我似乎耽搁了……下流的老头，却不知道为什么吓着了……到时候了，真是胡言乱语，我谁也不喜欢，谁也不爱。所有的女友都谈恋爱了。要是能和一个聪明的成年女性商量商量该多好，但是身边又没有这样的女性。

她没察觉，她已经从滨河街拐到了一条漂亮的、看起来根本不是莫斯科式样的街道，街道两侧栽满了间距平均的老椴树。有几家医院，还有一些古老的和半古老的黄色建筑，既像兵营又像宿舍。这条街叫寂静水兵街。这一片叫列福尔托沃，塔尼娅是第一次来这儿。

---

① 十八世纪的俄罗斯作家卡拉姆津写过一篇题为《可怜的丽莎》的中篇小说，小说的女主人公丽莎因为恋人变心而跳河自杀。

她打早上起就什么都没吃，但是并不想回家。所有的钱都放在了包里。

“身无分文要比钱少好得多。”她突然冒出了一个想法。这是一个奇怪的想法，别的不敢说，而钱却总是有的。她有自己的工资，厨房里还有一个铁皮盒，谁要多少钱就从那里拿。瓦西莉萨总惊讶钱很快就花光了，并且在尝试着整顿开销方面的秩序……这是塔尼娅从小到大第一次身无分文，可是她却因此感到好玩和开心。她非常清楚怎样在无轨电车和有轨电车上逃票回家，或者是叫一辆出租车，到了家再付钱。可是钥匙也没了——在包里。所有人都喜欢这条新短裙——意大利制造，深橙色，有一排扣子，但是没有口袋。如果没有口袋，无论什么时候我都不会买任何东西。今天，饥饿的感觉她也喜欢——轻松、自由。现在，此刻，终于想起来一件至关重要的事——自由。比如，她是怎么决定要学习生物学的？小时候画过画——得到表扬，之后学音乐——得到表扬。她开始读父亲的书——又得到了表扬。而她也只需要得到表扬。她用功学习，整天做功课——想得到父亲的表扬。换来了表扬——真是好女孩。这就够了。足够了。现在我的行为，已经不取决于父亲、妈妈、瓦西莉萨或无论什么人是否喜欢，只取决于我自己喜不喜欢。我是自己唯一的法官。我不受他人想法的束缚。问问父亲，问甘索夫斯基的看法对他有没有什么影响？这将很有趣。毫无疑问，肯定有影响。他们所有的人都想彼此讨欢心。也就是说，不是所有人都讨别人喜欢。圈子。帮派。封闭的小团体……杀害老鼠的人。听话的人。我们，知识分子们，多庸俗啊。我不想。

她没想过，在那个时候，在六十年代，在巴黎、在伦敦、在纽约、在罗马，所有大学生都和她想的差不多。但是，她是用自己的理性想到这些的，没有旁人的提醒和暗示。独立自主。

她沿着公墓高高的围墙边上走，围墙后面是一片大树，而树的下面是密密麻麻的墓碑。她在大门口站住了——维坚斯克公墓。就是这里。这就是从前的德国公墓，所有姓库科茨基的人都在这儿。塔尼娅想起来了，走了进去。

一条林荫道横穿公墓，从一个大门到另一个大门，墓地和墓碑在四周扩散开来。写着哥特字体的德语碑文的古老墓碑，没写拉丁文的不太古老的墓碑。钟楼，大理石天使，石膏花盆，十字架和星星，星星和十字架……多么奇怪啊，塔尼娅已经二十岁了，可是从来都没来过墓地。如果不算斯大林的葬礼的话，那就连一次葬礼也没参加过。她去过两次火葬场，但是，根本就没明白那里在干什么。这里美丽而又忧伤，空旷与这个地方非常般配。她穿过最古老的那部分墓地，目光掠过墓碑上的碑文，在这里的某个地方应该有库科茨基家的墓。但是没看见。

她又回到了围墙边上，但是，这一次是从墓地的另外一侧回去的。两个男的坐在一个刚刚挖好的坟坑旁边。一侧是挖出来的土堆，另一侧，两个工人坐在属于另一片墓区的灌木丛下面。面前的报纸上放着最平常的食品，圆面包、白香肠、已经发黄的绿葱。一瓶伏特加紧靠着两块砖头，怕倒了。

一个男的是中年人，头戴一顶鸭舌帽，另一个年轻些，秃顶，戴着一顶用报纸叠成的帽子。他们看都没看塔尼娅一眼。今天突然降临到她头上的自由，促使她去问他们要面包。

中年男子爱搭不理地看了她一眼，含混不清地说：

“拿吧。”

另一个年轻点儿的忙着问：

“那你怎么还呢?”

“我的手割破了。”塔尼娅充满信任地抬起手掌，绷带下面和侧面的血已经颜色变深了。

“可不是用手还。”年轻人顽皮地回应道。

“拿完就走吧。”中年人不满地看了看塔尼娅和自己的搭档，甚至还看了看打开的酒瓶。

但是年轻点儿的还是没完没了地说：

“要不给你倒点儿?”

“不用了，谢谢。”她拿了一大块面包和一小块香肠，咬了一口说：

“我爷爷葬在这里，他姓库科茨基。我找不到他的墓。”

“去办公室看看，那儿的人能告诉你。”中年人回答了一句，比刚才礼貌一些了。小姑娘就算是妓女，可毕竟还是兄弟姐妹，还是客户。

塔尼娅道了谢走了，把他们两人和一只酒瓶子留在了那儿。

“谢尼卡，我真是对你感到奇怪，”中年人若有所思地说，“你不是结婚了吗，老婆也不错，还有个小子。你要这个细高个干什么？呸！”

谢尼卡哈哈大笑着说：

“哎呀，费佳叔叔，有什么不好的？我现在在墓地上就能把她剥光。这不好吗？”

塔尼娅走过了墓地办公室，小路把她带到了另一个大门，带到了一条残破不堪的街上，她走到一个干涸的池塘旁边，那也许是个地基，上面应该盖起一幢某某文化之家之类的扁平大楼，小路把她带到了有轨电车的铁轨旁边。有轨电车是一种非常好的交通工具，适用于无票乘客。天色变黑了，但是随着时间的推移她越来越不明白了，这一天太长了。看了看表，那是父亲送的礼物，指着两点半。也就是说，表停了。来了一辆空荡荡的有轨电车，一个人都没有，五十路。她没来得及看清是往哪儿开的。多半是开到哪个地铁站的。无轨电车很长时间只拉着她一个人，之后上来一对中年人。他们穿过了亚乌扎河。终点站是鲍曼地铁站。十点多了，但是不想回家。塔尼娅绕过大教堂，来到了奥里霍夫卡。这条街道上几乎全是平房，院子非常好，是泥地的，有栅栏和长椅，还有小孩玩的沙坑和秋千。没有新盖的楼，都是老房子，市民建筑。只有一栋五层楼的房子，是世纪初的现代主义风格。塔尼娅觉得自己很疲劳，她走进了她最先经过的院子，里面有一个木板小亭子，就像是给塔尼娅的馈赠，亭子里面有一张粗糙的桌子和两张固定在地上的凳子。这是多米诺牌玩家们的财产。

塔尼娅躺在一张狭长的凳子上，她扭过头，为的是能看见一小块遍布着星星的天空。不知从什么地方传来了收音机里的音乐，还夹杂着无产者的争吵声。

“我是一个非常非常自由的人。”塔尼娅对自己说，她欣赏着这句话，不知不觉地睡着了。她后来被冻醒了。不知道睡了多长时间。似乎，时间不太长。在这段时间里，月亮出来了，造作的光芒笼罩了万物。还是不想回家，但是，看来该回去了……在一幢纯木房子的墙根旁坐着一个小青年。他专心致志地摆弄着自己的手腕。

塔尼娅走近一些。小伙子听见了她的脚步声，他回过头，呆住了，他用右手紧紧抓着左手的手腕。

“滚开。”小伙子粗鲁地说。

但是塔尼娅站着没动。在明亮的月光下，半片刮胡刀片在闪闪发光。塔尼娅勇敢地对他说：

“这样根本没用。”

“为什么？”他抬起头，塔尼娅看见了一张苍白的、似乎是刚刚哭过的脸，还看见颧骨上有一块新鲜的淤血，已经肿了。

“应该在浴缸里，在温水里。”她同情地说，“这样不行。”

“你从哪儿知道的?”小青年面色阴沉地问。

“我是血管方面的专家。研究血管已经两年了。血管流一会儿就会收缩。最好是从房顶上砰地一跳，什么都解决了!”

“这个我可用不着。”小青年笑了，“我需要一个家伙。你知道吗，我没有家伙。如果割的口宽一点，就可以把安瓿滴进去。如果你是所谓的专家，没准你随身带着家伙?”

现在是塔尼娅听不懂他在说什么了。

“注射器呗。傻瓜。”他解释道。

“啊，注射器。家里有。”这真是怪事，从小到大都像一个聪明人那样活着，而今天却当了一整天傻瓜。

“你住得远吗?”小青年的好奇心被激起来了。

“远。”

“你在这儿干吗呢?”

“散步。我喜欢在这个时间散步。”她和他并排坐下，她发现小青年比她刚开始看见他的时候要大一些，“走，散步去。我喜欢看窗外。”

她拽住他花格衬衫的袖子，小青年顺从地走了。他把刀片包在纸里，塞到牛仔裤的口袋里，之后茫然地跟着她走了。她领他到街上，之后坚定地拐到两栋楼之间的胡同里，走进一个勉强能看见的过道，那里有一扇亮着灯的窗户。一盏脏兮兮、沾满了白浆的灯泡光秃秃地挂在一根电线上。一把椅子放在桌子上，竖着一些支架。房间里正在装修。看来是忘了关灯。窗户大敞四开。一楼。

“我们爬进去。”塔尼娅出主意说。

“不，我已经找到自己的地方了。我够了。”小青年哼了一声说，“要不去你那儿吧？”

“可是我把钥匙丢了。再说……”塔尼娅有点儿不知所措。一切都有些乱套了。

“算了，走吧。”小伙子宽容地出了个主意，他们又继续四处游荡。

他们相互搂着走，之后在一个院子里接吻了，之后又走了一会儿，之后，他们站在一个宽阔的大门里，紧紧地拥抱着，双腿，凹陷的腹部，还有胳膊，全都贴在一起，手因为那一点血变得黏糊糊的，血是从垂直于血管的小割口里流出来的。

他们上到一幢现代派风格大楼的最高一层，那是塔尼娅在自己一开始漫游的时候发现的。四楼上有灯，再往上就是一片神秘的黑暗。最后一层再往上，是一个锁着的出口，是通往顶层阁楼的，它旁边有一扇半圆形的小窗，带有窗栅，小窗里投射出一道由苍穹般的阴影勾勒出来的光亮。他们站在宽宽的窗台旁又亲吻了一会儿。之后，她坐到窗台上，做了甘索夫斯基想让她做的一切。

“梯子是甘索夫斯基特意为了这种事定做的。”当那男孩把她推向自己这边的时候，塔尼娅猜测到。

她和自己茫然的处女纯洁告别了，没有一点激动，没有一点热情，没有赋予此事以任何意义。男孩儿接受了这份意外的馈赠，满怀不解地说：

“你怎么，是个处女？我的第一个处女。你知道我有过多少个娘儿们？”

听了这句粗话，塔尼娅笑了，摆了摆自己包扎的手说：

“我这一天可真是都和血有关。你也是。”

之后他和她并排坐在窗台上。窗台虽然很宽，但是要想在上面躺下可是太窄了。

过了十来分钟，他给塔尼娅讲了一个叫娜塔莎的女孩，她随便玩弄了他两年，因为所有的娘儿们都是母狗。小青年还说他现在正在缓服兵役，秋天征兵的时候再去，去当边防军。还胡说八道一气什么是真正的男人……塔尼娅觉得这些一点意思都没有。她从窗台上跳下来，向那个小傻瓜挥了挥手说：

“我走了！”

说完就飞奔下楼梯，平底鞋的后跟清脆地敲响了地面。

他还在迟缓地琢磨着发生了什么事的时候，她已经下了两层楼。

“你去哪儿?”

“回家!”她回答，并没有减慢速度。

“等等！等等!”他大喊着，跑起来追她。

但是，她连影儿都没有了。

3

巴维尔·阿列克谢耶维奇与其说是知道，不如说是感觉到——命运虽然是命运，但是，有某种超越人自身的东西在统领人的生活。更加让他对此深信不疑的，就是那些“亚伯拉罕之子”，他们的出世就是因为他巴维尔·阿列克谢耶维奇的猜想，他猜测宇宙时间和负责生产后代的神秘细胞之间有某种联系……他设想宇宙时间还可以影响人类生命的另外一些时刻，他还设想，创作能量的爆发，正如其减退一样，是由这个机制来控制的。由受孕的卵子发育成的胎儿，其发育过程中非常显而易见的决定论完全合乎他的理论，除此之外，他还把这个机制看作是生活的总则，但是，他无法把这个结局确定的运动扩大到个体发育的物理进程之外。他热爱自由的心灵发出了抗议。但是，人的形成并不仅仅因为那些多多少少已知的生理过程，还有许多其他的、非常杂乱的因素，所以，同样的三公斤重的黄口小儿能发育成在精神上如此不同的人，有的人建功立业，有的人偷鸡摸狗，有的人小时候因为猩红热死去，有的人死在战场……上百万个数不清的人之中，每个人的命运是不是早就设计好了？也许命运就是海岸上的一粒沙？在战争年代，每三个战士中有两个中弹，剩下的人中，有的在集中营里死去了，有的因为酗酒死去，这是根据什么法则呢？只有十分之一的人活下来了，这个作用过程是由谁来控制的呢？

巴维尔·阿列克谢耶维奇心里知道，他的命运走到了山脚下。他还在工作、教书、做手术，但是，永恒的快乐，与他长年生活的时代水乳交融的感觉，这一切都从他生活中消失了。家庭生活只保留了一个大概的形式，保留了旧日家庭幸福的空壳……那并不是他们在战争中期、在撤退时邂逅的那种幸福，那延续了整整十年，一直到一九五三年的幸福，就像一艘载满了黄金的轮船，沉入了记忆的最深处，而紧随其后的是另外一种幸福，修道院似的沉默，没有触碰，只有理解的目光……叶莲娜有点不对头，眼睛蒙上了一层薄冰，如果眼睛偶尔表达些什么，那么就是一种忧虑和紧张的迷惑不解，只有还不会说话的小孩，莫名要流眼泪之前，才会有这样的表情。

和塔尼娅的关系也崩溃了。她和从前一样很少回家，但是以前，她不在家意味着积累经验、加强学习，而现在，当她把一切都放弃了的时候，巴维尔·阿列克谢耶维奇想不明白，在白天、晚上以及为数不少的没在家里度过的午夜时分，塔尼娅都做些什么来打发时间呢？他怀疑塔尼娅在无所事事地浪费时间，他对此感到伤心，那主要是因为，他尤为重视青年时代每个人可以独自安排时间，这个时期致命的机械行为还没有定型，朝气蓬勃、肌肉强健、数量充沛的每一分钟都等同于最纯粹的认知和经验。这有别于他自己的老朽时光，一闪即逝，无足轻重，他越来越没价值……

从前生活中最热烈的那些内容，像玻璃浴缸里的鱼一样透明的产妇和她们的疾病、复杂病症，教学，巴维尔·阿列克谢耶维奇善于教授学生技术手段之外的东西，是用词语无法定义、但是却能构成任何一种职业的核心的东西，这一切现在变得越来越机械，假如说对周围的人还没有失去意义，那么对于巴维尔·阿列克谢耶维奇来说，则已经没有任何意义了。

“时间的比重到了老年时期在逐渐降低。”巴维尔·阿列克谢耶维奇下了一个诊断。

他浑身疲惫地下班回家，第一件事就是到书房喝上四分之三杯伏特加，之后再出来吃晚饭。叶莲娜一直等着他从自己的房间里出来。她坐在瓦西莉萨铺好的桌子后面，关节突出的瘦削胳膊搭在餐具旁边，她低头坐着，直到瓦西莉萨做完规定的祈祷——自言自语，为自己和所有在座的人祈祷，有多少人就餐，她就重复多少次。巴维尔·阿列克谢耶维奇不了解她的这个习惯，磨磨蹭蹭地等着自己的酒精狂潮席卷全身，等他感到暖热之后，才习惯地说一句“祝你们好胃口”，然后就开始喝瓦西莉萨做的浓汤。塔尼娅一般不在家里吃晚饭。托玛考完学以后，每周有四次是在十一点以后回家，如果和家里人在一起吃饭的话，也多半是一声不吭。大家说一些最无足轻重的和最必需的话，把盐递过来，谢谢，非常好吃……

之后，巴维尔·阿列克谢耶维奇回到自己屋里，用晚上的时间喝完一瓶酒，留下从瓶底算起两个手指那么多的酒，那是第二天早上的量。这是他现在和时间抗争的一种形式——满怀忧郁地尝试着消灭时间。

而伊里亚·约瑟福维奇正相反，他进入了最幸福的时段。六十年代初，他的生活中出现了转折：给了他一个实验室，隶属于一个独立的科研所，在实验室里聚集了一群对科学无比忠诚的年轻人；他写的那本关于天才之本质的学术专著，帮他拿到了生物学博士学位，连答辩都不需要参加。当然，过了很多年之后，伊里亚·约瑟福维奇自己承认说，那两篇因为一次又一次坐牢没能答辩的论文更符合博士的称号。但是那时他还沉浸在重新开始工作的激动之中，还没重新审视自己那份以天才为研究对象，却一点都不天才的成果。伊里亚·约瑟福维奇神清气爽，遗传学得到了研究许可，李森科的事情也了结了，从前那些连门槛都不让他踏的人，现在却谄媚地和他握手，他们对往日的前线战士虚伪地微笑，这个人现在冷不防变成了一个英雄。

伊里亚·约瑟福维奇生活中的主要事件叫作瓦莲京娜二世，他对所有人都隐瞒了很久。瓦莲京娜·莫伊谢耶夫娜·格雷兹金娜是新西伯利亚的研究生，一个运动型女孩，和已故的瓦莲京娜截然不同，她像篮球场上目的明确的进攻队员那样爱上了自己的导师。她也确实是大学女篮队里最好的进攻中锋，她的运动攻势让旧教徒们更加坚信她是出身于分裂教派家庭的。她的一个先辈曾经在阿瓦库姆①闻名遐迩的流放中陪伴过这位大司祭，从那时起，家族就落户西伯利亚，两百年来，虽然遭受着各种迫害，他们仍然坚持自己的信念，并且繁衍了强大而众多的后代。瓦莲京娜大概上六年级的时候，就对这些饱经长期斗争锻炼的人宣布说人是猴子变来的。最开始，父母带着宗法制的严厉态度揍了她一顿，禁止她上学。但是，小姑娘是能和自己父母匹敌的，镰刀碰到了斧头。信仰碰到了信仰。为了捍卫从猴子演变来的人的尊严，斗争持续了两年，瓦莲京娜离家出走了，用已经舒展开的肩膀带走了爷爷的诅咒。之后是寄宿中学，夜校，大学——不知道她用了什么法子，没有一点物质支援，光靠微薄的助学金活了下来。临毕业的时候，她在《遗传学》杂志里读了戈尔德伯格的几篇论

① 阿瓦库姆（1620—1682），俄国分裂教派的首领和思想家，因反对尼康的宗教改革于1653年被放逐到西伯利亚。

文，于是选他作了导师。她一心一意要去莫斯科读研究生——不管怎么说她拿到的也是优秀毕业证啊！——她找到伊里亚·尤希福维奇，通过了考试。

值得赞扬的是，戈尔德伯格很长时间都没发现来自于新研究生的爱的电流。但是却发现了她守纪律，勇敢，工作作风良好，她非常灵巧地搬运装满了试管的重箱子，迅速地掌握了用苍蝇进行研究的各种方法，这些苍蝇可是实验室的主要研究对象。

有很重要的一点是瓦莲京娜没有想到的，伊里亚·约瑟福维奇评价女人是否迷人的唯一准则，就是被观察对象和已故妻子的相似度。与此同时还应该指出，瓦莲京娜一世活着的时候根本不是他的标尺，但是在她去世后，随着岁月的推移，她在戈尔德伯格的回忆中越来越完美。

女研究生宽肩膀，身材干瘦，在毛衣下面，在本该耸立着两座绵软山峰的地方，却长着两个尖尖的小松球，她脚穿男式皮鞋，身着蓝色的工作服，根本无法改变伊里亚·约瑟福维奇唏嘘年老的孤寂和单身生活的杂乱无章，或者，至少没法儿让他想起青春热烈的恋爱，或是性爱的愉悦享受……

瓦莲京娜忍了又忍，终于袒露了心扉。伊里亚·约瑟福维奇非常窘迫，又很得意，但是，他像奥涅金那样狡猾地嘟囔了一句，比较符合那种在女生合唱伴奏下道出的传统表白：“假如幸福的命运注定/要使我当上一个父亲和丈夫……”①

在那之后，两个人都陷入了沉思。瓦莲京娜想的是转学回新西伯利亚，伊里亚·约瑟福维奇想的则是——可爱的姑娘，像西伯利亚的雪一样，落到了他的秃顶上……他越来越喜欢这个姑娘。出现了爱情病的初期症状，与此同时还就暧昧的关系产生了令人兴奋的想法，首先是和广义上的女研究生的关系，其次是和比他年轻将近四十岁的女研究生的关系……

要是换了甘索夫斯基，毫无疑问，他只会笑笑，然后把大胆的小姑娘挤到书架的一角，挤到专门准备的架子上……但是，甘索夫斯基永远都体验不到戈尔德伯格得到的那种幸福，哪怕是一丝一毫，那时，经历了六个月似有似无的恋爱激动后，戈尔德伯格去半保密城市奥伯宁斯克的一所生物学校，滑了很长时间雪之后，瓦莲京娜留在了他冰冷的旅馆房间里……瓦莲京娜滑雪是值得的，她的笨拙丝毫不剩，她脚蹬自己的速滑雪橇，在戈尔德伯格看来，她就像一道令人惊叹的闪电，她穿着深蓝色的滑雪服，戴一顶尖角垂向鼻梁的滑雪帽，帽檐儿一直拉到最闪亮的眼睛上面。和打篮球一样，她的滑雪也是有等级的。这令人惊讶的快乐注定会长久，他们俩在伟大的、掩饰得非常糟糕的秘密中度过最

① 这是普希金的诗体小说《叶甫盖尼·奥涅金》第四章第十四节中的一句。

初几年。

巴维尔·阿列克谢耶维奇如果知道了，可能会就创作灵感的荷尔蒙特质发表一番议论。他和他的这个朋友不经常见面，但是，不少于一个月一次。通常，戈尔德伯格晚上十点左右来到诺沃斯拉勃斯基街，巴维尔·阿列克谢耶维奇拿出一瓶伏特加，他们进行纯男人的谈话，一直谈到深夜。不是谈战争、马匹和喝酒的成绩，他们谈的是大众遗传学、基因储备、基因漂移，还谈那些过一段时间伊里亚·约瑟福维奇会生僻地称之为“社会基因学”的问题……虽然戈尔德伯格也喜欢抽象的生物哲学谈话，但是他善于巧妙而机敏地进行试验，用最节省时间的方式迫使别人直接回答准确提出的问题。他的学术工作卓有成效，水平是最现代的，很多论文发表在国外的杂志上。众所周知，俄罗斯人在一些不需要雄厚财政支持，光用大脑和手指就可以完成的领域做得很出色。

他们总是能产生各种各样的分歧，就像锥子会从他们没有底的谈话口袋里扎出来一样，在一点上，巴维尔·阿列克谢耶维奇和伊里亚·约瑟福维奇毫无疑问非常一致，那就是清晰的知识层次感，在这种知识的最底层，也是最根本的地方，是重量、形状、颜色、染色体数量，或者是茎的数量，或者是翅膀上血管的数量。在那种古老的描述性科学中，容不得任何模棱两可的东西，回答也不能是两可的——只能是“是”或“不是”。理论性质的转换——宇宙时间或是物种进化——就是应该依靠于这种可靠的，用尺、温度计和浮秤可以计量的知识。所以，戈尔德伯格建立在计算和思辨基础之上的天才特质是由血液中的尿酸水平来决定的。戈尔德伯格的新想法在巴维尔·阿列克谢耶维奇看来非常有趣，但是完全没有根据。戈尔德伯格确信，在很多情况下，过程模式的建立就是一种证明。关于这些，巴维尔·阿列克谢耶维奇连听都不想听。

经过三次集中营的服刑，戈尔德伯格失去了知识分子面对人民、社会和亲爱的苏联政权时与生俱来的负罪感，他的一个最新想法就是，从前，也就是革命前被称为“俄罗斯人民”的社会基因单位，在苏维埃政权成立五十年来，作为一种现实，它已经停止了存在，而现在拥有“苏维埃人民”光荣称号的苏联居民，事实上是一个新的社会基因单位，从肉体、心理和道德等许多参数上来看，它和“俄罗斯人民”有深刻的差异……

“好吧，伊里亚，我同意身体的外部特征确实发生了大变化：饥饿、战争、大规模的全民迁移、混杂婚姻……最终，可以进行一个人体测量的研究。但是，你怎么去测量道德品质呢？不，这是愚蠢的念头。对不起，这不专业。”

“我向你保证是有办法的。它们暂时是间接的，但办法是有的。”伊里亚·约瑟福维奇捍卫着自己的理论，“我们认为，人的基因有十万个，这是真实的数字。它们分成二十三对染色体，不是这样吗？关于基因内部交换的各种机制，虽然我们了解得很多，但是我们仍然有理由根据它们所属的染色体把所有基因分成二十三组。今天这显然是不可能的，但是过一百年，我保证这能做到。现在，你想象一下，比如负责蓝色虹膜的基因，还有决定胆怯或是勇敢的基因，它们直接相邻！它们将有很多相互遗传的机会。”

“就是说，一个基因就代表一个特征？”巴维尔·阿列克谢耶维奇反对道，“如此有力并且与众不同的品质，比如英勇，只取决于一个基因，这真让我感到怀疑。”

“有什么区别，就算它取决于十个基因吧！关键并不在这儿！只不过眼睛的颜色可能和其他基因有关系。粗略地说，就是蓝眼睛的人更可能是勇敢的人。”伊里亚·约瑟福维奇朝上举起了食指。

“一个不错的想法，伊里亚。”巴维尔·阿列克谢耶维奇哼了一声说，“蓝眼睛、金发的勇敢，那么黑眼睛、黑发的就是胆小鬼。要是黑眼睛的再加上鹰钩鼻，他肯定就是犹大喽。基因上……”

“你彻底歪曲了我的想法，巴沙！”伊里亚·约瑟福维奇叫了起来，“我说的根本就是另外一码事。你现在听着！一九一八年，白军从俄罗斯撤离，有大约三十万个年轻健康的育龄男子。他们是社会上的贵族精英部分，更有文化，更诚实，不想和布尔什维克政权妥协！”

“你扯到哪去了！伊柳沙，你说这些够你坐第四次牢了！”

“别打断我！”伊里亚·约瑟福维奇摆了摆手，“一九二二年，驱逐教授。不是特别多，好像六百人左右。但又是精英们！最杰出的人们！和家里人一起！他们是潜在的知识分子。接下来，没收土地运动又毁掉了上百万的农民，也是最优秀的、最能干的。还毁掉了他们的孩子。还有他们未出生的孩子。那些人死了，并且随身带走了基因。从基因储备里消失了。党内肃反杀死了什么人？是那些有勇气说出自己想法，提出反面意见，坚持自己观点的人！也就是说，是诚实的人！最诚实的人！神父在整个阶段内被有计划地消灭了，他们是道德价值的承载者、导师和启蒙者……”

“伊里亚！但与此同时，他们也是更加保守的人，是吗？”

“我不反对。但是，我想让你注意的是，在当代俄罗斯条件下，保守的，也就是说传统的思维方式就没有革命的思维方式所具有的那种危险性。”戈尔德伯格面带高傲的微笑说，“我们继续往下看‘二战’。老人和病人得到了保护，也就是说他们可以免服军役。他们得到了额外的活命机会。监狱和集中营接收了很大一部分男性种群，让他们丧失了留下后代的机会。你感觉到变种了吗？还要把著名的俄罗斯酗酒传统补充进来。但是，这还不是全部。还有极其重要的一点。我们经常讨论，进化是一个有明确方向的过程吗？它在自身之中是否包含着目的？在当前阶段，从进化论角度来说，这是非常短暂的，我们可以观察到方向明确、效果显著的进化活动。因为物种进化的目的是生存，我们有权这样提问：哪些品质给个体的生存提供更大的机会？智慧？天赋？诚实？自尊感？坚强的精神？不，所有这些品质都妨碍生存。拥有这些品质的人或者抛弃了祖国，或者被有计划地消灭了。而哪些品质有助于生存呢？谨慎、封闭、虚伪、道德上随机应变、没有自尊感。总之，任何一种鲜明的品质都让人变得显眼，并且马上就会让他遭受打击。这么说吧，不学无术的人，不好不坏的人，三分学生都处于优势。以高斯分布为例，从中分离出来的是中间部分，是任何一种品质的更加有力的拥有者。现在，把所有这些因素加以考虑，就可以画出一个现存于苏维埃人民之中的基因储备图。好了，你有什么可说的吗？”

“考虑到总的局势，判五年到七年吧。”巴维尔·阿列克谢耶维奇点评道。

伊里亚·约瑟福维奇哈哈大笑地说：

“我就说嘛，人们变矮了，烟囱也变矮了，冒出来的烟也变矮了。若是以前，肯定得判十年到十五年。”

巴维尔·阿列克谢耶维奇总是喜欢他这位朋友思想上的机敏和勇敢，虽然在内心深处，他不总是同意这种紧张的智力劳动得出的结论。现在，伊里亚·约瑟福维奇绘制的民族退化的画面是非常残酷的，需要对它进行检验。巴维尔·阿列克谢耶维奇清楚地记得自己父亲的交往环境，在革命前的最后几年。在某种意义上，伊里亚是对的，那个时代的高级医生、大学教授、顶尖的临床医师都是接受过欧洲教育的人，他们的兴趣超出了专业范围，非常广博。在经常来他们家的人当中，有军人和律师，还有作家。公正地说，这种智力等级的人巴维尔·阿列克谢耶维奇已经再没遇到过了。但是，要知道，这并不意味着他们没有了。他们可能还存在，只不过是秘密的、不露声色的……“不，不，那这就成了一派胡言。”巴维尔·阿列克谢耶维奇打断了自己。这恰好维护了伊里亚的想法，不露声色、待在角落里——这正表示拒绝自己的个性。严肃认真的反面意见包含在其他方面。毫无疑问，包含在孩子身上。在新生儿身上。每一个新生儿都是美好的，都是神秘莫测的，就像一本还没打开的书。不管怎么说，戈尔德伯格的观点太过机械。其结论是，如果从这十万个基因符号中减去两万个，那么告密者、杀人犯、小偷和背信弃义者的新生儿就会继承他们父母的品质，他们就会遍布整个世界……胡说！每一个婴儿自身都包含着巨大的潜能，他是整个人类的代表。最终，戈尔德伯格可能会亲手写一整部关于天才特质的著作，他还有可能指出，天才，如果出生在渔民、钟表匠，甚至是洗碗工家里，那将是罕见的奇迹。

高山和海洋的伟大自然风貌，它们之中所包含的鱼、鸟、蘑菇、人，比伊里亚的论断要高明得多，世界的智慧超过一切人类发明，甚至超过那些最杰出的发明。你大汗淋漓、气喘吁吁，你踮起脚跟、竭尽全力，却只能捕捉到真实规律的一丝闪光。当然，这十万个基因是一个巨大的谜团。但是，并不是所有的真理都在其中，而只是微不足道的一部分。而完满的真理就在浑身因为子宫润滑油而滑溜溜的新生儿身上，就算每个人身体内都蕴藏着十万种天性，但是，不可能，也不应该让本性培养出大量的丑陋品质，也不应该让整个民族变成一堆实验品。

没有这种事，巴维尔·阿列克谢耶维奇简短地对戈尔德伯格说，但是后者马上予以反驳：

“巴维尔，人类早就脱离了自然法则。早就脱离了！现在已经有一些自然进程由人类来控制，过一百年，我保证，人们能掌握怎样改变气候，控制遗传，会发明新的能源种类……会改装苏维埃人，给他们注入失去的基因。总之，你想象一下，年轻夫妇准备要孩子，这已经属于你的专业了，他们将提前计划，他们想要孩子继承父母的哪些品质，怎样让这些品质进行最好的结合，还有哪些父母身上没有的基因应该输入到未来的孩子身上！”

“那最好还是问问孩子。”巴维尔·阿列克谢耶维奇皱着眉头说。

伊里亚·约瑟福维奇生气了，为什么这个老妇科医生理解不了这些最简单的道理，为什么不能和他一起为未来世界必将实现的美好而感到高兴？那个世界将根据科学进行改善，将经过精确计算，没有美好的虚构那种令人懊丧的偏差。

“那你不会让死人复活吧？”巴维尔·阿列克谢耶维奇挖苦道。

“暂时不会，但是，寿命至少会增加两倍。人们也将会幸福两倍。”伊里亚·约瑟福维奇带着一种夸张的急躁语气坚定地说。他的所有发明和思考都需要争辩，没有争辩就缺了点什么。

“也可能是悲惨两倍？不，不，这种世界对我来说不合适。我那时会像伊万·卡拉马佐夫[①]那样，还回自己抽的命运之签……”

他们，父亲和女儿，后爸和养女，看来并非相距甚远。

4

叶莲娜的第二个笔记本

应该每天都在同一时间记录，还应该告诉瓦西莉萨让她提醒我。我已经写过这样一本笔记本，但是忘了它放在哪儿了。我肯定把它藏起来了，但是，不记得藏在什么地方。我找过，哪儿都没有。非常清楚地记得它的样子，普通的学校练习本，塔尼娅用前几页做了某门功课的作业，之后扔了。本子是蓝色的。

今天我头脑清楚，思绪是直线运动。有时会有这样的日子，

---

① 伊万·卡拉马佐夫是陀思妥耶夫斯基长篇小说《卡拉马佐夫兄弟》中的主人公之一，在小说中自杀。

没有一个想法能进行到底，它不见踪影。或者是脱口说出一些话，之后一切都在黑色的窟窿里。真糟糕。

一开始医生认为我大脑血管方面有病。之后巴·阿带我去布尔坚科研究所，他们用所有的仪器给我检查。巴·阿寸步不离，他的面孔是那样地不知所措。他真好，我无话可说。在布尔坚科，他们说我血管不太好，但是并未发生可怕的情况。他们其实是在找脑肿瘤，很高兴没找到。当然，也不应该有肿瘤。我坚信我的脑袋里没有一点多余的东西，而是相反，某种必需的东西不见了。精神病医生也给我看了。也没发现任何疾病。尽管如此，我还是休了一个半月病假，之后才去上班。所有人都高兴我去，无论是加丽娅还是安娜·阿尔卡基耶夫娜。加丽娅做了我的全部工作，她对我说她觉得很难。柯兹洛夫带来了自己的图纸，他求我誊清。和平时一样，我发现了他的很多错误。真奇怪，这么有才华的工程师，可是一点空间想象力都没有。

坐在绘图桌旁边的时候，我觉得最舒服，什么都没忘，工作一如往常，能给我安慰。

塔涅奇卡最近一段时间变得顺从些了。虽然基本上还是那样，不去上班，弃学了。巴·阿让我别去管她。他说塔尼娅是一个聪明的女孩，我们应该信任她。昨天（还是前天?）塔尼娅晚上回来，我已经躺下了。她亲了亲我，坐在床上问我记不记得我们和父亲一块儿去吉米梁泽夫卡骑马。我们在一起细细回忆那个冬日。

我记得一切细节，还记得巴·阿一直流鼻涕，他忘了拿手绢，不停地让大家回头，然后他像士兵那样用手指帮忙擤鼻子。那声音就像在吹小号的声音。我们那时多么开心啊。我清晰地记得那天的一切细节，记得坐的什么车去的那儿，塔尼娅穿的皮大衣，还记得那匹著名的黑色良种马，它长着一个小脑袋。只是想不起来它叫什么名字了，但是塔尼娅提醒了我，它叫阿拉伯。不记得巴·阿那天为什么那么高兴。他那时还没开始喝酒。

不是这样的。我错了，他正好就是在那年开始喝酒的。他现在总是担心我的身体，可是他应该想想自己的身体。不应该这把年纪了还喝这么多酒。但是，我什么都不能对他说。他还是所有人中最优秀的一个，即使我们离婚已经十年了。也许我们还没离婚？

我又一次丧失了记忆。这一次是在单位。午休的时候我在小吃部吃凉菜，突然蒙住了，不知道摆在我面前的是什么，好像是一些红色的东西，我不知道该拿它们怎么办……等我清醒过来的时候，就和上次一样，已经是在家里了，在床上，是第二天了。之后，安娜·阿尔卡基耶夫娜给我讲了是怎么回事。我对着自己的凉菜在小吃部里一直坐到关门，之后小吃部的女主人对我说要关门了，而我什么都没回答她。她都害怕了。如此等等。安娜·阿尔卡基耶夫娜没叫急救车，而是打了一辆出租车把我送回了家。她说我很听话，但是不回答任何问题。

巴·阿让我辞职。非常温柔地同我说话，但是，他很不自然，就像和一个小孩子说话。我试图对他说我非常健康，只是有几片记忆不见了，其他方面还是一样。我不是精神失常，我非常明白我自己怎么了。事实上，我无法在这种状态下去上班，但是，我想从设计院得到一份可以在家里干的活。我们给在家干活的人发工资。否则我会感到无聊的。我总不能和瓦西莉萨一起煮汤吧。就这么说定了。

托玛昨天说她准备考技校。小姑娘是好样的。她对我非常好。

早上喝了茶，吃了一个奶酪汉堡，之后我忘了，又去厨房吃早饭。瓦西莉萨怪我妨碍她做午饭。我说我想吃早饭。她说我已经吃过了。真可怕！这样我会变成一个老太太，变得整天离不开冰箱，就像安娜·阿尔卡基耶夫娜的疯老婆婆。不得不记下来做过什么，没做过什么。

我吃了早饭。吃了午饭。午饭后工作了。女医生从诊所来过。屋里很冷。

我吃了早饭（也许是昨天吃的?)，巴·阿来过，责备我没吃药。现在，瓦西莉萨一天三次叫我吃药，因为我记不住。这非常可笑。干这种事，找不到比她更合适的人了。今天早上她六点钟就叫醒了我——吃药。亲爱的，干吗这么早？——我问她。她说，我干了别的事情之后就会忘记！可笑啊，罪孽啊！这不是一个家，而是一座疯人院。可怜的巴·阿，如果我完全丧失记忆，他会怎样呢？

我吃了早饭。我想不起来是否洗过脸。我去洗脸，而我的毛巾是湿的。这说明我已经洗过了。我吃过了午饭，有蔬菜汤，第二道菜是鸡。昨天也是吃的鸡吗？还是前天？

他们把绘图台从单位搬回来了，它占了房间的一半。我问能不能给它换个地方。好像上周就运来了。我感到惊讶。最可怕的事情我没对他们说，似乎，我已经工作过了，画过什么，但是我对此完全不记得。我不好意思问。我十分努力地让自己举止正确。因为我害怕经常暴露自己记忆中的空白区，我几乎不再和家里人说话了，我尽量简洁地回答问题。我电视看得更多了。阅读不能带来乐趣。我拿起了自己那本已经有点旧的托尔斯泰小说。看来这是唯一让我读起来不感到难受的书了。我非常熟悉这本书，读的时候不用费劲。

今天头脑非常清楚。我让瓦西莉萨换床单。她总是不喜欢换床单。如果不提醒她，她自己从来不主动做。我洗了澡，洗了头。我在浴室坐着的时候，想起了不久前做的一个梦，梦里有很多水。我突然明白，我没停止过做梦，我只是忘记了。应该尽力把一切都记录下来。

巴·阿在我房间里坐了很长时间。和他在一起真好。他坐在我旁边的椅子上，不说话。之后，他抓住我的手，久久地摆弄我的手指。我非常爱他。可能，他也知道。

吃了早[1]。吃药。午饭。柯兹洛夫的图纸上有两个错误。为建筑师工作是多么开心啊。他们的工作人员更加内行一些。

原来已经是五月份了。应该马上写上日期。要不然时间就像一团粥一样。巴·阿说他想租一栋别墅。我觉得这是多余的。他设想我和瓦西莉萨搬过去，他每逢周六、周日的时候去，孩子们根本不知道，整个夏季也许会来一次。那谁在莫斯科看家呢。瓦西莉萨也反对。她现在去祈祷了，已经好几天了，所以家里简直散了架。只是在巴·阿晚上回家的时候生活才开始。我有一天甚至都没起床。厨房里的所有东西都乱了套，我不知道锅在哪儿，什么东西在哪儿……也可能，我只不过是忘了？

我吃过早饭。等等。

瓦西莉萨说她去彼得和保罗教堂。六月二十号？

陌生的人们。很多陌生的人。为什么来这么多陌生人。

有人死了死了

我无法弄明白，但是又不好意思问——可能，我们搬到了一个新房子里。一切都不对劲儿。一个长走廊。

今天塔尼娅来了。也许是托玛来了。还是塔尼。很漂亮。

谁都不在。昨天没有。塔尼娅 巴·阿

---

① 从这里开始，叶莲娜的笔记中出现了很多拼写、语法和标点错误。作者意在表现女主人公意识的恍惚和错乱。

瓦西莉萨给我茶。

早饭 午饭 晚饭

巴·阿昨天说他要去出差。三天。瓦西莉萨不给我早饭。

吃了早饭 我哪里都不疼。不病不疼。死了谁

塔尼娅 塔尼娅 塔尼娅 塔尼娅

医院 早饭不要

巴维 阿 巴谁 巴·阿

白色 早饭

发了可怕问巴·阿在哪里

雪 雪 雪

我叶莲娜·戈里耶娃 库科茨 一九一五 谁死了巴·阿

5

伊里亚·约瑟福维奇的工作就像大树一样生根发芽：根部是老工作，枝叶上是新工作。还有很多鲜嫩的小芽。人类学、遗传进化学、人口学、统计学，甚至是历史，一切都涌向他手边，一切都排列整齐投入运转。伊里亚·约瑟福维奇既是庄稼汉又是歌唱家。有时候在晚上，一连在写字台后坐了十个小时之后，他感到肌肉有一种令人愉快的疲劳，就像爬山或是滑雪之后的那种感觉。除了十六个实验员，还有一整队志愿者——大学生、图书管

理员、退休的，他们帮他收集大量的信息，而戈尔德伯格概括这些信息并把它们排列成系统，类似门捷列夫的系统，但是这个系统说的不是元素的结构和特性，而是人类的结构和特性。

他把自己的网张得如此之大，就连差别最大的鱼都跑到了里面——从布罗克豪斯—艾弗隆百科词典①到《古拉格群岛》②，从阿纳克西曼德·米列都③到费奥多希·多布然斯基④。庞大的构思让他的秃顶脑袋眩晕，他经常在各种科学协会、高等学府、家庭讲座上发言，那时，家庭讲座由于监视不严而蓬勃发展，而且，某种程度上，国家安全机构的监督在“解冻”后也变得较为温和了。于是他在那里发言，就像一个热情的歌手，这是就歌手一词的浪漫含义而言的。巴维尔·阿列克谢耶维奇，有一次听过他的发言后，给了他一个非常尖刻的评语：

“伊里亚，你说的可能非常有道理，但是，你太激昂了，简直就像个加里克⑤。”

戈尔德伯格不能平息自己的热情，他完成了一个杰出的发明，迫切地想要和同时代人分享，必须把政治因素看作进化过程的最

---

① 俄罗斯的一种《百科全书》，于1890—1907年在彼得堡出版。

② 俄罗斯作家索尔仁尼琴的长篇小说。

③ 阿纳克西曼德·米列都，古希腊哲学家。

④ 多布然斯基（1900—1975），美国遗传学家，生于俄国，1927年移居美国。

⑤ 加里克（1717—1779），英国演员，因演出莎士比亚的剧本而驰名。

重要因素。在他研究的时间段内，从一九一七年到一九五六年，在具体的地点，即苏联国土上，这个因素给进化过程带来了反面的影响。作为一个坚定的达尔文主义者，戈尔德伯格认为进化是一种具有道德内涵的现象。按照他的意见，正面进化的目的在于保存、完善、扩大存在物种的生存区域，而反面进化则是弱化和退化。苏维埃政权，戈尔德伯格确信，本质上是进步的，然而在具体的历史环境下，它是作为一个反面因素运行的。

一本有重大意义的著作，类似《种群理论的政治——遗传基础》，还没有写好，但是，《苏联遗传民族学概论》已经落实到纸上了。

还有另外一些文件，它们收在整齐的绿色文件夹里，标着两个号码，编好了号，缝上了一张纸，上面由编内或编外工作人员撰写了说明，附上了列宁图书馆和外文书籍图书馆的读者表格复印件，还有戈尔德伯格热情洋溢的报告录音。单独编号的还有《遗传民族学概论》的打印稿，那上面有作者的亲笔注释，不过一个特别有天赋的研究室工作人员纯属偶然地把打印稿和皮包一块儿丢在了十路公共汽车里。可能，瓦莲京娜二世的笔记也同样偶然地塞在那个厚厚的文件夹里，那是她去过新西伯利亚之后做的记录。这位女研究生讲了新西伯利亚遗传学家 B. 在“驯化”危险进攻性动物玄狐方面的成果。原来，科学家连续挑选更加驯顺的玄狐，让它们相互交配，到了第 n 代，狐狸的毛质将急剧恶化，而狐狸则变得听话，对人充满信任，它们会像狗一样吠叫。如此这般，将军妻子的毛皮领子只有那些无论怎样都不同意和人类搞好关系的狐狸才适合。那是一些性格暴烈的狐狸。而学会了拍喂食者马屁的狐狸，什么别的用场都派不上。

谢斯拉文上尉撰写了一份详尽的研究报告，内容是关于戈尔德伯格本人行为的，上尉是一个外行，兽医学院毕业后，他已经是一个专门人才了，他应邀去安全机构工作，在监管科学研究的部门。新西伯利亚学者的著作对他来说是完全可以接受的，虽然其中有某种隐喻。

动物生活中这个可笑的事实本身可能根本不会引起警觉的谢斯拉文的注意。但是附在其后的报告记录中，写有戈尔德伯格的话："请注意，在驯服和毛皮质量之间存在着一种反面的对应关系。这也是我们在我们的社会中能观察到的现象，人越听话，他的个性价值就越小……"

谢斯拉文不喜欢这个坐了三次牢的犹太人。在他学习过的兽医学院也曾经有过一些信奉魏斯曼①学说和摩尔根②主义的人，学院根据这些人的"功绩"对他们进行了清理，学院教给学生的是

---

① 魏斯曼（1834—1914），德国动物学家，进化论者，最早提出基因可分离、基因在染色体中的定位等现代概念。

② 摩尔根（1866—1945），美国生物学家，诺贝尔奖金获得者。他证实了染色体遗传理论。

马克思列宁生物学和草田轮作，而不是什么资本主义的遗传学。因为如人们所说，存在决定意识。如果他谢斯拉文有权力，他早就把这个宝贵的人物第四次赶到集中营里去了，让集中营去校正他偏离了正轨的意识。但是上面并没有对此下达命令……伊里亚·约瑟福维奇兴致勃勃地收集着苏联人民的卷宗，而谢斯拉文上校则出于自己的工作责任，精心地、全方位地收集着戈尔德伯格的卷宗。

两个人都很勤奋执着，并且，两个人都想得到结果。出于这个原因，伊里亚·约瑟福维奇把自己的《概论》手稿转给了一个来这里的美国学者，他把手稿巧妙地分散到一长串朋友手里，他们都是熟悉并且喜爱《天鹅湖》的人，伴着柴可夫斯基音乐，还有世界上最优秀的芭蕾舞演员肌肉饱满的大腿的共同动作，手稿的转交完成了，之后，它可以在科学杂志上继续发表。

谢斯拉文上尉对这种破坏意识形态的活动一无所知，但是，他内心嗅到了他这位被监管人的毒害性，他和伊里亚·戈尔德伯格一样，想得到富有成效的结果。他向上司汇报，说这个令人厌恶的思想家思想倾向不对，而且十分不可靠。上司挠了挠自己属于集体的脑袋，答应要考虑考虑。上司考虑出来的第一件事就是请伊里亚·约瑟福维奇来谈话，而谈话的任务交给了谢斯拉文，伊里亚·约瑟福维奇作为一个有经验的人，本该在和上尉谈话的时候表现出极大的克制。但是多嘴多舌的科学魔鬼让他失去了理智，他几乎一刻不停地说了两个半小时。在戈尔德伯格能言善辩的进攻下，谢斯拉文勉强插嘴提了一个问题。戈尔德伯格对自己极其满意，他觉得他成功地激起了调查者对他那些想法的兴趣，现在，他就像机智的奥德修斯①一样，开始计划怎么才能把这个强大的机构吸引到自己这边来……三次牢狱没教会戈尔德伯格任何东西，一点都没有。

晚上九点半的时候，谢斯拉文粗鲁地打断了戈尔德伯格，与最初的印象相反，戈尔德伯格似乎并没有争取到这个新的盟友。相反，谢斯拉文突然不再领会地点头，而是龇牙咧嘴地说：

“看来是这样。您可以用苍蝇工作，多少都行，这跟我们没关系。您得把关于人口的所有想法都送到这儿来，”他敲了敲桌子，“否则，您将有大麻烦……咱们最好不要争论，伊里亚·约瑟福维奇……”

戈尔德伯格还在考虑怎么更好地处理刚刚发生的意外情况时，一起秘密搜查和公然的偷盗在他家已经快要结束了。夜里十二点，他回到了工会街的新家，那是他去年在科学院分得的房子，他发现门被撬开了，而房间里是野蛮偷盗的痕迹，电视、录音机、咖啡机不见了，还有无耻的流氓行为——在房间中间有一摊屎。

---

① 奥德修斯，《荷马史诗·奥德修记》中的主人公，以非凡的机智和才能著称。

戈尔德伯格，出于自己天生遏制不住的乐观主义，好像过高地估计了“解冻”的温度。但是，他已经得到了消息，说他的著作将在美国一家著名的出版社出版，所以他第二天给谢斯拉文打了个电话，他们在捷尔任斯基大街的克格勃俱乐部旁边碰头，戈尔德伯格把剩下的最后一份《概论》亲自交到了谢斯拉文手里。其实，没人对《概论》感兴趣，书稿已经编好了号，重要的是听话，戈尔德伯格拿出稿子说：“您要的我都带来了。”

现在从另一个方面发动了对戈尔德伯格的进攻，宣布要对实验室的经济事务进行检查，在成立后的两年时间里，实验室已经购买了不少仪器和其他各种各样材料和技术设备，比如，加工苍蝇饲料用的葡萄干，记录那些剧毒材料的纸张、玻璃杯、化学反应试剂等等。戈尔德伯格算是实验室的负责人，为了节省科研人员的名额，他让有经验的中年实验员娜塔利娅·伊万诺夫娜来管供应，而自己只是一个技术负责人。从科学院来的检查团没引起任何其他的感觉，除了气愤：来了两个无所事事的人，刨出来一堆没用的纸，影响工作。两个星期了，这两个人，一个是肥胖的女会计，还有一个是军人一样的助手，一直都在翻检各种文件。终于翻出了令人可笑的偷窃指控。娜塔利娅·伊万诺夫娜吓坏了，她迅速地递了一份辞职报告，消失得无影无踪。工作人员还因此和伊里亚·约瑟福维奇开玩笑的时候，案件已经转到了检察院。经历丰富的伊里亚·约瑟福维奇该想一想了，但是他无忧无虑得简直到了极点，到了开庭那天，早晨在信箱里发现迟来的传单时，他才想起来有这码事。即使此时，他也没明白是什么样的危险降临到了他头上。开庭指定在三点，但是，伊里亚·约瑟福维奇在午休前只做了一件事，那就是和一个刚刚获得辩护人称号的著名律师在电话里谈了谈。后者根据一些细节断定这是敌人的风格后，有些惊慌。

“不管发生什么情况，您今天都不要去法院。”富有洞察力的律师出主意说，“最好去医院开个病假条，之后我们一起想办法。他们会推迟法庭审理。”

伊里亚·约瑟福维奇没去法院，但是也没准备去医院，健康的人去开病假条不合适。但是，第二天一早十点，一个侦探模样的来访者正在实验室等他，他自我介绍说是调查员。盗窃案进入了新阶段，聘来的律师很快变成了朋友，开始他对此一笑而过，之后动了脑筋，最后，在长时间的脑力劳动之后，他决定最好的对策就是精心辩护，他要根据戈尔德伯格犯下的十八条财会违规行为来逐条辩护，而一些微不足道的财会方面的过错，比如未入账的单据，则留下来作为礼节性的漏洞，也就是说留给公众来进行谴责。

这个计划是机智的，但是没起作用。可怜的娜塔利娅·伊万诺夫娜哭干了眼泪，她提供了一些离奇的证据，于是伊里亚·约瑟福维奇必须老老实实在劳动改造营坐三年牢，这符合财务犯罪的严重性。他直接在法庭上被押走了，当着激动而愤怒的同行们的面。

戈尔德伯格的著作已经在排版了，但是无论作者还是谢斯拉文的部门对此都一无所知。戈尔德伯格已经不知多少次以巧计战胜命运，现在，他将面临的是熟悉的北方之行……

6

塔尼娅离开家已经两年了，她在不同的地方住，在一些新结识的好朋友家里，有时是在沙波洛夫卡区熟识的艺术家画室，有时是在兹维尼戈罗德别人亲戚家空荡荡的冬季别墅里，还有时住在莫尔恰诺夫卡当技术监督员的女朋友的工作间里……

最近这半年，首饰匠维卡－科莎收留了她，她身体健康，模样难看，她有贵族的姓氏和平民的习气。她是一个可爱的女人，塔尼娅似乎是作为学徒住在她家的。就像一个学徒应该做的那样，塔尼娅又得干活，又得听使唤。科莎的作坊在沃罗夫斯基街，在一个半地下室里，她家在新区。他们家都是老莫斯科人，不知道从哪一代开始就从兹纳敏卡区搬到了切列姆什卡区，维卡把母亲、姥姥、奶奶和儿子迁过来之后，还是离不开原来住惯了的区，她只是到新房子里过夜，而且还不是每天都去。塔尼娅无拘无束地待在了作坊靠边的一间屋里，以前那儿堆满了从当地垃圾站捡回来的残破不堪的贵重家具。

科莎有钢铁般的手臂、温柔的心灵和热爱真理者的狂热性情。她毕业于一个无线电技校，掌握了在电路板上灵巧地点焊铁的技术，因为给熟识的阿尔巴特大街老太太和自己姥姥、奶奶的女友们偶然修过几次旧戒指和耳环，她枯燥无味的技能变成了新职业。她的活儿很多，有时修补，有时给宝石做一个底座，有时做一副简单的耳环……过了一段时间她发现，相对于新作品，修补和改做需要更加非常敏锐的感觉和更丰富的经验。她去一个珠宝匠兼艺术家那儿当学徒，由于各种奇怪情况都汇集到了一起，其中还包括住房的情况，她嫁给了他。几年后，艺术家离开了科莎，那时，她已经怀孕，但是，艺术家给她留下了补偿——他自己的作坊。与作坊一起，科莎还继承了美妙的漂泊生活，还有来自于各个阶层的女酒鬼、流浪者，各种有趣的人：纯洁的女顾客，游手好闲的各色人，自学成才的音乐家和诗人，从马克思列宁主义道路上脱轨的哲学家，无所事事的可爱的人，最后还有属于夜晚的人，那是塔尼娅在她获得自由的第一年里观察到的——他们无拘无束，不属于任何人，就像一群只在夜间出没的奇怪动物，而白天他们就无影无踪了。不过，现在塔尼娅知道他们在哪儿度过对于他们来说危险的白天——在地洞里，半地下室里，像维卡的作坊这种避难所里……塔尼娅喜欢上了维卡作坊的来访者，所有人，全部都包括在内，塔尼娅几乎不在他们之间做任何区分，即便不仔细看他们的面孔，她也能强烈感到，这些人和大学、实验室、商店、音乐学院里的人是不同的。她还学会了在一群人中辨认出哪些是有可能去维卡作坊的人。

“我们的人。”维卡笑眯眯地说，也不需要就此做任何解释。“我们的”这个物主代词究竟包含了什么内容？不是社会出身，也不是民族属性，不是职业，也不是教育水平，而是某种不可捕捉的东西，它部分地和对苏维埃政权的不悦有关，但是，并不局限于此。为了成为“我们的人”，还应该能体验到一种隐约的不安心情，要对所有命令和许可不满，对现存的世界感到不满，从字母表到天气，还有把一切都创造得如此糟糕的上帝……总而言之，俄罗斯形而上的忧郁感觉，它就像春天垃圾堆上的小草，在给很多事情开绿灯的二十大之后破土而出。研究大脑毛细血管生长特性、汉语语法和金属电火花加工法的人，肯定没机会进入“我们的人”的范畴。虽然他们之中也有暗地里不热爱苏维埃政权的人，但是他们遵守假面具法则——每天早晨扎领带，去理发店做发型，重要的是，八小时工作时间内保持着一副忠诚的面孔，并且正是由于这个原因，他们一直停留在“顾客”范畴里。

而“我们的人”不梳头，穿戴不整齐，快到半夜的时候才到维卡这儿来，手拿一瓶伏特加，抱一把唱“我们的”歌曲的吉他，带着布罗茨基的一首新诗或是他们自己写的诗，或者是一撮大麻，然后留下来过夜，怎么睡觉，是和科莎还是和塔尼娅，那要看扑克牌是怎么摆的。对“我们”的感觉高于个人的性享受。有时候在自己人的圈子里，在履行那些特定的不成文的规矩时，也会滋生出一段淡淡的罗曼史。科莎自己是个一本正经的人，她鄙视激情，年轻时受过灼伤后，她把所有多愁善感都从自己的生活中根除了，而且她还把这些成功传授给了塔尼娅。塔尼娅喜欢这些规则，依照这些规则，类似戈尔德伯格兄弟俩在整整一个五年计划内费尽心思进行的那种追求，对于塔尼娅来说已经完全失去了功效。事情都是在晚上喝酒的短暂时刻解决的，到了早上，关系或者结束或者继续，没有任何责任落到玩耍嬉戏的任何一方。

总的说来，塔尼娅当学徒非常成功，她听话的双手轻松而愉快地接受了很多新技能和新方法。她把一块银子，那是从前的银茶勺，从肥皂锭模里取出来，用小锤子锤一锤，用电焊烧成樱桃红色，放下后用轧滚来压平。之后，在拉丝床上拉长，从最后一股小溪中流淌出来的就是崭新而纤细的银线。这事儿并不难做，但是科莎是一个严厉的师傅，她监督塔尼娅的工作，让一切都合规矩，因为以前的丈夫，那个书呆子、烦人鬼，就是这么教她的。塔尼娅满腔热情地工作，很快她就把科莎储藏的所有银子都变成了一根根一毫米粗的银线。现在，维卡只得教塔尼娅下一个较为重要的手工工艺——钎焊。在这方面，维卡－科莎是个专家。虽然她没保留自己手艺的秘诀，慷慨地与塔尼娅分享有关软焊锡、硬焊锡的所有秘诀，还分享了导致最细微颜色差别的秘诀——据此来确定熔化焊锡的温度，但是，塔尼娅还是没达到科莎的水平。然而，电焊塔尼娅掌握得非常熟练，她用轻盈的左手闪电一般将摇晃的火苗抬高到肩膀处，然后看都不看，就固定到托盘里。连一次都没烫伤过。过了一段时间后，塔尼娅也开始干安装的活了。在学会把作品加工到可以出售的程度之前，针锉差点儿扎穿了她的大拇指。塔尼娅喜欢她的双手布满划伤和新老程度不同的疤痕，就像毛头小伙子的手一样，而以前，她很关注自己的手，她留了长指甲，还做手部护理……她全身心地变成了男人，头发剃得特别短，她把自己塞到最早穿的那些牛仔裤里，现在，牛仔裤变成了塔尼娅唯一的衣服，她在“儿童世界”商店买了两件男式的格子衬衫，扔掉胸罩，把圆领衬衫和按照妈妈的品位做的花边衬衫都送给了托玛……一件中国产的不分男女的粗狗毛棉袄，蓝色的，就像中国工人穿的那种，另外还有一顶兔毛遮耳帽补充了这幅画面，现在在外面，别人都称她小伙子，这也让她欢天喜地。就连塔尼娅的走路姿势都变了，她像小男孩似的，肩膀摇摇晃晃，步伐坚定。

她已年满二十二岁，然而她好像重新过了一次自己的过渡年龄。虽然她的夜间出击已经停止了，但是她还像从前一样珍视夜晚的时光，尤其是维卡不在的时候。维卡傍晚去切列姆什卡区，给老太太们拖去两口袋在“布拉格”食品店买来的吃的，她挨个亲吻他们，给她的米什卡送一大堆礼物，和妈妈吵架，和两个老太太中的一个和好，和另一个闹别扭。他们家的关系总是狂风暴雨式的，如果没有眼泪、争吵和热烈的亲吻，他们一天都不能活。从切列姆什卡回来以后，科莎总是精神抖擞，雄赳赳气昂昂的，就好像回家的颠簸在她身上开启了新的能量源泉。

塔尼娅不经常探望家人。她一般都是傍晚才回去。从前总是非常亮堂的房子现在无论什么时候都昏昏暗暗的。托玛的热带花草把光线都吞噬了。屋里满是灰尘，黑魆魆的，只有常绿的叶子闪烁着打了蜡似的亮光，那是托玛一丝不苟地用湿海绵擦出来的。妈妈坐在紧裹着她轻盈身体的扶手椅上，把毛线弄得沙沙响，她一会儿拿起来，有节奏地把毛线针摆弄得叮叮响，一会儿又噼里啪啦地放下。已经起球、打结的旧毛线团松软地滚到脚下。两只花猫，妈妈和女儿，懒洋洋地用爪子滚动灰色的线团，那上面沾满了一缕缕猫毛和擦得马马虎虎的地板上的灰团。

塔尼娅坐在母亲旁边的钢琴转椅上。叶莲娜·格奥尔吉耶夫娜一看见塔尼娅就会幸福地露出微笑。

“孩子，我想……”叶莲娜开口了，但是没说完一句话。

“妈妈，你说什么?”

叶莲娜不说话了，她丢掉了一闪而过的愿望的线索。那些断了捻的毛线，她能找到它们的头儿，把它们再接起来，与毛线不同，在思绪中断的地方，无论是想法还是建议她都接不上头，她害怕，想尽量在家人面前掩饰这种可怕的状态。

“我给你端杯茶来，你想喝吗？”塔尼娅说出了她想到的第一个主意。

“不想喝茶……你告诉我……”她又不说话了。

“你在织什么？”塔尼娅做出了一个新的交谈尝试。

“你看……我给你织……”叶莲娜不好意思地说，愧疚地笑了，“我拆了一点儿……”

叶莲娜不知道她在织什么。她织的东西变成直角三角形后，到了或是应该结边，或是收口的地方，她就不知所措了，全部都拆掉，然后重新起头……塔尼娅很快就因为费力的谈话和无法进行下去的交流感到厌倦了。妈妈毫无疑问是病人，但这真是一种奇怪的病，无声无息地损坏。

“你想去散散步吗？”塔尼娅提议道。

叶莲娜满脸惊恐地看着她说：

“去外面？”

在外面遭遇了可怕的失忆之后，她根本不再出门了。就连离开自己的房间都很艰难。如果要去洗手间或是厨房，她就把猫抱在手里，因为猫身上的温度给她一种平衡的感觉。关于家门之外那个世界的想法会引起活生生的恐惧。她对这种恐惧感到窘迫，试图掩饰。

“今天不用了。”她像小孩似的说，用眼睛寻找着随便哪只穆尔卡。因为这种无助的、几乎像婴儿似的语气，因为她哆哆嗦嗦地寻找小猫，塔尼娅自己也不知所措了。

“给我讲讲。”叶莲娜含含糊糊地说。

“讲什么?”塔尼娅敷衍着，因为给她讲自己现在的生活是不可能的。

叶莲娜可怜地笑着说：

“随便。”

她们空洞的谈话持续了半个小时，之后塔尼娅去厨房烧水，她看见家庭生活的残缺不全和荒芜，看见没洗的锅和洗得马马虎虎的茶杯……但是，家里有吃的——托玛晚上带回来一些吃的，那是她在下班后和晚上的课开始之前那段时间买的。

之后，父亲回来，他身上，不是从前的结实和威武，而是散发着衰老和消沉的味道……他的力场，从前如此强大而又令人着魔的力场，现在消失殆尽，看着他，塔尼娅觉得很尴尬，似乎父亲做了一件愚蠢的事，正试图掩饰它。

巴维尔·阿列克谢耶维奇整个人都小了一圈，他瘦了，肩膀耷拉了下来，额头和两颊上出现了一道道犁沟，就好像皮肤大了一号。他高兴看见塔尼娅，脸上的皱纹一下子都笑开了，那皱纹就和拳师狗脸上的一模一样，但是，看见塔尼娅的忧郁和掩饰得极为糟糕的怜悯之心，他马上就低落了。他就像一个被抛弃的情人那样担惊受怕，但是，因为自尊，他从来都不第一个开口说话——他们从前那种轻松的谈话，两个相互理解的人之间的每一个幸福的话题，再也不存在了。

失明的瓦西莉萨也从小储藏室里出来了。在厨房里，她非常自信，根本看不出她失明。她摆好桌子，给巴维尔·阿列克谢耶维奇热汤，还在盘子旁边放一个一百克的酒杯。她在房间里扶着墙走，所以在墙纸上用手指摸出了一道自己的移动轨迹——那是在蓝黄相间的墙纸上的一条条黑道。她一声不响地移动，穿着旧的软底毡鞋，非常令人惊讶的是，她的农村味道非常顽固地留了下来——酸牛奶、干草和类似煤灰的味儿。

父母的家让塔尼娅苦恼，引起了她的忧伤。她现在和托玛很少见面，但是，每一次她回家的时候，她都给托玛留下礼物——镶着红玉石的戒指、项链坠，或者是一包便宜饼干。

二月末的时候，塔尼娅第一次卖出了自己的作品，她用真正的作品赚到了真正的钱。一枚银戒指，镶着透明烟晶，一种可爱的椭圆形宝石，卖了五十卢布，她为此忙了两天。以前，她在实验室的工资是三十七卢布五十戈比，所以这些首饰的钱对于她来说赚得非常轻松，好像天上掉下来的，她决定用这些钱给所有人买礼物。

她向科莎借了一个购物袋，之后像她自己的师傅一样，用阿尔巴特大街的高级商品塞满了袋子，印度茶、馅饼、饼干。不知道为什么，那天商店还把一些英国化妆品和德国香烟拿出来卖。

她也买了。还给父亲买了一瓶亚美尼亚白兰地，虽然她知道他更喜欢伏特加。但是这很像模像样。

出来迎她的是巴维尔·阿列克谢耶维奇。在此之前，他已经喝了自己晚上的量。他激动地搂过她戴着兔皮帽的头，贴在自己的胸膛，脸皱成了一团，说：

“小塔尼娅，真倒霉啊……维达里·戈尔德伯格挨打了。根纳基从奥勃宁斯克回来了，打来了电话。我刚从斯克里福索夫斯基医院回来。他情况严重。我和医生谈了。脑震荡。手和鼻子都骨折了。还没恢复知觉……伊里亚的书在美国出版了……情况就是这样。”

塔尼娅还没把沉甸甸的购物袋放下，还站在门口，她被这消息惊呆了。戈尔德伯格家的两个男孩，虽然最近她和他们没有来往，他们没成为她的朋友，但却更像是亲戚。

塔尼娅把袋子放在地上，哭了。巴维尔·阿列克谢耶维奇从女儿头上摘下湿乎乎的兔皮帽，脱下了沉甸甸的棉袄。

“是克格勃吗?”塔尼娅突然冷静地问道。

“像是他们干的。是职业打手干的。他们没想打死他。如果想，他早就没命了。”

瓦西莉萨站在门口的走廊，那是她通常站的地方，在厨房和过道之间，她仿佛看着他们这边说：

“塔尼娅，是你吗?”

“是我，是我，瓦夏。我带礼物来了。”

“带礼物干什么？”瓦西莉萨非常惊讶地说，“这也不是节日，现在是斋月。”

“我给你买了一瓶亚美尼亚白兰地。”眼睛还湿润的塔尼娅微笑着说，巴维尔·阿列克谢耶维奇开心起来，当然不是开心有白兰地，直到现在还有患者给他送白兰地，其数量远不是一个人能喝完的，他开心的是塔尼娅的微笑，那是从前常见的那种笑容，就好像他们之间从未有过任何疏远。

“走，去妈妈那儿看看，之后我们一起把你的白兰地喝掉。好吗？”巴维尔·阿列克谢耶维奇建议道，他把塔尼娅推到了妈妈的房间。

“你跟她说过维达里的事儿吗？”塔尼娅小声地问。

巴维尔·阿列克谢耶维奇摇了摇头说：

“用不着告诉她。”

他们三个人坐在一起，这是几年来的第一次。叶莲娜坐在扶手椅上，塔尼娅坐在她的床上，那上面散发着不知是猫的味道，还是陈年的尿味。巴维尔·阿列克谢耶维奇坐在小圆凳上，往前挪了挪……

“我们不喝点什么吗？姑娘们！”他精神抖擞地问，但是马上就灭了火，叶莲娜满脸惊恐地看着他。

“喝点，喝点，妈妈。”塔尼娅突然大声说，然后飞快地从走廊里拿来了自己买的白兰地。

巴维尔·阿列克谢耶维奇去拿酒杯。

“你觉得……不是真的……巴维尔·阿列克谢耶维奇说……”叶莲娜犹疑地喃喃说道，断断续续，但是，带着一种不容置疑的反对。

“怎么样，妈妈，就一小杯……”

巴维尔·阿列克谢耶维奇拿着三个形状不同的杯子站在门口。看来，叶莲娜不是所有事都忘光了，她现在就想起来丈夫是一个酗酒的人。她一看见瓶子就开始为他感到不安了……

“对你有好处，莲诺奇卡。对血管有好处。”巴维尔·阿列克谢耶维奇笑眯眯地说。

叶莲娜将信将疑地伸出了手，她把水淋淋的绿杯子笨拙地抓在手里。她织的东西从膝盖滑落到了地板上。小穆尔卡马上就用爪子去碰。叶莲娜不安起来，酒杯倾斜了，洒出来一点儿白兰地。叶莲娜说：

“你看，塔尼娅，都掉了……这怎么，湿了……”

她无法把杯子放下，然后再捡起织的东西，这是一串过于复杂的连续动作……

巴维尔·阿列克谢耶维奇捡起毛衣放在床上。他给自己和塔尼娅倒上酒说：

“塔尼娅的妈妈，为了你的健康。”

叶莲娜轻轻地在面前转动着自己的杯子，塔尼娅把杯子歪到她的嘴边，她喝下去了。他们慢慢地喝白兰地，吃馅饼。之后叶莲娜突然非常清晰明白地，就像以前那样说道：

“今天晚上多好啊，塔涅奇卡。你回家了，多好啊。巴沙，你还记得检疫所大街吗？”

“哪个检疫所大街？”巴维尔·阿列克谢耶维奇感到非常奇怪。

叶莲娜笑了，就像成年人对机灵的小孩子那样笑了，她说：

“在西伯利亚，你记得吗？你把我们从那儿带到了军医院……我们在那儿过得挺不错。在军医院里。”

“可是我们现在也过得很不错啊，莲诺奇卡。”他把手放在她头上，抚摸着她的脸蛋，她抓住他的手亲吻起来。

这是多么奇怪啊！巴维尔·阿列克谢耶维奇已经不记得什么检疫所大街了。而叶莲娜记得。这是多么任性的记忆力啊！二十年的共同生活，一个人记得一些事情，另一个人记得另外一些事情……生活在哪个程度上来说是共同的呢，如果关于一件事的回忆是如此大相径庭？

根纳基·戈尔德伯格很快就来了。对前一天发生的事件他了解得不多，他说。维达里很晚才回家，在自己家大门口被打了。他们的邻居极其热衷健身跑步，早上六点钟就出门建立自己的运动功勋，是他发现维达里的。维达里的同事说最近几周有人给他打过几次电话，进行过恐吓。

“给你打过电话吗?”塔尼娅问道。

“给我打什么电话，我与此事无关。”根纳基好像为自己辩白一样说。

事情原来如此。维达里刚刚从雅库特[①]回来，他在那儿收集北方民族的人类学资料。传唤他去一处，让他把出差搜集到的所有资料都上缴，因为准备把他的课题变成绝密。他拒绝了。这绝密的内容全世界早就知道了。北方民族酗酒，死亡，雅库特的人口在最近二十年减少了四分之三。所有这些都非常有逻辑地进入了伊里亚·戈尔德伯格关于苏联人民在退化的理论，但是，这和全苏农业展览会上的那座金色奇迹，名为各民族友谊喷泉所代表的概念不相吻合。

过了一会儿托玛回来了。他们让她和所有人一起喝剩下的瓶底。她只喝了一杯就醉了，开始放声大笑。夜晚被破坏了。塔尼娅亲了亲母亲和父亲。穿上中国大衣后，她想起了瓦西莉萨，她穿着外衣去和她告别。她走进昏暗的储藏室，啪的一声打开开关。灯泡早就烧坏了，但是，瓦西莉萨不知道。她朝开关声扭过头：

“是塔尼娅吗?”

---

① 雅库特，俄罗斯北方地区，以寒冷的天气和丰富的金矿闻名。

塔尼娅亲了亲瓦西莉萨蒙着黑头巾的脑门说：

“告诉我，给你带点什么来？”

“什么都不用，你自己常回来就行了。”瓦西莉萨不礼貌地回答。

“我会常回来的。”

塔尼娅和根纳基一起走到街上。他要送送她。

托玛带叶莲娜到浴室把垫布换成干的，那是铺在旧游泳短裤里的一层层软棉花，短裤穿在宽松的睡裤里面。托玛对叶莲娜窘迫的抵抗根本不在意，她每天晚上都干这个，每天晚上都顺口溜似的说着一句话，没有一点责备的意思：

“您站好，站好，妈妈，得把湿的换掉……您碍我的事了……”

之后，她给可怜的叶莲娜洗好、擦干，这一切做得灵巧而又粗手粗脚，就像医院里所有工资便宜的保姆那样。叶莲娜非常害臊，她闭上眼睛，从这个世界上消失了。这种轻盈的小动作，她称之为“我不存在”。之后，托玛把叶莲娜推到自己面前，带她去卧室，安排她睡下。之后，她叫来瓦西莉萨，后者盘腿坐下，开始嘟囔自己的晚间赞美诗，那是揉成一团的祈祷，是由一些祈祷仪式的片断、赞美诗和自己的感叹组合而成的，其中经常能提到“耶稣的永逝，平和的、没有病痛的、没有任何惭愧的永逝”。

叶莲娜用一年年变得明亮的眼睛看着，以前，她的眼睛是蓝色的，而现在是灰蒙蒙的，从一种黑暗到另一种黑暗。

7

关于自己和戈尔德伯格兄弟之间的关系，塔尼娅只能说一点：这是顺其自然的结果。他们两个人从小就喜欢她并因她展开了痛苦的竞争。塔尼娅使他们的双胞胎关系遭受了严峻的考验，双胞胎是人与人之间所有可能的关系中，最为密切的血缘关系。在只有拿撒勒的玛利亚能一个人无精受孕的人类世界中，就连母亲和自己的孩子，在血肉的联系上都达不到同卵双胞胎所能达到的亲密程度。戈尔德伯格精确的遗传学也谈到了这一点。

戈尔德伯格兄弟出色地经受住了考验。他们遵照某种无言的协定，总是两人一道去库科茨基家，去之前会打电话，说这是我们，戈尔德伯格兄弟，虽然由于技术的局限性，他们两人之中只能有一个在电话里说话。如果叫塔尼娅去剧院或是电影院，那么一定是四人一同前往，带着平淡无奇的托玛，她是作为塔尼娅具有杀伤力的迷人容貌的一个必需附加品。兄弟之间从来不谈论塔尼娅，只是通知什么事情的时候才说，或是间接地说：

“周六我们去库科茨基家。”

“我买了下星期天的戏票。”

全部的谈论就到此为止了。

两个男孩中的任何一个，单独说来，都有理由成为一个让人难以忍受的孩子，成为一个智力突出、性格扭曲、以自我为中心的个体，他们会立刻变成犹太神童，怀着无法遏制的、几乎是理所应当凌驾于周围人之上的优越感，但是，塔尼娅在他们生活中的出现奇怪地平衡了这种危险的局面。这个“几乎”包含着丰富的内容，那是他们在痛苦的少年时代和更晚一些时候必须要搞清楚的。塔尼娅在这方面帮了大忙。鬈发的她生性活泼，根本不在乎周围人怎么对她，这大概是因为她总能从各个方面证实他人的爱，塔尼娅不在竞争范围之内，仅仅因为她比他们低两个年级。他们之间有两岁的差别，除此之外，她属于另外一个世界，女人的世界，虽然在十五岁之前她比他们高，可能，也比他们有劲儿，想都没想过要和他们比谁劲儿大，兄弟两人时刻准备服从她，为她服务，给她带去各种与年龄相符的快乐……顺便说说，她一摆动格子裙的裙摆，智力的严格等级就消失得无影无踪，自己都毫无察觉。在这种等级中，暂时还没失去声望的伊里亚·戈尔德伯格占据了最高地位，之后是兄弟俩，鼻子对鼻子，站在父亲身后，而所有其他人都位于他们之后。但却不是塔尼娅……她不在其中……在左边或是右边。她的游戏说实话不太公平，就好像下象棋时她没通知对手，走着走着就改变了游戏规则，噼啪作响地把所有棋子用大拇指和中指夹起来扔出棋盘，然后取得胜利……戈尔德伯格兄弟最欣赏塔尼娅的就是这一点，根本不是褐色的鬈发，也不是钢琴上敲出来的叮叮咚咚。这样看来，智力的等级也不是区分价值高低的唯一尺度。

兄弟俩的品位和喜好从很小的时候就一样，但是，他们的母亲几乎从他们一出生起就知道，他们之中的一个，晚生了二十分钟的根纳基，也就是说弟弟，哭得更有劲，笑得更响亮。他的愿望更加清楚，恐惧更加明确。至少，相对大一些的维达里五岁时问过根纳基：

“我们更喜欢喝哪一种粥?”

于是根纳基来决定他们更喜欢喝燕麦粥。

对塔尼娅的崇拜在某种程度上遮盖了他们神童的角色，他们把智力的最高等级自愿地，但不是特别得体地给了塔尼娅。马拉霍夫卡区的学校不善于评价这两个男孩子的天赋——优等生而已。质朴的瓦莲京娜在实验室一直干到一九五三年，在世界主义斗争的后方她被裁了员，由于战后生存的艰难，她直到英年早逝的时候都没看清自己孩子身上的天分，而以自我为中心的父亲自己就是神童出身，因此，他把儿子身上罕见的天分当成了自然而然的东西。除此之外，兄弟俩不仅在塔尼娅方面进行健康的竞争，他们在物理、化学和数学方面也一样。在塔尼娅看来，和维达里在一起觉得更有意思一些，因为他热爱医学，他们之间有更多的共同话题，但是公平地说，作为追求者，更让塔尼娅感到合适的是另外一些男孩，他们在自然科学方面没有如此独特的知识，但是，他们会灵巧地踢动双脚，跳出从铁幕的毛孔中渗出来的摇滚节奏。

现在，伊里亚·戈尔德伯格被逮捕了，和以往不同，他看起来像一个无辜受难的英雄，这可是六十年代中期！他的儿子们被他身上反射的光芒照亮了。尤其是维达里半夜在楼道里挨打之后。

刚过十一点，塔尼娅和根纳基离开库科茨基的家。根纳基知道塔尼娅不在家里住，最近一年他们没见过面，甚至连电话也没通过。塔尼娅心里沸腾着对维达里的同情，希望马上投入到医院的昼夜守护之中。根纳基这么多年来第一次和塔尼娅单独在一起，他突然产生了某种全新的想象——维达里一个人，而他和塔尼娅两个人在一起，满怀着一样的同情和同甘苦共患难之心。维达里还缠着各种管子，脸上横着一道从颧骨直到鼻梁、缝得利利索索的伤疤。他正在输液，打着石膏，在玻璃罩后面半昏迷半清醒的时候，根纳基抓着蓝棉袄的袖子，把塔尼娅带去坐地铁，他劝塔尼娅在工会街过夜，以便早上的时候不浪费时间直接赶到医院去。

塔尼娅犹豫了片刻，如果她不准备在作坊里过夜，她一般都提前告诉科莎。那里没有电话。塔尼娅犹豫不决，然而根纳基态度坚决。总的来说，不太情愿分开，所以塔尼娅去了从前未曾去过的工会街。

两居室的房子在赫鲁晓夫式的五层高的单元楼里，它看起来就像两个小时前刚刚在这里结束了一次搜查。与其说塔尼娅习惯了干净，不如说习惯了整洁，她反对秩序那直来直去的逻辑，事实上，她也站起来反抗了这种秩序，她这两年在偶然落脚的楼房间穿梭，最终在作坊里，在零落的铁块、旧画框和成堆的旧家具之中找到了栖身之地，即使这样，塔尼娅仍然惊呆了，眼前是一大堆写过字的纸，它们恣意地铺满了桌子椅子，像巨浪一样涌到了地板上，在纸张之间踩出了几条小路，去喝水和去吃饭的小路，去桌子旁和去浴室的小路，铺在写字纸上面的报纸茶渍斑驳，还有里面和外面都很脏的各种茶杯的印记。一群酒足饭饱的蟑螂在这片科学的牧场上平静地游来荡去。

“你们在这儿过的什么日子啊?!”对一切都见怪不怪的塔尼娅惊讶地说。

“没什么。我多数时间在奥勃宁斯克。父亲和维达里在这儿。但是我们不让任何人来家里，怕吓着他们。”他露出白色豌豆一样的大牙齿笑了，“在马拉霍夫卡更糟糕。妈妈活着的时候还比较整洁。她是怎么保持的，我不知道……”

“不，不，这样不行。”塔尼娅还没脱下大衣，就已经开始掂量从哪个角落开始进行清扫。“我们从厨房开始干。”她宣布道。

决定是正确的。厨房的纸少一些，而通常做饭留下的污垢和纸垃圾不一样，不需要格外细心。一层又一层的纸从炉子上成堆地掉下来，墙纸是垃圾灰色，多亏在浴室里面找到了一包洗衣粉，所以清洗得毫不费力。房间里进行得慢一些，纸张希望有人阅读它们，渐渐地粘在其他一些稀奇古怪的纸上。他们的功勋比赫拉克勒斯①的还伟大，看都不用看就可以扔出一马车的东西。

从十二点到早上四点半，他们两双手一起快乐地收拾着。聊天、哈哈大笑、回忆童年时代的一些秘密，一切都很轻松，污垢涌向垃圾道，纸张堆在一些箱子里，非常可笑的是，写字台的抽屉空空如也。以偷盗名义进行的搜查只拿走了桌子里的东西，而近期写的其他东西原封未动，它们成摞地堆在所有办公的和非办公的表面上……

“你哥哥的性格真怪，”塔尼娅最后说，“伊里亚·约瑟福维奇已经坐了半年牢了，可是他一次房间都没打扫过。”

“你不明白，这是纪念地，家庭博物馆。”

四点半的时候，在一层又一层的纸堆中露出了沙发床，上面盖着灰蒙蒙的罩单。塔尼娅一头栽到上面，身体下面腾起一团灰尘的云朵。

“好了，睡觉。”塔尼娅下了命令，根纳基，他在几个小时之内已经压制了自己各种各样的渴望，从最讨好的温柔到最野性的发情，他不允许自己再等下去了。

奉献出了年轻战士的所有弹药后，两天没睡觉的他沉入了梦乡，他还在为热烈的温柔和同样热烈的野性而感到惊奇。

---

① 赫拉克勒斯，希腊神话中的英雄，他力大无比，建树许多功勋。

“从哪儿来的这种做了错事的感觉，哪儿来的罪恶感?”入睡的时候他想。一个声音从内心深处严厉地回答他：

“这可是妹妹啊……”

塔尼娅根本没有这样的思考，最近和她睡觉的那个人，是个老练的地质学家，他非常不挑剔，从小卖部服务员到科学院的老婆们，他和她们生了数不清的孩子，比起这个童年时代的好朋友，他不好也不坏。在床上娱乐这一活动之中，塔尼娅并没有发现特别的美好之处，她总是惊讶自己的老朋友们为什么会因为男人而发狂——在床上所有人都一样。她在那时还不知道，其实根本不是这样。

他们不是计划中的九点到的医院，而是十二点。开始的时候他们没睡醒，之后根纳基又一次证实了自己刚刚得到的权利。维达里在此之前已经从苏醒室转到了公共病房，他状态好转，恢复了知觉，不再打算死去了。

8

瓦西莉萨唯一的一只眼睛蒙上了一层混浊的膜，她彻底沉入了黑暗，从那时起已经一年过去了。失明、不幸和成年人的可怕恐吓成了她从一刻不停的劳动中解脱出来的理由。法定的休假时间到了，失明的瓦西莉萨终于看到了没有期限、没有尽头的休息。她通常的户外活动现在改到了室内。从前她对着圣像祈祷。有好几个圣像，暗色的喀山圣像，上面流畅地写着三种颜色的字，先知伊里亚被斧头劈成了两半，之后又粗糙地粘在了一起，所以，伊里亚的脸保留下来了，可是从车上垂下来的长衣没落到叶里赛的手里，而是变成了碎木条留在了那座乡村教堂里，和教堂一块儿烧掉了。还有牵着一头无耳长毛狗熊的谢拉菲姆，还有头上的光环侧向一边的凝视着的彼得，他把手伸向在身边走过、走向另一方的救主。现在，瓦西莉萨似乎已经失去了这些保护神。她跪在经常跪的地方，在秃了一块的地毯上，那是被她的膝盖磨的，她试着回想那些保护神，但是做不到。包围住她的黑暗像一堵等高的墙一样，根本没有任何色彩和光亮。就这样持续了很长时间，瓦西莉萨感到痛苦，她觉得她的祈祷悬浮在她头附近闷热的空中，既不升向上帝，也不升向圣母，也不升向上帝的侍者。之后，露出了一种类似摇曳的火柴亮光的东西。它如此微弱、摇摆不定，瓦西莉萨甚至害怕地想，这是不是她的美好想象。但是这个亮点是如此迷人，如此让人感到高兴，瓦西莉萨在内心呼唤它，努力让这个明亮的影子持续的时间更长一些。摇曳的亮光变大了，变亮了，它闪烁着，谁都看不见它，在她自己的黑暗中，提醒她去做那一刻不停、几乎默不作声的祈祷。现在只祈祷一件事，就是让小火光，她这么叫它，让它永远都不要离开她。祈祷就连在梦里也没离开过她，就像在她旁边打盹，就像早已习惯在瓦西莉萨竹竿似的脚旁睡觉的老穆尔卡。

瓦西莉萨快要给自己制定一个全新的、轻松的生活方式了，没有通常的那些干不完的活，不用买她认为是多余的食品，不用洗根本就不脏的衣服，不用进行大规模的收拾，而只给自己留下一些几乎是仪式一样的事情——早上给叶莲娜洗漱，晚上迎接下班回来的巴维尔·阿列克谢耶维奇。一天的大部分时间她都是在自己的储藏室里度过的，完成自己细致的思考工作，只有东方的僧侣才懂得那是什么……内心的祈祷，与阿纳托利娅院长的心灵对话，最近一段时间，因为自己的失明，她和院长走得更近了，还有关于所有活着的、死了的、远的、近的人的充满爱心的回忆，从自己的父母，永志不忘的瓦尔索诺菲，到 N 修道院早已死去的面孔模糊的修女，所有这一切都在小火光的照耀下，她学会在心里给这个小火光扇风，就像给炉子里的煤扇风一样。

每天，巴维尔·阿列克谢耶维奇一边吃着瓦西莉萨亲手烹制的贫农饭菜，那和清洁工给他端来的医院饭菜没什么区别，他一边责备自己不能战胜瓦西莉萨的倔强，他肯定瓦西莉萨患的是一般的白内障，那是可以摘除的，并且可以恢复至少一部分视力。他并不是一个连点火器都不会用的学究教授。他可以自己热饭吃，也会做饭，但是他无法不让瓦西莉萨·加甫利洛夫娜完成自己的职责，可接受一个失明仆人的伺候也同样是不可能的。

他一次又一次跟她说手术的事。但是，瓦西莉萨对此连听都不想听，她的理由是上帝的意志为她决定了这一切。巴维尔·阿列克谢耶维奇很气恼，无法理解她，他试图用瓦西莉萨的逻辑说服她，他说上帝的意志就包含在这里，就是让一个有医治盲人使命的医生来给瓦西莉萨做手术，让她重见光明——就算是为了颂扬上帝。她摇摇头，于是，巴维尔·阿列克谢耶维奇更加生气了，他说她胆小、没文化、装疯卖傻。

每当巴维尔·阿列克谢耶维奇喝得比平时稍稍多一点的时候，他就又一次走到瓦西莉萨跟前。但是，跟她无论怎样都讲不清道理。有一次，托玛把一大袋床单从洗衣房拖到五楼，她根本都没和巴维尔·阿列克谢耶维奇商量过，偶然地脱口说出了几句令人信服的话：

“瓦夏阿姨，你看你身体多好，让你挑水都行，可你整天就知道祈祷。你哪怕和我一起去取床单也好啊……”

托玛虽然体格单薄，但是，事实上她也属于吃苦耐劳的人，她每天都伺候自己那些绿色的孩子，埋头苦干，刨啊，挖啊，一刻不停。在她身上还是能发现农民的血液，她不想为无聊的甜菜和胡萝卜做的那些事，现在正温柔而热情地为映山红做着。

现在她干得越来越多的家务活她从来就没喜欢过，而她还要在夜间技校学习，确实非常忙碌。

托玛气头上说的这些责怪话让瓦西莉萨想了整整一夜。她就像平时一样，思考得缓慢而坚决，她呼唤阿纳托利娅院长帮助她。终于在星期天的晚上，晚饭之后，她告诉巴维尔·阿列克谢耶维奇她同意做手术。

“你以前不是不想做吗?”巴维尔·阿列克谢耶维奇惊讶地说，“应该先带你去看眼科医生。咨询一下，他们没准不愿意做呢。”

“为什么不愿意做？我同意。让他们切吧……”

医生没发现不能做手术的反面证明。过了两个星期，瓦西莉萨·加甫利洛夫娜在位于高尔基大街的眼科医院做了手术。视力恢复了百分之六十，瓦西莉萨重新开始操持家务，重新去商店、排队、煮饭、洗衣服。只是她的步态还是那样不坚定、警觉，她就好像带着一件容易破碎的珍品——自己唯一那只能看见的眼睛。关于上帝的意志巴维尔·阿列克谢耶维奇所说的那些话，说到了她的心坎里，医生的双手实现了上帝的意志。然而她清楚地记得局部麻醉下的整个手术，从扎向眼睛的非常疼的第一针，直到摘下纱布，看见模模糊糊、摇摇晃晃的人群，他们就像大风下的树木，她时常想起福音书中讲的那个治愈天生盲人的故事，医生在她瞎眼上的折腾和救主轻触那个年轻盲人的失明眼睛，她把这两件事联系起来了。

家里人谁都没想到瓦西莉萨在复明后改变了对自己本身的态度，她对自己结实的、永恒的处女之身充满尊敬，对肌肉发达、瘦骨嶙峋的手臂和双脚充满尊敬，尤其是对流着眼泪的混浊眼睛充满尊敬，它说着说着就看见了。在她什么都看不见的时候照亮她的亮光不见了，现在，在还给她的视力中，她无论怎样都看不见那亮光。她想念小火光，但是，她坚定地相信，当暂时复活的眼睛熄灭的时候，小火光一定会回到她身边的。

获得失去的视力后，她明白了，她白白地、毫无结果地为最后一只眼睛害怕了大半辈子。只有失去剩余的视力后，她才从这种害怕中解脱出来，现在，手术之后，重新看见上帝的光亮后，她怀着新的、清晰的劲头深信不疑，不是对上帝，她的信仰从来不需要证明，而是对上帝之爱深信不疑，这种爱只给了她一个人，瞎眼的、没文化的、没受过教育的瓦西莉萨。于是她开始尊重这个瓦西莉萨了，她是上帝之爱的对象，现在她确信无疑，上帝把她和大多数人类都区别开了。

一种全新的、稀奇古怪的想法油然而生，上帝爱她甚至超过爱其他人。拿塔尼娅来说吧，生下来就漂漂亮亮，优裕，有天分，可她却离开了家，像流浪汉一样生活，寄人篱下，不是迫不得已而是她自己的为所欲为。或者是巴维尔·阿列克谢耶维奇，多么有名望、多么著名啊，医生中的医生，他扼杀了多少孩子，罪孽数也数不清。还喝酒，就像最坏的男人那样，像死去的哥哥，上帝啊，关于叶莲娜也没什么可说的，她的生活一清二楚，她既善良又安静，富有同情心，可怜所有的小猫，可是她忘了弗洛托夫吗？她不是有罪吗？上帝为什么这样惩罚她？她失去了头脑，也失去了一切感觉，就像动物一样活着……

瓦西莉萨现在对叶莲娜也宽容些了，就像对家里的宠物，喂她吃的，给她梳头，还和她说话，就像和小猫说话一样，对着空中，说一些含含糊糊的表扬的话或是不满意的话。不，这没什么可说的，如果上帝能挑选出谁来，那么一定是她瓦西莉萨。开始的时候夺走她的一只眼睛，之后又还给了她，还能怎么理解呢？

9

塔尼娅每天都去医院，帮助维达里解决他的各种需要，从洗脸到吃饭。他的右手还打着石膏，用一只左手就连看书都很费劲——翻页困难。他有些夸大自己的无助，甚至还允许自己要小孩脾气。每天，塔尼娅带着那只一直没还给维卡的购物袋，从工会街坐车到医院。戈尔德伯格家的朋友们送来了一堆钱，塔尼娅用它们搜寻各种食品。炉灶边的活动彻底取代了手工活动。塔尼娅只去过维卡的作坊一次，拿走了半打内裤，还有毛袜子和记事本，这些就是她现有的全部财产。

根纳基每周六都从奥勃宁斯克来，吃完晚饭，喝完一瓶格鲁吉亚葡萄酒，他们俩就在已经被瘦骨嶙峋的老戈尔德伯格压塌的沙发床上睡觉，然后再一起去医院看维达里。他们像小孩一样轻松的关系让根纳基很窘迫，就好像他们都是五岁的孩子，在一起荡秋千或是捉迷藏，在黑暗中摸索着脸庞或是肩膀，猜测是谁偶然落入了怀抱。天性让他们互相帮助，而且，他们之间没有一句多余的话。

维达里在医院里住了一个半月。创伤与其说是严重的，不如说是复杂的。打坏的鼻子修整好了，新鼻子一点都不比旧鼻子差，脑震荡也不是疑难病症，就是骨折的胳膊肘治了很长时间。做了一个手术，效果不太好，形成了假关节。医生不得不做第二次手术，可是做完之后，关节根本就不能动了。也许是内行打手的确懂行，知道怎么让骨折更难治好，也许是维达里的运气尤为糟糕。

不管怎么说，冬天快结束的时候，他出院了，塔尼娅隆重地把他送回家，甚至还为此举办了一个规模不大的好友聚会。到了星期六，和平时一样，根纳基从奥勃宁斯克回来了。维达里已经在家待了三天。一迈过门槛，根纳基马上就感觉到他的位置被占领了。他极其伤心，但是并没有感到惊讶。他瞪大眼睛看着塔尼娅，她并没有感到丝毫不安。三个人一起吃午饭。桌上放着一个厚墩墩的发面馅饼，散发着热气和家庭的平静。塔尼娅像照顾孩子一样照顾维达里，根纳基知道哥哥似乎交上了好运。同样有趣的是，他知不知道自己勾走了别人的情人呢?

这时，正在洗碗的塔尼娅宣布她今天在自己家过夜：

“再说，我不在的时候，你们也可能有些话要说。”

兄弟俩确实有话要说。父亲领导的实验室被封了，那些人还是因为那些莫须有的财会违规在找碴儿。关于这些也通知了集中营里的老戈尔德伯格。他为实验室的未来感到担心，还有他那些员工将要面临的不可避免的麻烦，尤其是瓦莲京娜的命运，她当时就从实验室被开除了，她在研究生宿舍的临时居住资格也被取消了，在机关的各个办公室毫无结果地奔忙了一阵之后，她又被重新派回了新西伯利亚，但是那里已经什么职位都没有了。戈尔德伯格给儿子们的信是几天前写来的。信里笨拙地坦白了对瓦莲京娜的爱，这个坦白来得太晚了，他写了对他们已故母亲充满怜惜的爱情，还羞怯地道出了结婚的想法。

毫无疑问，对于这两个年轻人来说，这封告白信里没什么新鲜东西，他们父亲的罗曼史所有人都知道，但是，直到服刑之前父亲都觉得没必要告诉他们。多半是因为他根本就没打算和瓦莲京娜结婚，他进了监狱以后才有了结婚的想法。只有妻子才有权利会面，而且，法律上似乎还存在在监管营办理结婚的可能性。正是因为这个，戈尔德伯格才让孩子们和律师联系，让他们问一问怎么才能巧妙地办成这件事。在确信这种婚姻在理论上可行之前，关于自己的想法他一点都没对瓦莲京娜说。

“我不想给任何人带去多余的担心，但是，我亲爱的儿子们，我请你们来负责问清楚这件事，因为瓦莲京娜虽然是一个坚强的、非常高尚的人，但是，她毕竟是个女人，我坚信，对于她来说，带着这个问题去见律师是极其有损尊严的。”

“我们的同龄人？”维达里指着根纳基正在大声读的信说。

“好像大两岁。也可能三岁。”

“后妈。”维达里笑了。

维达里还没有完全适应落在他头上的新幸福，他想告诉弟弟他也准备结婚，但是又管住了舌头。太久了，几乎是懂事以后的所有时间他们都在因为塔尼娅进行竞争，无法立刻宣布自己夺目的胜利，因为这也同时意味着另一方无可争议的失败。他甚至为弟弟感到难受，几乎就像为自己难受一样。为什么塔尼娅更喜欢他，这个敏锐的问题维达里暂时还没想过。塔尼娅仿佛就是他在被迫承受了一切之后的一个惊喜。但是最终，如果为了得到她而需要经受巨大考验的话，他也会毫不犹豫地答应。

根纳基有先来者的优势，但是他一言不发。可能，维达里也不会高兴听见，六个星期六的晚上，从周六到周日之间那些节日般热烈的夜晚，他的弟弟都是和塔尼娅在这里共度的。

他们按往常的老规矩，没有谈论塔尼娅。但是，他们谈了很长时间父亲，说他没完没了的老式幼稚性格，还说他的勇敢。还说了他的天分和诚实。还说他们有这样出色的父亲是多么幸运。

之后，根纳基做了一个通常是哥哥才会做出的举动。他连夜回到了奥勃宁斯克，告诉哥哥，说他第二天和导师约好了见面。

十一点，门在弟弟身后一关上，维达里马上就给库科茨基家打了一个电话，甚至还想好了从童年起就常说的一句话：

“这是我们，戈尔德伯格兄弟……”

但是塔尼娅没在家。那天晚上她没在那儿，她待在科莎家里，干巴巴地讲了双胞胎的故事，这故事发生得非常偶然，也非常无聊。维卡哈哈大笑，她谈到了莎士比亚、阿里斯托芬和托马斯·曼，而塔尼娅喝着格鲁吉亚葡萄酒，皱起了眉头。

“对我来说，他们就像我的兄弟。我们一起长大的。他们两个人我都喜欢。”

维卡耸起圆滚滚的女性肩膀，鼓起了有些干裂的嘴唇，她用双手托着紧绷在粉色针织衫里的柔软、圆面包似的乳房，一边摇晃着它们，一边说：

“那你就两个都要。只不过得同时要。真是好玩。”

塔尼娅严肃地看着她，就像在上数学课。

“你知道吗，这是个好主意。顺便说说，好不好玩我不特别感兴趣。但是至少谁都不会生气。也很公平。”

维卡笑个不停。

接下来的星期六，根纳基没从奥勃宁斯克来。塔尼娅费了很大劲才打通他的电话。他干巴巴地告诉她说，他现在很忙，最近不能过去。她迅速地收拾了一下，出发去奥勃宁斯克了。三月末，天气还非常冷，塔尼娅还在电气火车里就冻僵了。她花了很长时间找宿舍，找到时已经快到晚上了。她看见根纳基在床上，他患了重感冒，正卧床养病，他盖着两床被子和不知谁的旧大衣。房间里冷得要命，窗台上淌下来的水已经结成了冰凌。

“可怜的，我可怜的孩子们。”塔尼娅一边在根纳基的胸口暖和自己的手，一边喃喃说道。他的体温快到三十九度了，塔尼娅觉得她的手好像放在了平底锅上。

“你冻透了。”根纳基笑着说，他使出了全身的力气。

“是啊。”塔尼娅附和着，“冻透了。但是你热乎乎的。”

渐渐地，他们的体温一样了。

根纳基去公共厨房烧水。他有水壶，但是因为用得过于频繁，水壶塞掉了。整个宿舍都用炉子和取暖器来取暖。

喝了茶。什么吃的都没有，也无处可买。半空的商店早就关门了。他们又在一起相互温暖着。早上的时候根纳基问塔尼娅想不想做出一个选择。

“我已经做过选择了。”塔尼娅认真地回答，“我选择了戈尔德伯格兄弟。”

“我们是两个人。”

“这我知道。”

“那然后呢?”

“没什么。我看不出来有什么区别。对于我、你和维达里都一样。”塔尼娅摊开了双手，“总的说来，你父亲我也非常喜欢。”

根纳基从枕头上欠起身子说：

“你可以不折腾我爸爸了。他已经要结婚了。”

“我可不强求任何人。这是你在纠缠不休地让我做选择。此外，你还有一步，你可以赶我走。”塔尼娅笑着说。

他把她的头贴在自己瘦削的肩膀上，抚摸着她头发剃得很短的后脑勺说：

“你还记得我们去兹维尼戈罗德你们家吗？我们去河边，划船，玩羽毛球，可是你长大后却变成了一条母狗。”

“为什么？”塔尼娅奇怪地问，“为什么是母狗？”

“因为你和谁干都一样。”

塔尼娅动了一下，换了个舒服的姿势说：

“不是都一样。和有些人绝对不行，无论为什么。可是和戈尔德伯格兄弟，可以。”

“我想一想。或许我会把你让给维达里。”

“我爱的就是戈尔德伯格兄弟的高尚品格。”塔尼娅哼了一声睡着了。

根纳基又说了些什么，却发现塔尼娅已经睡得很熟了，他深感惊讶。他的感冒奇迹般地好了，他觉得自己非常健康，同时又十分不幸。看来，不是和她谈，而是得和哥哥谈。只是，谈什么好呢？

10

有一天，一封奇怪的信寄到了叶莲娜·格奥尔吉耶夫娜的名下。是瓦西莉萨把信和报纸一块儿从信箱里掏出来的。她把信拿给了叶莲娜。叶莲娜把盖着戳的正规信封拿在手里，根本都没想拆开，就这样，她手里拿着没开封的信一直坐到晚上，直到巴维尔·阿列克谢耶维奇来她房间看她。她把信递给他：

“给你。请……信封……这是给塔尼娅……”

巴维尔·阿列克谢耶维奇拿起信封。上面盖着“外国律师委员会”的戳。在白净的纸上字迹模糊地写着，说外国律师委员会寻找安东·伊万诺维奇·弗洛托夫的继承人，弗洛托夫于一九六三年一月九日在布宜诺斯艾利斯肿瘤医院去世，他写遗嘱把剩下的一半财产留给自己的妻子叶莲娜·格奥尔吉耶夫娜·弗洛托娃和女儿塔吉扬娜·安东诺夫娜·弗洛托娃。外国律师委员会还通知说，姓名和监护权的更改他们是在B市的婚姻登记处得知的，并邀请叶莲娜·格奥尔吉耶夫娜就办理遗产事宜前去洽谈，另外，还将确认其女儿塔吉扬娜·巴甫洛夫娜·库科茨卡娅的继承人地位。

巴维尔·阿列克谢耶维奇把信放在桌子上出去了。消息是令人震惊的。根据这封措辞正式的官方来信，弗洛托夫·安东·伊万诺维奇根本不是在战争时期牺牲的，而是不知怎样跑到了南美洲，在那儿过了二十年，然后去世了。让巴维尔·阿列克谢耶维奇感到不安的不是这个陌生人的死，他和他只有间接的关系，让他不安的更不是关于什么神秘遗嘱的通知。必须告诉塔尼娅她的生父是另外一个人，而且，必须还是现在，当他们的关系本来就已经松松散散的时候，这个重担向他压了过来。

书房里，他坐在自己的写字台旁边，有一刹那甚至忘了自己为什么来这儿。他机械地在架子上搜寻着，他的手比脑袋更清楚地知道他的需要，他拿出半瓶伏特加，还有一个不大的杯子，瓦西莉萨喜欢说是大小正好的杯子，喝了一口。过了一会儿，有了清楚的想法。现在，他先告诉叶莲娜，之后叫回塔尼娅，向她揭示父女关系的秘密，让她自己决定她该拿这份遗产怎么办。他没有想起来瓦西莉萨，这个除了叶莲娜以外弗洛托夫唯一认识的人。他和塔尼娅的父女关系曾经是那么幸福，现在却以一种无聊而庸俗的方式结束了，真正的父亲找到了，只不过是去世了，他还粉碎了全部的不真实局面。心夹紧了，就像手指夹到了门里的感觉。他皱了皱眉头，喝完了剩下的酒。

他回到卧室。叶莲娜坐在扶手椅上，小穆尔卡在她膝盖上呼噜呼噜地喘气，就像一辆越走越近的电气火车，马上就要鸣笛了。看见巴维尔·阿列克谢耶维奇，穆尔卡不吭声了，卷起了自己毛茸茸的尾巴。

“你知道吗，莲诺奇卡，这封信说你第一个丈夫，弗洛托夫·安东·伊万诺维奇去世了，看这封信，他不是在前线死的，而显然是当了俘虏，之后去了南美洲，他是几个月前才去世的。”

叶莲娜的反应很机灵，出人意料：

“是的，是的，当然，那些巨大的带刺植物，那些刺，我就是这么以为的。它们是仙人掌，对吗?”

“什么仙人掌?”巴维尔·阿列克谢耶维奇神情紧张地问。

叶莲娜失望地摆了摆手，难为情地问：

“你不会告诉别人吧?”

“告诉什么?”

她尴尬而可怜地笑了笑，她就像小孩子抓住保姆的手那样抱起猫说：

“它们很大，长着刺，在红土地上。还有一个骑士，就是说开始的时候他没有马，现在我觉得，这就是他。”

“这是你做的梦吗?”

她露出了宽容的微笑，就像大人跟小孩子说话那样说道：

“你说什么呀，巴申卡！我多半会梦见你。”

叶莲娜很久都没叫他“巴申卡”了。叶莲娜很久都没用这种自信的语气说过话了。她最后一次发病，显而易见的、长时间的失神，意识封闭，她自己和周围人都发现了这一点，从那时起，她的声音听起来不坚定，语气中总是充满了质询和疑问。这说明，她脱离了现实，但是一些非现实的感觉还常常伴随着她。这是什么？虚幻的回忆？催眠幻觉?

他握住她的手说：

“你在哪儿看见这些仙人掌的?”

她难为情了，不安地说：

“我不知道。可能在托玛那儿？”

巴维尔·阿列克谢耶维奇拿起信，又扫视了一遍。为什么说起第一个丈夫去世的时候，她说起了仙人掌？没有任何联系。还提到了布宜诺斯艾利斯……这一串联想如此奇想迭出。而现在，她想掩饰思绪，把假理由摆到明面上。这是失去理智的人的小把戏吗？

“叶莲娜，托玛最受不了仙人掌。她没有一株仙人掌。你在哪儿看见的仙人掌？可能还是你梦见的吧？”

她把头垂得更低了，几乎埋在了猫的身体上，他看见她哭了。

“小姑娘，小姑娘，你怎么了？你在哭弗洛托夫吗？这都这么长时间了。这很好，很好，他不是被杀死的。别哭了，求你了……”

“刺，你看，刺……不，不是在梦里……根本不是在梦里……别的……我说不出来在哪儿……”

可能是梦样的意识模糊？可能，这种病态就叫作梦魇？应该在心理学书里确定一下。医学中最变化无常，最模糊的就是心理学……巴维尔·阿列克谢耶维奇面对自己妻子的病症却不知所措，因为听不懂她。自我意识混乱……特别严重的早年脑硬化？帕金森症？早老性痴呆？这个病的极限是什么……但是，不管怎么样，今天是比较好的一天，她有反应，能回答问题。几乎是货真价实的交流。

“可能，弗洛托夫当了俘虏，然后就流亡国外，成千上万个俄罗斯士兵没回到祖国，你不是知道吗。可能，这是最好的。如果回来，他可能就进监狱了……”巴维尔·阿列克谢耶维奇说这些毫无意义的话只是为了让她别再闭口不言，就像她经常做的那样。

“哎呀，不，你不明白……弗洛托夫是波罗的海东部的德国人。他的祖父是从柯尼斯堡①，封·弗洛托夫，他有很多亲戚留在了那儿。他隐瞒了。”

“你说什么，莲诺奇卡？这简直太神奇了……这就是说，他是有过错的人？在我年轻的时候，我身边的所有人，可能除了几个傻瓜或是混蛋，都知道自己背后有某种过错，都隐瞒了。”

“是啊，当然了。我记得我第一次是怎么感觉到这个的。父母把我从外婆那儿带走，从莫斯科送到索契郊外的营地，那是一九二二年春天。我那时看见了南方的大自然。我就是那时明白的，我们这些营地成员，和所有其他人之间存在着非常糟糕的区别。在公共食堂里挂着托尔斯泰的画像。是油画，画得乱七八糟，秃脑门闪闪放光，胡子随风飘动，画框挂歪了，这让我感到难受。然而谁都没发现这一点。”

巴维尔·阿列克谢耶维奇聆听妻子的故事，那是前后关联的

---

① 俄罗斯城市加里宁格勒的旧称。

详细故事，有精确的细节。有对事件的分析、评论，还有思考。一点萎靡孱弱的影子都没有。更不用说什么痴呆了。但是两个小时以前她还抱着猫坐着，拿着没打开的信封，答非所问，闪烁其词，就像疯人所特有的那样，不能控制最简单的运动，有时会忘记怎么拿勺子。不，不是彻底忘记，但是在和最简单的事物打交道的时候会体验到明显的困难。她不记得早饭吃的什么。或者根本不记得吃没吃过早饭。这多半会让人联想到假性痴呆。臆想自己失去了最简单的能力。和自己玩捉迷藏的独特的意识游戏……不，这个问题我永远都解决不了。可能，得读一读弗洛伊德。死去的母亲一九一二年去过维也纳，去参加弗洛伊德的一个学生的心理分析系列讲座。太遗憾了，我对此一无所知。妈妈似乎有一种歇斯底里症的模样……巴维尔·阿列克谢耶维奇皱了皱眉头，愚蠢的瓦西莉萨，他的真正罪孽不是流产婴儿，流产那些拥有巨大潜力的二十克重的一团蛋白，他的罪孽在于他愚蠢的执拗，他因此拒绝妈妈的第二次婚姻，也拒绝了她本人，白皮肤的美丽女人，后来她悄悄地变老，一九四三年因为严重的痢疾死在了塔什干。

叶莲娜以精神病人的敏感发现了巴维尔·阿列克谢耶维奇闪电般袭来的阴郁，她不说话了。

“对，对，莲诺奇卡。画框是歪的。嗯，你接着讲啊。”

但是她不吭声了，就像被掐断了电源。她又把手指插到穆尔卡的毛皮里，那里好像充上了新鲜的、几乎噼啪作响的电，叶莲娜完全中止了交谈，放下了那封成为交谈间接原因的信，不再看刚才还叫其巴申卡的巴维尔·阿列克谢耶维奇……她的脸上又显露出了那种我不存在的表情。

巴维尔·阿列克谢耶维奇知道，无论用什么样的力量都不能让她回来了。过一周，一个月，一年，她才能再次清醒地交谈。有时候，这样的清醒状态能持续好几个小时，有时候持续好几天。这一次次的清醒状态让他完全失去了常态，因为叶莲娜变成了自己，甚至还让人想起他们夫妻关系完满而又幸福的神话时代。

上一次，三个月以前，也和现在一样，她正在和他说塔尼娅，好像从疾病中醒来了一样，她痛苦地说着，几乎绝望地讲述着孤独和能力的丧失，讲述着空虚和她所经受的令人痛苦的不省人事，讲述着因为见到陌生世界而产生的无法描述的不知所措感。之后，她说了一半就停下了，又把头埋在了猫身上。

“又是猫。”巴维尔·阿列克谢耶维奇想，“下次她再开始说话的时候，我要把猫赶到走廊里去。真奇怪，猫总是能把她带入疯痴。”

“莲诺奇卡，我们正在说弗洛托夫。”

“是的，非常感谢……我什么都不要……是的，一切完全正常，请您别打扰我……”叶莲娜喃喃地说，不知道是在和穆尔卡说，还是和另外一个悄悄地待在她遍布灰尘的凌乱房间里的人说。

11

每逢春天，塔尼娅都像亚历山大·普希金一样，自我感觉糟糕，乏力、疲惫、感冒时常纠缠不休。这一次除了春天通常的不舒服，还多了无法抗拒的睡意和对食物的反感。

她现在住在工会街，在戈尔德伯格家的房子里。维达里的病假刚刚结束，他就因为精减人员被开除了。他靠翻译东西勉强过日子。就像父亲以前那样，他给几家介绍性的杂志社工作，常常用别人的名字，他试着给一些畅销杂志写文章，有两次，他写西方新科技成果的小文章在《化学与生活》杂志发表了。也是因为有熟人关系。

塔尼娅勉强忍着厨房各种气味给她带来的恶心，忙着做饭，然后一连睡十四个小时。有时睡一觉醒来，她就去奥勃宁斯克看望根纳基。他正在给自己仓促的论文写结尾，每一刻钟都在等待来自第一处的不愉快，但是，他身后像小山一样站着一位导师，他是老戈尔德伯格的朋友，从前的物理学家，和戈尔德伯格一样，也曾是集中营犯人。但是，即使有科研成果和声望，导师既不是沙皇也不是神，直到最后一刻钟他都不知道会不会让根纳基答辩。

明媚的四月塔尼娅有时候在森林里散步，树林被五彩缤纷、含苞待放的嫩芽照亮了，之后，她又去看了两次刚长出来的嫩叶，那已经是五月了。她因为新鲜空气迅速地感到疲劳，睡得很沉，根纳基从实验室回来就跟她睡在一起，可是塔尼娅并不认为这有什么。这种友好的做爱和他们一起吃早饭差不多，之后，他送她去坐公共汽车，自己则跑回实验室。

以这种规律过了两个月，塔尼娅突然觉醒了，进行了某种从前从不屈尊进行的女性计算，她得到了一个有趣的结论。在五年的床上实践中，她从来都没有过这种事，这个发现一下子让她惊呆了。

在维卡－科莎的女朋友之间，经常讨论一些实用妇科问题，比如避孕、流产和无痛流产等。听到这些时，塔尼娅一直保持着一种毫不关心的表情，就好像她是处女或老太太。怀孕对于她来说既不是快乐也不是痛苦，而是一个有趣的事件。发现之后，她睡了几乎一整天，在梦里和这个好玩的情形妥协了，之后告诉了恰好落到了她手中的维达里。

“哎呀，真见鬼。”他抱怨道，“我当然不是个好东西，但你却是好样的……但是，孩子，从现在的情况来看，是显得多余了。”

“你这么觉得？”塔尼娅恼火了，这恼火来的对于她自己都有些意外，因为她自己还没决定怎么对待孩子出现的可能，“那我怎么办，流产？”

维达里不吭声了。时间过长的沉默。

“我好像不想。”维达里长时间的停顿是决定性的，因为在他说话之前一分钟，塔尼娅还根本不知道她想怎么办。“我们可不需要孩子。”维达里非常坚决地说，“连一只手都腾不出来……”

塔尼娅听到这儿，为自己未来的孩子委屈得要命，她扬起自己仿佛画过的眉毛，冷笑着说：

“应该问问根纳基。也许他愿意？”

维达里内心里一直以为塔尼娅主要属于他，去看望根纳基只是因为已经形成的传统，还因为他维达里的默许，类似施舍给弟弟的性爱慈善，他呆呆地看了看塔尼娅，他没想到会有如此的转折。他不知怎么一开始时没想到，所说的孩子没准儿是他的侄子。

“听着，那谁是孩子的父亲？”

一向把开诚布公和说真话当成原则的塔尼娅笑了，嘴比平时咧开的稍稍大一些。

“是戈尔德伯格兄弟俩，维达里。是戈尔德伯格兄弟俩。就目前的情况看，我觉得你们两个人一起不会太难应付。”

塔尼娅话还没说完，马上就开始收拾包。维达里，同样是话没说完，就送她去坐平时她去奥勃宁斯克坐的那辆公共汽车。

根纳基表现得周到、成熟一些。

“我完全听你的，塔尼娅。我现在唯一不能做的，就是在这个见鬼的论文结束前离开奥勃宁斯克。其他方面，就看你怎么更方便一些。如果你愿意，你可以搬到这儿来，哪怕是住到秋天。如果你想登记，那我们就在这里登记，不在莫斯科。”

“为什么不在莫斯科？”塔尼娅问道，她以为会有什么阴谋诡计。

“丢掉两个工作日。我不是跟你说嘛，急得很。”

“啊——啊。”塔尼娅满意地点了点头。

根纳基没提起维达里。塔尼娅喜欢这样。她本来就准备嫁给戈尔德伯格兄弟之中的一个，现在塔尼娅的选择已经确定了，根纳基。

但是，一切都不是按照设想进行的。塔尼娅三天以后从奥勃宁斯克回来后，维达里正在苦恼地盘算突然落到他头上的新问题，兵役委员会来了通知。显然，他们在用这种方式惩罚戈尔德伯格家的老大。

决定自然而然地出现了，延期入伍的理由就在塔尼娅的肚子里。只是应该快点登记，在咨询诊疗所拿到怀孕证明。

“应该就是应该。还用说吗，维达里？只是你得明白，我还是选根纳基当我的丈夫。”

维达里勉强笑了一笑说：

“你想说的是，我和你是虚拟婚姻？”

“我不这么提问题。但是，如果你愿意的话，我们可以这么说。”

他们一整晚都在比赛机智，争辩在这场婚姻行动中谁会成为谁的什么人。塔尼娅指定维达里是未来孩子的半个叔叔，而他们的婚姻是三人组合。

哈哈大笑了一阵，又吃过晚饭后，他们躺下睡觉，还是在那张铁肋突出、饱经沧桑的沙发床上，他俩紧紧拥抱着入睡了，在旁人眼里这是某种道德上的不规范，然而这个特殊家庭的成员却不这么认为，也不关心这个问题。

第二天一早他们就去登记处交了申请。婚礼定在七月初。维达里没去兵役委员会。为了以防万一，他们决定他得离开莫斯科一段时间。他迅速地收拾好行装，塞了一包字典，抓走一半医用生物化学的德语教材——父亲的一个工作人员对他说教材翻译得很好——去了波尔塔瓦妈妈家的一个姨妈那里。没打电话，也没事先通知。

他们没有失算。维达里走了两天后，又来了一张通知，第二天早上七点，门就被敲得咚咚响。塔尼娅开门放进来三个男的——两个军人和一个警察。来抓维达里参军。

“主人出门了。我什么都不知道。好像是去乌拉尔找工作了……”这就是他们从塔尼娅嘴里所能得到的全部内容。

维达里走了以后，塔尼娅爱上了自己的怀孕状态。她爱上的甚至不是要出生的孩子，而是这种充实的、有内容的状态，就“内容”这个词的直接意义而言。通常，她对自己身体毫不在意，现在她仔细倾听身体最微小的渴望，命令自己宠爱自己，做所有让自己愉快的、有益的事情。她早上喝果汁，不是商店里卖的，而是自己亲手做的，在窗台上用一种特别滋补的牛奶真菌制作酸奶，她一周有几天去奥勃宁斯克，在根纳基那儿过。她整小时地在那儿的森林里散步，给自己散出了粉红色的皮肤、血红蛋白和令人舒服的疲倦。嗜睡取代了怀孕反应。早上的时候，她吮吸酸水果糖，下午的时候一般就不觉得恶心了。让塔尼娅失望的是，肚子根本就没长大，虽然她总是能感觉到身体内紧绷绷、满当当的，但是，她丝毫也不觉得撑得慌，和一顿能吃两份饭的人的难受状态还不一样。但是，乳房却明显见大了，乳头突出，就像两个门铃按钮，从粉红色变成了褐色。塔尼娅用硬纤维团揉搓乳房，她不知在哪里读过，就是应该这样让乳房为未来的哺乳做准备。根纳基吮吸变暗的乳头。他喜欢因为他的触碰而变硬的乳头。塔尼娅也喜欢这种全新的感觉。

兵役委员会又给维达里寄了两次通知。还有一个上尉打过电话，说过一些吓唬人的警告的话。塔尼娅让自己表现得像个傻瓜。

塔尼娅偶尔会探望家人。她宣布自己怀孕了，准备结婚。但是，叶莲娜对这个消息一点反应都没有。塔尼娅以为妈妈没听见。但是，根本不是这样，因为当天晚上叶莲娜对丈夫说，塔尼娅要生一个小塔尼娅。习惯了她意识混乱的巴维尔·阿列克谢耶维奇没给予这个含糊的消息特别的含义，他暗自想，在妻子的意识中进行着一些多么复杂的过程啊。看来，关于弗洛托夫的消息和某些深层的东西纠缠到了一起，现在叶莲娜想起了自己等着生女儿的那段时间。她把自己和长大的塔尼娅混为一谈了。

还没给外国律师委员会回信。叶莲娜不仅没有能力回信，就连自己对遗产的态度都说不出来。而塔尼娅，巴维尔·阿列克谢耶维奇还什么都没告诉她，因为他无论怎样都找不到一个合适的时机。对于他来说，问题不在于遗产，而是更为重要的东西。

七月初一个明亮的夜晚，塔尼娅在家里遇到了处于愉快的醉酒状态的父亲，她通报自己马上就要嫁人，巴维尔·阿列克谢耶维奇决定跟她说说这份晦气的遗产。他让她到书房坐，把落了些灰的信封放到自己面前，在交出它之前，他讲了自己是怎么和塔尼娅妈妈认识的，怎么给她做的手术，又怎么在她康复后娶了她。

“塔尼娅，就在你们到我这来的当天，来了一个人的死亡通知，那个人在我之前，是你妈妈的丈夫。”

塔尼娅的眼睛飞到了额头上，她从来就没想过妈妈在巴维尔·阿列克谢耶维奇之前和谁结过婚。

“你，塔尼娅，那时两岁。你的亲生父亲是安东·伊万诺维奇·弗洛托夫。我们结婚后，我马上就收养了你。可能，我应该早些告诉你……”

“好爸爸，这有什么意义？”她看出了巴维尔·阿列克谢耶维奇的不安，在这一刻，她儿时对他的全部爱恋升腾了起来，就像太阳升上了天空……

她搂住了他头发稀少的圆脑袋，亲亲他浓密的眉毛、鼻子。闻到了他身上那种熟悉的味道，她永远都那么喜欢的味道——医学、战争和酒精混在一起的味道，她眯起眼睛，小声说：

“还什么弗洛托夫，还什么帕洛霍托夫……你疯了……你就是我最真正的，最喜欢的小象，好爸爸，老傻瓜……我和你像极了，我身上所有最好的东西都是你给我的……对不起，我把你们扔下不管。我非常非常爱你，也爱妈妈。我只是不能和你们生活在一起。好爸爸，我怀孕了，我很快要给你生外孙了，很棒，对不对？”

他从来都没有自己的孩子。他只是听说过这一时刻，虽然有很多次，盼望有孩子的男人们向他打听这件事，而且，就是因为他半神圣的参与，他们才成为父亲。他的养女告诉他，她要生孩子了，巴维尔·阿列克谢耶维奇的胸中充满了幸福的热浪，而未来的孩子既是盼望已久的，也是等待已久的。

“我的孩子，难道我们真的活到这一天了吗？难道我真能接生自己的外孙？”巴维尔·阿列克谢耶维奇用年老而无力的声音说道，于是，塔尼娅突然发现，最近几年他瘦了很多，她非常动情，马上就因此对自己感到气恼，她要起了倔脾气：

“你为什么不问问我嫁给谁？我嫁给戈尔德伯格兄弟。”

“哎呀，有什么区别？就嫁给戈尔德伯格家的人好了。重要的是你得幸福。”他确实分不清兄弟俩人，还总是开玩笑说兄弟俩人中一个聪明些，一个漂亮些，但他总忘记是哪一个……

在这个消息中他没感觉到任何不对。经过了多年走下坡路的沉重生活，无论是在家里，还是在班上，他第一次感觉到了乐不可支的心情，塔尼娅没拒绝他，孩子会让整个生活改颜换貌，那是他和伊里亚的孙子。不奇妙吗？

“对了，这是给你的遗产通知。”他把信封递给她，“你的父亲弗洛托夫，前不久刚刚弄清楚，不是在前线牺牲的，而是不知怎么去了阿根廷，他前不久刚刚去世。在寻找继承人。”

“他怎么，死了之后才想起我来。那以前呢？不，爸爸，我什么都不要。我不需要。”她推开信封，再也没在生活中想起过这件事。

12

七月初，戈尔德伯格一家人同时结婚了。维达里在莫斯科婚姻登记处和塔尼娅登记，伊里亚·约瑟福维奇和瓦莲京娜在摩尔多瓦的集中营也注了册。

集中营里用不着花瓶似的证明人，只有生活总管和一个从莫斯科来的律师，就是他取得了戈尔德伯格在监狱举办婚礼的许可。维达里和塔尼娅的婚礼是由根纳基和托玛做证明人的。看起来更像新娘的是托玛，她身着粉色连衣裙，脚踏鞋跟极高的白皮鞋。

塔尼娅根本就没想盛装打扮，但是也不能说她完全漠视这一特殊的时刻，她买了三件一模一样的黄白条相间的男式衬衫，以此作为庆祝，穿着这几件衬衫，他们看起来就像孤儿院的孩子一样，两个人的头发都剃得很短，身体瘦弱，穿得一模一样，个头也一样，都是一米七。

托玛非常失望，既没有婚礼，也没有礼物，更没有娱乐。她想要丰富多彩的庆祝仪式和大规模的娱乐活动，但是，塔尼娅不能忍受的恰好就是这些。唯一的新婚礼物是一只淡粉色的兰花，那是托玛在婚礼前一天晚上去植物园的一个熟人那儿要的，它取代了传统的橙花[①]。这是一张没照下来的照片——戈尔德伯格兄弟和站在他们中间的塔尼娅，她手里拿着一根垂头丧气的树枝，上面吊着三朵大花，它们就像长着鬃毛、张着大嘴的狮子脑袋，叶片像是用更加明亮的光环做的，十分罕见，这幅照片永远地留在了托玛的记忆里。

不过，维达里也收到了一份礼物。登记处在彩条纸上给新人们签发婚姻证明的时候，塔尼娅从黄白条衬衫的口袋里掏出了一张对折的女子诊疗所的证明，怀孕十八周的证明。这两个证明合在一起，赋予了维达里缓期服军役的权利。

这几个年轻人拒绝接受国家提供的任何服务，坚决而彻底，

---

① 在有些国家，新娘在婚礼时头戴橙花。

从门德尔松的进行曲到昂贵的香槟酒他们都拒绝了，他们只是接受了模样狰狞的女办事员那华而不实的祝福，那个办事员坐在红旗下，也穿着红色套装，肥硕的身上斜挎着一根红色的缎带，他们出门来到登记处正门的台阶上，坐下来，对着瓶嘴喝了一瓶尔卡茨杰尔牌酸汽水，之后，根纳基叫了一辆从身旁驶过的出租车，他和塔尼娅坐上车走了。

惊呆了的托玛对事情的真实面貌一无所知，她问郁郁寡欢的年轻丈夫：

“他们这是去哪儿?”

“奥勃宁斯克。她准备在那儿住上一个星期。”

塔尼娅在奥勃宁斯克住了不是一个星期，而是整整两个星期。返回莫斯科后，她马上就回到家里。她想家了。她发现叶莲娜还是从前的状态，但是非常苍白，没有精神，塔尼娅甚至还试着说服她去外面，去散散步。叶莲娜被这个主意吓坏了，刚刚开始的连贯谈话马上就停住了，她含含糊糊、断断续续地说着一些让人心痛的话：

“如果您方便……我能不能去那里……应该问问巴·阿。真的吗?”

塔尼娅感到害怕——母亲得的是一种特殊的、什么都不像的病，可是她对此无法适应。

后来巴维尔·阿列克谢耶维奇回来了，他既高兴见到塔尼娅，也高兴见到她开始长大的肚子：

“走，我给你讲讲我们的男孩。”

他们两个人丝毫都没有怀疑，认为塔尼娅生出来的一定是个男孩，每次他们见面的时候，塔尼娅都让父亲给她讲讲孩子现在看起来是什么样子。

她在沙发床上坐下，蜷起腿，解开牛仔裤的扣子。他坐在塔尼娅旁边的一个小圆凳上。

“你讲讲吧。”她请求道。

“是这样的。首先，我相信，他已经能够感觉到什么了。按照民间的说法，在怀孕的中期他就开始有感觉了。也就是说，他是同时开始运动和感觉的。”

“才不是呢，我早就感觉到他用小手指在身体里摸我了。”塔尼娅反驳说。

“那就是说，咱们的小子发育得早。我跟你说的是一般情况。你的小不点儿现在在游泳，他不知道哪儿是上，哪儿是下。他就这么大，大概三十厘米长。大脑袋，上面都是绒毛，如果说以前是浅色的绒毛，那么现在颜色会变深一些。他个头不小，已经长到了一半，而体重只有一俄磅①半。他很瘦小。现在他的皮肤上都是皱纹，没有皮下脂肪。但是他现在还顾不上长脂肪。他浑身

---

① 相当于409.5克。

都是小绒毛，已经开始形成润滑脂了。他的小脸蛋已经有了清晰的线条。他开始长得像你，我希望他像你。但是，现在最重要的工作是在神经系统。为了让他的所有器官都开始工作，需要一个非常复杂的程序。它现在正在形成之中。怎么形成的，我也不知道。你也别问。谁都不知道。在那里发生的一切，其中有很多都是我所不了解的。但是，有些东西我知道。我觉得，他已经有了自我意识，就在这几天里，他产生了‘我’的感觉。‘我’独立于外面的世界的感觉。而这个外面的世界就是你，我的宝贝。因为在出生之前，他看不见任何其他的世界。男人不会有这样的感觉。男人永远都不会变成宇宙。而怀孕的妇女在怀孕后期，对于另外一个人类的生灵来说，就是一个封闭的宇宙。知道吗，我亲爱的孩子，有一些雌性动物生下后代后马上就会死去，我总觉得，这种动物的生存是非常自然的。一个宇宙生下另一个宇宙，残缺不全的世界有什么用呢？这是我随便说说而已，全是没用的话。他现在在游泳，就像一只拴着绳子的小船，来来回回地游着。他悬在国境线上，也就是说悬在脐带上，可能在聆听平缓的波浪声，听浓稠的汁水拍打他的身体和蜷起来的小脚丫。他的双脚是交叉的，几乎是盘腿而坐。已经开始长脚指甲了。耳朵也形成了，但是它还只是一层皮，没有软骨。还有，你知道吗，他的耳朵很大。真有意思，不知道他能不能听见我们在说什么。你知道，我并不排除这种可能。你妈妈以前坚信她所知道的大部分东西，甚至是绘图，她都是在出生前就学会了。很难说我自己身上有没有类似的事情发生。要知道男人的构造比女人的粗糙。在生理学含义上来说，我认为，女人是更加完善的动物。我觉得，我们的小男孩已经能够感觉到心情的变幻。有时候他不满意，有时候很高兴。比如，你吃了什么好吃的东西，过一个半小时，草莓或者葡萄的香味就会传到他那里。”

“那他会笑了吗？”塔尼娅打断了父亲的话。

“我想不会。表情肌肉要晚一些开始工作，根据我的观察，婴儿的表情非常少，有些混乱。我最了解他们的几种共有表情——全神贯注和与世隔绝……”

“那你觉得什么才能给他带来快乐呢？要不然带他去听音乐会？”

“你还是给自己带来更多的快乐吧，我想，这也会让他高兴的。”巴维尔·阿列克谢耶维奇建议女儿说。他根本都想象不到，塔尼娅会把他无辜的建议采纳到什么地方。

13

科莎从一个老姨妈那儿得到了一笔遗产，她迫不及待地把它花光了。更确切地说，她只是花光了包装，一个法别尔热制造的小银盒，很厚实，上面有仿希腊的女人头像，盖子上还有三颗黄色钻石。这是一个现代主义后期制作的盒子，精巧无比，体现了一个工匠关于真正的奢侈品的想象。虽然盒子里装的东西，一些用珍珠和紫水晶做的装饰品，并不值大价钱，但是这些小物件做工神奇并且还有自己的身世，那是尤苏波夫大公一家送给太祖母的结婚礼物。

买主为科莎的银盒子付了一大笔钱，差不多是它之后在伦敦拍卖行里百分之一的价格。但是，科莎永远都不可能知道了，五百卢布可是不得了的钱。她从一个熟悉的寄卖商店经理手中亲自拿到钱后，叫了一辆出租车去租住的别墅，她的儿子和两个剩下的姨妈，还有儿子的亲外婆、科莎的妈妈在那儿过着艰苦的生活，科莎带走了孩子，她付了差不多两倍的价钱买了去南方的车票。

塔尼娅是第二天早上到她那儿去的，她想念科莎快乐的叽叽喳喳。离开车还有六个小时，科莎诱惑塔尼娅和她一块儿去。

“车票不是问题。最坏让你在乘务员那儿待着。”科莎在塔尼娅的鼻子前挥了挥厚厚的一摞钱。

晚上七点多的时候，他们上了火车，过了一个小时，当那些别墅区的小站朝火车眨着眼睛留在了后面的时候，他们走遍整个车厢，换到了一个包厢里，在里面尽可能奢侈地安顿了下来。在科莎的天分中，还有一种迅速适应环境的能力，她不惜余力，带了整整一箱子在塔尼娅看来多余的东西：纸餐巾，家用茶杯，甚至还有一个手动的咖啡磨……在塔尼娅瘪瘪的书包里装着一件游泳衣，一件内衣和加肥的连衣裙，那是为将来的肚子准备的。她连毛巾都没拿，准备到了地方再买。

他们去的是什么地方，并不十分清楚。头一天晚上去科莎那儿订货的女演员，一边展示晒得黝黑发红的皮肤，一边夸赞第聂伯河的河湾，她刚刚从那儿回来，几乎连腋窝和大腿的背面都晒黑了。皮肤白嫩、长满了雀斑的科莎，一辈子都没被好好地晒黑过，她陷入了强烈的忌妒，决定尝尝那个河湾的太阳的滋味，现在，他们正在前往的差不多就是被流放的奥维德①曾经诅咒过的那些地方……

他们的路线经过敖德萨。在敖德萨换车时，维卡一个好朋友的妈妈应该会去接他们，安排他们在她那里过夜，然后第二天把他们送上公共汽车去更远的地方，经过阿克尔曼市到河湾和海岸之间的一个沙滩上。

他们是傍晚到的敖德萨。一个叫齐娜依达·尼基福洛芙娜的阿姨接到了他们，她又高又壮，型号和沙发差不多大小，披着一件花花绿绿的绸布衣服。胸脯高耸的科莎在她旁边就像一只小麻雀，阿姨马上就对他们流露出了宽厚的温柔。她带他们到了一套饱经风霜的合住公寓，让她们住在两间挨着的房间里。两扇威尼

① 奥维德（前43—约18），古罗马诗人，曾经被流放到黑海地区。

斯风格的窗子之间，挂着一面镶金边的镜子，反射出了一排煮得非常鲜嫩的三公升水果罐头，它们仿佛就是让人马上咯吱咯吱吃掉的。房子被食品和饮料塞得满满的，真挚热情的女主人还没让他们洗漱，就开始往桌子上搬吃的东西……米沙在桌子旁边睡着了，齐娜依达·尼基福洛芙娜失望地朝他摆了摆手，安顿他睡觉了。就像所有的海边居民一样，她为数不清的来访亲人们准备了折叠床和床单。女主人在隔壁给米沙铺折叠床的时候，科莎小声地对塔尼娅说：

“我们可真是交上了好运……”

但是她们没想到前方会有什么样的奇遇在等待她们。

米沙一下就睡着了。齐娜依达·尼基福洛芙娜告诉她们说，所有人都直接叫她齐娜妈妈，还说现在她要去上班了，让她们逛逛夜晚的敖德萨，因为这个城市在世界上独一无二。

她们去了人潮汹涌的街心花园，感受到了过分浓郁的南方夜晚，被人们放肆的大笑声压扁了的暖风，还感受到了食品和啤酒味道的阵阵波浪，其中还微微地夹杂着呕吐物的味道。在这一切之上，飘荡着敖德萨—苏维埃的收音机音乐，偷偷摸摸、黏黏糊糊的，但是，仍然保留着一份魅力。

杰里巴斯大街上的人群像水流一样恭敬地涌向齐娜妈妈，在她的胸前分成两股，塔尼娅和维卡一左一右，紧贴着齐娜妈妈那强壮的身体，偶尔交换一下眼色，强忍着不笑出声来。原来，齐娜妈妈一直在口若悬河地谈论着文学史上的敖德萨。

“我们就说巴别尔和伊里夫－彼特罗夫吧，要不就说巴格里茨基和卡达耶夫吧，还有这位马格丽特·阿丽格尔和维拉·英蓓尔。如果刨去这些人，他们还能剩下什么？我们需要他们的肖洛霍夫吗？需要他们的法捷耶夫吗？布宁在这里生活过。就连普希金都为敖德萨说过话！就是在这里！”她一边隆重地宣布，一边在伦敦宾馆令人肃然起敬的入口前停了下来。“我就在这儿工作。我们从工作人员入口走。”

这是一个海员俱乐部。国际的。用外汇的俱乐部。夜总会……齐娜妈妈在这里卖啤酒……

“这两个人是和我一起的。”她边说边挤进了一个狭窄的走廊，挤到一个从拐角突然钻出来的浅色头发、长得像柜子似的男人面前。他点了点头。他们走进大厅。那里一片作战时期的黑暗，有一个钢琴师在轻声地演奏着。几个还没凑起来的海员懒洋洋地喝着啤酒，两个染了头发的傻姑娘坐在角落里的桌子旁边，用吸管吸着什么昂贵的饮料。

人们小声交谈，没有鱼腥味。就连齐娜妈妈有时也仿佛在某个啤酒柜台后面消失了。啤酒是国产的，而钱是最真实的，是外汇。不是随便什么人都能来做这份工作，只有最可信的人才可以。齐娜妈妈就是这样的人，她浑身上下，包括子宫在内都被各种机构摸清了底细，还在战前她就是游击队员，地下工作者。她在这儿也用自己党员的目光关注着秩序问题。至于这两个小姑娘，溜到首都去的女儿的朋友，就让她们坐一会儿，看看热闹，和海员们玩玩，跳跳舞。

钢琴师轻声演奏着某支外国乐曲，但是以一种独特的方式让人感到亲近。以前，齐娜依达·尼基福洛芙娜不喜欢这种时髦的新音乐，之后喜欢上了。这里演奏的是爵士乐。

鼓手来了，摆开了自己的鼓。开始敲鼓。最活泼好动的是拿小号的。但是他迟到了。

外面天气变暗了，俱乐部里还一片通明。人渐渐多了起来。这里也很少有特别多人的时候。

塔尼娅睡意沉沉。钢琴叮叮咚咚地弹着同一支动听的乐曲，但用的是不同的节奏，旋律非常有趣，让人感到有些眩晕，不想起身。之后传来了小号的声音。它以一种紧张而苦涩的声响穿透了钢琴的低语。塔尼娅回头看舞台。一个个头不高的瘦削男孩用两只手举着萨克斯，似乎乐器想从他的手中挣脱，然而他不放它走。这是一段多么折磨人的音乐啊，听了它，人变得甜蜜而痛苦，咸涩而忧郁，伤感而快乐。这是根据迈尔斯·戴维斯的老唱片《午夜时分》改写的乐曲，萨克斯按照科特列因起伏不定的风格演奏着，但是，塔尼娅那时对此还一无所知。

乐手们演奏得似乎有些参差不齐，鼓手原地不动，钢琴师一会儿快一会儿慢，而萨克斯则走着自己的路，他们有的时候好像偶然碰到了一起，在相遇地点交头接耳一番，于是传出一段一问一答的对话，不知道是关于什么的，但是又很重要。他们几个人演奏得都很准确优美，但是，萨克斯手比所有人都优秀。在他身旁，风儿在飞舞，拂动了他浅色的直发，塔尼娅总是想把脸凑近萨克斯发出的声音……

她甚至没发现，科莎已经和一个外国海员跳舞去了，海员非常瘦弱，对于这个勇敢的职业来说，他太文质彬彬了。有一个丑八怪也来找塔尼娅，她慌张地摇着头说：不，不行。那个人走了。科莎还在和自己的小瘦子跳舞，甚至还神采飞扬地用德语和法语混在一起说着什么，勉强和那个人的英语加瑞典语对上了话。

“我那时为什么放弃了音乐？父亲是对的，在钢琴旁边坐着，音乐会从你的指间流出，而你是一个大的容器，是乐谱和旋律之间的传导装置。不记得为什么放弃了，因为托玛，这就是原因。一个小傻瓜的共青团觉悟……可是音乐也不是那么回事儿。可能像这样的音乐我就不会放弃了……这个，还有这个。”她用心听着萨克斯的呼吸和鼓的心跳，“我为什么鬼使神差地搞起了干巴巴的科学？学音乐该有多好，多么富有表现力的萨克斯啊！我从来都没留心过它有这种娓娓道来的音调。也许是乐手有天分？是的，多半是这样。”

瑞典人送她们到齐娜家。他们都喜欢上了对方，但是很清楚，还没来得及开始的一切会在这个夜晚结束。他送给科莎一个礼物，是一个已经写了字的记事本，黑色的皮封面，很华丽。他没有更多的东西了。他在第一页留下自己的地址。柳奈·斯文森。这就是全部。因为第二天一早他的船就前往一个遥远的地方，将永远地离开。真遗憾。

是齐娜的妹妹开的门，她也住在这个房子里，她看着米沙睡觉。工作到三点钟的齐娜妈妈回来的时候，所有人都睡了。早上，她送这几个客人到公共汽车站，之后，他们沿着灰尘飞舞的平坦大路离开了。坐在颠簸而闷热的汽车里，塔尼娅想起来她晚上做了一个回响着昨天音乐的梦，但是，声音更响亮，是用一些十分不同寻常的乐器演奏的……

敖德萨和它的郊区大约四十分钟后消失不见了，开始了坑坑洼洼的路，开始了由于炽热而变得垂头丧气的田野，还有晒焦的玉米和针茅。科莎第一个被颠簸得难受了，前一天晚上，她和那位瑞典同志不仅享受了舞蹈，还享受了异国风味的鸡尾酒，用不着颠簸的汽车，这些东西就已经在她俄罗斯的胃里翻江倒海了。之后小米沙开始恶心。塔尼娅比所有人都有忍耐力，但是，颠了两个小时后，她也散架了，宇航员训练时才用得上这样的颠簸，而不是柔弱的普通人，当然也不包括孕妇。

他们在一排刷了白油漆的小农舍前钻出了汽车，房子因为花园和西红柿园子的灰尘变得灰蒙蒙的。这个大自然的奇迹叫作疗养村。但是，这里根本谈不上任何疗养。还是一模一样的尘土飞扬的田野，绝对没有什么大海。简而言之，除了炽热和烈日，什么都没有。他们问一个提了一满桶西红柿的大妈，这里的海在哪儿。

“就在那儿。”她含糊地挥了挥手，“你们租房子吗？”

“租房子。”

大妈把她们带到了自己家里。但是沿路又碰上了两个人。他们停下来，爆豆似的用俄语说着什么，但是根本听不清楚。之后，第一个大妈把他们交给了另外一个人，而另一个人领他们走一个新方向。他们看到了晒蔫的柏树，但是没有一点疗养的迹象。这是一个疗养之家，在它后面，又是一片刷了白漆的房子，那个人把他们带到了其中的一所。他们在园子里租了一套独门独户的小屋，屋子在木板洗手间旁边，还有一个铁皮洗脸池，用一枚生锈的大铁钉钉在一面粗糙的墙上，那是一个小棚子拆了以后留下的一面独立的墙。房子四周绵延着一垄垄罕见的牛心西红柿，淡粉色，又大又漂亮，与其说是蔬菜，还不如说是水果。这是当地唯一的特产，那里最好的美味，它也几乎是人、猪和鸡唯一共享的食品。人们用西红柿熬汤，做果酱，用来蒸番茄酱，晒干，还任由它们腐烂。第二天才知道，在当地的小商店里，没有面包、奶油、奶酪、牛奶、奶渣、肉，还有很多其他东西也见不到，但是，有劣等面粉卖，还有植物油、鱼罐头和巧克力糖……吃完了齐娜妈妈给的路上吃的东西，他们上路去找大海，直到现在他们还没见过海，而一说起海，女主人只是摆摆手说：

“就在那儿呢！”

她们按照她指的方向走，沿着长满针茅草的小路，一直走到了陡峭的悬崖旁边。泥地没有了，现出了一片大海。它远远地在脚下涌动着，看不见也听不着，在一片灰蒙蒙的雾霭之中，它平缓地伸向天空，没有一丝地平线的痕迹。

到下面去有一个泥台阶，个别地方用木杆固定着。塔尼娅和科莎领米沙下去，孩子撑着木杆，胆战心惊、笨手笨脚。艰难地走过大概三十米直往下掉土的台阶后，他们来到了沙滩上，那里一个人都没有，凄凉得让人感到忧郁，就像一个人迹罕至的荒岛。

“震撼。”科莎说。

“世界尽头。”塔尼娅仿佛在证实她的话。

“这儿什么都没有。”米沙失望地嘟囔着。

“这儿没有什么？”科莎惊讶地问。

“没有冰激凌卖，反正什么都没有。”米沙解释着自己的困惑。

海是娇小、温暖、灰暗的……它装出一副柔和驯顺的样子，好像并不是它用自己秋天的狂风暴雨冲击了这里的海岸，并不是它吞噬了这里数公里颗粒不收然而非常结实的土地。

她们戏水，教米沙游泳，用湿润的沙子造迷宫，之后她们睡着了，等到太阳光弱了，从海上吹来微风的时候才醒来。

女主人是当地疗养院的厨师，她简直就是一个人才。晚上，她把她们带到厨房，指了指地窖，那儿的架子上摆放着玻璃罐装的、浸在盐水里的一块块黄油，还有堆成金字塔似的罐头，那是苏联人民的糊口之粮。

"你们拿吧，之后我们再算账。你们带着孩子。"女主人慷慨地说。

疗养安排得非常奢侈，在这为期两周的奇特的南方疗养期间，她们把一辈子的猪肉罐头和奶油都吃光了。至于西红柿就更不用说了——这个夏天之后她们知道，在其他地方卖的所谓的西红柿，和这些西红柿根本没法儿比。

但是，最重要的事情她们是三天后发现的，那时她们看够了忧郁的、半死不活的大海，最终去了河湾。

浅滩绵延数公里长，斑驳地生长着芦苇和艾蒿，那片萎靡不振的大海仍然冲刷着它，浅滩另一侧是河湾里纹丝不动的水，确切地说，那是它的一条长长的河床，春天涨水的时候，它和主河床连在一起，而一年中的大部分时间它都是断开的。这里的整个地区都奇怪地使人联想起这片不大的浅滩，荒弃已久，几乎名不见经传，与过去隔绝，与当代格格不入。这是比萨拉比亚平原①

① 比萨拉比亚平原位于莫尔多瓦。

的尽头，是在古代曾经被西徐亚人①、格泰人②、萨尔马特人③，还有许多不知道名字的部落践踏过的一片平地。很久以前是罗马帝国的边疆，现在是另一个现代帝国的荒芜领地。是白色针茅草和令人憋闷的细沙的祖国，它命运多舛，遭到了所有神灵的抛弃。

塔尼娅和维卡已经浑身都是太阳的灼伤，她们穿着长裙，用毛巾盖住了紫红色的背，拖着穿睡裤的米沙沿着渺无人烟的岸边走，她们想找一个能躲开太阳光线直射的地方。还没长到足够高的圆沙丘没投下一丝阴影。中午的时候，除了外来人，谁都不上外边，当地人按照南方的作息时间生活，他们争取在这个时间睡午觉，不管工作时间是如何安排的……

她们找到了一个长着三株小灌木丛的小沙丘，上面似乎有点阴凉的影子。在滚烫的沙子上躺下了。这个地方的浅滩直径有一百米左右，小路离河床比较近，休息了一会儿，她们就在淡水里游泳。根本不能说水是暖和的，它是滚烫的。她们找到了一艘系在芦苇丛里的小船，它长时间地吸引了米沙的注意力。一些带着小鸭崽的鸭子在岸边游水，它们已经习惯了炎热，习惯了暖和的水和潮湿。水浅的地方游满了小鱼，就像鱼罐头里的鱼，只不过没有番茄汁。芦苇里欢快地簌簌响，有人在那儿游泳，哗啦啦地

---

① 西徐亚人，前七世纪到前三世纪生活在黑海北岸的部族。

② 格泰人，色雷斯人的部落。

③ 萨尔马特人，前六世纪到前四世纪生活在伏尔加河流域的游牧民族。

传出了声响。在一片小浅滩上，他们发现了一些从来没见过的爪子印，大小不同，米沙弯下身子，研究着那些“字迹”。

塔尼娅把手交叉放在肚子上，用手指敲了敲，问道：

“你舒服吗？高兴吗?”

他听懂了，他说是的，好极了。

擅长储备的科莎，除了水和食品，还带了一本厚墩墩的书，她把脑袋伸到稀稀落落的树荫下，打开书。她开始大声朗读：

“他想到，群山和云彩看起来一模一样，他以为别人对他谈起的那种独特的雪山之美，就像是他从来都不相信的巴赫的音乐和对女人的爱恋。于是他不再期待群山。但是第二天一大早，他在自己的马车里醒来了，是新鲜的空气唤醒了他，他冷漠地向右边看了一眼。早晨是非常晴朗的。突然，在离自己二十步远的地方，这是他在最初的一瞬间所感觉到的距离，他看见了一团团洁白的、线条清晰的云彩，还看见了云彩顶端和遥远的天空上美丽而明快的风的线条。当他领悟到了群山、天空和他之间的遥远距离，领悟到了山峰的浩瀚，当他感受到了这种无边无际的美景，他害怕这是幻影，这是梦。他甩了甩头让自己醒来……”

塔尼娅扭过头说：

“托尔斯泰吗？你又读了一遍？为什么?”

“说实话，不知道。想读。几乎每年都读，而且肯定是在夏天。就是这样，在沙滩上。在火车上，或者在花园里，在菜园里，就像是拜访一个亲人。因为一种负债的感觉。但是也因为喜欢。有些枯燥。却必不可少。”

“是的，是的。我知道。我妈妈也是这样，一辈子都在读托尔斯泰。她的父亲，我的外公，是一个托尔斯泰主义者，或者是什么类似的人。他被枪决了。”

“你说的是真的？托尔斯泰主义者也没放过？”科莎惊讶地问。

“还能怎样呢？肯定是这样……”她闭上了眼睛。她意外地看见了一幅明亮的图画——一团团洁白的、线条清晰的云彩，还看见了云彩顶端和遥远的天空上美丽而明快的风的线条……“我不喜欢他。不是，不是这样的。他写道，他不相信巴赫的音乐，不相信女人的爱情，不相信群山之美，而你都打算相信他说的话了。而他却呼啦一下，写了三个关于美丽山峰的句子，让你目不暇接，之后一切都掉了个个。”

她翻了个身，用双肘撑着身体说：

“谢谢你把我带到了这片世外桃源。这毫无疑问是个迷人的地方，人烟稀少。”

事实上，疗养的人非常多，每天早晨都可以在当地的小市场上看见他们，扎波罗热、顿涅茨克和基什尼奥夫的居民。周末来度假的人特别多。但是他们都不约而同地聚集在两个海滩上，疗养院的和所谓的公共海滩。蓄着下垂小胡子的摩尔达维亚人、乌克兰的矿工，他们因为煤灰变得暗黑的脸上迅速地晒成了紫红色，他们肥胖的妻子和大喊大叫的孩子们在岸边肮脏的地上铺开了自己家里做的食品，他们喝热乎乎的啤酒，围成圈打排球，在水浅的地方戏水，然后离开，身后留下小山一般臭烘烘的垃圾，秋冬之交的暴风雨会把它们干干净净地冲走。无论这些人怎样称呼自己，他们都是消失的野蛮世界的真正后代。

无论是沙滩还是台阶下面狂野的海岸，都没引起任何人的兴趣。走过施了肥的公共沙滩，塔尼娅和自己的同伴们来到了河滩，又过了二百米，野蛮人停留过的痕迹已经彻底没有了。沿着蜿蜒的河滩，他们走了三四公里，来到了一个如此遥远，如此人烟罕至的地方，简直让人难以想象。

就在来到河湾的第二个星期六，身上的晒伤已经褪去，他们来到了河滩的最中间，那儿保留着一座石头建筑的废墟。看来，光顾过这片废墟的是冬天的海浪，而不是前往这里的人们，不，因为并没有打烂的瓶子和罐头盒散落在乱石下面稀疏的灌木丛中。他们走近一些，看见僻静的石头中间抻着一条床单做的遮阳布，而遮阳布下面有几个年轻人。

“俱乐部里的乐手。”塔尼娅往他们那边飞快地扫了一眼，马上就认出他们来了。

“哪个俱乐部的?”科莎吃惊地问。

“就是海边的，齐娜妈妈那儿……”

“我没留意过他们。塔尼娅，你的视觉记忆力真是惊人。你是怎么记住的?”科莎问。

他们里面最年长的钢琴师，大鼻子，腿上长满了汗毛，他朝他们礼貌地挥着手说：

“Welcome，ladies，welcome！①”

大家都叫他加里克，但是他有另外的名字，很难发音的亚美尼亚名字，无论什么样的酒，只要喝了一杯，他马上就开始说英语，那是他以爵士乐方式记住的英语：只能借助音乐术语和传统布鲁斯的歌词来说。爵士乐手们在那个年代都非常古怪，但是，在塔尼娅的朋友中间，直到今天都没有这样的怪人。萨克斯手背对她坐着，但是，塔尼娅看着他浅色的直发就认出了他，在那个年代，这样的长度被当作是对社会安定的挑衅。他回过头，看了塔尼娅一眼，而她一下就捧住了肚子——婴儿特别用力地踢了一下。

“你怎么回事?”塔尼娅问他。

他又扑腾了一下，然后安静了。

一切正常。

塔尼娅和科莎又想了想是否值得拐到他们那边，或者是装作

① 英语，意为“欢迎，女士们，欢迎”!

走自己路的样子，但是，米沙已经跑到乐手那儿宣布说：

“你们坐了我们的地方。我们一直在这里……”

她们没绕过去，而是停下了。把塔尼娅和萨克斯手隔开的这十米就好像是用快速镜头拍出来的。他慢慢地把手抬到鬓角，一缕头发缓缓地飘动着。他碰了碰头发，停了一下，慢慢地转过头，嘴角翘起来笑了，露出了上面的一排大牙齿和下面的一排小牙，就像是小狗的牙齿。这些都是特写镜头，放大的。他朝塔尼娅微笑着，还是用同样缓慢的目光看着她，就在这时，塔尼娅仿佛猜到，她的命运就在这一刻决定了。

乐手们醉了，但是并不过分。晚上，他们要在当地的疗养院演出，得遵守工作守则。他们已经在一起演奏了半年，非常清楚酒到什么程度能改善音乐，又从哪一刻起会破坏音乐。他们喝了一些酸果汁。加里克看上了科莎，鼓手开始黏着塔尼娅。塔尼娅的眼睛一刻都没离开萨克斯手。六点，太阳没有那么热了，所有人一起往疗养院走。在沙滩的入口，小伙子们让车停下。科莎和米沙回家吃饭。塔尼娅挤到后排座位，和乐手们一起走了。她热烈地喜欢上了谢尔盖。她从来没这样喜欢过任何人。

演出非常成功。演出后跳了很长时间舞，但是已经是由录音机来伴奏了。所有的乐手都喝了很多酒。谢尔盖没跳舞。他们坐在自制的舞台后面，一直吻着，几乎要窒息，直到他告诉她，这里给他拨了一个房间，但是他不记得门牌号了。然而，在钥匙上贴着一张胶纸签，上面写着十六。

14

塔尼娅没睡醒，她只是睁开了眼睛。双人间，房间简陋，有两张木头床，之间有一个小柜子，屋里洒满了温暖而强烈的光线，就像鱼缸里装满了水。没有任何琐碎的动作、轻微的颤抖和清晨常有的忙乱。这样安静，只有中午一点钟，太阳当顶的时候才有这样的安静。静谧的瞬间，这便是他。

“我也如日中天。”塔尼娅笑了，把手掌放在凸起的小肚子上，从侧面摸了摸。“我们如日中天!”

生活的最高点，山顶和她肚子的山峰，这一切都息息相通。

“你能感觉到吗?”她问肚子，“你能感觉到，我们爱上他了……”

肚子不知道为什么成了她的同盟。她看了看睡在旁边的谢尔盖。还是从昨天晚上起，她就看清楚了他的双手：手不大，最后一节手指向上弯，关节突出，手指甲上有一些白点，那或许是表明缺乏某种维生素，或许是表明命运准备了一份意外礼物。她瞥了一眼，这只手充满信任地摊开了，手臂搭在她的肩头。在手掌中间，她发现有一道深深的伤疤。另一道伤疤在肩膀前面。在这个年轻的身体上还有很多细节，都是她昨天晚上没有来得及发现的，但是她早就喜欢上了。他的大拇脚趾往前伸得特别厉害，脚掌不大，很窄，就像是女人的脚。腿上有柔软浓密的白色汗毛。他蜷起一条腿侧身躺着。在隐秘的暗处，在一丛浅色的毛发中，是那件谦虚的、沉睡的小武器，它绝对不是没有模样的，以前塔尼娅觉得，所有男人的生殖器的区别只在于大小不同，其他方面都是一模一样的。而这一个却有独特的曲线，像是唇线，并且表现出了一种淳朴和自我牺牲的能力。塔尼娅用手碰了碰奶白色的皮肤，那是肋骨上没被晒黑的一小块地方。皮肤像女人那样柔软。胸膛上覆盖着柔软的汗毛，淡淡的，就像是晒焦的苔藓。

她摸摸手掌上的伤疤。“这将是我最喜爱的地方。”

他在身旁摸索着，把她搂到自己身边：

“你去哪儿？别走。”

“永远都不走。”塔尼娅笑着说，“那去洗手间可以吗？”

“干什么都不行。”

他搂紧她，一切都非常美妙。他以前从未体验过这样的和谐。他眼睛也没睁开，问她：

“你是从哪儿冒出来的？”

“没从任何地方。我一直都在。”塔尼娅笑了。

“看来是这样。”他赞同地说，用双手抚摩着她的脖子、乳房和肚子。

“睁开眼睛。”塔尼娅请求道。

“我害怕。”他笑着说，但还是睁开了眼睛。

“怎么样?”塔尼娅欠起身子，稍稍离远了一些。

“太棒了。”他安慰她说，也可能是在安慰自己，“一切都非常棒，只是我根本没记住你的面孔。你知道吗，有一天我这个地方受伤了。我醒了，而旁边……”

塔尼娅捂住了他的嘴：

“忘了吧。把从前的所有事情马上忘掉。你是谢尔盖，而我是塔尼娅，其他的都毫无意义。”

谢尔盖笑着说：

“好吧。但是，我可是有妻子的。”

“而我有丈夫。甚至有两个。很快就有孩子了……”

“什么意思?”谢尔盖用胳膊肘撑着，抬起身说。

塔尼娅拿起他的手放在肚子上说：

“再过三个月，三个半月……”

肚子硬邦邦的，鼓鼓的。谢尔盖缩回手，就好像是被茶壶烫了：

“你怀……我还从未遇到过这样的事……”

“我也是。”塔尼娅笑着说，“总有第一次……你就是我的第一次。”

他站起来去冲淋浴。他在急促的热水下站了几分钟。用手接了一捧难喝的水喝。

“傻丫头，现在我就赶她走。”他下定决心，走出了浴室。塔尼娅已经站在门旁了，她一下就钻到了里面。她的体形是美丽的，无论是胸还是腰身。肚子不大，但是很明显。

他重新躺到床上。点了一根烟。

“穿上衣服走吧。”塔尼娅坐在他旁边的时候，他请求她说。

她摇了摇头说：

“你怎么害怕了？一切正常。我不离开你，我哪儿都不去。”

“你肚子里有孩子，我别再把什么东西弄坏了。总的说来，你在这种状态下能做爱吗？”

“那你觉得不行吗？”

“我没觉得。我只是没发现。”

“可我觉得非常行。我到南方来就是为了给他带来快乐。”她用双手抱着肚子。

“这怎么讲？”

塔尼娅笑了起来：

“游泳。晒晒太阳。”

她钻到被子里，在被单下抱住了他的脖子：

“只要是我喜欢的他也喜欢。真的。”

她是一个神奇的女孩，他的担忧消失了，然而欲望还在。

可能，在她硬实的小腹中，在她紧绷的乳房和因为怀孕而格外张扬的女性温柔之中，甚至还有某种独特的魅力。一整天他们都待在房间里，只出去买了一次矿泉水。

晚上，乐手们举办第二场演出，塔尼娅一刻都没离开过谢尔盖的音乐，那是他们崭新爱情的继续，之后，他们又住了一夜，第二天一早水手们得到了一笔数目不小的演出钱，然后就离开了。塔尼娅到科莎那儿拐了一下，拿走了她的旅行包，飞快地吻了一下米沙的头顶和科莎的脸颊，然后就从科莎的视野中永远消失了。

15

爵士乐三重奏持续了八月份的半个月和整个九月份。他们称自己是“加兹”——加勃里叶良，亚历山德罗夫，兹沃雷金[1]。这是他们第一年合作，他们探索如何成为一个整体，他们刚刚开始获得成功。每天他们都有新的发现。虽然他们没有拒绝通常喝酒的习惯，但是，实质上，让他们头晕目眩的并不是酒，而是手下流淌出的音乐给他们带来的前所未有的快乐。年纪最大的，整个组合的领军人物，是加里克·加勃里叶良，他们之中唯一专业出身的人，在列宁格勒音乐学院临毕业的时候，他被开除了，他从古典美的城堡跑到了爵士即兴乐的自由领域。鼓手亚历山德罗夫，退伍机械师，是一个有着许多奇思怪想的狂人，痴迷于上天

---

① “加兹”是这几个姓氏首字母的缩写。

飞翔，但是，他也对雪人、外星人和天外文明有着病态的兴趣，总是敲着四只震耳欲聋的鼓，很多能呼唤未知力量的响器。他说服所有人，说如果叩诊设备装得正确，飞翔对于人来说就是一个非常自然的行为，就好比是游泳。游泳，顺便说说，他最终也没学会。几年后他迷上了萨满教，最后从列宁格勒郊外那所散发着霉味的精神病院的病床上径直飞了出去。

萨克斯手谢尔盖·兹沃雷金也属于非常狂热的音乐爱好者。当时，他从工学院辍学，和任党政科学教授的父亲拼死吵了一架，离家出走并娶了一个四十岁的退休芭蕾舞演员，他以此最终告别了自己作为一个正常人的名声。这就是塔尼娅的心上人以及他的朋友们。他们似乎就是塔尼娅朝思暮想的那些人，不是像父亲那样的医生，精英中的精英；也不是像玛尔莲娜·谢尔盖耶夫娜那样的学者，操着剪刀和镊子在怀孕老鼠的子宫深处翻来翻去；也不是戈尔德伯格及其儿子们那样的固执而又热情的持不同政见者；也不是叽叽喳喳、糊里糊涂、放浪不羁的维卡－科莎，而是这些话不多、笨嘴笨舌、思维游移不定的人，他们根本不去想那些迫切的道德、社会、政治问题，就是他们才合塔尼娅的心意。他们什么都不做，也不去争取什么，更不刻意地去努力，他们只是演奏自己的音乐，把玩自己的音乐，放心地让音乐成为他们的代言人，而且他们最开心的是，音乐能演奏得如此美妙。

塔尼娅倾听着，不仅仅在彩排和演出的时候，还在其他的所有时间，从清晨到深夜，从深夜到清晨。音乐似乎一刻不停地回响着，而不仅仅是敲击琴键或吹奏的时候才响。

她给谢尔盖讲了自己的新发现，他只是晃了晃脑袋说：

“那当然。在梦里也有音乐。甚至更加特别……”

塔尼娅用自己的回忆或是想象，或是某个专门负责夜间意识的器官使劲想着，她回忆起来了，是的，在梦里也有音乐，只是无法将它记住。意识到这一点的那一天起，与她的所作所为一起，还平行奔涌着一条音乐的小径，从不间断并且一直充满变化，就好像车窗外和火车的前进分割不开的景色……

爵士乐手们演奏的音乐只是身边事物的一部分，那些事物在低语、掌声和人们的谈话声中生活和歌唱，但是，它们并不存在于词语平铺直叙的含义中，而是在各种声音的声响中，在它们的彼此呼应声中，在它们的语调中和节奏画面中，机械的声音以及大海、风雨等大自然的声音，忽远忽近，一会儿像作为背景的喧闹声，一会儿又攒足了劲儿变成了主旋律。这段绵长的音乐没有事先构思好的草稿，不是和谐的回旋，而是充满了随意性和偶然性，但是，它不是一片混乱的声响，它就是音乐，它并不顾及自己的绵延不断和无穷无尽，放出华彩的乐章，在合理的地方结束，然后从任意一个偶然的音符重新开始。

塔尼娅躺在热乎乎的脏海滩上，试着把这种感觉表达出来，谢尔盖干巴巴地点了点头说：

“偶然音乐。这就是偶然音乐[①]。在偶然之中潜藏着丰富的可能性。”

“就像万花筒中的玻璃片？”塔尼娅精神抖擞地问道。

“可以这么说。你和加里克聊聊，他对音乐理论很有研究，而我只不过是半路出家。”

“算了，原来一切早已被发现了。”塔尼娅失望地说，“无论你干什么，一切都被研究过了，记录下来了……”

“你这个小傻瓜。”谢尔盖笑了。他摸了摸她紧绷的肚子上凸起的山峰说：“你不会被晒过了头吧？去阴凉地儿吧？”

在两周的时间里他习惯了塔尼娅，也习惯了她的肚子，就好像他不是和退休的芭蕾舞演员艾里维拉·波鲁艾科托娃，而是和塔尼娅一起生活了六年，那个舞蹈演员已经彻底没有了女性身材的起伏和柔软，可是，顺便说一句，这一点从前恰好让谢尔盖着迷。

在敖德萨又演出了两周后，三人组合准备去高加索。

“我们先把你送上火车再动身。”加里克对塔尼娅宣布道。

塔尼娅请求他们别送她走，让她待到巡回演出结束。谢尔盖帮腔说：

“哪怕再待上一个星期，加里克。我们在索契干完活，从索契

① 偶然音乐是现代音乐中的一个流派，推崇音乐的偶然编排。

再把塔吉扬娜送走。到那时票也好买一些。”

这是大实话，无论是火车票还是飞机票，在八月底买起来确实很费劲。

“那肚子怎么办?”加里克皱起了眉头。他有两个孩子，而且他是所有人中唯一一个有做父亲经验的人，他知道，怀孕是必然要以生育作为结束的。

塔尼娅把纤细的双手放在肚子上说：

“加里克，亲爱的，我还可以再走两个多月呢……别赶我走。我对你们还能有点什么用。”

加里克摆摆手说：

“你简直就像青蛙女王。反正这是谢尔盖的事，又不是我的。”

加里克是典型的高加索花花公子，他把勾引所有胸脯高耸的金发女郎当成自己神圣的职责，与此同时，他又把自己聪明的学者老婆奉若神明，老婆是格鲁吉亚人，已经过早衰老了，有副博士学位和零号胸罩。加里克可以随时鼓励谢尔盖的任何一桩浪漫史，哪怕是那个装模作样的愚蠢的芭蕾舞演员，但是现在他可办不到了，塔尼娅的怀孕让他走进了死胡同。

“你怎么回事，谢尔盖，你有病吗?塔尼娅是个好女孩，但是我真不明白，她肚子里揣着别人的馅，你怎么还能和她干?!”

而谢尔盖非常担忧塔尼娅的肚子，他和毫无性感可言、不会生孩子的波鲁艾科托娃的婚姻就像一块石头，公事公办、冷若冰霜。开始他在她那儿租了一个房间，之后他开始往家里买酸奶，溜她的两只牧羊犬，不知怎么回事就意外地跑到了她的床上，并且示威似的结了婚，为了向全世界证明，主要是向父母证明，自己不受制于任何人。退休的女芭蕾舞演员曾经让他着迷的，就是她和谢尔盖所了解的一切没有任何共同之处，而塔尼娅和他的世界观完全吻合，无论是思维过程还是感情变化都吻合，更主要的是，他们都像新教徒一样对真理有着强烈的渴望，在具体生活中，这表现为对任何形式的，无论是国家的还是公众的谎言的反抗。

“在分子层面上，我们完全吻合。”塔尼娅指出了这一惊人的事实，而谢尔盖也赞同她的话。

塔尼娅肚子里的小不点儿根本不妨碍任何事情。塔尼娅更加确信她的儿子很开心，因为她正确地给他找到了父亲。谢尔盖对此也并不反对。

还有一个情况是非常隐秘的。塔尼娅怀着因为慈善行为而孕育的婴儿，不顾自己大胆的激情，放肆而又令人感动地研究着男人的构造。在从前的经历中，她从来都没去看过，她质朴地对谢尔盖坦白道，在这个夏天以前，她从来都没有感受到这种非人类的激越，那是任何一种生物，从蚯蚓到河马都能感受过的激越。湿润的肌肤进行摩擦的直接结果，随之而来的是中枢神经系统的强烈放电。

“这是男人和女人最实质的区别，男人无论和谁，无论什么时候都能满足。”塔尼娅睡眼惺忪地高谈阔论道。

“你错了，我知道有很多女人，她们也无论什么时候都能满足。”谢尔盖反驳道。

“但是我不知道为什么，我不想再检验世界上是否还有很多男人可以给我带来快乐。看来，我到你这儿就停止了。”

“只不过你要知道，有很多人到我这儿就停止了。”谢尔盖笑着说。

塔尼娅偶尔往莫斯科打电话，给维达里和父亲打。往奥勃宁斯克打电话是不可能的，根纳基实验室里的市内电话是全楼共用的，而宿舍里的值班员半夜时不给叫电话。可是塔尼娅只想和根纳基说话，想告诉他，她爱得死去活来，不打算回莫斯科。无论是对父亲还是对维达里，她都下不了决心说出这样的话来，维达里太自负，父亲太讲究逻辑，一本正经。他现在就让塔尼娅马上回家，在电话里大叫着，说六个多月是最危险的时候，说她在拿孩子冒险。

“好爸爸，他很舒服！我也舒服！我们都很舒服！我们再在这儿待一阵！”她一只手拿着听筒，一只手抓着谢尔盖的手。

“给你寄钱去？”巴维尔·阿列克谢耶维奇问。

“不用钱。什么钱都别寄。我后天去苏呼米！”她开心地大声说着，而巴维尔·阿列克谢耶维奇放下电话后，去书房喝了一杯安抚酒。他确实很担心，塔尼娅的体形像妈妈，也是一样的窄骨盆，有骨盆分离的危险。应该让她保胎。

巴维尔·阿列克谢耶维奇没想到，她不会回莫斯科生孩子，没想到她会留在另外一个城市生产，由陌生人的手来接生。

但是，一切就是这样发生的。巡回演出在雅尔塔开始得非常顺利，在奥德萨获得了更大的成功，在索契达到了成功的顶点。苏呼米的人们较为冷淡地迎接了他们，在巴图米约定好的四场演出他们只演了两场。炎热的阿扎尔冷漠地接待了他们，部分原因是那里开始收橘子了。他们离开了，中止了签订的半合法合同。加里克还是竭力想送塔尼娅回家，但是，塔尼娅一直在做他的工作，直到他最后死心。

最近这一个月塔尼娅明显变胖了，婴儿有时好几天都没有动静，可有时又突然在里面大吵大闹，就好像那里有一大堆孩子似的。一到晚上，谢尔盖就把手放在塔尼娅的肚子上，用手掌感觉着，不知道那是脚后跟还是小拳头，一个胡乱踢动的，并且有十分清晰的轮廓的东西。

“我说不准会生一对双胞胎。”塔尼娅吓唬谢尔盖说，但是他满不在乎、无忧无虑地说：

“有什么区别？两个就两个。一个是灰色的，一个是白色的，两只快乐的鹅。”他拍打着塔尼娅松软的背部，把嘴唇贴到因为内部压力而变得纤薄的皮肤上，他抚摸着未来孩子的活生生的家园，这种抚摸所带来的乐趣不但没有熄灭，反而越来越多。

“我非常喜欢，我喜欢极了。你在我这里将永远都怀着孕，永远生孩子。就像娜塔丽雅·尼古拉耶夫娜①。”和所有彼得堡人一样，他不说诗人妻子的姓氏，不用说也知道。“流产这可恶的东西。波鲁艾科托娃年轻的时候，每三个月就要刮宫一次，就好像她没别的事情可做一样。跳芭蕾舞的都不会生孩子。我和你永远都不会，永远都不会。这么美。小心，要非常小心，我不会弄坏你的……”

直到生产的那一刻他们都不能彼此分开。

直到最后塔尼娅也没回莫斯科。她十月末飞回了彼得堡，他们无处可住。最初他们待在鼓手廖沙·亚历山德罗夫那儿。在从前位于彼斯捷利和里捷依内胡同拐角处的一套贵族房里，廖沙家分得了一间有三扇仿意大利窗的客厅，但是巨大的房间早已用木头墙隔成了四个长条间，每小间里都有四分之三扇窗户。实际上，母亲和外婆死后，有两个房间分给了廖沙，他让两位朋友到其中的一间住。巡回演出挣的钱很快就花光了，现在他们这贫穷的小家庭和廖沙住在一起。塔尼娅炸土豆，洗衣服，打扫空荡荡的房间，听音乐，听他们旅行期间听到的那永不停息的乐符。

十二月中旬，急救车把塔尼娅拉到了产院。塔尼娅没有女性

① 娜塔丽雅·尼古拉耶夫娜，普希金的妻子。

诊疗所的证明，医院不想接收她。她随身带的唯一东西就是贴着莫斯科居留证的护照，还有临产时的宫缩。接诊室还在责备她不负责任的时候，羊水就流出来了。没有办法，他们只能把产妇放在担架上，送到了产房。接产的是巴维尔·阿列克谢耶维奇在进修大学里教过的一个医生，瞥见写着那一著名姓氏的病历后，接产医生问塔尼娅是不是库科茨基医生的亲属。知道塔尼娅是巴维尔·阿列克谢耶维奇的亲生女儿后，接产医生一步都没离开过她。九个多小时之后，接生完毕，对于初产来说，用的时间不多，甚至很快，医生接生了一个头发又黑又长的小姑娘。

塔尼娅一听说生了一个女孩，伤心地哭了。她从来都没体验过如此之深的失望。

大夫接生完之后往莫斯科打电话，她找到了巴维尔·阿列克谢耶维奇的住宅电话，对他外孙女的诞生表示了祝贺。

16

巴维尔·阿列克谢耶维奇放下了听筒。他的心里空荡荡的，心脏停住不跳了，之后，又像敲鼓似的猛跳了一阵。

“哎呀，一百八十下。”他惊呼道，“阵发性心跳过速……”

他伸手拿过表，四点半。一个夜里出生的女孩。在午夜和迟来的拂晓之间出生。十二月十六日。一年中最黑暗的日子。接近冬至。

还是战争年代留下来的老瑞士表的秒针不紧不慢地走着，巴维尔·阿列克谢耶维奇机械地数着自己的脉搏。每分钟一百九十下。

他把脚从床上放下来。那是两条干枯的、青筋暴起的瘦腿，像木棍一样。他用手指按了按脚面，没有浮肿的迹象。

“算了吧，上帝保佑，生了一个外孙女。不满应该打消。我的失望没有任何意义。”

他坐了很久，等着心律变得正常。“多半是心律不齐。”巴维尔·阿列克谢耶维奇迅速地下了诊断。

他站起来，在深夜的房子里走了一圈，他仔细审视着住了差不多二十年的家。这个身材魁梧，胡子剃得精光的老头穿着军用内衣，勾着腰，经过走廊，点着了过道里的灯。一切都破得不能再破了。他先看看姑娘们住的房间，那儿摆着两张床，一张床上睡着托玛，另一张床是塔尼娅的，堆着小山似的还没熨过的衣服。在昏暗的房间里令人不快地堆满了一簇簇深色的叶子，散发着湿土的味道。

他拐到走廊左边，看了看以前的卧室，叶莲娜的房间。说不清是什么味儿——医院的味道，灰尘的味道，还有某种苦涩的味道。

脏。家里变得非常脏。瓦西莉萨视力不好，她反正从来都不会好好收拾屋子。托玛工作，学习，小姑娘身上的担子很重。应该叫普拉斯科菲雅，诊室里的保洁员过来。但是，这又不可能，瓦西莉萨会生气的。但是，没法让婴儿住到这间屋子里来。去我那儿，去书房。这是最理想的方案。我自己把屋子收拾干净。小床放在屋子中间，地方大。从诊室里运一个婴儿桌回来。马上就办理退休。多好啊，已经满65岁了。

叶莲娜没睡觉。她看着门上的黑色轮廓。光线从她背后投过来，仿佛在头顶和肩膀上形成了一个光环。

“是你吗？”叶莲娜问。

巴维尔·阿列克谢耶维奇在她脚边坐下。叶莲娜总是喜欢枕着高枕头睡觉。以前巴维尔·阿列克谢耶维奇在这张大床上睡觉的时候，叶莲娜的枕头向上翘着，放在床的左边，而他的枕头，又小又平，放在右边。他把手伸到被子下面，抚摸着套在毛茸茸的袜子里的脚。

“有人刚刚从列宁格勒打来了电话，塔尼娅生了一个小姑娘。”

“不，不，”叶莲娜轻声打断了他，“是我生了一个小姑娘。”

“塔尼娅长大了，嫁人了，生了一个小姑娘。”巴维尔·阿列克谢耶维奇又说了一遍。

在昏暗之中，叶莲娜的眼睛闪闪发光：

“太早了。太黑了。塔涅奇卡在哪儿？”

“在列宁格勒。”

“叫她，让她到这儿来。我很久没看见她了。她在学校?”

“塔涅奇卡早就毕业了。她在列宁格勒，生了一个小姑娘。”巴维尔·阿列克谢耶维奇耐心地重复着。

“说点儿别的，爸爸。”叶莲娜恳求他说，“这个我听不明白。”

巴维尔·阿列克谢耶维奇把小圆凳推到床头。偎在叶莲娜手旁的小穆尔卡抖了一下，睁开一只眼睛。巴维尔·阿列克谢耶维奇坐在妻子身旁，握住她的手。手是干瘪的，冰冷的，几乎没有重量。

很多年来，人们都叫他巴·阿。在单位，人们说“巴·阿”，因为有这样的一种潮流，就是叫领导姓名的第一个字母。在他们家庭生活最美好的年代里，家里人叫他“巴”。但是现在，巴维尔·阿列克谢耶维奇怀疑叶莲娜是不是把他当成了自己的爸爸。他握住她的手，摸了摸她蓬松的未梳理的头发，他决定不去管叶莲娜把他当成谁。这没有那么重要。

“我现在去列宁格勒，看看那边情况怎么样，我争取把她们带回来。”他对叶莲娜宣布说。

“这太好了。”她叹了口气说，“让塔涅奇卡进来。”

巴维尔·阿列克谢耶维奇不管叶莲娜具不具备维持连贯谈话的能力，继续说道：

“我觉得她和丈夫闹了什么别扭。也可能，塔尼娅生他的气了，我不知道。我也不想问。维达里最后一次打电话是在上周，他打听塔尼娅，我说她在列宁格勒，打算马上就回来，但是她没告诉我她的地址，你对这件事怎么看?”

叶莲娜不知所措了，她惊慌地说：

“我不知道你怎么看……你自己……我不……”

“不管怎么说，她带着孩子最好在家里待着，这比在哪儿都好，不是吗?”

他提了一个只用点头就可以回答的问题。

但是叶莲娜已经听不见他在说什么了。她不安地用双手在身边摸索着，巴维尔·阿列克谢耶维奇猜测叶莲娜是在找跑远了的穆尔卡，每当落入尴尬境地，她都需要这只猫。猫远远地躺在扶手椅里。他把猫抱过来，放在叶莲娜的床上。叶莲娜用双手抱紧猫，笑了。她俯下身，人好像已经离开了卧室，因为她的目光不仅仅是空洞的，她好像还盯着外面的某处，处在这个世界之外的某处。

巴维尔·阿列克谢耶维奇又坐了一会儿，之后他去书房给问讯处打电话。看来，他完全赶得上去列宁格勒的白班火车。他拿起皮包，装了一只牙刷，一件白大褂和灌满了稀释酒精的军用水壶，他总是在家里存一些酒精。他决定谁都不通知，晚上从列宁格勒打个电话回来就行了。他不担心没有过夜的地方。他有一个老朋友，什么时候都可以在那儿停留，在哈尔杜林街还有一个科学院宾馆，什么时候都会给他提供住处。他去火车站，买了一张票，速度快得出乎意料，他还去了一趟医院，那儿有一个病重的妇女，他想在临行前看一眼，然后根据病情指示治疗医生怎么办。

去列宁格勒的白班车走得不可思议地慢，而巴维尔·阿列克谢耶维奇随身连本书都没带。他好奇地巡视着自己的旅伴们，他们是一对恋人，偷偷地接吻，他猜测，他们是否比塔尼娅大，看来，他们的年纪甚至更小一些。天黑之前，他一直看着窗外，灯火令人愉快地闪烁着，让人忘记了那些沉重的念头。年轻时，对于他来说，个人行为是否正确的感觉是至关重要的，而且，他的很多行为就是由这种内心深处的感觉来评判的。他有些不知所措，因为塔尼娅的所作所为是非常糟糕的，必须承认，她抛弃了病重的母亲，而且没有任何解释。现在她接连不断地、发神经似的让所有人惴惴不安，丈夫、父亲，甚至还有瓦西莉萨……毫无理智、毫不负责地生了一个孩子，不知道在哪儿，也不知道和孩子去投奔谁生活，更不知道拿什么养活她。小姑娘犯下了一连串的错误。

他，巴维尔·阿列克谢耶维奇，无论怎样都没什么可指责自己的，但是这毫无意义。他让自己承担她的错误，去她那儿，为了纠正那种失败，那种不正确的生活，而这一切还是因为他，巴维尔·阿列克谢耶维奇，因为他犯下的无法说清楚的错误。他责备自己不善于组织生活，妻子生病、女儿离家……每当他一连串不安的思绪想到这个地方，他都打开自己的皮包，用套着防水布的军用水壶灌上一大口酒。这是机械反应，快到五十岁的时候，当他被传唤到部里，或者去科学院开会就意味着发生不愉快时，他培养了这种反应……饱和的碳原子旁边的羟基[1]，这只小鸽子，习惯地保护他不受外在和内在不愉快的侵扰……

晚上，火车在列宁格勒的莫斯科车站停靠下来，水壶已经空了，心脏又扑通扑通地以两倍的速度跳了起来，但是，心里轻松多了，因为在路上，他斜眼观察着年轻的情侣，他们一直试图相互触碰，用肩膀、肘、膝盖相互触碰，他脑子里一边自动地想出了答案，对于塔尼娅的所作所为，唯一合乎情理的解释就是她有了新的罗曼史，因为从其他各个理智的角度来看，她的行为都是不可能的。他想起了一个类似的悲剧事件，一九四六年或是一九四七年，一个女人在怀孕的最后阶段住院保胎，她叫加里娜・科罗里，很漂亮，是一个上校的妻子，她爱上了教研室的助手瓦洛佳・萨波日尼科夫，这就发生在生产前几天。罗曼史轰轰烈烈，加里娜和孩子出院的时候，拒绝回到丈夫那儿，她搬到了瓦洛佳家里。她丈夫跟踪到了离间者，给了他一梭子。那个可怜的女人既没了丈夫，又没了情人，一个被打死了，另一个进了监狱。而过了五年，她又来找巴维尔・阿列克谢耶维奇了。那时是到不孕症研究中心。加里娜又嫁了人，改了姓，在再一次怀孕之前又治

---

① 羟基，有氢和氧两种原子组成的一价原子团，也叫氢氧基。

疗了三年。生孩子也是来找的巴维尔·阿列克谢耶维奇。第二个孩子难产，臀位……不知道为什么，记忆保留着成百上千个例子。巴维尔·阿列克谢耶维奇就是这样做着和女儿见面的准备，他还安慰自己，说维达里未必会去跟踪谁。

巴维尔·阿列克谢耶维奇在火车站叫了一辆出租车，二十分钟以后，他已经在产院了。科室主任在等他，不是每天都有院士来访问普通的医院。他洗洗手，穿上了白大褂。医院里的人带他去了公共病房，从门口开始数第二张病床上，躺着亲爱的女儿，她很瘦削，眼睛四周有黑眼圈，就像一个小伙子一样，甚至还可以说，像一个小男孩……他没马上认出塔尼娅来，而塔尼娅看见父亲，轻呼了一声，就从病床上直接扑过去，搂住了他的脖子。

他们紧紧拥抱着，没有给气恼留下任何空间。

"爸爸，你来了太棒了。你怎么还是……你让他们给你看看孩子。妈妈在那儿怎么样？托玛怎么样？"

他抚摸着塔尼娅头发剃得很短的脑袋，抚摸着她的肩膀，他的手惊讶于塔尼娅的瘦弱，手掌因为抚摸凸出的肩胛骨而感到欣喜。

"我的小姑娘，傻丫头。"他轻声说。

病房里的临床们睁大眼睛看着，塔尼娅是她们中间一只独特的小鸟，虽然她从不过多谈论自己，但是这几天，她们产生了一种看法，若不是共同的意见，就是共同的怀疑，她们说女孩没丈夫，是个轻率的姑娘，她哪里有点不对劲儿。现在看来，女孩的独特之处还在于她父亲是某个著名人物。

之后，医院的人给了塔尼娅一件白大褂，他们一起去了儿童病房。在一张张玩具似的小床上，摆放着一些比大面包大不了多少的襁褓。

“你去找出来给我看看。”巴维尔·阿列克谢耶维奇小声说。

当地的女医生是迅速组成的陪同人员中的一个，她刚要跑到前面，但是巴维尔·阿列克谢耶维奇做了一个手势，意思是不用了。

用不着过多的猜测，孩子脚上挂着写有妈妈们名字的卡片，但是，巴维尔·阿列克谢耶维奇仔细地看着每一张小脸蛋，希望在其中认出自己的外孙女。

“看。”塔尼娅指着婴儿说。在床头用紫色的笔写着他们的姓，小姑娘还在睡觉。她高高的额头上有一撮深色的头发，小脸黄黄的，大鼻子，小嘴巴紧紧闭着。“漂亮吗?”塔尼娅吃醋似的问。

巴维尔·阿列克谢耶维奇把襁褓从床上抱起来，他的心狂跳了起来，我们家的孩子。之后，他用小拇指勾开从后面系上的包布的一角，把襁褓放在婴儿桌上。小姑娘吧嗒吧嗒地张开嘴，尖声哭了起来。巴维尔·阿列克谢耶维奇把孩子从襁褓里抱出来，脱掉婴儿服，他把她的小腿抻开，摆直，灵巧地把孩子翻过身来，就像女人们翻煎锅上的饼那样灵巧，婴儿的臀部勉强看得出轮廓，他抚平上面的皱纹，摸摸髋关节，他了解这个薄弱的部位，他把小姑娘大头朝下提了起来，用手指抚了抚脊椎，摸摸后脑勺、头顶，又重新让她平躺下。之后摸了摸她凸起的小肚子，用手指在绑着绷带的肚脐旁边按了按。

“完全健康。”他低声说，“肝有点大，新生儿黄疸，不严重。你还没全都忘了吧？你知道现在那里正发生什么吗？初生血红蛋白正逐渐分解……”他把三根粗壮的手指放在婴儿的左胸，之后拿起她的小手，把手打开，摸了摸柔软的、指尖弯曲的手指甲。

“听诊器。”他谁也没看就抛出了一句话，他的手里马上出现了一个带着耳塞的金属小圆盘。

听了大约一分钟。

“正常。我觉得指甲有些粗糙。没什么，心脏正常。无论怎么看都没有毛病。”

小姑娘抓住他的手指，用奶白色的，像小猫咪似的眼睛看了他一眼，她的上嘴唇动了动。塔尼娅看着所有这些操作步骤，她好像中了魔法，父亲和手中的婴儿在一起，不知道什么地方让她想起了谢尔盖和萨克斯，同样的温柔和果断，同样自由的动作和同样轻盈的触碰。

“孩子好极了。我最喜欢这样的孩子，小巧、干爽、肌肉漂亮。你知道吗，她可不随你们。她像戈尔德伯格。我要给他往集中营发一份电报，让他高兴高兴。”他小声冲着塔尼娅的耳朵说，“祝贺你，女儿……再过一两天我们收拾好就回家。”

塔尼娅根本没想过回莫斯科，但是这一刹那，也许是因为产后的虚弱，也许是因为父亲在新生女儿旁边表现出的全然的自信和得当的举止，她一下就答应道：

“我们回家，但是不能待太久。我本打算搬到彼得堡来。在这里，”她沉思了一下怎么对父亲说她在这里有什么，“在这里有我的一切。”

巴维尔·阿列克谢耶维奇会意地点点头说：

“我本来也是这么想的。”

17

“亲爱的谢尔盖！当你的名字在我的笔下出现的时候，我的心里是多么快乐啊！你有一个非常正确的名字，它甚至是唯一的、不可替代的。要知道，它也可能是维达里或根纳基……你好，谢尔盖！我祝贺你拥有了我，也祝贺自己拥有了你。我的生活完全有别于昨天。我生了一个女孩。好像有人恶毒地欺骗了我们，给我们塞了一个女孩，而不是男孩。但是她非常漂亮，所有人都说她像我。我很快就会需要一个男孩，你要留心这一点。我需要一个长得像你的男孩。小姑娘长得不像你，她也不可能像你，这让我觉得她不是一个有趣的小东西。可是我喜欢她，今天她被带来给我看了。她动人而又可爱，但是不知道为什么——对你，我是可以坦白的——她对于我尤为珍贵，因为她就是你我爱情的见证人，她就是你的爱抚的见证人。她甚至还是一个秘密的参与者。我觉得她会热烈地爱你，爱的程度将会让我感到痛苦。

“我因你而感到嫉妒。我嫉妒你过去的全部生活，嫉妒你用双手摸过的所有东西，我尤其嫉妒你的乐器，我也同样嫉妒你擦脸用的毛巾、手指触碰过的茶杯。我嫉妒你从前爱抚过的所有女人。

“从你出现的那时起，世界发生了剧烈的变化。因为从前我从一个单一的角度看待所有的事情，而现在，是从两个角度，而你是怎样的呢？亲你，亲我想亲的所有地方。这一次，我要亲你脖子下的小坑和左边的伤疤。小姑娘向你问好。我一点奶都没有，但是我听说还可能会有。给我带酸奶和大毛巾来。当时很疼，但是很快就过去了。塔尼娅。”

读完信，谢尔盖仔细地把信纸沿着折痕叠起来，塞到了夹克衫里面的口袋里。他刚刚从窗口把一束月季、不多的食物和一张纸条转给了长着小胡子的女接待员。他问塔尼娅病房的窗口朝哪面开，可是他很长时间都想不出来怎么才能找到那些窗户。他昨天就已经知道塔尼娅生孩子了，因此还和朋友们喝了一夜酒，可是现在他突然觉得他非常想见到塔尼娅，不是从窗户上，而是面对面地见。他离开问讯处往工作人员入口那儿走。那里坐着一个门卫，她问：

“你去哪儿？”

“我是修理医疗器械的师傅，”他灵机一动说，“他们让我去第二诊室修理加速器。在哪儿更衣啊？”

莫名其妙地溜到谢尔盖嘴边的加速器一词让门卫感到非常满意。

“更衣室的人病了，你自己脱完衣服再挂上。我们这儿没小偷，都是自己人。”门卫放他进去了，谢尔盖脱下夹克衫，从公共挂钩上摘下一件蓝色制服，那是没来上班的更衣室的那个工人的，然后他顺着楼梯跑上去了。

通往诊室的门是关着的，他按了按门铃。过了一会儿，一个护士打开了门：

“您有事吗？”

“叫我来修机器。”谢尔盖回答道，他尽力不让愧疚的气息呼到护士的脸上。

“啊，这得去找护士长，去七号房间。”护士嘟囔了一声就消失了。

谢尔盖一下就看见了他要找的那扇门，第四号病房。塔尼娅站在窗口，背朝着她，她穿着一件蓝色的病号服，非常高，非常瘦。

“塔尼娅!”他叫她。她转过身。他从未看见过她没怀孕的样子，他觉得她是陌生的，觉得她年轻得令人感到奇怪。

花束放在小柜子上，还没插进水里。看来，她收到转交的东西后，马上就扑到了窗口，她想看看他。

“你怎么进来的?”塔尼娅一边问，一边害羞地从他的怀抱中挣脱出来。所有病床上的妈妈们都瞪大眼睛盯着他们。

“他们叫我来的。叫我来修理加速器。”他还继续着游戏，但并不是徒劳的，一个上了年纪、生了四胎的女人已经准备发牢骚了，因为总的来说不允许探访。

“只是孩子被带走了。可惜，如果再早二十分钟，你还可以看一看她。”塔尼娅傻乎乎地笑着。

在这一刹那，对于她来说，谢尔盖非常英俊，无比亲切。她早已忘记孩子和谢尔盖没有任何关系，她热切地想向他炫耀一下。巴维尔·阿列克谢耶维奇昨天晚上夸赞了她的女儿之后，塔尼娅更加喜欢她了。

“我们出去吧，趁我还没被赶走之前。”

诊室里这时一片寂静，他们拧开一扇又一扇门，之后找到了空荡荡的被服室，塔尼娅把谢尔盖推了进去。在这里，他们紧紧搂在一起，对着耳朵轻声说着热烈的傻话，彼此的嘴唇和牙齿贴在了一起，在亲吻之间，他们相互通告了很多重要的事情。塔尼娅告诉他，说出院后他们要去莫斯科待一小段时间，而他告诉她，他去了波鲁艾科托娃家，告诉她说他生了一个女儿，说有人请波鲁艾科托娃去彼尔姆舞蹈学校教芭蕾舞课，她让他们住在她家里……

“在你妻子家里？”塔尼娅惊讶地问。

“那有什么？这很正常。我们给她看家，遛她的狗，喂那些老猫。”

塔尼娅握住了谢尔盖的手腕说：

“算了，我们还是以后再决定吧，总之，她是这样的人，这很棒。她很宽容，对吗？”

“不，你不明白。只不过她这样更方便一些。她有两只牧羊犬，带它们可不是一件容易事，而它们听我的话。”

他们又紧紧抱在一起，塔尼娅用舌头舔着谢尔盖嘴唇上的硬块，那是萨克斯的吹嘴磨出来的。整整一个小时，在被服室里没人惊扰他们，他们检验了一番，看塔尼娅的大肚子没有了之后是不是发生了什么变化……但是一切依旧：滚烫的依然滚烫，潮湿的依然潮湿，干爽的依然干爽。而爱情，就像表现出来的那样，一点都没减少。

18

生产后过了三天，塔尼娅觉得自己重生了一次，仿佛她生下女儿这件事预示了某种崭新的特征。实质上，本来也是这样。她是一个新生儿的母亲，虽然她对母亲将背负一生的重负还一无所知，对女人挥之不去的、因为孩子而变化无常的心情还一无所知，但是她心里冒出了一个想法，她首先想和女儿分享这个想法。她把褐色的、像豆子一样的乳头塞到孩子娇弱地张开的嘴里，她想告诉这包在厚厚襁褓里的孩子，告诉她，说她们，母亲和女儿，是相爱的，她们相互拥有，但不是不能分开的……说她，塔尼娅，还要有独自的生活，因此在她长大的时候，塔尼娅会给她自由和按照自己的方式来生活的权利，还说，她将是大女儿，之后还会有一个男孩，然后还会有一个男孩和一个女孩……而我们的家根本不像别人的家，在那些人家里，爸爸对妈妈大喊大叫，为钱吵架，孩子们尖声喊叫，抢彼此的玩具……而我们的家将安置在克里米亚，有花园，还有音乐。还没描绘完幸福未来的画面，塔尼娅就睡着了，而女儿还在吃奶。她的小姑娘很神奇，睡眠一浪接着一浪，就好像篝火传来的热气。塔尼娅从来都没感受过如此有力和强烈的睡意。育婴员接过喂饱的孩子，抱走了，而塔尼娅察觉到了自己身边的动静，可是她却没有毅力醒过来。

过了一周，塔尼娅出院了，巴维尔·阿列克谢耶维奇把她和孩子带到了一个昂贵的宾馆，他们住在一个宽敞而冰冷的房间里。他们把女孩子横放在宽大的卡累利阿桦木[①]床上，在毛毯上又盖了一层棉被。很快，谢尔盖来了，他拿着一束冻蔫了的玫瑰花，还带来了香槟酒和萨克斯。他从身上脱下沾满了潮湿冷气的夹克，扑到孩子身边。他坐在床上，为了在重重包裹中看清孩子鲜嫩的小脸：

“哎哟哟，真小啊！她可真是睡意沉沉！”

“她是一个让人看着就非常想睡觉的孩子，一点没错。”塔尼娅赞同道，“她一被送到病房，我马上就倒下了。”

总的说来，塔尼娅并没打算回莫斯科，但是，情况并不像希望的那样，波鲁艾科托娃一月末才能去彼尔姆，而廖沙·亚历山德罗夫家的邻居们纠缠不休，他们不想忍受胶合板墙后面的小孩子。谢尔盖拒绝去莫斯科，拒绝去塔尼娅父母那里，他连自己家的人都受不了。塔尼娅的离开让他很生气，主要是因为他已经给全城的人都打了电话，说他生了女儿，而且这一周还因此喝了不少伏特加和干葡萄酒，而现在，他却没有谁可以向众人炫耀的。

塔尼娅迅速地介绍父亲和谢尔盖认识，之后她就请假去散步。巴维尔·阿列克谢耶维奇给了她三个小时假，让她到下次喂奶之

---

① 一种非常昂贵的木材。

前回来，他一个人和外孙女留下了。塔尼娅走后五分钟，他受了婴儿催眠力量的辐射，非常沉地睡着了，直到塔尼娅回来才醒过来。他梦见他在睡觉，在第二重梦里，外面正是夏天，一群喧闹的小孩正准备去池塘。他是孩子里面最大的，梦里还有他的妹妹们，而在现实生活中他没有妹妹，但是，扮演着八岁孩子角色的叶莲娜非常确定无疑地把她们介绍给了巴维尔·阿列克谢耶维奇，还有两岁孩子模样的托玛。其他孩子是他认识的，但是所有人都是成年人变的，他们是他晚些时候在生活中遇到的。但是，这些孩子的双重性丝毫没有引起巴维尔·阿列克谢耶维奇的惊讶，让他最为担心的反而是有一个男孩他不知道是谁。只有在梦的最后，当所有人都成群结队地涌向他们在马蒙托夫卡的老别墅门后时，他才觉得，是塔尼娅的这个谢尔盖扮成了那个不认识的小男孩，于是，巴维尔·阿列克谢耶维奇安心了，从沉沉的梦中醒来，又进入了轻柔的梦中，他把裹在厚被子里的孩子搂过来，想了一下他自己是不是要和这些化了装的孩子去池塘，但是，他决定再也不回到那里了。

第二天早上八点四十五分，巴维尔·阿列克谢耶维奇和女儿以及外孙女已经在家里了，在诺沃斯洛勃茨基街。托玛还没去上班，瓦西莉萨从储藏室里钻出来，和老穆尔卡站在一起，她从厨房往走廊走，手撑着墙，摆着一副迎接的姿势。从叶莲娜房间那扇半开的门中，先是钻出了小穆尔卡，紧随其后是肩上披着睡衣的叶莲娜。

“塔涅奇卡，我等了你很长时间了。”叶莲娜清晰而又高兴地说，塔尼娅把女儿塞到了一直都不知道该说什么做什么、不知所措的托玛手里，她亲了亲妈妈，但是后者轻轻地躲开了，她把手伸向襁褓说：

“塔涅奇卡……”

“妈妈，这是我的女儿。”

“这是我的女儿。”叶莲娜像回声似的重复，而她的脸上写满了痛苦的紧张表情。

“走吧，妈妈，现在我来让你看看她……”

塔尼娅把孩子放到母亲的床上，而巴维尔·阿列克谢耶维奇很高兴塔尼娅的正确表现，她不是让可怜的叶莲娜害怕，而是吸引她去看新的事件。

塔尼娅扒开孩子的小衣服，让小小的身体露出来。小女孩睁开眼睛，打了个哈欠。

叶莲娜紧张地看着，似乎很失望。

“怎么样？喜欢吗？”

叶莲娜害羞地低下头，移开了目光：

“这不是塔涅奇卡。这是另外一个女孩。”

“妈妈，当然了，这不是塔涅奇卡。我们还什么名字都没给她起呢。或者叫玛丽娅？玛莎，啊？”

“叶甫盖尼娅。”叶莲娜声音很小地说，勉强能听见。

塔尼娅没听清。瓦西莉萨重复了一遍：

“还能叫什么？叶甫盖尼娅，随外婆叫。”

塔尼娅朝小姑娘弯下腰，小姑娘把拳头塞到了自己的嘴里。

“我不知道……得想一想。叶甫盖尼娅？”

家里人凑在孩子身边的时候，塔尼娅就好像被涨潮的浪花抛起来，托住片刻，又被放了下去。她忙活起来，只看见一滴滴脏肥皂水飞溅到四面八方……

“爸爸，我们来装修吧。”塔尼娅在家里走了一圈，看清了乱七八糟的各个角落，十五分钟之后，塔尼娅对父亲说。

“是啊，其实早就应该装修了，”巴维尔·阿列克谢耶维奇赞同地说，“只是现在，我觉得，不是时候。孩子在家里。要不然夏天吧，你们去别墅的时候。”

“不，不，我之后要去彼得堡，现在就得装修。我们从儿童房开始，之后装修公用的地方，然后是书房，我是……”

托玛晚上下班的时候，她一半的花草已经被分发给了邻居们，另一半被扔掉了，家具集中在中间，所有东西都绑上了绳子，和粉刷墙壁的人已经约好了。巴维尔·阿列克谢耶维奇产生了一种感觉，那就是，他们残破不堪的家，仿佛像一艘废弃的轮船那样停步不前的家，现在起锚了，它方向明确地驶向某处，沉睡的一群人睁开了眼睛，就连松松垮垮、无精打采的家具也挺直了身体，舒展开来。从来都没从家里扔出过任何东西的瓦西莉萨，在塔尼娅的逼迫下投降了，她亲手从自己的储藏室里扔出了一条腐烂被子，那是叶甫盖尼娅·费德罗夫娜一九一一年送给她的，当时就已经很旧了。但是，塔尼娅觉得这还不够，她豪放而开心地把裂了缝的盘子、烧煳的锅、备用的空玻璃罐以及瓦西莉萨的所有放置了很久的寒酸家什都扔到了垃圾堆里。

没有名字的小姑娘几乎一声不吭地参与着这个理智的混乱场面，她什么都不妨碍，几乎不要求任何关照。塔尼娅把她放在装衣服的篮子里，从里面给她垫上新尿布，开始，她把篮子从一个房间搬到另一个房间。后来叶莲娜让塔尼娅把孩子放在她床边，那里形成了一个塔尼娅暂时不去动的安静角落。房子改颜换貌的速度快得惊人，从前的儿童房间是过了一周之后干完的，虽然托玛的花草遭受了巨大的损失，但是残存的植物在沙黄色壁纸的衬托下鲜嫩地闪闪发亮，那些壁纸让人联想起非洲沙漠的热度。

接下来的一周用来收拾厨房和浴室。家里的饮食换样了。塔尼娅在熟食店买了一大堆便宜食品，给工人、家里人和不时跑过来的熟人吃。维达里第三天打来了电话，塔尼娅高兴地和他寒暄，一点都无所谓。他马上就过来了，面色阴沉，一副生气的样子，但是塔尼娅没把他的表情当回事。她给他看女儿，那表情仿佛在说那是她自己的东西。对于他提出的搬到工会街的主意，塔尼娅令人气恼地笑了，但是她答应，说家里的事情一弄完，她就去看他。

“现在瓦莲京娜在我们那儿住。”维达里通报了一个重要的新闻。

“那你怎么没把她带来?”塔尼娅问。

“她会来的，他经常去巴维尔·阿列克谢耶维奇那儿。你知道，那些律师方面的麻烦事……可能会提前释放。你知道，条款是这样的，可以模棱两可的……”

“应该由我来管伊里亚·约瑟福维奇的事情……不管怎么说，他们几个人都一样糊里糊涂，糊涂得令人吃惊。”塔尼娅想。但是这并不公正，瓦莲京娜非常清醒，她做的所有事情都经过周密的考虑，而且完成得有条不紊。

塔尼娅在巴维尔·阿列克谢耶维奇的书房里睡觉，在装着女儿的衣服篮子和电话中间，谢尔盖晚上经常打电话来，他们长时间地聊日常琐事，聊还没有名字的小女孩，聊装修和波鲁艾科托娃的牧羊犬，之后，谢尔盖打开录音机，让塔尼娅听一听他当天演奏的音乐。而他在这周的演出很多，几乎是每天晚上，因为到处都在举办新年晚会，有很多邀请，去大学、俱乐部、咖啡馆。三十一号早上，塔尼娅已经充分准备好去彼得堡待上一夜了，她狡猾地从谢尔盖那儿打听到他将在哪儿演出，还买了一张白天的火车票。但是，从晚上开始降温了，冷得无法忍受，直到最后也没告诉谢尔盖自己秘密计划的塔尼娅取消了行程。她想起来带着新生的女儿回莫斯科时火车里是多么冷。她担心女儿会被冻着。这个决定是非常明智的，因为谢尔盖遵循着同样淘气的逻辑、或者说遵循着给人惊喜的逻辑，自己在新年夜来到了莫斯科，他在莫斯科的列宁格勒火车站餐厅里打发掉了中间的几个小时……

这时，装修就像火灾一样蔓延到了每一个房间。家里散发着油漆、胶水和炸鹅的味道。在从前的儿童房间里，桌子已经摆好了。托玛按照塔尼娅的指示，用小玩意儿装扮好了两米高的八角金盘，外行人把这种树叫作无花果。巴维尔·阿列克谢耶维奇坐在桌子的主位上，他旁边是被塔尼娅打扮得漂漂亮亮的叶莲娜，她带着一副小孩子似的快乐表情。瓦西莉萨一本正经地披上了水粉色的毛围巾，她因为围巾感到不好意思，就好像裸露着肩膀从屋里出来了一样。然而托玛却径直穿上了一条袒胸露背的蓝色连衣裙，就是那条为了塔尼娅婚礼缝制的裙子，她还在自己的小脑瓜上戴了一顶没梳理好毛皮的羊皮帽。客人是戈尔德伯格家的三个人，两兄弟和瓦莲京娜——出嫁前的格雷兹金娜，塔尼娅退役丈夫们的年轻后妈。装着小姑娘的篮子放在远处，放在托玛的床上，她也是主要的出场人物，巴维尔·阿列克谢耶维奇非常清楚，若不是这个小姑娘，塔尼娅是不会回家的，她也不会掀起这场美妙的混乱。

差十五分钟十二点，门铃响了，塔尼娅跑去开门，她已经想好对狡猾的女邻居罗莎·萨莫依洛夫娜说什么，这个女邻居今天已经来了差不多十五次，到这时为止，她已经把塔尼娅家里的所有东西都借走了，从咸盐到烛台到餐巾……身着轻便呢子夹克、头戴一顶大毛帽子，手拿萨克斯和一个运动背包，谢尔盖站在了门口。

这是所能想象到的最奇特的家庭节日。除了幸福的，无论对过去还是未来都不担忧的塔尼娅和谢尔盖，每一个在场的人都经受了一种疏离于其他所有人的感觉，他们还感到了深深的孤独。自然的亲属关系仿佛崩溃了、混乱了、扭曲了——巴维尔·阿列克谢耶维奇的妻子早就成了他的孩子，然而女儿最近两周出人意料地变成了家里的真正领导；叶莲娜三年以来第一次坐在有很多人的桌旁，她感受到了一种类似恶心的不安，那是因为有很多熟悉的、然而没有名字的人在场而产生的不安。就连塔尼娅的女儿，她的每一个特征都非常像自己，她这时也似乎变成了两个人，因为躺在篮子里的女孩也是塔尼娅，但是不是全部，而是部分的塔尼娅，如果做一个剖面图或是做局部的剖面，一般由虚线来表现的那些不可见的物体内部轮廓，恰好就是这个截面显露出来的小姑娘的特征。瓦西莉萨用自己从黑暗中复明的眼睛看见了房间里的亮点和彩色的身体轮廓，托玛的蓝色亮点是唯一令人感到安慰的。塔尼娅像一只苗条的灰色小鸟，在桌子旁边飞来飞去，她给所有人往盘子里放吃的，也给瓦西莉萨放了一块肥鹅，她根本忘了瓦西莉萨的斋戒，她总是靠着谢尔盖，用手去碰这个穿着黑色衣服的长发年轻人，他不会是神职人员吧？而且，塔尼娅是当着丈夫的面，一直当着丈夫的面，叶莲娜在战争年代也是这样，而这个小姑娘的丈夫坐在那儿看着，一副无所谓的样子……瓦西莉萨对展现在眼前的这幅图画充满了厌恶，她开始祈祷，上帝啊，饶恕吧，上帝……上帝，在你的戒条石上，请让我相信，我死去的心，你就像唯一的圣灵和上帝……词语飞走了，消失了，被忘记了，那些瓦西莉萨保存在微弱记忆中的赞美诗和祈祷词混作一团，只剩下了对亲人的悲痛。他们一直生活得非常不好，做了很多傻事，他们不遵守上帝的戒条，无论是尘世的还是宗教的信条。罪孽，我们沉重的罪孽啊……

瓦莲京娜·戈尔德伯格曾经受过旧信仰的纯洁的道德教育，从身体、住所、日常生活到思想和行为都很纯洁，她丝毫没有偏离自己先人的信仰，虽然她与他们愚昧落后的宗教根本而彻底地脱了干系，但是，她仍然非常悲哀地盯着塔尼娅。她是在伊里亚·约瑟福维奇被逮捕后认识巴维尔·阿列克谢耶维奇的，她非常信任他，并且对他有好感，而现在，她无论怎样都无法把这一切连到一块儿，他们奇怪的婚姻、不体面的家庭三角关系，都是她从维达里那儿清楚地了解到的，还有这个长发音乐家的出现，看来他是塔尼娅的情人，还有塔尼娅本人，这是瓦莲京娜第一次见到她，而她在这之前就不喜欢塔尼娅，可是看见后，却不知为什么对她表现出了明显的好感。虽然除了抵触和气愤，这个女孩还可以引起一些什么感觉，她随随便便，不考虑任何事情，破坏了兄弟间的关系……不道德的女孩，不道德……

戈尔德伯格兄弟俩，或者说是丈夫俩，表现得很得体，但是他们可不像瓦西莉萨说的那样，一副无所谓的样子。他们俩都对不请自来的人感到痛苦。最近一年以来，他们第一次同时品味到了同样的感觉，这是他们从幼年起就非常熟悉的那种状态，是意识中最开始出现的感受之一，也就是恼火和公平失败的感觉。已经敲过了十二点的钟声，而香槟酒上晚了。塔尼娅把酒忘在了冰箱里，她拿来香槟酒，巴维尔·阿列克谢耶维奇打开了。新的一年已经开始了，他们干杯祝愿一切都好，希望伊里亚·约瑟福维奇被放出来，希望大家幸福健康，尤其是新出生的小姑娘。所有人都七嘴八舌地说着什么，很喧闹，回响着叉子碰盘子的声音，只有塔尼娅和谢尔盖一声不响地坐着，他们对视着，简直就像两幅圣像画那样彼此凝视着。所有人都发现这个乐手非常适合塔尼娅，还能看得出他们属于同类，仿佛属于一个星球。塔尼娅身上令人疑惑不解的东西在谢尔盖身上非常清楚地写着答案。而戈尔德伯格兄弟在这里完全不相干，他们自己也非常明白这一点。尤其是当那个乐手掏出自己的萨克斯的时候，他让塔尼娅配合她一下，而塔尼娅迅速地、毫不扭捏地从钢琴上挪开堆在上面的报纸，她提醒大家，说音色更加不准的乐器还从来没有人听到过，她坐下了，没去调试钢琴，谢尔盖用左手给她指了指低音和弦，于是她领会了。巴维尔·阿列克谢耶维奇马上就猜到塔尼娅最近几个月弹过琴。谢尔盖先是让自己的吹奏乐器发出几个寻找配合的颤音，塔尼娅在找他的调子，忽快忽慢，就这样，他们在一个不确定的地方邂逅了，之后，谢尔盖用自己的萨克斯吹出了一长串欢快的音符，那音符结束的时候仿佛就是一阵幸福的低语，戈尔德伯格兄弟惺惺相惜地对视了一下，他们觉得自己好像是在玛拉霍夫卡学校的院子里，在大课间休息的时候，处在乡村、小村庄和住宿学校学生充满敌意的包围之中，在那里，他们因为自己不属于任何人而受到不平的待遇。

叶莲娜在听到第一串音符的时候，就抓住了她那件男式家庭便服的袖口。她听见了，或者换句话说，是看见了正在飘扬的音乐，就好像看见了很多起伏平缓的曲线，它们从一个金属管黑暗的中心抛出来，而它们之中最粗糙、最不光滑的曲线就像新鲜的橡胶一样，变成了平缓的曲线，它就像一条纤细的阿基米德螺线，上下翻飞着，在不断延伸，充满了整个房间，就像一只掉下来的袖子那样拍打着窗户。而声音本身似乎是某种未知的、叫不上名字的东西的投影，但是这种东西是一个长发年轻人制造出来的，他脸上的表情显然很紧张，面孔让人觉得似曾相识。

巴维尔·阿列克谢耶维奇非常惊讶，塔尼娅的伴奏是多么灵活啊，看来，她还没有忘记那些音乐课，巴维尔·阿列克谢耶维奇高兴了起来。

谢尔盖让声音变小，从萨克斯里吹出了残留的音乐，叶莲娜看见空气里的曲线凋落了，颜色变得暗淡，消失了。年轻人的脸孔不单单是似曾相识，而是非常熟悉：眉毛是浓密的，浅颜色的，一条直线，上嘴唇稍稍盖过下嘴唇。他把萨克斯放在篮子旁边，晃了晃头，手掌插进头发，用令人熟悉的姿势向后甩了一下头发。头发里都是沙子——叶莲娜想起来了……

之后塔尼娅把篮子送到巴维尔·阿列克谢耶维奇的书房，小姑娘在篮子里已经睡着了，塔尼娅和谢尔盖在书房关上门，经过走廊去洗手间的客人们在书房的门旁听见了他们的笑声。他们说说笑笑了差不多两个小时。早上，所有人还在睡觉的时候，谢尔盖离开了。巴维尔·阿列克谢耶维奇让叶莲娜躺下睡觉，自己也躺在卧室里，躺在自己从前的老地方，他衣服也没脱一直睡到很晚，他晚上喝了不少。叶莲娜几乎没睡，她睁眼躺着，回想着那个乐手为什么那么熟悉，她似乎想起来了。

一月底，装修结束了。家里焕然一新，瓦西莉萨现在什么都找不到，无论是锅、盘子，还是素油，一切都放在新的地方，她厌烦经常找来找去，最后，她把面包包上毛巾拿到自己的储藏室里，如今放在自己的小柜子里。塔尼娅把家里的事情托付给了托玛，她存了一些米和面条，糖和面粉。她挂上了新窗帘，买了一台洗衣机，之后她告诉巴维尔·阿列克谢耶维奇她要走了。

“妈妈已经习惯她了，把她留下吧。你在列宁格勒料理好生活之后再抱走。”巴维尔·阿列克谢耶维奇请求塔尼娅说。

外孙女在他们家度过的这段时间里，他明白，在自己的一生中，他已经活到了这把年纪，这个小姑娘能取代他全部的专业活动，取代他的学生、弟子，最重要的，还能取代他的病人，无论他在诊室里做什么，观察心电图颤抖的曲线还是把灵巧的手指伸到鲜血淋漓的破裂的子宫里，他无时无刻都不能忘记放在篮子里的小姑娘。内心里，他留意着她新生儿的、并不丰富的活动安排，现在她在睡觉，已经醒了，吃奶，吐奶，使劲，蹬自己的小脚丫，非常认真地大便，然后重新睡着……他唯一的、时常出现的愿望就是待在篮子旁边，和小姑娘待在一起，她还散发着乳儿的气息和甜美的睡意。她身上个人的东西还不多，但是已经显露出了一些家族的特征，眉毛修长，有几根眉毛已经稀稀落落地长出来了，在那个地方，之后有可能生出毛茸茸的、家族特有的眉毛。她看起来像一个小刺猬，长鼻子，一缕缕头发粘在一块儿。但是，额头、额头是戈尔德伯格的高额头。

塔尼娅出现在巴维尔·阿列克谢耶维奇的生活中时，已经两岁了，她是一个漂亮而温柔的小孩，充满善意和信任，而这个小东西几乎什么模样都没有，她并没有征服外公的心，而是从一出生起就毫不费力地得到了统治巴维尔·阿列克谢耶维奇的权力，而他享受着，坐在篮子旁边，帮助塔尼娅给孩子洗澡，用手摸着那粉红色的还不会走路的小脚丫。这是一种纯粹天生的感觉，既不需要辩白也不需要解释。狮子就是这样爱着小狮子，狼爱着小狼崽，老鹰爱着小鹰……在这一点上可以揭示出来的是，任何一种教育之中都存在着一些谬论和冷漠的合理主义，当教育开始的时候，天生的感觉就会消散，那种深深的、对孩子的动物般的爱就会消散，这是所有高级情感中最低等的一种。

"我是非常严肃地谈这些的。我们能找到别人捐赠的母乳。我明天就递交退休申请……"

"爸爸，你在说什么呀?"塔尼娅看着父亲遍布皱纹的脸，她捕捉到了父亲脸上从来都没有过的恳求表情，她因此觉得非常不自在，她生气了。"你怎么回事？我想不出你退休的样子！难道你要给她熬粥吗？推着小车去散步?"

他点着头说：

"唔，我愿意。塔尼娅，我管家的时间太少了。而现在正是时候。我和妈妈一块儿推小车去散步。"

"妈妈根本不能参与任何事情。"塔尼娅阴沉地说。

"我不知道。我不确定……"

塔尼娅搂住了父亲的脖子，在他脑后细声细气地说：

"爸爸，你真奇怪，别管她。我会带孩子回来的，一定。你知道吗，我想生很多孩子。男孩和女孩，生五个。"

巴维尔·阿列克谢耶维奇握住了塔尼娅被洗涮和装修磨坏了的手，亲了亲，然后去厨房喝下了必不可少的一杯酒，一只不大的圆口杯的四分之三。在他年迈的头脑里有什么东西发生了变化，在上万个由他接生出世的孩子中，在那些被他挽救的、甚至是由他的直觉设计出来的孩子中间，这个女孩和其他两三个塔尼娅有可能生出来的孩子是这样珍贵！要知道，他甚至无法说这是血缘……没有任何血缘，没有任何亲属关系，除了非理智的、解释不清的、执拗并且毫无用处的心灵的选择，什么都没有……

塔尼娅着急了。她有整整一页纸的事情要做，她一件接一件地画掉，这是她作为一个负责的、有条理的人还保留着的习惯。最昂贵也最费力的事情是更换所有的卫生设备，包括浴盆，最近它因为常流水已经没法用了。最奥妙的事情是给女儿洗礼。为了进行这项虔诚的事业，瓦西莉萨作为专家被邀请来了，而托玛是作为教母来的。最开始，瓦西莉萨坚决不去离家比较近的比缅教堂，按照瓦西莉萨的理解，教堂被过去的革新教派玷污了，瓦西莉萨建议去莫斯科郊区很远的一个乡村教堂，那里有一个真正的神父在执事。但是塔尼娅轻易得对付了瓦西莉萨的原则，轻易得令人感到惊讶，她说她绝不去这么远的地方，因为她自己也不确定，她脑袋里为什么冒出了给孩子洗礼的念头，如果真的这么麻烦，那么她也准备好了拒绝这个古怪念头。听到这儿，瓦西莉萨抿紧了嘴唇，她换下家里穿的、破破烂烂的棉鞋，穿上了上街穿的、带套鞋的鞋子。秘密受洗仪式是在比缅教堂进行的。从那天起，小姑娘最终确定叫叶甫盖尼娅，塔尼娅在事情列表上打了一个细细的叉。只剩下了最后一件事，那就是在新浴缸里给叶莲娜洗澡。他们已经有一年多没用过浴缸了，他们冲淋浴，不把浴缸的塞子堵上，快速地冲一下，怕把水冲到邻居家。

现在塔尼娅把浴缸加满水。叶莲娜紧紧夹起胳膊，轻微地反抗着。

“应该脱衣服。看，妈妈，水已经接上了。”塔尼娅劝着她，叶莲娜不情愿地服从了。

母亲的瘦弱是病态的，问题并不在于分量轻，塔尼娅自己也没到五十公斤，叶莲娜的肩膀和前胸上耷拉着松松垮垮的皱纹，看见一丝不挂的妈妈，塔尼娅想，人的骨骼是毫无生气、没有性别的，只有一块块饱含着油脂的肉才能够创造出女性的柔美和男性的刚健，甚至还能创造出男人和女人的区别本身。母亲从前的女性温柔只剩下了可怜的耷拉着的乳房和几乎没有了毛发的双腿间的阴影。

塔尼娅终于让母亲坐到温水里了。叶莲娜伸直腿躺下。

“多好啊……”

“我就像一个无礼的人。”塔尼娅笑着说，她往洗澡巾上涂上香皂。盯着她看是不礼貌的，可是给她洗澡、修剪指甲、擦干是可以的……

“等等，塔涅奇卡。我再躺一会儿。这么舒服。浴缸以前坏了吗？”叶莲娜用非常健康的声音问道。

“是的。现在修好了。”

叶莲娜微微闭上眼睛。她的头发滑落到水里，湿了。塔尼娅把头发拨到一旁。

“在水里一切都变了。我的脑袋在水里要好得多。我不愿意你住在家里。我不愿意你和我住在一起。我忘记了所有事，我觉得，我现在忘记的比记住的还要多。但是，很快我就连忘记了什么都会忘记。你别害怕，我指的不是什么可怕的事情，我只不过是以这种不同寻常的方式死去，从头脑中间开始死去。现在我很好。我很久都没这样好过了，我想和你告别。有一个大洞在吞没我。不知道为什么，我身上发生的一切让人感到羞愧。我不知道，最终会不会留下些什么。告诉我，我多大年纪了？”

“你很快就满五十二岁了。”

“那你呢？”

“我二十三岁。”

“好。水凉了。再加点热的。我对任何事、任何人都没有把握。有时候一些陌生人会到这儿来，有时是熟悉的人。还有时是瓦西莉萨来了，可是在她身上还有一个什么人。我对自己也没有把握。你知道这些吗？”

“不，妈妈。我对这些一无所知。”

“算了，随他们去吧。我想对你说，这一刻，我是我，而你是你，我非常爱你。我现在和你告别。一会儿你给我擦上肥皂，然后你就走吧。”

塔尼娅想说点什么，但是她却难以启齿，因为无论她说什么都会是怜悯的、毫无意义的话。她把母亲的头发打上肥皂，轻轻地抬起母亲的头，怕肥皂水流到眼睛里去，她给她擦了擦头皮，用淋浴喷头里的水流洗掉泡沫。她把母亲瘦弱身体上所有耷拉下来的褶皱都洗了一遍，擦干，涂上儿童乳液。之后给母亲穿上一件毛巾长衫，领她去睡觉。那时是晚上九点左右。很快，巴维尔·阿列克谢耶维奇回来了，那天他在教师进修学院上课。塔尼娅的东西都收拾好了。他们一起吃了晚饭，他送两个姑娘去车站。

塔尼娅生活中的莫斯科阶段结束了。

19

幸运的戈尔德伯格度过了他自己最后一次监禁，他一天集体劳动都没干过，当时，他马上就被派到小医院当卫生员了。主管的中年妇女是一个懒得不可救药的大妈，她把自己的一半工作都推到了他身上。比起所有其他医学领域，集中营医院根本无权自称医院，虽然女主管自己腐败堕落，在集中营医院已经熬过了二十个年头，但她还是常常无精打采地在领导面前为伊里亚·约瑟福维奇说话，她还有两次阻止了他被转去干集体劳动……

虽然得到了她的保护，但她如果是一个男医生，伊里亚·约瑟福维奇可能还是会忍受不了她对病人懒洋洋的漠不关心，忍受不了她的贼头贼脑和下流卑鄙，但是，他自己的怜悯超过了他的所有原则，这使得他能够迁就那个女主管，她有一个二十岁的弱智女儿常在她身边待着，她害怕把她一个人留在家里，她的生平——苦难的、苏联式的、难以摆脱的生平，就像一个未被埋葬的死人一样，一直尾随着她。

戈尔德伯格对真理公开的热爱，就像屁股上的补丁一样是不体面的，可是这一次，这种热爱却在他的一生中第一次沉默了。在那两年多的时间里，他干着卫生员和女工作主管助手的苦差事，他一次都没和她进行热烈的讨论，没有揭发，没有摔杯子，没有咆哮……在告别的时候她对戈尔德伯格说了一些话，那些话让他感到非常惊讶，甚至羞愧。她比他想的要聪明得多、优秀得多。可能，问题的实质就在这里，因为伊里亚·戈尔德伯格的出现，还有他旧式的慷慨大方和令人发笑的高尚情操，一般人们都把这些当成无法治愈的愚蠢行为，正是因为这一切，他把女医生短暂地提升到了自己的水平，而她拙劣地说出了一些必须为之进行死前忏悔的难听话，然后问他能为他做些什么……之后，她肥硕的屁股坐在了她铺着长毛绒的椅子上，又干了整整二十年自己那无聊的工作，因为她要养活弱智女儿，还要给多子女的寡妇姐姐寄去点什么，姐姐的丈夫早就消失在祖国的制度中了……

简而言之，伊里亚·约瑟福维奇和叶丽扎维塔·格奥尔吉耶夫娜·维特（这就是亡夫的姓啊!）告了别，走出门外。大门在他身后关上了，他慢慢地走向车站，揣着一点钱和一张释放证明……深夜，当地的火车在这个地图上不起眼的车站停下了，或者换句话说，火车甚至没最后停稳，它只是刹了刹车，在它仿佛停下的那一刻就又已经开动了……在火车进站前二十分钟，叶丽扎维塔·格奥尔吉耶夫娜·维特来到这儿，到这个几乎不存在的车站的残破站台上来了，一堆肉，就像戈尔德伯格暗地里习惯称呼她的那样，给伊里亚·约瑟福维奇塞了一包吃的。一个用一些纸页订起来的记事本被塞到了面包和两个肉罐头中间。

“道德基础被破坏了，巴沙。生活的道德基础，科学的道德基础被破坏了。但是，人还活着。”戈尔德伯格把瘦骨嶙峋的手放在记事本上，这个本子是用一些纸页订起来的，以前它们是分开保存的，释放前一天才被订到一起。

三年以后，他们重又坐在巴维尔·阿列克谢耶维奇的书房里，现在，这两个朋友因为孩子们的任性而变成了亲戚，那些孩子让人搞不明白，除此之外，小姑娘叶甫盖尼娅，他们共同的孙女，现在安然无恙，她住在列宁格勒，和塔尼娅、长发爵士乐手在一起，后者非常高兴地承担起了作为一名父亲的深切关怀和照顾。两个老头开始的时候还一杯一杯地祝酒，后来就直接把杯子举过头，让手在空中暂停片刻就喝了。

“为健康……”

“极大的漏洞，巴沙，极大的漏洞……但是女主管从新西伯利亚大学给我订了杂志。美国、德国、法国的杂志。从三十年代开始。你看，巴沙，我似乎已经打开了一个缺口，那是医学遗传中心关闭后形成的。这本书不仅仅是给学者看的，还是给一些还没有找到其专业的医生们看的。它还不是教科书，这样说吧，是医学遗传学导论。”

巴维尔·阿列克谢耶维奇拿起了酒瓶，瓶子已经很轻了，我是多么老朽，但是，伊里亚真是一个巨人，他很瘦，脖子就像拔了毛的公鸡，就连秃顶上也有皱纹了，可是他的力量和精力是从哪儿来的呢？

戈尔德伯格回到莫斯科已经两周多了。这段时间他已经和十来个同事见了面，他深入到了科学进程之中，为严肃的思考水平感到高兴，虽然他还没发现有什么重大成果。他去了两家出版社，拿出了已经写好的书的大纲，他已经明白了，不用去设想这本书能很快出版。戈尔德伯格还在最后一次服刑的时候，赫鲁晓夫下台了，这对于他来说是非常有趣的，这意味着李森科和他的走狗们将最终灭亡。他不在期间，最重大的事件就是遗传所开始建立了。当然，他第一件事就是跑到了新所长那儿，他们战前就认识，那是一个素养较高的遗传学家，年轻的时候就很有名，他的外号是波尼亚，是从波拿巴这个名字得来的。

见面的最初四十分钟，戈尔德伯格说得天花乱坠，简直就是在对牛弹琴……坐在他面前的野兽用锐利的蓝眼睛看着他，他有着一副钢颌骨、铁嘴巴和金刚石一般坚硬的虚荣心，有和他年轻时的外号相吻合。但是他们也曾经有过非常多的共同之处，伟大的导师，有污点的个人历史——他们是犹太木材商人和西伯利亚的工厂主的后代，如果这二者能够相提并论的话，还有集中营的经历和上等的大脑。所长极其专注地听着，但是他一句话都没说，眉毛动都没动，他根本没表明自己的态度。

戈尔德伯格只是在四十分钟之后才感觉到冷若冰霜的平静态度，这种态度沿着长长的T形桌钻到了这个秃顶的矮子身上，所长像尊菩萨一样一动不动地端坐在写字桌尽头，坐在大办公室的中心，那是经过整顿的遗传学研究核心位置。

戈尔德伯格沉默了，他被一种不祥的预感击败了。所长也不说话。他善于保持停顿。而戈尔德伯格不善于。

伊里亚·约瑟福维奇停住了自己热情奔涌的陈述，他说的一切都和遗传医学有关，最基本的创建想法，和巴维尔·阿列克谢耶维奇建立遗传学咨询中心的规划有关的那些想法，还有最抽象的思想，实现这些思想需要三十多年。戈尔德伯格自己打断自己，突兀地问道：

“科里亚，你会给我实验室吗？”

所长的脸孔有点像拿破仑，脸庞不大，毛茸茸的下巴和缓地向短粗的脖子过渡。微不足道的脸上浮现出最庄重的表情。他的大脑紧张地工作着，但是他脸上什么表情都看不出来。他拖延着拒绝，让这个口齿伶俐的傻瓜自己渐渐想明白，想通“是”在有些场合只不过是“否”的变异，或者是马上一针见血地告诉他。不管怎么样，他们还是敌人，而且将成为最恶毒的敌人，所长对这一点坚信不疑。现在他还没有任何打算，他想的只不过是他个人的乐趣。因此他又保持了一段时间毫无感情色彩的停顿，如果是他的研究生，这时早就吓得屁滚尿流了，所长龇着白得过分的新假牙，露出了一丝假笑，在选择了几种程度不同的侮辱方案之后，他回答道：

“不，伊里亚。我根本不需要你。”

这就是伊里亚·约瑟福维奇对自己朋友转述的一切。

“巴沙，看来他既不需要我也不需要你，也不需要西多罗夫、索科洛夫、萨哈罗夫。他不需要舒拉·普罗科菲耶娃，别里戈夫斯基，拉波波尔特。尤其不需要季莫菲耶夫－列索夫斯基[1]。而他会纠集一些小白丁、走卒和昨天刚从蛋壳里孵出来的浪漫小青年。我亲爱的，现在我回到我们谈话的开始，道德基础被破坏了。没有道德的科学比有道德的无知还要糟糕，还要危险。”

巴维尔·阿列克谢耶维奇马上就活跃了起来：

“你看，你看，伊里亚，这就是你的惯常倾向，你总是把所有

① 以上均为苏联科学家。

事情都搅和到一块。你搞错了概念。有道德的无知是不存在的。受教育很少的人可以成为有道德的人。没有文化的人，就像我们的瓦西莉萨，也可以成为有道德的人。从你的话中可以得知，科学是无知的反面。这是错误的。科学是组织知识的方法，无知是对认知的拒绝。无知不是缺少知识而是缺少一种立场。比如说，关于人体构造，巴拉赛尔苏斯①比今天任何一个普通医生知道的都要少得多，但是你无论如何都不能说他是没有知识的。他知道认知的相对性。除了自己的水平，无知的人什么都推测不出来。无知的人憎恨他所做的一切。他反对一切需要压力、努力、视角变化的东西。是的，但是对于科学，我不认为科学也有道德尺度。认知是没有道德色彩的，没有道德的只可能是人，而不是物理或是化学，更不用说数学了。”

戈尔德伯格笑了，嘴角露出了最后几颗还没脱落的牙：

“巴沙，你可能是对的，但是这样的真理不适用于我。如果有进步，有人类的幸福，那么，那种把获得某种假定的人类幸福作为己任的科学，就是道德的，而不理解这种幸福的科学，就让它滚蛋吧。”

“对不起。”巴维尔·阿列克谢耶维奇摊开了双手，“如果按

---

① 巴拉赛尔苏斯（1493—1541）是医学家和自然科学家，化学医学派的创始人之一。

照你的逻辑，那么科学就有可能是马克思列宁的科学，斯大林的科学，资本主义的科学，甚至是工农的科学！算了吧！”

他们折腾了半夜，细致入微地分析科学，而且还分析理论和实践，分析不远的过去和光明的未来。他们说刻薄话，骂人，哈哈大笑，他们喝完了第二瓶酒。快到早上的时候，伊里亚·约瑟福维奇拍了一下自己的秃顶，骂了一句：

“老傻瓜，我还没给瓦莲京娜打电话呢。”

他给瓦莲京娜打了电话，后者这段时间正坐在椅子尖上，她抱着自己高耸的肚子，那是他和丈夫在集中营区里三天的会面期间长出来的，她已经制订了第二天的详细计划，还有后天的，她标出的第一件事就是早上去找巴维尔·阿列克谢耶维奇，他的电话没人接，看来是搜查的结果，那些人不让他接电话，之后她要去区国家安全局，然后去见律师。或者先去见律师，而重要的是马上把主体部分的手稿从打字员那儿拿回来，然后藏到一个保险的地方。

伊里亚·约瑟福维奇拎起话筒，没有信号。

“你的电话坏了，没有信号。我走了。瓦莲京娜会疯的。你知道吗，巴沙，她已经六个多月了。”戈尔德伯格仿佛道歉似的说。

巴维尔·阿列克谢耶维奇想劝伊里亚·约瑟福维奇回家。快到清晨五点了。只是在那个永不屈服的同志随手关上门之后，巴维尔·阿列克谢耶维奇才恍然大悟，体形不匀称的可爱的瓦莲京娜生的不是别人的孩子，而是驼背弯腰、干干巴巴的老伊里亚的孩子。说是这么说，但是问题根本不在于科学，不在于它是道德的还是不非常道德的，而最重要的在于，婴儿把头埋在十字交叉的手中，浑身都是绒毛，身上因为羊水滑溜溜的，他还没有获得足够的色素，因此还是微微发黄、无色的，他注意力集中，自己完备自己，他畅游在自己的第一个家中，也就是瓦莲京娜的子宫，这是老年时代的孩子，但也是爱情的孩子，他包含着爱情的所有不可避免的生理特征——亲吻、拥抱、勃起、摩擦、射精……巴维尔·阿列克谢耶维奇叹了口气：睾丸、肾上腺皮层……雄激素，类固醇的几种变异……他尝试着回忆起睾丸激素的公式……正是因为这个原因，因为体内积极地分泌铁，对认识论的道德基础的广泛兴趣才燃烧着伊里亚·约瑟福维奇，而他巴维尔·阿列克谢耶维奇已经压制住了自己的荷尔蒙火花，折磨他的只有他个人的担心，对塔尼娅、外孙女冉尼娅[1]，对妻子叶莲娜的担心，这个星期六，他要把妻子留给托玛和瓦西莉萨，自己去彼得堡探望他那两个亲爱的小姑娘。

---

① 叶甫盖尼娅的小名。

20

列宁格勒的生活一下就让塔尼娅觉得是非常贵族式的，它有趣味横生的渊源，似乎在各个方面都安排得更好一些，无论是街道、物品还是人们，他们的比重都好像大一些似的。在每一个灌木丛后面都闪现着过去的影子，只有像可爱的托里亚·亚历山德罗夫那样的大傻瓜才会把热锅放在排字桌上二十年，并且从来不问这张桌子以前属于谁。而这张桌子是属于齐娜依达·吉比乌斯[①]的，还是一个年轻姑娘时，她就住在这个房间里，她是和丈夫一起搬进来的。城市因为自己永不消失的历史而美好，但是炒锅的痕迹无处不在，有时候会因此产生一些忧伤。但是，没有时间去忧伤，小孩子不允许你忧伤。清晨和白天的生活充满了忙乱，而晚上则开始了漂泊的艺术家的生活。他们找到了舒拉阿姨，晚上，有的时候是半夜，可以把冉尼娅交给她，她要的钱不多。塔尼娅和谢尔盖跑来跑去，去做客，去那些年里出现的为数不少的小咖啡馆，他们喝酒、抽烟、跳舞。谢尔盖有时候演出。他们的三人乐团不仅没有解散，而是相反，在青年人的圈子里越来越有名气了，但是这种名气毫无疑问具有一种家庭式的、半地下的

① 吉比乌斯（1869—1945），俄罗斯女作家，1902 年流亡海外。

特征。

在彼得堡度过的第二个冬天里，塔尼娅感觉到了强烈的睡意和冬眠状态，与它们斗争是徒劳没有结果的，她和冉尼娅一起，从十二月到二月，每天睡十二个小时。但是，当冬天的昏暗有些退却的时候，她策划了一桩目的十分明确的事情，到了二月，她已经租了一间设备完好的作坊。她准备在那儿制造一些奇特的装饰品，用银线和地质学家朋友在乌拉尔采掘的便宜西伯利亚宝石来制作。

塔尼娅的女儿天生具有一种神奇的性格，她自己和自己玩，从来都不觉得无聊，往她手里塞一个洋娃娃、勺子或一截绳子就足够了，她可以饶有趣味地研究好几个小时，她用新长出来的牙去咬那些东西，把它们塞到口袋里，让它们转圈，她从每个东西里面都能得到无穷的乐趣。谢尔盖喜欢上了这个小姑娘，喜欢得非常自然，就像从前巴维尔·阿列克谢耶维奇喜欢塔尼娅那样，所以，朋友里面很少有人知道小姑娘根本不是谢尔盖的，而塔尼娅也不是他的妻子。两个人从来都没想过婚姻问题，事实上，他们两个人在法律上都不是自由的，谢尔盖娶的是波鲁艾科托娃，塔尼娅嫁的是戈尔德伯格。唯一可能出现的问题就是塔尼娅的居留证，这是参加工作或看病时必须要使用的证件。但是塔尼娅没想过去做任何工作，而且她也很健康。要是小姑娘有什么事，她会马上坐上火车，早上就把生病的孩子交到世界上最优秀的儿科医生手中。但是类似的事情从未发生过，哪怕是伤风。

塔尼娅起得很早，就像上班的妇女那样，她喂冉尼娅，给她穿衣服，冉尼娅穿着小皮袄、戴着帽子，垫着那时候应该给孩子垫的尿布，她已经有点分量了，那时还没学会做羽绒服和纸尿裤。塔尼娅把孩子放到小推车上，无论什么天气都从左岸坐车到彼得格勒平民区，她在小涅瓦河的左岸给自己租了一间作坊，在画家马丘申家旁边，那时塔尼娅还不知道他，但是她很快就融入先锋派的奇异小溪之中了，那些小溪总是能从城里的腐烂沼泽中钻出来。

从家里到作坊的路无论怎样都不少于一小时，这是一种不错的散步，之后，冉尼娅要在已经变得窄小的童车里睡上一个小时。塔尼娅用黑色的煤玉和烟晶专门做一些粗犷的装饰品，她打算把这些装饰品培养成左岸的潮流，在那些自负的同龄人和彼得堡爵士乐爱好者中间培养。小的时候起她就知道自己有这个特别的品质，无论她穿什么，所有的同班同学都马上开始模仿她。所以现在要做的第一件事就是给自己戴上很多自造的漂亮饰品，经常露露面并且等待买主。

午饭的时候谢尔盖经常来，在他处理好早上的事务之后，也就是遛完狗，吹完萨克斯之后再来，他总是带一些熟食店里买来的食品，还给冉尼娅带酸奶来。虽然小姑娘已经一岁多了，但是她还是喜欢婴儿食品，并且比起吃的，她明显地更喜欢喝的东西。

塔尼娅把水壶放在电炉上，谢尔盖泡茶。大家都认为他比所有人的茶都泡得好。他们吃大学生式的午饭。他按照彼得堡的叫法，管白面包叫布尔卡，他对食品很爱惜也很吝啬，这是围困时期留下的印记，虽然那一年人们在冰上把他这个生病的小男孩送走了。

之后，他或是去和自己的伙伴们见面、演奏、随便聊聊天、喝喝酒，或是和她们母女一起待到晚上不分开。那时他就躺在脏沙发床上和冉尼娅一起玩。

他们一起吃的午饭总是以饭后的游戏作为结束的，从食物消化的角度来看，这是有害的。他向上抛着在他手里手舞足蹈的小姑娘，尽力捕捉她的动作节奏并且用嘴唇发出断断续续的小号声，而塔尼娅用小锤儿敲出了自己工作的叮叮当当声，那是金属碰金属的声音，他们的全部生活都是富有节奏的，一切都渗透着音乐的含义，谢尔盖对此感到高兴，而他们自身就是迷人的三重奏，其中有主调、主奏、伴奏，一切都像真正的爵士乐队一样，就连声音空间都分成了几个独立的区域，就像新奥尔良爵士乐中三副旋律优美的嗓音。

“我们有一个绝妙的乐队。”谢尔盖向塔尼娅宣布说，而她又敲了一串声音出来，反驳说：

“不，我们是优秀的家庭音乐盒。”

“你说什么？盒子里的音乐是死的。”

“对，你说得对。”塔尼娅一下就同意了。

他们没有考虑过什么是幸福，就像幸福的情侣在无止境的夏园中不会去考虑什么是幸福一样，也不会去想糊口的面包、健康、银号的账户。就连房子问题也没有让他们感到不安——他们在资产阶级的房子里无忧无虑地过着日子，作为交换的是给女主人提供的无偿服务，给那两只愚蠢而漂亮的牧羊犬喂食，遛它们。这就是工作，但是谢尔盖已经习惯了，他知道在哪儿买骨头，知道添什么样的肉，知道在谁那里能弄到维生素。两只大锅没从炉子上端下来过，有的时候塔尼娅和谢尔盖也从狗食锅里给自己盛上一盘，稍微放一点盐。

虽说是似真似幻的田园诗一般的生活，但还是存在一些问题。比如气候。很冷。要么是，比如说，怎么在半夜的时候弄到一瓶伏特加。在出租车司机那儿买？跑到飞机场去？要么是政治制度问题……不方便，而且危险。从另一个角度看，到处都存在着某种制度，而没有制度的地方，或者是山中陡壁，或者有野兽和毒蛇。而其他都不方便……

所有人都过得不好，而这些孩子在六十年代过得非常好。这让人很难相信，需要充分的证据、对见证人的询问和目击者的证明才能证实。多年以来，有很多东西在记忆中模糊了，但是每个人都记住了自己的东西。戈尔德伯格记住了集中营区，巴维尔·阿列克谢耶维奇记住了生活在奇怪的中间地带的叶莲娜，记住了她与活人渐渐离得越来越远，托玛记住了买食品排的长队，虽然巴·阿会带回来一些配给口粮，但还是得去排队。另外一些人记住了出兵捷克斯洛伐克。搜查和逮捕。地下工作。加加林升上太空。广播体操和电视健美操。关于拥挤的生活和关于恐惧的记忆融化在空气中，就像融化在茶水里的糖。

而这些人，这些玩耍的人生活得非常好。因为自己的轻率，他们感到的不是通常意义上的害怕，他们每分钟都在恐惧。但是从惊恐中醒来后，他们把自己救命的音乐拿到手上，说音乐让他们变得自由是不够的，音乐本身就是自由。在这个地方，划出了一道谢尔盖和他父母之间的分水岭。也正是由于这一点，他们，谢尔盖的马克思列宁主义爸爸和爸爸的玩耍音乐的流氓儿子，相互疏远了。他们曾经互为对方的硫酸。孩提时代的依恋和父母的爱嗞啦啦地响了一阵后，变成了一团刺鼻的烟雾，而在烧焦的窟窿里既没有怜悯也没有同情。

谢尔盖的父母早就和他彻底断绝了关系。父亲称儿子是败类、叛教者，没有别的可以称呼。而母亲不能原谅儿子的背叛，虽然她也说不出来他究竟背叛了什么，背叛了谁。可笑，但可笑的可不是音乐！母亲在谢尔盖院子里的朋友那儿听说儿子生了女儿。她渴望重归于好，但是她害怕丈夫，没能首先迈出一步。谢尔盖厌恶父母，这种厌恶比憎恨还强烈。从外婆去世起，他已经八年没见过他们了，而他差不多中学一毕业就离开了家。

“他们身上一点人性的东西都没有。他们想的、说的、做的一切，全都是谎话。一点人性的东西都没有。”他讲起他们的时候，总是浑身一阵哆嗦。

母亲派谢尔盖过去的同班同学尼娜·科斯吉科娃去他们那儿做客，尼娜从一年级起就喜欢谢尔盖。她有一个任务，得组织一次家庭会面。

“那你怎么，很困难吗?”尼娜替谢尔盖的母亲说着情，“你就让他们来看看冉尼娅吧。”

“那你告诉她，说孩子不是我的，她就会安心了。”他抱起小姑娘，把她的小脑门贴在自己头上，他发出“呜呜呜”的声音。冉尼娅高兴得手舞足蹈。“你告诉她，小姑娘是被包在裙摆里送来的。包在萨拉凡①的裙摆里。”他哈哈大笑了起来，就好像开了一个不知道多么机智的玩笑一样。

塔尼娅扬起小刷子一样的眉毛说：

“我的萨拉凡哪儿让你不喜欢了？算了，下一个我直接交到你手里。”

她并没有忘记下一个孩子。有几次她觉得自己怀孕了，但是每次都是错觉。她非常爱自己的女儿，但是她还想要一个男孩，就在她的这个愿望中也包含着一种奇特的执着，就好像她要为了某种神秘的目的而生下他似的。从生活的角度来说，生第二个孩

① 俄罗斯的一种民族服装，样子类似连衣裙。

子简直是精神不正常。但是，生第一个孩子也不比这个正常多少。根本没有所谓的物质基础。家里的钱是靠谢尔盖的演出挣来的，每隔一个月或一个半月来探望自己孩子们一次的巴维尔·阿列克谢耶维奇也总是留下一些钱。这些让塔尼娅感到有点苦恼，所以，她自己很快也开始挣钱了。但是他们两个人，谢尔盖和塔尼娅，都排斥汗流浃背的强制性苦力劳动，他们认为吃饭的钱应该自动生出来，在他们自由游戏的过程中生出来。

塔尼娅那时越来越深地陷入了音乐的力量之中。她甚至还给自己弄了一只复式长笛，她悄悄地离开谢尔盖和长笛进行对话。这个乐器是寒酸的，但是声音非常动人，充满了童稚，塔尼娅从未错过谢尔盖三人组合的每一场演出，她和他一起去听其他爵士乐队的演出，那时在彼得堡出现了不少这样的乐队。配得上音乐家这一称号的人当时不太多。谢尔盖那时的偶像是格尔曼·鲁基扬诺夫，他是莫斯科人，音乐学院的音乐家，是具有另外一种社会特性的人，他是穿着燕尾服的稻草人，他会演奏很多种乐器，那些年他主要吹弗柳格尔号，除此之外，他还是一个有意思的指挥。过了一段时间，谢尔盖对他失望了，开始喜欢切卡辛。但总的来说，他最为之疯狂的是科特列因和科乌曼两个人。人们庆祝每一张新唱片的问世。可谢尔盖还为自己第一次听到他们唱片的周年纪念日而庆祝。他和加里克两个人品味每一个音符，讨论每一个转折，每一个和音，讨论所有的滑音和变音，还有在习惯的音乐逻辑中的所有停顿。虽然比起整小时整小时的研究，塔尼娅更喜欢听活生生的音乐，但是她完全明白他们说的是什么，她受的音乐教育虽然不多，但总归是有过的。

最幸福的场景是生活中所有元素的完全融合，这些元素通常勉勉强强地并存着，还时而把人撕扯到四面八方去。塔尼娅的爱情线、家庭线、事业线，以及墨守成规的日常生活线汇合到了一起，日常生活也过得好像音乐一样，按照同一种原则，一部音乐作品被组织起来了，我们说它是交响乐。这个类比让她感到好玩，一大早，谢尔盖还在睡觉，而冉尼娅已经在床上叽叽呱呱地发出声音的时候，传出了快板奏鸣曲，这是双主题的相互作用，其中第一个主题是谢尔盖的，开始的时候更响亮些，内容更丰富些，之后声音变小了，它让位给孩子窃窃私语似的开心的声音。在面前推着童车时，塔尼娅在昏暗的街道上捕捉到了行板，它的三声部形式和街道的地势两相呼应，所以，最后一部分，顺便说说，也是最不清晰的那部分，是在彼得格勒区开始的。

在作坊里，一开始音乐没有声音了。塔尼娅给女儿脱衣服，用瓶子喂她喝水，让她蹲尿盆，然后把她放在童车里睡午前觉。之后，塔尼娅抽完一天中的第一支烟，走向工作台。在这儿，她遇到的是诙谐小调，小调让她开心，它用鞭子赶她，催促她，就这样，她一直待到尾声，尾声进入到回环体，开始重复，它温柔地和早上的乐章连接在一起，那乐章和正在睡觉的谢尔盖有联系，他在午饭的时候出现。门铃声，和如此动听的重复的内容，abaca-dae……

春天，音乐季开始了。塔尼娅想和谢尔盖一起去第聂伯罗彼得罗夫斯克参加爵士音乐节，然后去克里米亚。冬天快结束的时候，他们已经开始讨厌两三个彼得堡的爵士乐俱乐部了，除此之外，他们和其中最好的“方块”俱乐部的关系破裂了。谢尔盖并没有贪图功名的毛病，他喜欢和睦相处，是个和蔼可亲的人，而加里克不断和城里的爵士乐老大们发生愚蠢的冲突，一会儿和戈罗乌辛，一会儿和里索夫斯基。塔尼娅那时已经对爵士乐生活有了一定程度的了解，她结识了很多乐手，她觉得谢尔盖应该离开加里克。他们演奏得很优秀，但是加里克没有给谢尔盖足够程度的自由，而谢尔盖已经成熟了。一直是谢尔盖作曲作得更多。加里克对他的排练很宽容，他只是一笑置之，但是有一次喝醉的时候他很强硬，开门见山地说：

“你只要在我这儿演奏，我们就得演奏我的曲子……”

谢尔盖伤心了。塔尼娅比他还伤心。她甚至觉得，她插手并且稍微扭转一下形式的时候到了。冬天，谢尔盖被邀请到花花公子酒吧。没有多少人可以一起演出，但是天无绝人之路，除了加里克还有别人。塔尼娅给父亲打电话，问他是不是还像以前那样盼望夏天的时候带冉尼娅。如果是，那她就回家，在莫斯科住一段时间，让冉尼娅对一切先习惯习惯。

五月中旬，巴维尔·阿列克谢耶维奇在列宁格勒车站接到了塔尼娅和冉尼娅。自己的所有公事他都在五月底不慌不忙地干完了。现在，他只想干一件事，那就是和外孙女一起待在别墅，早上给她喂粥，带她去散步，猜测她含糊不清的话语和那些最初的思想。他们家的女人们越来越快地丧失了战斗力，叶莲娜不愿意从椅子上站起来，瓦西莉萨衰老了，而她的视力，虽然手术做得很成功，还是非常弱。托玛尽量帮助他，但是她的晚间学习占去了她的很多时间，而巴维尔·阿列克谢耶维奇只是私下里感到惊讶，为什么是天赋平平的托玛如此热衷于科学，而塔尼娅却坐在半地下室里，用灵巧的双手制作着什么，她完全不动自己组织得很好的脑筋。

他三月份时见过的外孙女还没有忘记他，她伸出了小手，把脸凑过去让他亲吻。他亲了亲牛奶一样的皮肤，心里充满了热浪，就像一只热气球。

塔尼娅在家里住了一个星期。她做了一次深入的、翻天覆地的打扫。擦了窗户。她对瓦西莉萨十分亲热，带她去了洗澡堂。别的洗浴方式瓦西莉萨都不接受，可是有一次她在澡堂里摔倒在石头地上以后，她再也不敢一个人去了。托玛很少同意陪她去。另外，不在周六进行的洗浴瓦西莉萨也是不接受的，然而托玛星期六一般都有自己的打算。澡堂不太远，在谢列兹尼奥夫街，瓦西莉萨总是拿着自己的脸盆和树皮香皂，她是在哪儿弄到这些东西的呢？她还拿着味道浓烈的焦油皂和换洗内衣。瓦西莉萨这辈子第一次接受了塔尼娅的帮助。塔尼娅先帮她脱下袖子上打着补丁的厚大衣，之后弯腰脱下了她一年四季都穿在脚上的棉鞋。现在，她就像真正的乡下老太太一样，夏天也穿冬天的衣服。瓦西莉萨已经好几年不穿皮鞋了。瓦西莉萨撇了撇嘴，自我责备似的说：

“哎呀，太太，你可活到了时候……”

之后瓦西莉萨自己急促地解开绒布小褂，脱下打着补丁的灰色内衣。她的裸体就像她的衣服一样，也是贫苦的。灰色的身体布满皱纹，骨节粗大的长腿上的筋就像墨水一样黑，上面还有一些红色的细血管，她像蜘蛛一样干枯了，戴着一个大十字架的胸脯几乎耷拉到了肚脐眼。看瓦西莉萨的身体是令人尴尬的，但是她的视力非常弱，她根本感觉不到塔尼娅的目光，其实，虽然天生羞怯，可是在澡堂里，瓦西莉萨已经把羞怯连同衣服一起脱下来了。在她的双腿之间，塔尼娅发现了一个样子非常难看的小袋子，粉红色的，有拳头大小。

“瓦夏，你那里什么东西晃来晃去的？”

瓦西莉萨微微弯下腰，稍稍蹲下，叉开脚，做了一个灵巧的动作，把那个袋子塞到里面去了。

“子宫掉下来了，塔涅奇卡。还是在一九三〇年掉的。拉大车……没什么，没什么……不疼……”

塔尼娅让她坐在长椅上，把她的脚放在盛着热水的盆里，她拿起公用的舀子，开始用焦油皂给她洗澡。瓦西莉萨哼哼着，喘着粗气，用各种方式表达着舒服的感觉。

可怕，多可怕啊……她一生都在伺候我们，拎购物袋，擦窗户，用拎不起来的铁熨斗熨衣服……把掉下来的子宫放回去，爬梯子……在国家数一数二的妇产科医生的家里……告诉父亲吗？可怕，可怕……塔尼娅穿着一双越南橡胶拖鞋站在滑溜溜的地板上，她擦洗着瘦骨嶙峋的老年人的背，小声说道：

“上帝啊，该拿你们怎么办啊？瓦夏，我是不是得搬回家来呢……你们怎么变得这么老了……”

各种声音喧哗着，流淌着水，瓦西莉萨没听见。

“好了。玩了一阵了。现在该回家了。”塔尼娅对自己说。她因为家里即将住满老年人的可怕前景而感到有些悲观，在衰老不堪的瓦西莉萨和丧失了理智的妈妈中间的生活，和女儿、和谢尔盖一起的生活。最令人不能忍受的扑面而来的味道，即使在最彻底的清扫之后还有的味道，那是从前的尿味，猫尿和人尿的味，变质的食品、灰尘、废品、死亡的味道。可怜的父亲，他是怎样经受住这一切的？她想起了他冷冰冰的书房，想起了他书桌的两个柜子中间经常有空酒瓶……如果能让托玛不工作多好啊，让她照顾家里，可是塔尼娅马上明白了，这种想法很让人羞愧。

塔尼娅把周身懒洋洋的瓦西莉萨带回家，让她坐在厨房里、茶壶边上，决定已经被采纳了，她现在就去别墅，夏天到来之前收拾好别墅，和当地的一个大妈说好，让她帮着干活，她把所有人都送过去，让他们待到秋天。秋天回城之后，她将搬到莫斯科来住，和谢尔盖一起……最后一项还带着问号。但是说到底，可以租一个房间，爵士乐到处都有人演奏！

21

托玛不喜欢小孩。她也不喜欢童年，不喜欢自己的和其他所有人的童年，她不喜欢和生孩子相关的所有事情。她并不需要什么弗洛伊德来解释她对那个生活领域的厌恶，在这个领域里，有两性的相互吸引，有角落里纯真的抚摸和伴随着性交的令人厌恶的气喘吁吁，她从小时候起就是这种事情的见证人。在母亲的烂床上常常发生神秘的爱，在那张床上，那个看院子的女人遭遇了不值得称道的死亡，她的名字早就已经被院子里的人遗忘了，这一切就是托玛夜晚的噩梦。每次她生病、发烧的时候，她都觉得她躺在自己家的小破屋里。她睁开眼睛，叶莲娜·格奥尔吉耶夫娜还有她浆洗得干干净净的被子就在旁边，她正在用钩针织什么厚厚的灰色的或者驼色的东西，看见托玛醒了，她给她一杯柠檬茶，为她擦擦汗湿的额头。晚上，巴维尔·阿列克谢耶维奇会来，他常常带一个令人惊讶的东西过来，有一次是一只真老鼠大小的透明玻璃兔子。后来在别墅她把兔子弄丢了，也许是别墅的一个女邻居把它偷走了，她伤心极了。还有一次巴维尔·阿列克谢耶维奇带给她一个小盒子，里面装着剪刀、镊子和一个不知道干什么用的锋利的东西。他给托玛带回礼物，亲吻坐在床边的叶莲娜的额头，托玛非常清楚，这两个人干干净净，散发着好闻的味道，穿得漂漂亮亮，即便他们是丈夫和妻子，也不可能发生那种令人厌恶的丑事，可怜的妈妈就是因为这种事死的。他们就连睡觉都在不同的房间里。

托玛用最富有幻想的方式解释了在库科茨基家里见到的很多事情，但是，在这件事上她并没有说错，夫妻二人之间没有过任何这样的丑事，而且就是从她被领养到他们家里那时开始的。

至于那套修理指甲的工具，它一直保存到了今天而且没有失去自己的作用。女孩们生病的时候，巴维尔·阿列克谢耶维奇每个晚上都会带礼物回来，这每一天都能拥有的快乐减轻了病情。塔尼娅生病的时候，巴维尔·阿列克谢耶维奇带回来两份礼物，是给两个女孩的，生病的和健康的各一份。但是，如果生病的是托玛，那么他从不给塔尼娅带任何东西。

因此托玛曾经坚信，比起塔尼娅，巴维尔·阿列克谢耶维奇喜欢她更多一些。所有东西都要按照分量、长短、数量平均分配，这种公正的概念从幼年时候起就保留在她心中，虽然有的时候她也犹疑，当她猜测到不是所有事情都这么简单的时候。但是，比起复杂的事物，托玛总是更喜欢简单的。

在库科茨基家里不存在公平的问题。他们从来没平均分配过任何东西。吃饭的时候每个人都有两个肉饼。但是塔尼娅经常不吃第二个。瓦西莉萨从来都不吃肉。很长一段时间托玛都觉得他们不会按照“公平原则”给她肉吃，因为她是仆人。后来，在家里住了几个月后，托玛跟踪侦查到瓦西莉萨有自己的特殊食品，家里谁都没吃过的食品，她的储藏室里放着切成一小块一小块的白面包干，每天早上瓦西莉萨都吃，躲开所有人偷偷吃。也就是说，这里也不存在什么公平。托玛有一次钻进了储藏室，找到了一个包在布里的面包，她尝了一小块，面包根本没一点味道。它毫无特别之处。

和母亲及弟弟们住在一起的时候，托玛经常参与分配，弟弟们总是抢走更大更好的一份，他们经常因为食物吵架。妈妈也和所有人因为各种各样的事情吵架，他们争吵，甚至动手，一切都是因为不公平。库科茨基家里的一切都违背公平原则，这很令人奇怪，尤其一开始的时候。夏天在别墅，巴维尔·阿列克谢耶维奇把最早摘下的草莓从自己的盘子里拨到叶莲娜·格奥尔吉耶夫娜的盘子里，而她笑着把果子倒给瓦西莉萨，瓦西莉萨气呼呼地说：

“我可不吃你们的烂果子，给孩子们吃吧。”

而塔尼娅就像不喜欢肉饼一样也不喜欢草莓，所以果子就在托玛的盘子里堆成了圆圆的一圈。

然而现在，当家里出现了冉尼娅的时候，托玛终于意识到了奉献的乐趣。好玩的是，托玛第一次体会到这一点就是在原来的那个别墅，也是拿着在自己田垄上长出来的最早的草莓。一共有十来个草莓，它们是从瓦西莉萨的地里最早长出来的，已经红了，但是还没熟透，星期天，瓦西莉萨骄傲地把它们摆在桌子上。

“给你们吃第一批果子。”

巴维尔·阿列克谢耶维奇给每个人分两个果子，而最后一个配不上对儿的给了冉尼娅。就像在童年时代一样，又开始了桌子上的重新分配。巴维尔·阿列克谢耶维奇把一个果子放到嘴里，另一个塞给了冉尼娅。冉尼娅把所有果子都塞到嘴里，可笑地皱起了小脸儿，但是她高兴地吧嗒起了小嘴……

瓦西莉萨嘟囔着什么，好像她的斋戒里也包括草莓似的。托玛看着冉尼娅来自于食品的快乐，这种快乐写在她沾满了果汁的脸上，托玛突然明白了，看着小孩子吃东西似乎比她自己吃更加香甜。

就这样，不知不觉地，托玛喜欢上了冉尼娅，喜欢上了外甥女，这是托玛给她确定的身份。

小姑娘在外公家里已经生活一年多了。巴维尔·阿列克谢耶维奇认为，在塔尼娅的生活组织好之前，孩子应该和他在一起。也确实是这样的，头一年的别墅生活拖延了整整一年。塔尼娅一直没能搬到莫斯科来。她频繁地来待上几天，现在，直到七月初，一切才开始变得井井有条。巴维尔·阿列克谢耶维奇临退休的时候在科学院新盖的楼里张罗到一套一居室的房子，这是给托玛的。过去女孩住的房子应该还给塔尼娅来掌管，当然，这种掌管不是单独的，而是全家，和谢尔盖、冉尼娅一起掌管。

自己的房子是因为巴维尔·阿列克谢耶维奇的奔波而得来的，是用他的钱买的，这一切在托玛看来就像是童话幻想。楼还没完全盖好，但是她已经去了好几次列宁大街，去它遥远的尽头，她在马上就要竣工的房子前走了一圈，甚至还在未来的楼道门口站了一会儿。她被赠予的是庄园，是自己的小岛，她的头脑因此重新排列了身边所有和她自己有关的人，自身的价值，就像她感觉到的那样，不可计量地增长了。在同事中，尤其是在同龄人中，她还不知道有哪个人拥有类似的财富。此外，她还无法明白，为什么他们给她买了房子，而不是给自己的亲生女儿塔尼娅？塔尼娅在某种程度上来说毕竟是他们的家里人。

当然，巴维尔·阿列克谢耶维奇在托玛之前就想过这些。而且，他还在女儿有一次回莫斯科的时候和她谈过此事。他恰好也是这样开始说的，他建议塔尼娅给自己家买一套两居室的房子。但是塔尼娅一分钟都没犹豫就拒绝了，她回莫斯科的唯一动机就是因为家里越来越衰弱的老太太们，她搬回来就是为了照顾她们……巴维尔·阿列克谢耶维奇被塔尼娅的话刺痛了，她用老太太这个迂就的词儿把叶莲娜和瓦西莉萨摆到一块儿去了。

很难告别彼得堡：谢尔盖爆发了一阵灵感，他掌握了一件又一件新乐器，一会儿用自己做的双排孔笛子演奏不同寻常的双声部变奏曲，一会儿又练习吹弗柳格尔号，最终，他沿着伟大的罗纳德·科尔克的足迹，开始了奇特的双萨克斯演奏。一切都非常成功。音乐之路一刻不停地旋转着，谢尔盖越来越经常地从这喧响的声音中提炼出自己的音乐。他作的一个曲子，名叫《黑宝石》，加里克经过长时间的犹豫之后，还是开始演奏了。

塔尼娅工作得很多，她的黑色小宝石变成了时尚，这得力于从彼尔姆回来度假的波鲁艾科托娃。事实上，她回来的时候，谢尔盖、塔尼娅和冉尼娅不得不彻底搬到作坊里住，虽然波鲁艾科托娃并没有坚持让他们这样做，她不知道什么是嫉妒。她甚至喜欢塔尼娅，另外，她在彼尔姆的个人生活登上了顶峰。她的班级被认为是最好的，她从一个彩排导演变成了一个舞蹈家，而她和学校最优秀毕业生的罗曼史给她带来了活力、胆量和某种并非她所特有的善良。塔尼娅送给波鲁艾科托娃一对自己的作品，后者非常成功地在马林斯基剧院展示了它们，她在那儿一直跳到退休，芭蕾舞团的所有人都服从了集体的天性，排队购买塔尼娅的装饰品，塔尼娅勉强能做完订的货。塔尼娅自己也变成了潮流，她和谢尔盖经常被邀请到各种各样的聚会，从剧院的首映式到家庭音乐会都有。现在塔尼娅穿黑色短连衣裙，长长的褐色头发以惊人的速度生长着，在两年里长过了她的肩胛骨。因为她经常待在音乐的岸边，就像在海边一样，她的身体笔直，就连一动不动的时候都隐隐地传达着一种动感。但是最重要的事件是在黑暗中悄悄进行的，塔尼娅怀孕了，她对此感到极其高兴，但是除了谢尔盖，她对谁都没说起过，就连巴维尔·阿列克谢耶维奇都没告诉。他们已经决定了，不用履行家庭职责的最近两个月，她将和谢尔盖一起度过，他们去克里米亚和高加索巡回演出，演出结束后他们去波罗的海的国际爵士音乐节，之后，他们将迅速收拾好自己不太富裕的行装，结束彼得堡的生活，搬到莫斯科，去生儿子，教育冉尼娅，照顾老人们。

情况有可能是困难重重的，但是这只是煽动起了塔尼娅的好奇心，她充满了幸福和力量，毫无恐惧，还有些欠考虑，她甚至都有些迫不及待了。这些也丝毫没有妨碍她每天的享受。

巡回演出开始了，特别令人欣喜若狂的是，演出是从国际海员俱乐部——塔尼娅和谢尔盖第一次邂逅的地方开始的。他们还在这儿象征性地庆祝了结识三周年。这次没有在疗养院的演出，但是他们租了一天车，跑到那儿一趟。那里什么变化都没有，一切依旧，无论是遍布尘土的土坯房还是西红柿地都没变。他们沿着摇晃的台阶下到颜色黯然的海边，三年了，它拍打出的水花离岸边更近了，在台阶下边和倾斜的山坡中间露出了一个危险的大窟窿。

“喝醉的人可来不得这里。”塔尼娅说。谢尔盖把手递给她。她抓住他的手，虽然她觉得自己还是有把握的。

他们游了泳，决定到沙丘上看看。司机在上面等着。他是土生土长的敖德萨人，脸色阴沉，话不多，这活生生地驳斥了人们对敖德萨人的普遍评价。他让他们在沙滩下车，就是三年前加里克的车抛锚的那个地方。塔尼娅和谢尔盖走向沙滩。那是工作日，几乎没什么人，在那块废墟纪念地上，一个晒太阳的人都没有，只有几个装了半瓶沙子的空瓶子散落在那儿。当时那种灼人的、黏糊糊的炎热天气不在了。从海上吹来了微风。塔尼娅的红色萨拉凡徐徐飘动，为了让一切都变得和从前一样，她特意穿上它。他们裸泳。他们躺在沙滩上，躺在一栋塌了一半的楼房的阴凉里。塔尼娅抱住了谢尔盖，他迅速地响应了。此时此刻，一切都不一样了。他们长大了，变得很小心。在身体里游泳的婴儿已经开始了最初的蠕动，他从里面一会儿用脚踢，一会儿用拳头打，他们害怕惊扰了他，他们的爱，pianissino①和 legato②，是和轰轰烈烈、忘记了理智的初恋完全不同的。但是，两种都很好。

塔尼娅把谢尔盖的手放到自己的肚子上，冲着他的耳朵说：

“儿子会很大，不像冉尼娅这个大肚皮的小家伙……”

---

① 英文，非常轻地演奏出的段落。

② 英文，连续演奏的段落。

过了一会儿，谢尔盖从包里掏出一瓶葡萄酒，两个西红柿，还有鸡蛋和青菜。绿葱已经变黄了、熟透了。面包碎了。塔尼娅吃了一片打蔫的绿葱，把一片面包上撒了点盐，咽了下去。她咽不下去。喝了两口葡萄酒。把剩下的东西收拾好以后，他们往车那儿走。走的时候，塔尼娅的鼻子出血了。谢尔盖在河湾里把萨拉凡浸湿，用热乎乎的布料堵住了鼻子。血很快止住了。必须快一点，晚上还有演出。

他们在开演前一小时到了。塔尼娅感到恶心，后脑勺和脚上的肌肉疼。她本想穿上晚礼服，那条带背带、看起来很活泼的绿色连衣裙，肚子那儿已经紧了，但是，在最后一分钟，她还是决定留在房间里。她很快就躺下睡着了。但是不大一会儿就疼醒了。她把手放在肚子上问：

“哎，你怎么了？”

小男孩没回答。看来，他一切正常。可能应该吃点安乃近。但是首先，没有药，其次，塔尼娅不想吃药。谢尔盖回来前不久，鼻子又出血了。

“要不然叫医生吧？”谢尔盖感到不安了。

塔尼娅皱起了嘴唇，她不想看病。上次怀孕的时候，她甚至没抽出工夫去办理医疗卡片，也没去做任何医院让做的化验，她甚至还有些得意自己逃掉了所有那些忙乱，而现在的女人们就连生孩子这样自然、健康的事也要折腾半天。

过了一会儿，加里克和托里亚来了，他们已经有些醉醺醺的了，带着两瓶酒，一瓶打开的葡萄酒和还没开封的伏特加。托里亚不喝葡萄酒，而加里克有一种鲜明的风格，他觉得只有最厉害的酒鬼才会在夏天的南方喝伏特加。冬天是另外一码事。

“小老太太，我可不喜欢你。”加里克一进门就说，“你不跑也不跳，还哇哇大哭。你们随便吧，我要叫救护车了。”

他坚决地走到了电话那儿。电话不工作。

塔尼娅叫住了加里克：

“我们等到早上吧……我觉得，我要是喝一杯柠檬茶就会好些的。还有，去它的，给我两片安乃近……”

他们给塔尼娅端来了茶，服了安乃近后，她好些了。她睡着了。四点钟，她醒了，呕吐。这回谢尔盖等不下去了，他下楼去找总台接待员，叫了急救车。

一个中年的犹太女医生快速地给塔尼娅看了看，她说必须把她带走。她说得很生气，甚至还带着恐吓的口吻，塔尼娅非常不喜欢她，但是肌肉酸痛，一直到后脑勺，而疼痛一直蔓延到了腹壁。

塔尼娅想反对，但是女医生没理她，就像不理一个不懂事的孩子，她对谢尔盖说：

“肝脏已经肿大。我可担不起这样的责任。你们为什么叫我来这儿，就是聊聊天吗？如果想得到医学救助就得马上住院。您告诉自己的妻子，她有可能失去孩子。”

塔尼娅不知道哪里让她看着不顺眼，医生连看都没看塔尼娅一眼。

塔尼娅被拉走了，在这之后，一切都掉了个个。俱乐部里的供水管道发生了故障，因为设备原因，俱乐部被关闭了。演出中断了。他们一整天都在担心，托里亚因此喝醉了，这件事本身并不可怕，可是他在一个啤酒馆里打了架，那些人狠狠地给他的眼睛来了几下。谢尔盖一天往医院跑三次，那里的人什么都没对他说，就连治疗医生他也接连两天都找不到，治疗医生一会儿已经离开了，一会儿又没来上班。之后是周末，治疗医生根本不来了，有一个值班医生，但是谢尔盖也没抓住他，他一会儿在吃午饭，一会儿又被叫到重病号那儿去了。而所有的工作人员都知道医生喝多了，根本就没来上班。

病理科不让人进去，那儿有人看着。一切都悬而未决，一切都停滞不前，就连天气也变坏了，下起了雨。

塔尼娅的情况越来越坏，她开始害怕了。她在左肩发现了一块紫斑，这样的淤血在后背上也有。后脑勺还是疼个不停。肚子是那种金属灼人似的疼。护士来过，摸摸她的肚子，测了血压。体温正常。塔尼娅觉得身体越来越糟，第三天的时候，她决定叫父亲来。

她在临床那儿找到了纸和笔，给谢尔盖写了一个字条，让他往莫斯科给父亲打电话，让父亲过来。纸条扔到了窗外。星期六早晨，谢尔盖拾到塔尼娅的信，已经被揉得皱巴巴的了，上面字不多，情绪失望。他马上就去邮局给巴维尔·阿列克谢耶维奇发了一个电报。

晚上，谢尔盖带着萨克斯来到了窗户下面。一般探访者都是从楼下，从遍布灰尘的草坪上喊自己的维拉或是加辽克，假如听到了，这些人就会从窗口探出鼓鼓囊囊的乳房和同谋似的笑容。有十来个刚刚当上爸爸的当地人，他们都懂得航海，会说黑话，还会做生意，在这些人当中，谢尔盖是唯一一个身材瘦长、蓄长发、头脑清醒的人。另外，他感觉到的不是因为生孩子得来的集体快乐，而是他自己的不安和担心，看来，这种担心已经在他的胃里扎下了根，因为已经愈合的溃疡不仅仅是疼痛，而且还发出了一些预示着不祥的信号。

塔尼娅就住在三楼，但是谢尔盖没在草地上喊。他从套子里掏出乐器，把吹嘴对着嘴唇，小声地吹出了：

“塔——尼——娅——”

塔尼娅听见了，但是她无法一下走到窗子旁边。当她从枕头上抬起头，她开始头晕，上来一阵恶心。但是肠胃早就空了，她忍住了强烈的、没引起任何后果的痉挛，勉勉强强走到了窗口。每走一步双脚都令人绝望地疼，而胃部就像灌了铅。谢尔盖第三次用细长的铁吹嘴吹出了绵长的“塔尼娅”时，塔尼娅才把头探出窗外。

他没马上认出她来，她把头发都拢到了头顶，结了一个髻，就像她母亲梳了一辈子的那种发型。医院囚犯似的病号服也让她变得陌生、高大。她挥了挥手，那是塔尼娅的手势，别人谁都模仿不出来。而塔尼娅俯视着他，认出了自己喜爱的那一刹那，他把乐器拿到手里，一个模样英俊的小伙子变成了音乐家，就像人加马就变成骑手，男人加武器就变成战士那样，这是因为有这样一个公式，当人和非人的东西结合以后，它们的总和超过了每一个个体独立存在时的意义。

谢尔盖手里握着萨克斯。右手在下，手指在按键上，左手在上，它弹奏低音，放在金属管的转弯处，下巴向上抬，而下嘴唇凸出。在里面，在嘴唇里面有一个柔软的茧子，可以用舌头碰到它。他手里握着萨克斯，总的说来，这是一个粗糙的动物，是大师的发明，是木头、金属和一块附加塑料的杂交品种，就连它的形状也不是最完美的，萨克斯的琴键不太美观地从琴身上伸出来，还有喇叭口，它可能向外翻得太厉害了。在漂亮的吹奏乐器家族中种类可不少——模样质朴、年代久远的长笛，还有它所有的厚道的亲戚，从西林克斯牧笛到排箫，有胚胎形的喇叭口和鸟嘴形末端的枫木巴松管，清心寡欲的伸缩长号，卷起来的书呆子气的短号，它的活塞装置很粗糙，还有像蜗牛一样蜷起来的庄严的圆号……而双簧管的喇叭口呢？一直卷到灵魂深处的小号的吹嘴呢？

萨克斯毫无疑问不是最完美的，然而它的泛音却传达着类似人的温柔、奔放或是忧郁色彩，除此之外，谢尔盖和萨克斯，他们还是彼此的共鸣器。他们在一起能够发出一种谢尔盖一个人的时候从来吹奏不出来的声音。他把吹嘴放入绷紧的嘴唇，牙齿贴住下嘴唇背面经年累月磨出来的一道褶皱上，一个蓝色天鹅绒的“拉”说道：我们开始吧！

于是他们，谢尔盖和他的“Selmer”，轻轻地开始了，非常放松，完全忘却了要对塔尼娅说的重要的话。这是滚石乐队的《巨人的脚步》，塔尼娅一下就听出了这段按照大三度升高音调的乐曲。哆—咪—升发，谱号在主题中变换了三次，但是谢尔盖没吹到最后，他转入了自己的独奏，吹了一个高音的经过句，回了回头，然后就又一次进入了萨克斯的可能性穷尽了的地方，之后他小心地顺着布鲁斯音阶把声调降下来，于是塔尼娅听出了一个不安而又熟悉，听了很多次的曲调，可能是海登的《Always Say Good－bye》[1]，可能是类似的音乐……也可能是谢尔盖自己写的。

她想起来自己在产院给他写信，那是三年前在彼得堡，她生下冉尼娅的时候，多么华丽的一堆蠢话啊。谢尔盖和他的乐器，他们是多么般配啊，无须任何语言，现在，假如这个事件能顺利结束，她永远都不会说那些蠢话了，因为不好意思说，因为有从

---

① 英文，《永远说再见》。

来都不说蠢话的音乐存在。现在，音乐清晰地讲述着，严厉而紧凑，就连不懂得它清楚而透明的语言的人都能感觉到，再见，再见……永远……永别了……低沉的声音，锐利的、断断续续的、金属般的声音，它是那么残酷，同时也那么动听……

塔尼娅用双手抱住了蔓延着疼痛的肚子。难道他这个小不点儿会死吗？他双手交叉在颌下，长着一对柔软的小耳朵，嘴巴还没张开，他长得像谢尔盖，他的上嘴唇稍稍盖过下嘴唇……可怜的小巴维尔，没活下来的小巴维尔……

塔尼娅去世前，谢尔盖再也没见到过她。巴维尔·阿列克谢耶维奇也没见到过。他从别墅回到家里，发现了门上的两封电报，一封是谢尔盖发来的请求他去的电报，另一封是两天后发来的，上面有主治医生的签字证明，告知了塔吉扬娜·巴甫洛夫娜·库科茨卡娅的死讯。

过了一天，巴维尔·阿列克谢耶维奇站在了斑痕累累的铁皮桌旁边，这是他生命中最痛苦的时分。生命的微弱火焰，工作着的心灵的淡绿色反光，每个器官单独制造出来的能量块，这一切都已经不存在了。这是个石膏般的、橄榄色的、晒黑的姑娘，前胸和小腿上有血肿，还有解剖过的伤疤，它们揭露着在人类面前犯下严重罪行的庸医们。解剖报告他已经看见了。后来才写上的病史也给他看了。整个医院，从主治医生到最无关紧要的护士都吓得要死，他们等待着惩罚。库科茨基医生一眼就看出他们没下诊断，入院后头两天没进行治疗，看出必要的检验做得太晚了，怀孕让情况变得复杂了。他还看出，如果他星期二，而不是星期五从别墅回来，那么他就能救活自己的女儿。

塔尼娅和母亲的相像令人难以置信，感到痛苦。在四分之一个世纪以前，他也是这样站在年轻的叶莲娜面前，那时，叶莲娜已经快要死了，他也同样俯视着那整齐的栗色头发、细小的鼻孔和毛茸茸的眉毛。

“永远，叶莲娜永远都不会知道这件事。”他想道，他也被一个刹那间的猜测惊呆了，是不是因此叶莲娜才进入到自己空旷、神秘、没有理智的世界中去的，为了不去知道她先知一般的心早已预见到的事情。

他来到主治医生的办公室，让他召集所有部门的主管。主治医生本想反对，但是巴维尔·阿列克谢耶维奇像将军似的看了他一眼，医生马上就去给秘书打电话，请所有人马上都到他这儿来。过了五分钟，办公室里坐好了六个医生。在巴维尔·阿列克谢耶维奇面前摆着解剖报告和病史。

“事情需要紧急解决。”巴维尔·阿列克谢耶维奇说。医生们对视了一下。“漏洞、错误，还有医疗犯罪的数量多得不能再多了。传染的病人被收入了病理科。无论是血液的生物化验还是细菌化验都没有进行。没有下诊断。我认为，这是螺旋体病，Morbus Wieli。如果这是钩端螺旋体病，应该采取紧急措施。”

病理解剖医生是一个东方人，小个子，有点斜眼，染了胡子，他惴惴不安地说：

“对不起，同行，我们没有任何理由下这样的结论。报告您看见了，我们还让您看了……”尸体？身体？小胡子突然卡壳了，“看了病人。您有什么理由……”

“肌肉出血的巢状分解，斑点。病史与任何症状都不符合。有过中毒症状。这里写的静脉输液根本就没进行过。我看过血管……我认为，根本就没进行过治疗。但是现在问题并不在这儿。你们的产院里有肝炎。”

巴维尔·阿列克谢耶维奇做了他会在任何一种情况下都会做的一切事情，给市卫生局打电话，叫卫生防疫站的主管和主要防疫医生过来。市里的医学部门从上到下都忙作一团，就连扫地的都开始一天打扫两次厕所，中级医护人员夜里不再喝酒了，而厨房则对偷来的奶油和肉格外小心。

巴维尔·阿列克谢耶维奇在医院待了三天，第四天和呆若木鸡、完全不会说话的谢尔盖一起坐上了火车。行李车厢里立着一个锌皮棺材，上面开着一个三角形的小窗口，透过它可以看见白色的、叠了很多层的纱布。

他们用加里克的最后一点钱买了四瓶伏特加，巴维尔·阿列克谢耶维奇把自己的钱全都花光了，谢尔盖也是。这几瓶热乎乎的伏特加他们喝了很长时间，喝得很慢，一小口一小口地喝，就着一包碎饼干，其他什么都没有，他们不声不响地喝着……之后谢尔盖倒在下铺，抱着装在套子里面的乐器一直睡到了莫斯科。巴维尔·阿列克谢耶维奇整整三十六个小时没合眼，他坐在睡梦中的年轻人对面，看着他疲惫不堪的面庞。他皮肤很白，两腮和鼻梁上有红晕。浅色的胡须从柔软的脸颊中钻出来，形成了一个个很小的脓疱……爆皮的嘴唇紧紧抽搐了一下。他在梦中摸了摸琴套的侧面，嘟囔了几声。巴维尔·阿列克谢耶维奇没听清。他在想，如果再有两个男人，这个可爱的年轻人，还有那个命中注定没出生的小男孩，如果他们出现在家里，生活该会出现多大的变化啊……他还想到了他女儿身上发生的事情，敏捷的螺旋菌和当地的脏水进入了肠胃，它们被吸入了黏膜，和血液一起流向全身，它们在氧气供应良好的肌肉里安家落户，用自己的毒液感染了血液，非常厉害，本已经因为怀孕而负担沉重的肝无力做消毒工作。现在，巴维尔·阿列克谢耶维奇不需要任何辅助的清晰视力了，这幅该诅咒的画面，粗略而又清晰的画面，就像识字课本里的图片一样，停留在他的眼前。

一切都安排好了。维达里·戈尔德伯格在库尔斯克车站迎接了他们。在德国墓地里已经挖好了一个标了名字的墓，离加阿兹医生的只有几步之遥。那儿还安葬着巴维尔·阿列克谢耶维奇的爷爷和太爷。现在塔尼娅违背了自然的顺序，也被葬在这里。除了父亲、塔尼娅的丈夫和情人，葬礼上谁都没有。

谢尔盖想马上就走，但是巴维尔·阿列克谢耶维奇让他留下来过夜。于是谢尔盖留下了。夏季的空房子遍布灰尘。他们一起喝了伏特加。之后谢尔盖躺在了塔尼娅的沙发床上。他和塔尼娅、冉尼娅、小儿子本该再过几个月就搬到这个房间里的。

22

在彼得堡，谢尔盖没对任何人说自己回来了。他马上就去了作坊。他没有钥匙，钥匙留在敖德萨塔尼娅的物品中了。他轻松地撬开了门。那里是他们走时留下的一片狼藉。水池里立着匆忙中没来得及洗的咖啡壶。从茶壶里溅出了神秘的霉花。塔尼娅的黑色连衣裙挂在墙上的木头衣架上。高跟鞋一只摞一只放在沙发床的旁边，塔尼娅穿上它比谢尔盖高半头。临走前一晚他们到一个年轻导演那儿参加晚会，他打算邀请谢尔盖进行一场非常吸引人的演出。上帝啊，沙发床也没整理，条纹床单从床头掉了下来，唯一的一只枕头，他们每个晚上都往自己那边扯的那只枕头，还是皱巴巴的。

谢尔盖把头埋在枕头里，他被那气息灼痛了。她仍然在这里。在白色的枕头上还有她的一根卷发。枕头下放着她揉成一团的黑色内裤。他和衣躺在沙发床上睡着了。

不知道过了多长时间，他醒了，喝了点水龙头里的水，往水池里撒了泡尿，洗手间在楼梯间里，楼里的四间地下室共用这一个，它也上了锁。洗手间的钥匙挂在过道的钉子上，但是谢尔盖不知道为什么以为它也留在了敖德萨塔尼娅的钥匙链上。

他又躺下睡觉了，这次已经脱了衣服。每次他钻出被子，又重新回来的时候，塔尼娅的气息都更加强烈了，这就是留下的一切——她的气息和那团尼龙内裤。他把它们保存了不知道多少个日日夜夜。睡着，醒来。喝自来水。往水池里撒尿。不想吃东西。没有进食的胃部毫无知觉。

他终于从被子里钻出来了，在塔尼娅的工作桌旁边坐下来。他摸了摸她的工具和半成品。金属并没有让他想起塔尼娅。可是当他打开装着黑色宝石的花铁皮盒子时，他久久地不能移开自己的目光。它们好像还保存着她双手触碰过的痕迹，抛过光的玛瑙片，蓝黑色的磁铁石，凹凸不平的黑玉石，还有最招人喜欢的透明的黑曜石……他随手拿了两块装在牛仔裤的口袋里。之后他抓起琴盒离开了作坊。从里面没钩上的门在门框上忽闪着，锁已经坏了。他返回来，找到一个带起钉器的木工锤和一个大钉子。他把钉子从外面钉在门框里，用锤子砸弯，让门看起来好像锁上了一样。之后，他把锤子放在地毯下面，为了再来的时候可以拔下钉子。一个奇怪的念头闪了一下，我还会回到这儿来吗？

所有人都认为波鲁艾科托娃是个举世闻名的坏女人，但是谢尔盖知道，她虽然确实是条母狗，可仍然还是个人，她以为谢尔盖在莫斯科耽误了。加里克还是在敖德萨的时候就往彼得堡打过电话，他向所有人通知了塔尼娅的死讯。他也说谢尔盖带着棺材去莫斯科了。谢尔盖的所有朋友都确信他留在那儿了。

看来，波鲁艾科托娃家的钥匙谢尔盖已经丢了，他按响了门铃，他根本不确定会不会有人给他开门。女主人亲自打开了门，她的黑头发上打着发蜡，头顶还有一个芭蕾舞头饰，她脸上全是油彩。

“您找谁？”她问了一句就说不出来话了。她没马上认出谢尔盖来。他很瘦弱，脸上是长长的胡须，或者说是稀稀落落的大胡子，他脸色苍白泛着蜡黄，一副失去了自控能力的表情。牧羊犬扑过去舔他的嘴。他漠然地站在门口，就好像他是不知不觉、乘自动飞行器来到这儿的。

波鲁艾科托娃惊呼一声，用难听的女高音大叫了起来，她劈头盖脸、不懂事地说：

“你怎么，连个电话都打不了吗？我今天就走。见鬼，一切都这么蠢，这么蠢。什么都别说。我全都知道了。别说这个……狗我会带走的。好了。你怎么不打电话，木头人吗？房子我租出去了。也许最好给你留下？什么都别对我说！”

她抱住了他的肩膀，自己的小男孩，很难说他是谁，学生，老情人，外甥，小朋友……她总是这样，在爱上不该爱的人，从来都没有过体面的、正派的、可靠的男人……也就是说，直到现在这个人才出现……别把夸奖的话说过了头。不需要什么精湛的技艺，做该做的。格列敏，格列敏。真正的将军……

她抚摸着谢尔盖没梳洗过的脏脑壳，他没把头发用橡皮筋扎起来，橡皮筋丢了，波鲁艾科托娃拍着谢尔盖的肩膀，推着他说：

“去洗澡，我给你做吃的。”

他去了浴室，放开蓬勃的、从水管里喷涌而出的水流，他想起他自己差不多从在敖德萨时起就没洗过澡。他躺在勉强能经受得住的热水里，哭了。

而坏女人波鲁艾科托娃给她在彼尔姆的将军打了电话，她用尖细的、与她那战士般的灵魂根本不相配的声音，通告了她的计划发生了改变，不用接她了，她会把票退掉，至少再留下一周。她的前夫刚刚丧妻，意外光临，现在得陪他待待，因为她不能这样把他一个人留下来。

西伯利亚的将军冲电话点着头，他干巴巴地说着“是的，是的，是的”，他感到诧异，他遇到了一个多么正确有力的真女人啊，他白捡了一个芭蕾舞演员，一个长着扁平的硬胸脯、新士兵一样肌肉发达的脊背的芭蕾舞演员，他笑了，因为他的生活中还从来没有过这样的女人，他也没想到会有这样的女人。

一周的时间对于波鲁艾科托娃不够。她照顾了差不多整整一个月谢尔盖，喂他吃东西、吃药、放他喜欢听的音乐，让他和狗去散步，渐渐地他恢复了，开始演奏了。在他间隔了很久又一次去俱乐部演出的那一天，波鲁艾科托娃坐飞机去找自己头发灰白的情人了，虽然他并不出众，但是，从其他所有方面来看，他都是芭蕾舞女主角最正确的丈夫，在计划外的等待之中，他最终决定要结束自己多年的鳏夫生活，决定娶这个绝无仅有的杰出女性为妻，过去她是个婊子，日后她是一个地区的第一夫人，这个地区有十五个比利时、八个法国、五个德国加在一起那么大。

23

库普钦的居民谢苗·库里尔科是一名警察，担任班长职务，他晚上在科里值班的时候对一个被拘捕的人狂风暴雨了一番。他并未超过通常的尺度，不轻也不重，可是那个人早上的时候死了。死者是博物馆的工作人员。现在因为这个细腿的倒霉鬼，没吃饱饭的瘦子，谢苗身上开始了一连串的不愉快，他的生活变得全部底朝上。警察局把他赶了出来，他们还说：知足吧，没给你判上几年。妻子离开他和女儿去了卡累利阿，之后唯一接济他的母亲去世了，更不用说母亲还抚养过他。这一切之后，谢苗病了，他在盛怒之下用斧头把新建成的儿童游乐场劈得粉碎，游乐场上有让小孩爬着玩的小房子，有沙坑，还有木头熊雕塑。他就在躺倒牺牲的木熊旁边被绑起来，直接送进了精神病院。差不多治疗了一年才出院，他回到了库普钦自己的房间里。他生病期间，邻居们把他的东西都拿光了，拿走了被子和斯皮多尔牌收音机，那都是好年头留下来的宝贝。

谢苗在警察局工作了八年，服完军役马上就入职了，他从未有过别的工作。他得到了一份残疾人退休金，但是数目很小。好在他不喝酒，要不然连吃东西都未必够用。他的食欲不错，和退休这个字眼并不太相称。在医院里他一下胖得特别厉害，现在他需要吃更多的东西。他是这样理解的，他觉得瘦人并不像胖人那样需要很多食品。他愿意去什么地方工作，比如去当警卫，但是那里会因为他被警察局开除了不要他。他本想去印刷厂当搬运工，但是在那儿也被赶出来了，应该说，是因为他的愚蠢行为，他们那儿不让吸烟，可是他总是因为烟瘾忍不住。他被抓住一次，两次，三次，于是，年轻的车间主任——他刚刚大学毕业，和警察局里那个引发一连串倒霉事的博物馆工作人员一样，是个细腿坏蛋，他把谢苗赶走了。

谢苗又一无所有了。现在，他对这个消瘦的年轻人，对所有把他生活弄得一团糟的聪明人充满了强烈的仇恨。于是谢苗拿起了刀。那把刀又细又锋利，比织针粗，比锉刀细。锉刀很久以前就在谢苗家里保存着，从他当警察的时候起，他是扣押的时候从一个黑帮那儿没收来的。他自己也不知道为什么把它扣下了。他把锉刀塞到袖子里，用一只表带把尖头包住。手表坏了，早就不走了，而现在派上了用场。一切都很巧妙。

谢苗住在一月九日牺牲者①公墓旁边，在同名的大街上，一个偏远的院子里，里面有三栋二层简易房，步行到汽车站需要二十分钟。一九六一年五月一号，在这个受欢迎的节日里，警察局里的事情通常多得数不清——酗酒、斗殴、快乐的酒宴，这一天，他完成了自己的第一次军事行动。他步行到车站，乘电气火车到了维杰勃斯克车站。从那儿往左拐，上了城外大街，他不慌不忙地，一边扫视着过路人，一边往工程学院方向走。这个地方有一个挖了很多土沟的穿堂院，它也因此失去了让人穿行的功能，人们走进院子，走到土沟旁边然后再返回到入口的门廊，谢苗坐在长椅上，一直坐到了晚上，因为他的事情一直没理顺，有时一大堆人一起走，有时单独走的人又不属于他需要的那个种类，八点多的时候才走过来一个瘦瘦的倒霉鬼，头发乱蓬蓬的，穿着细腿裤子，还拿着一个薄皮包。他还喝醉了。他没找通到另外一条街上的过道，他只需要一个隐秘的地方、一个阴暗的角落来放出他流速极快的啤酒。当他在合适的地方哗啦啦了一番之后，谢苗从后面走到他跟前，把锉刀准确地插入了需要的地方，稍稍靠后、肋骨之间。开始，锉刀好像被挡在了一层厚木板上，之后，就好

---

① 一九〇五年一月九日，俄国沙皇军队开枪打死了千余名和平请愿的彼得堡工人，史称一月九日事件，又称流血星期日，这一事件导致了一九〇五年革命的爆发。

像涂了油……向内，然后返回。年轻人甚至头都没回，他啊了一声，一头撞到墙上就瘫倒了。谢苗看都没看皮包，他用事先从家里拿来的抹布仔细地擦了擦锉刀，把这个裹在表带里的工具放到了袖子里，他迈着崭新的步伐走出院子，笔直地，像一个模特，这种步伐是他在医院治疗之后形成的。

第二次军事行动是在十一月七号，也进行得很顺利。现在他已经知道，明年五一的时候，他也会用这种方式庆祝自己的节日，用他的心所渴望的那种方式，用锉刀戳进这个坏蛋的身体，消瘦的倒霉鬼，丑陋的犹太人。

他一连三年去那个穿堂院。那里的土坑早就填上了，人们并不是像大河一样川流不息，而是像小溪一样细水长流。五月份天色亮的时候行人密集一些，十一月稀少一些。谢苗总是很走运，有一次一个年轻人带着花束，有一次是拿着录音机，还有一次一个人随身带着两盒绑在一起的蛋糕。有一些人他已经忘记了。开始，谢苗跟踪某个人，因为他马上就能认出这一类的人。之后他渐渐追上，一下儿贴上去。他用右手扶着那人的肩膀，用左手行刺。谢苗是个左撇子，上学的时候他被纠正过来了，所以他写字是用右手，而其他事情都是用两只手一起做，但是用左手更顺手一些。

已经攒够了七个人，他在商店排队的时候，他听见了女人们的谈话，她们说城里出了一个杀人犯，已经十来年了都抓不到他，他是一个变态，只有逢年过节的时候才杀人，他们还说，过所有节日的时候他杀的都是男人，而三月八号，一年只有一次，他杀的一定是女人。谢苗最开始的时候只是有点惊讶，过了几天后他才明白，说的就是他。他们当然夸大了，既夸大了时间的长度，也夸大了节日的数量。但是从根本上来说是正确的。过了两周，他经过自己从前的单位时，看见一大张纸——通缉……上面贴着三张照片，有两个男的和一个女骗子，写着他们的名字，第四张不是照片而是一个画片，是一张合成照片。那张画片和谢苗的共同之处只有弧度很大的眉毛和头发剃得很短的脑袋。

谢苗一下就吓坏了，他藏了起来，一周都没出家门，直到他吃完了最后一点面条。已经到了十一月了，他决定七号的时候不出门。这个通缉不仅仅吓住了他，还激起了他的欲望。七号到八号两天，他在家里待了很长时间，勉强把持住了自己，他的手都哆嗦了。九号他出门了。整个过程进行得非常好，非常成功。年轻人手里什么都没有，但是他脸上长着纨绔子弟那种难看的胡子，他就是个臭倒霉鬼。

军事行动之后，谢苗的自我感觉总是能够得到改善。他现在甚至还不时地在一家家具商店当搬运工。只是在节日前他才开始躁动不安，他开始回忆他把锉刀藏在哪儿了。他把它藏在家里，每一次都在不同的地方，有一天他终于忘记锉刀放在哪儿了，他把家里搜了个遍才找到。锉刀就在桌布下面，桌子贴墙放着。他现在决定绕过节日，提前或错后两三个小时。警察局里尽是一些彻头彻尾的傻瓜，谢苗对此一清二楚。如果告诉他们在节日里抓人，他们是不会在平时出动的，无论如何都不会。

一九六六年十一月，轮到第十个人了。但是这时谢苗不小心得了一场重感冒。他咳嗽，浑身酸疼，他拖延了不是三天，而是差不多整整一个星期。他甚至以为这次可能要错过机会了。但是他不知怎么并没有错过。他很想去狩猎。十五号的时候他才带上秘藏的手表，把锉刀伪装好，三点多钟，天还亮着的时候他就走出了家门。他像平时一样坐车到维杰勃斯克车站顺着郊外大街走下去。但是他没往工学院那边拐弯，而是去了另外一个方向，走到了莫斯科大街上。

他对列宁格勒不熟悉，他生在库普钦并且很少进城。母亲也总是这样说的，我们进城去。上学的时候学校拉他们去游览了几次。军役也碰巧在小镇上，在库尔斯克州的一个移民区，所以他既不是城市居民也不是农民，而一辈子都是郊区居民，不用套马车，也不用去火车站。去警察局他连马路都不用过，所以直到现在，在陌生的地方他很容易迷路。

莫斯科大街把他带到了广场上。他看了看最边上的一栋房子，门牌上写着和平广场。人流很密集。这里有很多商店。广场是不规则的，有很多小街道通向它。他拐进了一个比较狭窄安静的小胡同，他想他没去工学院可真是不应该，他对那里的一切了如指掌。但是他现在走的胡同，总的来说是适合的。谢苗走进一个又一个院子，这里的房子都是封闭的，一直都没碰上穿堂院。他于是迈进门槛，在原来住着管家的门口站住了，那扇门朝门廊开。“收购生活用品”，一个寒酸的条幅挂在关得紧紧的门上。偶尔走过几个行人，但是视野不开阔，没能好好看清任何一个人。此外，来回走的更多都是提着包的女人。谢苗想，节日的时候街上年轻男人更多一些，而平时全是女人。

于是他换了一个办法，他开始顺着胡同走，从一头走到另一头，直到遇见了“自己人”。他迎面走来，谢苗简直哆嗦了起来——就是他，就是他……他之前的那九个人，和他比起来简直都算不了数。小伙子穿着有些肥的牛仔夹克，身材瘦削，和博物馆工作者一模一样。他的头发是浅颜色的，女人一样扎起来的马尾巴在肩上晃来晃去。他走得很慢，摇摇晃晃地。谢苗还留意到了他的皮鞋，是一双特别的、不同寻常的皮鞋。他的手里提着一个小箱子，也是特别的，和别人的不一样。谢苗的心缩紧了。这就像是一见钟情，像是邂逅的火焰。这种强烈的感觉谢苗从来都没体验过。在这一刹那，他没有任何仇恨，他充满了猎人般的激动，因为美景而欣喜若狂的禽兽般的激动。

但是这只禽兽拖着相当缓慢的脚步，总是有过路人包围着他。谢苗正尾随着他，离他几步远。他想再看看他的脸，于是谢苗走到胡同的另一侧，超过了那个人，从正面绕到他旁边。那个人的脸有拳头大小，尖尖的，正在思考着什么。倒霉鬼，看我现在就把你解决了。

谢苗又走到了后面。他们经过一个门口，在他们接近又一个门卫的门口时，谢苗盘算好了，终于把锉刀从表带底下掏了出来。他们和那个门口走成平行时，谢苗把右手放到年轻人的肩上，拿着锉刀的左手举了起来。阻隔是非常细微的，牛仔夹克挡了一下锐器的运动，但是谢苗用敏感的、已经富有经验的手感觉到，已经扎进去了，他也感觉到了在锐器的作用力下扑哧一声响的肋骨间皮肤的阻力，锉刀滑向深处，平稳、柔软，但是也很有弹性。

年轻人“啊”地喊了一声，开始似乎是向上挣扎了一下，之后向前倒了下去，但是谢苗没让他倒下，他用双手抓住年轻人的肩膀，把他推到了门里面。年轻人还是要倒下，谢苗又把他推到了门廊深处，他想把他放在院子里，以便从街上看不见躺倒的尸体。但是，就在这时，门房的门打开了，闪出一个大块头，一个模样规矩的男人，他好奇地看了看谢苗。

谢苗丢下年轻人，跳出了门廊。他向前跑去，顺着没有人的胡同，没有任何路线，他脑袋里只惦记着一件事，他没顾得上把锉刀拔出来……

两个情况救了谢尔盖的命。第一个是留在心脏里的锉刀。第二个是从门里出来的长相规矩的男子，收购经理，他以前当过医生。他抱住谢尔盖，冲着打开的门大喊，他让人叫急救车，然后马上把橡皮膏给他。医生把被刺穿的心包缝上了，把谢尔盖从死亡状态救了出来，他们后来对谢尔盖说：

“奇迹，谢尔盖，奇迹。百万分之一的可能性。”

谢尔盖想要那把锉刀，但是这是不可能的，锉刀变成了“物证”，他甚至见都没见过。

第三天谢苗就被逮捕了。他被指控行凶二十六次，其中三次还有过强奸。他承认了他自己的罪行，而其他的否认了。但是上面就是这样决定的，把警察局的所有悬案都推到他身上。他被处以极刑，半年以后就执行了。没有上诉，也没有进行精神鉴定。

第四部

1

每一次，当冉尼娅在度过自己童年的房门前停下脚步时，她都体味到一种极为复杂的感觉，感动、愤怒、忧伤、柔情。门是破破烂烂的，写着死去外公名字的铜牌变得黯淡了。在门口，一张破桌子已经放了一年多，这让邻居们非常生气，桌子上堆了一大堆塑料袋，里面塞着托玛的破烂玩意儿。这是贫穷和筒子楼的习性。

换了旧锁以后，冉尼娅就再也没有钥匙了。事情是这样的，他们并没有剥夺她的钥匙，而只不过是忘了给她新钥匙。冉尼娅问过一次，但是没人理会她的问题。她按了按门铃。托玛一瘸一拐地拄着拐棍在走廊里走。她这个可怜人又犯了关节炎。

“冉尼娅，是你吗？”

她打开了门。惊呼了一声：

“你变得圆滚滚的了！”

米哈依尔·费奥多罗维奇散发着什普尔香皂、汗水和莫名其妙的旧皮革混杂在一起的味道，从外婆的房间里探出了头。

“我对他们还是太不公正了。”冉尼娅自责道，“星期天他们身上没味儿。他们可是每到星期六才洗澡的。”

冉尼娅内心的微笑在嘴唇上微微露出了一点：

“您好，米哈依尔·费奥多罗维奇。”

在部队当兵的时候，米哈依尔·费奥多罗维奇和军衔最大的人先打招呼。现在退伍了，身边已经没有那些中校了，他苛刻地为自己应该和谁第一个问好而进行选择，经理，主管后勤的副经理（管学术的那个人自己先打招呼），不得不与之常打交道的医院院长……

米哈依尔·费奥多罗维奇矜持地点了点头说：

“你好。”

没有称呼。他还站在门口。这和平时不一样。

冉尼娅轮流脱下鞋子，让自己的肚子轮流受到了两次压迫。她充满厌恶地穿上缝制得非常粗糙的旧拖鞋，顺着走廊来到了外婆的房间。托玛叫住了她。

“冉尼娅，我们重新挪动了一下。罗辛家给了我们一个大书橱。在那个房间放不下，得把它搬到这儿来。米哈依尔·费奥多罗维奇收集的东西正好都能放进去，我们让外婆住进瓦西莉萨的房间。”

血涌到了冉尼娅的头上。他们不仅不给外婆梳洗还到处赶她。还是把外婆转移到储藏室里了。

“怎么回事，到底?”冉尼娅的下巴因为愤怒哆嗦了。米哈依尔·费奥多罗维奇收藏的东西愚蠢得令人难以想象，是一些和航空有关的剪报。

“对于她有什么区别呢?她根本没发现。那儿很安静，没人打扰。我们把瓦西莉萨的箱子搬出来了，把她的椅子放进去了。她还可以在那儿吃饭。瓦西莉萨去世之前一直在那儿吃饭。”

米哈依尔·费奥多罗维奇一直站在外婆的房间门口，他为辩护做好了充分的准备。

冉尼娅什么都没说，她克制住了。她往厨房那边走，甚至看都没看那个房间，外婆上周还住在那儿，而且以前一直住在那儿。

她经过厨房，打开了储藏室的门。瓦西莉萨去世以后，储藏室里什么都没更换。两幅巨大的、打小就熟悉的圣像，奥吉吉特利娅和先知伊里亚，也许是很久很久以前被红军的斧头砸碎了，也许是因为年头久远裂开了，一道修补得非常粗糙的疤痕顺着红色的斗篷一直向下，把斗篷和黝黑的手臂分开了……可是你们在哪儿呢，无助的助手们?

外婆坐在疤痕累累的维也纳椅子上，她面朝小窗，小窗对着一面死气沉沉的砖墙。椅子下面有一只水桶。储藏室里散发着一股尿臊和老年人没洗澡的味道。一只灰色的猫在铺着被子的简易床上睡觉。叶莲娜·格奥尔吉耶夫娜的腿上躺着另外一只猫，她的手指放在它斑驳的背上。

冉尼娅吻了吻外婆稀疏的头发，外婆鬓角有两缕卷发，年轻的莲诺奇卡常在那儿别一个发针。老太太摸了摸猫背。

“外婆，你好！你为什么到这儿来了……”冉尼娅痛苦地张开了嘴，因为她知道，在这种可耻的，令人无法忍受的情况下，她最好保持沉默，“我们现在去洗澡。”

老太太默不作声地抚摸着她的手。厨房里水在流，有小刀切菜的声音。托玛和丈夫两人无论什么都对半分配，就连家务活也是。四个土豆分成两份，两个归她削，两个归他削。这是出于家庭公正性的考虑。

冉尼娅去了浴室。她在厨房顺便发现，托玛和米哈依尔·费奥多罗维奇正在挑拣燕麦，土豆已经削完了。

浴室里是通常的、无法描述的景象。在绳子上挂着湿内衣。星期六是他们的洗浴日。他们半天准备，半天洗浴。之后休息，喝茶、吃糖果和饼干。一幅宗法制的生活场景。一切都严肃认真。星期天早晨，冉尼娅来之前，他们进行一周的清洗工作，用米哈依尔·费奥多罗维奇给自己小家庭用的袖珍洗衣机。他不让用洗衣机洗外婆破破烂烂的内衣，他有洁癖。

冉尼娅把脸盆从浴缸底下拿出来。从桶盖歪歪扭扭的锌皮桶里拿出破旧的拖鞋，烂被单，所有东西都是湿的，脏的。冉尼娅以前买的搓澡巾没用上，托玛认为它是化纤的，而米哈依尔·费奥多罗维奇不喜欢化纤的东西。冉尼娅早就不往家里给外婆买任何东西了，因为托玛不但马上会把所有新东西拿走，而且还会说：“哎呀，冉尼娅，衬衫还好着呢，简直可以穿到棺材里去……”

在这样的时刻，冉尼娅不知道自己到底该可怜谁。可怜外婆？她可怜的神经出了毛病，就是为了不去留意那些她无力与之斗争的事情；可怜托玛阿姨？她鼠头鼠脑，双腿因为关节炎而无法弯曲，她为自己的出嫁而感到幸福，为自己的过去、现在和未来感到自豪，她朝自己的未来迈出了迅速自信的脚步。她正在写她那篇有关常绿植物病毒感染的副博士论文……她觉得自己是著名的教育家巴维尔·阿列克谢耶维奇·库科茨基的精神继承人。可能，事实上也正是这样。

冉尼娅在折叠板凳上挑拣着那一堆乱七八糟的东西，她把要给外婆洗的衣服放在凳子上。旧脸盆一个摞一个，瓶子，用坏的纤维洗澡巾。啊，精打细算。

她转过头去，把外婆的衣服泡在最大的脸盆里，然后推到了浴盆下面。洗澡之后再洗衣服。她把浴盆擦干净了。水龙头漏水，浴缸底下渗出了水。一切都破破烂烂的，但是它们都被巧妙地修好了。米哈依尔·费奥多罗维奇是一个绑绳子、缠电线、堵塞子、打补丁方面的高手。真想知道，他以前在航空部队是做什么的？

一切终于准备好了。水比需要的要热一些。她帮外婆脱完衣服之后，水正好会变凉一些。她往水里滴了最后一滴浴液。这是为了起泡沫。托玛从来都不用冉尼娅拿回家的东西。她和米哈依尔·费奥多罗维奇不用浴液，他们受不了进口的东西。他们是爱国主义者。无论香皂、药品还是衣服都用国产的。他们用什么东西都得补充说一句——这是我们自己的，国产的……唉，贫苦。

冉尼娅让外婆从椅子上站起来：

“走吧，外婆，都准备好了。”

叶莲娜·格奥尔吉耶夫娜听话地站起来。她的背笔直，双腿又瘦又长，不过已经因为年纪大变弯了。冉尼娅搂住她柔弱的肩膀带她走。外婆走路走得很好，只不过破拖鞋妨碍了她，脱胶的鞋底翻过来了。托玛至少有三双新拖鞋。唉，吝啬。

她们进了浴室。外婆用手指了指插销。冉尼娅划上了。衣服脱得很慢。外婆似乎想帮冉尼娅，但是又同时抗拒着。她拽着睡衣的扣眼。她忘了怎么解扣子。她竭力回忆着。但是想不起来。

冉尼娅帮她脱衣服。

鬼知道托玛为什么有这么糟糕的想象力，为什么要在膝盖下面发明这些愚蠢的橡皮筋？为什么不能给她穿上纸尿裤，哪怕是垫上尿布也好啊！

她们脱好了衣服。

“好了，现在抬起脚。右脚。扶在我身上。”

肚子碍事。肚子非常碍事。

“现在抬起另外一只。”

叶莲娜·格奥尔吉耶夫娜轻轻地抬起了自己长长的双腿。脚掌很吓人。指甲上附着一层黄灰色的硬盖。骨节突出。一个二十年来除了拖鞋什么都不穿的人怎么会长老茧呢？叶莲娜站在齐膝深的水里，她想不起来怎么坐下。体形，一副骨头架子，非常苗条。细腰，瘦骨嶙峋的肋骨。乳房瘦小，一点都没垂下来，乳头还很娇嫩。肚子紧缩着，肚脐藏在了一道横向的皱纹里。还有一道褶皱是肚脐下面的伤疤。身上一点毛发都没有，雪白的，每个地方都有细密的皱纹，就像一团揉皱的香烟纸。脸也是白的。只是下巴上长出了毛，以前冉尼娅用镊子夹，现在开始用剪刀剪。时间少。时间非常少。要是孩子出生了，我根本就不知道怎么才来得及。可能，父亲一搬到新房子去，就应该把她带到自己家，带到工会街去。在父亲的老房子里有两个房间紧挨着，所有人都能住下。但是托玛有可能要唱反调。

“坐下，亲爱的，坐下。”冉尼娅轻轻拍打着外婆的背。外婆小心翼翼地坐下了。冉尼娅用淋浴喷头往她身上浇水，外婆因为舒服哼哼着。马上就要洗完了，这就是冉尼娅为之往返了十年的事情。从外公去世以后她搬到父亲家那时起。

“谢谢你，孩子。”叶莲娜·格奥尔吉耶夫娜说。

托玛确信叶莲娜·格奥尔吉耶夫娜已经不会说话了。并非如此。她会谈话。但只是在这儿，在插上了插销的浴室里，当冉尼娅让她坐在温水里的时候。在她们之间有一种无法解释清楚的亲近。冉尼娅是外公带大的。外婆总是一声不响地待在一旁，她温柔地观察冉尼娅。在冉尼娅的记忆中，外婆总是在生病。她们一直都互相爱戴，如果说这种无言的、没有具体行动的、轻飘飘的爱存在的话。冉尼娅摸着她的头：

“舒服吗？”

“幸福，上帝啊，多幸福啊。在西伯利亚，我们所有人一起去洗澡堂，巴维尔·阿列克谢耶维奇，塔尼娅，瓦西莉萨……还有树枝……雪很大……你记得吗，孩子？”

“有趣，她把我当成谁了？”冉尼娅想着。但是，事实上这没有任何意义。冉尼娅正是为此才来的。叶莲娜·格奥尔吉耶夫娜一周说一次话。在为数不多的时间里和这里的世界建立起一种联系。

“你为什么搬到储藏室里去了？”冉尼娅问她。

“储藏室？有什么区别……随他们吧。”然后她充满信任地问道，“你为什么没把塔尼娅带来？”她哆嗦了一下，脸色变暗了。

当冉尼娅觉得外婆茫然不知所措的时候，她非常担心。冉尼娅把海绵打上香皂，沿着凸出的脊椎擦拭。该回答她什么呢？有时候冉尼娅觉得外婆把她当成了自己死去的女儿。可能就是这样，因为在她混乱的话语中，她总是对着冉尼娅，脱口说出塔尼娅的名字……但是也有外婆叫她“妈妈”的时候……

“水好吗？凉没凉？”

“非常好……谢谢你，孩子。”她想了想，小声对冉尼娅说，“今天有一个男人冲我喊。”

“是米哈依尔·费奥多罗维奇吗？是米哈依尔·费奥多罗维奇喊的吗？”

“你怎么了，孩子，他不会让自己做这样的事情的。是另外一个人喊的。”

冉尼娅让外婆把头稍稍低下来，她把手放在她的额头上：

“我们洗洗头。你闭上眼睛，别让香皂水流进去了。”

叶莲娜·格奥尔吉耶夫娜听话地闭上眼睛。

冉尼娅给她洗头的时候，外婆接了一捧水往自己肩膀上浇，用手指往下赶水柱，她在玩水，就像那小孩儿玩耍，只不过没有游泳的塑料小鸭子和小轮船。过了一会儿她突然说：

“别生托玛的气。她是孤儿。”

冉尼娅已经把洗过的头冲干净了，她把拧成一股的头发卷起来，用一个卡子固定上，免得头发碍事。

“那我是谁？你呢？我们都是孤儿。我不知道为什么就得特别可怜她呢？”

“脑袋就是一个大洞。困难。”叶莲娜·格奥尔吉耶夫娜抱怨道。

“我也是。”冉尼娅承认道，“昨天我把整个家都翻遍了，找了三个小时护照。我想不起来放在哪儿了。你站起来吧。用淋浴给你冲一下，然后就洗完了……”

冉尼娅帮叶莲娜·格奥尔吉耶夫娜从浴缸里站出来，用旧得掉渣的浴巾给外婆擦干，在腿上、腹股沟，湿烂的地方擦上儿童乳液，那些湿烂的地方时间一长可能会变成褥疮，她给外婆穿上衬衫和干净的睡衣。她把毛巾缠在外婆头上，用手擦干沾满了水汽的镜子，让外婆照照自己。

“你看，你多漂亮。”

叶莲娜·格奥尔吉耶夫娜摇了摇头笑了。在镜子里，她看见的完全是另一幅画面……

2

下一个星期日冉尼娅没能来，前一天晚上丈夫把她送到了产院。星期天午后时分，当冉尼娅通常给叶莲娜梳理并吹干那些随着时间推移已不再卷曲的头发时，她的子宫口已经完全打开，胎儿开始向下运动，小脑袋进入了骨盆平缓的入口。但是，她们俩，冉尼娅和婴儿，还是一个唯一的整体。肌肉收缩和羊水奔涌的节奏是一致的，但是婴儿开始进行最初的独立运动的时刻还没到来。

冉尼娅无法忍受的时候，她就大声叫喊，疼痛减轻了，之后又卷土重来。“如果外公还活着，可能他会做些什么来减轻疼痛。”她在还能进行思考的时候想着。这是一个需要合作的艰苦工作，她，孩子和接产医生的共同工作。她完全忘记了医生的面容，然而，她记住了那个权威而又温柔的声音，深呼吸……双手放在胸口上……数到十……别使劲……现在喊吧，喊吧……好……

人类的生产，这是所有自然生产过程中最不完善的一种。没有一种动物会这样受苦。体力衰弱、时间持续过久，有时还会危及产妇的生命，这是人在这个世界上拥有特殊地位的标志。有两条腿，后背直立，眼望前方，双手独立……这是世界上唯一的生灵，他能认清受孕和生产之间的联系，能认清肉体的爱情和那种只能被一个人看见的爱情之间的联系。直立行走的牺牲品，一些人这样认为。对原罪的报答，另一些人肯定地说。

婴儿已经垂下了头，所以小囟门到了前面，他稍稍扭过身体，伸直头进入了耻骨。疼痛是难以忍受的，冉尼娅的眼前一团漆黑。接产医生拍了拍她的肋骨说：

“小妈妈！一切都不错，再坚持一会儿就行了。”她对旁边的一个人说，“枕先露。”

泪水和汗水浸湿了冉尼娅的脸。小脑袋露出来了。他扭动着自己的肩膀，接产医生用双手抱住椭圆形的小脑袋，把前臂拽了出来。

3

叶莲娜在自己的维也纳宝座上打起了瞌睡，宝座的座位上有一个不太体面的洞。她做了一个梦：一个明朗的春日，叶子已经钻出来了，但是每一片叶子都还很小、很稀疏，没攒够充分的颜色，她沿着布隆大街拐到了三塘胡同，她抬起头，看见房子的最顶层，在半圆形的装饰阳台上，他们老房子的半圆形窗户下有很多人。她想看清是谁站在那儿，她到了和阳台平行的地方，甚至高出了圆柱栏杆，她看见她的外公躺在行军床上，他很苍老，面孔不是特别生动，他旁边是外婆叶甫盖尼娅·费德罗夫娜、瓦西莉萨、妈妈、父亲、年轻的哥哥们，他们都在等她，想告诉她什么重要的、快乐的事情。除了自己的亲人，有米亚科津和涅恰耶夫两家人，在呈楔形往远处走的人群中，她辨认出了秃顶的库科茨基家的男人们和他们的漂亮妻子，托玛在特维尔的亲人，脑门上印着摩西经的大胡子犹太人，她还辨认出了一些根本不认识的人，令人惊讶的是，这么小的阳台上怎么装得下这么多人。他们越来越多，突然其中出现了两个人，一个年轻人，他头发浓密，皮肤不太干净，嘴唇发肿；还有一个姑娘，她长得像塔尼娅，或者像冉尼娅，也许像托玛，她手里抱着一个婴儿。这两个人站在这个从几何形状上看来最不可信的队形的最中心，巴维尔·阿列克谢耶维奇把婴儿抱过来，让他的脸蛋对着叶莲娜。在这个婴儿身上集中了世界上所有的欢乐、光明和意义。就好像在太阳普照的中午又升起了另一轮太阳。这个婴儿属于他们所有人，而他们也属于他。叶莲娜·格奥尔吉耶夫娜因为无上的幸福流下了眼泪，与此同时，她有一点点惊讶，因为她感觉到了自己又咸又甜的泪水，同时也感觉到了肉体的全然消失。

4

那天晚上，维达里去了中心邮局，不知出于什么考虑，他没从自己家里给美国打电话。很快，他就和父亲通上话了。是伊里亚·约瑟福维奇接的电话，他听到了儿子急三火四但一本正经的声音，没有你们好，过得怎么样之类的客套话。

“冉尼娅生了个儿子。祝贺你有重孙了。”没有多余的解释。

一分钟内结束了通话。但是，他往列宁格勒的电话，却打了二十多分钟才打通。他告诉谢尔盖，一切正常。生了一个男孩，没有任何生产上的苦难。

“我能去吗?”谢尔盖问。

“冉尼娅出院的时候，你给她打个电话。你跟她商量吧。”

他不是特别喜欢这个长头发的音乐家，甚至还有些为冉尼娅吃他的醋。是什么把他们联系在一起的，让人根本无法理解。谢尔盖也不知道，究竟是什么把这个当了几年她女儿的姑娘和他联系在了一起。他也没想过。他拿起萨克斯，开始吹自己的那首老歌《黑宝石》。

5

而伊里亚·约瑟福维奇早就决定了，生重孙的时候他要去莫斯科。签证已经办好了。瓦莲京娜开始坚决反对，但是后来投降了，条件是她自己也回去。就剩下买票了。他们的大女儿比冉尼娅晚生了四个月，她自己单独住。小女儿十六岁，还很小的时候就从俄罗斯被带了出来，他们从来都不让她一个人待着，她是个胆小，相当奇怪的小女孩，她喜欢猫和鱼缸里的鱼。他们决定了，让她自己单独过上十天，这对她是有好处的。

瓦莲京娜的工作有点麻烦。她在哈佛大学教书，她不能马上休假。但是再有三周她的课程就结束了。至于伊里亚·约瑟福维奇，他早已退休，虽然他是十多个各种社会团体和委员会的名誉成员，但是他可以随时离开。

最近这三年，他在阅读德语和英语的摩西经，他抱怨父母小时候没把他送到犹太小学去。八十六岁再学犹太语并不那么容易。从另一个角度来说，苦难并不能吓倒他。他没有像巴维尔·阿列克谢耶维奇那样的对话者，也再不会有了。他经常在想象中和他交谈，甚至和他争吵。虽然必须得承认，他们走得越来越近了，伊里亚·约瑟福维奇同意世界理性的存在，他还认为《圣经》是一个大密码，是世界理性送给人类的一件宇宙性的礼物。但是人类还没有成熟到可以解读这个密码的程度。他总是试图和生活在纽约的根纳基探讨这些神学问题，但是后者更推崇从中国菜到空手道的各种东方绝招。他知道冉尼娅生了儿子，父亲因此要回莫斯科，他不安地说：

“你这把年纪还旅游什么！最好给她寄点钱！我也准备好了。”

但是伊里亚·约瑟福维奇却斩钉截铁地说：

“你们别来教我怎么生活！小姑娘有爷爷。我有重孙。遗憾啊，巴沙没能活到现在。”

人物表

巴维尔·阿列克谢耶维奇·库科茨基	妇科医生
叶莲娜·格奥尔吉耶夫娜	巴维尔·阿列克谢耶维奇的妻子
塔尼娅	叶莲娜的女儿
瓦西莉萨·加甫利洛夫娜	女用人
托玛·波洛苏辛娜	库科茨基家的养女
谢尔盖·兹沃雷金	萨克斯手，塔尼娅的情人
维达里·戈尔德伯格	伊里亚·约瑟福维奇的大儿子
根纳基·戈尔德伯格	伊里亚·约瑟福维奇的小儿子
伊里亚·约瑟福维奇·戈尔德伯格	遗传学家，库科茨基家的好友
叶甫盖尼娅	塔尼娅的女儿
阿列克谢·加甫利洛维奇·库科茨基	巴维尔·阿列克谢耶维奇的父亲
艾娃·卡兹米洛夫娜	巴维尔·阿列克谢耶维奇的母亲
安东·伊万诺维奇·弗洛托夫	叶莲娜的前夫
叶甫盖尼娅·费德罗夫娜·涅恰耶娃	叶莲娜的外婆
瓦莉娅·波普科娃	伊里亚·约瑟福维奇的第一任妻子
阿涅奇卡·塔塔里诺娃（阿纳托利娅）	修道院院长
格奥尔吉·伊万诺维奇·米亚科津	叶莲娜的父亲
甘索夫斯基	医生
玛尔莲娜·谢尔盖耶夫娜·科内舍娃	甘索夫斯基的助手
瓦莲京娜·莫伊谢耶夫娜·格雷兹金娜	伊里亚·约瑟福维奇的第二任妻子
维卡－科莎	塔尼娅的女友
加里克	爵士乐钢琴师
艾里维拉·波鲁艾科托娃	谢尔盖的妻子
谢苗·库里尔科	杀人狂

图书在版编目 (CIP) 数据

库科茨基医生的病案 / (俄罗斯) 柳德米拉・乌利茨卡娅著 ;
陈方译 . — 北京 : 北京十月文艺出版社，2018.3
(俄罗斯当代长篇小说丛书)
ISBN 978-7-5302-1734-4

Ⅰ . ①库… Ⅱ . ①乌…②陈… Ⅲ . ①长篇小说—俄罗斯—现代 Ⅳ . ① I512.45

中国版本图书馆 CIP 数据核字 (2017) 第 206723 号

库科茨基医生的病案
KUKECIJI YISHENG DE BING'AN
[俄罗斯] 柳德米拉・乌利茨卡娅 著 陈方 译

出　版 北京出版集团公司
　　　 北京十月文艺出版社
地　址 北京北三环中路 6 号
邮　编 100120
网　址 www.bph.com.cn
发　行 新经典发行有限公司
　　　 电话 (010) 68423599
经　销 新华书店
印　刷 北京盛通印刷股份有限公司
版　次 2018 年 3 月第 1 版
　　　 2018 年 3 月第 1 次印刷
开　本 880 毫米 ×1230 毫米 1/32
印　张 19.875
字　数 363 千字
书　号 ISBN 978-7-5302-1734-4
定　价 68.00 元
质量监督电话 010-58572393
如有印装质量问题，由本社负责调换。